VORRH

BRIAN CATLING

VORRH

Traduit de l'anglais
ar Nathalie Mège

outrefleuve

Titre original :
The Vorrh

MIXTE
Papier issu de sources responsables
FSC® C003309
FSC www.fsc.org

Fleuve Éditions, une marque d'Univers Poche, est un éditeur qui s'engage pour la préservation de l'environnement et qui utilise du papier fabriqué à partir de bois provenant de forêts gérées de manière responsable.

This edition published in Great Britain in 2015 by Coronet
An imprint of Hodder & Stoughton
An Hachette UK company

ISBN : 978-2-265-11661-0

Dépôt légal : septembre 2019

À David Russell et Iain Sinclair,
qui m'ont fourni boussole, carte et coupe-coupe
en me pressant de me lancer dans cette exploration.

« Quand je me reporte à cette époque, je ne puis m'empêcher de me souvenir combien, au début, il me parut difficile de faire produire tous ses effets à l'acte respiratoire. Pourtant, je respirais selon les règles de la technique ; mais, dès que je bandait l'arc en veillant à tenir les muscles des bras et des épaules relâchés, ceux de mes jambes se raidissaient involontairement, comme s'il me fallait absolument compter sur un appui solide et, tel Antée, aspirer toute ma force du sol. »

Eugen Herrigel,
Le Zen dans l'art chevaleresque du tir à l'arc.

« La vitalité du démoniaque – au sens le plus littéral : ce qui est guidé par le génie – disparaît bien entendu lorsqu'on cesse de former à l'infini des colonies. »

Leo Frobenius, *Paideuma,*
ébauche d'une doctrine culturelle et morale

« Près du même arbre, deux autres paquets d'angles aigus étaient tapis, les jambes remontées. L'un d'eux, le menton étayé sur les genoux, regardait dans le vide d'une manière intolérable et effrayante : son frère fantôme se soutenait le front comme accablé d'un intense ennui, et à l'entour, d'autres encore étaient dispersés, dans toutes les attitudes de l'effondrement et de la contorsion, ainsi qu'on en voit dans certains tableaux de massacre ou de peste. Tandis que je demeurais saisi d'horreur, l'un de ces êtres se dressa sur les mains et les genoux, et se dirigea vers le fleuve à quatre pattes, pour y boire. Il lapait l'eau dans le creux de sa paume. Ensuite, il s'assit au soleil, les tibias croisés devant lui et au bout d'un instant, laissa tomber sa tête laineuse sur sa poitrine. »

Joseph Conrad, *Le Cœur des ténèbres*
(trad. G. Jean-Aubry et A. Ruyters)

Introduction

par Alan Moore

Brian Catling est un homme aux multiples facettes. Côté poésie, son remarquable *The Stumbling Block* demeure un obélisque sombre et étincelant dans le paysage de la fin du XXe siècle. En tant qu'artiste, il déploie dans ses performances une présence viscérale et robuste qui frise l'alchimie, tout en produisant par ailleurs dans sa pratique plasticienne des miniatures obsessionnelles où des cyclopes cataloguent les figures totémiques envoûtantes qui peuplent son onirisme. Dans ses écrits, il tient du chamane brut, comme lorsqu'il ressuscite des défunts à partir de fragments d'archives et de masques mortuaires en plâtre, dans sa novella *Bobby Awl.*

Ces accomplissements, toutefois, sont subordonnés au fait que Catling est d'abord et avant tout sculpteur. Sa pièce émouvante, destinée à être exposée dans l'ancien quartier des exécutions à la Tour de Londres, un coussin fondu dans un verre si brûlant qu'il a exigé une année de refroidissement minutieux au rythme d'un degré par jour, montre le mélange d'opérations matérielles fortes (voire dangereuses) et d'humanisme profond et sincère qui caractérise son travail. L'immobilité lithique qui se dégage de ses performances est d'ordre sculptural, tout comme la méthode de travail qui semble sous-tendre sa poésie et sa prose : on l'y sent concasser artisanalement des éléments bruts expérimentaux qui vont former un nouveau langage ; celui qu'il triture adopte de multiples et surprenants contours. En témoigne sa fabrication réussie d'une pièce purement mentale à travers *The Stumbling Block*, ou l'évocation physique brutale qu'il

livre dans *Bobby Awl* à partir du moulage des traits tourmentés de son protagoniste historique.

Nulle part, cependant, les dons que déploie notre homme pour pétrir l'argile littéraire ne se révèlent de façon plus éloquente que dans les pages de ce véritable monument qu'est *La Vorrh*. Avec sa savante combinaison d'écorce, de métal, de boue et de pierre, l'énorme masse de cette trilogie bâtit un édifice dans l'esprit du lecteur ; l'attitude tactile de l'artisan est signalée par une scène introductive d'anthologie, concentrée sur la fabrication d'un arc enchanté. La scène en question, d'après cette brève description, pourrait être prise pour un trope standard du merveilleux et du mythe dérivant peut-être de Tolkien, Robin des Bois ou Rama, mais c'est sans compter sur le matériau dans lequel est fabriqué l'arc. Avec cette révélation précoce, le lecteur intrigué et surpris apprend que, s'il est bien dans une œuvre fantastique, c'est d'un fantastique tout à fait différent de tout ce qu'il a pu rencontrer auparavant dans ce genre rebattu et prétendument primitif qu'on appelle en anglais *fantasy*.

Primitif parce que, dans le domaine de « ce qui n'arrive jamais », on perçoit peut-être les origines de l'imagination en tant que faculté humaine, et *rebattue* à cause de la palette de concepts absurdement limitée qui en est venue à représenter les caractéristiques et marqueurs les plus identifiables de la fantasy. Par définition, chaque récit merveilleux devrait être unique et individuel, produit d'une vision singulière et d'un esprit unique dont toutes les idiosyncrasies informent chaque atome du récit. Un genre réduit par une stylisation paresseuse à un lexique étroit de signifiants – sorciers, guerriers, nains, dragons… – n'a pas de place pour le *Voyage du pèlerin* de John Bunyan, sans doute le plus ancien récit fantastique de quête picaresque ; pour *Un voyage en Arcturus* de David Lindsay, avec ses personnages qui se transforment constamment ; pour les extraordinaires *Gormenghast* (Mervyn Peake) ou *Gloriana* (Michael Moorcock). Il ne suffit nullement à contenir les éternités végétales de la Vorrh de Catling.

Il convient de noter que cette épopée fébrile n'évite pas pour autant les conventions de genre que sont les arcs légendaires, les monstres de foire – ni *a fortiori* les forêts hantées. Simplement, en prenant le langage à bras-le-corps, en mettant en place un contexte

hallucinatoire époustouflant, cette œuvre transmute un matériau potentiellement usé jusqu'à la corde en une substance tout autre, exactement comme le genre désormais corseté et caché qui se débat désormais pour englober l'inclassable extravagance de *La Vorrh*. Si l'on a déjà croisé des forêts enchantées dans la littérature fantastique, elles n'incluaient pas jusqu'ici en leurs diverses extrémités les tourbières irlandaises modernes ni les jungles de l'Afrique coloniale. Et si, dans nos fictions, nous avons pu tomber naguère sur des anges, ils n'ont rien d'aussi formidable ni d'aussi poignant que les Ancêtres déchus. L'originalité de ce roman est si renversante qu'on pourrait aisément le prendre pour l'œuvre d'un reclus qui n'aurait pas lu la moindre ligne de fantasy avant d'en écrire – quoique ce ne soit pas le cas.

À l'image des meilleures œuvres de ce genre glissant et insaisissable, nul ne peut suivre les méandres et les fantasmagories de *La Vorrh* sans avoir la certitude grandissante que l'histoire qui se dévoile porte sur autre chose que sur ses seuls contorsions et revers, aussi remarquables soient-ils. Tout comme le labyrinthe rituel de *Gormenghast* évoque astucieusement l'Angleterre du XXe siècle, où le Voyage en Arcturus de Lindsay semble traiter à la fois de sexualité et de métaphysique, on trouve dans *La Vorrh* les suggestions fugitives d'un monde désuet et disparu, radicalement reconfiguré puis rassemblé suivant la cartographie spéculative de territoires à venir, et où la psychologie personnelle fait figure de sous-bois. Ses chimères en bakélite évoquent les intérieurs sépia de la classe ouvrière des années 1950, tout comme l'attirail victorien crépusculaire du livre a des parfums de coffre aux merveilles colonial, qu'on ouvre pour les enfants les dimanches de pluie, avec ses gravures d'animaux improbables, de derviches, de « négresses à plateau » et autres policiers aux armes à feu anachroniques. Grâce à son collage d'éléments façon Ernst et son assemblage sculptural d'objets de hasard, ce premier roman mené au pas de charge construit, à partir des débris d'un passé en voie de dissipation et d'effondrement, une littérature à l'avenir sans limites.

Son approche singulière du personnage, tout comme sa distribution, méritent d'être soulignées. Extirpant plusieurs biographies obscures et pourtant véridiques de leur cadre réel pour les réinstaller au sein d'une mosaïque mordante non dénuée de profondeur, Catling nous présente Eadweard Muybridge, le décomposeur du mouvement, consultant de façon improbable (et pourtant authentique) sir William Withey Gull, l'un des tueurs en série présumés de Whitechapel ; l'historicité de tels protagonistes ne choque pas un instant au milieu de parias monoculaires ou d'anthropophages sans tête. Dans les recoins les plus flous du paradis sauvage qu'est la Vorrh, le factuel n'est pas privilégié dans sa relation avec le merveilleux. Chacun empiète sur le territoire de l'autre, plante rampante invasive récrivant insidieusement la mémoire et laissant le passé ouvert à l'invasion.

On a l'impression, comme dans toute mythologie ou roman qui se respecte, que ces événements inconcevables ont dû, en un sens, se produire, ou sont peut-être en train d'advenir quelque part de façon permanente sous le tégument même de notre existence.

Première œuvre de fantasy marquante du XXIe siècle et se classant parmi les meilleures jamais écrites, *La Vorrh* nous présente un organisme immatériel tentaculaire qui marquera le lecteur de ses graines et ses spores, promouvant une nouvelle croissance et impliquant un repeuplement conséquent de nos imaginaires.

Nos écrits, entre comédies de mœurs enchâssées dans des méandres ayant perdu tout sens et soliloques autohéroïsants pataugeant dans des fondrières pseudo-médiévales, sont de plus en plus dépassés par notre expérience et trop étroits pour décrire, contenir ou même nommer la situation actuelle. Au sein des tunnels de croissance sans pareille de la Vorrh, de nouveaux itinéraires s'affirment, et de nouveaux programmes sont implicites dans son maquis sinistre. Alors que le réseau urbain de plus en plus flou de nos idéologies et de notre réflexion tombe inéluctablement en ruines, l'œuvre stupéfiante de Catling offre dans ses possibilités tropicales des alternatives viables doublées d'une évasion porteuse de sens.

Elle nous souhaite la bienvenue dans sa forêt vierge.

Prologue

> « Le temps n'efface pas les taches de naissance,
> Le puits à l'eau amère jamais ne décante.
> Le mal ressurgira toujours quoi que l'on pense
> S'il ne reste pas en nous à notre insu.
> Toute peine imparable augmente.
> Aucune aube brimée n'a de nouvelle issue. »
>
> Rudyard Kipling, *La Prière de Gertrude*

L'hôtel était pompeux, pompier et pétri de noirceur. Une clarté mauvaise cernait à contrecœur ses hautes pièces de style baroque, tentant de percer les lourds rideaux et l'atmosphère empesée. La chambre du Français était une suite, la meilleure de l'établissement, mais morne et dépourvue de cet art du trompe-l'œil qui réussit parfois à faire passer pour naturelles les architectures audacieuses.

Il se tenait nu et racorni dans la salle de bains en marbre. À son cou et ses poignets, les dernières cicatrices superficielles pulsaient en rouge ; la profonde entaille à son autre paume avait été recousue. La dose de barbituriques restait sans effet et il était la risée de vols entiers d'angelots dorés. Les statuettes féminines flottantes avec qui il partageait sa chambre lui demeuraient indifférentes. Il se tenait là, le membre à la main, s'efforçant de ne pas voir son reflet dans la glace immense. Il était petit, et vieilli avant l'heure. Aucune des images qu'il invoquait n'était parvenue à le mettre en train, bien qu'il ait été témoin de beaucoup de choses et en ait imaginé encore plus. Son chauffeur et Charlotte, sa maîtresse de convenance, l'attendaient dans l'autre pièce. Le chauffeur avait dû lui rapporter une folle des bas-fonds ou des quais pour l'exciter. Leur ennui égalait le sien. Il avait tout inventé dans leur vie, tout simplement. Certains jours, il se disait que la réalité était carrément le produit de ses songes. Il l'avait rêvée en dehors du sommeil – qu'il ne faisait plus que chercher, désormais.

Les médicaments le soulageaient parfois un peu, mais même la bonne combinaison de doses avait tendance à devenir instable, drainant le moelleux, le flou auxquels il aspirait tant. Quantités, mélanges, durée : il avait demandé à Charlotte de consigner tout cela. Ses notes devaient être là, cachées dans ce brouet de non-existence.

Il doutait par instants des capacités de la jeune femme à effectuer convenablement sa tâche. Elle avait pu commettre des erreurs d'inattention ou mentir sur les doses : elles n'avaient pas l'effet escompté. Ils s'étaient disputés ces derniers jours. Elle prétendait suivre ses instructions à la lettre. Elle avait tenté de le calmer, fait preuve d'une patience horripilante. Mais avec sa fourberie de servante, elle essayait de lui jouer des tours. Certaines nuits (et la plupart des matins), il se retrouvait à croupetons sur le tapis, rampant vers ce qui lui étranglait le cœur. Il s'était mis à dormir par terre. La terreur de tomber de son lit agité avait eu le dessus.

Il se campa devant son reflet narquois.

La veille au soir, un carnaval et un feu d'artifice s'étaient déroulés au-dehors. Musique et gaieté avaient assailli les fenêtres de leurs griffes. Le matin était à l'humidité. En contrebas, on entendait balayer festivités et débris.

Il leva les yeux. Là où aurait dû se trouver la glace, c'était Max Linder qui se tenait dans le cadre doré, nu, et lui ressemblant trait pour trait. Quand il haussa son bras fourbu, l'amuseur imita parfaitement son geste. Le « portrait craché » avait été l'invention de génie de Max. Un numéro qui serait imité à son tour pendant tout ce siècle et même au-delà. Le Français, dandy incapable de comprendre comment tournait le monde, avait souvent copié les prestations de Linder, dont les mimiques de berlue soudaine et de scrutation perplexe avaient été la toute première identité récurrente de personnage comique à peupler les débuts du cinématographe.

Quand il tira sur sa moustache, Max fit de même. Puis Max montra du doigt la plaie ouverte à son bras, profonde et exsangue. Max, mort neuf ans plus tôt au faîte de sa gloire dans un autre grand hôtel – sa femme avait été la première à trancher tandis qu'il crispait la main sur la sienne autour du rasoir. Cette danse-ci devant la glace était fort différente. Le Français secoua la tête et détourna les yeux pendant que Max se raidissait et regagnait le miroir.

Il avait épuisé les ressources de son imagination, de son compte en banque et de sa libido. Il avait perdu un don précieux, mais il ne savait plus lequel. Il se rappelait son nom d'autrefois : Raymond Roussel. Son désir et sa culpabilité creux s'accroissaient, il n'avait plus ni argent ni souvenirs auxquels se raccrocher, plus de réel à embrasser, et la fiction était usée jusqu'à la trame. Il comprit alors qu'il était temps de mourir. Ce qu'il fit.

PREMIÈRE PARTIE

« Dans la méthode employée pour placer la corde, les yeux n'ont plus aucune utilité. De même, l'encoche frontale n'est pas située aux extrémités médianes de l'arc. »

Leo Frobenius, « L'Arc », in *Atlantis*
(*La Voix de l'Afrique*, vol. 1)

1

L'arc que j'emporte avec moi, je l'ai fait à partir d'Este.

Elle est morte juste avant l'aube, il y a dix jours. Elle avait prévu sa fin alors qu'elle travaillait au jardin, vu l'emplacement entre les plantes où elle ne se tiendrait plus, élan d'une révélation sous le soleil de l'après-midi.

Venue au monde avec le don de divination, Este vivait dans l'attente de son départ – un vent suivi d'une vague, suivie d'une tempête. Les devins meurent en trois temps, d'abord par le dehors, puis vers le dedans.

Son prénom était Irrinipeste. Elle était fille d'Abungu et née dans la Vorrh, la vaste forêt menaçante qu'elle affirmait plus ancienne que l'humanité.

Nous nous sommes dit adieu au cours des journées qui ont mené à sa nuit. Ensuite, toutes mes émotions furent écartées : il y avait des rituels plus importants à accomplir. Cela, je le savais. Tout avait été décrit et dévoilé dès que nous avions accepté d'être ensemble.

Je me tenais devant notre table en bois où son corps gisait, divisé et mis à nu, transformé en langage et en matériaux. J'avais mal au dos et aux mains à force de la fendre. J'entendais encore ses paroles, les calmes instructions relatives à ma tâche, incrustées avec l'insistance d'une comptine pour effacer mon étourderie. La pièce avait beau être couverte de sang, aucun insecte n'y pénétrait. Aucune mouche ne voulait boire à Este, les fourmis refusaient de fourrager dans sa moelle. Au cours de ces journées, elle et moi sommes demeurés hermétiques au monde ; j'œuvrais avec détermination, naturel et simplicité.

Elle m'avait tout expliqué par une des rares matinées de pluie que nous avions connues, alors que je tentais de lui servir son petit déjeuner. Le pain noir tartiné de beurre jaune semblait nous scruter depuis l'assiette avec une intensité moqueuse ; le fruit, éclatant d'innocence à chaque regard direct, pulsait et se tortillait en des conduits et des ventricules obscènes. J'étais perché au bord du lit, écoutant ses paroles simples planer en accord avec l'averse. Ma peur les avait transformées en un pétrole brûlant qui mordait mon noyau intérieur asphyxié.

J'ai découpé de longues lanières dans les os de ses jambes. Tressant ligaments et tendons, j'ai étiré le muscle pour former des pages entrelacées, que j'ai reliées avec du lin. J'ai fabriqué l'arc avec, en opposant les fibres au grain des tissus. L'arc cru se figeait, se tortillait, rétrécissait pour adopter la proportion de son propos. J'ai ôté la matrice inemployée, placé dedans les mains démembrées, puis je l'ai refermée. J'ai rasé la tête, détaché la langue et les yeux, que j'ai repliés à l'intérieur du cœur. Mon ouvrage terminé, j'ai mis sur le plateau en bois de l'évier ces choses innommées. Elles ont reposé là en une splendeur muette, luisantes d'étrangeté.

Pendant trois jours, j'ai vécu avec les inventions et les débris inutilisés d'Este dans un air qui embaumait sa présence – l'odeur musquée de son suint et de ses mouvements. Son monceau de cheveux épais semblait se gonfler d'un souffle sur fond des faisceaux de soleil orientant la pièce vers le soir. Ces parties d'elle, connues de moi, chassaient d'une caresse les parfums angoissés, le fer rude de son sang et les brasillements plus foncés, plus saturés, de ses entrailles ouvertes. Le troisième jour, j'ai enseveli son cœur, son utérus et sa tête au jardin, dans une petite fosse circulaire qu'elle avait creusée à mains nues une semaine plus tôt. J'ai recouvert le tout d'une lourde pierre.

Obéissant à la perfection, l'œil sec, sans rien dire, j'ai récupéré les flèches qu'Este avait fabriquées, puis regagné une dernière fois la maison.

L'arc s'est animé, se tortillant et se redressant à mesure que les nuits et les jours étiraient et maniaient ses contours. Aussi unique qu'ait été l'agonie d'Este, sans commune mesure avec les morts auxquelles j'avais assisté ou participé auparavant, il y avait une similitude avec les changements qu'elle avait subis. Une tension nostalgique l'avait marquée tout du long, comme le sucre absorbe l'humidité ou comme le sel la rejette. Chaque heure de ses derniers jours l'avait réorganisée de façon tout à la fois effrayante et fascinante. Chaque réminiscence physique de son corps à dater de l'enfance était revenue flotter à la surface de sa magnifique ossature. Je n'avais pas réussi à quitter son chevet. À mesure que cette procession doucement dégorgeait, j'étais resté près d'elle, assis ou couché – captivé, horrifié, excité, en transe. Transparence pâle, là où avait étincelé la pyrite, son regard cireux perdait en mémoire. Elle n'avait guère conscience de ma présence, mais elle avait pu me donner des instructions et expliquer précisément l'objet vivant qu'elle deviendrait. Elle l'avait fait pour chasser mon angoisse, ma souffrance, mais aussi pour le ravissement que procurait une telle maîtrise. Au soir du troisième jour, le souvenir, dans mes rêves, s'était mis à apparaître. Il avait raffiné le temps passé ensemble, la constance physique d'Este. Depuis que nous avions quitté son village, nous n'étions pas restés un jour l'un sans l'autre, hormis ces curieuses semaines où elle m'avait demandé de demeurer dans la maison pendant qu'elle s'installait nuit et jour au jardin. À son retour entre nos murs, elle était maigre et flapie.

L'arc vire au noir, à présent, il devient l'ombre la plus obscure de la pièce. Tout est immobile. Je suis assis, les deux flèches emballées à la main. Leur façonnage engendre sommeil et faim, reflets oubliés de mon incorrigible humanité.

Des placards et du potager, je convoque des nourritures préventives. Je noie mes sens d'odeurs et de goûts. Déploiement d'agrumes et de ventrèche, de sauge et de tomate, de poisson séché, de ciboule.

Mes mains tremblent autour de l'arc. Je coince entre mes dents les deux flèches fabriquées par Este. Le moment est venu. Elles sont blanches, d'un blanc infini, flou, dénué de toute teinte, toute ombre. Elles absorbent le jour dans leur profondeur de craie. L'écœurement me gagne à les regarder. Je lève l'arc, que j'ai dû corder dans mon sommeil, puis j'encoche un des traits. Le second est enveloppé et rangé. Ce sera le dernier. Je le réserve à cette fin. Este a dit qu'il était destiné à quelqu'un d'autre, un archer qui viendrait après moi. Je fabriquerai les suivants.

C'était l'ultime instruction. Je bande l'arme de toutes mes forces. Ce geste unique contracte le *Voyage en Arcturus* muscle de mon corps. Quand la grâce de la corde entre en contact avec mes lèvres, la tension se verrouille. J'ai l'impression que le monde s'arrête pour retenir son souffle. Je lève l'arc vers le ciel.

La flèche se libère, disparaît dans le bleu avec un bruit qui pulse sensuellement en moi ainsi qu'en toutes les autres particules substantielles et spectrales, visibles ou pas. Elle parcourt encore les spirales de l'air, détectant de sa pointe glacée un certain sang. L'espace d'un instant, je fuse avec elle là-haut, loin au-dessus de ces terres poreuses, longeant la mer dont les vagues se fracassent à l'infini. Chantant vers la Vorrh, survolant les villages miteux, les tribus brutales. Elle a beau précéder le périple qu'Este m'a prédit dans les profondeurs de la forêt, elle ne sera jamais mon guide. Este m'a bien dit qu'elle m'était destinée, mais que je ne devais jamais la suivre.

La douleur me ramène à moi-même, étourdi dans le jardin. L'intérieur de mon bras est à vif : volontairement ou par indifférence, la corde fouetteuse de l'arc y a ôté une couche d'épiderme avec la facilité d'un rasoir. Je m'avance, ramasse en frissonnant mon sac, puis je me stabilise avec l'arc avant de faire mes premiers pas vers l'inévitable.

→

Tsungali était assis, Noir solitaire, sur le parapet en pisé d'un rempart colonial.

Loin vers le sud, le crépuscule goûtait l'air. Les hirondelles fusaient et voletaient parmi les invisibles champs d'insectes qui s'élevaient, pointes de flèches infatigables tournoyant dans la clarté ambrée. Un premier instant, découpées en silhouette : âge du fer. Le suivant, basculant pour capturer le soleil, lançant des éclairs orange vif : âge du bronze. Piquant et pivotant en un unisson étourdissant : âge du fer, âge du bronze, âge du fer.

Les yeux jaunes de Tsungali observaient tout cela. Il tentait d'évaluer leur vitesse, leur distance. Il procédait à des calculs abstraits sur le fond infini du ciel, évaluation solennelle des portées de trajectoire d'un tir qui ne pourrait jamais se produire. En travers de ses cuisses reposait son Lee-Enfield, un fusil à verrou d'une longévité légendaire. Aucune autre main que la sienne n'avait jamais touché celui-là depuis le jour où on le lui avait confié, aux premiers temps de son âge adulte. Quel émoi de le posséder, alors ! Quelle fierté d'avoir été engagé dans la police de la brousse !

Comme lui, l'arme arborait des cicatrices et des encoches en biseau. On avait écrit dans leur peau. Prophéties et charmes marquaient le visage de Tsungali, des talismans contre les attaques d'animaux, de démons et d'hommes. La crosse du Lee-Enfield donnait le décompte des vingt-trois hommes et trois démons qu'il avait éliminés sous sceau officiel. Cela faisait des années qu'il ne travaillait plus pour la police ni, par extension, pour l'armée britannique ; il était donc perturbé qu'on l'ait rappelé, convoqué, dans l'enceinte qu'il avait si bien connue, qu'il avait aimée comme un foyer, cette base qu'il avait vue avec amertume devenir le kraal de ses ennemis.

Ils s'étaient lancés à sa recherche, non pas, comme autrefois, à grand renfort de soldats et de menaces, mais en projetant devant eux des paroles douces et rondes : on avait à nouveau besoin de lui. Ça sentait le subterfuge. Il s'était donc mis en devoir de se créer de nouvelles protections, construisant autour de sa maison et ses terres de cruels et vicieux pièges psychiques. Il avait parlé à ses balles, les avait grassement gavées. Elles étaient mûres et impatientes désormais. Docile et rusé, il avait attendu l'arrivée des envoyés, qui s'étaient révélés calmes, dignes et presque empreints de respect. À présent, ignorant toujours pourquoi il se trouvait là, il attendait qu'on le fasse entrer au quartier général du fort, étonné par sa propre obéissance. Il s'agrippa au fusil pour la chasser.

Les guerres de Possession avaient débuté quand les Vrais Humains, le peuple de Tsungali, s'étaient rebellés contre l'occupant anglais. Autrefois policier, il était alors devenu l'un des meneurs de cette révolte sanglante. Il aurait dû être pendu pour trahison et pour meurtre, pour avoir renié les responsabilités qui lui incombaient. En trois jours, un village paisible, obéissant, s'était transformé en une foule ardente et incontrôlée. Église puis école incendiées. Officiers massacrés par surprise, liaison radio réduite à néant. La piste d'atterrissage et le terrain de cricket avaient été effacés, rasés. Plus aucune ligne droite n'était autorisée à exister nulle part.

Quand l'armée anglaise était arrivée sur place, elle avait trouvé un amas de destruction sordide. Tout ce à quoi on était parvenu avec les indigènes, tout ce qu'on leur avait donné, avait été délibérément éliminé et broyé, rendu à son histoire puante, dénuée de sens. Tsungali restait campé au milieu du carnage, triomphant, extatique, seulement vêtu de sa tunique et de son béret absurdement retourné. Il avait des plumes, des os et des cartouches entortillés dans les cheveux et s'était limé les dents en pointe.

Avant cela, quand les forces coloniales avaient fait leur apparition, on les avait trouvées mystérieuses et puissantes. On leur avait pardonné leur ignorance du monde. La quantité de marchandises merveilleuses qu'elles apportaient et le style de leur arrivée avaient désarçonné les Vrais Humains. La prudence avait fait hésiter et tressaillir leurs mains devant les trésors qu'on leur offrait. Il y avait des cadeaux pour chacun. Tsungali et ses frères avaient considéré cette gentillesse avec défiance et incrédulité, observé le flux infini d'objets improbables : la viande animale sans os dans ses coques brillantes, les fers assassins de forte puissance et grande précision, les arcs-en-ciel de tissu, les cages parlantes, sans compter le tas d'autres choses et de pouvoirs qui n'avaient pas de nom.

Quand on avait autorisé les étrangers à couper des arbres et à araser le sol, personne n'aurait pu en prévoir les conséquences. Tsungali avait constaté les toutes premières sur l'horizon lorsqu'il était enfant. Elles flottaient ventre en l'air comme un lézard mort dans une flaque, barrant le ciel de lignes droites toutes blanches. Il avait demandé à son grand-père ce qu'étaient ces oiseaux-poignards aux longues voix. Son aïeul ne voyait rien, n'entendait rien : ils n'existaient pas. Ses perceptions n'avaient pas de modèle pour de tels objets. Et, si certains distinguaient tout de même quelque chose, c'était forcément issu d'un autre monde, donc dangereux, à ignorer. Les magiciens avaient deviné qu'il s'agissait des rêves de jeunes pères pas encore nés et que leur fréquence croissante annonçait une grande fertilité. Quand l'un des volatiles était venu se nicher sur la bande de jungle nue, personne n'avait su trouver d'explication ;

les étrangers disposaient tout bonnement de vastes pouvoirs pour réussir à en capturer un aussi facilement. Tsungali s'était avancé jusqu'à la coupe claire main dans la main avec son grand-père. Campés là, ils avaient contemplé l'oiseau dur et brillant. Sa coque était la même que celle qui entourait la viande sans os. Le vieillard frémissait légèrement. Il ne distinguait que la clairière où les Blancs se précipitaient en tous sens. Il les voyait parce que c'étaient des hommes, ou des créatures qui en avaient la forme.

Le petit garçon survolté s'était avancé d'un pas, mais la rigidité de son aïeul l'avait stoppé net. Il restait campé sur place et son petit-fils qui le tirait par le bras n'avait pas réussi à l'extraire de là. L'enfant avait eu la sagesse de ne pas protester. Des larmes de frustration lui avaient monté aux yeux. L'aïeul avait pleuré lui aussi. Une goutte solitaire qui avait dégringolé les cicatrices de son visage, diagrammes de constellations et cartes incisées montrant territoires et influences. Ce liquide sans nom était fait de trop d'émotions et de conflits qui s'annulaient mutuellement, si bien qu'au bout du compte, il n'y avait plus eu que du sel et de la gravité qui dévalaient ses traits.

L'avion était rempli de possessions, plus qu'on n'en avait jamais vu : des objets étonnants qui donnaient aux jeunes l'impression d'être riches, privilégiés, largement supérieurs à leurs voisins dont les tribus n'avaient rien. Il transportait aussi un prêtre. Au cours des années qui avaient suivi, les étrangers qui s'installaient avaient fait venir au village leur famille et leurs croyances nouvelles. Ils se disaient différents, arrivés de divers pays et dotés de parlers distincts, mais cela sonnait faux, comme tant d'autres choses qui seraient découvertes par la suite. Ils avaient enseigné aux Vrais Humains les coutumes du monde unique, avec son Créateur à qui la nudité faisait honte. Ils leur avaient appris que le travail pouvait leur procurer ces possessions précieuses qu'on leur offraient jusque-là. Ils avaient apporté les livres, le chant, et échangé toutes les divinités en bois et en pierre sculptés contre la splendeur d'un dieu invisible. Et, quelque part dans ce troc écœurant, le soupçon s'était insinué dans la trame de la confiance. L'obsession du poids du péché s'était traduite, chez les Vrais Humains, par l'idée qu'ils devaient déjà avoir payé le prix de quelque chose, quelque chose qu'ils n'avaient jamais reçu et qui pouvait tout simplement être des biens.

Sur la piste d'atterrissage entretenue avec soin, les objets avaient continué d'arriver. Une fois vidés, les avions repartaient en emportant la disgrâce du pays vaincu. Les anciennes armes, les vieux vêtements, les dieux et les ustensiles de cuisine d'avant, totems miteux d'une histoire désincarnée, s'y empilaient pour être expulsés. Des images propres, du mobilier en métal et des uniformes occupaient leur espace, ou du moins semblaient le faire.

Le détonateur du grand affrontement avait été un homme du nom de Peter Williams.

→

Peter Williams avait gagné cet avant-poste lointain juste après la saison des pluies. Le périple qui l'y avait mené avait débuté dès le jour de sa conception. Draps militaires tachés de foutre militaire, son père ayant porté le fusil et le drapeau sur l'équivalent de trois générations. Il n'y avait jamais eu aucun doute : Peter serait soldat. De sa naissance à sa disparition, il n'y aurait jamais qu'un seul itinéraire.

Le gros soleil jaune parcourait un ciel du Wiltshire le plus bleu possible. Sa venue au monde avait été soudaine et rapide. Sa superbe tête rousse avait jailli sous la chaude clarté. Le soleil serait toujours son principe, celui qu'il tâcherait de suivre.

On lui avait proposé plusieurs postes et cette cambrousse lointaine avait eu sa faveur. Il tenait à échapper à l'Europe et à l'Angleterre. Les cicatrices laissées par le fouet de la Grande Guerre étaient toutes fraîches. Les tranchées pourrissantes avaient gravé une gangrène dans le cœur des nations anciennes ; qu'elles soient amies ou ennemies, elles se raccrochaient les unes aux autres comme autant de vieilles filles dans une tempête. Williams avait passé deux ans au fond d'un fossé gluant d'Ypres où aucun soleil ne réchauffait jamais la terre oubliée. Lorsqu'il y en avait, la clarté pesante et polluée planait densément sur les épines noires des arbres fendus, rares verticales au sein d'une mer de boue, de fumée, de chair et de métal. L'unique lumière dont Peter se souvenait était celle qui n'avait pas existé. Il était l'un de ceux qui avaient aperçu des visions spectrales flottant au-dessus des restes maculés des hommes et des mulets. Les Anges de la Somme, comme on les appelait. Une illumination de pureté née de la corruption afin de scintiller sur ces cloaques. Il n'avait jamais vraiment su à quoi il avait assisté, mais cela l'avait aidé à survivre et à effacer la réalité incroyable du carnage.

À l'âge de vingt-trois ans, il s'était retrouvé prêt pour un pays lointain plein de chaleur et d'énergie. Il avait éprouvé de la satisfaction dès l'instant où il avait posé le pied dans la trouée rugueuse, à sa descente d'avion. Comme si cet endroit lui souhaitait la bienvenue avec le sourire. Il y avait quelque chose de rassurant dans le parfum de cette forêt tropicale, dans son humidité, dans la vie foisonnante qui pulsait à chaque pas. Peut-être était-ce le ravissement les contraires, ou la certitude que les horreurs auxquelles il avait assisté ne pourraient jamais se produire ici. Il ignorait encore ce qu'il avait humé ce jour-là jusque dans son âme, mais cette sensation s'était amplifiée tandis qu'il parcourait la jungle chantante d'un pas de fils prodigue, pour rallier sa caserne.

L'avant-poste se trouvait au sud-est de la Vorrh, à trois cents kilomètres de la ville et trois mille ans derrière elle. La tribu qui possédait le village clôturé habitait les parages depuis l'âge de pierre : leurs terres constituaient un isthme situé à l'embouchure du grand fleuve qui s'élançait de la mer pour être avalé par la vaste forêt (on prétendait que c'était l'inverse, que la forêt se saignait le cœur pour inventer et entretenir la mer). Entre eux, ils s'appelaient les Vrais Humains, et c'était leur nom depuis toujours.

Les changements qu'ils avaient subis avaient permis la survie de leur race et l'effacement de leurs sens. Quand le XXe siècle s'était profilé, on avait considéré nécessaire et désirable de se concentrer sur le développement de la tribu. Le circuit commercial qui empruntait le fleuve devait prospérer après une longue période de pauvreté. Trois pays européens avaient contribué de force à cette évolution. Les Anglais avaient été les derniers à se joindre à cette noble cause, avec leur artillerie caractéristique : charme, cynisme et contrôle armé paternaliste.

L'avant-poste était une entreprise complexe. Quand Williams était arrivé, on parachevait juste le toit de l'église, auquel il ne manquait pas même la morne cloche destinée à convoquer les nouveaux convertis. Il y avait six soldats de métier, dont deux pères de famille. Un prêtre et une dizaine de policiers broussards de quinze à quarante-deux ans avaient été recrutés à force de harceler les membres les plus influents de la tribu. Les premiers prenaient leur poste très au sérieux. L'ordre qu'ils maintenaient était hypothétique, car aucun ensemble de règles n'avait été formellement instauré et les mécanismes antérieurs de coexistence s'érodaient rapidement. Du moins les envahisseurs l'avaient cru.

Williams avait été armurier pendant la Grande Guerre. Son rôle consistait maintenant à équiper et à former les nouvelles forces de police dans l'usage d'armes d'une puissance inespérée. Il était arrivé avec un chargement de fusils et de munitions qu'il avait déballés amoureusement de leurs robustes caisses.

Les massacres à pleurer auxquels il avait assisté avaient surtout servi à lui prouver que la rapacité, l'orgueil et l'aveuglement avaient tôt fait de se combiner en une mécanique épouvantable, et que c'était maintenu en cage et régulé par des contrôles sévères que l'homme montrait le meilleur de lui-même. Aucun conflit, aucune des innombrables blessures de Williams, n'avait entamé son enthousiasme à l'égard des armes à feu. Si ces beaux outils bien conçus et bien usinés n'avaient qu'une finalité, ce n'était pas leur faute. Leur unique fonction, celle d'ôter la vie, se serait exercée de toute manière, même si on n'avait disposé que de lourdes pierres et de lances en guise d'instruments de mort. De fait, Williams avait été témoin d'une guerre de tranchées se transformant en des corps à corps glissants où même la baïonnette avait une portée trop longue. Lors de ces épisodes de rage aveugle, la chair éclatait sous l'acier aiguisé à la main et les gourdins improvisés. Alors, tant qu'à devoir massacrer son prochain, autant le faire en professionnel talentueux, avec un outil de précision. C'est ce baume-là qui lui avait permis de continuer.

Il déballait une caisse de fusils à répétition quand il avait constaté, à sa grande surprise, qu'il ne s'agissait pas des Lee-Enfield reconditionnés auxquels il s'était attendu, mais de modèles flambant neufs. Rien dans cette livraison, du reste, ne correspondait aux formulaires qu'il avait remplis. Elle comprenait un butin de choix, un pistolet Mars à poudre noire de la manufacture Gabbett-Fairfax. Avec son acier extra-lourd, lisse et épuré, ce semi-automatique d'une puissance balistique étonnante, proche de celle de la hache ou du marteau, présentait un corps en L d'une laideur et d'une élégance uniques. Le Mars avait été conçu à destination des armées pour une production de masse, mais il était venu au monde au mauvais moment et en dépit du bon sens. Plus à sa place sur un champ de bataille du Moyen Âge, il avait suscité la même perplexité que lorsqu'on avait envoyé la cavalerie contre les gaz et les mitraillettes au cours de la Grande Guerre. Il faisait un boucan apocalyptique. Il était capable de stopper un cheval en pleine course. Le recul pouvait vous casser le poignet et vous cracher à la figure des douilles brûlantes. Sa précision théorique n'était jamais atteinte, parce que le tireur, son premier coup de feu parti, tremblait et frissonnait tant au moment de réappuyer sur la détente qu'il ne parvenait plus à viser. C'était le pistolet le plus puissant jamais conçu à la fin du siècle précédent et personne ne voulait jamais s'en servir. On en avait fabriqué moins d'une centaine.

Williams comprenait mal les autochtones. Malgré leur humanité patente au premier abord, ils avaient une langue impénétrable, des manières détournées et des méthodes douteuses. Malgré tout, une certaine fascination l'avait gagné devant leur capacité à observer sans regarder. Leur rire apparemment déconnecté des événements le déconcertait, leur étonnement face à des objets et des gestes inédits l'intriguait. À mesure qu'il se détachait de tous les autres colons de l'avant-poste, sa propre curiosité l'avait amalgamé à ces gens. Il n'en avait pas eu conscience. Son train-train quotidien qui consistait à effectuer la démonstration des armes et à organiser l'entraînement sur cibles l'absorbait, effaçant les doutes qui le rongeaient. Il avait fallu l'incident avec cette Este et les menaces de cachot et de cour martiale pour lui faire reprendre ses esprits – et le faire se reprendre tout court.

Le prêtre hollandais ne connaissait qu'une façon d'être : aller de l'avant. Missionnaire déterminé, il avait bouclé son église en deux mois seulement ; un record. Elle s'emplissait chaque jour de fidèles – ou en donnait l'impression, du moins. Pourtant, en cette journée, elle avait des échos creux de douleur, avait trouvé Williams, alors qu'il était campé devant. Il avait scruté piteusement l'intérieur d'où émanaient ces plaintes. Un groupe de badauds avait commencé à se former devant le porche et presque tout le village entendait cette incongruité.

« Mon père, quel est le problème ? demanda le premier des officiers supérieurs à parvenir au côté du prêtre.

— C'est l'une des femmes, répondit ce dernier. Elle est devenue folle. »

Le lieutenant contourna l'ecclésiastique et franchit les doubles portes pour prendre le contrôle de la situation. L'église sentait la peinture fraîche. Sa blancheur détonnait, désorientait. Dans la travée, à mi-chemin de l'autel, une jeune femme nue à genoux, entourée de livres. Un lourd volume *in-folio* reposait ouvert devant elle. Un flot de sang s'échappait d'entre ses jambes et un grondement grave, inhumain, lui remuait constamment le ventre – de ceux que l'on entend de loin quand il provient du centre d'un glacier, ou dangereusement près, lorsqu'il émane d'un fauve noir gracile et invisible.

Comprenant sa réticence, le lieutenant se retourna vers le prêtre. « Ce n'est qu'une enfant », dit-il – le plus gros mensonge qu'il ait pu proférer, car lui aussi commençait à se recroqueviller de peur. Ses testicules s'étaient rétractés entre ses cuisses et il avait la chair de poule. Si l'on exceptait les courbes noires qu'elle présentait en surface, l'être qui se trouvait dans l'église n'avait rien d'une jeune fille. Son essence et ses actes n'émanaient d'aucun monde connu. Ce qu'elle portait en elle, de toute manière totalement incongru pour un esprit moderne et instruit, récrivait les lois des phénomènes dans une langue au goût : celui de la pure terreur.

Un autre policier et un groupe de badauds s'étaient mis à s'agiter devant les portes. Prêt à affronter tout ce qui se présenterait, le deuxième Anglais brandissait déjà son revolver tel un crucifix. Il distinguait comme une forme floue et frémissante qui en émanait, et lui donnait envie de s'enfuir. La crainte de tous ceux qui l'entouraient était palpable et sa propre vessie débordait. Il braqua son arme en tremblant vers la noirceur confuse qui occupait la travée centrale, puis pressa la détente en fermant les yeux.

Rien ne se produisit. Le chien s'était rabattu sur l'annulaire gauche de Peter Williams, qui s'empara de l'arme et en bloqua la sécurité. Son collègue tomba à genoux avec des glapissements de douleur. Williams confisqua le revolver et le coinça dans son ceinturon. Après avoir scruté la travée, il s'approcha de la jeune fille puis s'agenouilla à côté d'elle en refermant le livre. Le silence fut immédiat. Peur et tremblements s'évaporèrent aussitôt.

« Un manteau », ordonna-t-il en regardant les portes.

Il en arriva un quelques instants plus tard, qu'on lui apporta, ou presque – on le lança sur le dernier mètre. Williams en couvrit la jeune fille, qu'il aida à se relever avant de l'escorter hors de l'église, suivie par une traînée de sang sur le plancher tout neuf. Une fois au-dehors, il s'attendait à ce qu'elle parte ou qu'un membre de sa famille vienne la chercher. Ce n'est pas ce qui se passa. Chaque fois qu'il stoppait, elle l'imitait ; elle se mettait à marcher quand il le faisait. Si bien qu'ils sortirent ensemble du camp, et une demi-heure plus tard se retrouvèrent en pleine brousse.

C'est à ce moment-là qu'il s'arrêta pour la scruter, tout en essuyant sa sueur du dos de la main. Elle était calme, à présent, et ne montrait pas la moindre trace de transpiration. La tête basculée en arrière, elle regardait vers lui sans le voir, fixant avec ses yeux couleur d'opale à la limpidité troublante, un horizon qu'il préférait ignorer. Sur quoi elle prononça un mot qui semblait en décalage avec ses lèvres : « Irrinipeste. »

Il n'avait pas compris. Il avait fallu qu'elle le redise. Ce prénom avait résonné profondément au fond de son crâne, là où se tapit le cerveau des origines. Il n'en avait retenu qu'une partie, qu'il avait répétée. *Este.*

Elle avait signifié un genre d'assentiment d'un mouvement de la tête, puis attendu. Qu'il prononce le mot à son tour, peut-être ? Il l'avait énoncé lentement, deux fois. Au milieu de la seconde, Este s'était mise à tressaillir, puis à trembler. Il l'avait crue sur le point de convulser à nouveau : le sang se déversait le long de ses jambes à un rythme inquiétant. Mais elle s'était reprise et avait recommencé d'avancer en le tirant par le bras.

Ils avaient progressé jusqu'à une clairière contenant six ou sept vastes habitations artistiquement décorées. Quelques poulets avaient détalé sur leur passage. Un paon les avait observés, puis s'était mis à criailler. Williams avait regardé autour d'eux et il s'apprêtait à signaler leur présence quand brusquement, le vieillard était apparu. Il avait étendu vers la fille ses bras scarifiés, cerclés de bracelets.

Elle s'y était blottie et avait laissé Williams quitter la clairière. En se retournant, il avait vu sa beauté érigée entre eux. Une beauté hors du temps, plus âgée, à couper le souffle.

→

Tsungali se déplia sans rien dire de sa position assise, attendant encore quelques secondes qu'on l'appelle à l'intérieur. Une nuée de poussières se souleva au ralenti autour de ses longs pieds nus. Il emboîta le pas au soldat qui l'escortait jusqu'aux portes de la caserne. Au moment où il entrait, l'autre voulut s'emparer de l'Enfield. Tsungali aboya un mot ou un son, mêlant plusieurs sons féroces empruntés aux fauves et aux serpents, aux oiseaux et au vent. Piquée et comme électrocutée, la main qui s'était avancée retomba mollement le long du flanc du militaire. Les yeux de Tsungali martelaient les siens. Il déglutit son mépris et chassa l'homme de la main. Celui-ci s'exécuta.

Quand Tsungali entra, l'odeur le ramena à ce qu'il avait été en ce lieu trois ans auparavant. Un flot de souvenirs vint remplir les vides de son système nerveux de jadis. Il en va ainsi chez ceux qui, au bout de quelques années, se débarrassent de leur ancienne existence : ils conservent en pointillé les traits de leur personnalité d'autrefois, comme un membre fantôme, vestiges toujours vivants de leur vie d'avant.

Cette part antérieure de lui-même se gonflait de l'essence de ce qu'il était avant, heurtant le présent dans un effet de déjà-vu physique. Il devenait deux à l'intérieur raide de son corps, ignorant l'officier plus raide encore qui dirigeait vers lui son regard peu amène. Au plafond, le ventilateur pataugeait dans la touffeur, faisant battre le cœur d'une bête plus grosse et fournissant un rythme aux moustiques qui prenaient leur tour pour goûter la peau blanche et transpirante de l'officier. « On vous a demandé de venir ici pour remplir une mission très particulière », éructa-t-il.

Nuit et insectes.

« Nous cherchons quelqu'un pour pourchasser un homme. Quelqu'un de confiance. Qui ait tous les talents requis. Un guerrier broussard. »

Confiance était venu mordre les couilles et le diaphragme de Tsungali.

Ayant perçu la condescendance qui perçait dans sa propre voix, l'officier s'arrêta. Cela lui donna aussi le temps de regarder plus précisément l'homme qui se tenait devant lui. Un indigène de haute taille, mais légèrement voûté. Son squelette imposant avait connu de nombreuses fractures. Sa plastique et ses muscles tout de chair dure et noire étaient souples et surutilisés, compacts. Sa peau saupoudrée d'une faible opalescence grise avait perdu son bleu nuit luisant d'autrefois. L'uniforme élimé, rapiécé, avait adopté une identité nouvelle, se changeant en ce que son vis-à-vis avait voulu en faire : le contraire de ses fonctions mêmes de vêtement et de marqueur de rang. Le tissu d'un bleu noir délavé était assorti au teint de celui qui le portait. Tsungali ressemblait à une ombre dans cette pièce et peut-être en était-il une : une ombre statique, projetée par ce qui se passait dans son être en proie aux turbulences, une trouée de lumière éjectée dans l'espace et dans le temps.

Un bref instant, l'officier put scruter les traits de Tsungali, qui était maintenant immobile – immobile, mais pas calme : on aurait plutôt dit une image unique extraite d'un film en accéléré, maintenue dans son flou et dans un repos anormal. Cela faisait pas mal d'années que les deux hommes ne s'étaient pas retrouvés aussi près l'un de l'autre. La dernière fois, Tsungali était enchaîné au sol du tribunal. Une férocité se dégageait de son visage d'alors, la passion survoltée de ses expressions et de sa méchanceté. Qui avait pris corps, à présent.

L'officier contempla la crosse polie du fusil. Polie non par souci d'apparat ou par fétichisme, mais à force d'avoir servi.

« D'où est-il ? » demanda Tsungali. Sa voix stoppa les moustiques et fit tendre l'oreille à l'assistance.

L'espace d'un instant, son vis-à-vis, ramené à l'exécration de ce qu'ils envisageaient, ne comprit pas la question. Puis il lâcha : « C'est un Blanc. »

Tous deux en avaient assez d'être en présence l'un de l'autre. L'objectif était accompli, le marché, conclu : Tsungali avait accepté la poursuite. Il ôterait la vie à cet inconnu, la déverserait quelque part dans l'immense nature.

Quand il repartit dans la nuit, il maîtrisait son monde. Qu'il façonnerait avec les dieux et les démons pour en faire un amas de forces, chacune dotée de son prix qui s'évaluait avec du sang. Tsungali regagna l'arrière du fortin, où sa moto volée, squelette de puma au métal dressé, boudait dans les ténèbres. Il rangea posément l'Enfield dans son étui en laiton. L'arme s'appelait Uculipsa – « berceuse » dans sa langue maternelle. Éraflée, entamée par les impacts, elle alla reposer douillettement au sein du métal terne où elle pouvait dormir d'un profond sommeil et dont la matière, non ferreuse écartait toute humidité. Uculipsa était en sécurité. La chair de sa crosse en bois, les muscles et les os de son mécanisme étaient sous la protection de cette obscurité étroite et sonore aux faibles relents de sang. Tsungali roula jusqu'au gros portail de rondins, dépassant les sentinelles. Avec une confiance inébranlable, il quitta son foyer de jadis pour pénétrer dans la noirceur. Les pneus grondaient et cahotaient sur la terre rouge en une pulsation régulière. Il se dirigeait vers son campement et une mission qui allait lui plaire.

Il n'éprouvait aucune haine envers les Blancs – cela aurait privé d'énergie sa détermination. Simplement, c'étaient tous des voleurs et des menteurs. Lorsqu'ils l'avaient consacré policier peu après ses 20 ans, il était déjà un visionnaire important pour sa tribu, un prêtre néophyte attendant plus de virilité pour prétendre pleinement à ce statut. Même la précieuse Irrinipeste constata alors sa valeur et louait son courage. Être remarqué d'une chamane aussi puissante était une bénédiction. Quand elle lui avait demandé les « écouteurs » de son cousin, il les lui avait donnés de bon gré.

Le cousin était mort la semaine précédant la promotion de Tsungali, après l'incident avec les envahisseurs. Beaucoup des Vrais Humains s'étaient échinés à comprendre et à adopter les nouvelles coutumes, convertissant l'absurdité des étrangers en tel ou tel bout du vrai monde. Son cousin était de ceux-là. Il avait observé leurs manières, vu quel fétiche comptait le plus à leurs yeux. Il avait fabriqué des répliques des objets qu'ils surveillaient et qu'ils idolâtraient, partant du principe que la similitude clarifierait tout, au point de rendre leurs paroles intelligibles, afin que chacun puisse avoir sa part de la grande sagesse. Il avait comprimé des feuilles d'arbres et de la terre, les amalgamant avec de la sève et de la salive. Il leur avait donné la forme des marchepieds noirs que les révérends blancs appelaient « bibles ». Il portait même la sienne sur lui, serrée contre son cœur comme le *père* des envahisseurs le faisait.

Et pourtant, ils avaient mal réagi à son dévouement, confisquant toutes les imitations qu'il avait offertes autour de lui. Quand il s'était retiré dans la forêt pour se mettre à bâtir sa hutte, ils avaient eu l'air soulagés, heureux de son départ.

La hutte était à peine assez large pour qu'il y tienne. Au-dessus, il avait érigé une très longue perche, en assemblant une série de roseaux et de branches parmi les plus droits qu'il avait pu trouver. À ce mât branlant pendait la longue liane qu'il avait nouée tout en haut. Elle traversait le toit de la hutte, où elle était reliée à deux demi-coques de noix de coco associées par un scion arqué. Tout cela reposait sur la tête du cousin, chaque demi-coque sur une oreille. Comme les Blancs, il écoutait la voix des fantômes qui flottait dans l'air. Son mât les captait sur sa ligne et les aspirait, les transmettant jusqu'aux coques et à ses oreilles. Il était resté là des jours entiers, paupières résolument closes, dans une concentration absolue. Quand les envahisseurs l'avaient trouvé, ils avaient ri aux larmes : de l'eau rose sur leurs joues. Lui aussi s'était esclaffé et il leur avait tendu les *écouteurs*, comme on les appelait, pour qu'ils entendent les voix.

Le policier encore occupé à essuyer son hilarité avait pris les coques et les avait placées sur ses oreilles. Son sourire avait aussitôt fondu et il avait jeté l'objet, le projetant au loin comme s'il s'agissait d'un serpent. Il avait hurlé contre le cousin et ordonné à ses hommes de mettre le feu à la cabane. Mais le cousin avait refusé de partir, affirmant que c'était la volonté des esprits et que le feu passerait à travers la perche, par-dessus sa cabane, qu'il se transmettrait dans l'air, où il attendrait d'entrer dans l'autre perche située en haut de la cabane du Blanc. Il avait été consumé sur place. Tsungali avait récupéré les écouteurs par terre tandis que la cabane et l'antenne à esprits s'écroulaient autour de la silhouette accroupie noyée de fumée.

Personne se s'était expliqué l'incident sur le moment, pas même les envahisseurs qui priaient devant les flammes pour l'âme de son cousin. Cette compréhension-là prendrait plusieurs années à mûrir tout à fait.

C'est après cette débâcle qu'ils avaient fait Tsungali policier. Histoire d'équilibrer les choses, se disaient-ils, et parce qu'il n'avait jamais accepté une seule des bibles de son cousin. Il avait excellé dans son travail dès le premier jour, obéissant à tous les ordres et menant à bien toutes ses missions. La tâche était plus simple qu'il n'y paraissait : il expliquait à ses semblables ce qu'on devait les voir faire. Ils daignaient s'y plier, et les nouveaux maîtres croyaient qu'on avait exaucé leurs désirs. Ses maîtres, qui le trouvaient tellement doué qu'ils l'avaient récompensé trois ans plus tard en le faisant voler de son pays jusqu'au leur – un trajet long et incompréhensible destiné à lui montrer la magnificence de leurs origines. Le temps qu'il parvienne dans l'immense métropole européenne, il n'avait plus ni boussole, ni poids, ni direction : son ombre interloquée était restée chez lui à contempler le ciel vide.

Ils l'avaient vêtu de tissu lisse, lui avaient défrisé les cheveux. Ils lui avaient mis aux pieds des sortes de gants et des bottes pointues ; ils l'appelaient John. Ils l'avaient emmené dans de vastes salles pour lui faire rencontrer plein de monde. Il s'était acquitté de son devoir à la perfection, ils le trouvaient digne de confiance. Il était la nouvelle génération de son clan, une récompense dans leur empire.

Lui s'était contenté de regarder en se bouchant les oreilles face à leurs voix bourdonnantes. Il avait tout tâté, les textures, les couleurs, pour se souvenir de la différence, de la dimension et du fait que tout, là-bas, était usé, lisse et brillant, comme si un océan d'un million de gens s'était frotté contre le bois et la roche, incurvant leurs éclats et étouffant leur surface. La nourriture qu'on lui donnait le surprenait et lui piquait la bouche, le brûlait ou le fouaillait en dedans, si bien qu'il devait chier continuellement : même ça, ils le gardaient sous clé. Il n'avait pas le droit de sortir le faire dans les jardins taillés, il devait s'enfermer dans un minuscule réduit où toutes ses déjections devaient être déposées dans une calebasse de pierre froide puis emportées par de l'eau. Il avait réussi à supporter tout cela sachant qu'il rentrerait bientôt chez lui.

C'est le musée qui avait tout changé, en expliquant l'étendue de leurs mensonges. Comme les églises où il était allé, c'était un endroit imposant et sombre. Tout le monde chuchotait et se déplaçait sans bruit, respectueux des dieux qui y vivaient. L'un des hommes de l'armée lui avait servi de guide tout du long, lui montrant des boîtes et des boîtes d'objets impossibles, tous captifs dans du verre. Ils racontaient des mensonges – les scènes, le guide – sur des tribus logeant dans la glace et dormant avec des chiens ; concevant de petits totems qui brillaient dans le noir ; murmurant leur magie ; acquiesçant ensemble. De plus en plus écœuré, Tsungali avait pris de l'avance et passé un coin de mur pour se figer devant la vaste vitrine suivante. Y luisaient tous les dieux de ses pères. Cette prison de verre et de bois les retenait, nettoyés, fièrement campés pour que tout le monde autour puisse voir leur pouvoir et les adorer. Sauf que sur le sol de leur incarcération, dans un grand désordre, il y avait les instruments et les biens prisés par son clan : marques, outils et secrets d'hommes comme de femmes mélangés et forniquant, exposés de façon obscène, écrasés sous de l'écriture. À chacun était accrochée une étiquette en carton brun : les mensonges gribouillés de l'homme blanc s'agrippaient à chaque objet chéri, pillé, volé, blessé, animal pris au piège. Tous ces objets qui avaient été emportés, rejetés, car de mauvaise qualité et remplacés par de l'acier. Et là-bas, au centre, il y avait la lance sacrificielle de son grand-père, celle qui lui avait été transmise au bout de plusieurs siècles, dont le bois était imprégné de la sueur et des prières de sa famille. Celle que Tsungali n'avait jamais touchée. Il arpentait là un trésor de tout ce qui avait du sens, qui était sacré – et tout avait été volé.

Les visiteurs s'émouvaient devant ces objets et ces divinités dont l'influence les poussait au silence et à la révérence. L'un des anciens en uniforme était tombé à genoux le nez contre la vitre pour se rapprocher d'une manifestation sculptée de Linqqu, déesse de la fertilité et des champs.

Sur le mur du fond, il y avait des images. Presque en transe, Tsungali s'était posté devant, entrant dans un souvenir de son village accroché à la verticale et vidé de couleurs. Là était le sacrilège ultime : exposer le sacré, les morts et les âmes des vivants.

Ses protecteurs appréciaient sa visite, contents de son comportement attentif. Ils l'avaient regardé scruter le portrait d'un ancien de sa tribu assis devant une habitation finement sculptée. C'était une image significative, à valeur anthropologique, un document pris lors des premiers contacts et qui montrait une culture ininterrompue dans toute sa vigueur locale. Tsungali contemplait son grand-père. Le vieil homme n'avait jamais été photographié avant ce cliché et il n'avait pas eu la moindre idée de la raison qui poussait l'étranger à se voiler le visage et à agiter sa boîte vers lui. Assis sur les marches de leur case collective tout en longueur, un chasse-mouches dans une main et s'efforçant de l'autre de se couvrir les parties, il avait l'air perplexe, la tête légèrement inclinée pour regarder à côté de la boîte : il tâchait de voir la tête du photographe. Les yeux et la bouche de son grand-père venaient d'être blessés par l'étrangeté. Il était trop abasourdi et absent pour échapper à l'événement. L'extérieur de la case était incrusté d'esprits gesticuleurs rampant et grimpant. Tous leurs visages sculptés et peints, vivants, parlaient à l'étranger, se moquaient de ses manières.

Le vieillard regardait à travers la boîte, à travers l'étranger, jusqu'à son propre reflet, et semblait frémir. L'entrée de la case était sombre, mais on distinguait une autre silhouette à l'intérieur. Un petit garçon heureux, hilare, tout en dents et en yeux dans la noirceur, plein d'un émerveillement ouvert et souriant. C'était Tsungali, pris jeune, contrastant avec la nudité, l'incompréhension et la douleur de son aïeul adoré.

Les larmes lui montèrent aux yeux tandis qu'il suppliait silencieusement le cadre de bouger ou de se détourner, se retourner – n'importe quoi pourvu que sa mémoire évite d'affronter un deuil aussi tenace. Il n'avait pas pu continuer à regarder. Trouver son grand-père piégé derrière du verre et cloué à un mur, aussi loin de chez lui et de ce qu'il restait de son corps, cela allait plus loin que du sacrilège et du blasphème. Ça le mordait à l'intérieur, rongeait son arbre génétique, lui transmettant une émotion cachée qui s'était tenue tranquille jusque-là. Il avait reculé, porté par la foule où il n'avait pas tardé à se dissoudre. Il s'était enfui de ce lieu, puis perdu dans les rues extérieures remplies de menteurs.

On l'avait retrouvé, bien entendu, et ramené dans son pays natal, où l'on se fiait à lui pour inculquer les splendeurs et la puissance des maîtres. Au lieu de quoi il avait raconté que les dieux des Vrais Humains avaient été volés et remplacés par des bâtons en croix ; que tout ce que le clan était autrefois, tout ce qu'il avait révéré jadis, avait été donné à d'autres. Il avait expliqué que les Toubabs les avaient trompés, avaient emporté leurs ancêtres pour les enfermer dans des prisons de verre. Qu'il n'y avait qu'un seul moyen de traiter une profanation aussi pernicieuse : le 3 juin, par un après-midi d'été ensoleillé, il avait entamé les guerres de Possession.

Dès le lendemain, les deux tiers des envahisseurs étaient morts ou à l'agonie, leurs maisons incendiées et l'église éventrée ; la piste d'atterrissage avait été dévastée, mutilée au point d'être méconnaissable.

Peter Williams avait disparu, cédant la place à un mythe. De même qu'Irrinipeste, Este, l'enfant qui ne vieillissait jamais, fille de la Vorrh, parente des Ancêtres et cœur battant des Vrais Humains.

→

Je cale mon chemin sur la nuit et sors du village. La vélocité de la lune polit les kilomètres qui m'attendent.

Je marche entre des parois de pierre blanche comme dans le lit d'une rivière à sec, route creusée par le temps, les intempéries et le passage continuel des hommes, aussi migrateurs que des oiseaux. Des tribus traversant et retraversant le même goulet, s'efforçant désespérément de combattre l'extinction. C'est avec ce troupeau de spectres que je voyage, seul.

Au bout de plusieurs heures, je marque un arrêt. Depuis un moment, j'ai noté d'infimes mouvements aux limites de mon champ de vision. Des ponctuations évoquant des poissons, percent les vagues solides de pierre qui me flanquent, et reflètent la clarté en des éclairs feutrés, plus rapides qu'un clignement de paupières. Chaque fois que je m'immobilise, le phénomène cesse. Quand je repars, ce scintillement périphérique me suit. Ce qui au départ suscitait mon étonnement a maintenant viré au malaise, car je redoute la conscience autant que l'hallucination. Aucune n'est désirable pour l'instant : tout ce que je demande, c'est d'être seul et loin, pas d'avoir de la compagnie ni de me livrer à l'introspection. Je recherche une dimension compréhensible avec clarté. La complexité m'a déjà handicapé autrefois et j'ai mis de nombreuses années à m'en guérir. Je refuse d'en repasser par là, de partager mon être avec tous ces autres qui en appelleraient à ma loyauté, se la disputeraient. J'ai juste besoin de respirer, de marcher – mais à cette heure de la nuit, dans cette artère albinos, j'entends la peur qui me piste.

L'arc arrive dans ma main, pareil à une lance, décordé. Il émet du musc. Le calme me gagne, l'apesanteur. Je suis paré pour l'attaque. Rien ne survient. Je reste planté là, raide comme un piquet. Au bout d'un moment, j'incline légèrement la tête pour vérifier si quelque chose bouge. Rien, au début, puis une lueur tremblotante, un unique et minuscule scintillement. Je me concentre sur cette lueur et m'avance vers elle à la façon d'un chat qui traque un bruit. Elle ne plane pas dans l'air, mais sur les falaises de pierre blanche. Elle est enchâssée dans cette bibliothèque du crétacé. La clarté des étoiles l'a déclenchée, et un écho de brillance chiche frémit sur son contour. C'est une dent de requin fossilisée, un petit poignard lisse aux bords cruellement crénelés et incrusté dans la roche qui mastique la lointaine lueur céleste.

Ces dents étaient autrefois fort prisées et, autant que je me souvienne, ont fourni une activité modeste aux habitants du cru, qui les récoltaient et les exportaient vers les villes administratives. On les y montait sur de l'argent et les suspendait, regroupées, à des arbres miniatures baroques. Cela s'appelait une *crédence*, nom devenu synonyme de la table d'appoint qui leur servait autrefois de support. Les Borghese et les Médicis en possédaient de riches et de somptueuses. Quand on servait du vin à un invité, on le guidait jusqu'à l'arbre en l'autorisant à choisir une dent pour la placer dans le calice, en laissant la chaînette pendre par-dessus le rebord. Si la dent virait au noir, le vin était empoisonné ; si elle restait intacte, on accordait confiance au vin et à l'invité, ouvrant la voie aux affaires et à l'amitié.

Je me tiens dans la nuit noire, méditant sur ces tablées lointaines et ces agressions oubliées dans un fleuve pierreux de dents qui pourront m'être utiles, pour certaines : leur dureté compacte et leurs extrémités incisives en feront des pointes de flèche idéales. Au matin qui vient, je les extrairai, les nettoierai, puis je trouverai du bois bien droit pour les hampes et je chasserai des hirondelles. Leurs ailes seront mon empennage. Comme elles ne sont parfaites que découpées sur un oiseau vivant, il me faudra fabriquer des filets pour capturer leur vitesse.

De la ficelle, des copeaux de bois et des vestiges de dents légers gisent à mes pieds avec les corps amputés de vingt martinets dont les yeux étranges, effilés, regardent dans toutes les directions. La forme de ces yeux trouve un écho dans leurs ailes, celles-là mêmes qui ornent à présent mes flèches. Un brouillard maritime monte dans mon dos ; un portail aux charnières d'ombre ferme l'horizon. Je suis prêt à quitter ces contrées sinistres et molles.

Par un matin luisant, ensoleillé, je tire un autre trait. La courbe de ses plumes chante dans l'air vif. Elle vole au-dessus de mon sentier de pierre dure qui s'élève vers les lointaines collines.

J'ai l'impression que chaque pas me fait grimper hors du passé, me soulève de la gravité de l'attente. À compter d'aujourd'hui, les souvenirs ne couleront plus que vers l'avant. Ils guetteront mon arrivée comme dans les songes, où ils fournissent continuité et élan. De la même manière, les flèches sont parties plus tôt pour sentir le vide, goûter sa couleur et nommer son hasard. Este en a écrit ma compréhension haut sur le sentier perpétuel. Ce qui m'attend dans mes rêves pour reprendre la route me sera expliqué entre le vol de chaque trait. Dans leur intervalle, mon parcours à pied dévoilera la connaissance, tandis que mes pieds effaceront le chemin de toutes les arrivées.

2

Ismaël n'était pas un être humain normal, mais, n'en ayant jamais vu, il l'ignorait. Il avait été élevé par les Proches : Abel, Aklia, Seth et Luluwa, de douces machines marron foncé qui l'alimentaient depuis qu'il était bébé et avaient veillé sur lui jusqu'à l'adolescence. Si les Proches lui ressemblaient par la forme, ils étaient faits d'un autre matériau que le sien. Il avait grandi sous leurs soins muets et attentifs tout en se sachant différent, mais sans jamais se rêver monstre. Il n'en existait pas dans son monde souterrain d'en dessous des écuries, dans la vieille ville d'Essenwald.

Essenwald était une ville européenne exportée morceau par morceau vers le Continent noir, puis reconstruite dans une vaste clairière au bord de la forêt. Son édification avait pris un siècle et demi. Le souvenir du modèle original s'étant effacé des mémoires, la copie avait fini par devenir authentique. Les conditions météorologiques extrêmes avaient généré une seconde forme d'imposture, imposant l'action des saisons sur la haute vélocité des caprices tropicaux. La plupart des bâtisses anciennes en pierre avaient été apportées par bateau, numérotées brique par brique pour leur résurrection ; plusieurs des nouveaux immeubles et entrepôts avaient emprunté aux matériaux du cru pour copier la splendeur chantournée et pesante de leurs prédécesseurs, ajoutant une expression artistique originale et brillante à leur vision skeuomorphique du déclin. Essenwald était prospère, affairée et animée de moult mouvements avec ses routes en dur et les voies de chemin de fer qui se déroulaient à partir de son noyau chatoyant et enfiévré. Une seule ligne de train se faufilait dans les entrailles sombres de la forêt. Dans la masse éternelle de la Vorrh.

Pendant des années, on avait prétendu que personne n'avait jamais atteint le centre de cette jungle. Ou, si quelqu'un y était arrivé, il n'en était jamais revenu. Les affaires avaient connu une expansion florissante à ses abords sud, mais on ne savait rien de l'intérieur hormis les mythes et la peur. C'était la forêt même, la sylve incarnée, d'un âge d'avant le langage, d'avant qu'existent toutes les espèces – quoique aussi, à en croire certains, propagatrice de toutes, enfermée qu'elle était dans son propre système évolutif et climatique.

Son feuillage chamarré, tout comme les grands arbres qui respiraient son air riche, étaient une manne pour les hommes, mais pouvaient aussi dévorer un millier de leurs petites vies en une microseconde de sa chronologie insondable et ininterrompue. Si vaste était son étendue qu'elle imposait ses exigences au temps, divisant le soleil torride en plusieurs zones étrangères à toute calibration normale : le voyageur qui l'aurait traversée à pied sur toute sa largeur aurait dû faire halte au centre, puis attendre au moins une semaine pour que son âme se mette au diapason. Et si dense était son souffle qu'il influençait le climat alentour. Des nuages tourbillonnants interagissaient avec son ombre. Sa sueur énorme aspirait la cité proche qui s'alimentait d'elle, suçant les poumons des habitants et emplissant les ciels d'oxygène. Elle apportait des tempêtes et des changements météorologiques sans équivalent. Parfois, elle imitait l'Europe, introduisant, le temps d'une semaine ou deux, un hiver factice qui faisait chuter les températures et donnait l'impression que la ville était sa génitrice. Sur quoi, après la constriction d'un gel improbable, la Vorrh toupinait des vents et de la chaleur afin de fissurer la maçonnerie.

Aucun avion n'osait la survoler. Son climat imprévisible, ses anomalies gyroscopiques et autres impossibilités d'atterrir en faisaient un cauchemar pour les pilotes. Tous ses sentiers se transformaient en luxuriance, en embuscade. Les tribus qui selon la rumeur y vivaient étaient à peine humaines – certains affirmaient que des anthropophages y subsistaient. Des êtres desquels on ne pouvait rien attendre. Aux têtes poussant entre les omoplates. Des horreurs.

Les pistes forestières qui bordaient son périmètre permettaient au négoce de grignoter prudemment ses lisières non protégées. Aucune desserte commerciale à part le train n'autorisait à entrer ou à sortir de son ombre compacte. Une boulimie de bois avait posé mécaniquement, section après section, le chemin de fer rectiligne qui menait jusqu'à son cœur. À mesure que le rail s'était avancé, il avait oublié son passé immédiat. Au cours de ses kilomètres répétitifs, il apportait le sommeil.

La majeure partie des convois qui parcouraient cette voie était composée de wagons plats flanqués de chaînes destinés à charrier les grumes. Mais il y avait deux voitures de voyageurs, pour les excursions courtes et nécessaires, ou pour les visiteurs chez qui la curiosité l'emportait sur la sagesse. Il y avait aussi les tombereaux négriers, de simples conteneurs sur roues servant à transporter la main-d'œuvre jusqu'à l'intérieur de la forêt. Les esclaves avaient changé sous les yeux de leurs propriétaires. Ils s'étaient transformés en d'autres êtres, dénués de sens, d'identité, de but. Au départ, on avait cru que ce mal-être était le produit de leur emprisonnement, mais il s'était vite avéré qu'il ne leur restait plus aucune personnalité susceptible de ressentir ou d'endurer de telles subtilités émotionnelles. La forêt avait dévoré leurs souvenirs puis les avait ressuscités drogués.

La ville d'Essenwald se nourrissait des arbres, consommant la myriade des différentes variétés qui y poussaient allègrement. Pendant le jour, les scieries et entrepôts de bois vibraient et chantaient, les usines de caoutchouc cuisaient la sève pour lui donner forme et les papeteries faisaient bouillir les fûts afin de les dénuder, les blanchir et les préparer à accueillir des mots. C'était la Vorrh qui permettait tout cet appétit. Elle encourageait à grignoter une de ses lisières tout en s'en servant comme une énième forme de protection – mineure, en comparaison de l'arsenal défensif qui la rendait éternelle.

La déclaration de souveraineté et de pérennité de la ville était inscrite dans ses rues sinueuses pareilles à un manuscrit labyrinthique. Certaine chaussée anguleuse s'appelait rue Kühler Brunnen – source rafraîchissante ; son nom était rédigé à la main sur un panneau cloué bien haut à l'ubac du tracé. Une bâtisse d'âge vénérable se dressait en son milieu, centre névralgique qui avait été parmi les premiers à surgir pour s'enfoncer dans le sol réchauffé, sur le site d'une enceinte sacrée que d'aucuns prétendaient carrément plus ancienne que l'humanité. Certains pans extérieurs ultérieurs étaient des répliques taillées dans la pierre riche en anthracite d'une carrière épuisée depuis longtemps. Les proportions et la disposition de l'hôtel particulier étaient empruntées à une ville amère de Saxonie septentrionale. Des volets barraient ses fenêtres. Il broyait du noir sans rien dire tout en détournant l'attention. Ses petites écuries bien propres hébergeaient trois chevaux, un tilbury verni et un chariot. Paille et pavés conféraient senteur et mouvement à l'immobilité de sa cour tandis que, loin en contrebas, sous du bleu et du jaune, des êtres marron bourdonnaient et s'affairaient autour des choses blanches qu'ils faisaient pousser. L'air regorgeait de leurs vapeurs d'ozone et de phénol, de la faible odeur de roussi qu'émettaient leurs corps trop chauds – celles d'une vie qui se fendille et se dessèche en lâchant son bruissement distinctif, tout comme nous-mêmes vieillissons avec des rides et du ramollissement.

Le 4, rue Kühler-Brunnen tenait à rester vide. La bâtisse croyait en avoir terminé depuis des lustres avec une occupation à plein-temps. Et pourtant, si la vacuité silencieuse de ses pièces n'hébergeait personne, ses caves recelaient un puits d'une profondeur inouïe – au point que si on lui avait accordé un jour une ouverture vers le ciel, il aurait reflété dans son eau aveugle les galaxies les plus lointaines. La vieille construction sombre demeurait alerte et vigilante face à ce qui se produisait en dessous d'elle.

Là-bas, au numéro 4 de la rue Kühler-Brunnen, parmi des machines en caisses, des presses stagnantes, des bocaux sous carton et des contenants vides et tachés, Ismaël devenait un homme. Son enveloppe blanche ne serait jamais aussi dure que celle des Proches, mais il commençait docilement à se solidifier et à se préciser pour d'autres usages. Ismaël était fait de chair, comme les animaux, tandis que les Proches étaient en Bakélite, comme le mobilier. Ils avaient des corps parfaits par leur lustre et leur profondeur de surface. Chacun d'entre eux était une variation belle et unique associant forme et fonction. Lorsqu'il examinait l'imprécision flasque de sa propre coque, Ismaël ne cessait de s'émerveiller de leur splendeur.

Plus le temps passait, plus Luluwa l'intriguait. Elle était différente des autres. Pas parce qu'elle était de sexe féminin. Cela lui avait déjà été expliqué : il y avait quatre sortes d'êtres tels que lui en ce monde : hommes, femmes, animaux et fantômes. Il était un homme, comme Abel et Seth. Luluwa était une femme, comme Aklia. Lui était simplement d'une autre sorte. Les hommes avaient des tubes et de la force, les femmes, des sacs et de la douceur. Quant à lui, il avait un peu de tout.

La première fois que Luluwa lui avait échauffé les sangs, c'était lorsqu'elle avait tué un animal pour lui. Le cassant en deux entre ses longs doigts luisants, elle l'avait ouvert pour qu'Ismaël le goûte et le hume, en expliquant que ces entrailles étaient une copie des siennes, faites dans la même matière – contrairement à celles des Proches, modelées à partir d'une substance différente. Luluwa avait précisé que la couche supérieure douce et épaisse de la bête lui tenait chaud, qu'Ismaël aussi en aurait bientôt une et qu'en y regardant de près, en se mettant près de la lampe, il pourrait déjà distinguer des petites pointes de duvet perçant sa peau souple. Elle avait étendu son bras lisse et gracieux pour lui montrer son absence de *poils*. Il avait rougi, pris de honte : il se sentait mal fabriqué. Il aurait voulu retenir son souffle, aspirer toutes ses traces animales et les cacher sous sa coque, racornir et vitrifier chaque *poil*, tendre à la même perfection qu'elle.

Elle lui avait déjà expliqué qu'il était trop moelleux pour grandir, pour se dilater, pour gonfler. Elle-même était complètement formée et inflexible. Il ne comprenait pas. Pourquoi aurait-il fallu qu'il grandisse pour devenir autre chose, alors qu'elle était là, immaculée ? Elle avait tapoté sa coque marron et répondu qu'elle avait la peau rigide et cassante, tandis que celle d'Ismaël était souple et facile à couper, qu'ils étaient chacun vulnérables à leur manière.

Elle lui avait caressé la nuque avec deux de ses doigts parfaits tout en le rassurant sur la place qu'il occupait, sur sa supériorité et sur le fait qu'elle l'acceptait tel qu'il était. La fermeté et la fraîcheur de ce contact avaient excité Ismaël et, à sa grande surprise, enflé sa tiédeur molle en une imitation tumescente. Luluwa avait fait semblant de ne pas s'en rendre compte et s'était éloignée dans une vague de cliquetis ductiles et de crissements internes – sons dont il garderait le souvenir à travers toutes les sinuosités de sa vie.

Il avait relevé les yeux, laissant là sa gêne et son entrejambe pour observer Luluwa qui se déplaçait en travers de la longue salle. Elle avait une démarche décidée, unie et précise, comme si les centaines d'ajustements mineurs nécessaires à sa propulsion et son équilibre étaient soupesés et réfléchis consciemment en des fractions de temps impossibles à envisager. Lui, s'il avait fallu qu'il pense comme cela au fait de marcher, il serait tombé au bout de quelques pas : une maîtrise aussi parfaite demeurait inatteignable par sa locomotion saccadée, ridicule. Luluwa était gracieuse et constante, tandis que lui devenait de plus en plus maladroit et aléatoire. Des gerbes d'émotions et des éruptions d'idées drossaient son être hétéroclite, percé de trous, en des marées imprévisibles, le poussant à s'inventer des doutes en guise de compagnons, à construire de l'anxiété, miroir inversé de la perfection, sachant qu'il serait le seul à se refléter dedans et que les autres poursuivraient tranquillement leur cours sans.

Parfois, quand il regardait les Proches dormir, se charger, leur immobilité le fascinait. Il s'asseyait tout près de Luluwa et de l'un des autres pour guetter leur moindre mouvement. Un jour, Seth, qui se tenait derrière lui, avait demandé pourquoi il les scrutait d'aussi près.

« Parce que je crois qu'ils sont morts », avait-il répondu sans réfléchir. Seth avait posé la main sur l'épaule du jeune garçon et émis un bruit de gorge ronflant.

« C'est comme les animaux quand ils sont cassés, avait poursuivi Ismaël sans se retourner, sans détacher les yeux de la femme endormie. Avant qu'ils se cassent, ils sont tout entiers faits de mouvement, et ça s'arrête ensuite. Où va-t-il, le mouvement ? »

Seth s'était porté contre son flanc et s'était agenouillé pour regarder avec lui. « Il est vrai que tous les êtres vivants bougent et que leur mouvement est incessant. Il est vrai aussi que les morts ne bougent pas. Mais parfois, le mouvement se cache dans la petitesse, il échappe au regard. Je vais te montrer. »

Ismaël avait interrompu son observation pour considérer Seth et les mots qui se déroulaient de sa bouche dénuée de dents, en se concentrant sur le frémissement qui battait à ses mâchoires.

Le Proche s'était éloigné pour gagner un meuble de rangement situé de l'autre côté de la pièce. Il avait ouvert un tiroir et était revenu avec une rapidité résolue, porteur d'un tube de verre long comme son bras et d'un petit entonnoir, en verre lui aussi. S'agenouillant de nouveau, cette fois entre Luluwa et l'enfant, il avait posé une extrémité du tube sur le front de la dormeuse et fixé l'entonnoir à l'autre bout. Il avait porté un doigt à ses lèvres, soufflé un « ssss », fait un clin d'œil. Ismaël avait compris le pacte et ils avaient agi discrètement, de manière à ne pas la réveiller. Seth avait placé la partie évasée de l'entonnoir contre l'oreille d'Ismaël, tout en appuyant délicatement l'autre bout à la commissure de l'œil fermé de Luluwa. Le Proche s'était figé ainsi, à demi tourné vers elle, et à demi vers le visage d'Ismaël.

Au départ, ce dernier n'avait rien entendu, hormis sa propre agitation. Puis, dans le tube, un bruit infime lui était parvenu. Oui, et ça recommençait, un chuintement liquide, comme celui d'une salive qu'on crache, si faible qu'il aurait pu provenir de l'autre bout de l'univers. Ah oui, oui ! Le revoilà encore, irrégulier, mais rapide, et intermittent… un pouls chuchotant. Ismaël avait écarté son oreille du tube.

« C'est quoi, ce bruit ? » avait-il demandé.

Seth avait pris une expression résolue et souri pudiquement. « C'est son œil quand il bouge, avait-il expliqué. Sous sa paupière solide. » Il avait scruté l'enfant d'un regard perçant. « Elle rêve. »

→

Sigmund domestique muet comme une tombe et formé à cette fin, se rendait chaque dimanche au 4 rue Kühler-Brunnen pour s'acquitter mécaniquement de ses tâches d'entretien. Ayant terminé ses corvées de la journée, il tourna la clé dans la lourde serrure de la porte cochère qui renâcla, branlante, le faisant chanceler jusque dans la rue. Au coin de sa bouche bleuie par la barbe, un cigare mâchonné, goudronneux et humide accentuait son halètement dans la froideur de l'air. Mutter rentrait chez lui pour retrouver le riche parfum du déjeuner préparé par sa femme. Entre le schnaps de la veille au soir et le sommeil hébété qui avait suivi le repas copieux de l'après-midi, son attention était pâteuse. Raison pour laquelle, peut-être, la gâche mal enclenchée fit tomber les clés dans le bourbier glacé.

« Bonjour Sigmund », flûta une voix au-dessus de lui. Il se força à lever les yeux en grognant pour répondre à la femme resplendissante qui souriait en surplomb de son dos gibbeux. C'était Ghertrude Eloise Tulp. La haute taille de la jeune fille était accentuée par le manteau d'hiver beige qui lui descendait jusqu'aux pieds et qui rayonnait autour d'elle. Une écharpe aux motifs de couleurs vives encadrait son teint radieux, retenant son chapeau à larges bords d'où dépassaient des monceaux de boucles auburn. Ses yeux verts brillaient avec une intensité à vous mettre mal à l'aise.

« Bonjour, mademoiselle Tulp. Quelle belle matinée malgré la fraîcheur. »

L'espace d'un instant, ils furent l'un et l'autre suspendus entre deux gestes. La rue rétrécissait à mesure qu'on s'élevait, passant d'une large voie pour chariots à un isthme irrégulier couronné de toits dont les cheminées tordues tentaient d'imiter la calligraphie des arbres, couleur suie sur fond de ciel garance. Dans la partie la plus haute, il y avait une horloge, hors service et grossièrement repeinte, une panne dont l'origine avait déserté les mémoires. À l'image de son cadran, la rencontre qui se déroulait en contrebas, semblait elle aussi bâillonnée.

« Comment va monsieur votre père ? » lâcha Mutter d'une voix de stentor qui révélait son envie de filer.

« Deacon Tulp se porte comme un charme », répondit-elle sur un ton amène, consciente qu'elle pouvait jouer sur l'infériorité de ce domestique ballot. Une rafale de vent féroce s'engouffrant depuis la place de la cathédrale mit fin à ce sport calculé, agitant le lourd portail juste ce qu'il fallait pour montrer qu'il n'était pas bouclé.

« Ma considération et mon affection à votre femme et aux petits, surtout », piailla Eloise. Mutter cilla gauchement, n'en revenant pas de la facilité avec laquelle il s'en tirait. « Et dites-lui bien de ne pas s'inquiéter pour le retard de loyer : mon père comprend combien la situation est difficile en cette période de l'année. »

Cela fit se carapater Mutter, après des compliments à l'adresse de toute la famille Tulp, conclus par un bref coup de son chapeau cabossé, qui couvrait ses cheveux couverts de pellicules. Ghertrude resta seule dans la rue vide et venteuse. Son excitation vibrait distinctement dans la gueule de la serrure à demi ouverte.

La mission essentielle de Mutter consistait à s'occuper de la bâtisse, ainsi que des chevaux dont lui et ses proches avaient la jouissance quand ils ne transbordaient pas des caisses d'un bout à l'autre de la ville jusqu'aux caves et retour.

Chaque semaine, dans un entrepôt situé à une heure de chariot, il chargeait une caisse numérotée qu'il rapportait avant de récupérer celle de la semaine passée. Mutter n'avait pas la moindre idée de ce que contenaient ces boîtes en bois simples mais de belle facture et il s'en moquait. Tel était son tempérament. Il faisait preuve en cela d'une constance inébranlable, comme il en était allé pour son père et, espérait-il, comme il en irait de ses fils. Commettre des indiscrétions autour de l'affaire qui leur assurait un gagne-pain depuis quatre-vingts ans ne l'intéressait pas. Et de toute manière, la curiosité n'avait pas sa place dans la domesticité. L'imagination se révélait toujours une activité désastreuse pour sa classe.

Les caisses étant de poids variable, Sigmund s'adjoignait parfois un de ses fils pour donner un coup de main sur les plus lourdes. Voir et comprendre l'immeuble, répéter leurs missions et monter la garde dans le silence ambiant était une bonne formation pour ses garçons. Ils connaissaient les lieux depuis le jour où ils avaient appris à marcher, tout comme Sigmund lorsqu'il était gamin. Quand le portail s'ouvrait, il se tenait derrière les jambes de son père, terrifié par la taille des chevaux et par leurs riches odeurs, fasciné par l'immobilité régnant dans les vastes pièces vides, attendant chaque fois de voir apparaître les maîtres. Sauf qu'ils ne venaient jamais. Il n'avait jamais croisé personne sur place, parce que l'immeuble était vide. Seul son père en avait les clés.

Un jour de sa douzième année, alors qu'il patientait dans l'office sur un tabouret surélevé en balançant ses pieds, il avait cru distinguer quelque chose sur le mur du fond, une ombre marron luisante quittant son champ de vision. Malgré sa jeunesse, Sigmund avait senti qu'il ne fallait pas la voir ; il l'avait chassée de ses souvenirs et n'en avait jamais parlé, pas plus à son père qu'à quiconque.

À présent, dans ce même entresol, il traînait la caisse avec précaution jusqu'à l'autre côté de la pièce, vers le mur du milieu où se trouvait le monte-plats dissimulé derrière un panneau de bois verni. Les cuisines étaient dominées par une table rectangulaire en marbre qui occupait son volume avec la dignité de sa fonction. Elle aurait dû concentrer tout un personnel au moment de préparer les repas pour la maisonnée, ou lorsque ce même personnel prenait sa pause la fin de la journée.

Mutter se redressa en pantelant, se retint au mur de pierre froide, puis essuya son visage empourpré et humide avec la serviette qu'il conservait toujours pliée près de la cloison coulissante. S'il avait perfectionné l'art de hisser et de faire glisser les caisses vers ou hors du monte-plats au fil des ans, ces gestes lui devenaient difficiles. Il ne manquait pas de force, mais d'énergie : une lenteur semblait la dissoudre, comme la flamme fait fondre la cire de la bougie. L'image d'une flaque froide, peu profonde, inondant sa soucoupe blanche et d'une mèche penchée qui se noie dedans le couvrit de chair de poule. Il se reprit et hissa la caisse sur le plateau dans un tonnerre d'échos, que le gouffre du conduit souterrain avala. Le monte-plats fonctionnait de façon inversée. Au lieu de desservir les pièces supérieures ainsi qu'il en aurait été en général, il se dirigeait vers le bas, vers une partie autonome et dissimulée de l'immeuble. Mutter était toujours parti du principe que cet ascenseur de forme étrange était en rapport avec le puits qui devait fatalement se trouver là-dessous, et qui avait valu leurs noms à la rue et à l'hôtel particulier.

Il rabattit la porte du monte-plats, puis le panneau en bois. Ayant traîné derrière lui la caisse destinée au retour, plus légère, il referma lentement la porte, s'arrêtant une seconde, le temps d'entendre les poulies et les cordes épaisses se mettre en branle.

Ce n'était pas par curiosité qu'il tendait l'oreille, cela n'aurait pas été permis, mais par anticipation d'une satisfaction : celle d'avoir de nouveau accompli son devoir et sa tâche.

→

Ismaël avait conscience que les caisses étaient une bibliothèque d'enseignement. Chacune recelait des exemples frappants du monde extérieur, dont les structures, les matières, les animaux, les outils, les plantes, les minéraux et les idées y étaient représentés pour qu'on les lui explique. Certains des contenus étaient des échantillons hermétiquement préservés dans des bocaux ; d'autres étaient du frais ; d'autres encore, vivants. Il y avait aussi des photos, des gravures et des reproductions.

Les Proches ouvraient systématiquement les caisses loin du regard de leur élève. Ils se taisaient, se raidissaient, la tête dans la boîte. Ils devaient être occupés à écouter des instructions ou à se faire rafraîchir la mémoire, se disait Ismaël. Sauf qu'il n'entendait jamais aucune voix, juste un long sifflement flûté.

Chacun leur tour, les Proches expliquaient ces merveilles à Ismaël. Parfois, ils se spécialisaient dans certains domaines. Abel décrivait les matériaux et les processus ; Aklia détaillait les plantes, les minéraux et la terre dans laquelle ils poussaient, ainsi que les insectes qui se chargeaient d'eux ; Seth faisait la démonstration des outils, mimait l'histoire et montrait les inventions ; Luluwa illustrait les animaux, leur façon de fonctionner et comment on pouvait les utiliser.

Il y avait toujours une plus petite boîte dans la grande caisse. On la retirait la première, l'examinait dans la cuisine. Son contenu serait ensuite converti en nourriture pour lui. Il adorait le mot « cuisine » : c'était l'un des premiers qu'il avait appris. Il signifiait aliments, parfums et chaleur, et il en avait senti le son bien avant de le goûter. Il déformait aussi très bizarrement la bouche des Proches. Une fois, l'un d'eux avait prononcé ce mot devant lui. C'était la première fois qu'Ismaël se rappelait avoir ri, sans savoir pourquoi, en simple réaction. Cela s'était amélioré quand les Proches s'étaient contentés de le contempler d'un regard atone.

Eux n'avaient jamais ri qu'une seule fois, quelques jours après qu'il leur avait montré comment lui-même le faisait. Ils avaient observé sa démonstration avec une attention si solennelle que cela avait transformé ses gloussements de pure forme en une franche hilarité. Mais quand les Proches étaient revenus s'esclaffer pour lui, ç'avait été horrible, horripilant. Il n'aurait pas su expliquer pourquoi. Ça n'allait tout simplement pas. C'était l'opposé de ce qu'il avait ressenti et entendu lors de sa rigolade spontanée. Ils s'étaient entraînés pour lui, pour lui faire plaisir, pour se joindre à sa joie, mais ils n'avaient aucun point de référence profond : ça ne sortait pas d'une des caisses.

Ils avaient promis de ne jamais recommencer. En échange, il avait promis de ne plus jamais hurler ni sangloter de façon incontrôlable.

Leur affection et leur tendresse s'exprimaient beaucoup mieux dans l'action, le mouvement et le toucher, la révélation progressive de la connaissance, de l'amitié et de la nourriture.

Ce fameux jour où Luluwa lui avait montré comment son corps pouvait s'étendre jusque dans le sien et produire du nectar avait été bouleversant. Elle venait de s'acquitter de la leçon sur les mouches et il avait posé une question sur la chose qu'elle avait appelée *plaisir*. Il savait que c'était comme avec le *sucre* sec et blanc, ou le *miel* jaune épais, pas en dehors ou juste sur la langue, mais, partout. Elle avait dit que les semblables d'Ismaël avaient de nombreuses façons de le trouver et que toutes étaient en rapport avec la connaissance. Que le plaisir était fait de crème, comme son moteur à elle.

Plusieurs semaines auparavant, Abel lui avait montré une petite pièce de l'un de leurs corps – le creux incurvé d'une coque de Bakélite. L'intérieur était dentelé, incrusté de minuscules lignes, de courtes indentations et de canaux. Des bosses recouvraient la surface, très différente de la perfection lisse de son autre côté brillant.

« Nous sommes creux, avec juste du liquide à l'intérieur, avait dit Abel. Contrairement à toi et aux autres animaux, qui sont remplis à ras bord d'organes et de matière. Nous fonctionnons différemment. Toutes nos forces sont concentrées dans une crème épaisse contenue à l'intérieur de nous ; tout ce que nous sommes est vivant dans cette crème, qui alimente et qui parle avec l'intérieur de notre coque à travers ces conduits et ces circuits complexes. » Il avait désigné du doigt l'intérieur du fragment qu'il tenait. « Nous ignorons tout de leurs principes ; il nous est interdit de nous interroger sur leurs processus et de l'examiner. Nous te connaissons mieux que nous ne nous connaissons nous-mêmes. »

Ismaël, soucieux d'en savoir plus sur le plaisir, avait pressé Luluwa de lui en donner une description. Elle avait dit qu'il n'existait pas de mots pour l'expliquer. « Dans le cas de tes semblables, il y a un lien entre la naissance et la douceur, un gonflement des deux qui fonctionne comme les aimants de la leçon 28. Leur conception aussi suit le même principe. »

Il en voulait plus.

« Oui, avait-elle dit. Il est temps de te montrer. Tu es comme les animaux que nous avons vus. Tu dois mettre ton tube à l'intérieur du sac de la femelle pour procréer. Les graines passent alors pour fertiliser l'œuf. Cela, tu le sais. Mais ce que tu vas apprendre, c'est que cet acte est entremêlé de plaisir. »

Ismaël avait compris ses paroles, mais pas leur conséquence.

« Quand tu lâches ta graine, ajouta-t-elle, il y a un superbe chant de chaleur. »

Il avait ouvert de grands yeux, pris d'un tournis intérieur. Elle s'était recroquevillée plus près de lui. Sa main dure et luisante avait caressé la cuisse d'Ismaël. La fermeté de sa coque avait déclenché une érection. « Je vais te montrer que j'ai été modelée pareille à tes semblables afin de t'expliquer ces merveilles. Ces leçons-ci sur les humains m'ont été enseignées à moi seule, pour toi. »

Elle lui avait montré un loquet dans le pli entre ses jambes, que sa position dissimulait en temps normal. Elle lui avait demandé de le déplacer. D'une main vibrante, il avait tâté le mécanisme de ce compartiment secret. Au bout d'un instant, elle s'était jointe à lui, ses doigts agiles faisant glisser le cran tout en bas de ce qui la divisait, en laissant la longue fente ouverte.

« Touche l'intérieur », avait-elle dit.

C'était chaud et doux. Une partie de sa main en elle, il avait regardé de plus près. Ses doigts déplaçaient plis sur replis.

« Du varech, avait-il dit. C'est fait de varech. » Les algues avaient figuré au programme de la leçon numéro 17. Des bocaux venus de la mer.

Si elle avait pu sourire, elle l'aurait fait. Au lieu de quoi elle lui avait caressé le crâne en disant : « Non, mais c'est très semblable. C'est un matériau que tu n'as encore jamais vu. » Quand elle avait enfoncé un peu plus la petite excroissance ronde, de l'humidité était allée inonder les doigts d'Ismaël.

« Tu as débordé toi aussi, comme moi, avait-il dit. Moi et les animaux. Ça ne t'était jamais arrivé.

— Ce n'est pas pareil. Il ne s'agit pas d'un liquide de vidange, mais d'une huile spéciale pour te permettre de bouger en moi sans friction et sans te faire mal. »

Elle l'avait guidé vers elle en positionnant son corps sur le ventre puis, avec la même concentration attentive que lorsqu'elle écorchait les animaux, elle l'avait attiré en elle. Un serrement intérieur avait fait tiquer Ismaël, mais elle avait redressé la situation d'une pression de la main gauche au creux de ses reins, avec une série de cliquetis chuintants affirmant sa satisfaction, les mêmes qu'elle produisait quand il comprenait les autres leçons. Une vague croissante de succulence l'avait submergé, et il s'était mis à s'enfoncer plus loin en elle, les mains agrippées à la dure perfection de ses hanches incurvées qui, par contraste, faisaient de sa chaleur interne une bénédiction.

C'était différent de tout ce qu'elle lui avait déjà montré. La compréhension parcourait son corps, brassant des saveurs sucrées lui conférant un pouvoir direct dont il n'avait jamais osé rêver auparavant. Il goûta un échantillon de puissance, de domination, et tout en ravalant son enfance angoissée au rang du passé, il éprouva la joie impossible du repli. Ils se balancèrent ensemble, lui pleurant, sanglotant de plaisir, serré dans les bras de Luluwa où, avec une vigueur continue, chaque sensation en déclenchait une autre en retour. Brusquement, la Proche s'était mise à trembler. Chacune de ses articulations frémissait, sa voix s'empalait sur une imprécision sonore. Cela ne s'était jamais produit et elle ne comprenait pas à quoi ça servait ni ce que ça signifiait. Ismaël était seul à savoir que l'un de ses ventricules internes avait été vidé directement dans le mécanisme de son mode de recharge, basculant en une réponse absolue tandis que lui-même se reflétait contre elle : cela avait fait osciller Luluwa entre sommeil et veille, bredouiller entre conscience et oubli, suscitant dans ce vieux corps de domestique fait de jus et d'exigence un réflexe qui s'apparentait à du plaisir surpris. Aussi longtemps que la règle d'ignorance des Proches resterait en vigueur, Luluwa ne serait pas en mesure de comprendre sa réaction. Ce mystère, seul Ismaël saurait le déchiffrer.

→

Ghertrude Eloise Tulp était fille unique. « Unique » en bien des manières : en ce que l'on donne tout à un enfant sans fratrie ; en ce que cette unicité est perçue et comprise comme un signe de supériorité naturelle et bientôt d'indéniable justesse ; en ce qu'elle se délectait de la solitude sans se sentir le moins du monde isolée.

Elle était la fierté, le produit et l'admiration de son géniteur, propriétaire comme ses propres père et grand-père avant lui du deuxième plus gros commerce de bois en grume de la ville, et qui avait laissé les fondamentaux de son empire à ses serviteurs depuis longtemps pour orienter ses appétits insatiables vers la politique et la religion. Eloise était pudique, délicieuse et dégingandée, ce qui cachait pour l'essentiel son avidité viscérale. Si elle n'avait manqué ni de tendresse ni d'éducation au cours de ses vingt-deux années d'existence, rien n'avait adouci sa blessure devant le fait d'être née *sans savoir*. Elle voulait tout découvrir, tout posséder. Au plus vite.

Elle avait toujours détesté qu'on l'exclue. Peu de ses fréquentations s'y étaient essayé sur le plan social – son pouvoir était trop étendu et influent pour qu'ils s'amusent à ce petit jeu. Mais la plupart des gens s'efforçaient de la tenir à distance de façon plus littérale, au moyen de dispositifs ingénieux en fer ou en laiton – et qui ne demandaient qu'à être déjoués. Son entourage faisait confiance à une domesticité aveugle. Or, dès ses 7 ans, Ghertrude s'était mise à déchiffrer les principes et les mécanismes des serrures. Prise de la délicieuse puissance qui accompagnait leur manipulation, elle avait eu accès partout, à toute heure du jour et de la nuit. Elle était entrée sur la pointe des pieds dans des lieux interdits. Elle avait été témoin d'une pléthore de secrets : ses parents faisant la bête à deux dos ; des trésors qu'on cachait ; les morts pourrissant collectivement dans les catacombes qui s'étendaient sous sa maison. Elle avait surpris intrigues, incestes, tromperies, mensonges et plaisirs – tous dissimulés, en théorie.

À présent, elle se tenait dans l'ombre du 4 rue Kühler-Brunnen à attendre que ce clown de Mutter s'éclipse chez lui. Avant de se rapprocher du portail pour voir si sa curiosité aurait vraiment quelque chose à se mettre sous la dent, elle rongea son frein en regardant l'immobilité gagner les alentours, tout en savourant sa propre retenue. Puis elle franchit rapidement l'espace qui la séparait du battant glacé, qu'elle poussa. Le métal bougea, lourd sous son gant de chevreau.

Sa joie cabriola et hurla en silence. C'était interdit et euphorisant. Cette bâtisse avait toujours consitué un secret énorme, la seule chose refusée à une enfant à qui l'on accordait tout. Dans sa famille, personne n'acceptait d'en parler.

« Ah, *ja*, l'immeuble de la rue Kühler-Brunnen », disaient-ils avant de changer de sujet. Elle l'avait regardé au passage, fascinée et furieuse, chaque jour de sa vie depuis le landau. Quelque chose dans ces murs cognait sur sa coque, la mettait intérieurement en éveil. Et à présent qu'elle avait percé le rempart extérieur, elle referma le portail derrière elle pour se protéger de toute intrusion plébéienne.

Elle traîna autour des écuries et des constructions sommaires de la cour, retenant ses propres rênes, avant de s'approcher de l'entrée de l'immeuble proprement dit. À sa grande surprise et son suprême ravissement, la serrure de la bâtisse était simple, un modèle ancien bien connu, de ceux qu'elle forçait en catimini depuis des années dans les demeures de sa famille. Cette fermeture ne résisterait pas à sa dextérité. Quel enchantement ce serait de dévorer les secrets que l'hôtel particulier cachait depuis si longtemps !

Ghertrude franchit la cour en sens inverse. De retour à la porte cochère, elle regarda à nouveau le loquet avant de s'esclaffer, presque trop bruyamment. C'était donc cela, le mécanisme ridicule qui l'avait tenue à distance tout ce temps ? Elle aurait pu le faire céder depuis des années. La pantomime stupide de ce Mutter avait suffi à lui donner le blanc-seing pour enfin réaliser son rêve.

Dans la rue qui s'obscurcissait, elle referma le portail et la serrure puis s'éloigna vers chez elle en fredonnant. Elle savourait la force et la douce faiblesse de tout ce qui l'entourait. Plus besoin de se presser, désormais : elle tenait déjà fermement dans sa main la conclusion de l'énigme. Autant se délecter de toutes les possibilités par avance plutôt que de bondir dessus à pieds joints, cela la rembourserait de toutes ces insupportables années d'exclusion. Ces pièces imaginaires étaient à sa merci, de toute façon.

Six jours plus tard, après le départ quotidien de Mutter, elle pénétrait dans les lieux.

3

Le Français était le seul être moderne à avoir exploré la Vorrh, pénétré à l'intérieur et à en avoir couché certains détails sur le papier. Le seul – et si son expédition périlleuse n'était que fiction, quel meilleur moyen d'empiéter sur le sacré et l'oubli ?

Il avait, bien entendu, lu ou soupesé physiquement chaque volume en rapport avec l'existence de cette futaie. Il avait absorbé tous les comptes rendus de bourlingueurs rentrés *in extremis*, jadis pourchassés par les anthropophages, les Artabatitai, les Hemikunes à tête de chien et toutes sortes d'habitants fabuleux représentatifs de chaque forêt du monde, qui avaient été avalés par le vortex mythique de la Vorrh. Il connaissait le sauveur légendaire de la jungle, le Noir aux mille visages, et voyait en lui une déclinaison de la figure européenne de l'Homme vert ; il possédait des exemplaires et des traductions privées d'Euthymènes de Massalia, des versions médiévales tardives de Scylax de Caryanda. Les contes à dormir debout de Jehan de Mandeville sur les horreurs et merveilles que le voyageur était susceptible de croiser dans les profondeurs inexplorées des terres inconnues, l'avaient ébloui. Il avait épluché les écrits d'Ibn Battûta, allant jusqu'à tenter de trouver les célèbres momies achetées par René Caillié et acheminées à Paris par bateau selon un itinéraire tortueux démarré à Tombouctou, puis « égarées » au cours de ces dernières années d'oubli. Il avait lu tous les documents et toutes les fictions puis, dans des temps de besoin et d'intrigue, en avait créé sa propre version, découpée dans les jungles de tous les autres mots, ombres de sens glissantes qui se traduisaient en une riche trame descriptive. Il avait revu chaque instant, ainsi que la toile de fond de l'éternelle forêt vierge à qui son récit avait donné vie, la détaillant jusque dans sa population.

Avant d'atteindre son cœur fixe aux dogmes germaniques importés, le Français, Charlotte et le chauffeur récalcitrant étaient entrés dans Essenwald par des faubourgs de boue et de joncs. Leur énorme véhicule tanguait et tressautait dans les profondes ornières. Il s'agissait de la toute première roulotte motorisée au monde, collision grandiose entre un salon rococo et un ruineux camion à essence, inventée spécifiquement par le Français pour voyager sur de longues distances. Au cours de la journée, les trois passagers seraient séparés, transpirant chacun dans leur compartiment distinct. La déco marron verni était suffocante dans la chaleur torride. Le chauffeur devait porter son uniforme en toutes circonstances, y compris par ces températures. Sa nudité et son prénom ne seraient tolérés que la nuit.

Payée pour rester aux alentours, pour être la compagne à vie de son voisin du 8e arrondissement, Charlotte s'acquittait de sa tâche avec compréhension et gratitude, mais aussi parce que, même nobles, les chiens errants de ce genre l'attiraient.

La mère du Français finançait les attentions de la jeune femme. Elle réglait tous les frais. Elle connaissait les faiblesses de son fils et n'ignorait pas totalement son génie. Elle l'adorait, d'un amour qui l'aurait dévoré tout à fait si elle n'avait pas eu maîtresse plus puissante : en un mot, l'héroïne, qui remportait tous les conflits émotionnels et affectifs. Si bien que Charlotte était employée pour jouer les doublures, le pilier féminin visible auquel le Français serait publiquement attaché. Ainsi, il disposerait d'un élément extérieur contre lequel s'arc-bouter et vers lequel revenir au besoin pour se défouler.

Charlotte avait un visage qui aurait mérité qu'on l'aime. Son regard intense exprimait toute sa sensibilité et sa compassion. La souffrance était ce qui teintait ses yeux – souffrance non pas intime, mais envers les personnes qui lui étaient proches, qui à force de se torturer et se laisser aller, se créaient une existence de tristesse permanente. La force de Charlotte était sa tranquillité. Pas son silence, mais son calme. Elle avait la beauté de celles qui écoutent, la solidité de celles qui donnent. Plus que de la compréhension, c'était du *savoir* qui habitait les braises de son regard. Elle voyait et ressentait tout, prodiguait plus d'amour qu'elle n'en recevait et plus que ce pour quoi on la payait.

Ils roulaient depuis une heure vers le cœur de pierre d'Essenwald quand le Français ordonna qu'on stoppe la roulotte. Ça sentait le sang. Ils traversaient les faubourgs cahoteux en sinuant. Une tour de mausolée, l'une des nombreuses constructions rouges en hauteur, aux fenêtres semblables à des blessures, dégageait des odeurs âcres. La surface de boue séchée montrait encore l'empreinte des mains qui l'avaient bâtie. On y égorgeait des chèvres depuis des siècles ; saturé de lait et de sang, l'un des flancs avait viré au noir. Le Français sortit de la voiture dans la clarté éblouissante. La poussière tourbillonnait encore autour des roues immobiles.

Dans cette partie de la ville, la terre des rues était immaculée. Le Français tira une paire de lunettes en os de leur étui en peau de phoque, et les chaussa. Les fentes rétrécissaient son champ de vision et confinaient le soleil. Elles provenaient du Groenland, achetées à un explorateur récemment revenu de ce lieu gelé et stérile.

Il n'y avait pas voyageur plus ridicule que le Français : il était brillamment préparé à tous les aléas du moment qui ne se produiraient pas. Il s'était campé sur place dans son costume crème et ses chaussures cousues main aussitôt teintées par la latérite, et avait contemplé la tour en attendant que la foule de passants autochtones le remarque. Ils avaient effectivement repéré ce petit homme qui trépignait, mais son énorme véhicule grondant, fermé de tous côtés, les intéressait beaucoup plus. Ils avaient ralenti leur pas et s'étaient laissés dériver vers son corps de métal, dont certains osaient toucher le flanc aveugle. Le Français ne tarderait pas à rencontrer le jeune destiné à devenir l'être le plus important dans son existence nuageuse, mais pour l'heure, on se pressait aux vitres de la roulotte en tentant d'en apercevoir l'intérieur. La femme qui y était assise agrippait une petite pochette. Caché dans l'obscurité parfumée de ce sac, il y avait son Derringer en argent, un pistolet d'origine américaine grand comme la main. Il reposait telle une virgule voyante dans ce réceptacle. Il était conçu pour tenir au creux de la paume lorsqu'on tirait. Bien que sommaire et imprécis, il infligeait une gifle mortelle à courte portée. Le Français n'avait jamais éprouvé ce penchant masculin qui consiste à vouloir protéger les personnes du beau sexe, même les rares qu'il tolérait et appréciait. Jusque-là, sa compagne de circonstance et lui s'étaient enfermés dans une démocratie grossière basée sur l'égoïsme, le désir et l'humiliation.

Tournant le dos au chauffeur furieux et à la demoiselle tressaillante, il remonta la rue en direction de la tour.

Un jeune homme s'était extrait du soleil. Halo d'une tête éclatée de clarté. « Quelle est ta voie, mon père ? Es-tu égaré ? Où est ta voie ? » demanda-t-il dans un français reflétant le mirage de sable ondulant qui les entourait.

Il scruta l'autochtone sans rien dire, le temps de distinguer son visage. L'écho de ces intonations venait de remuer dans son cœur meurtri un locus interne pas encore débrouillé, mais connu. D'une voix étrangement douce, il expliqua au jeune Noir qu'il était ici pour voir la Vorrh, pour contempler la forêt de légende.

Le sourire ardent de son interlocuteur s'élargit. Il regardait derrière l'épaule du Français, où il n'y avait que poussière. Il pointa un doigt tatoué vers l'horizon. L'explorateur se retourna rapidement pour suivre des yeux cette direction, à travers les restes d'un bâtiment en ruine situé entre les constructions alignées. Un rideau sombre barrait la perspective nord de la ville d'une ombre et d'un contraste marqués. Le rouge de la terre, des animaux, des plantes et des murs s'achevait devant cette énorme frontière.

Cette rupture inopinée lui rappelait un décor de théâtre. Elle le ramenait à l'opéra saisissant auquel il avait assisté enfant. Avec son intrigue floue et sa musique beuglante. La représentation l'avait accablé, mais il avait trouvé fascinante la scénographie et sa forêt de noirceur s'étirant d'un bout à l'autre de la scène. Son artificialité peinte sautait aux yeux. Ces feuilles, ces racines et ces vrilles en suspens étaient allées emplir son imagination avide d'une envie qui avait rongé toutes les autres réalités avec une persistance implacable. (Ce même décor le traverserait à la dernière milliseconde de sa vie, lorsqu'il s'étoufferait, privé d'oxygène, dans l'indifférence carrelée de la salle de bains d'hôtel dans laquelle il gisait.)

C'était la deuxième fois qu'il mettait les pieds dans une salle de spectacles, bien que sa mère en fût une habituée. Elle avait coutume de venir lui souhaiter bonne nuit tandis qu'il était dans son bain, la nounou s'interrompant pour reculer d'admiration lorsqu'elle faisait son apparition. Sa mère était toujours éblouissante avec ses robes du soir et ses bijoux rutilants. Elle lui racontait les concerts, les bals auxquels elle assistait ; les ballets et les opéras, leurs histoires de rois et de princesses, de démons, de jeunes vierges, de magie et de sorts. Parfois, elle lui caressait le dos ou le bras avec ses gants en soie, envoyant un frisson parcourir le corps humide et excité du garçonnet. Mais elle ne restait jamais, et il n'y avait plus que la nounou pour sécher les espoirs refroidis du petit Raymond et le mettre en tenue de nuit. Le parfum de sa mère continuait de hanter son cœur plusieurs heures après.

Enfin en vue de la Vorrh, le Français comprit pourquoi il avait entrepris ce long trajet. Cependant, alors qu'il amorçait un pas automatique vers elle et vers tout ce qui avait déséquilibré sa vie, son chauffeur se mit à actionner le klaxon de la roulotte – ses compagnons oubliés avaient été complètement submergés par un mur compact de badauds. Le crincrin discordant, ses souvenirs et sa curiosité chancelante se liguèrent contre son mouvement, glissant sur la latérite et le faisant chuter la tête la première, hébété, vers la terre rouge. Projetant ses longs bras noirs en avant, le jeune homme rattrapa sa gaucherie, se redressant tout en le soutenant dans un même mouvement.

Le Français se débattit contre cette étreinte. Il n'aimait être touché qu'à l'endroit et au moment où l'ordonnait. Il s'apprêtait à glapir devant cet affront quand quelque chose, dans la douceur ferme de la poigne de l'inconnu, s'insinua à travers son dégoût. Il dévisagea la haute ombre qui le tenait. Son sauveur se découpait à présent en silhouette sur le fond aveuglant du soleil. Ses traits et son regard restaient cachés. Et pourtant, on percevait son expression. Ses yeux irradiaient la grâce. Oui, voilà, c'était de la grâce qui soutenait ses chancellements sur cette terre sanguine. Sans mot dire, le jeune homme étendit un bras délié, frémissant de bracelets, vers l'ombre d'un bâtiment bas. Le Français s'abandonna et se laissa guider. Ils s'avancèrent muettement dans la pénombre d'un bar âcre où ils prirent place et tentèrent de discuter en buvant du thé. Le jeune homme commença par se présenter en expliquant qu'il était de sang noble malgré ses guenilles.

« Je t'appellerai Séil Kor, annonça le Français.

— Mais ce n'est pas moi, mon ami.

— Peu importe. Séil Kor était un grand héros et je connais bien son nom. Pour cette aventure, tu seras lui. »

Le jeune fronça les sourcils devant ces drôles de manières, mais accepta l'appellation factice afin de mettre le petit homme à l'aise. La conversation prit un tour plus sérieux, et quand le Français déclara qu'il allait traverser toute la forêt, le fossé entre ce qu'ils connaissaient et comprenaient l'un de l'autre s'élargit encore.

Séil Kor tourna la tête vers l'extérieur et l'horizon, portant son regard au-delà de son nouveau compagnon. « Tu peux marcher jusqu'aux délaissés des saints, énonça-t-il avec fermeté et distance, mais pas plus loin. C'est prohibé. À partir de là, tu dois te détourner. Aucun fils d'Adam n'est admis sur ces terres-là, car Dieu les parcourt. »

Des affirmations aussi péremptoires enflammèrent le sens de l'intrigue et du défi du Français. « Les dieux et les monstres qui y vivent doivent être plus sauvages au centre. » Il afficha un rictus.

Ce que voyant, Séil Kor adopta une attitude de patience manifeste, puis se retourna pour ramener son regard dans la conversation tout en traçant un geste sur son cœur. « Pas les dieux des Anciens, dit-il d'une voix douce. Le Dieu unique. Ton Dieu. Le mien. Yahvé. Le Père qui a fait toute chose et qui a accordé à Adam un coin de sa clairière pour qu'il puisse y vivre et y prospérer. Il s'y promène. C'est son jardin terrestre. Le paradis. »

Un silence soudain s'échancra autour d'eux.

« Séil Kor, mon ami, es-tu en train de me dire que le jardin d'Eden est situé dans la Vorrh ?

— Oui, il en va ainsi. Mais l'Eden n'en est qu'un bout. Le reste de la clairière, c'est là où Dieu se promène, pour réfléchir comme on fait sur Terre. Au paradis où tout est pareil, où rien n'a ni forme, ni couleur, ni température et où rien ne change, ça lui est impossible. Dans son jardin terrestre, il porte des tuniques de sens, tissées dans notre temps. Il laisse les cailloux, les rochers, le vent et l'eau habiller ses idées invisibles. Il dessine notre vie dans la matière qui nous fabrique. »

Le Français fut saisi et ému d'une telle foi, de la clarté qui la baignait. Remisant le cynisme à plus tard, il s'efforça autant que possible de formuler sa prochaine question hors du cadre habituel de son indifférence paternaliste. « Comment le sais-tu ? »

Cette interrogation laissa Séil Kor perplexe. Pouvait-on vraiment être obtus à ce point ?

« Parce qu'Il nous l'a dit. »

Voilà qui coupait court aux questions supplémentaires que le Français aurait pu être tenté de poser. Ils s'étaient séparés en convenant de se retrouver le lendemain matin pour entamer leur voyage vers l'orée de la Vorrh.

Le Français avait rejoint sa domesticité et trouvé leur hôtel, solidement situé au centre de la ville, sur des chaussées en dur d'où toute terre était bannie. Ce soir-là, à peine s'il avait adressé la parole à Charlotte. Étendu sur son lit, écoutant les bruits qui s'élevaient au-dehors sous la lune, il avait prié pour que le sommeil vienne. Il voulait des rêves de proportions bibliques, dans la clarté d'un jardin luxuriant que l'homme n'aurait pas entretenu depuis des millénaires. Mais les cauchemars qui l'attendaient étaient sans pitié et avaient la grâce prédatrice du chacal.

Il s'éveilla le lendemain trempé de sueur, sur un oreiller ayant viré au rose. Hébété, il examina sa tête et son corps, cherchant la blessure qui aurait pu expliquer cette tache, mais sans rien trouver.

Le rêve l'avait épuisé ; lorsque, vaincu et malmené, il rampa jusqu'au matin, toute trace de repos avait disparu. L'eau chaude n'y fit rien : la tache de cette nuit était indélébile. Il s'habilla à contrecœur, engoncé dans un costume de mensonges irritants. Sur une gorgée de café amer, il sortit de sa chambre et entama sa journée sans parler à personne. La chaleur attendait à l'extérieur de l'hôtel, prête à l'assaillir.

Séil Kor était campé dans l'ombre d'un palmier de l'autre côté de la rue. « Bonjour, mon ami ! » lança-t-il en agitant la main sur fond du ciel bleu intense alors que sa tenue d'un blanc aveuglant s'avançait au soleil.

À peine capable de suivre sa foulée, le Français se trouva joyeusement propulsé le long de la chaussée. « Nous allons directement à la Vorrh, lui dit le grand Noir. Mais en chemin, je veux te montrer quelque chose. »

Tout horrifié qu'il fût à l'idée de marcher, il approuva d'un grommellement. Mais comment s'était-il retrouvé à la traîne d'un étranger sur la route principale de cette ville crasseuse ? Son irritation se mit à monter avec la chaleur ; les griffes de la nuit précédente dardaient, envieuses et vivantes.

En parcourant le trottoir en bois surélevé sous les arcades de grès, il fut ramené aux splendeurs architecturales précises de Berne, où il avait passé un moment avec sa mère à faire des achats de Noël et où la neige tombait sans but, légère et constante. Pas un flocon ne les avait atteints tandis qu'ils se déplaçaient d'une boutique de luxe à l'autre : les galeries marchandes voûtées de la vieille ville offraient un tunnel douillet aux proportions civilisées, avec le plaisir parfumé des sapins et du vin chaud à la cannelle.

Aussi subitement qu'il avait basculé dans ces rêveries, la perversité de la comparaison lui revint à la figure sans lui donner le temps de la savourer ni d'y songer. Sa créativité s'était retournée une fois de plus contre lui. Cela se produisait de plus en plus souvent : sa finesse littéraire virtuose avait un jumeau vindicatif qui ne voyait pas pourquoi son petit jeu si malin sur les mots ne devait fonctionner que dans ses languides écrits, et qui, chaque jour, s'était mis à appliquer les mêmes règles de composition et d'invention à sa vie, transformant volupté et expériences en simples rigolades. S'étant emparé de ses souvenirs, ce double néfaste les avait pervertis de motivations chantournées à la bizarrerie succulente, accouplant stupidité et fierté sur la terre sacrée de son génie. Ici, tout était en bois pourri et tenait debout par la puanteur de la décrépitude. Cet endroit n'avait rien à voir avec l'élégance de la Suisse ; même les vastes demeures en pierre y tendaient à l'insignifiance.

L'irritation du Français, qui grandissait encore, s'attaqua à lui-même avec une jouissance vorace. Elle le poursuivit de ses accusations : *Un sentiment puéril t'a soufflé le fondement de ces comparaisons. On aurait sans doute dû t'en faire passer le goût à coups de martinet il y a des années. Et que fais-tu ici, de toute façon ? Tu ne quittes jamais ta chambre ni ta roulotte. Pourquoi avoir accepté de retrouver ce sauvage idiot ?*

Cela continua ainsi. Un essaim de mouches bourdonnait autour de sa tête, halo de vermine, juste pour insister là-dessus. Il en recracha une, tout en agitant follement les mains afin de chasser les autres, lâchant au passage sa canne, qui alla rebondir à grand bruit loin du trottoir, sur la chaussée sale. Séil Kor ne fit que s'esclaffer devant la pantomime de son nouvel ami. Plus qu'indigné, le Français s'empêtra dans une furie immédiate et éructa des imprécations au visage de ce pécore noir. Rien ne survint. Le Noir ne montrait ni stupeur ni colère. Il n'avait même pas cillé ; il transforma son grand rire en un sourire grave et attendit, sourcils froncés.

Le grincement des derniers jurons s'éteignit. Le Français était prêt à faire demi-tour pour rentrer à l'hôtel quand, d'un geste simple et doux, Séil Kor ôta de sa tête un beau foulard en taffetas qu'il noua lâchement autour de la gorge rouge et rageuse de son compagnon. Le monde s'éloigna. Le bleu de la soie et celui du ciel se fondaient l'un dans l'autre. Une brise vint refroidir le cœur du Français, apaisant son esprit.

Tout venin et toute détresse ayant disparu, Séil Kor prit sa main et le conduisit jusqu'aux portes d'une église voisine. Il mena son compagnon hébété à l'intérieur et ils s'assirent dans la fraîcheur, sur l'un des bancs sculptés de bois sombre. Le Français tâcha de formuler des excuses, mais cela ne lui était pas arrivé depuis si longtemps qu'il en demeura muet.

« Je t'ai amené ici pour que tu comprennes la Vorrh, dit son guide. Cette maison de Dieu est destinée aux voyageurs qui passent près du cœur sacré de la forêt. Les Pères du désert ont fondé cette église avant qu'on ne pose une pierre sur une autre, avant même qu'on ne coupe un seul arbre. Ils sont sortis d'Égypte comme les prophètes d'autrefois. Ils sont arrivés pour garder et attendre, pour nous protéger, nous et ceux qui nous traversent. »

Le Français regarda autour de l'abside. Les images d'arbres dominaient l'iconographie – d'arbres et de grottes. Des yeux noirs bordés de khôl fixaient un visage qui semblait sculpté à la hache. Des cheveux foncés tombant jusqu'aux épaules et une barbe enchevêtrée encadraient la blancheur des traits figés du Père. Dans une main, ce dernier tenait une Bible et de l'autre un bâton. Il était assis dans une caverne, entouré du vert profond d'une forêt impénétrable.

Cette scène était représentée sur une pièce carrée de bois épais et noueux. Le Français fixa l'icône tandis que les paroles du grand Noir lui passaient au-dessus de la tête.

« La Vorrh était là avant l'homme, disait Séil Kor. La main de Dieu s'est promenée sans hésitation au-dessus de cette contrée. Les arbres ont poussé à l'ombre de sa connaissance et de son abondance. Le vieux silence des pierres a été remplacé par celui du bois, qui n'est pas muet. Un lieu a été créé pour l'homme, pour qu'il y respire et qu'il en soit reconnaissant. Un jardin s'est ouvert au centre de l'ombre et la Vorrh a été pourvue d'un occupant. Il y est toujours. »

Les yeux du Français se détachèrent du saint. Il se retourna pour regarder son guide. « La Bible dit que les enfants d'Adam ont quitté les terres sacrées pour se rendre dans le monde. »

Séil Kor passa la main au-dessus de sa tête, comme on chasse un parfum ou caresse une auréole. « Oui, c'est ce qui est écrit, sauf qu'Adam est revenu. »

Ils continuèrent à discuter pendant que la fournaise rôdait autour de l'église. Le Français avait remisé ses derniers vestiges de désir charnel envers son compagnon. Cette envie présente dès le début, musc riche et épais de fantasmes, avait échauffé leurs rencontres. Il n'avait vu aucune raison, au départ, de ne pas posséder ce prince noir, de ne pas l'ajouter à la liste des orphelins, marins et autres délinquants qui avaient épicé le bourbier de son avidité sexuelle. Séil Kor était beau et sans doute bien pourvu par la nature ; étant donné son évidente pauvreté, il aurait été facile de s'offrir ses services un moment.

Mais les paroles qui sortaient de la bouche du Noir, la certitude de sa vision et la gentillesse de son regard avaient lavé ces vapeurs macérées, les remplaçant par une distance éthérée qui vous faisait ravaler votre amour-propre et toute propension au cynisme. Le fantôme fatigué de l'ennui du Français se voyait proposer couleur et espoir. Lui-même commençait à sentir, non sans crainte, que Séil Kor avait le goût de la rédemption. Il se surprit même à accorder du crédit aux mythes ridicules de la Vorrh et au salut susceptible d'y frémir. Ils parlèrent faute reptilienne, délivrance, couronne d'étoiles et origine du destin, évoquèrent la demeure d'Adam au paradis, ses descendants, le châtiment d'Ève et tous les péchés de connaissance. Au cours de ces instants, le regard du Français remonta jusqu'au saint et ses frères tapissant les murs. Il nota les gravures d'anges en noir et blanc. Il en reconnut certaines : les pages d'un livre, déchirées et encadrées, extraites des visions du ciel et de l'enfer de Gustave Doré. Ces illustrations solides et d'apparence presque marmoréenne contrastaient avec les patriarches des icônes du Père du désert, qui montraient tous les mêmes yeux, combinaison impossible d'un infini exprimé *a tempera* et d'une autorité tranchante, sans ambages. Il lui vint à l'esprit que ceux de Séil Kor en étaient une version plus jeune et qu'en mûrissant, son regard atteindrait à cette sagesse sévère.

Alors que la conversation se terminait, le Français remarqua un deuxième tableau. Plus petit que les autres et placé dans un coin éloigné de l'édifice, à l'écart de toute source de lumière, il était fait du même bois dense et apprêté au plâtre, mais quelque chose avait manifestement mal tourné dans le procédé, car la pigmentation du vernis avait noirci. Le Français s'approcha pour l'examiner ; on aurait dit un cadre vide, ou ne représentant que la nuit. Il posa ses doigts sur la croûte de la surface, discernant un contour en relief, la forme d'une tête. La profondeur goudronneuse avait avalé l'occupant du tableau, désormais invisible.

« Qu'est-ce que c'est ? » demanda-t-il.

Son guide avait une mine timide et évasive ; il refusait de regarder ce bloc de ténèbres en face.

« Qu'est-ce que c'est, celui-là ? S'il te plaît, dis-le-moi.

— Certaines des histoires de la Vorrh sont plus anciennes que l'homme et se confondent avec la Bible, répondit Séil Kor. Je pense que c'est l'une d'elles. On raconte qu'un être viendra protéger l'arbre une fois que tous les fils d'Adam seront morts. On l'appelle l'homme au visage noir. C'est peut-être lui. »

Le Français regarda la croûte de plus près. Pendant ce temps, Séil Kor se détournait en disant qu'à son avis, il leur faudrait toute une journée pour discuter de l'entrée de la Vorrh et que cette journée était un coup de semonce destiné à embrasser une connaissance différente. C'était ainsi qu'on procédait, comme pour humer la direction du vent ou la chute d'un homme. Aujourd'hui, ils s'étaient consacrés à l'église et à leur place dans la roue du temps. Quand Séil Kor ramassa bruyamment la canne du Français sur l'un des bancs pour la lui donner, elle était chaude et légère. Dans les rais lumineux de la fin d'après-midi qui guettait à l'extérieur, une volute de poussière semblable à de la fumée tourbillonnait à son extrémité. Ils ne reparleraient plus jamais de ce tableau de ténèbres.

4

Edward Muggeridge était creux. De naissance. Un appareil photo sans diaphragme, fermé, espérant que personne ne remarquerait jamais sa sombre vacuité intérieure. Il ne ménageait pas ses efforts sur les cloisons qui encadraient ce vide, les changeant lorsqu'il sentait que cela pouvait lui ajouter gravité et solennité. Il avait dit adieu à l'Angleterre pour démarrer une nouvelle vie et parcourir les Amériques, où il s'était lancé dans des entreprises modestes, gagnant respectablement sa pitance sou après sou en vendant les images d'autres peuples – jusqu'à ce jour fatidique de 1860 où il avait raté le bateau et quitté San Francisco en diligence. Au milieu du Texas, son identité avait changé à tout jamais sous l'effet de la vitesse, de la commotion cérébrale et du sang.

Avant l'accident, Edward Muggeridge était un trentenaire brouillardeux, pieux et labile en quête d'un lieu où acquérir influence et mérite. Quand la roue avait dérapé sur cette racine invisible et virevolté avant de se fracasser au sol, elle avait mutilé et emporté toutes les vies qu'elle véhiculait. Lui seul, projeté parmi les bagages arrachés et les ruades des mustangs aux os rompus, avait survécu. Il s'était extrait du jupon éjecté du sac d'une morte qui étanchait sa plaie à la tête, puis avait tourné de l'œil loin des sabots qui couraient contre le ciel et tentaient de s'appuyer sur les nuages mourants. Après quoi, des chevaux, il en avait vu tout le temps. Leurs pattes ferrées galopant dans ses maux de tête avaient mis le feu à la mèche qui incendiait son esprit. Les bêtes fonçaient, emballées, virant toutes au blanc, les yeux roulant dans leurs orbites. Il en entendait déambuler sous son lit d'hôpital, écho moqueur au vide des rues nocturnes. Ils avaient rythmé ses débuts et rythmeraient sa fin d'un pas égal et mesuré.

L'ouverture forée dans son cerveau n'avait pas d'objectif photo. Elle l'affligeait d'une double vision permanente et le consumait de douleur. Au bout de quinze mois, il accepta les dédommagements de la Stage Company puis repartit en Angleterre se trouver un remède ou un centre d'intérêt.

Il commença par modifier son nom. Ensuite, Edward Muygridge se mit en quête d'un médecin. À son retour, la capitale grouillait de canassons. Au moment de franchir le London Bridge, leur puanteur et leur multitude le firent frémir. Sa première consultation avait lieu de l'autre côté de la Tamise en crue. Il était en avance pour le rendez-vous, comme cela arrivait tout le temps. Il avait le retard en horreur et le surcompensait partout. Il répétait à l'avance les gestes les plus banals, anticipant les aspects les plus secondaires de sa vie : il avait déjà ses clés en main à quatre rues de chez lui ; il ressassait à voix basse des réponses convaincantes à des questions qui ne lui seraient jamais posées. Il se força à s'arrêter sur le pont pour laisser la lenteur du temps réel rattraper sa célérité. Les mains sur la pierre granuleuse, il plongea son regard dans l'activité frénétique de la *Pool*. Les cargos étaient amarrés sur trois rangées le long des quais. Leurs mâts grinçaient sur fond d'une forêt hérissée de grues et de cette verticalité nouvelle qu'était la fumée des bateaux à vapeur. Ils s'étiraient au-dessus des bâtiments accrochés à la terre tels des crabes, et des dizaines de péniches obtuses raclaient les unes contre les autres dans la vague ballottante des sillages commerciaux. Plusieurs centaines de petites embarcations faisaient la navette, transportant lamaneurs, passagers et informations. Chaque surface grouillait d'ouvriers. Débardeurs et déchargeurs déplaçaient des tonnes de marchandises et échangeaient leurs fardeaux dans une confusion incessante.

En certains endroits, la Tamise n'était pas visible du tout, étouffée par cette immense activité dont les déchets formaient comme un tapis rugueux planant sur quelque agitation secrète. Comment croire que c'était le même fleuve qui coulait si paisiblement dans sa ville natale de Kingston ? Là-bas, sa large ondulation enfantait reflets et beauté ; ses eaux étaient destinées à la pêche, la plaisance, la rêverie ; on y sentait sa vitalité. Goudron, fumée et effluents, ajoutés à la proximité de Billingsgate, avaient radicalement transformé l'identité du tronçon situé devant lui.

Il tira sa montre de son gousset et l'ouvrit. C'était le seul objet familial qu'il avait conservé au fil de ses voyages ; on la lui avait offerte pour faciliter son départ et faire qu'au moins une dimension soit fiable dans ces colonies lointaines. Il plissa les yeux face aux chiffres romains. Le temps l'avait finalement rattrapé. Il partit d'un pas vif en direction de la berge.

Le Dr William Withey Gull était ponctuel. Son cabinet privé se trouvait en haut de la façade de l'immeuble, face au fleuve. De son oriel, on pouvait aligner le dôme de Saint-Paul sur l'autre rive et la flèche de la cathédrale de Southwark toute proche.

Comme les deux édifices, les deux hommes étaient aussi dissemblables que possible. Gull, enveloppé, bedonnant, pommadé, homme solide et maître de son existence : de sa famille d'ouvriers il avait gardé la carrure, qu'il dominait à coups de sur-mesure élégant, mais simple ; il affichait son prestige croissant avec une intense gravité. Et puis Muygridge, maigre et sec, à la nostalgie écalée dans le doute ; fronçant les sourcils pour atteindre à un statut biblique ; nerveux, fonceur et souffrant.

Ils se serrèrent la main en s'évaluant mutuellement. Muygridge prit place sur un siège et entreprit de relater son passé médical : l'état de sa tête depuis l'accident, ses sensations qui basculaient. Tandis qu'il s'expliquait, Gull resta campé derrière lui, examinant la boîte crânienne de cet homme agité dont les paroles résonnaient sous le cuir chevelu. Maintenant le creux occipital d'une main, le praticien avança l'autre jusqu'à percevoir la crête de la fontanelle intérieure, point de rencontre entre l'os frontal et les pariétaux. Il tâta la suture coronale, la sentit se tendre sous la pression contrôlée qu'il appliquait. Le mouvement de ses mains carrées sous cette tignasse longue et plaquée donnait l'impression d'une scène de ventriloquisme bizarre. Il poussa ses doigts plus loin pour déterminer s'il y avait déplacement ou division de la suture frontonasale, puis alla se rasseoir à son bureau antédiluvien pour consigner ses observations.

« Est-ce au visage que vous avez subi l'impact de l'accident ? »

Le patient leva sa main à son visage, s'en couvrit les yeux et le front. « Ici, dit-il.

— Et quand vous êtes revenu à vous ensuite, quelles sensations avez-vous éprouvées ? Quelles images sensorielles vous restent en mémoire ?

— Pendant plusieurs jours, une odeur de cannelle planait partout et tout était flou, comme en surimpression. » Sa main tritura la cicatrice à l'endroit où l'os avait été percé par cette journée terrible. « De cannelle et de cuir brûlé. J'avais les mains engourdies, et il y avait ce cheval… je gisais par terre, près de l'un des chevaux qui agonisaient, je le contemplais. Il reposait sur le dos et c'était une superposition sinueuse de plusieurs corps, de très nombreuses pattes étirées. Je n'aurais su dire qui de lui ou de moi était à la renverse.

— Une surimpression ? demanda Gull.

— Ah, c'est un terme qu'on emploie en photographie. On parle de surimpression quand deux images sont fondues en une, superposées. »

Gull le scruta. « C'est donc l'accolement optique de deux instants différents ?

— Hum… Oui, on pourrait l'exprimer ainsi.

— Bien, et côté sommeil ? Comment est-il, chez vous ?

— Agité. Parfois, je ne dors pas du tout. »

Gull ne manifesta aucune surprise. Il opina et inscrivit une croix dans le registre ouvert sur son bureau.

« Est-ce mauvais signe ? demanda Muygridge.

— Non, pas dans votre cas. Le sommeil est une affaire complexe. Le corps n'en a besoin qu'une heure environ. Mais il en faut plus à l'esprit, si bien que parfois l'âme s'en mêle, et devient avide.

— Je ne suis pas sûr de comprendre, docteur. » Mais sans laisser le temps à son patient de poursuivre, Gull avait enterré la question et continuait dans une direction différente.

Les questions durèrent vingt minutes. Puis le spécialiste traversa la pièce jusqu'à l'une de ses armoires vitrées, où il choisit un instrument. Ayant remonté ses engrenages avec soin, il le laça autour de la tête de Muygridge. L'appareil ouvragé en laiton et en verre présentait une série d'œillères et de miroirs rabattables, pour certains obscurcis par du métal. Gull rapprocha une chaise afin de s'asseoir face à son patient et il entreprit d'ajuster les disques de laiton sur les côtés du visage, tout près des yeux inquiets. Il actionnait le dispositif à deux mains, en rapprochant tant sa tête que chacun des deux hommes percevait l'haleine de l'autre. De petits cliquetis annonçaient les ajustements.

« C'est un périphériscope, expliqua Gull. Cela devrait intéresser l'érudit que vous êtes en matière d'optique.

— Je n'ai aucune érudition. Je n'ai que très peu lu sur la question et cela fait très peu de temps que j'ai acheté mon premier appareil photographique. »

Ignorant ses commentaires, le médecin vissa un étau autour de la nuque et du menton du patient après avoir orienté sa tête vers la fenêtre.

« Nous allons procéder exactement comme pour un portrait photographique, lâcha-t-il d'une voix douce. Bien, à présent, regardez par le vantail central de l'oriel et concentrez-vous sur le dôme. »

Muygridge voulut le reprendre. Ces portraits dans lesquels un cadre en métal maintenait le client immobile tandis que le lent appareil recueillait son image aux allures de cadavre, étaient passés de mode. Il avait déjà imaginé le moyen de se dispenser d'un tel artifice.

« Le dôme, je vous prie ! » exigea Gull. Le carreau du milieu était différent des autres, plus clair, empreint d'une teinte verdâtre. Le toit éloigné de St-Paul tenait tout entier dans ses limites. Le patient le contempla. « Bien. À présent, ne bougez plus, je vous prie. Contentez-vous de regarder le dôme. »

Le médecin se tut et se mit à déambuler de gauche à droite derrière Muygridge. Il toucha le casque, activant des disques tournants. D'infimes reflets de clarté presque hors champ évoquant les soleils et les lunes de planètes lointaines se révélèrent dans une obscurité instable à l'intérieur des yeux. Une nuit miroitait sous l'effet d'un espace infini, tirant des particules de lumières de la vision du patient, de son environnement et même du dôme resplendissant. À l'extérieur, le temps s'écoulait. La marée du fleuve surpeuplé rebasculait vers la mer. Quelque chose dans le double toit arrondi frémissait et se recalait spatialement.

Quand les moteurs s'arrêtèrent et que tout mouvement cessa, le jour s'était enfui. Muygridge était assis dans une pièce crépusculaire où il commençait à faire froid. Les étoiles se levaient au-dehors dans l'air gelé. Gull alluma une lampe, posa un châle sur les épaules du patient puis ôta avec douceur son instrument. Muygridge restait assis, libéré, mais roide, dans le fauteuil en bois, toujours concentré sur le spectacle donné par l'oriel.

« Je vous en prie, mettez-vous à l'aise, cher ami. »

La voix du praticien semblait résonner loin au-dessus sa tête. Son mal au crâne sourd, continuel, avait disparu. Il se sentait rompu. Une euphorie grandissante lui donnait l'impression curieuse de n'avoir plus de poids.

« Ce sont les anges, affirma Gull. Les anges du silence qui se cachent entre la galerie des murmures et le dôme de la cathédrale. Ils ont traversé la Tamise et ils volettent dans votre tête. Il est tout à fait normal de ressentir un léger étourdissement. »

Il sourit de toutes ses dents. Muygridge s'accrochait à ses paroles comme à une rampe vertigineuse dans la fameuse galerie réverbérant les sons, à St-Paul. « Vos yeux sont par miracle indemnes. Les os zygomorphiques de votre visage ont dévié l'impact de l'accident vers arrière et vers le haut, jusque dans votre cerveau. La puissance du choc a dû être considérable, mais elle n'a causé aucun dommage structurel à long terme. » Gull s'adossa dans son fauteuil en cuir et fixa le photographe dans les yeux avec un regard théâtral. « Il pourrait y avoir des effets secondaires, mais je crois les avoir soulagés cet après-midi, ou du moins atténués. La vision périphérique et ses territoires sensitifs sont des domaines quasi inexplorés. Mon appareil mesure leur potentiel émotionnel, leurs humeurs mentales. Comprenez-vous ? J'ai aussi procédé à des ajustements internes sans qu'il soit besoin d'utiliser un scalpel ou une scie. »

Il se leva et effectua les gestes nécessaires pour mettre fin à la séance. « Prévoyez-vous de retourner en Amérique ? demanda-t-il tout en menant Muygridge vers la porte.

Ce dernier hocha la tête. « À un moment ou à un autre, oui.

— Je ne tarderais pas à le faire, si j'étais vous. Mieux vaut passer les prochaines années dans des paysages vides de gens. Employez votre appareil à immortaliser ces étendues sauvages. Obligez votre vue et votre imagination à se tourner vers l'extérieur. C'est préférable pour vous. »

Ils se tenaient de chaque côté de la porte, leur poignée de main sur le seuil. « M'enverrez-vous votre facture ? se souvint de demander Muygridge.

— Non, je ne pense pas, répondit le praticien. Nous nous reverrons un jour et j'aurai sans doute un service à vous demander. Quelque chose qui est dans vos cordes. » Il sourit à nouveau, puis donna à son patient une enveloppe blanche. « Lisez cela plus tard », conclut-il avant de fermer la porte.

Muygridge avait ouvert la lettre de Gull sur le navire qui le ramenait en Amérique, tout en tentant de se faire une idée du temps évaporé dans le haut cabinet de London Bridge, et qui lui avait été soutiré afin de nettoyer la plaie interne de sa tête, il n'avait pas le moindre doute là-dessus. Le praticien et son périphériscope avaient guéri un vide en lui. C'était un autre homme qui regagnait les États-Unis. Il s'écoulerait encore trois décennies avant qu'il puisse remercier le médecin et lui offrir ses services en retour. Une part de lui-même se réjouissait à cette perspective. D'ici là, il se consacrerait à capter le temps invisible grâce à un appareil de sa fabrication qui leur permettrait ensuite d'échanger leurs notes en égaux.

Edward était loin de se douter que sa machine risquait de voler la vedette à cette conversation de poids. Mais pour l'heure, le désert l'appelait et il allait se perdre dans son ampleur. Il se dirigerait vers le nord et le Yukon, puis vers l'ouest, pour parcourir l'infini des grandes plaines ; il aspirerait leur essence dans ses objectifs artisanaux ; ses mains raffermies captureraient leur tristesse magnifique sur du papier noirci.

Il en était sûr, parce que dans l'espace où logeait naguère sa douleur – un endroit entre sommeil et rêve, contenu par les côtés de son champ oculaire – il avait déjà tout vu, projeté de façon plus lumineuse que la vie. L'unique désagrément était qu'il partageait parfois cet espace avec autre chose, une vision sinistre évoquant une lune qui se lève. Voilà pourquoi il se tenait à présent sur le pont à scruter l'astre de la nuit, haut perché au-dessus des vagues noires. Sous son incandescence blanche, à l'écart de l'éclairage public du bateau, Edward rouvrit la lettre froissée de Gull. Le médecin avait anticipé cette image rémanente et le risque de brouillage visuel.

Ce que vous verrez est la trace de l'examen et du traitement suggestif auxquels j'ai procédé. Cela se manifestera sous la forme d'une absence dans votre esprit, un creux scintillant qui parfois vous dérangera, mais que pour l'essentiel vous parviendrez à ignorer. C'est le négatif du dôme que vous avez contemplé si longtemps à mon cabinet. Je ne plaisantais qu'à moitié au sujet des anges.

Je ne vous prescris aucun médicament pour adoucir ces manifestations ou pour les bannir. En guise de convalescence, je vous suggère de travailler dur à votre science de prédilection. Restez au grand air, sous l'influence abondante de la clarté solaire et lunaire. Au bout d'un moment, la forme de ce djinn va changer, et vous cohabiterez unitairement. Mes meilleurs vœux de santé et de succès dans toutes vos entreprises,

W.W. Gull

Le mouvement de la mer apaisait Muygridge. La lune baignait son alter ego interne. La lettre entamait sa transformation de diagnostic à prophétie. Le navire fendait les ténèbres, point de lumière rasant l'immense eau courbe. Un million d'animaux s'ébattaient, fuyaient et riaient dans les vastes étendues de ces profondeurs tandis que les étoiles se multipliaient et rugissaient dans le silence perpétuel au-dessus de sa tête.

À son arrivée en Amérique, il suivit à la lettre les conseils du médecin. Il se retrouva tellement à l'écart de toute société humaine qu'il manqua mourir de faim par trois fois. Une légende évoquant l'endurance de ce personnage malingre se mit à parcourir les grandes plaines du centre du pays, atteignant jusqu'aux nations indiennes. Ayant migré de leurs patries accablées par la famine, les pogroms et l'oppression, vers un soleil torride et des étendues immenses à perte de vue, les explorateurs inconscients au visage pâle étaient nombreux à jouer les charognards dans ces régions. Ils étaient en quête d'or, d'argent, de peaux, de terres. Ils étaient arrivés pour renaître et s'emparer à mains nues de tout ce qu'ils pouvaient.

Mais dans son cas, c'était fort différent. On racontait qu'il chassait l'immobilité et qu'au lieu de pioches ou de pelles, d'armes ou de cartes, c'était une boîte vide qu'il portait sur son dos, une boîte munie d'un seul œil et qui dévorait le temps. Selon certains, il transportait des plateaux de verre pour servir cette immobilité. Il mangeait, disait-on, avec un tissu noir lui recouvrant la tête. Il léchait son fameux plateau dans l'obscurité.

Européens et Chinois l'évitaient. Dans ces nouveaux territoires où un rien risquait d'enfler et de se propager avec des conséquences funestes, un tel comportement était impie et suspect. Les autres Blancs affirmaient que la boîte de l'homme maigre volait l'âme de tous ceux qu'il plaçait devant. Mais comment des gens qui n'ont même pas d'âme auraient-ils pu le savoir ? Les indigènes, intrigués par les récits, voulaient voir le chasseur d'immobilité. Lui avait trouvé leurs lieux sacrés et leur restait proche. Il ne se mêlait pas de leur énergie, de leur force, pas plus qu'il ne les profanait. Il demeurait assis avec sa boîte en leur présence de nombreuses heures, et parfois des journées entières, avant de repartir sans rien dire.

Muygridge avait découvert une race d'humains qui lui était supportable et qui l'accueillit à bras ouverts dans quantité de villages alors même qu'il était un égaré, l'être le plus craint dans chacune de ces toutes petites sociétés fermées. C'était quelqu'un qui survivait à l'extérieur du clan et de la famille, qui agissait à sa guise, indompté ; mais il faisait montre de compréhension et de silence et se vouait à l'immobilité, qualités que les tribus des plaines chérissaient. On l'autorisa à photographier les grands chefs et leurs hommes-médecine. Au bout du compte, on lui permettrait d'assister à la danse des esprits et à l'immortaliser. Il envoya en Angleterre ses tirages de désolations désertes, de paysages stupéfiants à la pureté intacte et immense, ainsi que les portraits d'hommes puissants et nobles qui regardaient l'objectif sans le voir. La plupart des clichés étaient adressés au sage praticien ; ils étaient destinés à démontrer que son état s'améliorait et à réitérer sa gratitude ; son instinct lui disait que l'homme perché derrière son oriel du London Bridge comprendrait.

Muygridge commençait à se sentir guéri ; sa confiance croissante se dressait bien droit dans les champs de lave creux du lac Tule. Il dirigea son appareil vers la guerre des Modocs, consignant les terres vaincues et leurs occupants frigorifiés. À la fin des combats, fort de sa renommée nouvelle et de ses gains obsessivement accumulés, il regagna les lumières et le linge amidonné de la ville – en l'occurrence, San Francisco –, où il embarqua pour les joies du mariage, de la procréation et du meurtre.

5

Aux yeux de Ghertrude Eloise Tulp, le silence des lieux était un plaisir qui augmentait ses attentes et rendait encore plus délicieux le fait de se promener d'une pièce à l'autre. Elle ouvrait les portes lentement pour jouir de sa découverte par anticipation, se déplaçant sur la pointe des pieds avec une certitude qui caressait le moment. Opérer dans la pleine liberté qu'offre la nuit ne servait qu'à accroître son plaisir.

Quelques années auparavant, elle avait lu *Le Cœur révélateur* dans sa deuxième impression. S'imprégnant de la description que Poe donne de la ruse, elle s'était vue à côté du protagoniste regardant sa victime dormir. Elle s'était émerveillée de la capacité de cet auteur à évoquer un méfait aussi maîtrisé et aussi contraire à la morne vitesse de la vie ; il savait quelle précision accompagne la furtivité, il avait le don de mettre en mots la malignité silencieuse et l'ingéniosité. Cette nouvelle l'avait émue, lui avait procuré de l'espoir. Poe avait beau suggérer une folie chez le personnage – ce qui avait manqué gâcher son plaisir –, il était évident qu'il comprenait réellement quel degré de contrôle et de vision caractérise l'intelligence supérieure engagée dans son propre et divin développement.

À présent, dans cette vieille demeure vide, Ghertrude pouvait exercer son talent spécifique. Armée d'une lanterne sourde, elle guetta des bruits d'humains, ce murmure du mouvement et du souffle qui trahit toujours leur présence. Elle eut beau tendre l'oreille, rien. Convaincue d'être seule, elle s'autorisa à marcher moins furtivement et s'avança dans le couloir du bas, si vite qu'elle faillit rater la porte fermée à clé de l'entresol.

Elle haussa sa lampe pour inspecter son trousseau de crochets d'acier. Elle en trouva deux tordus dans le sens voulu, qu'elle inséra dans le trou de laiton. Elle tourna et exerça une tension afin de soulever, comme on le fait habituellement, mais rien ne bougea. Elle changea d'outils pour un jeu plus solide. Cette serrure-ci était différente des autres, ses mécanismes plus résistants, peut-être plus récents. Elle grommela sous cape tout en s'escrimant. Ça n'aurait pas dû être aussi difficile. Où se trompait-elle ? Elle s'interrompit pour guetter à nouveau les bruits de la vaste bâtisse. Tout était comme avant. Elle inséra ses outils, et comprit soudain en quoi cette serrure se distinguait des autres. Elle était montée tête-bêche : contre toute logique, les gorges s'ouvraient en tournant vers la gauche. Elle retourna les crochets, les tordit. Le mécanisme céda.

De l'autre côté de la porte, elle se retrouva en haut d'une volée de marches, dans un espace clairement distinct, à scruter les profondeurs troubles de l'entresol. L'accès était au diapason de tout ce qu'elle avait déjà vu, mais la différence en termes d'atmosphère était nette : il y vivait quelque chose. Une humidité gagna la paume de ses mains. Elle eut soudain la bouche desséchée. Elle se sentait tout à la fois émoustillée et écœurée. Elle n'avait perçu aucun changement visuel, sonore, ni olfactif, mais chaque fibre de son être conscient lui disait qu'elle n'était plus seule. Un indicateur colorait ses sens en éveil, annonçant l'imminence de la découverte : de la chaleur. Une infime montée en température parfumait le musc statique et neutre de l'absence. Quelqu'un se trouvait en contrebas, caché sous la bâtisse.

Les demandes d'Ismaël à pratiquer la copulation ponctuaient de plus en plus le quotidien des leçons ; son régime avait été adapté en fonction de ces séances, pour compenser le changement d'habitudes et la perte en liquides et en minéraux. L'éternelle patience de Luluwa avait été élucidée : la restriction de ses fonctions l'avait manifestement dotée d'un zèle perpétuel, qui ne connaissait pas de limite.

Certains jours, Ismaël coïtait pendant des heures. Les autres déambulaient autour d'eux pendant leurs ébats en les ignorant, quand ils ne s'asseyaient pas pour y assister, quelque peu perplexes devant l'énergie et la répétition de leurs gestes. En une occasion, Seth avait corrigé leur angle d'attaque pour empêcher qu'ils ne glissent de la table sur laquelle ils s'agitaient.

Ismaël apprenait toujours grâce aux caisses, mais sa préférence allait à ces cours humides et muets pour lesquels, jusqu'à ce que la fatigue le ralentisse et l'endorme, il montrait un enthousiasme illimité. Luluwa le mettait ensuite au lit et assombrissait la pièce tout en baissant le chauffage. Elle l'enveloppait dans un sommeil profond et douloureux avant de quitter le sanctuaire de leur salle pour se rendre en silence dans la cuisine de l'habitation proprement dite, là où avaient jadis vécu des gens. Elle ôtait alors les gainages de ses mécanismes internes pour les nettoyer dans l'antique évier en porcelaine. Elle s'en acquittait dans le noir, parce que les machines n'ont pas besoin de lumière pour fonctionner, même quand on ne leur a accordé qu'un seul œil.

Le bruit d'eau qui coule fit sursauter Ghertrude. À présent, c'était certain : il y avait quelqu'un d'autre sur place, et elle-même était l'intruse. Il crevait aussi les yeux que, quelle que soit cette personne, elle ne souhaitait pas que l'on découvre sa présence ; son occupation clandestine des lieux en était la preuve. Malgré cela, en Ghertrude, l'excitation supplantait toute appréhension quant à son délit. De toute façon, personne n'oserait jamais lever la main sur une Tulp.

L'eau cessa de couler. L'oreille exercée de Ghertrude détecta le son d'un loquet de porte, qu'elle pista jusqu'en bas de l'escalier en étirant son corps longiligne pour tenter de parvenir à l'apesanteur. Ses orteils testaient doucement chaque marche avant de lui confier sa charge, de crainte qu'elle ne la trahisse.

Elle mit plus d'une heure à effectuer la descente, si bien qu'au bout du compte, le murmure de l'aube commençait à percer la nuit. Les antiques cuisines de l'entresol étaient vastes et vides. Une clarté oblique, feutrée, s'infiltrait par les soupiraux côté est. Le jardin, en surplomb, débordait de tous côtés : des lianes tassées, des feuilles empoussiérées, des toiles d'araignées aromatisaient la lumière dans son trajet. Ghertrude se campa sur le seuil. Plus un bruit. Pour la première fois, elle éprouva un frisson, qui ne relevait pas de la peur : elle n'était plus fiévreuse, mais électrisée. Elle balaya la pièce du regard pour évaluer à quoi elle servait maintenant et pour compter les portes. Entre la table de marbre et la trappe du monte-plats reposaient les vestiges d'une caisse en bois, dont les débris et un pied-de-biche gisaient à côté, sans doute laissés là par cet idiot de Mutter. C'est alors que Ghertrude vit la clarté qui émanait du placard – cette porte était trop petite pour être autre chose. Elle s'accroupit pour examiner le mode de fermeture. Il n'y avait ni trou de serrure, ni poignée. Le battant se situait dans l'alignement du mur. Il avait dû être indétectable jadis, ajusté au point d'en être invisible, mais le temps avait disjoint les bords, si bien qu'un rai de lumière révélait à présent l'existence d'un autre côté.

Posant la lampe par terre, la jeune fille ramassa le pied-de-biche et, sans hésitation, força l'ouverture. Non, pas un placard. Ce fut un couloir incurvé, descendant en spirale, qui apparut devant elle. Elle se plia pour pénétrer dans ce boyau et entreprit d'avancer à croupetons vers l'autre extrémité.

Inconscients de l'imminence de son arrivée, Abel et Luluwa se trouvaient dans la salle de sommeil, occupés à organiser divers aspects du cours du lendemain – « Leçon numéro 314 : l'identité des arbres » – tandis qu'un Ismaël ronflait doucement. Aklia était dans une pièce adjacente, concentrée sur une caisse ouverte qu'elle contemplait la tête penchée comme pour en déchiffrer le contenu. Seth, en charge dans la rampe de prises, recevait son énergie pour le jour suivant.

Ni Abel ni Luluwa ne virent que la porte encastrée dans le mur s'entrebâillait ; ils ne remarquèrent pas non plus l'occupante du couloir qui tâchait de distinguer leur forme. À mesure que les yeux de Ghertrude s'accoutumaient à ce qui s'étendait au-delà de la lumière du tunnel, son cerveau s'efforçait d'interpréter rationnellement sa découverte. Il prenait en compte les illusions de perspective, en suggérait d'autres dues à la fatigue. Il lui soufflait même que ce qu'elle voyait à présent n'était peut-être qu'un rêve. Mais la réalité glissa son tentacule glacé le long de la colonne vertébrale de la jeune femme, qui tressaillit sous l'effet d'une réaction de peur, de faim et de dégoût mêlés.

Son mouvement involontaire dégonda la porte, l'envoyant battre à la volée dans la pièce alarmée. Le frère et la sœur se redressèrent aussitôt, masquant le garçon en train de se réveiller qu'avait aperçu Ghertrude, et ils adoptèrent une posture de défense prédatrice, un demi-accroupissement, prêts à bondir comme des chats. Ghertrude s'introduisit dans la pièce, propulsée par l'étrangeté de cet instant unique et trop apeurée pour tourner le dos à ces deux petits êtres noirs et souples. Elle se déplia lentement en brandissant le pied-de-biche à hauteur de sa poitrine, telle une matraque hésitante. Sa tête touchait le plafond. Les êtres lui parvenaient à peine à l'épaule. Dans le jour qui continuait de poindre, elle s'aperçut qu'il ne s'agissait pas d'êtres vivants, mais de machines, et un réflexe de supériorité malvenu la fit se sentir en sécurité. La coquille de sa confiance se raffermit, et Ghertrude s'apprêtait à parler quand Abel ouvrit les mâchoires pour laisser échapper un sifflement suraigu. Aklia et Seth apparurent aussitôt dans l'encadrure de la porte, tous deux dans la même posture que leurs semblables. Ismaël, réveillé par ce raffut, se frotta le visage et se tourna, ensommeillé, vers le conflit. Sa somnolence s'évapora à la seconde où il vit Ghertrude bloquant toute sortie. Ce visage provoqua son horreur, et il eut un haut-le-cœur devant sa difformité : elle avait deux yeux.

L'espace d'un instant, toute la pièce se figea en une tension rigide et glacée. Seul le râle d'Ismaël vint diviser cette banquise temporelle.

Puis il avertit faiblement : « Ohé, ohé, à l'aide ! »

Abel, libéré par cet ordre pathétique, amorça trois pas rapides en direction de Ghertrude, son œil unique contemplant celle qui les dominait de plusieurs têtes. Les autres Proches convergèrent devant lui. Il était à un mètre et se rapprochait quand le pied-de-biche lui fracassa la nuque et l'épaule. Encore reliée à une parcelle de son torse, sa tête alla cliqueter par terre, la bouche babillant follement, l'œil roulant dans son visage brisé. Il tomba à genoux, se raidit, et une trépidation fit déborder la crème intérieure de la coque éclatée de son corps. On avait beau être en pleine action, cela rappela aussitôt à Ghertrude ses dissections de scarabées, des années auparavant. La même carapace cassante se fendant sous son scalpel, le même pus blanc s'échappant de l'enveloppe creuse. Celui-ci avait coulé par-dessus et éclaboussé le sol carrelé.

Les autres émettaient maintenant le même son que la tête détachée, faisant claquer leurs dures gencives et s'agitant de façon incontrôlable. Les mâchoires de Ghertrude claquaient à l'unisson, contaminées par le bruit provenant de ces engins et de l'enfant horriblement déformé accroupi dans son lit de métal. Malgré tout, c'était le staccato de ses dents à elle, empreint d'une adrénaline exaltée, qui dominait ce chœur.

L'enfant gémit et se couvrit l'œil contre la laide symétrie de la géante. Soudain, les Proches battirent en retraite à reculon vers l'ouverture la plus éloignée. En effectuant des pas délicats, posés, sans jamais détacher leurs yeux de l'envahisseuse, et toujours à demi accroupis comme pour l'attaque, mais en sens contraire, rembobinant. Dès qu'ils atteignirent la porte, ils disparurent derrière. Luluwa fut la dernière à sortir. Juste avant qu'elle ne le quitte à jamais, elle jeta un regard au garçon, qui sentit son œil sur lui, mais se retourna trop tard pour la voir. Tout ce qu'il restait de ses protecteurs, c'était cette porte qui se rabattait à leur suite.

→

La voix retentissante de la femme était un miaulement étiré – un bruit hideux, mais humain, où Ismaël reconnut quelque chose de lui-même. Elle était le premier être de ce genre qu'il voyait, ou entendait, et c'était un monstre – gigantesque, dont le faciès lui occasionna des haut-le-cœur répétés. Le choc de se retrouver seul avec cette créature lui glaça les os.

Se méprenant sur son dégoût, qu'elle prit pour de la peur, Ghertrude tenta de dire quelque chose de gentil à l'enfant emprisonné, des paroles qui lui indiqueraient sa volonté pacifique. Elle s'entraînait à la bienveillance, nouveauté qui lui donnait l'impression d'être vertueuse, au sens le plus pur qu'elle ait jamais connu.

Elle passa un long moment presque sans bouger, parlant tout bas de façon à démontrer sa distance et sa retenue. Ismaël se mit à la regarder avec moins de méfiance, éloignant de son œil sa main protectrice pour se redresser peu à peu dans le lit-cage. Ghertrude se rendit compte que ce n'était pas un enfant, mais un adolescent chétif, diminué et horriblement déformé, mais très humain.

Loin au-dessus de leurs têtes, le soleil s'était levé sur le jardin enchevêtré, chassant la brume persistante et dévoilant un ciel d'un bleu flamboyant. Son éclat écrasait la salle, projetant des faisceaux épais et sinueux qui s'enroulaient à travers les fenêtres de l'entresol. En l'absence même de vent ou de tout autre mouvement, la poussière soulevée dans cette lumière était exaltée par le calme. La pièce se chantait à elle-même et exultait de sa beauté inoccupée, comme le font tous les lieux quand on les abandonne aussi longtemps. Quand ils demeurent en tous points intacts et que la détermination chaotique des humains les épargne, ils se réapproprient leur inventivité et leur dessein.

Ghertrude avait entrepris de traverser la pièce prudemment pour établir le contact avec le jeune. Bras et mains écartés, le pied-de-biche posé par terre, elle éprouvait le pouvoir submerger son avenir et légitimer son présent. Elle se déplaça lentement, longeant les restes penchés d'Abel, mais sa prudence ne suffit pas à l'empêcher de le renverser. Les vestiges du fluide vital du Proche se répandirent. Cela déclencha une fureur inattendue chez Ismaël, fureur qui s'insinua dans chaque compartiment de sa peur. Ils l'avaient abandonné. Luluwa l'avait laissé là sans un mot. Les Proches avaient échoué à le défendre – au bout du compte, tout le soin mis à travailler et à vivre ensemble n'avait rien signifié à leur œil. Ismaël regarda le corps de Bakélite brisé et affalé, rigide et gauche dans sa flaque laiteuse. La tête sans vie d'Abel reposait de l'autre côté de la pièce, mais le souvenir de leurs conversations commençait déjà à s'effilocher en lui. Sa confusion et sa colère se croisaient à un carrefour où l'ombre de cette géante l'attendait pour l'accueillir.

Prise d'un élan de protection envers l'adolescent rabougri, innovation qui ajoutait de la noblesse à sa confusion, Ghertrude s'était vite accoutumée à son regard douloureux, fuyant. Elle n'avait jamais éprouvé d'émotions semblables à ce qu'elle ressentit quand elle toucha Ismaël. Mais il eut un mouvement de recul à son contact face à cette douceur creuse, écœurante. Il remonta le drap de lit bleu layette autour de sa nudité et se mordit la main.

« Chut, voyons. Tu ne risques rien », lança Ghertrude dans un vocabulaire emprunté à la fiction. Les mots faisaient des plis dans sa bouche brûlante, à l'image du cache-sexe improvisé du garçon. « Ces êtres sont partis et je vais te protéger. »

Il savait ce que la deux-yeux voulait dire, mais ne comprenait pas pourquoi elle prononçait ces mots. « Ils étaient ma famille, mes amis », dit-il de la voix des Proches, un frêle chevrotement.

Ghertrude en fut ulcérée. Elle ne permettrait pas à ces pantins atroces d'obnubiler une seconde de plus cette pauvre tête maltraitée. Balayant les derniers restes de son impression d'étrangeté, elle aida l'adolescent à sortir du lit en fer en attirant son visage près du sien comme elle s'agenouillait. « Ce sont des monstres de t'avoir gardé ici, loin de tes semblables. Ce sont des abominations », dit-elle. Il cillait et bavait. « On les retrouvera et on les détruira pour ce qu'ils t'ont fait, et fait à ton pauvre visage. »

Elle l'assit par terre, l'enveloppa serré dans le drap, dont elle coinça les extrémités sous son poids frissonnant. « Ne bouge pas, dit-elle. Je reviens tout de suite. »

Elle se hâta de traverser les lieux jusqu'à l'endroit où les Proches avaient disparu, pour scruter la pièce suivante. Une autre porte y était entrebâillée. Avec circonspection, elle se glissa le long des baies de chargement et des caisses ouvertes puis atteignit la minuscule cuisine située au fond. Ces portes-là donnaient sur un escalier en spirale à la base plongée dans le noir. C'était creux sous la bâtisse, un vide beaucoup plus vaste que la structure architecturale qui s'étendait en surface. Un lieu caverneux envoyait ses échos vers elle, un trou massif qui tintait dans le silence : le puits de la fameuse source.

Rien n'y bougeait hormis l'espace lui-même, qui s'étirait vers le bas en un fût réverbérant. Incapable de tolérer qu'il exerce son empire sur elle, elle émit un cri qui parvint jusqu'au fond :

« Quoi ! »

Ce mot s'était retrouvé dans sa bouche sans traverser son cerveau. Plutôt qu'une question, il s'était éructé sous forme de défi ou de malédiction, bruit-crachat destiné à affirmer le territoire de Ghertrude, à montrer qu'elle ne battrait pas en retraite. Son ton aurait dû être fier, mais sa voix tremblait. Trop tard, elle comprit que c'était la dernière parole de quelque langue que ce soit à choisir de parcourir un tel abîme. Les interrogations de cet ordre devraient trouver leur réponse à un moment ou à un autre – mais pourvu que ça ne survienne pas maintenant, parce que la peur avait fini par la gagner. L'écho qui lui revint était un grondement étourdissant qui lui indiqua à quel point elle n'avait plus la maîtrise d'elle-même. La réverbération de ce « quoi ! » grimpa l'escalier, sifflant et tonnant entre le magma et les étoiles. L'espace d'une microéternité, Ghertrude perdit toute couleur et toute mobilité. Un sang blafard lui bloquait le cœur, emplissait ses oreilles et coagulait dans ses yeux, raidissait les capillaires de son cerveau ; une pellicule de souffle blême s'arrêtait à la porte de ses poumons ; ses muscles blancs se collaient à ses os ; une urine blanche était prête à brûler ses jambes exsangues et ses nerfs blancs claquaient d'opacité, se dissimulant dans une transparence aquatique.

L'écho frémissait toujours. Revenue à la vie dans un sursaut, elle prit ses jambes à son cou. Elle rabattit la porte derrière elle à grand fracas, traversa en courant la congestion ordonnée de la pièce suivante, heurtant des caisses d'emballage, de la paille et des bocaux à spécimens, dérangeant des tables et s'entaillant la jambe. Elle jaillit par la porte suivante, cueillit Ismaël dans ses bras et emprunta au pas de course le couloir étroit, dérapant au passage sur le liquide qui avait été Abel et qui commençait à coaguler, envoyant la tête en Bakélite s'écraser une nouvelle fois sur le sol mouillé. Elle joua des coudes pour remonter le tunnel illuminé, sa robe crissant contre les parois lisses. Hors d'haleine, les paumes et les pieds humides, serrée contre le garçon qui sanglotait, elle se glissa dans la cuisine silencieuse à travers le panneau fendillé de la porte secrète. La clarté oblique du soleil la glaça, proposant sa bienveillance, mais elle la remarqua à peine : elle fuyait avec son fardeau. Ayant franchi la pièce, elle gagna l'escalier et jaillit enfin dans la dignité immobile de la vieille bâtisse en claquant la porte. Puis, dans un profond soupir, elle tourna d'une main le passe-partout tandis que son autre bras maintenait le garçon flasque entre sa hanche et le mur. Le verrou se referma. Ghertrude avait les larmes aux yeux. Son soulagement se préparait à éclater lorsqu'elle entendit quelque chose bouger derrière elle. Elle pivota sur elle-même, rage incarnée en une gerbe de voix, de sueur, de pleurs à laquelle se joignait le gruau innommé du Proche cassé. Montrant les dents, toutes griffes dehors, la jeune femme se retrouva face à face avec Sigmund Mutter.

→

Qui était le plus surpris, on aurait été bien en peine de le dire. Ils avaient gagné en frissonnant la salle à manger de la vieille bâtisse sans décrocher un mot, Mutter déglutissant à grand bruit et tâchant de ne pas trop dévorer des yeux les deux jeunes gens. Malgré cela, il ne pouvait s'empêcher de lever son nez de ses chaussures pour s'assurer de ce qui se tenait devant lui. Ghertrude s'agitait sans relâche, grattant et tamponnant les salissures de sa robe avec un chiffon pris dans la poche du domestique.

Et Ismaël ? Impossible de deviner ce que le petit cyclope à demi nu pensait derrière ses mains, qui s'étaient rabattues sur son visage dès que la poigne protectrice de Ghertrude l'avait libéré. Ce fut elle qui rompit le silence, avec un ordre :

« Mutter, vous ne direz mot de tout cela à quiconque. »

Le serviteur redressa la tête vers cette dominance, qui asséchait rapidement l'humiliation ressentie par la jeune femme et larguait une vapeur aux odeurs de colère. Il acquiesça par automatisme.

« Vous devez m'aider à cacher ce pauvre petit souffreteux. » Ghertrude avait passé un bras autour d'Ismaël pour appuyer son propos. Comme elle avait ignoré le gamin le temps de se ravauder, cette brusque étreinte le fit sursauter.

« Y a-t-il parfois des visiteurs à cette adresse ? » demanda-t-elle.

Mutter lui assura que non, qu'il était le seul à détenir des clés et n'y avait jamais vu le propriétaire ni personne d'autre. Son père, pareil avant lui.

« Bien », approuva la jeune femme pour elle-même. Elle réfléchissait à toute allure à présent, avec limpidité. « Avez-vous les clés des appartements des étages ?

— Oui, mademoiselle, mais toutes les portes sont ouvertes », répondit-il d'une voix que le malaise éraillait.

Il commençait à faire froid dans la pièce et Ghertrude prit conscience que le garçon grelottait.

« Allez lui chercher des vêtements, ordonna-t-elle. Peu importe lesquels. Et allumez un feu là-bas. » Elle montrait du doigt le salon voisin. « En route, mon bon, et ne dites rien. »

Il opina du chef et se dirigea vers la porte.

Elle le héla alors qu'il s'apprêtait à sortir « Oh, et… » Il se retourna d'un air interrogateur. Elle l'avait rejoint et glissait quatre grosses pièces dans sa main. « Apportez à manger et à boire, quelque chose de chaud. »

Il disparut aussitôt. Elle se tourna vers Ismaël et remonta le drap plus serré autour de son corps hâve.

Deux heures plus tard, le garçon portait de vieilles affaires des enfants Mutter. Il avait mangé avec Ghertrude et une douce chaleur régnait. L'épuisement avait eu raison de lui. Il dormait, ce qui laissait tout le loisir de prévoir la suite. Ghertrude interrogea le domestique nerveux sur ses maîtres invisibles, sur la bâtisse, les caisses et sur la façon dont sa famille avait été rémunérée toutes ces années. Une fois assurée qu'il ne savait rien, elle entreprit de broder son propre tissu de mensonges.

Ce somptueux entrelacs était fait de peur et d'envie : la crainte qu'avait Mutter de perdre son emploi ou d'être tenu pour responsable de la casse, ainsi que la bizarrerie qui le déroutait tant, fournissaient une trame sur laquelle tresser sa tromperie. Ghertrude expliqua en long et en large que l'enlèvement était un crime pour lequel on encourait la peine capitale ; que Mutter était le seul à disposer des clés ; que de nombreux témoins l'avaient vu transporter chaque semaine des victuailles jusqu'ici. Sans compter qu'il n'y avait personne d'autre sur place pour la contredire et que toute déclaration d'Ismaël serait admissible, si on lui permettait de s'exprimer d'une manière ou d'une autre.

L'envie, en revanche, c'était la sienne, à elle. Elle voulait garder ce petit monstre pour son usage personnel, en savoir plus sur lui sans le partager pour l'instant avec les masses et les sots. Mais elle logeait au domicile paternel. Il lui fallait une autre adresse où cacher le cyclope, et le 4 rue Kühler-Brunnen était idéal. Elle barricaderait l'entresol, isolerait toutes les abominations qui y vivaient, et elle prendrait soin d'Ismael au grenier ou dans les appartements du deuxième étage. Elle lui rendrait visite un jour sur deux. Personne ne serait jamais au courant. Mutter était la clé indispensable au bon fonctionnement de ce plan. Il serait le moteur qui actionnerait le mécanisme de dissimulation quotidien, et qu'elle ferait tourner à coups de crainte et d'argent. La seule inconnue dans tout cela, c'était la réaction des maîtres invisibles du bonhomme lorsqu'ils apprendraient l'effraction, ainsi que la destruction d'une de leurs marionnettes.

Elle attendit leur apparition, qui ne vint jamais. Entre-temps, Mutter continua comme à l'habitude, récupérant les caisses, les emportant à la bâtisse, les ouvrant, transbordant leur contenu, les clouant et les ramenant. Il livrait une nourriture régulière. Il nettoyait les écuries et prenait soin des chevaux. Désormais, il avait double salaire pour le même emploi – et pour fermer les yeux et se boucher les oreilles.

L'étage supérieur était meublé ; il serait facile d'organiser un logement. Ghertrude pourrait concevoir un foyer qui soit à la fois confortable et discret. Mais avant cela, il y avait les travaux à effectuer au sous-sol. Elle demanda à Mutter d'apporter outils, cadenas et fusil.

Tirant une chaise vers la porte secrète donnant sur l'entresol, elle livra ses instructions sur ce qu'il convenait de faire en bas. Les clés à la main et le fusil sur les genoux, elle n'expliqua que l'indispensable. Elle crierait parfois des ordres du haut de l'escalier qui lui avait permis de réchapper au danger. Mutter devait descendre par-delà l'ancienne cuisine jusqu'à une enfilade de pièces pour nains. Il devait emporter les vestiges de l'objet répugnant et les laisser tomber dans le célèbre puits. Il devait changer toutes les serrures et condamner les portes avec des planches. Ghertrude garderait les lieux depuis le palier tout en guettant sa progression.

Mutter avait beau ne pas briller par son intelligence, il savait être le cobaye de la fille Tulp, son canari en cage destiné à descendre dans la mine appâter des horreurs. Il eut la chair de poule au fil des marches. Pendant ce temps, campée le corps dans le couloir, la tête dans la cage d'escalier ténébreuse, la jeune femme tendait l'oreille, canon du fusil braqué vers ce qui arriverait. Au bout de trois heures de moult sciages et coups de marteau, il revint, soulagé d'être sorti et plein d'entrain d'un tel accomplissement. Elle-même rayonnait, aussi heureuse que lui que ce soit terminé, jusqu'à ce qu'il lui explique qu'il n'y avait rien eu à nettoyer, juste une tache sur le sol. Les vestiges qu'elle avait décrits de façon si horrible avaient disparu. Elle le questionna encore et encore pour s'assurer qu'il avait bien visité la bonne pièce, puis elle jeta l'éponge. Quelqu'un ou quelque chose avait déplacé les preuves et récrit tous les rôles dans cet étrange événement.

Au cours des premières semaines, le plan sembla fonctionner. Elle prit congé de ses parents à de nombreuses reprises, pour des absences de plus en plus fréquentes. Elle savourait la complexité d'avoir à ruser, de longer les murs de la demeure du 4 pour s'y glisser sans qu'on la voie. Sa famille croyait tout ce qu'elle disait. Ils n'avaient aucune raison d'en douter – sans compter qu'ainsi, ils ne l'avaient plus sur les bras ni dans les pattes. Finies, les incursions journalières aux cuisines pour donner des conseils à la chef ou passer en revue les dépenses de nettoyage avec le majordome. Elle ne mettait plus autant d'énergie à vouloir que sa mère sacrifie à la dernière mode et s'adonne aux derniers moyens de distraction et n'avait plus une seconde, semblait-il, pour s'opposer aux décisions que prenait son père dans ses affaires. Le domicile familial rassuré baissa la garde. (Il se murmurait même, aux cuisines, qu'un homme avait fait irruption dans sa vie, qu'elle avait enfin trouvé un prétendant à la hauteur de ses nombreuses attentes. Cette idée déclencha quantité de rictus et autres ricanements parmi les domestiques assemblés autour de la table circulaire.)

Mutter obéissait aux ordres. De temps à autre, elle l'envoyait au sous-sol vérifier le cadenas et guetter les mouvements qui auraient pu avoir cours au-delà de la pièce barricadée, mais il n'entendait jamais rien. Une fois, elle se glissa en bas avec lui pour s'assurer de la véracité de ce qu'il relatait. Les couches de poussière accumulées et la solidité des barrières arrachèrent un sourire à Ghertrude. On ne détectait rien. Bien. Son plan fonctionnait, et une régularité se formait, qui créait un ordinaire plaisant dans la vieille bâtisse étrange.

Le plus étonnant, c'était la facilité avec laquelle le cyclope s'était adapté à son nouvel environnement. Calme et réfléchi, il employait son temps de solitude à lire les livres qu'elle lui achetait. Il semblait avoir oublié, ou faire abstraction, de la période passée dans son sinistre clapier souterrain. Il ne faisait jamais allusion aux abominations qui l'avaient tenu prisonnier. Il avait cessé de les appeler les Proches lorsqu'elle lui avait expliqué combien c'était écœurant. Il paraissait satisfait de son nouveau foyer et enclin à grandir, à adopter son rôle inédit d'adulte.

Au cours de la cinquième semaine, Ghertrude remarqua qu'Ismaël commençait à grandir de façon plus littérale, étirant ses guenilles jusqu'à la parodie. À la fin du deuxième mois, il débordait d'une nouvelle série de vêtements – neufs, ceux-là, et pourtant choisis avec soin par Ghertrude quelques jours plus tôt. Il avait gagné en taille et étoffé sa carrure alors qu'il mangeait les mêmes choses qu'avant – en plus grande quantité, certes, mais cela seul n'aurait pas suffi à produire des effets aussi surprenants. La jeune femme se demanda si c'était la chambre.

Elle-même avait été témoin de quelque chose de cet ordre, il y avait bien des années, lorsqu'on avait déplacé son poisson rouge fétiche d'un globe de verre vers un aquarium beaucoup plus vaste. Elle avait six ans à l'époque. Les changements du petit animal avaient été si remarquables, à mesure qu'il enflait jusqu'à atteindre une taille plus en rapport avec son nouveau milieu, qu'elle avait accusé tous ceux qui passaient à sa portée de l'avoir échangé contre un autre. En dépit de son jeune âge, elle s'était montrée intraitable dans sa certitude. Et malgré toutes les explications, elle avait refusé d'admettre qu'il pouvait s'agir d'un phénomène naturel. Depuis lors, elle entretenait une rancune tenace à l'égard des coupables inidentifiables de cette conspiration. Et voilà que, pour la première fois, elle avait des doutes. Il était fort aisé de remplacer un poisson par un spécimen semblable plus grand et plus vieux, mais dénicher un autre cyclope ? Impossible, forcément. Donc, ce devait être vrai : Ismaël croissait pour remplir les proportions de son nouvel espace.

Par malheur, cela coïncidait aussi avec un changement de tempérament. Il devenait apathique et morose et trouvait de moins en moins d'intérêt aux visites de sa bienfaitrice ; un bouillonnement intérieur tirait les ficelles, manœuvrant son corps en des sursauts las et boudeurs. Son œil évitait ceux de Ghertrude de façon délibérée. Elle connaissait bien ces gestes – ils avaient constitué une part significative de son vocabulaire durant bien des années –, mais personne n'avait jamais osé s'en servir contre elle.

Cela atteignit un seuil critique au soir d'un orage. Arrivée plus tard qu'à son habitude, elle grimpa l'escalier quatre à quatre en secouant son imperméable trempé. Ismaël l'attendait, d'humeur sombre et lourde. Ghertrude n'en fit pas grand cas au début, occupée qu'elle était à arriver, à ôter son chapeau et ses gants mouillés, manipulant la vitesse pour trancher dans la tension que le cyclope diffusait à travers la pièce. Sauf que ce soir-là, ça ne marcha pas.

« Où étais-tu ? demanda-t-il d'une voix éraillée, gutturale, inférieure de trois octaves à celle que Ghertrude connaissait. Pourquoi as-tu mis si longtemps à rentrer ? »

Il avait appuyé, mordant, sur le « où » et le « pourquoi ».

« Désolée, il pleuvait à torrents et comme mon cours s'est prolongé...

— Ton cours ! éclata-t-il. Ton cours ? J'en avais, moi, dans le temps, des cours ! Maintenant je reste assis là sans rien ni personne. »

Elle fut interloquée d'autant de véhémence. Colère et tristesse étranglaient l'espace qui les séparait.

« Tu dis que je ne dois pas penser à ceux qui s'occupaient de moi avant, ni en parler. Tu dis qu'ils étaient sales et dangereux. Moi je dis qu'ils m'aimaient ! »

Dans la lumière coagulée, elle remarqua qu'une rougeur gagnait le cou d'Ismaël, dont les oreilles s'étaient empourprées.

« Je t'ai apporté des livres », risqua-t-elle mollement.

Cette réplique suffit à le déchaîner. « Les livres, ce n'est rien ! Tes livres, c'est rien ! » Il en rafla un pour le projeter de l'autre côté de la pièce, où il alla heurter les fenêtres aux volets clos, se déchirant le dos puis tombant, tordu et brisé, comme le gibier à plumes que Ghertrude avait vu sur le domaine de son père. « J'ai déjà eu des professeurs ! » Un râle de souvenirs semblait enfler à travers la bâtisse pour souffler ses phrases au cyclope. « Des professeurs aimants, qui avaient du sens ! », hoqueta-t-il, s'étouffant sur les cendres de sa colère.

Un silence épouvantable percuta les lieux, apportant une perspective inversée, séparant chacun des interlocuteurs avec un gouffre ankylosant. Mutter s'était éclipsé depuis longtemps, préférant rester à distance et s'affairer autour des caisses au rez-de-chaussée. Tout ce qu'il voulait, c'était poursuivre sa tâche sans qu'on l'interrompe, et ne surtout pas être mêlé à cette crise ni aux émotions induites par la situation. Il quitta les lieux sans rien dire et traversa gauchement la cour pavée sur la pointe des pieds.

Au bout des gants qu'avait posés Ghertrude, l'eau dégouttait sans bruit, coulait le long de la table jusque sur le tapis pastel. Une page du livre froissé vira au rictus, redoutant d'être vue dans ses derniers moments.

« Je serai ton professeur », lâcha Ghertrude au bout du compte.

Ismaël grommela un son qui aurait dû être un ricanement de doute, mais qui, dans sa voix nouvelle et inhabituelle, se rapprochait plutôt d'une toux grasse.

Il pleuvait toujours le lendemain, mais sans le vent horizontal cinglant apporté par la chaleur de la mer qui avait déversé des torrents d'eau la veille. Au cours du petit déjeuner, Mutter se souvint qu'il aurait dû récupérer une autre caisse. Sa tranche de pain perdit son goût à mi-bouchée et il poussa un grondement à travers le beurre en train de fondre. Sachant que Mlle Tulp n'y serait pas, il décida aussitôt de repartir rue Kühler-Brunnen.

Il attela le cheval au tilbury à deux roues et le mena hors des écuries puis de la porte cochère. Tout en déverrouillant, il jeta un regard prudent en direction du troisième étage. Il ne verrait rien aux fenêtres, bien sûr : il avait bouclé les volets selon ses instructions, en ajoutant un cadenas. Malgré cela, il sentait l'être s'étirer et s'étaler contre la vitre, cherchant à se rincer l'œil.

Quarante minutes plus tard, il atteignit l'entrepôt à l'autre bout de la ville. Une fois descendu avec peine de la voiture grinçante, il déverrouilla le cadenas – plus gros que son cœur et six fois plus lourd – et ouvrit la grille avant de précéder le cheval et le tilbury à l'intérieur. Il entra dans l'entrepôt en traînant la caisse vide derrière lui. Jusqu'à maintenant, il effectuait ces gestes de façon mécanique, en savourant le fait qu'ils lui assuraient d'avoir chaque jour l'estomac plein. Il n'y avait pas de questions, juste un échange d'objets. Mais depuis les changements spectaculaires opérés au 4 rue Kühler-Brunnen, il redoutait de rencontrer le maître de maison. On considérerait qu'il avait failli à ses responsabilités, celles qui avaient été confiées à sa famille et que cette dernière assumait sans doute ni déception depuis deux générations. Avait-il commis un préjudice irréparable ? C'est alors qu'il aperçut la blancheur aveuglante d'une enveloppe sur son chemin, pile entre la porte et les nouvelles caisses. Il paniqua. Une lettre, le diagramme rectangulaire de son ignorance. De petits scalpels de papier qui l'avaient menacé toute sa vie. Il ne savait pas lire, même si ça n'avait jamais été un problème. Quelle que soit son importance, son univers tout de travail et de force physique, d'endurance et d'expectative n'avait jamais exigé d'être dirigé ni circonscrit par l'alphabet.

Il ramassa l'enveloppe avec circonspection pour que son venin ne s'élève pas jusqu'à lui. Confronté aux traces arachnéennes d'encres écrites à la surface, il se demanda que faire. Il n'en avait pas la moindre idée.

C'est alors que la voix s'éleva. « Sigmund Mutter, vous êtes un homme de bien et nous vous faisons confiance. » Mutter sursauta et regarda autour de lui, tout à la fois perplexe, sidéré et soulagé. Le son avait beau provenir de partout dans l'entrepôt, de façon incompréhensible, il semblait intime et proche. « La famille Mutter nous donne satisfaction depuis des années. Votre père, vous et vos fils aurez toujours notre confiance. Nous accordons un grand prix à votre travail et votre discrétion. Apportez cette lettre à Mlle Tulp sans rien dire de notre conversation. Vous êtes protégé et les Tulp poursuivront leur tâche. »

Sur le chemin du retour, Sigmund resta assis, entre rêve et réalité. Le tilbury en ébène parcourait les rues, roues et sabots parlant directement aux mains froides du conducteur à travers les rênes. Sigmund mit le cheval à l'écurie et traversa la cour pour gagner la bâtisse, la lettre à bout de bras devant lui comme on tient une scolopendre vivante ou un poisson mort. À son entrée, il tomba sur Ghertrude, qui s'agitait sans but dans le hall. Elle feignit le désintérêt en le voyant arriver, puis finit par se rendre compte que l'attitude du serviteur était singulière. Elle leva la tête et nota son air concentré (une rareté) ainsi que la lettre qu'il avait à la main. Il la tendait vers elle sans rien dire.

G. E. Tulp,

Vous vous êtes rendue coupable des crimes de violation de propriété, d'effraction et d'occupation frauduleuse. Vous avez corrompu mon domestique à l'insu de tous. Nul n'a idée non plus de vos autres entreprises ici.

Moi, si. Toutefois, nous voulons la même chose, vous et moi : le silence. Vous êtes entre mes murs et vous y détenez mon enfant. J'ai assisté à votre naissance. Vos parents me sont connus, ils appartiennent à mon cercle d'influence. N'en doutez pas, ou vous êtes perdue.

Poursuivez vos projets. Vous aurez ma confiance. Si vous ne vous soustrayez pas aux responsabilités que vous vous êtes appropriées, vous serez protégée.

Je vous reparlerai dans un an.

6

J'ai marché des jours. Le territoire s'est dépeuplé. Il faut trop d'efforts pour enrichir ces champs desséchés et l'on n'obtient que des tomates grimpantes et des melons terreux, rachitiques : c'est un pays de vieux, qui entretiennent leurs parcelles de terrain par habitude. L'horloge mourante aux rouages usés et grinçants, rythme de ses tic-tac les rituels quotidiens. Il n'y a plus de jeunes pour les remettre à l'heure, personne pour faire tourner le puits chaque jour et arroser la terre assoiffée. Les jeunes se sont exilés à la ville ou à l'étranger pour du travail d'esclave. Ils sont sous terre à creuser du fossile qui réchauffera d'autres gens ; ou dans des abris empoisonnés distillant un cancer chimique. Ils sont les automates de chaînes d'industries qui ne veulent ni identité, ni langue, ni famille. Tout l'argent qu'ils économisent est compté et recompté pour l'évasion qu'il vaut. Certains reviennent aux champs aider les vieux et les infirmes à hisser le seau cabossé et enfoncer la bêche. D'autres tentent de rentrer en princes, achetant à grand prix des maisons neuves sans caractère dans leurs villages d'origine et croulants. Cela échouera. Leurs enfants et la terre se retourneront contre eux, intensifiant leurs tremblements de lassitude. Tandis que je franchis les rares restants d'espace collectif encore occupés, les traces éraflées de leurs efforts s'effacent sous mes pas.

Je vais mettre trois jours à dépasser ces endroits, trois ou quatre autres à traverser les basses montagnes pour atteindre le bord de l'immensité sauvage. Nous avons vécu onze ans dans ces lieux, soignant les plaies et les fractures de notre passé, employant le soleil et la poussière à étancher nos souvenirs perturbés. Cette péninsule du renoncement a été riche en apports, et une part de moi-même brûle de projeter un retour, aussi impossible soit-il.

La chaleur du jour s'est saturée de lourdeur, la clarté maussade annonce un changement. Les nuages ont grossi, une noirceur interne s'y est coagulée : de l'eau naît, pesante et instable.

C'est là le vent malsain qu'on appelle *burascio* chez les natifs du pays : un vent qui aspire plus qu'il ne souffle. Ses courants brûlants, invertis, vous accablent sans répit. Il se joue des attentes, anime la suffocation, allèche la terre aride avec ses fausses promesses de pluie, tandis que les citernes taries tendent leur béance asséchée vers le ciel.

C'est cela qui nous avait amenés à vivre ici. Este disait que l'isolement faisait partie de la cure, que la réparation et l'évolution du corps comme de l'âme ne pouvaient survenir qu'au-dessus de tels creux compartimentés. Dans de tels endroits, les ciels et la mer s'entendraient : leur vastitude, leur mouvement, trouveraient un écho dans cette terre étirée. Ils engloutiraient l'obscurité, la faisant taire en tonnant contre les parois minérales invisibles. Este avait évoqué leur unité de voix : du plus humble puits à la caverne grande comme une cathédrale, ils étaient comme les tuyaux inégaux d'un orgue géant. Un orgue construit pour frémir en fugues et en fanfares ; la cacophonie du silence n'y était compensée que par l'égouttement insistant de l'eau.

C'était leur action, selon elle, qui influençait les infimes espaces physiques et les immenses espaces mentaux existant à l'intérieur de chaque être humain. Je songe à cela tout en franchissant l'opercule de leur signification – à elle, dévoilant ces merveilles à mes oreilles éberluées. Je songe à sa voix, très proche, très claire, tout en contemplant avec stupeur la vérité : dans ma main en sueur, je tiens ses os et sa chair.

Au cours de la nuit, on voit la foudre frapper loin en mer. Au-dessus de l'horizon, les dendrites muettes de l'orage scintillent et marbrent la courbe de la terre en approchant d'ici et de l'aube en attente. Je me réfugie dans un abri de berger, une excavation à l'extrémité d'un des villages les plus pauvres. Les champs en terrasse rongés perdent leurs limites ; survie et oubli se disputent parmi les pierres tombées et les plantes desséchées. Dans ce royaume appartenant aux lézards, aux mouches et aux cactus, les signatures humaines s'effacent.

Mon abri donne l'impression de ne pas avoir servi depuis des années. Le jute cousu qui constitue sa porte rudimentaire se délite dans ma main quand j'essaie de le décrocher. L'espace juste assez haut pour un homme de petite taille ou un jeune garçon accompagné de quelques chèvres a été raclé dans la pierre jaune et tendre. Il reste encore des vestiges d'occupation : un lit ou une table basse bloquant le bout, quelques outils montrant les cicatrices du travail de plusieurs générations, une roue de voiture au pneu usé et lisse, des bouteilles vides incrustées de sable, quelques cartouches vides de fusil de chasse. Suspendu à un clou, un fragment d'armure rouillée, un plastron articulé de taille réduite. Était-il authentique, déterré sur le site d'une bataille, ou s'agissait-il d'un costume de carnaval conçu pour l'un de ces spectacles qui marquent le souvenir du saint au cours de l'année ? Impossible à dire. La terre chaude et le vent chargé de sel l'ont gravé et recuit. Il est d'un autre temps, dont on a perdu la mémoire, comme s'il était trop ancien pour avoir été conçu un jour.

La petite grotte aux parois nues paraît tout à la fois vide et débordante d'occupation. Je me love dans le sanctuaire qu'est cette niche des plus humaines et le tranchant de ma brusque fatigue goûte la joie de sa simplicité.

Le tonnerre pénètre dans mon sommeil. Il glisse entre les strates de rêve avec la grâce d'une panthère. Son premier son n'est qu'un murmure, qu'une vibration. Il gagne en volume et en puissance à chaque kilomètre qu'il parcourt et il entraîne mon inconscient à ne pas répondre, les résonances croissantes n'étant que partiellement plus fortes que les précédentes. Son approche furtive dévore les heures. Mes cauchemars absorbent les chocs, jusqu'à ce qu'il soit directement au-dessus de moi et que ses frappes gigantesques secouent le sol de leur lumière : une blancheur énorme, martelant le matin pâle avec fureur.

Comme le ciel se déchire et que des torrents de pluie tombent pour satisfaire l'appétit débridé de la terre escarpée, le village éveillé s'active, les gens se précipitent d'un immeuble à l'autre. En quelques minutes, les champs ont bu profondément et forment des lacs. Les rues et les pistes du village sont des ruisseaux et des rus jaunes au flux rapide. Les villageois s'abattent dessus avec une grande frénésie d'action. On mobilise des sacs roulés et du jute pour dévier l'eau vers les puits, ou vers les rigoles menant à d'autres citernes. Des rondins et des pierres, voire des vêtements, servent de déviations improvisées à ce déferlement précieux. Les querelles et les chamailleries qui avaient fossilisé le village sont oubliées, la pluie et sa capture outrepassant les rancunes et les limites qu'elles érigeaient. Le déluge est constant et vindicatif ; les villageois, déterminés et imbibés de terre. Les gens glissent en courant, vocifèrent des instructions aux très jeunes, hurlent pour demander plus de sacs, s'esclaffent et chutent avec les très vieux, qui profèrent des jurons. Ceux qui restent d'ordinaire enfermés se joignent à la ruée, clopinant et criant dans une exaltation confuse. Le village se transforme en un amas d'êtres de boue à la frénésie chaotique et décidée qui s'agite sous les trombes d'eau. Certaines bêtes regardent depuis leurs étables et leurs portes, surprises et indignées par autant d'énergie, de liquide et de bruit.

Comme je ne peux qu'être happé par ce vortex, je cache soigneusement l'arc et mes autres possessions dans la grotte, à l'écart des inondations et des animaux, puis je cours m'activer aux côtés d'un ancien tout édenté qui tente de construire un barrage de pierre et de chiffon.

Ses efforts sont inefficaces contre la puissance du courant. Sa lenteur confère un humour pathétique à l'événement, car son mur s'effondre régulièrement au bout de quelques minutes pendant qu'il continue son empilement méthodique – inconscient, semble-t-il, de l'eau jubilatoire et de la futilité de ses propres automatismes. Ensemble, nous réussissons à détourner le ruisseau et à le diriger vers un coin de la cour ; il se déverse dans la bouche d'un puits ouvert, tombant dans sa profondeur sonore avec des plouffs qui se réverbèrent. Alors que je contemple notre triomphe mineur, il me vient soudain à l'esprit que je n'ai aucun souvenir d'Este saignant, aucune image de l'hémorragie, juste un vague flou de sa présence séchant partout dans la pièce. Ces bruits ont-ils capté un reflet, saisi la scène dans une paume mémorielle ?

Le vieil homme tire sur ma manche et clarifie ma vue. Il s'est attaqué à un autre ruisseau et il a besoin de mon aide. Nous continuons à orienter l'eau pendant deux heures, trempés jusqu'à l'os, mais satisfaits. L'orage passe, la pluie s'arrête et la terre fumante entreprrend de sécher. Les oiseaux mettent bruyamment les flaques d'eau orange à profit avant qu'elles ne retournent à la poussière. Une chaleur saturée commence à s'élever, forçant tout travail à cesser.

Les proches du vieil homme insistent pour que je me joigne à eux dans leur maison ruisselante. Notre célébration est simple, mais notable : un vin rouge âpre, fait à partir du raisin dur et desséché de la famille, et un plat de riz gras et de viande brune cuits dans du jus de grenade, accompagnés d'un pain délicieux fourré d'oignons noirs cuits. Nous nous réjouissons, c'est la liesse, et nous partageons ce langage du besoin et de l'alcool où l'autochtone comme l'étranger déborde d'excitation et où l'émotion secoue les subtilités de la grammaire.

Le grand-père se concentre sur son repas comme si c'était le dernier. Je commente cela par une petite boutade, et on prend soin de me dire qu'en ces contrées, les pluies et les vieux entretiennent une relation spéciale. Este et moi avions entendu des rumeurs à ce propos, mais notre isolement maintenait la majeure partie du monde à distance : nos contacts avec les communes alentour étaient distants. Or donc, le rituel des pluies de printemps est une vérité. Entre deux goulées de nourriture et de vin, mon hôte explique la nécessité qui le sous-tend et les subtilités de son fonctionnement

Plus ils deviennent incapables de travailler, plus les aïeux pèsent sur cette économie pauvre. Une fois impotents, on les livre au bon vouloir des dieux du printemps en les plaçant devant leur maison avec à manger et à boire – de quoi tenir trois jours. À cette période-là de l'année, à l'inverse du déluge d'automne que nous venons d'endurer, la pluie est douce et constante. Les anciens restent assis sur place en silence, conscients qu'aucun dialogue, aucune supplique n'y changera rien : autant économiser leurs forces. Après le temps imparti, on les accueille de nouveau à l'intérieur pour les rendre à leur lit d'angoisse. Ils trouvent cette épreuve plus civilisée, moins cruelle que celle qu'imposaient leurs aïeux. Lors de ces lointaines périodes de famine, on les emmenait sur les falaises et les forçait à rentrer seuls. Les dieux s'engraissaient de leur charpie.

Un quart d'entre eux mourra au cours des semaines à venir : fièvres nocturnes, grippes ou phénomènes d'intervention divine. Ceux qui restent seront célébrés, nourris et honorés encore une année. Le père âgé qui nettoie son assiette avec son dernier bout de pain a survécu à six pluies de printemps et a l'intention d'en vaincre beaucoup d'autres.

L'après-midi, je fais mes adieux et retourne à ma grotte, où mon sommeil est un voyage paisible et sans rêves.

→

L'homme que poursuivait Tsungali avait pu prendre deux itinéraires. Le premier, la principale artère commerciale du pays, menait directement en ville sans aucun détour, piquant vers la Vorrh à travers la grand-rue puis son flanc industriel. La seconde était une piste plus ancienne qui sinuait dans la longue vallée puis pénétrait dans la cité par ses couches d'histoire. Elle se fendillait à hauteur d'un moyeu de vieux bâtiments, au carrefour du fleuve et de six routes différentes, avant de ramper vers la ville, la Vorrh et d'autres extrémités moins connues. Le voyageur n'empruntait presque jamais ces itinéraires lents ; ils étaient réservés à ceux qui cherchaient à goûter au passé, avaient quelque chose à cacher ou tenaient à ne pas se mélanger au commun des mortels. Souvent une combinaison des trois. Le gibier de Tsungali voulait qu'on ne le voie pas, mais il devrait se reposer, acheter à manger et des renseignements sur son poursuivant. Pour cela, la vieille route serait idéale.

À environ un jour et demi de marche de la ville, il y avait un pont endommagé desservant un moulin en activité et quelques cabanes éparpillées. Ils s'encastraient dans le méandre d'une vallée abrupte creusée dans du calcaire carbonifère. Les glaciers l'avaient tranchée de leur poids, découpant des canyons tortueux et évidant le lit des rivières, si bien qu'on avançait sous des surplombs de falaises saillantes. À un endroit, près du moulin proprement dit, les parois escarpées se touchaient presque, les deux côtés se rapprochant dans un climat de grand suspens – souvenir, peut-être, de leur connexion passée. On disait que la clarté du soleil pénétrait parfois à cet endroit une heure par jour ; le reste du temps, cela s'avérait impossible et l'obscurité dominait en dessous.

Le moulin et les constructions qui l'accompagnaient avaient une histoire tout aussi noire ; la plupart des voyageurs se donnaient beaucoup de mal pour éviter ses ombres et ses crimes. Mais un homme pouvait y séjourner sans qu'on lui pose de questions et jouir de ses attentions feutrées sans s'attirer de regards menaçants.

Assis au milieu d'un amas de rochers, Tsungali scrutait le pont en contrebas. Les quatre tronçons imposants étaient d'une structure compacte. L'ouvrage pouvait résister à la chaleur sèche et brûlante des violents étés comme au froid mordant des hivers les plus rudes. Ses voûtes renvoyaient le son du faible courant en un écho curieux. Elles tenaient bon face aux inondations qui projetaient des arbres entiers contre les piles. Elles captaient les reflets de l'eau, créant des polyphonies dans ses remous.

Tsungali observait en silence, par l'une des nombreuses belles journées passées à attendre sa proie. Il avait visité le moulin pour en flairer l'intérieur et évaluer la détermination et la force de ses occupants. Il connaissait leur nombre, leur couleur de peau et leur religion. Il avait caché sa moto parmi les grands bambous de la berge et parcouru à pied le sentier qui la longeait entre les ondulations de pierre afin de rallier ce promontoire. Il traversa le chemin pour gagner le hameau, cinq masures sommairement alignées. Des volutes de fumée de bois odorante s'élevaient de deux d'entre elles. L'altitude des alentours et la multitude des arbres avaient beau filtrer et dompter la cruauté du soleil, lui conférant une tiédeur tranquille, une indifférence roide et pâle, de funeste présage, entachait l'atmosphère.

La maison bossue greffée sur le flanc du moulin était une taverne qui s'annonçait avec bruit. Il s'avança jusqu'à la porte pour se faire une idée de l'intérieur. Odeurs de cuisine, d'alcool, de fumée, éclats de voix : une compagnie annonciatrice de conflit. À l'intérieur, c'était pire : un décor compact de tension masculine, entre rires tonitruants et silence maussade, parfois dilués par des effluves de gnôle.

Il s'assit, un siège de Noir, contre le mur, dans la pénombre. De là, les yeux mi-clos, il observa et évalua la clientèle. Il fit semblant de boire, enchaînant les commandes d'alcools forts qu'il renversait sous la table. Il avait aussitôt reconnu des meurtriers en trois des occupants. Il connaissait l'un d'eux par son nom : Tugu Ossenti, membre comme lui du corps de police, avant les guerres de Possession. Ossenti avait été renvoyé sur des soupçons de torture. Depuis lors, on savait sans pouvoir le prouver qu'il avait assassiné pour de l'argent, et parfois pour le plaisir. Il ne reconnaîtrait pas Tsungali, beaucoup plus jeune et plus clair de peau à l'époque où ils s'étaient croisés, et qui n'avait pas encore limé ses dents.

Les compagnons de meute d'Ossenti étaient bessons. Maigres, blancs et nerveux, ils avaient la vivacité des petits reptiles. Leurs yeux et leurs mains tressaillaient constamment. Tsungali savait d'expérience que des jumeaux, même séparés, ont la capacité de raisonner comme un seul homme. Il en avait été témoin au village, en avait vu deux travailler à l'unisson sans échanger un ordre ni un mot. En situation de combat, les adversaires de cette sorte pouvaient se montrer imprévisibles et surpuissants. Leur vigilance alerte l'inquiétait beaucoup plus que la force et le palmarès de leur compagnon.

Après avoir observé avec soin, il laissa son regard balayer la salle enfumée aux contours irréguliers. Un buveur solitaire était attablé au fond, parmi des ombres qui dissolvaient ses traits. On pouvait déchiffrer sa posture malgré le clair-obscur et Tsungali ne s'arrêta pas sur lui. Quatre hommes assis autour de la table circulaire du milieu de la salle faisaient du raffut. Ils avaient l'air de bouviers. Leur élocution était pâteuse. Ils ne tenaient droit que grâce à leurs gros godillots et leurs vêtements élimés. La boue avait séché sur leurs guêtres en cuir avant de retomber en tas autour de leurs pieds apathiques. Ça faisait des heures qu'ils buvaient à cette table.

Un grand échalas se trouvait assis au comptoir, tête inclinée, indifférence étudiée. Sa colonne vertébrale était ce qu'il y avait de plus droit dans la salle. Aspirant avec une longue tige de bambou le liquide clair que contenait son verre, il s'abreuvait sans s'aider de ses mains, qui pendaient mollement le long de son corps. Il regardait les bouteilles alignées devant lui derrière le bar, qui se reflétaient dans le miroir fêlé trouble tenant à l'œil la clientèle affalée. Le visage délavé et distordu de l'homme y flottait, brouillé. En dehors de tout cela, les seules personnes présentes étaient le serveur, le vieillard cacochyme assis dans la pièce du fond et un jeune idiot accompagné d'un chien endormi. Le silence et les tressaillements de l'animal congestionnaient la tension de cet espace confiné.

Chouette de la prendre la prendre la bourrer bourrer cette chienne en chaleur je la coince serré je bourre je bourre encore elle est coincée au sol elle sent ouverte bourrer chouette mon cœur qui pulse elle essaie de bouger, mais je la tiens fort bourrer arrondi au milieu dans la poussière parfumée on se retourne mes dents sur sa nuque mes reins mon cœur qui pulse elle me dévie je m'enfonce plus là pas question de sortir elle flanche contre moi pivote je me retourne je glisse on s'étale en roulant bourrer toucher le sol son odeur tordus en arrière ma gaule dehors elle de l'autre côté maintenant queue contre queue bourrer chouette tourner coincé claquer. Ensuite les plaies les cailloux les gamins nous lancent des cailloux pris en tenaille on ne peut pas se défendre ils le savent on tourne toujours bourrer chouette coincé tordu la puanteur des gamins la douleur qui claque on nous écarte écartèle baiser mordre baiser le sang des cailloux mon œil bourrer tourner des cailloux elle jappe je gronde je bourre maintenant de l'eau sur nous d'autres qui nous touchent nous séparent elle s'enfuit pleine de mon foutre je tiens pas debout le dos toujours courbé réflexe incontrôlable de l'air bourrer le dos courbé bourrant encore rien calme calme les gamins qui rient, mais ils fuient mes mâchoires mes griffes dans le sol dents qui cherchent les couilles vides chouette son odeur encore dans mon museau gueule gaule qui dégouline lécher chouette

Il n'y avait pas d'arme au râtelier qui jouxtait la porte, donc chacun en cachait une sur lui. Ce n'était pas le genre d'endroit à fréquenter les mains vides, mais Uculipsa n'accompagnait pas Tsungali. Le Lee-Enfield reposait dans son étui en laiton perché dans la forêt de bambous, ceint par une cordelette à laquelle était rattaché un charme d'invisibilité. La patine du métal s'accordait aux teintes du feuillage bruissant. Dans l'environnement de la taverne, c'était une garde rapprochée qu'il fallait. Un pistolet à canon court, sans chien, nichait dans les replis du pantalon de Tsungali ; un kriss à longue lame pendait sous son aisselle ; son armement supplémentaire était dissimulé sous le pont.

Les hommes consacrèrent un instant leur attention au corniaud qui tressaillait sous la table en rêvant. L'espace d'un quart de seconde, la détermination fondit dans leur regard et leur vigilance céda la place à l'observation des sursauts qui piquaient et secouaient l'animal, le libérant de sa tension pour lui permettre de passer à l'oubli. Il s'éveilla dans un frisson.

Le premier coup d'œil dissimulé de Tsungali avait échappé à la tablée d'assassins, qui se remirent à converser sous cape. Après les clients, il examina la salle pour évaluer les alternatives en cas de combat ou de fuite, ainsi que les issues et angles de violence possibles. On voyait une porte au fond. Une fenêtre et une cheminée. On n'accédait aux étages supérieurs que par un escalier extérieur. Pour assis qu'il fût, Tsungali projetait des carnages et permutait des scénarios de défense et d'attaque. Hormis le chien et le vieillard tremblotant et tressaillant dans d'autres songes, tout le monde faisait ou avait fait comme lui, pas de doute.

L'un des jumeaux avait capté la vibration de son regard. Il marmonnait quelque chose à ses compagnons. Ossenti marqua la pause qui convenait – aussi risible fût-elle – puis il se retourna en faisant mine de s'étirer tout en basculant la tête pour fixer directement la forme sombre de Tsungali.

→

J'ai l'impression de m'être assoupi et d'avoir dormi trop longtemps. Mes rêves, s'il s'agit de rêves, devancent toujours mon sommeil. Ils m'attendent pour poursuivre leur récit, dérouler leur continuité. À la lueur du jour, ils sont une douleur constante. Leur proximité, ainsi que ma distance, ont fini par me désarçonner. J'ai été avalé vers ce bout de terre. Les flèches d'avant ont cousu mon itinéraire. Je ne vois pas l'arc, qui a dû tomber sous moi et gît quelque part dans ce lieu contradictoire, où il sent la neige et brille humidement. Mes pieds se sont cramponnés jadis, mais je suis désormais sans attaches et les racines et ramifications de ma souffrance harcèlent mon espoir de bouffées floues, idiotes. Un sentiment de familiarité m'efface, celui de connaître déjà ce périple. Le trajet de la flèche m'a rendu aussi vide que le paysage de semi-pénombre qui m'entoure.

L'arc d'Este y bouge ; que ce soit dans les broussailles, le fil de fer ou le papier moisi, il s'oriente à nouveau vers ma main. J'ai reçu l'ordre de ralentir dans mon voyage ; l'air et le ciel m'ont séduit. Aucun sang n'a été versé, or l'Histoire ne peut progresser ainsi. Je dois trancher dans la lumière avec ce sérum, permettre à Este d'exhaler et de se tordre dans ma paume. Ce soir, je diviserai une vie et peindrai la glorieuse route à venir. Mais foin de ces superficialités : des villes s'étendent à l'autre bout de la vaste forêt. Je me fraierai un chemin vers elles à coups de flammes. Este est dans ma main, exigeant lointains et flèches.

J'en lâche une nouvelle, plus sombre, dans le soir, en direction de la première étoile qui s'est élevée par-dessus le rebord du monde et qui va partir au diable parmi les arbres. Ce trait file avec un bruit de sifflet, établissant ma direction du lendemain.

→

Tsungali regardait arriver l'après-midi. Il avait à nouveau changé de campement. Il commençait à bien connaître le terrain qui serait le lieu de son carnage. C'était ici même, dans cette vallée dont il ignorait le nom, que l'esprit de sa victime serait rendu à ses ancêtres et qu'aurait lieu le rituel de la transmutation.

Assis près du courant, Tsungali observait les oiseaux qui pataugeaient, l'incurvé de leur bec et de leur voix. Il savourait la vitesse du fleuve, sa splendide indifférence et le clapotis de ses vaguelettes. Étant homme à s'abreuver profondément à la vie, il en reconnaissait le goût, constatait la richesse vibrante de son empire et savait exactement ce qu'il prendrait à l'homme voué à mourir sur place.

Tout en regardant vers l'amont, il tenta de se remémorer la vaste forêt qui y macérait. Il ne l'avait pas vue depuis longtemps. Il en gardait un souvenir plus ténu que les légendes courant à son propos et que les récits de son grand-père, qui conservaient tout leur éclat. Mais, pour l'essentiel, ce qu'il revoyait, planant au-dessus de l'eau, c'était un tableau, une peinture. Un homme barbu campé dans une grotte autour de laquelle s'étale une forêt infinie et puissante, capable d'obscurcir le ciel. Devant coule le fleuve sinueux, représenté en bleu. Un poisson nage sous la peinture, à contre-courant, de façon à pouvoir surveiller cet homme qui ne tardera pas à quitter la sécurité de sa caverne pour pénétrer dans la nature sauvage et rencontrer Dieu ou ses démons.

Tsungali s'apprêtait à délaisser cette vision quand, de façon inattendue, elle lui devint familière. Un détail du tableau avait envahi la réalité de ses rêves – à moins qu'il ne s'agisse d'un souvenir issu d'un monde différent. Il ferma les yeux pour laisser les scintillements de l'eau pétiller sur ses paupières. Il regarda à travers elles, cherchant. C'était la photo vue au musée, représentant son grand-père assis à l'entrée de la précieuse maison sculptée. Quand les deux images se fondirent l'une dans l'autre, il scruta l'ombre peinte derrière le vieil homme, prêt à s'y revoir. Sauf qu'à présent, ce n'était plus le jeune garçon mince et hilare qui s'y cachait. C'était l'homme qui, dans son souvenir, était un saint, ou un prophète, avec ses immenses ailes repliées. Elles emplissaient l'espace de la grotte, beaucoup trop grandes pour qu'il puisse se faufiler au dehors par l'entrée en dents de scie. Tsungali écarquilla les yeux, identifiant enfin l'expression du visage barbu.

→

Sidrus s'était préparé avec méthode à l'arrière de l'auberge, enfoncé dans l'ombre animale de son architecture primitive. Il cala ses grosses mains autour de sa canne, rajusta son chapeau, les rabats latéraux de ses lunettes aux verres verts, puis s'avança jusqu'à l'entrée. Il se dirigea d'un pas raide vers le comptoir – sans remarquer, semblait-il, les autres occupants que sa présence irritait. Sur quoi, se les aliénant encore plus, il prononça le nom d'une boisson avec un accent étranger grinçant. Il tournait le dos de façon scandaleuse aux hommes assis. On ne distinguait pas ses yeux, qui scrutaient pourtant le moindre détail dans le miroir fendillé et trouble. Il en mesurait et soupesait chaque reflet de mouvement.

Les jumeaux échangèrent un regard en coin puis s'approchèrent d'un pas alerte, rompant le rai de lumière du fond de salle lors de leur progression. Impassible, d'un calme absolu, Sidrus les dépassait de trois têtes. Le jumeau à la boucle d'oreille se répétait mentalement l'insulte la plus caustique possible quand la main gauche de Sidrus glissa jusqu'au creux de ses reins, où elle s'arrêta soudain pour pointer un doigt menaçant vers les deux hommes, long et d'une autorité statuaire dans son accusation. Le duo se figea, pris de perplexité face à ce geste sortant de l'ordinaire. Le second jumeau s'esclaffa. Les lèvres de son frère étaient une fente de fiel ondulante.

« Qui tu montres du doigt, patte-raide ? dit-il en s'approchant de la main. On va t'arracher tes poumons de vieux chnoque ! »

Quand le reste du corps imposant se retourna peu à peu pour lui faire face, il ravala un râle. L'étranger dirigeait à présent un doigt de chaque main vers chaque jumeau. La canne reposait en équilibre en travers de ses poignets comme une baguette de prestidigitateur. Il avait le visage étiré, épaté, et d'un blanc absolument pas naturel – un œuf dur oblong aux yeux minuscules, au nez aplati et cassé. Le tout semblait malléable, pas fini, comme si un sculpteur myope s'en en était retiré en pleine création. Les deux frères avaient croisé et tué toutes sortes d'hommes et de femmes dans leur vie, mais ils n'étaient jamais tombés sur une apparition de ce genre. Ils n'avaient jamais été en présence d'un mal indomptable.

D'une voix évoquant une incision très fine, Sidrus grinça : « Divisés, vous êtes morts ! » Avec lenteur, très posément, il tira l'épée de sa canne tel un vendeur qui manie une antiquité hors de prix. Quand il interrompit son mouvement pour stopper l'arme à hauteur d'homme, la salle se refléta dans la lame polie. Il n'échappa à personne que des mots gravés miroitaient tout du long.

Impossible de dire combien de temps s'était écoulé depuis que l'intrus avait prononcé sa phrase : il aurait pu s'agir d'une fraction de seconde comme de toute une journée. Le jumeau à l'oreille percée se secoua de sa torpeur et évalua la distance tout en tirant un poignard incurvé de sa veste. Son arme frapperait forcément l'étranger avant qu'il réussisse à orienter l'épée en position défensive ou offensive. Regard vissé sur l'un des mots brillants de la lame – VÉRITÉ –, le jumeau chargea. De tout son élan, il plongea vers la dague qui avait émergé en cliquetant de l'autre extrémité de la canne-épée et qui venait de s'élever en travers de sa gorge.

Mortellement atteint, il laissa tomber son poignard et s'agrippa le cou, tentant désespérément de colmater le flux de sang. Son frère se précipita à son côté, pistolet brandi, pour étancher inutilement de l'autre main la terrible blessure. Il ignorait s'il devait combattre ou sauver son jumeau. Ce débat fut tranché pour lui par la pointe éblouissante de l'épée gravée, qui lui transperça l'œil et fora jusqu'à son cerveau – visions fugitives de texte fonçant devant son autre globe oculaire ébahi.

Dans leur enfance, les deux hommes avaient été à l'école. Un vicaire campagnard leur avait enseigné dès leur plus jeune âge les principes élémentaires de la langue. Par la suite, ils avaient passé deux ans au séminaire tout proche, où leurs dons pour la lecture et l'écriture s'étaient grandement perfectionnés. Contrairement à la plupart des hommes de leur acabit, ils ne sortaient pas du ruisseau, mais venaient d'une famille respectable de marchands de graines. Ils étaient nés dans une petite ville relativement riche. Pourtant, dès l'âge tendre de 12 ans, ils s'étaient détournés de la voie intègre de l'étude et de l'habit de bure pour parcourir à leur guise celle, tortueuse et saumâtre, qui les avait menés jusqu'ici, où ils dansaient à présent dans leur propre sang.

L'inconnu rapprocha son visage du jumeau qui se traînait par terre. « L'inscription dit : La Voie ! » souffla-t-il. Il enfonça la lame encore plus loin, pour que les mots pénètrent profondément – « la Vérité ! » – la pointe racla et stoppa contre le crâne – « et la Vie ! » Sur cette réplique, il abattit son autre main, poussant l'acier à travers l'os, embrochant sur toute sa longueur la tête dodelinante. D'une torsion du poignet, il fit disparaître les mots dans la fente crissante, avant de les ressortir en un mouvement coulé de la poupée de chiffon vacillante qu'était sa victime. Pendant un instant d'équilibre élastique, le jumeau eut l'air d'un jouet d'enfant ou d'un singe qui se trémousse. Sidrus nettoya son arme blasphématoire sur le revers du manteau de l'agonisant, qu'il laissa retomber sur le sol envahi de fumée.

Jusque-là inerte, le chien papillonna des paupières en entendant le bruit. Mais tout s'était déroulé avec tant de fluidité et une telle économie de mouvements qu'il n'y avait presque rien à voir : ne repérant rien de grave, il s'étira confortablement, posa la tête sur le sol en pierre et retourna à ses rêves.

Chaque geste avait été concentré, précis, assuré. Ç'avait été une exécution dans tous les sens du terme. Dans sa certitude inexorable, le pouvoir de sa malignité était pur. Un meurtre empreint de ravissement.

Son auteur se tourna vers l'aubergiste resté immobile tout du long et déposa sur le comptoir deux lourdes pièces, ainsi qu'un étui plat qu'il ouvrit, dévoilant une tablette de bois dur couverte d'une écriture dorée se terminant par un sceau en cire comportant un écusson. Les yeux du tenancier étaient fixés sur l'argent.

« Cette somme est pour toi, pour nettoyer les traces. Sais-tu ce qu'est ce document ? » Le gros bonhomme acquiesça, tout en évitant du regard le visage de l'étranger.

« Je m'appelle Sidrus et je couvre ce secteur. » Il ouvrit la main pour révéler le même écusson, tatoué sur sa paume. « Depuis combien de temps ces deux individus attendaient-ils ici ?

— Onze ou douze jours, dit l'aubergiste en ramassant prudemment l'argent pour le soupeser dans sa pogne fermée. Eux, et le troisième aussi, le Noir.

— Où est-il, ce troisième ?

— Aucune idée, ça fait deux jours qu'on ne l'a plus vu. »

Il disait la vérité : Sidrus avait observé les lieux, attendant pour y entrer que le gars soit parti. « D'autres gens se sont arrêtés chez toi au cours des dernières semaines ?

— Juste des saisonniers et des étrangers de passage. »

À mesure que je m'approcherai de la Vorrh, il y aura sûrement beaucoup plus de chasseurs à la poursuite de leur proie, d'assassins cherchant à tuer l'Archer, se dit Sidrus. Combien faudrait-il en éliminer pour prémunir son protégé afin qu'il accomplisse son trajet improbable à travers la forêt, jusqu'à l'autre côté où lui-même l'attendrait ? Difficile à dire. Quoi qu'il en soit, étant strictement incapable d'entrer dans la Vorrh, lui-même avait pour seul recours de caboter autour de son périmètre. Il avait mis deux mois à parvenir dans ce trou du cul du monde.

Les cadavres des jumeaux avaient cessé de tressaillir. Passant à l'écart de la mare de sang, Sidrus récupéra la tablette en bois qu'il avait montrée et se dirigea vers la porte. Un jeune d'allure lugubre et grimaçante se tenait involontairement sur son chemin. Figé sur place, il se repassait l'incident dans son esprit lent. « Kippa, Kippa ! aboya l'aubergiste, sors-toi de là ! »

Sidrus cessa d'avancer et brandit sa canne refermée. Cet étourdi ne représentait aucun risque, mais il n'avait aucune intention de faire montre de clémence devant les autres buveurs ; sous la table, le chien lui-même s'était avisé du danger ; il le contemplait en montrant les crocs.

Le fameux Kippa demeurait toujours pétrifié, incapable de détacher son regard de ce démon à l'approche. La lame décrivit un vaste arc circulaire, un moulinet de matador compliqué qui n'avait pas la précision clinique du coup précédent. Sur sa remontée, elle trancha entre les jambes du jeune, lacéra sa virilité toute neuve et l'envoya s'effondrer, dans un cri strident, au cœur d'un cauchemar éveillé et grimaçant.

7

Désormais, il s'appelait Eadweard Muybridge et sa vision était nette. Il avait capté paysages et tribus dans la noirceur de son diaphragme. Il s'était fait une réputation. Son nouveau nom y collait comme de la merde à une chaussure.

Il avait passé de plus en plus de temps en ville, surtout après avoir immortalisé l'immense nature sauvage de l'Alaska, dont les solitudes glacées avaient fini par le rappeler à son humanité. Il avait donc décidé de « s'assagir ».

Flora était entrée dans sa vie comme une dimension étrangère. Ce fut la seule fois où il abaissa ses défenses. Un amour irrésistible avait tout piétiné, focales, calculs et temps, et secoué jusqu'à la racine son arbre de la connaissance succinct. Tel un sang neuf réchauffant et irradiant le moindre aspect d'une existence jusque-là ordonnée, sa jeune épouse avait apporté une joie qu'il ne savait pouvoir éprouver. La naissance de son fils l'avait submergé de trop de sensations pour qu'il les comprenne ; une boule de vie brûlait et se tortillait en lui chaque fois qu'il tenait le bébé dans ses mains décharnées. C'est alors qu'il avait trouvé la lettre où cette femme affirmait à un autre homme qu'elle l'aimait, tout en laissant entendre à mots couverts que le destinataire pouvait être le père. À ce moment-là, Muybridge avait compris que toute cette histoire n'avait été qu'une diversion trompeuse, temporaire, des instants de fausseté voués à annihiler sa détermination.

Il aurait dû rester sur des terres vierges comme le médecin de Londres l'avait conseillé, au lieu de se laisser tenter par les espoirs vains qu'étaient famille et richesse. On lui avait escroqué amour et argent. Il ne commettrait plus jamais cette erreur. Il attribua sa faiblesse à sa santé fragile et aux convictions puériles que les mères inculquent à tous les hommes : celles que trouver une épouse convenable et créer un foyer sont les fins inexorables et inexpugnables de la maturité. Lui-même ne s'était jamais vraiment senti attiré par cette ambition, juste par son effet secondaire : la respectabilité. Il avait toujours eu conscience de sa différence, tout comme sa mère, qui idolâtrait son frère cadet.

Mais au moins avait-il tenté de confier son maigre cœur mélancolique à une femme – une dondon qui l'avait piétiné dans les draps souillés par l'adultère. Eadweard avait survécu à bien pire qu'un chagrin d'amour au cœur des déserts de glace, s'aventurant plus loin que son guide ne l'avait exploré, coupant des arbres dans des paysages intacts afin de construire la composition qu'il recherchait, compilant une lumière féroce dans le monde inversé qui lui appartenait de A à Z. Saisi de la même passion froide, il gravit la colline menant à la mine d'argent pour héler son adversaire et lui faire quitter sa table de poker. La campagne odorante se rafraîchissait sous la nouvelle lune montante.

« Bonsoir, major Larkyns, dit-il à l'homme qui plissait les yeux sur le seuil en tentant de voir son vis-à-vis découpé en ombre chinoise. Je m'appelle Eadweard Muybridge et voici la réponse à la lettre que vous avez fait parvenir à ma femme. »

Il braqua le pistolet à hauteur du torse de l'amant, appuya sur la détente. Le sang jaillit parmi le feuillage clair et mouvant de ce crépuscule d'octobre ; la victime traversa la maison en chancelant pour aller mourir dans le jardin de derrière, agrippée à un arbre. Muybridge lui avait emboîté le pas en s'excusant auprès des joueurs aux mains figées par l'incrédulité.

Il comprenait maintenant ce que ce bon médecin londonien avait su avant lui : sa plaie, avait-il prévenu, s'enflammerait en présence d'autrui, et c'est bien ce qui s'était produit. La chose serait même mentionnée au procès : les lésions de son cerveau s'étaient rouvertes, consumées par la tromperie de cette femme dont les mensonges et l'infidélité avaient coulé en Eadweard comme de la lave, un sel brûlant, de l'ammoniaque ou des larmes, liquides féconds déversés dans sa blessure. Il fallait la refermer pour toujours, ne plus jamais rien laisser pénétrer en lui ni violer la carapace d'os cristalline de sa vision. Il en avait terminé avec la proximité et tous les chancres qui y prospéraient.

Il décida de ne plus jamais être la personne décrite dans cette salle d'audience : un « animal perdu, vide et enragé ». Son entourage – amis, voisins ou même domestiques – avait relaté ses crises ; ses logorrhées, mâchoire pendante et yeux exorbités ; son apparence repoussante quand il frissonnait de tout son corps et qu'une lividité atroce avalait son humanité, réduisant son souffle hagard à des râles nauséabonds et sa bouche à des dents. À un moment des débats, on l'avait cru absorbé dans une de ces crises. Son aspect était devenu si terrifiant que le greffier avait dû retenir les mouvements furieux de ses mains et dissimuler ses traits hideux et grimaçants sous un mouchoir pendant que les jurés, pour certains en larmes, quittaient la salle et que le juge se retirait une demi-heure afin de se revigorer grâce à un solide bourbon. Pourquoi tous ces gens avaient raconté autant de mensonges, il ne l'avait jamais su, mais cela avait contribué à ce qu'on admette sa vertu.

Lorsqu'il était sorti libre du tribunal parmi la foule en liesse, et cela avait constitué une divine renaissance. Des amis, des inconnus l'avaient soulevé de terre puis aidé à rentrer chez lui. (Il claudiquait de faiblesse.) Au bout de quelques pas seulement, il avait entendu les voix grêles, écorchées, des chanteurs formant cercle et commencé à comprendre ce que signifiait la Danse des esprits. Il avait ralenti et pivoté sur lui-même pour regarder l'attroupement au pied de l'escalier du palais de justice : chacun ramassait son chapeau sur la chaussée poussiéreuse où ils avaient atterri dès le verdict triomphal, quelques instants plus tôt.

À présent que sa femme était morte et le fils bâtard confié à un foyer, il était libre à nouveau. Libre de continuer en ne laissant plus jamais d'émotions aussi traîtresses empoisonner sa volonté. Quand les amis tentaient de le tenir au courant de la croissance de l'enfant ou de la ressemblance frappante qu'il commençait semble-t-il à entretenir avec lui, Muybridge s'en coupait comme s'ils étaient morts, les amputant de son vertueux cerveau.

Il ne cessa plus de bouger, photographiant tout ce qu'il pouvait, s'aventurant dans les déserts et les montagnes oubliés des dieux comme des diables. Il devint célèbre pour ses recherches d'encyclopédiste sur le mouvement animal, mais aussi pour sa plus fameuse invention, le zoopraxiscope, un précurseur mécanique et portable de l'animation qu'opérerait le cinématographe. Mais cet engin, ainsi que les autres appareils apparentés, quoique de plus en plus complexes, n'étaient que des jouets en comparaison de sa dernière innovation, une hydre métallique telle que personne n'en avait jamais vu, tout en lentilles, en rouages et en lumière. Ce n'était pas un projecteur passif d'illusions ou de divertissements, mais quelque chose de beaucoup plus dérangeant et plus révolutionnaire, en dialogue intime avec rien moins que la clarté.

Eadweard avait admis, bien des années plus tôt, l'évidence criante que lui révélaient ses archives de mouvements : jusque-là, il s'était complètement fourvoyé. La mise à distance calculée qui avait empli son existence était un mensonge. L'observation n'était pas la fonction première de la photographie, mais un effet secondaire de son véritable but. La collecte constante d'images de la vie ne fournissait qu'un matériau élémentaire. La partie suivante du processus, noyau qui attendait d'être sauvagement retravaillé pour donner sa saveur, recelait une signification plus profonde : l'appareil photo n'était pas récepteur de lumière, mais de temps, et le temps qu'Eadweard chérissait avant tout résidait dans l'anticipation de la mort.

Son appareil savait regarder derrière les ourlets de l'existence pour y flairer l'essence qui manquait au cours ordinaire des choses. Il se nourrissait d'un débordement entre mondes, refusé à la vision du commun des mortels. Eadweard l'avait remarqué pour la première fois de nombreuses années auparavant alors qu'il faisait le portrait des chefs modocs vaincus, mais il l'avait constaté aussi au Guatemala ainsi que chez certains des invalides qui figuraient sur ses travaux sur le mouvement. Ils avaient un regard différent des autres sur son appareil photo comme sur la vie. Leurs portraits étaient un chant à contre-courant du monde, leurs yeux se faufilaient à travers ceux du spectateur.

Dans ses lames de verre, il existait une aura de vibration non visible, un effet qui brillait à travers une vision émotionnelle, mais pas dans la réalité. Cette aura se transférait en quelque sorte aux tirages, de sorte que si ces derniers dépeignaient le sujet assis et encadré dans l'espace, ils soufflaient aussi, que son âme soit noble ou tordue, un écho lumineux qui allait s'effilochant en même temps que l'intelligence subjective du spectateur. De façon surprenante, cet effet augmentait lorsqu'on projetait l'image sur du papier plutôt que de l'y fixer.

Le zoopraxiscope de douzième génération différait considérablement des précédents, en tout cas des quatre premiers. Il fallut lui trouver un nouveau nom. Le périphériscope de Gull ne cessait de revenir flotter à la surface de l'esprit d'Eadweard, mais il chassait ce mot à chaque fois, ne voulant pas laisser entendre qu'un instrument médical mineur avait pu jouer une influence quelconque sur ce concept d'une originalité absolue.

À voir un tel enchevêtrement de lentilles et d'obturateurs, personne n'aurait jamais cru ce que c'était capable d'accomplir. On s'attendait à ce que de jolies images dansent sur le mur… pour y trouver une lueur ondulante tranchant dans le nerf optique, un coup de fouet de visions dynamiques.

Malgré son arrogance forcenée, Muybridge était assez intelligent pour savoir qu'une affirmation de cet ordre, s'il l'émettait en public, nuirait à son prestige et menacerait sa place déjà bien ancrée dans l'Histoire. S'ils avaient vent de sa découverte, les esprits petits qui égratignaient ses réalisations ne tarderaient pas à signer sa perte. Sauf qu'il ne les laisserait jamais lui arracher son triomphe ni son secret. L'information ne filtrerait que quand ils pourriraient tous sous terre. Que d'autres proclament donc son génie, comme Huxley l'avait fait pour Darwin ou Ruskin pour Turner ! Les hommes de l'avenir, pour l'heure encore à naître ou à peine enfants, sauraient reconnaître son talent. Quant à lui, il économiserait ses forces, ce qui lui permettrait peut-être de survivre pour assister à ce triomphe-là. Il avait fabriqué l'appareil, trouvé la conclusion. Combien avait-il vu de gens de son âge mis au pilori les dernières années de leur vie, laminés par leur trop grande générosité, étouffés par les miettes de sagesse offertes trop largement aux foules. Eadweard avait mieux à faire de son temps qu'aligner les explications. Il était trop usé pour débattre et pour subir des interrogatoires. Sûr de son fait, il dissimula ce qu'il savait de cette entité de laiton qui produisait de l'invisible.

Longtemps auparavant, à ce qui lui semblait maintenant des siècles de distance, il avait visité l'île de Man, un bout de rocher perdu en mer d'Irlande entre l'Angleterre et l'Eire, ignoré par chacune des deux îles antagonistes. Ses parents l'y avaient emmené voir la mer démontée et les paysans travaillant la terre épaisse et dense afin d'éviter les questionnements sur les horreurs familiales qui couvaient chez eux. Plutôt que de l'astreindre à l'endroit où il tournait en rond sans trouver de centre d'intérêt, ils l'avaient laissé mener des explorations seul pendant qu'ils déambulaient sur la plage dénuée d'ombre en cette après-midi de canicule inouïe.

À l'abri de plusieurs récifs creux cloués contre une falaise aux maisons peintes en blanc, Edward était tombé sur un pêcheur. L'ennui de l'enfant avait appâté le vieux marin qui dissimulait sa propre lassitude sous la gestuelle morbide du travail. Tous deux avaient discuté par intermittence, laissant s'écouler les phrases de l'autre dans le sable sans commenter. Puis la marée avait reflué, accordant à leur souffle un espace grondant, permettant à la parole de se manifester sous forme de bulles salées. Le summum de leur interaction avait concerné le contenu du seau bigorné que le pêcheur était allé chercher et qu'il avait théâtralement enfoncé dans le sable pour Edward. Un grattement sourd, énervant, en émanait. L'enfant avait été aussitôt captivé. Lorsqu'il s'était approché pour regarder dedans, il avait découvert cinq crabes de diverses tailles se débattant dans un peu d'eau contre les parois abruptes en fer-blanc.

« Ils essaient de s'échapper, c'est ça ? avait-il bredouillé. Ils veulent sortir ?

— Ma foi. » Le pêcheur hochait la tête.

« Mais pourquoi ils n'y arrivent pas ? Ils prennent plus de place que l'eau.

— Ils sont de l'île de Man, tu comprends, avait expliqué son nouvel ami. Chaque fois qu'il y en a un qui réussit à grimper pour arriver en haut, les autres le tirent vers le bas. »

Malgré son jeune âge, Edward avait admis l'adage et compris que c'était une règle aussi ancienne que l'océan. Il en avait été reconnaissant : on venait de lui faire cadeau d'une vérité de grande personne. Elle lui servirait toute sa vie.

Il n'avait jamais regardé derrière lui.

8

Ghertrude avait ordonné à Mutter d'apporter la prochaine caisse au troisième étage. Il avait obéi avec peu d'enthousiasme et beaucoup d'ahans, haletant et chancelant à chaque tournant de l'escalier. Lorsqu'il fut rendu, elle lui demanda d'ouvrir la caisse et de quitter les lieux. Il s'exécuta sans mot dire, alors même que des échardes furieuses lui perçaient les mains.

Ghertrude ôta les copeaux de bois et autres emballages pour scruter le contenu. « Leçon numéro 315 : le chant des insectes » indiquait l'inscription au pochoir sur le bois. Quarante bocaux vissés nichaient serré dans la caisse. Il n'y avait pas d'instructions. La jeune femme leva l'un des récipients avec précaution pour le tenir devant la lampe. De petits trous d'aération avaient été percés dans le couvercle tamponné d'un J. Une bouture de plante élégante frémissait à l'intérieur du bocal sous le poids du grillon agrippé à sa tige. Ghertrude entreprit de sortir chacun des bocaux, qu'elle rangea par ordre alphabétique sur la table de la salle à manger. Après le Z, les lettres se doublaient : AA, BB, CC.

Toutes sortes de bestioles trépidaient dans leurs prisons de verre. Brusquement, comme sur ordre – mais lequel ? –, elles se mirent à gazouiller et à pépier à l'unisson. Leurs voix de plus en plus fortes s'insinuaient par les trous du métal et faisaient vibrer le récipient. La pièce resplendissait de leur beauté sonore. Sous le regard d'Ismaël qui attendait le début de sa leçon, Ghertrude resta plantée là, fascinée, les mains jointes en un geste de plaisir spontané. Mutter, qui avait entendu le troisième étage s'animer depuis le rez-de-chaussée, secoua la tête et alluma un cigare.

Elle tenta d'expliquer le contenu des bocaux à Ismaël, mais ne tarda pas à découvrir qu'elle n'avait pas la moindre idée de ce qu'il fallait dire. Elle passa les neufs premiers insectes en revue avant de tomber à court de mots. Elle demanda à son élève ce qu'il en pensait. Ce dernier la contempla d'un air ahuri.

« Comment voulez-vous que j'en pense quoi que ce soit ? demanda-t-il, incrédule. Que sont ces bestioles ? Où habitent-elles ? »

Ghertrude, cramoisie devant sa propre ignorance, se recroquevilla face à cet échec.

Nombre des caisses qui suivirent devaient se révéler encore plus obscures, au point de la laisser muette avant même d'avoir ôté les protections et emballages. Le salut survint avec le changement d'attitude d'Ismaël, qui décida de renoncer à jouer les étudiants irritables pour écouter poliment, sans la rancœur consécutive à sa faim inassouvie de savoir. Ghertrude avait sans doute une meilleure expérience que lui du monde extérieur, mais il disposait d'un esprit plus affûté pour examiner les données visibles – sans le handicap que représente la connaissance de la fonction des êtres ou des objets, laquelle rend aveugle à leur potentiel. Il accepta de s'adapter à la façon de faire de sa compagne, de spéculer avec elle sur le contenu des livraisons, pour tenter de parvenir à une conclusion basée sur leurs contributions à chacun.

C'est ainsi qu'ils se mirent à ouvrir les caisses ensemble avec un zèle inédit et ce qui était, aux yeux de Ghertrude, un flux croissant de respect mutuel. Anticiper, trouver un sens par déduction, deviner : tout cela devint un plaisir. Ismaël était plus à l'aise dans sa gestuelle et sa parole. Les angles et les recoins de ses manies antérieures s'émoussaient pour adopter des alignements plus doux, plus naturels. Les semaines s'écoulèrent ainsi jusqu'à un après-midi où ils examinaient fiévreusement les textures et la dureté respectives de différentes sortes de cuir, et où il demanda : « Quand nous entraînerons-nous à la copulation ? »

Elle espérait avoir mal entendu. « Que voulez-vous dire ? demanda-t-elle prudemment.

— Quand pourrai-je mettre mon tube d'homme dans votre fente ? Pour le plaisir et pour m'entraîner ? »

Elle s'empourpra, perdit sa langue. Ses mains se contractèrent autour de la peau de chamois qu'elle tenait. Lorsqu'elle baissa les yeux pour se détourner, elle nota, étonnée, que son élève avait la braguette déboutonnée.

« Ça fait longtemps que je ne l'ai pas pratiqué. Ça me manque.

— Ce ne sera pas possible, grinça-t-elle. C'est contre nature et honteux. » Elle s'apprêtait à expliquer les codes moraux et les désastres héréditaires potentiels quand les paroles d'Ismaël atteignirent enfin son conscient. « Quand l'as-tu pratiqué ? demanda-t-elle d'une voix lente. Et avec qui ? »

Alors même que la question se formulait en elle, elle avait deviné la réponse. Une image se composait dans les recoins les plus lointains de son esprit.

« Avec Luluwa, répondit-il. Souvent. »

La surprise frappa Ghertrude d'une façon des plus étrange. Une saveur inconnue lui envahit la bouche, des frissons lui parcoururent l'échine et elle eut l'impression irrépressible d'être très, très loin, et minuscule, tandis que son corps enflait, s'étendait jusqu'à devenir aussi vaste qu'un continent. Une pâmoison papillonnante lui englua le regard, bouleversant le temps et l'espace. Et surtout, pis encore, dans son océan de dégoût, de peur et de répulsion, sur son île de l'autre côté du monde – dans sa matrice – elle frémissait de ravissement.

Il lui fallut deux jours avant de se décider à revenir. Elle n'aurait su dire comment elle s'était échappée ce fameux après-midi ; sa mémoire essorée avait laissé place à son imagination. La vision de cet accouplement sacrilège avait envahi son crâne, se cognant des coudes, des genoux et des talons contre l'os. Quand elle ouvrit la porte, Ismaël se tenait près des volets fermés, occupé à écailler de la peinture. Il se retourna et, d'angoisse, se mit à parler. Elle porta un doigt à ses lèvres pour le faire taire.

« Ne dis rien. Rien. »

Ghertrude traversa la pièce, écarta la main d'Ismaël des volets pour la serrer dans la sienne. Tout en déboutonnant de l'autre son long imperméable, elle mena muettement le cyclope vers la chambre adjacente. Elle se tint devant lui au bord du lit, nue et tremblante. Il se déshabilla à la hâte en s'escrimant sur ses boutons tandis qu'elle s'asseyait à côté. Débarrassé de son dernier oripeau, il posa les mains sur les épaules de la jeune femme et les sentit frémir. Sa douceur, sa chaleur, le saisirent. De son côté, elle était prise de frissons : l'excitation du mal, la peur de l'inconnu et l'empire indicible qu'elle pourrait exercer à partir de là. Il fit courir ses paumes sur ce corps, sentit les courbes enfler sous sa caresse. Elle avait les mêmes contours que Luluwa, mais la rigidité avait constitué le comble de l'érotisme pour lui et la dureté froide de sa première enseignante n'avait jamais cédé sous le poids de son corps. À présent, chaleur et souplesse s'y substituaient : Ghertrude était à son image, et ils échangeaient des pressions à des degrés exquis. Il lui caressa l'intérieur des cuisses en y laissant d'infimes écailles de peinture. Il y eut un sursaut quand il frôla les poils pubiens. Baissant la tête, il regarda au plus profond de cette nudité. Un rouage inexploré venait de se mettre en route dans le moteur pâle de sa quasi-humanité.

Ils s'accouplèrent deux heures, changeant de position et d'angle jusqu'à épuiser tous les aspects de la chose. Il sombra dans le sommeil alors qu'il était encore en et sur elle, de biais. Elle observa son dos qui respirait. Son retrait laissa une trace luisante en travers de sa cuisse, dans l'ombre de son propre corps. Ce membre incurvé qui portait à gauche tournait en se rétractant. Lors de leurs coïts à venir, Ghertrude se surprendrait à regarder ce mouvement avec fascination, mais pour l'heure, cela demeurait caché et s'annonçait sous la forme d'un chatouillis qui la fit gigoter, tirant Ismaël de sa torpeur.

C'était la première fois que la jeune femme s'adonnait au sexe avec un tiers. Cette séance l'avait fatiguée et euphorisée. Il n'y avait pas de sang – elle s'était déflorée elle-même des années auparavant. Ses nombreuses heures de pratique secrète lui avaient appris les joies des plaisirs solitaires dont les gestes venaient de lui servir dans ces amours clandestines. Elle était très fière de son autonomie, de la façon dont tout cela l'élevait au-dessus des appétits du commun. Cette journée était une fissure dans son rempart qu'elle devrait surveiller avec un soin précis.

Ismaël reposait en travers du lit, extatique, apaisé par sa propre jouissance. C'était la première fois que sa mâle puissance se dressait au troisième étage. Il tendit le bras vers Ghertrude alors qu'elle s'écartait et lui effleura les hanches quand elle rafla son manteau pour se préparer à partir. Il aurait aimé lui exprimer sa chaleur et sa reconnaissance, mais il n'avait pas les mots pour le faire. Un lien subtil et tumultueux s'était créé sous son cœur. Il voulait pouvoir caresser la jeune femme, l'apaiser de sa douce flamme. Se précipitant vers la salle de bains du deuxième étage où elle tenait prête une douche vaginale à base de sels alcalins, elle s'en alla sans qu'il ait pu extérioriser ses pensées.

→

La grande cathédrale qui se dressait au centre d'Essenwald, fac-similé d'Europe cloué au cœur de l'Afrique, était d'origine allemande. Elle comptait deux flèches élancées qui eussent été jumelles si l'une n'avait été retardée dans sa contruction par un délai irrationnel, causant une fluctuation d'idées qui l'avait torsadée. Des esquilles tendancielles et théologiques avaient attaqué son squelette en spirale, la déviant asymétriquement de sa sœur. La mince passerelle argentée qui les reliait près de leur faîte soulignait leurs différences subtiles : l'une avait l'horloge, l'autre, la cloche. Chaque mois, un trompettiste célébrait la lune depuis les hauteurs vertigineuses de ce frêle pont. Tout comme les pierres du vaste édifice, son architecture et son sens, cette cérémonie sélénite païenne, ainsi que de nombreuses autres confiées à la responsabilité du diacre Casius Tulp, était elle aussi d'importation.

De nombreux natifs de la région étaient persuadés que les bizarreries météorologiques inédites avaient également été importées en catimini par les envahisseurs ; car même si, dans la Vorrh, rien ne changeait jamais – elle bouillonnait de chaleur, ignorant toute rumeur de glace –, un froid inédit infestait effectivement les nuits de la saison d'hiver, et l'on avait vu du gel pour la première fois après la construction des flèches. Sans compter les nuages nouveaux qui rodaient au-dessus des deux tours en tentant d'avaler la lune.

Casius Tulp se tenait campé dans la salle circulaire ululante en compagnie du musicien au teint pâle et de l'un des plus jeunes sacristains, pantelants tous les trois : ils venant de grimper l'interminable escalier à vis et soufflaient des nuées d'air argenté dans ce lieu glacial situé à soixante-dix mètres du sol. Ils étaient comme autant de cracheurs de feux polaires : aucun n'avait l'énergie de parler, ce qui augmentait la vacuité de leurs panaches de buée. Étourdis, pas loin de la nausée, ils tâchaient désespérément de ne pas penser au vide en dessous. Le sacristain avait déjà ouvert la porte en ogive donnant sur la passerelle couverte de givre qui tremblait et chantait avec le vent ; le musicien virait à la même teinte que la plate-forme sur laquelle il jouerait le lendemain.

Casius Tulp fut le premier à prendre la parole. « Il n'y a aucun risque, expliqua-t-il. Ces conditions atmosphériques sont certes très inhabituelles, et je n'ai jamais vu rien de tel jusqu'ici. On se croirait au pays. Mais avec ce temps, votre musique n'en sera que mieux entendue. Elle résonnera à travers toute la ville. »

Personne ne bougea. Aucun des trois hommes ne voulait songer au lendemain et tous avaient oublié l'ancien pays. Chacun se concentrait sur l'adhérence de ses semelles, la fermeté du sol et le peu de gravité personnelle qui permettait de résister au vent. On s'agrippait avec une vigueur fervente aux rambardes, aux murs, à tout ce qu'il y avait de solide.

Apparaissant à travers le plancher, la tête enjouée de Ghertrude les interloqua par sa décontraction. « Voici les clés et l'anneau lunaire, père. » Quand elle grimpa dans la salle, une fièvre fit s'accrocher les hommes encore plus fort. Ghertrude confia l'antique sac en velours à son géniteur. Elle se tourna vers la porte ouverte et le vent qui s'y engouffrait, puis, avec une joie déterminée, se dirigea vers le seuil plongeant pour gagner la passerelle. Les trois autres, l'échine et l'estomac hachés menu, se sentirent rétrécir devant cette jeune femme qu'ils imaginaient tombant comme vue flèche vers le dur pavé, alors même qu'elle riait dans les rafales qui souffletaient son col de fourrure, en faisant une imitation envieuse du feu. « On distingue presque l'autre bout de la Vorrh ! cria-t-elle. Regardez les gens, on dirait des fourmis ! » Ses chaussures cliquetèrent sur le frêle métal : elle tapait des pieds, survoltée. Elle n'avait qu'une main sur la rambarde argentée, la seconde s'agitait en désignant l'abîme. Personne ne sortit et personne n'aurait jamais osé regarder en bas. Il fallut insister pour obtenir qu'elle regagne la tour.

À l'époque où elle avait supplié qu'on lui délègue d'organiser chaque année l'invocation, Ghertrude avait 14 ans. Au bout de dix jours de suppliques incessantes alternant avec un dédain muet absolu, le diacre avait cédé et lui avait confié le poste ; de mémoire d'homme, c'était la première femme, et la plus jeune titulaire.

À présent, bien des années plus tard, elle se tenait à nouveau sur ce pont, embrassant la ville du regard. Des nuées d'oiseaux virevoltaient en contrebas. Leurs cris aigus s'entremêlaient à la fumée montant des cheminées. Plus loin, un dédale affairé sinuait dans la boue. Ghertrude contempla le 4 rue Kühler-Brunnen, frappé par le soleil oblique de l'après-midi : ses cours et son jardin à la forme singulière, ses fenêtres aux volets fermés sur ce qu'elle savait. Elle se représenta Ismaël, turgescent et endormi, gros comme une puce ou un grain de poussière incrusté dans l'appartement du haut. Elle songea à son œil, à sa petitesse si on l'avait vu d'ici. En regardant ces rues qu'il ne connaîtrait jamais, elle frémit à l'idée du besoin croissant d'y marcher qu'il exprimait. Une corneille vint traverser son champ de vision, décrivant un cercle autour du toit sous lequel le cyclope devait sommeiller ou faire les cent pas. Le volatile atterrit, scruta le jardin en contrebas. Ghertrude sourit devant ces comparaisons qui se télescopaient, puis elle songea à Dieu guettant d'en haut la minuscule hauteur à laquelle elle-même se trouvait. Cette divagation n'ayant rien de plaisant à ses yeux, elle passa à des sujets plus pragmatiques et décida d'aller dîner ce soir-là au domicile familial : il lui restait quelques questions à poser à propos du vieil hôtel particulier.

À cet instant, les tringles qui reliaient l'horloge à la cloche se mirent en branle sous le pont. On les sentait basculer ainsi quelques secondes avant que le mécanisme ne se déclenche. Les poids hoquetaient, les dents des rouages commençaient à mordiller le délai restant. Il était temps de partir.

Ghertrude se tournait vers la porte en se déplaçant d'un rien quand un détail la ramena aux toits lointains : elle venait d'y distinguer un élément presque invisible, qui avait attiré son attention et qui conférait une dimension nouvelle à ce qu'elle croyait si bien connaître. Elle recula, visant la corneille, concentrant son regard. Oui, c'était bien ça. Il y avait une tour. Une cheminée trapue, octogonale, dressée au coin du toit du numéro 4. La complexité marquetée des toits cachait son faîtage de tuiles et l'ombre de l'oiseau perché au bord glissait par-dessus. Encore un nouveau secret de cette bâtisse que Ghertrude commençait à considérer comme sienne.

Elle dévala l'escalier en colimaçon jusqu'à la nef regorgeant d'échos. Un orgue sonore s'efforçait de rivaliser avec le crépuscule qui attisait les vastes vitraux de la façade ouest. *En te dépêchant*, se dit-elle, *tu trouveras Mutter avant qu'il ne reparte chez lui pour la nuit.*

Le valet avait déjà inséré une clé silencieuse et impatiente dans la serrure quand Ghertrude fit irruption sur le seuil. « Sigmund ! Venez avec moi. »

Elle passa les grilles du jardin, fit le tour du bâtiment d'un bon pas en examinant le toit. Mutter traînait la patte derrière elle, nuque trop rompue pour contempler le ciel.

« Là ! Là ! » Mlle Tulp désignait quelque chose du doigt. Elle était à accroupie, presque assise dans les buissons, au pied du haut mur qui clôturait le fond. Ce n'est que depuis un angle aussi extrême qu'on apercevait la tour, abritée par les perspectives fracturées de l'imbrication des toits. Ghertrude indiqua de nouveau l'endroit. « Là ? Qu'est-ce que c'est ? Regardez, mon bon, regardez ! »

Sigmund s'avança vers elle d'un pas lourd et se pencha, maussade, pour scruter ce qu'elle montrait.

« Là, là ! C'est quoi ? »

Au bout de quelques instants à déplacer sa tête en plissant les yeux, tandis que la jeune femme plantait répétitivement le doigt dans le vide, il lâcha : « C'est une corneille, madame. »

De retour dans la bâtisse, ils avaient gravi l'escalier principal. Ghertrude était silencieuse, concentrée ; Mutter, raide, solennel et distant. Il s'était habitué aux ordres de la jeune femme, à ses changements d'humeur et à sa dignité hautaine ; ils ne le prenaient plus au dépourvu. Par contre, personne ne lui avait jamais parlé comme elle venait de le faire. Ç'aurait été un homme, il lui aurait administré une correction pour l'obliger à s'excuser. Aucune pécore n'avait jamais osé le traiter d'idiot, voire pire ; cela piquait sa fierté et rabaissait sa virilité. Et tout cela à cause d'une corneille, ou d'un freux, et d'une cheminée invisible ! Mutter faisait la tête, ce qui se traduisait par une distance maussade.

Ghertrude avait eu tort de s'énerver sur le bonhomme, elle en était consciente. Elle avait besoin de lui plus que jamais. Elle s'arrêta dans l'escalier et le regarda droit dans les yeux. « Sigmund, je suis tout à fait désolée de m'être aussi mal comportée à votre égard. Vous êtes un bon domestique, vous êtes fiable, et je me suis adressée à vous comme une enfant criarde. Je dois vous demander de m'excuser. Cela ne se reproduira pas. »

Il en fut éberlué. Avant qu'elle ne fasse cette crise, il commençait en secret à la respecter. Elle venait de confirmer qu'il avait eu raison. Il ne sut que dire. Des émotions fortes jaillirent en plusieurs petits recoins de son corps, et tintèrent comme des pièces de monnaie dans une casquette.

« Me pardonnez-vous ? » ajouta-t-elle.

Il hocha la tête en grommelant.

« Excellent. À présent, allons dénicher cette tour. » Elle se retourna pour reprendre son ascension.

Au troisième étage, elle posa un doigt sur ses lèvres : ils passaient devant la suite d'Ismaël. Ils parcoururent le couloir sans y dénicher aucune porte, pas plus que dans les pièces adjacentes. Mutter montra du doigt le plafond en soufflant : « Le grenier. »

L'entrée se trouvait à l'autre extrémité de l'hôtel particulier. Si l'on exceptait les caves et le puits, qu'il valait mieux ignorer, c'était la partie la plus inemployée des lieux. Dans un petit débarras qui avait dû servir de chambre de bonne à une certaine époque, ils découvrirent le début d'un accès. Les menuiseries de l'échelle étaient différentes de celles du restant de la maison. C'était du bois non équarri, montrant encore dans sa longueur des formes de branches et des torsades organiques, qui laissaient entendre que tout cela avait poussé naturellement avant d'être emprunté à la forêt dans un dessein calculé, plutôt que d'être construit. Les barreaux nets et solides menaient à une trappe peinte grossièrement.

Mutter alluma la lanterne sourde puis entreprit de grimper. Sa masse faisait grincer le bois à mesure qu'il progressait. Il ouvrit le battant, fit la lumière dans l'espace obscur.

« Veuillez attendre un instant, mademoiselle », dit-il en continuant à monter jusqu'à ce qu'on ne distingue plus que ses pieds, énormes sur le bois en comparaison.

Ce qui rappela aussitôt à Ghertrude le géant apeuré qui suit Jack jusqu'au pied du haricot géant pour terroriser son univers. La jeune femme leva la tête en réprimant un gloussement. « Que voyez-vous ? demanda-t-elle.

— Pas grand-chose. »

Décidée à grimper, elle gravit à son tour un échelon, mais le bois fit entendre des objections bruyantes. Elle eut droit au passage à une bouffée du derrière de Mutter, un fumet pour l'essentiel paysan : tubercules et viande mêlés, dur travail, tabac et alcools forts, redoublés par une répugnance envers les ablutions.

Ghertrude fit machine arrière jusqu'au plancher et un air plus agréable, au moment précis où Mutter disparaissait dans le trou grinçant.

« Mon Dieu ! s'exclama-t-il d'une voix empreinte d'un écho harmonique, comme un enfant qui couinerait dans l'ouïe d'un luth.

— Quoi ? Qu'y a-t-il ? » s'écria-t-elle en saisissant à nouveau l'échelle à deux mains, plus décidée, cette fois.

« Vous feriez mieux de venir voir. »

L'immense grenier courait sur toute la longueur du bâtiment et décrivait un angle impressionnant tout au fond du côté droit, ce qui laissait penser qu'il se poursuivait dans une construction adjacente. Ghertrude s'accoutuma lentement à la pénombre sèche et à l'écho apparemment calé sur sa respiration.

Mutter avait des accents surnaturels, musicaux. « Prenez garde, le sol est couvert de cordes d'instrument ! » Ses paroles se transmuaient en un chœur d'anges voletants. Si sa voix âpre et gutturale était lissée et étirée ainsi, que donnerait celle de la jeune femme ?

C'est alors qu'à la lueur de la lanterne, la jeune femme aperçut les câbles tendus aux doux reflets : des toiles d'araignées délimitant l'espace, et qui le faisaient ressembler à des champs vus à la verticale. *Du salpêtre*, songea-t-elle, *des filaments de champignons miroi-*

tants – mais cela bourdonnait. Une nouvelle fois, son exclamation la démangeait. Il était écrit que dans ces lieux imprévisibles, elle interrogerait toujours ainsi l'étrangeté. Elle la laissa échapper.

« Hein ! »

C'était sorti avec une vitalité liquide qui teintait l'espace et faisait danser le sang dans le moindre capillaire. Un frisson tangible secoua l'ossature de la jeune femme et celle de Mutter, les forçant l'un et l'autre à sourire comme des chats. Quand ils revinrent à la réalité, le grenier était disposé à leur en montrer plus.

On apercevait des alignements de fils pendant mollement du plafond et touchant presque les cordes. Des caisses intercalées disposées près du mur contenaient tour à tour des plumes ou des boules de métal. Les câbles horizontaux écoutaient les visiteurs, syntonisant leurs mouvements et distordant les murmures de Mutter.

Le mot prononcé par Ghertrude vibrait encore dans l'air. Ces cordes résonnaient au moindre bruit. Un chemin étroit traversait le grenier entre elles. Pas en ligne droite, ce qui aurait été plus logique vu les délimitations fixes ; non, un sentier sinueux qui forçait les câbles tendus à dessiner un schéma plus aléatoire – à moins que ce ne soit l'inverse. Contrairement au reste de l'immeuble, il n'y avait pas de poussière pour recouvrir ces mystères. Ghertrude traversa la pièce caverneuse comme en rêve, tout en s'arrêtant afin d'admirer et de caresser les objets. Mutter, plus prudent, avait plongé les mains au fond de ses poches poisseuses. C'est là qu'ils repérèrent la porte et surent, sans se le formuler, qu'elle les mènerait à la tour.

→

Ismaël ne tenait pas en place. Il avait exploré la moindre fissure et le moindre recoin de ses appartements et en voulait plus. De la variété, de la différence, du contraste et de la résistance, voilà ce qui lui manquait. Ghertrude et Mutter étaient dehors. Il sentait leur odeur à travers les volets. Il avait aussi deviné qu'à l'extérieur tous les autres êtres avaient au moins deux yeux. Il aurait dû s'en douter plus tôt. Un jour, il avait demandé à Luluwa pourquoi tous les animaux qu'elle lui apportait étaient bi-oculaires. Parce qu'ils appartenaient à un ordre inférieur, avait-elle répondu. Cette explication avait semblé valable à l'époque. Peut-être l'était-elle encore maintenant. Lui ne voyait rien de supérieur chez Ghertrude ni Mutter – en tout cas certainement pas si on les comparait à lui ou aux Proches. Sauf qu'en restant enfermé dans ces appartements, il n'en aurait jamais le cœur net. Beaucoup de secrets et de mystères subsistaient. Personne ne savait qui envoyait les caisses, qui s'arrangeait pour payer Mutter. Ismaël avait compris cela par hasard ; il apprenait la ruse en observant ses geôliers, en scrutant les non-dits et les brefs regards échangés. Il voulait exercer sa vue puissante et non divisée plus loin dans le monde, mais Ghertrude s'obstinait à le lui refuser. « Pour ton propre bien », disait-elle. Elle prétendait le protéger des cruautés qui s'abattraient sur lui à l'extérieur de ces murs. Elle ne pouvait pas savoir que grâce au contenu de deux caisses livrées ensemble très longtemps auparavant, Ismaël avait déjà appris les leçons de la cruauté.

On l'observait, il en avait la certitude. Il avait entendu bouger au-dessus de sa tête, perçu des voix étouffées là-haut quand les lieux étaient théoriquement vides. Il n'était pas censé remarquer le petit trou apparu parmi les arabesques de plâtre du plafond, ouverture qui permettait de le scruter dans sa réclusion. De son côté, il avait gratté la peinture autour du verrou des volets, arrachant une esquille de bois qu'on pouvait recoller avec un peu de finesse et de la salive. Il avait aperçu la cour, les animaux vivants et parfois, lorsque le portail béait, la rue au-delà.

Certaines nuits, il rêvait des Proches : la brune dureté de leur tendresse ; le contact ferme de Luluwa, le bruissement humide de l'intérieur de son corps. Certains soirs, il assemblait les bribes de connaissance qu'ils lui avaient fournies pour les enfiler sur un fil de sens qui lui était entièrement propre. Puisque Ghertrude lui refusait de voir le monde du dehors, il ne la laisserait pas être témoin de celui qu'il construisait en lui.

La porte de la tour n'avait pas de clé, juste une fente aux bords émoussés par l'usage et le mordillement des rats. Quand Ghertrude y inséra sa main à plat, elle atteignit du bout des doigts le cordon, qu'elle coinça entre les amandes vernies de ses ongles pour l'extirper de l'orifice.

« Faisons plutôt cela de jour, mademoiselle », suggéra Mutter.

Sa voix trahissait un souci réel et non de la peur. La lampe à esprit-de-bois fumait, la nuit encrait les volumes alentour. Ce qui avait été magique commençait à céder la place au bizarre.

« D'accord, dit-elle en laissant retomber le cordon de l'autre côté du battant. Nous reviendrons au matin. Sous une clarté nouvelle, nous y verrons beaucoup mieux. »

Ils redescendirent dans la partie civilisée de la grande demeure. Perdue dans ses pensées, Ghertrude émergea de l'escalier en essuyant les toiles d'araignées et la poussière sur les replis de sa robe. Elle mit plusieurs secondes à comprendre que son geste était purement machinal et destiné à annoncer son arrivée : rien n'était venu recouvrir ses vêtements.

L'aube annonçait une journée radieuse, au début mollement drapée d'eau, mais d'une intensité solaire telle qu'à midi, elle aurait brûlé toute trace d'ombre. Ils grimpèrent l'escalier jusqu'au troisième étage dans la clarté saturée qui s'élevait en même temps qu'eux. Des rais de lumière fins comme des crayons tourbillonnaient dans le grenier sonore, créant un paysage magnifique aux perspectives mobiles. À la porte, Ghertrude saisit de nouveau le cordon et tira dessus avec énergie. Le battant s'ouvrit avec un net cliquetis. Ils prirent pied dans une autre cage d'escalier.

« Certaines fois, je me demande si cette bâtisse a une fin », dit la jeune femme tout en entreprenant de gravir le boyau en bois lambrissé. Au sommet se trouvaient les belles arches d'un toit en dôme surplombant un vaste plateau circulaire sur pied. Un levier en laiton et une tringle s'inclinaient vers le tissu en soie fanée qui recouvrait ce disque. Ghertrude sut aussitôt de quoi il s'agissait et son cœur bondit de joie.

Elle ôta la housse pour mettre au jour un arrondi subtil. D'une main, elle abaissa le levier tout en tenant la boule en bronze qui terminait la tringle. Un panneau s'ouvrit en glissant dans le plafond, projetant une lueur tachetée sur le plateau. Elle tourna la molette et ce flou tressautant se décoda en un reflet d'Essenwald. Mutter avait posé les fesses sur la surface blanche. Il ôta le bras comme si un insecte venait de le piquer quand un cheval et sa voiture traversèrent le dos de sa main.

« Tout va bien, Sigmund, assura Ghertrude. C'est juste une image. »

Elle actionna la molette et la ville se mit à gyrer sous son contrôle. La jeune femme ajusta répétitivement le levier puis la tringle pour cadrer et préciser à sa guise la lointaine vie extérieure. Elle cabota sur les contours de l'horizon puis sur l'ombre noire de la Vorrh avant de se concentrer sur les vastes portes de la cathédrale. Émerveillée par son parfait détachement, elle capta le visage de tous ceux qui en passaient le seuil. Quel délice de voir leur air résolu et leurs activités étalés en réduction sur le plateau blanc !

C'est alors qu'un autre potentiel s'éleva de la blancheur laiteuse : cette *camera oscura* saurait être la solution au mécontentement du cyclope ! D'ici, il pourrait visualiser Essenwald d'assez loin pour ne rien risquer, tout en saturant sa curiosité de ces images mouvantes. Ghertrude décida de lui faire la surprise, de l'amener au grenier sans lui expliquer pourquoi.

Au matin du jour de marché sur la grand-place, elle emmitoufla Ismaël dans des vêtements chauds, déverrouilla les portes et lui fit traverser la bâtisse. Il n'était pas sorti de ses appartements depuis la journée traumatisante qu'avait été l'arrivée de Ghertrude et la débâcle des Proches. Il regarda tout en s'émerveillant de la réduction qui s'opérait, étant donné sa propre croissance. Mutter mena la marche pour monter au grenier, suivi d'Ismaël puis de la jeune femme. Ils pénétrèrent dans la pièce chantante et elle lui prit la main avec une tendre fermeté. Contrairement ce à quoi ils s'étaient attendus, le cyclope reconnut aussitôt l'installation.

« Oh, merveilleux ! s'exclama-t-il. Une machine de Goedhart ! »

Mutter et Ghertrude furent estomaqués. « Une quoi ? demanda-t-elle.

— Une machine de Goedhart, l'un des rares instruments qu'a fabriqués Joanhus Goedhart. Tous des exemplaires uniques. »

Au mot *Goedhart*, le plancher s'était mis à tinter avec une résonnance plus grave. Ismaël s'écarta pour examiner les cordes. Une colère irrationnelle enflait en Ghertrude.

« Allons vers la porte », enjoignit-elle en se hâtant de traverser le grenier, Mutter sur les talons. Mais impossible de faire accélérer Ismaël, qui les rejoignit avec lenteur en s'extasiant sur les câbles et leurs réactions quand il murmurait vers eux. Il les tâta tous, tirant sur ceux reliés au toit, caressant les plumes et soupesant les boules de métal avec un plaisir accru.

« Ce n'est pas cela que nous sommes montés voir », jeta Ghertrude. Ces interférences inconséquentes et hors de propos, ainsi que la compréhension qu'il avait du mécanisme, atténuaient l'importance du cadeau. Le cyclope renonça à contrecœur à ses observations pour rattraper ses compagnons, en faisant vibrer cinq cordes au passage d'un revers de la main de façon discordante. Ils grimpèrent tous les trois dans la pénombre de la salle octogonale et allèrent se camper autour de la table circulaire. Ghertrude se mit aux commandes, ramenant le projecteur à la vie dans un moulinet théâtral. L'étroite fente du toit s'ouvrit et le marché jaillit sur la table, miraillant d'activité, de couleurs et d'allées et venues. Ayant senti l'émotion ambiante monter, Mutter, redescendit au grenier en quête d'une fenêtre ou d'une ouverture quelconque.

Ghertrude observait Ismaël. Il se tenait figé, légèrement penché au-dessus du plateau. Son œil énorme saillait de sa tête. Il était pâle, une pellicule de sueur grasse réfléchissait sur son visage la clarté de la scène qui se déroulait en dessous. Soudain, le corps de la jeune femme revint au dégoût ressenti la première fois qu'elle l'avait vu. Plusieurs dizaines d'années semblaient s'être écoulées depuis. Leurs relations intimes et les sentiments croissants qu'elle éprouvait envers lui avaient rendu sa physionomie normale à ses yeux ; la familiarité et le désir avaient soudé leurs différences, tandis que le secret et la curiosité réparaient les anomalies acquises.

Ghertrude fut donc submergée de surprise devant cette répugnance ancienne, d'autant qu'elle et lui se tenaient côte à côte, pris d'un élan qui pouvait les faire basculer dans n'importe quel sens. Avait-elle commis une erreur en l'amenant ici ? Pourquoi faisait-il cette tête ? Une larme alla s'écraser sur le disque luisant, créant brièvement un autre prisme ; du fond de ses poumons, le cyclope émit un bruit indéchiffrable et caverneux. Elle se dit d'abord qu'il s'agissait d'un soupir de désir, mais ce son changea, prenant des tonalités de plus en plus aiguës et de plus en plus inquiétantes. Quand la seconde larme tomba, la jeune femme était écartelée entre le désir de s'enfuir et le besoin de se rapprocher du cyclope pour le toucher et le rassurer. La table paraissait plus éclatante et la pièce semblait s'assombrir autour d'eux.

Ismaël se mit à se déshabiller sous le regard d'une Ghertrude incapable de dire ou de faire quoi que ce fût. Alors qu'il débouclait sa ceinture, il prit conscience de l'immobilité qui crispait l'atmosphère. Avec colère, tout en tirant sur son pantalon, il désigna le chemisier de la jeune femme. Elle ne réagissait pas. La main d'Ismaël se changea en poing qui agrippa la dentelle docile pour attirer Ghertrude vers lui. Des boutons de nacre volèrent dans toutes les directions. Elle s'apprêtait à couvrir sa poitrine effarouchée quand il hurla : « Pour moi, toi, pour moi ! » Elle ferma les yeux et ôta lentement son haut déchiré, puis les minces lanières de son sous-vêtement. Ismaël lui arracha le reste de sa tenue, qu'il piétina d'impatience, écrasant les boutons tombés au sol.

Son énorme membre violet au fût spiralé se tordait d'avant en arrière, se télescopant avec le rythme accéléré du cœur de Ghertrude. L'œil unique continuait de verser des larmes – sur les jambes sa maîtresse, à présent, qu'il maintenait contre la table et dont le ventre nu et les habits en lambeaux étaient tartinés de foule floue et d'architecture pataude. Quand leurs corps s'unirent dans la lumière muette, au fond d'elle-même, Ghertrude céda, priant pour qu'on lui reprenne les clés. Elle voulait redevenir une enfant, ne plus rien comprendre, transformer sa ruse en une matrice amnésique et dorloter sa progéniture auprès d'une cheminée ronflante. Elle laisserait le lait noyer son intimité, se retournerait comme un gant pour abriter une autre vie qui la borderait avec un doux sourire au jour de sa mort, où chacun évoquerait sa sagesse et son amour.

Dans le long intervalle de silence qui s'étira avant qu'Ismaël ne se retire, une tendresse intransigeante et automatique se déploya en lui, à la mesure de la surprise fébrile qui s'esclaffait muettement en Ghertrude. La crudité de leurs expressions respectives les liait dans une honte sublime par la profondeur de sa contradiction.

Ismaël se laissa aller en arrière tandis qu'elle s'épanchait sur la surface polie de la table inerte et poreuse.

Du côté droit, vers le bas, sous leurs corps pantelants, un tiroir était discrètement entrouvert. L'ouverture laissait à peine deviner une pièce incurvée de bois poncé et articulé. L'auraient-ils examinée qu'ils auraient vu, cachée sous ce rabat aux allures de langue, une minuscule échancrure lubrifiée par une humidité perpétuelle. Présente comme en attente, et totalement imperceptible par le duo reposant au-dessus. Tandis qu'ils se désenlaçaient et que leur souffle blanc emplissait la salle, le tiroir se referma, redevenant invisible.

Ismaël se leva, l'œil encore clos ; il existait des mondes ailleurs. Ghertrude s'inclina au-dessus de la table pour scruter sa peau. En elle, une part d'avant voulait préciser les éclaboussures qui se déplaçaient sur son corps, retrouver la netteté des détails et remonter l'horloge. Elle observa le cyclope, qui revenait s'inscrire dans le présent : il s'était mis à pincer l'air avec son pouce et son index pour tenter de capturer les silhouettes lilliputiennes s'affairant dans les rues, pour les cueillir. Sans doute plaisantait-il, mais l'expression grave et torturée de son visage ne montrait aucune trace d'amusement.

Quand ils quittèrent la tour, ils trouvèrent au grenier une lumière et une odeur de feu de bois inédites. Mutter avait découvert et ouvert une fenêtre donnant sur les toits. Il s'était éclipsé depuis longtemps, chassé par leurs bruits bestiaux qui, s'insinuant depuis la tour, avaient titillé les câbles horizontaux.

Ils regagnèrent le troisième étage. À la porte de son logement, Ismaël étendit la main vers Ghertrude. Elle l'imita, émue par ce geste d'affection. Dès que leurs doigts se touchèrent, elle sut avoir commis une erreur. Ceux, rigides, du cyclope, étaient éloquents dans leur distance.

« Non, dit-il. Les clés. »

C'est ainsi, dans la bâtisse silencieuse de la rue Kühler-Brunnen, qu'il changea de statut et que débuta le prochain épisode de leur vie commune.

9

Étant donné, surtout, leur arrivée agitée, Charlotte avait passé un temps fou dans la chambre d'hôtel. Elle sentait encore dans sa paume la poignée du derringer autour de laquelle ses doigts s'étaient crispés. Elle revoyait la foule étouffante et hilare aplatie contre la roulotte. Elle avait beaucoup voyagé avec le Français, mais jamais dans des lieux aussi primitifs. Les fois précédentes, ils avaient séjourné dans une même suite aux pièces communicantes. Il ne s'était jamais aventuré dehors dans une telle rue, n'avait jamais pris de rendez-vous, ni prévu quoi que ce fût sans Charlotte. Connaissant sa facilité à s'attirer des ennuis, elle s'inquiétait pour lui. Sa prédilection pour les pauvres et les délinquants le menait systématiquement dans les recoins les plus sordides et les plus dangereux. Il avait un flair de chasseur pour les détecter d'emblée dans les villes les plus inconnues. Pourtant, il n'avait pas l'habitude de se promener seul. En général, ils partaient à deux sillonner les rues dans leur énorme véhicule qui bloquait souvent la voie, quand il ne raclait pas contre les murs croulants au point de faire sensation. Parfois, lorsque monsieur était trop faible pour s'aventurer au-dehors afin d'attraper sa proie, il dépliait une carte de l'endroit, se versait un verre de son vin d'Alsace préféré et méditait quelques heures. Il imaginait les rues, humait les ruelles, pour finir par choisir un emplacement où expédier Charlotte et le chauffeur, chargés de lui cueillir un partenaire pour sa nuit de plaisirs. C'était la tâche qui rebutait le plus Charlotte, la seule qui lui donnait sincèrement l'impression de se salir. Ils ne kidnappaient jamais aucun innocent, n'emmenaient personne contre sa volonté :

une proposition financière venait vite faire taire le moindre doute. Cependant, le trajet du retour dans la roulotte gênait Charlotte, surtout quand les hommes la questionnaient sur ce qu'ils devaient faire et sur le rôle qu'elle-même jouerait dans ces transports. Elle n'avait jamais été prude, mais son expérience de ces cinq dernières années l'avait fait aller d'incrédulité en incrédulité.

Le problème, c'était sa bonté. Elle pouvait expliquer les aspects charnels et les peccadilles compliquées qui aiguisaient l'appétit sexuel du Français. Éclairer ses partenaires sur le type de conduite à tenir, le niveau de brutalité qu'on attendait d'eux. En revanche, comment admettre qu'on leur dénierait toute humanité une fois leur tâche accomplie, et leur expulsion soudaine, due au dégoût absolu de leur existence ? Pendant cette partie du rituel, elle se cachait en fermant toutes les portes, laissant le soin au chauffeur de jouer les Monsieur Loyal du numéro de dénigrement habituel – un rôle qu'il semblait apprécier. Charlotte ne se faisait pas d'illusions : la vermine qu'elle avait recrutée n'en prenait aucun ombrage. En réalité, après tout ce qu'ils avaient bu, et vu le gros paquet de billets qui déformait leurs poches, la plupart de ces hommes se déclaraient ravis d'échapper à la licence molle qui avait cours dans le lit de l'esthète. Si elle-même éprouvait quelque compassion envers eux, c'était l'avilissement du Français qui l'horripilait le plus.

Il n'était pas un simple fils de famille ruiné dépensant sa fortune pour satisfaire ses envies comme elle en avait connu beaucoup. Il possédait ou était possédé par autre chose : une âme infirme, susceptible de s'épanouir en génie s'il avait seulement permis à sa pauvre joie écornée de croître. Charlotte avait été témoin de ce processus, qu'elle savait plus proche de la vision artistique du Français que de l'épuisement de son cœur et l'empoisonnement de son corps. Même s'il existait toujours un vide, un creux qui ne se remplirait jamais, chez ceux qui disposent de tout en abondance. La jeune femme connaissait déjà cette avidité et certaines de ses manifestations bien avant de rencontrer cet homme, et avant même que la mère ne songe à lui proposer de devenir la compagne de son fils adoré. C'était un mélange stérile d'émotions que l'autocannibalisme de la culpabilité déclenchait et étouffait. L'humiliation d'être une bête, les affections perdues fustigées et transformées en cruauté.

Charlotte avait accepté l'offre de Mme mère par bonté, et parce qu'elle éprouvait l'envie de fournir une possibilité de changement. Les deux autres la croyaient dans le besoin et soucieuse de s'élever socialement – et peut-être voyaient-ils juste. En tous les cas, c'était un marché profitable. Le fils disposerait d'une compagne à qui apprendre à se fier, et qui conférerait un brin de beauté à tout ce qu'il entreprendrait. Il pourrait l'exhiber fièrement chez toutes ses fréquentations parisiennes, et elle n'attendrait jamais rien de lui. La mère pouvait confier son fils à un être fin et élégant capable de le maintenir sur au moins un rail fixe, considéré comme normal et respectable par les personnes convenables. Qui plus est, elle aurait Charlotte à son service sans jamais devoir endurer les machinations et l'hostilité d'une belle-fille.

Cependant, il s'agissait là de fantasmes nocifs autant que tragiques : Mme Roussel savait que les appétits de son fils penchaient d'un autre côté. Les tentatives antérieures pour stimuler sa virilité avaient donné d'affligeants désastres. Pour son vingtième anniversaire, elle lui avait fourni une maîtresse gironde, mais cette pauvre femme s'était laissé distraire par les lectures flasques et interminables de poèmes qui l'étaient tout autant. Elle avait souffert un tel martyre qu'elle avait exigé cent mille francs de compensation pour sa violation spirituelle et temporelle. Charlotte, elle, avait tout le temps. Elle pouvait cohabiter avec lui et jouer la comédie un moment. Faire un vrai mariage ne figurait pas parmi ses exigences, en tout cas pour l'instant. Voilà comment ces deux étrangers étaient chacun devenus les spectateurs passifs de leur vie commune.

Sauf que Roussel n'était toujours pas là. Charlotte consulta l'horloge Saint-Nicolas, longiligne dans son boîtier en bois situé à l'autre bout de la chambre de style colonial. Elle songea à appeler le chauffeur, mais renonça face à la perspective de sa perpétuelle indifférence. Le dîner était servi à 7 heures et après le scandale qu'avait fait le Français quant au menu, elle redoutait la réaction du chef en cas de retard. Elle s'approcha de la fenêtre, ouvrit à la volée la vitre vibrante et sortit sur le balcon. À Essenwald, cet hôtel était le seul d'une qualité suffisante pour les exigences tatillonnes de son compagnon. Ils s'étaient adjugé l'étage supérieur. Le balcon faisait le tour du bâtiment, dont Charlotte se mit à parcourir la longueur rectangulaire. Une de ses longues mains délicates en visière sur les yeux, elle regarda l'horizon tout en scrutant la foule en contrebas.

On distinguait au loin l'ombre noire de la Vorrh, qui fermait la ville côté nord. Charlotte passa en revue les visages et les démarches dans les rues tumultueuses, sans le trouver parmi leurs mouvements et leur agitation constants. Elle prit soudain conscience qu'un personnage, dans toute cette foule, demeurait figé dans sa direction. C'était quelqu'un de grand, d'immobile, aux traits cachés par un keffieh serré en soie noire. Elle sentait son regard sur elle malgré la distance d'une cinquantaine de mètres. Le froid piqua ses nerfs optiques d'une griffe acérée, sa vue vacilla sous l'effet de l'inquiétude et elle s'agrippa à la porte grinçante. Derrière elle, un bruit résonnait sur le palier donnant devant la chambre. Un pas lourd, inconnu, s'approchait, qui éloigna Charlotte du spectacle de la rue pour la ramener dans la pièce. Elle afficha une mine calme, prête à recevoir quiconque. La personne omit de frapper. La poignée de porte en laiton tourna lentement et le Français entra sans rien dire. Charlotte eut un tel plaisir à le voir qu'elle ne nota pas tout de suite l'étrangeté de son arrivée.

Elle l'accueillit avec une chaleur enveloppante. Il sourit gentiment et lui caressa le bras. Une première. Charlotte en resta coite. « Je suis quelque peu fatigué, ma chère », lâcha-t-il après s'être écroulé dans l'un des énormes fauteuils marocains.

La soirée fut d'un calme luxuriant. Les effluves du jasmin qui s'enroulait à travers le fer forgé du balcon voletaient jusque dans la pièce. Les lucioles bourdonnaient dans le crépuscule, éclipses superposées, et grenouilles et cigales accéléraient leur chœur. Dans la suite, le calme régnait. Le Français somnolait sur le siège où il s'était effondré. Charlotte avait vérifié qu'il était indemne, puis lui avait ôté ses chaussures et avait rangé son chapeau et sa canne dans le hall. Cette dernière semblait curieusement dépourvue de poids. Charlotte avait abusé de sa force, produisant une illusion de lévitation qui l'avait fait s'esclaffer.

Il dormit trois heures d'affilée puis s'éveilla petit à petit en faisant crisser le cuir et en papillonnant des paupières, tandis que Charlotte allumait dans la pièce. Il avait une douceur inédite dans le regard. On distinguait l'enfant chez le vieil homme, l'émerveillement et la satisfaction où étaient auparavant gravés cynisme et avidité. C'était l'être qu'elle avait toujours deviné sans jamais le croiser.

« Venez vous asseoir avec moi, dit-il. Je veux vous parler de mon prince noir et de sa vision de la forêt. »

Ils discutèrent très longtemps, ne s'interrompant que pour aller quérir du vin et retarder le dîner. Il lui raconta son nouvel ami, sa gentillesse, ses leçons, la chapelle, les saints et l'Adam vivant quelque part au cœur sauvage des arbres. Il voulait lui présenter le « prince » et partager ses récits de foi et de merveilles. Tout bas, à brûle-pourpoint, il demanda si le petit crucifix argenté qu'elle portait parfois avait une grande valeur sentimentale à ses yeux. « C'est juste que je veux lui faire un cadeau, précisa-t-il, ayant constaté la perplexité de Charlotte. Je me demandais si vous accepteriez de me le vendre.

— Il n'a pas vraiment de valeur à mes yeux, mentit-elle. J'en ai plusieurs autres. Prenez-le donc. »

Ravi, il franchit l'espace qui les séparait pour lui baiser la joue. Ses lèvres étaient étonnamment froides. Sa requête satisfaite, il s'étendit sur sa journée.

Ils gagnèrent la salle à manger sans que faiblissent leur enthousiasme et leur surprise respectifs. Le dîner serait beaucoup plus léger qu'à l'ordinaire : seulement seize plats ce soir-là. Par moment, en pleine éloquence grignotante, il adoptait la voix de son nouvel ami, ses intonations sonores, son parler rapide et élégant au riche accent arabe. Charlotte riait bruyamment de ses prononciations et se délectait de la joie qui les projetait. Le Français était un génie en matière d'imitations. Il savait singer toutes les voix, qu'elles soient d'étrangers, d'amis, d'animaux ou même d'objets inanimés. Il avait un jour captivé un groupe de poètes avec ses évocations d'une série de charnières anciennes. Elle l'adorait quand il se montrait enjoué, quand la méchanceté ne surissait pas son don.

Quand il quitta la table pour s'asseoir au piano, muni d'un cigare, il était presque minuit. Charlotte se dirigea vers la fenêtre et sortit dans la nuit scintillante. La ville dormait déjà et les cieux composaient une portée pour les bestioles d'en bas, dont les trilles et les timbres tintaient dans l'obscurité comme du verre, rejoints par des bouffées de Satie issues de la chambre. En cet instant inimitable, le temps et la proximité de toutes choses semblaient s'accorder, à croire que malgré sa maladresse, l'humanité pouvait avoir sa place dans une noirceur aussi infinie et aussi parfaite, pour peu d'y jouer à son orée – invisible, les yeux bandés, et en harmonie.

À son réveil, une odeur de café vint chatouiller les narines de Charlotte ; et de fait, c'était peut-être cette chaleur amère qui l'avait aspirée hors du sommeil. Elle enfila un peignoir jaune, ouvrit la porte donnant sur la chambre du Français ; il était déjà levé, attablé devant un petit déjeuner. On ne l'avait jamais vu debout avant midi. Charlotte le rejoignit, légèrement déstabilisée, une tasse vide dans sa main hésitante, sans détacher son regard de l'expression fiévreuse de son vis-à-vis.

Il sourit. « Quelle merveilleuse matinée !

— Oui », répondit-elle, remarquant pour la première fois que la pièce était scindée par d'épais rais de lumière parcourus de brins de poussière dont le mouvement expressif donnait à la fois une impression d'animation et d'immobilité.

« Vous ai-je dit hier soir que je pars aujourd'hui pour la Vorrh, chère Charlotte ? Séil Kor passe me chercher ce matin. » C'était la première fois qu'il employait le nom de son nouvel ami. Jusqu'ici, il l'avait désigné sous les vocables d'« autochtone », de « Noir » ou, parfois, « mon prince noir ».

Le patronyme n'émut pas la jeune femme, nullement étonnée qu'il ait octroyé au jeune guide le prénom d'un personnage de ses *Impressions d'Afrique*. Elle n'avait jamais sérieusement entrepris de lire un des ouvrages, poèmes ou essais du Français, se contentant des missives qu'il lui adressait. Cela ne comptait pas parmi les tâches qui lui étaient fixées. Se forger un avis sur ses œuvres aurait forcément gâché leur relation. Elle-même n'était qu'une simple femme et tous deux préféraient qu'il en soit ainsi. Cependant, elle avait un jour feuilleté l'ouvrage africain, qu'elle avait trouvé fouillis et obscur. C'était de l'art, aucun doute là-dessus : l'auteur faisait montre d'appétits dangereux et d'un égoïsme absolu. Raison pour laquelle elle trouvait déconcertant l'homme tout sourire qui se tenait devant elle.

« J'ai préparé mon sac pour une expédition de trois jours », ajouta-t-il.

Quoi ? Il savait donc où l'on rangeait les bagages ? Et il était donc capable de les faire lui-même ?

« J'emporte le Smith & Wesson, celui à la poignée en perles. Je vous laisse le Colt, le Mannlicher et le Cloverleaf pour votre protection. Puis-je vous emprunter le derringer ?

— Ma foi, mais bien sûr. Tout ce que vous voudrez. »

Ils voyageaient systématiquement en compagnie d'un petit arsenal, soi-disant pour le plaisir et le tir sur cible, mais en fait avec l'idée de se protéger. Fine gâchette, le Français s'était plu à enseigner le maniement de sa collection d'armes de poing à Charlotte. Elles la rassuraient quant aux « visiteurs cosmopolites » qu'il ramenait ou qu'il envoyait chercher par le chauffeur. Son goût le portait vers les délinquants et les travailleurs manuels les plus frustes. Si l'on n'avait aucun mal à en trouver et s'ils exauçaient tous ses vices, il était pénible de s'en débarrasser *a posteriori*, de nettoyer ses chaussures souillées. Combien de fois, en rentrant après les brutalités, Charlotte n'avait-elle pas découvert quelque apache ou docker éjecté à demi nu de la chambre du Français et occupé à fouiller ses affaires à elle, tandis que l'autre amant d'une nuit se vautrait et se noyait dans la profondeur de son avilissement ? Elle avait souvent dû marchander le prix de la chair. L'usure et son vocabulaire lui étaient désormais familiers. Elle s'en chargeait efficacement, sans s'impliquer. Une part restreinte d'elle-même aimait évoquer les actes les plus intimes du vice devant ces sous-prolétaires exotiques. Elle se sentait comme un ornithologue ou un entomologiste visualisant d'horribles petits prodiges par le petit bout d'une lorgnette. Cela dit, elle ne supportait pas les maîtres chanteurs qui poussaient le bouchon trop loin, qui laissaient sourdre leur rapacité en même temps que leurs sécrétions corporelles. Il avait fallu étouffer quantité d'affaires, de menaces insidieuses de révéler les obsessions du Français. Toutes négociées par Charlotte. Cette dernière devait parfois s'assurer le soutien du chauffeur, qui se plaisait à enrouler des chaînes métalliques autour de son poing face aux cabochards.

« Partez-vous seul avec Séil Kor ? s'enquit-elle prudemment.

— Oh, que oui, répondit-il avec une indifférence théâtrale. Ce n'est pas l'un de mes gitons », ajouta-t-il. Un soupçon de l'ancienne acidité s'était réinsinué dans sa voix. « C'est un ami et un noble personnage de ces régions… Je serais très heureux de vous le présenter.

— Merci. Cela me ferait plaisir. N'oubliez pas ceci. » Elle lui tendit le minuscule emballage en papier de soie contenant le crucifix de pacotille plaqué argent que son premier amour lui avait offert lorsqu'elle avait 13 ans.

Devant le porche de l'hôtel, la clarté était aveuglante. Le Français portait ses lunettes eskimo et son casque colonial, ainsi qu'un costume qui exigeait au moins quinze porteurs autochtones pour rester en état. Tel un enfant, il avait soulevé sa valise et s'évertuait à trouver son ami parmi les nuages de poussière tourbillonnants des passants. Charlotte se tenait à côté de lui bras croisés, gagnée par l'impatience.

« Là-bas ! s'écria-t-il. Près de l'arbre ! Celui qui agite le bras ! »

À peine si on parvenait à discerner une silhouette plutôt qu'une masse d'activité dans cette poussière lumineuse. Le Français descendit les marches et pénétra dans la cohue, faisant signe à Charlotte de se joindre à lui, mais le poudroiement était intenable et elle posa la main sur ses lèvres, détournant le visage de son assaut. Arrivé de l'autre côté la rue, à hauteur de Séil Kor, il tâcha d'expliquer qu'il voulait faire les présentations, mais la jeune femme était submergée par la foule et son guide avait hâte de partir ; il se laissa porter par les événements. Les deux hommes s'extirpèrent de la foule affairée. Leur voyage vers la Vorrh avait démarré.

Séil Kor emmena le Français chez lui, à l'autre bout de la ville, dans la partie ancienne. La gare n'était qu'à dix minutes de marche, promit-il.

« Pourquoi commencer par chez toi ?

— Pour que tu te changes, répondit Séil Kor d'un ton neutre.

— Mais c'est mon costume d'explorateur ! geignit le Français, qui commençait à s'agacer de ce changement de programme.

— Fais-moi confiance, *effendi*, il vaut mieux que tu te fondes dans la foule, que tu deviennes l'un d'entre nous. Ainsi tu en verras plus et tu parviendras plus près du cœur de la forêt. Nous avons toute une journée de trajet en train et je tiens à ce que tu sois à ton aise. »

Ils suivirent une rue aux hauts murs de boue séchée dont l'incurvé changeait tous les quinze pas ou presque. Des venelles s'y enfonçaient à intervalles réguliers, et on avait l'impression d'une grande populace cachée derrière cette façade chantournée.

Ils bifurquèrent, pénétrant dans une longue rue rectiligne dont deux portes antédiluviennes perçaient la surface. Séil Kor martela la première. Quelques instants plus tard, la seconde s'ouvrit.

Ils entrèrent dans une vaste cour couleur sable dotée d'un puits carré. Un palmier dominait sa riche simplicité. Un petit garçon souriant s'écarta de la porte et referma derrière eux. Séil Kor frappa bruyamment dans ses mains au-dessus de sa tête et les portes du long bâtiment bas qui occupait l'un des quatre côtés de la cour s'ouvrirent. Des femmes aux tenues de couleur vive en émergèrent, apportant un tapis, une table basse pliante, des coupelles en laiton et en cuivre contenant fruits frais et confits. Tout cela fut vite installé dans un grand remue-ménage à l'ombre de l'arbre, et l'on indiqua au Français le siège du milieu, réservé aux invités. Les femmes produisirent des tas de tuniques autochtones et de coiffes de style arabe pour que le dandy les essaie. Ce jeu lui plut et, une fois sa raideur fondamentale surmontée, il s'investit pleinement dans la transformation. Il aimait se déguiser et avait souvent revêtu le costume national des pays qu'il avait visités. Mais jamais tout cela n'avait paru aussi réel qu'ici, et ses guides ne s'étaient jamais montrés aussi obligeants, aussi encourageants. Il tâta de divers styles et couleurs, toupinant sur lui-même avec force gloussements tandis que les femmes et l'enfant applaudissaient. Il s'inclina. Elles fondaient toutes devant sa pantomime d'innocence. Inconscient et vaniteux, voulant ajouter du panache à sa mise, il pêcha le pistolet dans son étui pour le coincer gaiement à sa ceinture. Tout le monde se figea. Séil Kor leva les mains et les femmes se couvrirent les yeux.

« Que fais-tu, *effendi* ? Pourquoi apportes-tu ça ? » Son doigt décharné tremblait, pointé vers l'arme. « Je t'en prie, laisse-le dans ton sac. Le lieu où nous nous rendons est sacré. Un tel objet y est blasphème.

— Mais, s'il y a des bêtes sauvages ? Et ces peuples qui le sont aussi ?

— Nous marcherons en compagnie du Seigneur Dieu. Ses anges nous protégeront. »

Le Français laissa retomber l'arme dans le sac et s'éloigna lentement. Séil Kor lui adressa un sourire, puis s'avança à côté de lui et lui agrippa le bras, conciliant.

« Ah, une seconde ! dit le Français. J'ai quelque chose pour toi. » Il se défit du petit paquet en papier de soie, qu'il déballa avec prudence. Il tint le crucifix luisant pour que son nouvel ami l'admire.

« Pour moi ? » demanda Séil Kor, sincèrement étonné.

Son compagnon approuva de la tête et lui tendit la chaîne. Son guide la boucla aussitôt autour de son cou. La croix brillait nettement sur sa peau noir de jais, et les autres applaudirent tout le long du trajet qui les menait jusqu'à la porte, car ils se préparaient à partir. Quand ils franchirent le seuil, le Français était méconnaissable, heureux et très à son aise dans sa longue tunique flottante. *Un prince du désert*, songea-t-il. Si seulement il avait pu avoir une photo pour sa collection ! Il résolut d'en faire prendre une à son retour, devant le porche de l'hôtel, pour célébrer leur expédition triomphale, quand Séil et lui se présenteraient à Mlle Charlotte.

Dans le ciel dégagé, la lune se leva pleine ce soir-là, apportant un vent lointain venu de la mer, un orage qui gagna en puissance à mesure qu'il s'approchait de la Vorrh en balayant l'intérieur des terres. À 4 heures du matin, une fois que le bon berger Azrael eut rassemblé son troupeau égaré dans le monde des vivants, et une fois la nuit rencognée dans ses trois dernières brasses d'obscurité, le vent vint secouer Essenwald avec une vélocité quasi tempétueuse et faire trembler les fenêtres anciennes de son plus bel hôtel. Sereine malgré ce déchaînement, Charlotte se retourna dans la chaleur du sommeil, puis resserra le plaid et le drap immaculé autour de ses formes chastes. Elle rêvait d'un Américain qui ferait irruption dans son amnésie pour l'interroger sur cette soirée. Elle était en Belgique, où elle dormait toute la journée et où une horloge sans aiguilles indiquait un invraisemblable 1961. Le jeune homme lui racontait qu'il était poète. Il avait une grande tête, un doux visage, mais elle peinait à l'entendre à cause des tintements cristallins qui émanaient de son crayon et de son carnet.

10

C'en fut bientôt fini du temps passé en pleine nature. Du statut de simples rumeurs, le travail et les errances d'Eadweard Muybridge étaient passés à celui de légendes. Au bout de toutes ces années, sa célébrité avait gagné du terrain. Ses sujets de prédilection, rochers et immeubles, lui avaient servi de tremplin. Il avait employé des objectifs exigeant de longs temps d'exposition et refusant donc toute présence à l'humain, étapes paradoxales vers ses pièges visuels à gestes. Des missions inédites, inhabituelles, l'appelaient et il lui fallait une adresse unique où l'on puisse le joindre.

Une fois de plus, il repartit vers les villes, nettoyant ses obturateurs pour faire des portraits. Quand il ouvrit son temple de la photographie, le mince filet de curiosité devint torrent d'intérêt à son égard.

Ses expériences destinées à capturer le mouvement animal frappèrent l'imagination du public. Son principal succès fut fondé sur un pari : Leland Stanford, le « prince du Wisconsin », voulait la preuve que les chevaux volaient, qu'ils étaient suspendus en l'air et sautaient à travers l'espace lorsqu'ils galopaient, tous leurs sabots perdant contact avec le sol. La mission de Muybridge consista à immortaliser cette vérité. Son riche bienfaiteur n'épargna ni temps ni argent à cette fin.

Les institutions universitaires se l'arrachèrent. L'Europe continentale aussi. Il rentra à Londres en triomphe. Il n'était plus Muggeridge, le fils du colporteur de charbon, ni Muygridge, le songe-creux à la tête fendue et au nom à coucher dehors qui se cachait aux colonies, mais Muybridge le savant, l'artiste. Londres l'encensait et il la gratifia de ses conférences. Il envoya bien entendu des invitations à Gull, mais sans jamais recevoir de réponse. Il avait beau le chercher dans l'assistance ou lors des innombrables réceptions, cela ne donnait rien, jamais. Il voulait montrer à ce grand homme qu'il était guéri et prospère. Le médecin avait vu clair au fond de lui : il lui avait prédit des ennuis si l'être humain s'approchait trop ; peut-être même, dans ce petit instrument tourbillonnant de son invention, avait-il entrevu le meurtre. Le déséquilibre de cette relation gênait le photographe. Il voulait montrer à celui qui l'avait guéri quel homme il était devenu.

Un jour, à Clerkenwell, alors qu'il récupérait une nouvelle série de bonnettes de conception spéciale dans un atelier de la Petite Italie, ses pulsions le poussèrent vers l'hôpital de London Bridge alors en pleine expansion. Le fiacre le déposa près de grandes grilles en fer ; il ne tarda pas à trouver un portier.

« Savez-vous si le Dr Gull travaille toujours ici ? s'enquit-il.

— Lord William ? » demanda l'homme, ce qui impressionna Muybridge à défaut de l'étonner. Tous les hommes d'excellence finissaient par être récompensés d'un titre. « Il délivre son cours magistral dans l'amphithéâtre nord. »

Il en montrait la direction. Tenant à ne pas rater cela, Eadweard se précipita. Le temps de grimper le haut escalier en pierre débordant d'étudiants venus de tous les continents, il était à bout de souffle. La dernière volée de marches, plus petites et en bois sonore, débouchait sur une grande porte. Muybridge tendit l'oreille un moment, puis il ouvrit sans bruit et entra, son haut-de-forme à la main.

Il se trouvait au sommet d'un amphithéâtre de médecine plongeant, dont l'auditorium cascadait sur six niveaux vers l'espace qui concentrait l'attention générale. Chacun des gradins semi-circulaires était bondé. Un public attentif y était campé, penché en avant vers une voix qu'il reconnut : celle de Gull. Muybridge se faufila au dernier rang des étudiants, qui se déplacèrent pour ménager une place à sa grande carcasse. Il n'y avait qu'un simple garde-fou en fer pour les empêcher de dégringoler tel un gâteau de mariage qui s'écroule.

Gull avait pris de l'âge. Il était plus corpulent et plus carré que dans le souvenir d'Eadweard et sa voix de stentor compatissante exsudait une ferme autorité. Mais peut-être toutes ces qualités étaient-elles exacerbées par l'être qui se tenait à son côté. Muybridge avait eu l'occasion de croiser l'humain sous de nombreuses formes, mais jamais aucune similaire à celle-là – pas vivante, en tout cas. L'âge de la femme était difficile à deviner – dans les 20, 25 ans, peut-être. Si elle égalait en taille le médecin râblé, elle n'avait qu'un quart de sa carrure. Elle ne portait aucun vêtement et sa peau de porcelaine laissait entrevoir chacun de ses os. C'était un squelette ambulant. Sa morphologie fragile ne présentait pas une once de graisse ; ses muscles devaient être fins comme du papier.

« Alice a déclaré sa maladie il y a seize mois, qui se prolongera jusqu'à sa conclusion inéluctable. N'est-ce pas, Alice ? » Gull se tourna vers l'enfant perdue qui le flanquait.

Celle-ci acquiesça. Ses yeux énormes cillèrent dans leurs orbites creusées.

« Son mal, que j'ai récemment identifié, n'avait jamais été reconnu comme tel jusqu'ici. D'autres jeunes femmes qu'Alice sont mortes sans avoir été diagnostiquées. Il est probable que dans leur grande majorité, elles ne sont pas allées consulter. Leur famille a dû les croire dévorées par une dégénérescence.

« Alice est typique de ces patientes issues des classes moyennes et supérieures. Alors que l'indigent est confronté au problème de trouver à manger pour survivre, la maladie qui nous occupe provient de l'abondance de biens. Si la famine est, comme nous le savons tous, le lot quotidien du bas peuple qui pullule dans notre vaste ville, il ne s'agit pas ici, messieurs, d'une maladie du corps, mais de l'esprit. Alice *choisit* de ne rien absorber. Son esprit lui renvoie une image d'elle-même qui se trouve à l'inverse de la vérité ; pas seulement négative, voyez-vous. C'est une distorsion physique, tridimensionnelle, de la réalité. »

Il leur livra alors les antécédents de la jeune femme ainsi que des observations médicales plus détaillées. Muybridge le scrutait avec une fascination croissante. L'inanition ratatinée de cette femme avait quelque chose d'hypnotique au fond de la perspective écrasée de la salle. Il songea à constituer un appareil de photo d'apparence similaire, pour immortaliser tout un troupeau, toute une harde ou tout un harem de ces beautés flétries.

Sur l'escalier extérieur, il attendit que l'avidité des derniers étudiants laisse en paix le bon docteur. Deux d'entre eux, qui refusaient de le lâcher, le suivaient dans ses moindres mouvements. Incapable de ronger son frein plus longtemps, Muybridge s'avança dans l'étroit espace où Gull avait tout à l'heure montré sa patiente. Il escomptait une lueur de reconnaissance, mais le médecin le contempla sans réagir. Devant son étrange intrusion et son agitation, l'étudiant finit par s'arrêter de parler.

« Docteur Gull… euh, je veux dire, lord William, pouvez-vous m'accorder un instant ? »

Gull le regarda de plus près, surpris par sa voix. « Monsieur Mirebrul ? risqua-t-il.

— C'est ça ! Muybridge ! » répondit ce dernier avec énergie.

Le médecin faussa compagnie aux étudiants et mena Eadweard dans une impressionnante série de pièces, dont une beaucoup plus vaste que celle que son cabinet avait occupé précédemment dans la tourelle.

« Comment allez-vous, cher monsieur ? demanda-t-il en indiquant un siège.

— Ma foi, bien, merci. Ma carrière est florissante.

— Et votre santé ?

— Bien meilleure que la dernière fois que nous nous sommes vus. J'ai eu quelques crises nerveuses, mais je me raffermis de jour en jour. Vos conseils m'ont merveilleusement profité.

— Bien, bien », répondit Gull, sans trop comprendre la raison de la présence de cet homme qui avait à présent des allures de prophète fou.

Muybridge s'en rendit compte et réagit.

« Je vous ai apporté certains de mes clichés afin de vous remercier. » Il souleva le petit portfolio posé près de sa chaise, dénoua les cordons et l'ouvrit sur l'énorme bureau.

« C'est vraiment très aimable à vous », dit Gull, semble-t-il sincèrement désarçonné.

Eadweard avait rassemblé une série de dix tirages, parmi lesquels cinq des lieux à l'écart des hommes que Gull lui avait conseillé de fréquenter, si longtemps auparavant. Il les étala sur le vaste plateau d'acajou et recula d'un pas pour permettre au médecin de mieux les distinguer.

Gull ignora les panoramas magnifiques de la vallée de Yosemite, de San Francisco, les montagnes de glace de l'Alaska. Il se désintéressa même du cheval au galop, l'œuvre la plus célèbre de Muybridge. Il se concentra au contraire sur les quatre autres images, au point, pour les voir, de repousser les pièces maîtresses qu'étaient les paysages.

« De quoi s'agit-il ? » murmura-t-il, visiblement emballé. Sur la table reposait la photographie d'un ancien autel sacrificiel prise lors du séjour au Guatemala, ainsi qu'une de la Danse des esprits, et une de la même époque montrant deux hommes-médecine shoshones. L'ultime cliché était son célèbre composite des phases des éclipses du Soleil. Gull se concentra sur ces quatre-là, s'enquérant de leur histoire et de leur signification exactes avec des claquements de langue. Il devint évident, à ses questions, qu'il ne s'intéressait pas le moins du monde au talent artistique de Muybridge ou à ses prouesses techniques. Son seul centre d'intérêt était le sujet. Il rapprocha les quatre images.

« Puis-je les garder ?

— Elles vous sont toutes destinées, répondit l'artiste démoralisé.

— Remarquable ! » marmonna l'autre dans sa barbe. Il semblait avoir totalement oublié Muybridge. « Regardez la vigueur de ces visages. De tels hommes doivent être capables de tout ! s'exclama-t-il, comme s'adressant aux photos. C'est vraiment spectaculaire !

— Je me demande si mes clichés pourraient aider vos patients.

— Pardon ? Désolé, que disiez-vous ?

— Je me demande, lord William, si mes photographies pourraient venir en aide à vos patients.

— Comment donc ? s'enquit prudemment Gull.

— Comme cette jeune femme que nous avons vue aujourd'hui. Si elle disposait d'une image véritable d'elle-même, peut-être pourrait-elle alors la comparer à la fausse idée qu'elle s'en fait, et trouver un traitement dans la vérité qui lui est montrée ? »

Gull médita une seconde. « Ça ne fonctionnerait pas. J'ai tenté de donner des miroirs à tous mes patients. Ils ne les emploient pas comme nous le faisons. Une photographie connaîtrait le même sort. »

Cette réflexion si terre à terre démoralisa Muybridge. Sa proposition méritait sûrement d'être considérée d'un peu plus près, non ?

« Avez-vous entendu parler des expériences de Charcot à Paris ? » demanda Gull.

Ce nom était familier à Eadweard. Il passait en revue ses souvenirs quand le scientifique se lança, sans attendre le résultat de ses cogitations.

« C'est un médecin clinicien, comme moi ; la bonne vieille anatomie, la mécanique du corps. Mais il est passé à celle de l'âme, cette chose invisible qui n'émet pas de sang et qu'on ne peut recoudre, peut-être le vrai centre des maladies et de la santé. Cette année, il ouvrira un nouveau service où il se penchera sur l'invisible : les pulsions cachées du corps. Je le lui envie. Nous avons chacun nos dispensaires privés, mais cette démarche est tout à fait originale. Si j'avais vingt ans de moins, je jetterais moi aussi aux orties mes scies d'amputation pour me consacrer entièrement à la chirurgie de l'esprit. »

Muybridge, légèrement perdu, ne répondit rien.

« Quoi qu'il en soit, cher monsieur, si je vous en parle, c'est qu'il emploie la photographie non seulement pour faire le portrait de ses patients, mais aussi comme thérapie. Je n'ai pas la moindre idée de la façon dont sa méthode fonctionne, mais l'un de nos internes a séjourné l'an dernier dans son service. Il en a été le témoin. Vous devriez vous y intéresser. »

Tout cela prenait l'allure du genre d'invention que Muybridge tenait pour suspecte – et un procédé *français*, qui plus est… Cela faisait fort longtemps qu'il se méfiait des mangeurs de grenouilles, aux prétentions souvent trop exagérées à son goût. La frontière naturelle entre réalité et fiction était beaucoup moins substantielle chez eux. Même Étienne-Jules Marey, avec lequel il avait échangé quantité d'idées, montrait une tournure d'esprit fantaisiste et s'intéressait plus à l'esthétique de ses appareils qu'au résultat qu'ils étaient censés produire.

Il lui revint soudain où il avait entendu le nom de Charcot. « Oui, la Salpêtrière ! » s'exclama-t-il, soulagé, heureux de pouvoir démontrer sa culture. « L'hôpital-faculté parisien. » Son interlocuteur le regarda bizarrement.

« Tout à fait. Vous devriez y aller », répéta Gull, clôturant le sujet.

Muybridge comprit qu'il ne le convaincrait pas de lui faire visiter son dispensaire privé. Il saisissait enfin que le médecin ne s'intéressait pas vraiment à lui. C'était son mal qui avait déclenché sa curiosité, pas l'homme qui en était affligé. En tant que clinicien, il cherchait une nouvelle panoplie d'outils avec lesquels régler les hommes, afin de pouvoir les recréer. Dans cette quête, les individus étaient accessoires et sacrifiables. Eadweard avait jeté un coup d'œil à Gull pendant cette prise de conscience, mais celui-ci contemplait à nouveau la photographie de la Danse des esprits.

« Remarquable, la force de la volonté.

— Comme cette pauvre demoiselle, commenta Muybridge.

— Oui ! Exactement ! » L'énergie d'un petit bonhomme tout en nerfs trépignait à l'intérieur de son immobilité carrée. « Quelle détermination ! Elle ne démordra pas de son avis jusqu'à ce que mort s'ensuive ! J'ai même d'autres patientes qui montrent encore plus de ténacité. » Il désigna le chamane. « Si la volonté de mes patientes était aussi focalisée que la leur, et aiguisée par le savoir… ma foi, nous disposerions d'un instrument avec lequel explorer et réparer l'âme de n'importe quel malade, homme ou femme. Je pourrais leur enfoncer mes mains dans le crâne et dans le cœur pour tout changer. »

Muybridge acquiesça en silence.

À l'extérieur, le smog dense qui s'était abattu sur Londres, à la fois verdâtre et noirâtre, avalait tout, lumière comme espace, et déréglait les bruits étouffés de la ville. Planté dans la grisaille et la froidure humide chargées de fumée et de dioxyde de soufre, Eadweard se rendit compte que Gull avait touché à plusieurs reprises son composite de l'éclipse sans rien en dire au cours de leur conversation.

Dans la confusion des ombres et des sons, il tâcha de trouver un fiacre, sans y parvenir, et il prit conscience de s'être égaré. La seule façon de rentrer chez lui était de demander son chemin à chaque personne dans laquelle il se cognait. Encore des étapes, des étapes dans le brouillard. Sa vie se résumait à cela.

11

L'endroit était idéal pour l'embuscade. Le chemin qui suivait la berge y rétrécissait, ce qui forcerait son gibier à ralentir pour regarder où il mettait les pieds.

Tsungali n'avait pas la moindre idée du temps qu'il faudrait consacrer à attendre – il existait toujours la possibilité d'être pris au dépourvu, ou que l'autre emprunte ce passage pendant son sommeil. Sauf que les Blancs vous annonçaient chaque fois où ils étaient. Ils envoyaient comme une vague d'étrave : le sol et ses animaux murmuraient bien avant leur arrivée. Et leur sillage était immense. Même après le plus doux de leurs trajets, la terre écrasée et contaminée devait se réparer.

Plus bas sur le chemin, Tsungali avait posé des pièges qui libéreraient des vapeurs et des traces aériennes lorsqu'on marcherait dessus. D'autres teinteraient le chant des oiseaux, ou obligeraient les insectes à s'arrêter trop longtemps afin de tendre l'oreille, fournissant à une ouie exercée d'infimes vibrations de mise en garde. Tsungali était assis de l'autre côté du fleuve, dioptre de son fusil redressé, prêt pour la longue portée d'une cible. Ce serait une mise à mort facile, si bien qu'il se ménageait des obstacles pour affûter son talent. Les deux derniers hommes qu'il avait tués avaient été tout proches, ç'avait été beaucoup trop rapide. Il tenait à réemployer le Lee-Enfield et à prouver ses dons de tireur d'élite.

Il avait mangé tôt, un poisson cru pêché sur place, et il restait coi dans le bosquet de bambous quand le sifflement passa loin au-dessus de sa tête, puis se changea en un rythme léger. Des tapotements équilibrés et secs glissèrent joliment jusqu'à lui à travers le feuillage, basculant sans arrêt entre silence et son. La vue de l'objet le figea sur place : une longue flèche sombre à l'empennage translucide tombait doucement devant lui dans les bruissements d'herbe.

Il n'était pas seul dans le soir. Il devait y avoir un rival aux trousses de ce Blanc traînard. L'être capable de manier ainsi son arc n'était pas à sous-estimer. Quand il ramassa la flèche, il fut stupéfié par son absence de poids. En examinant la pointe, il trouva un minuscule épi constitué de becs reliés et fermés par un fil cousu, et formant une collerette hexagonale qui laissait fuser l'air à travers ses contours. La haute trajectoire signifiait que le projectile provenait de loin. Cela n'empêcha pas Tsungali, parcouru d'un frisson, de regarder vivement autour de lui.

Le lendemain, tard dans la matinée, les oiseaux interrompirent leur chant une minute ou deux dans les arbres bas, à un kilomètre de là. Il retrouva l'emplacement d'où il s'était entraîné et posa Uculipsa dans la fente dénichée en haut d'un rocher plat. Il était prêt. Il attendit que l'inévitable franchisse son champ de vision.

Son esprit se mit à baguenauder…

Le temps que le jeune Tsungali revienne de son voyage à l'étranger, les rumeurs sur Williams étaient allées bon train, au point de dépasser largement le territoire des Vrais Humains et d'atteindre la côte. Williams s'appelait désormais Undeswilliams et une secte s'était développée. En entrant dans le village, Tsungali avait appris, horrifié, que leur Élu était l'officier même qui lui avait donné Uculipsa, l'Anglais qui avait fait montre de gentillesse envers lui et démontré son alliance avec les Vrais Humains presque dès son arrivée, en prenant le risque de mécontenter son supérieur. Il s'était transformé en paria en sauvant sa prise de guerre, la jeune chamane sacrée Irrinipeste, de l'Église et des abominations auxquelles le prêtre des bâtons croisés l'avait soumise. Tsungali se demanda si on pouvait se fier à cet homme, si au moment crucial il se soulèverait contre ces intrus menteurs, ses semblables, pour contribuer à les chasser à jamais.

Il ne se posa pas longtemps la question. Quelques minutes après son retour, il recevait la nouvelle que son frère et deux de leurs amis étaient détenus par des Gens de la Mer qui exigeaient le retour sur la côte du très attendu Undeswilliams, où son peuple se languissait de son messie.

Tsungali partit aussitôt expliquer la situation à Williams. Il parla de l'enlèvement, du rendez-vous avec le Peuple de la Mer, en lui demandant d'accompagner l'expédition censée porter secours aux trois hommes afin de contribuer aux pourparlers. Ce qu'il n'avait pas mentionné, c'est que l'Anglais était à son tour une prise de guerre – l'objet du troc qui assurerait la libération des trois hommes de la tribu.

La rencontre eut lieu sur les sables – jungle d'un côté, mer de l'autre. Six des Gens de la Mer tenaient les otages. Tsungali avait amené cinq hommes pour représenter sa tribu : trois guerriers, un policier et, bien sûr, Williams, qui se tenait immobile légèrement sur le côté, un petit sac à dos dans les bras. Il avait ôté ses bottes qui pendaient autour de son cou par les lacets, laissant le sable mouillé aspirer ses pieds blancs et nus. Les otages étaient ligotés ensemble, à genoux devant leurs geôliers tous armés de lances et de lames. L'Enfield n'était pas de cette expédition. Tsungali portait à la place une lance de cérémonie à laquelle étaient nouées les couleurs de l'autorité : il parlait pour tout son peuple.

Le chef des Gens de la Mer aboya ses conditions, en concluant avec éloquence par un coup du manche de sa lance à l'arrière du crâne du frère. Les yeux de l'homme accroupi balayaient fiévreusement la scène, alternant entre ses liens, son frère et l'étranger.

Ils finalisaient les subtilités de l'échange quand Williams leva la main et fit un pas en avant. De son sac à dos, il tira une petite poupée qu'il jeta entre les deux camps. Il énonça dix mots dans la langue des Vrais Humains. Puis il sortit un énorme pistolet de son sac, fit un second pas et tira à bout touchant dans la tête du frère, avant de faire sauter le crâne du chef des Gens de la Mer dans la foulée. Les blessures éjectèrent leurs gerbes dans la clarté étonnamment vive et les impacts projetèrent les cadavres dans le sable. Personne ne bougea. Williams ramassa la lance à barbelures du chef mort et s'avança jusqu'à Tsungali pour ôter de ses mains crispées celle avec des nœuds. Il prononça deux autres mots, puis se détourna et repartit vers le campement d'un pas venant en écho aux battements de cœur des guerriers immobiles.

On détacha les prisonniers du mort, qui s'était étalé sur eux en resserrant leurs liens, tandis que son sang assombrissait la plage. Personne ne dit mot, chacun se contentant de se disperser, repartant de son côté vers jungle ou rivage.

Cette poupée jetée entre eux était une intercession chamanique aux pouvoirs considérables, une trêve que personne n'aurait contestée. Le fait qu'elle appartienne à Wiliiams prouvait la vérité de ses propos ainsi que de ses intentions, et ses paroles avaient effectivement confirmé qu'il était Undeswilliams. Mais cette trahison et ces mauvaises actions signifiaient qu'à partir de ce jour-là, il n'appartiendrait plus à personne. Il faudrait procéder à des sacrifices pour apaiser sa colère et pour maintenir les tribus dans un équilibre constant.

Tsungali devina d'où provenait la poupée, qui l'avait fabriquée et qui avait offert ces paroles à Williams. Irrinipeste avait assisté à tout l'incident, avait prévenu l'Anglais et lui avait accordé le pouvoir de triompher.

La marée commençait à monter. L'eau emplissait les creux tracés par ses pieds dans le sable, là où il se tenait. Il songea aux yeux opale de la chamane, occupés à le surveiller en ce moment même. Quelle éminence étonnante ! Elle serait la clé de la révolte, clé que Williams venait de tourner.

Tsungali n'éprouvait ni colère ni tristesse. Cette poupée avait tout effacé : elle s'était jouée de ce qui était juste. Il ramassa les restes de son frère et rentra chez lui. Au village, où la colère de sa tribu débordait déjà.

Dans son sillage, la mer entra, lava le sang. Le rouge brillant tourbillonna avec le sable jaune sous l'eau d'un vert transparent. La poupée, soulevée, fut emportée loin au-delà des terres, où elle finit par se dissoudre parmi des millions de vagues pulsatiles. Quand la mer refluerait et que le soleil infini retransformerait la boue en une poudre étincelante, il ne resterait plus trace des hommes ni des conséquences de leurs actes.

Le temps qu'ils rentrent, l'atmosphère était tendue au camp. Un officier supérieur écarlate cracha des insultes au visage de Williams devant toute sa compagnie. Les hommes se tenaient là en uniforme, petit alignement géométrique et rangé face à l'avalanche des Vrais Humains bouillonnant de rage et d'un sentiment de trahison. Au cours de leurs nuits, ces derniers avaient réfléchi à tous les maux dont leur avait parlé Tsungali, sur la duplicité et la nocivité de tous ces Blancs. Tous sauf un.

L'officier supérieur renforça leurs convictions avec ses termes pompeux. Juste avant qu'ils ne craquent, un mouvement silencieux glissa du centre des guerriers regroupés, se faufilant doucement entre les uniformes empesés qui se délectaient secrètement de l'humiliation de Williams.

Irrinipeste, qui s'était portée auprès de l'accusé comme une vapeur, lui touchait la main. Il baissa les yeux vers la chamane révérée, fixa son regard incroyable. L'officier qui pestait au-dessus d'eux constata leur indifférence. Dégringolant de son piédestal, il s'empara de la jeune femme. Il l'attrapa par la gorge, tenta de l'écarter, mais ça revenait à vouloir ébranler une colonne de granit : rien ne bougeait et ses doigts hurlaient de douleur. Il s'empara d'elle, mais tomba par terre sans cesser d'aboyer ses ordres, en n'ayant dans la main qu'une amulette arrachée et qu'un lambeau de robe. Ses récriminations ne cessèrent pas. Il aboyait ses ordres depuis le sol. Aboyait encore en s'escrimant pour se relever. Quand la balle fumante de 7,70 sortie de l'Enfield lui troua la cage thoracique puis embrocha son cœur renflé, il était encore en pleine tirade. Ensuite, ce fut le chaos.

Irrinipeste mena Undeswilliams par-delà la déferlante de coupe-coupe, loin du début des guerres de Possession, jusque dans la Vorrh, pour guérir les blessures de l'avant, du pendant et de l'après.

À présent, de longues années plus tard, la proie de Tsungali longeait la rivière comme ç'avait été prédit. Il l'avait entendue arriver une demi-heure avant qu'elle ne se montre, l'observait dans ses jumelles lorsqu'elle entra dans la clarté : un énième Blanc ignorant qui transportait sur son dos un trop gros attirail. Ensuite, Tsungali repéra l'arc. Cette vue l'ébranla et son instinct se débattit contre sa raison. Il posa les jumelles, cala le fusil. Son attention tout entière se concentra le long du canon, anticipant ce qu'il allait voir – erreur élémentaire et pratique mortelle pour un tireur d'élite. Son esprit se bloqua. Il n'y avait plus que l'arme.

Le Blanc s'adossa à la roche, présentant sans le vouloir la plus grande surface de visée, tout en évitant agilement le sentier. Tsungali appuya sur la détente. L'Enfield aboya profondément dans le ravin et l'homme tomba à la renverse. Tsungali actionna la culasse pour réarmer, puis il passa la berge en revue avec les jumelles pour localiser le corps. Rien. Il se leva pour vérifier s'il était tombé derrière un rocher ou s'il avait glissé dans l'eau d'une manière ou d'une autre, mais il n'y avait aucun signe du mort ni de son attirail. Il s'était évaporé.

Il rassembla rapidement ses affaires, puis entreprit de traverser la rivière à pied, fusil en travers du torse. À mi-chemin du bord, son regard papillota entre la berge lointaine et le mascaret rapide qui dévalait les galets lisses et irréguliers. La première flèche frappa alors qu'il s'arrêtait pour décoincer sa botte prise entre deux pierres. Il ne vit rien jusqu'à la douleur bleue brûlante. La pointe lui avait percé la main et s'était enfoncée dans la crosse de l'Enfield pour ressortir cassée de l'autre côté et se planter dans ses côtes. Il s'abattit dans l'eau en tentant de localiser son adversaire, en vain. La seconde flèche le frappa dans les dents, lui traversant les lèvres, cassant sa mâchoire serrée. Elle fractura l'articulation et trancha dans les tendons qui la maintenaient, ressortant près de sa jugulaire pulsante derrière laquelle la hampe pointait comme une plume pliée. Sa bouche détruite était pleine de sang et de plumes bleues. L'empennage qui appuyait contre sa langue coupée et sa gorge l'étouffait. Des boules de sang allèrent tacher les eaux pures. S'il n'avait pas pivoté follement en glissant et s'il n'était pas tombé dans le mascaret miséricordieux qui l'emporta loin de l'attaque, la troisième flèche l'aurait tué. Il garda la tête hors des remous, avalant à parts égales de l'air, du sang et du fleuve.

Une heure plus tard, drossé contre la rive, il rampait jusqu'à une berge caillouteuse. Malgré sa douleur et son échec, il avait avancé beaucoup plus vite que le Blanc ; des kilomètres le séparaient du chemin sur lequel l'autre avait circulé. Il avait le temps de se terrer pour récupérer avant que la lutte ne reprenne. Les hampes de flèches s'étaient cassées et le fleuve avait chassé les plumes de sa bouche démantibulée. Malgré sa main déboîtée, il avait réussi à ne pas lâcher l'Enfield. Il l'avait toujours, ainsi que son havresac, mais celui-ci s'était en partie vidé dans le courant furieux en tournant autour de son torse. Avec une grimace, il leva la main pour tâter sa mâchoire pendante, puis il se glissa entre les roseaux en traînant derrière lui Uculipsa à la crosse fendue.

Il resta allongé parmi les herbes en respirant à pleins poumons, tout en tâchant de ne pas faire circuler l'air autour de ses nerfs sectionnés. Il sécha et coagula, les yeux levés vers le ciel du soir. La douleur enflait, pulsait ; son estomac se soulevait chaque fois qu'il déglutissait, persuadé d'avoir avalé un autre morceau de son corps. Il n'avait plus de dents de devant et plus de voix au fond de la gorge. Avec des lambeaux de tissu, il banda sa mâchoire bien serré contre sa tête de crainte qu'elle ne tombe complètement.

Il était furieux d'avoir raté une cible aussi facile, de n'avoir pas tué sa proie à bout portant comme les autres. Comment avait-il pu sous-estimer à ce point les pouvoirs de ce Blanc ? Quel genre de force affrontait-il là ? Non seulement les flèches l'avaient trouvé sans difficulté, mais elles avaient aussi pénétré toutes ses strates de charmes protecteurs sans dévier une seule fois. Cela n'était à la portée d'aucun Toubab. Il devait échapper au regard de cet archer suprême. Avec beaucoup de difficultés, Tsungali avala une racine qui se trouvait dans son sac. Il sentit sa douleur diminuer. Il regarda le ciel virer à une obscurité profonde et, alors qu'il perdait conscience dans son étreinte, le cœur gros, il accepta l'idée qu'il n'était plus le chasseur. Leurs rôles s'étaient inversés : le gibier, à présent, c'était lui.

→

C'en est fini de mes années de douceur. Mon aventure inattendue a ravivé une faim depuis longtemps oubliée. Son énergie file avidement dans mes veines. L'assassin de l'autre rive a éveillé un vortex. Je sens son sang, même à cette distance. Pourquoi a-t-on bien pu vouloir m'abattre ? Cela reste un mystère. Voilà plusieurs décennies que je n'ai plus eu affaire à d'autres êtres humains, et tout ce qui a précédé cette période est effacé. Seule ma femme en garde le souvenir dans sa chair et son humidité, qui vivent toutes deux dans mon arc. Nous trouverons l'assassin et en extrairons les réponses ; les ennemis que me réserve cet univers étrange et traître ne resteront pas dissimulés.

Je vais me réparer et préparer mon campement pour ce soir. Au matin, je fabriquerai de nouvelles flèches pour signaler mon passage et balayer mes ennemis. L'homme tombé dans l'eau n'aura aucune hâte de me recroiser et la prochaine fois, je serai le premier à tirer.

12

Alors que Mutter aimait que tout soit clairement délimité et à sa place, dans l'hôtel particulier, les choses n'arrêtaient pas de changer. Tous les rituels, hiérarchies et conventions se bousculaient pour trouver de nouveaux lieux à coloniser. Ismael se déplaçait librement entre le troisième étage et le grenier, et la *camera oscura* était le centre de l'attention générale, y compris celle de Ghertrude. La livraison bihebdomadaire des caisses demeurait le seul élément stable.

Ismael utilisant constamment les lieux, ils étaient devenus siens, son domaine. Chacun avait son bruit spécifique. Ghertrude et Mutter pouvaient pister ses mouvements depuis n'importe quel endroit de l'hôtel particulier. On l'entendait souvent déambuler et bouger dans ses appartements. Il réorganisait le mobilier, réajustait son agencement. Au grenier, les câbles chantaient sa présence, parfois plusieurs heures d'affilée. Ce n'était plus un point de passage : le cyclope le rendait important en soi.

Quant à la tour de l'*oscura*, le silence était sa marque et y régnait en maître quand Ismael s'y trouvait. Une telle assiduité obligeait la bâtisse à rester tranquille, comme si on la tenait par la peau du cou. On le sentait jusque dans ses racines. Elles étaient l'unique endroit où le cyclope n'allait pas. Ghertrude avait craint qu'il n'y soit attiré et qu'il risque de l'y trahir. Ne laissant rien au hasard, elle faisait vérifier presque quotidiennement par Mutter les verrous et les barricades empêchant l'accès au sous-sol. Elle avait clairement expliqué à Ismael que l'accès était interdit à tous et que c'était la seule règle de la maison. Il avait approuvé sans mot dire, d'un simple hochement de tête intelligent. Malgré cela, elle avait ordonné à Mutter de garder à l'œil leur pensionnaire ainsi que la porte de la cave.

Désormais, se trouver entre ces murs mettait Mutter mal à l'aise. Alors que son apparence le décontenançait toujours quelque peu, il ne savait jamais quand, ni où le cyclope risquait de surgir. Sans compter qu'Ismaël le traitait plus familièrement qu'avant : il recherchait les interactions, l'interrogeait sur ses fonctions, sa famille, le monde extérieur. Mutter n'avait jamais été très doué pour la conversation. Face à cet être étrange, il trouvait plus facile de se carapater ou d'aller se cacher dans la cour avec les chevaux. Il appréciait leur mutisme. Les riches odeurs de leur corps et le parfum de la paille le rassuraient. Il emportait souvent sa gamelle à l'endroit où ils paissaient, fumait ses cigares amers en leur compagnie, guettant au calme et en sûreté, pour l'essentiel, la progression des saisons. Il avait parfois la nette impression qu'on l'observait d'en haut. Il imaginait son image étalée sur la table circulaire de cette machine louche, dévorée par son œil jubilatoire évoquant un monstre des profondeurs. Cette idée, qui le glaçait, le faisait se réfugier plus au fond des écuries, dans leur chaleur et leur cachette rassurantes.

Un soir, en entrant dans la bâtisse, il découvrit le cyclope debout près de l'escalier du rez-de-chaussée, regard tourné vers la porte interdite. Cela inquiéta Mutter. Il aurait sûrement fallu dire quelque chose, prendre des mesures, mais il n'était pas outillé pour ce genre de réaction et ne trouva aucun cadre de référence permettant de lancer la conversation qui s'imposait. Il resta planté sur place, mâchoire pendante, ballant vaguement des bras. On aurait dit un portail cassé qui claque au vent, ou une pompe à l'abandon qui tente d'aspirer une cuillerée d'eau à une profondeur incommensurable.

« *Herr* Mutter, où sont les caisses de la leçon précédente ? demanda Ismaël, mettant les pieds dans le plat de ces doutes pour mieux les retourner, en faisant sienne cette question. Je voulais vérifier quelque chose avant que vous les rameniez demain.

— Dans la sellerie, à côté des écuries, répondit le valet d'une toute petite voix.

— Montrez-moi ça », exigea le cyclope tout en se dirigeant vers l'entrée. Mutter ouvrit la porte pour le jeune maître et indiqua la direction du doigt, pressé qu'on en finisse.

Au lieu de quoi Ismaël s'élança dans la cour et la traversa, laissant Mutter à court de mots ou de gestes. Le cyclope fit glisser le pêne de la porte de la sellerie, où il pénétra d'un pas vif. Mutter cilla à qui mieux mieux dans l'espoir qu'un papillonnement de paupières ramène toutes choses à leur juste place, que cet épisode insupportable se rembobine, que lui-même soit exonéré de cette erreur idiote commise à l'instant. Sauf qu'hélas il n'en fut rien. Fonçant sur les pavés, il fit irruption au côté de l'évadé occupé à examiner d'un œil blasé le flanc d'une caisse tout en longueur.

« À quelle heure les emportez-vous demain, celles-là ? demanda Ismaël sans le moindre signe d'agitation.

— 11 heures, monsieur. »

Ce « monsieur » lui était sorti de la bouche par automatisme et parce qu'il n'y avait pas d'autre terme possible. C'était la première fois qu'on accordait un quelconque statut à Ismaël, et cela marqua un basculement supplémentaire dans leurs relations : le cyclope savait désormais pouvoir aisément plier le vieil homme à sa volonté.

« Et où les emportez-vous ?

— À l'entrepôt.

— Parfait. J'aimerais vous y accompagner. »

Le cœur de Mutter fit un saut de carpe dans sa poitrine. Ismaël le contourna, regagna la cour et s'arrêta pour contempler les toits, puis, derrière eux, les nuages qui filaient dans le ciel.

« Mais, monsieur, bredouilla Mutter, c'est impossible, la maîtresse…

— … N'en saura jamais rien, termina Ismaël. Ce n'est pas Mlle Tulp qui règle vos émoluments ni qui prend soin de votre famille, si je ne m'abuse ? Ni de moi, malgré ce qu'elle croit. La ou les personnes qui tiennent votre bien-être entre leurs mains sont celles qui dirigent cette maison, Mutter. C'est ma famille qui emploie la vôtre. Et à présent, je souhaite leur rendre une brève visite, afin de voir ne serait-ce qu'un instant l'unique autre endroit dont je sais qu'il m'est relié.

— Mais, monsieur, on m'a bien ordonné de n'y emmener personne. Mes fils eux-mêmes n'ont pas le droit d'y mettre les pieds tant qu'ils ne sont pas formés pour prendre ma succession.

— Sigmund, ne voyez-vous pas que tout a changé désormais ? lança le cyclope d'une voix chantante et entêtante. Je ne suis plus un enfant. J'ai cette maison pour moi seul. D'ici peu, je serai votre employeur. Ghertrude n'a aucun besoin d'être au courant de notre petit aller-retour. »

Cela coupa tous ses moyens à Mutter, plongé dans une perplexité atroce. Il leva les yeux de ses chaussures éraflées pour croiser le regard suppliant de cet œil unique, puis il repiqua du nez.

« À moins que vous ne préfériez que j'y aille par moi-même ? »

Mutter suivit son regard jusqu'à la grille et constata que seul le loquet était mis. Contrairement aux instructions, il n'avait pas fermé à clé. Vu son agilité, le cyclope saurait atteindre l'entrée de la cour bien avant lui ; la seule façon de l'arrêter serait de le menotter ou de le coincer au sol. Il y avait fort à parier que les maîtres invisibles interpréteraient mal ce geste. Il commençait à paniquer quand Ismaël sourit et lui infligea le coup de grâce.

« Je n'ai aucune envie de vous créer d'ennuis, Sigmund. Et vous ne souhaitez pas plus que moi mettre au courant Ghertrude de votre petite erreur de cet après-midi, j'en suis sûr. Elle redoute que je m'enfuie, ce qui l'amène à surréagir. Alors, ce soir, quand elle nous rendra visite, je ne lui en toucherai mot, et demain matin vous et moi nous rendrons brièvement et discrètement à l'entrepôt, c'est d'accord ? Qu'en pensez-vous ? Pouvons-nous nous lancer dans cette petite aventure ensemble à l'insu de tout le monde ? »

Mutter céda. Il n'avait pas le choix. Le cyclope applaudit de contentement.

« Excellent ! Alors venez. Étudions mon projet », dit-il avant de propulser le vieil homme déprimé vers les écuries en lui ordonnant d'attraper ses outils.

Le lendemain, ils attendirent chacun le départ de Ghertrude dans des endroits différents de l'hôtel particulier. Mutter était resté aux écuries après avoir chargé les caisses sur le chariot tandis qu'Ismaël prenait son petit déjeuner avec la jeune femme. La chose terminée, elle partit par la porte principale en annonçant à la cantonade qu'elle serait de retour à 19 heures. Ismaël rongea son frein le temps que son bruit de pas alerte disparaisse dans la ruelle au-dehors, puis il se leva d'un bond pour déverrouiller la porte d'entrée et se précipiter vers les écuries, où il se glissa sans bruit pour grimper dans le chariot qui l'attendait.

La caisse tout en longueur qui avait constitué la leçon 318 : « Arcs et lances (préindustriels) », était solidement sanglée sur la plate-forme ouverte. Son contenu vidé reposait à présent derrière un vieux rideau empoussiéré tout au fond des écuries. Leur remplaçant se recroquevilla avec impatience dans sa cachette. Un trou avait été percé sur le côté à environ trente centimètres du bout. En verrouillant les grilles derrière eux, Mutter y entrevit un œil. Il n'avait pas décroché un mot de ce début de matinée : son instinct le poussait à obéir avec stoïcisme et passivité tout en priant intérieurement pour que tout ça se termine aussi vite que possible.

Les bribes de l'extérieur remuant qu'entrevoyait Ismaël l'émerveillaient et le survoltaient ; le flou des dimensions, l'odeur des usines, déclenchaient des réponses sensorielles dont il avait jusque-là ignoré l'existence ; les couleurs étaient beaucoup plus vives que dans la projection de la *camera oscura* et l'immensité générale était perceptible. Cette ville bouillonnait d'une vie débridée. Et il ne s'était pas trompé sur leurs yeux. Ghertrude lui avait dit la vérité, il ne tarderait pas à savoir si Luluwa aussi.

Le temps qu'ils parviennent à l'entrepôt, il débordait de questions et les réponses lui coupaient le souffle. Mutter ouvrit les portes, mena le cheval dans la cour, attacha la bête fumante aux rambardes du quai de chargement, puis repartit vers l'entrée pour boucler tout leur équipage à l'intérieur. Il prit un gros trousseau de clés sous le siège du conducteur avant de toquer brusquement sur la longue caisse. Ismaël en émergea, plissant son œil unique le temps de s'accoutumer à la lumière.

Ils pénétrèrent dans l'entrepôt. Mutter s'avança vers la prochaine série de caisses. Il se retourna afin d'expliquer l'importance de sa fonction, mais le cyclope n'était plus là. Le domestique prit sur lui d'attendre le retour d'Ismaël pour qu'il l'aide à soulever ces charges, usant inutilement sa patience, car les minutes s'écoulèrent sans que le cyclope ne réapparaisse. Irrité, il décida de hisser les caisses lui-même. Ces deux-là différaient des précédentes. Leurs étiquettes au pochoir n'étaient plus rouges, mais bleu roi.

Tout en chargeant le chariot, Mutter tâcha désespérément de mettre au point une fable plausible sur les circonstances qui l'avaient placé dans cette posture. Celles qui lui venaient étaient monstrueuses et toutes plus ridicules les unes que les autres ; même lui se rendait compte que personne n'y croirait. Le temps que son évadé revienne, le valet avait décidé que la seule possibilité était de dire la vérité.

« Partons », enjoignit Ismaël.

La caisse longue était restée sur le chariot. Le cyclope s'y casa de nouveau, en rabattant bien le couvercle. Son voyage de retour dans cette sorte de cercueil, quoique sans anicroche, fut éclipsé par les éléments plus étranges vus à l'entrepôt, qui défilaient à toute allure dans son esprit. Les cahots terminés, une fois regagnée la sécurité des écuries, il se glissa lentement hors de sa boîte avec une vigueur théâtrale.

« Merci, *Herr* Mutter, dit-il. Notre secret sera préservé. Personne ne sera jamais au courant de notre escapade. »

Le serviteur ouvrit la porte pour le faire entrer. Le soulagement qu'il ressentait était merveilleux et il enferma aussitôt le cyclope dans ses quartiers pour rentrer chez lui avant l'arrivée de Mlle Tulp. Il n'avait pas la moindre intention d'avoir affaire à elle ce soir-là. Hors de question qu'elle scrute son regard beaucoup trop franc pour être honnête.

Le lendemain, il revint le cœur fort léger. Il avait prévu de bichonner les chevaux, de passer la journée en leur compagnie magnifique et innocente, pour laisser les complications issues de la bâtisse se régler d'elles-mêmes.

Il commençait à reprendre ses marques tout en maniant la fourche à fumier quand la voix déjà entendue à l'entrepôt éclata soudain au plus profond de son oreille.

« *Herr* Mutter, vous nous avez déçus en trahissant gravement notre confiance. Pour ce méfait, vous serez sanctionné. Si cela devait se reproduire, les sanctions s'aggraveraient et les bienfaits que nous vous procurons, à vous et votre famille, cesseraient et se retourneraient contre tous. Les mains de votre fils Thaddeus lui ont été ôtées ce jour. Nous avons inversé la gauche et la droite et les avons recousues en les retournant. Il aura toujours les paumes dirigées vers le haut. Thadeus recevra les meilleurs soins possible jusqu'à sa guérison. Il ne pourra plus travailler de ses mains, mais elles seront parfaites pour mendier. Vous réussirez peut-être à lui épargner un tel avenir, mais pas l'opération. C'est le prix que vous nous deviez. Restez calme, *Herr* Mutter et souvenez-vous que nous avons protégé votre famille et pris soin d'elle au fil des ans. Admettez avoir mal agi, repentez-vous et vous regagnerez nos faveurs. »

Quand Mutter se risqua à rentrer chez lui ce soir-là, il redoutait ce que la voix lui avait promis, mais entretenait l'espoir qu'il ait pu s'agir d'une illusion, d'un moment d'égarement. Un permafrost lui pourrissait le cœur lorsqu'il pénétra dans le logement. Le déferlement de chaleur et l'étreinte reptilienne du bruit n'eurent rien pour le dégeler. Sa femme lui prit son lourd paletot et l'assit à la table tandis que leur fille Meta lui apportait un bock d'une bière noire et épaisse. Mutter regarda les deux femmes papillonner en tous sens, porteuses de casseroles fumantes et d'assiettes tintantes. L'opulente énergie du foyer, riche et sans faille, créait une continuité éclatante à partir des fragments de la nécessité. Le dîner servi, tout le monde mangea avec entrain. Cependant, la chaise de son fils était vide et il contempla stupidement son repas dépourvu de sens : cette odeur n'éveillait rien en lui. « Où est Thaddeus ? s'étouffa-t-il.

— Ah, c'est merveilleux ! gazouilla sa femme. Une offre d'emploi est arrivée au courrier. Il s'est rendu dans les quartiers est. Il ne devrait plus tarder. »

La table s'écroula. Des larmes intérieures tranchantes tombèrent, formant dans la gorge de Mutter une chaîne coupante aux lentes constrictions. Elle se resserra avec chaque bouchée joyeuse qu'absorbait sa famille. Personne ne remarqua ce changement, pas même sa femme de toute une vie, et le valet engloutit ses sentiments d'horreur et de culpabilité dans la bière forte qui le fouaillait à chaque gorgée étranglée.

Thaddeus ne rentra pas ce soir-là. Pas plus que le lendemain ni le surlendemain. Pendant son absence, Mutter se rendit à l'entrepôt et se mit à genoux ; il donna sa parole à ses maîtres d'être pour toujours un serviteur loyal et vaillant. Écrasé de désespoir, il repartit à ses missions.

Le tout début de matinée du lendemain trouva Thaddeus planté, le regard perdu, devant le domicile familial, totalement épuisé, mais calme. Sa tenue était immaculée : costume en soie, cheveux élégamment coiffés comme ceux d'un prince, belles chaussures neuves luisant dans la clarté poussiéreuse. Il avait les poignets bandés, les mains ouvertes.

Le vent grondait et beuglait dans le petit appartement où logeait la famille. Il grimpait, retombait, puis hoquetait contre les couloirs et la cuisine vide, où des souris plus petites que des estompes fonçaient telles des aiguilles tentant de coudre les rafales. Sigmund observait sa femme qui dormait du sommeil du juste à son côté, et qui tressaillait en cadence avec son souffle. Elle lui dirait sûrement le lendemain n'avoir pas fermé l'œil de la nuit. Il ne cessa pas de se retourner dans son lit de misère, pris entre colère et déroute, sentiment de culpabilité et désir de vengeance. Il ne réussirait jamais plus à regarder ses proches en face ni le reste du monde. Et comment continuer à son poste qu'il ne pouvait pourtant quitter ? Son antre creux exhala un soupir et il s'exhorta à ne pas penser au lendemain ni à cet être qu'il détestait désormais.

Du logis bossu de Mutter, le vent s'incurva vers les hauts et la demeure rutilante des Tulp. Visage tourné vers son oreiller trempé, couette ramenée par-dessus sa tête pour amortir le bruit qui, elle l'espérait, n'était que celui du vent se déchaînant contre les fenêtres, Ghertrude dormait dans le mensonge forcé de la chambre de son enfance.

Il y avait moins de turbulences au 4 de la rue Kühler-Brunnen. Les portes y étaient soigneusement fermées, les menuiseries bien ajustées. On n'entendait le vent que là où le bois était endommagé ; il grinçait dans les étages inférieurs condamnés et chuchotait dangereusement près de l'escalier, au-dessus du vieux puits. Il bourdonnait au grenier, mais restait d'un calme irréel dans la chambre d'Ismaël au lit vide. Dans la tour, il observait l'occupant concentré sur la lueur de la lune, et qui examinait la clarté chiche émanant du dédale miniature des rues désertes. Ismaël était nu et pâle, couvert de chair de poule, comme si son corps offrait un index, ou une notation abrégée, des observations effectuées à partir de la table. Son œil, très rapproché de la surface plane, survolait les rues.

Si grande était la force de cette tempête sèche qu'elle aurait pu parvenir jusqu'à la lune cette nuit-là. Mais une seconde force, plus puissante, exigeait son attention, si bien qu'elle enfla vers le nord, sous l'influence d'une présence beaucoup plus vaste et plus dominatrice : elle se fit engloutir à jamais dans la Vorrh.

→

Ismaël n'avait plus que Ghertrude à qui parler, désormais. Depuis son expédition avec Mutter, ce dernier le fuyait le plus possible. Le cyclope avait beau s'évertuer à lancer des conversations, le valet refusait de s'y laisser entraîner et évitait presque, systématiquement le regard de son jeune maître, pour lui en décocher de torves et soupçonneux lorsqu'il le croisait. Vu l'écart minime commis, Ismaël trouvait ce comportement exagéré et quinteux. Mais bon, il était hors de question de se laisser distraire par la mauvaise humeur d'un domestique. La place du marché avait évolué au cours des deux derniers jours ; on décorait sa forme simple entre chacun de ses usages quotidiens. Quelque chose se préparait. Quand Ghertrude arriva pour changer les draps, Ismaël la coinça.

Les visites de la jeune femme s'étaient raréfiées ces temps-ci ; elle semblait distante, indifférente à ses interrogations. Elle avait perdu tout appétit pour le coït, n'ayant plus rien de neuf à montrer ni à expliquer. Lui-même s'intéressait toujours activement à la chose, mais lorsqu'il avait suggéré de tâter ensemble d'autres manières de faire, elle avait regimbé et n'avait pas donné suite. Soucieux de ne pas déchoir de sa position confortable dans la maison, il avait choisi de faire une croix sur ces désirs.

Celui qui primait, c'était de ressortir pour explorer la ville en détail. Ghertrude lui en avait expliqué les périls : l'exception qu'il était courrait un danger parmi la populace. La jeune femme lui avait raconté l'histoire du petit oiseau d'ornement qu'elle avait possédé, enfant. Il avait un riche plumage vermillon avec une touche de jaune, et un chant si exquis qu'elle le mettait souvent devant la fenêtre pour lui permettre de s'égosiller au soleil. Des volatiles du cru, indigènes, affluaient aux alentours pour l'écouter et admirer ses splendides couleurs. Un jour qu'elle était assise avec son compagnon ailé perché sur le doigt, elle n'avait pas pris garde au fait que la vitre était entrouverte. Quand le rideau s'était soulevé au vent, l'oiseau avait senti l'appel de la liberté et s'était envolé. Ghertrude s'était précipitée à la fenêtre, horrifiée : il voletait en décrivant des cercles serrés. Elle l'avait appelé et il avait viré dans sa direction. Elle avait lu la fièvre dans ses yeux… juste avant qu'il ne soit mis en pièces par une escadrille de ses congénères gris, restés jusque-là à l'observer.

Tel serait le sort d'Ismaël, avait-elle expliqué. Son originalité, son exotisme, seraient considérés comme des menaces ; on le traiterait de monstre. Sauf que lui se savait supérieur aux deux-yeux, il l'avait prouvé. Ghertrude l'ignorait, mais le moment n'était pas encore venu de la mettre au courant.

« Pourquoi décore-t-on les rues là-bas ? » demanda-t-il alors qu'elle étudiait, dos tourné vers lui.

— Ah, dit-elle gaiement, c'est pour le carnaval !

— Et qu'appelle-t-on *carnaval* dans cette ville ?

— Eh bien, chaque année, la population organise une fête pour remercier la forêt de ce qu'elle procure. Les réjouissances durent trois jours et trois nuits. Tout le monde cesse de travailler, il y a de la musique, à manger et des bals dans les rues. Tout est décoré, même la cathédrale. Les gens se déguisent avec des costumes qu'ils ont passé l'année à fabriquer. Les nobles se mélangent aux paysans et à la plèbe et chacun ignore le rang ou le statut de l'autre.

— Comment est-ce possible dans une ville où tout le monde se connaît ?

— Grâce aux masques ! s'exclama-t-elle, emportée par son allégresse.

— Des masques ?

— Oui ! En tous genres. Fantaisistes, mystérieux. Anges et démons, animaux et mon…

— Monstres ? » risqua-t-il d'une voix lente.

Elle s'était tue soudain et ne savait plus où regarder.

« Se pourrait-il, insista-t-il, qu'en une telle occasion, les exceptions cachent leur étrangeté, les oiseaux exotiques dissimulent leur beauté et les monstres soient en sécurité au milieu de tant d'autres ? »

C'est ainsi que la bête alla au bal.

Ils se tenaient juste derrière les grilles du 4 rue Kühler-Brunnen. Avec leurs bijoux, leurs masques et leurs vêtements, des soies fluides et sensuelles aux couleurs provocantes sous leurs capes, ils formaient un beau couple.

« Est-ce que ce sera comme dans la nouvelle que tu m'as lue, celle que tu aimais tant ? Avec l'horloge et les salles de diverses couleurs ? Celle qui m'a fait cauchemarrer ?

— Cauchemarder, corrigea-t-elle. Oui, mais en moins cérémonieux. Beaucoup plus grossier. Tout le monde est ivre et se comporte mal.

À quel point ? demanda-t-il d'une voix appréhensive.

— Derrière un masque, on peut être n'importe qui, faire n'importe quoi. Personne n'est coupable de rien, personne n'est innocent. Il s'engendre plus d'enfants au cours de ces trois jours que pendant tout le reste de l'année. Et neuf mois après, quand les bébés naissent, on ne cherche pas de trop près la ressemblance avec le père de famille.

— Et personne n'ôte jamais son masque ?

— Jamais ! » confirma-t-elle avec plus de certitude qu'elle n'en éprouvait. Il était exact que la protection du déguisement conférait un certain sentiment de liberté, et elle-même avait déjà commis de petits méfaits et des délits mineurs sous son loup. Cela dit, elle n'avait jamais eu le cran de s'adonner ouvertement à la débauche. Jusqu'à aujourd'hui.

Ils scrutèrent la chaussée par le portail entrebâillé, prêts à être avalés par la frénésie onirique qui déferlait dans la ville. Le bruit était phénoménal. Des joueurs de vielle et de cornemuse parcouraient les rues, brouillant le son du vaste orgue à vapeur qui animait la place du marché. Il y avait des pétards et des coups de pistolet, de la trompette et du chant, des rires et des hurlements.

Ils s'arrachèrent au tremblotement de leurs nerfs. Soudain, le portail fut ouvert et eux, partis. Mutter boucla à double tour derrière eux, puis cracha sur le pavé humide.

→

Ismaël était encore grisé par tous ces gens qu'il avait vus et touchés au cours de ses deux premières heures de liberté. Son corps tout entier luisait sous son déguisement. Était-ce pareil pour la foule qui se pressait dans les rues, qui ouvrait sa porte et qui se livrait aux assauts de la cohue ? Il avait perdu Ghertrude quelque part après la troisième maison et n'avait pas la moindre idée d'où il était, ce qui l'émoustillait encore plus. Il pénétra dans une grande demeure pleine de musique et de rires. Plusieurs femmes et plusieurs hommes le serrèrent contre eux et le tâtèrent sous sa tunique en émettant de joyeux bruits devant ce qu'ils y trouvaient. Comme il tenait à explorer les lieux plus avant, il s'écarta et se laissa glisser au niveau du sol aux riches tapis.

Dans une salle magnifique, à la lueur vacillante de torches, s'élevait un parfum singulier. Il rampa sur le sol pour atteindre l'être dont cela émanait – un « animal » au long appendice nasal humant l'air, aux moustaches frémissantes, à la tête oscillant de droite et de gauche. Les jambes pâles, élancées, semblaient tout à la fois glisser sur le plancher ciré et marcher sur la pointe des pieds. La partie supérieure du corps était revêtue d'une peau verte soyeuse sur laquelle jouait la clarté coruscante des flambeaux éclairant le balcon extérieur. La partie inférieure était nue, avec un énorme phallus turgescent qui se balançait comme une entité indépendante. L'être s'approchait de ses partenaires tel un possédé.

Le dernier lit était en grand désordre, les couvertures remontées à la va-vite autour de son occupant épuisé qui ronflait faiblement. La salle résonnait de murmures et de rires ; de petits bruits animaux, entre satisfaction et avidité, striaient ce paysage opulent. Des soupirs qui diapraient les senteurs mêlées de l'encens, du musc et de l'ivresse.

Parvenu au lit suivant, il glissa ses mains gantées sous le drap. Elles furent aussitôt empoignées par celles, lisses et tremblantes, de la femme qui y attendait. Elle attira la bête à l'intérieur et tira les couvertures sur leurs corps. Elle avait des formes mûres, girondes, voluptueuses et était déguisée en chouette. Les plumes noires accentuaient l'écarquillement ivoire de ses yeux. Il fit glisser le linguet qui retenait son propre bec, qu'il releva pour exposer la moitié inférieure de son visage, rendant sa bouche visible et lui laissant le loisir d'agir charnellement. La femme l'attira plus près et l'embrassa goulûment. Il eut un sursaut de recul, presque à tomber du lit. Ni Luluwa ni Ghertrude n'avaient jamais fait une chose pareille ; on ne la lui avait pas expliquée. Ghertrude avait toujours détourné le regard pendant qu'ils s'accouplaient.

« Ne fais pas ton timide », dit la femme.

Il la laissa lui sucer les lèvres, ce qui fut doux et excitant. Quand il lui rendit le baiser, sa virilité surpassa les dimensions et les attentes d'avant.

La pièce avait beau regorger de noceurs, les sons produits par la Chouette et son nouveau compagnon s'élevaient au-dessus de tous les autres. Dans la pénombre palpitante, couples et trios se découvrirent happés hors de leur intimité, portés vers une majesté indéfinissable qui dépassait de loin leurs propres petits frissons et soupirs.

Le jour se levait presque quand Ismaël se glissa hors du lit de la femme pour fouiller les chambres à la recherche de sa cape de velours noir.

Quand la Chouette s'éveilla, elle fondit en larmes et ôta son masque en poussant un cri. Elle tituba jusqu'à la fenêtre, mains plaquées sur le visage, puis se mit à hurler.

→

La Chouette s'appelait Cyrena Lohr. Elle avait 33 ans et était aveugle de naissance. Dans les premières lueurs du lendemain du mardi gras, amis et inconnus inquiets se rassemblèrent à son côté tandis qu'elle frissonnait à la fenêtre, subjuguée, en observant un lever de soleil jaune et net. C'était le premier jour qu'elle y voyait.

Comment avait-il accompli ce miracle ? Quel était ce prestidigitateur qui était entré dans son lit pour lui accorder la vue ? Elle devait le retrouver. Dès qu'elle serait sûre de ne pas rêver, elle le trouverait et le remercierait à genoux.

Les noceurs encore présents dans sa demeure se rhabillaient à la hâte. L'un d'eux apporta une robe de chambre et enveloppa Cyrena dans ses replis chauds en tentant d'écarter de la fenêtre la boule d'émotions qu'elle était pour la ramener dans le lit. Comme elle refusait de bouger, on lui présenta un fauteuil à haut dossier et l'y assit solidement. La majorité de la foule qui avait occupé les nombreuses pièces avait disparu ; tomber le masque en étant témoin de cette scène était trop lourd à porter pour leurs frêles identités et tous s'étaient enfuis à mesure que la rumeur de ce qui s'était produit s'insinuait dans les lieux. Les miracles ne mettent jamais à l'aise ; pour le débauché et l'anonyme, ils sont intolérables un lendemain de cuite.

Quatre semaines plus tard, Cyrena s'était accoutumée au fait de voir. Elle s'était soumise à tous les examens possibles et il y avait consensus : elle était dotée d'une vision excellente et durable.

Avec l'aide de divers proches, elle avait passé quinze jours à visiter la ville qu'elle connaissait en intime, ajoutant couleurs et formes aux bruits et aux textures. Elle avait contemplé des heures le visage de ses amis et des rares membres survivants de sa famille. Les nouveaux détails rattrapaient leur retard et commençaient à faire sens. Seuls ses rêves restaient lents et auditifs : les images avaient beau se manifester, elles refusaient de se fixer ; papillonnant autour du squelette en dur des sons, elles étaient transparentes. Elles allaient mettre un an à se solidifier et à devenir fiables.

Cyrena redécora sa splendide demeure. Elle donna tous ses vêtements aux indigents et se lança dans une frénésie de dépenses destinée à revêtir son corps des riches couleurs et des formes somptueuses sorties de son imagination débridée. Elle brûla ses cannes blanches sans cérémonie, dans le brasero du jardinier. L'odeur sucrée des feuilles en train de brûler masqua leur aigreur d'angoisse. Sur quoi elle concentra la ferveur de ses efforts à retrouver l'homme pour se dévouer à lui, ou l'inverse.

→

Ghertrude avait commencé par regagner le 4 rue Kühler-Brunnen. S'attendant à y croiser Ismaël, elle avait grimpé l'escalier pour écouter aux portes, mais il n'était pas rentré alors même que le carnaval était terminé depuis la veille au soir. Elle avait caressé un instant l'idée qu'il ne reviendrait peut-être pas, et trouvé cette perspective beaucoup trop merveilleuse. Puis elle s'était inquiétée pour lui, pour eux deux, pour en fin de compte se mettre à redouter qu'on découvre ce qu'elle avait fait.

Ils étaient restés ensemble les trois premières heures, copulant intensément dès la première pièce de la première maison dans laquelle s'était engouffrée la sarabande. Il l'avait clouée contre la cloison tendue de soie tandis qu'elle contemplait un autre couple derrière lui. Chacun buvait férocement dans la coupe de l'autre, allongé sur le tapis couleur sable. Ghertrude et Ismaël s'étaient tenus fermement par la main malgré leur fièvre d'enfreindre les règles, avant de se séparer peu à peu entre les murs de l'une des grandes demeures où un amas de fantasmes dansants surgissaient et s'entrechoquaient, s'emmêlant et changeant de partenaire à volonté. Ghertrude avait été happée par un petit groupe effervescent de jeunes gens vêtus de feuillages chatoyants. Le thème de l'homme vert était en vogue cette année-là. Elle avait passé la première nuit avec un saule dont l'élégance languide s'étendait étonnamment à tous ses attributs. Le temps consacré à Ismaël avait été payant : ses dernières inhibitions l'avaient quittée. Elle s'était délectée du contraste qu'elle découvrait. Saule et cyclope avaient peu de choses en commun. Ghertrude avait noté et évalué leurs différences en tentant de décider dans quel sens lui faisaient pencher ses goûts véritables. La passion trouvait son contraire en la technique, l'avidité en la retenue et la domination en la soumission. Au matin, elle avait su qu'il lui faudrait d'autres points de comparaison. Le mardi gras serait le lieu de ses expérimentations. Elle allait relever le défi, ajouter à ses connaissances sur les privautés cachées de la manipulation et sur l'ampleur de ses propres désirs charnels.

Elle crut le repérer le lendemain au sein d'un tableau vivant dans l'entrée du manoir des Selby. Lui, ou quelqu'un d'habillé comme lui, s'y tenait aussi immobile que les silhouettes nues qui formaient la scène classique de Vénus et des trois Grâces désarmant le dieu Mars. Les lieux étaient bondés et concentrés. On faisait taire les nouveaux arrivants à mesure qu'ils jaillissaient dans l'entrée et elle avait vu Ismaël murmurer quelque chose à la femme campée à côté de lui, qui lui avait pincé le bras avant de s'esclaffer sans bruit, en couvrant d'une main les dents crénelées de son bec. Ghertrude était partie du principe que la femme était l'une des innombrables courtisanes et péripatéticiennes qui forçaient la porte des riches. Elle avait éprouvé l'envie de mettre les choses au clair avec eux, de révéler la vérité qui se cachait sous le masque, mais finit par décider qu'elle préférait la perspective durable de son secret à une brève démonstration de force. Sans compter que certaines des personnes présentes auraient été fort capables de se repaître de la difformité du cyclope ; beaucoup de ces femmes auraient trouvé le spectacle assez pervers pour réveiller leurs ardeurs émoussées.

→

Ismaël était rentré au 4 rue Kühler-Brunnen en milieu d'après-midi. Il s'était perdu dans les rues désertes, risquant gros par son déguisement. Il n'était pas le seul à marcher dans du coton : de nombreux noceurs titubaient encore dans leurs tenues carnavalesques tachées et humides après ces nuits sous la pluie ou dans la rosée du matin, quand ils ne dormaient pas dans les parcs ou les ruelles. Mais, contrairement à lui, tous avaient tombé le masque pour montrer leur embarras à la cantonade et se faire pardonner. Quiconque demeurait travesti après les heures magiques du dévoilement s'exposait aux quolibets, voire aux attaques. La foule qui avait outrepassé tant de limites, permis autant d'échanges de mensonges, de liquides corporels et de rêves, avait aussitôt retrouvé sa roideur des trois cent soixante-deux autres jours de l'année. Ces trois nuits étaient oubliées, entièrement, à jamais : ce principe était admis collectivement, et strictement appliqué. Les inconnus masqués qui continuaient leur manège le quatrième jour devenaient des réprouvés, une menace contre ce pacte. Pire encore, leur arrogance audacieuse défiait ouvertement l'anonymat du groupe. Ils constituaient donc une cible pour tout un chacun, du noble au corniaud. Quiconque croisait leur chemin les démasquait ; on les battait et les chassait par les rues, humiliés.

Lorsqu'il avait quitté le lit de la Chouette plus tôt dans la journée, Ismaël n'était pas conscient de ces règles. Menacé par les effets combinés de l'alcool et du manque de sommeil, ainsi que les attentions vigoureuses accordées à ses partenaires, il avait consacré ses efforts à garder l'équilibre en traversant l'une des artères circulaires de la ville. Des fanions et des guirlandes de fleurs en papier pendaient, détrempés et délaissés. Le vent leur conférait un troublant air d'animation. Ils s'agitaient avec un abandon insolent contre ce qui aurait dû être la gravité normale. Alors qu'Ismaël passait devant, il entendit des voix l'interpeller :

« Tu es en retard, l'ami. Il n'y a plus rien à cacher, maintenant. L'heure a sonné ! »

Il ignora les deux hommes et la femme apparus juste devant lui au coin d'une venelle.

« Tu m'as entendu ? » aboya le plus grand des hommes en s'avançant. Les deux autres semblaient se soutenir mutuellement à la verticale, s'emboîter contre l'inévitable. « Je t'ai dit de l'ôter. Montre-toi ! »

Le gaillard habillé en pingouin barrait le chemin, mais Ismaël le contourna prestement. Son mouvement courrouça l'homme, qui brailla un avertissement à ses amis. Ismaël était coincé entre eux quand le pingouin se retourna en grondant. « Au nom de quoi tu te permets de faire ça ? cracha-t-il. Tu te crois meilleur que nous, c'est ça ? »

Ismaël bondit, mais le deuxième homme lui fit un croche-pied. Il trébucha salement et tomba parmi les feuilles, se cognant le genou et la tempe avec force contre le dur pavé. Une partie de la verroterie qu'il portait, détachée dans sa chute, alla se répandre dans le caniveau. Le bonhomme rigola et hissa le cyclope sur son genou valide en lui arrachant son masque ; le rang de fausses émeraudes qui l'enguirlandaient cassa et gicla par terre, filant se cacher dans les fentes de la chaussée souillée.

« C'est mieux, railla l'autre. Maintenant, tu es des nôtres. » Puis son regard se concentra sur le personnage qu'il tenait si fermement. Il lâcha aussitôt prise, les doigts en éventail comme si on venait de le tancer ou de l'électrocuter. Ismaël s'était remémoré un bruit que faisaient parfois les Proches. Il le hurla en déroulant sa langue. Les deux hommes s'enfuirent, laissant la femme glisser contre le mur. Au moment où elle heurta le trottoir, elle n'avait pas vu le visage d'Ismaël. Son glapissement se transforma en gloussement au moment de l'impact.

« Ha ! couina-t-elle. Maint'nant t'es forcé de m' porter ! »

Il se pencha sous son nez en souriant avec la délectation exagérée d'un prince démon. Elle le regarda puis se mit à hurler. Il la propulsa dans le caniveau d'un coup de poing et lui botta le crâne jusqu'à ce que son soulier se déchire et qu'elle ait cessé de s'égosiller. Elle resta là à sangloter sans bruit tandis qu'il s'éloignait clopin-clopant en calculant un itinéraire plus sûr pour son retour. Il avait ramassé son museau et sa calotte là où le lâche les avait laissés tomber et les replaça sur son visage. La plupart des moustaches s'étaient détachées et cet aspect abîmé lui conférait maintenant une apparence comique qui n'était pas sans rappeler un jouet trop aimé qui se déforme à force d'être compressé et tordu, remodelé par l'affection humide de son propriétaire.

Meurtri et las, Ismaël avait fini par retrouver son chemin et par rentrer en boîtant, trempé comme une soupe et pris d'une nausée croissante. La journée distillait les triomphes des nuits écoulées, convertissant prouesses et conquêtes en un brouet creux de dégoût glacé. Il n'avait plus qu'une idée en tête : prendre un bain brûlant, aller se coucher pour dormir longtemps d'un sommeil sans rêves et pour se défaire de tous ces corps désespérés, collants, dont les étreintes accumulées avaient momifié sa flamme. Il voulait se débarrasser du moindre atome des goûts et des odeurs qu'il avait chéris si récemment, expurger leurs soupirs et sourires avariés et ne plus jamais toucher un être humain de sa vie.

Il mit trois jours à reparler. Trois jours enfermé dans ses appartements à refuser de tenir compte des suppliques de Ghertrude. Le quatrième, au moment de pénétrer dans l'immeuble, elle entendit de la musique. Fascinée par ses étranges résonnances, elle grimpa les escaliers en tendant l'oreille pour remonter à la source. Le temps qu'elle parvienne au grenier, le son avait encore augmenté en volume et en complexité. La machine de Goedhart avait été accordée, et mise en branle. Les boules de plomb reliées aux plumes avaient été nouées au bout des câbles qui pendaient du plafond. Elles se balançaient en de longs orbes pendulaires, chacune des plumes allant racler au passage l'une des cordes à piano horizontales où elle arrachait aux câbles de métal frémissants leurs tonalités mélodiques. Une trentaine d'entre eux vibrait ainsi dans la pénombre, chacun dans une tessiture et sur une fréquence différentes. Leurs accords venaient en écho à la lueur de la fenêtre ouverte, qui miroitait sur les mouvements des pendules. Tout vibrait.

Ismaël était assis au fond dans un coin, adossé au mur, mains croisées sur les cuisses. Ghertrude prit place à proximité, assise elle aussi : elle avait assez de jugeote pour ne pas tenter de lancer la conversation. Au cours de l'heure qui suivit, les pendules perdirent de l'élan, leur pulsation changea et le volume du son diminua, chaque plume ne frottant plus que légèrement contre les cordes, pour finir par s'immobiliser dessus. Vers la fin, les deux humains tendaient l'oreille pour capter le moindre frisson de cette tension surexcitante. Le concert terminé, ils restèrent assis en silence un long moment empreint de compréhension.

« Il commence à faire froid, lâcha-t-il finalement.

— Oui, répondit-elle. Chaud le jour et froid la nuit.

— Je vais partir, Ghertrude. Pour de bon. »

Elle se frotta les avant-bras, soudain frigorifiée. Elle regarda le plancher : ça ne servait à rien de discuter.

« Où vas-tu aller ? murmura-t-elle d'une voix à demi atone.

— En pleine nature, répondit-il. Loin de tout le monde. Vers la Vorrh. »

→

À force d'écumer la ville, Cyrena Lohr avait récolté les trois noms qui se tortillaient à présent entre ses dents. Deux des hommes étaient le portrait classique du noceur, des nobles sans cervelle à la réputation déplorable. Le genre d'être dont l'existence même est incompatible avec le miracle. Le troisième n'avait pas de prénom. On le disait compagnon d'une jeune femme que connaissait la famille de Cyrena. Cette dernière s'enquit plus avant, achetant des renseignements auprès d'informateurs interlopes qui lui livrèrent quelques indices.

Elle apprit que celui qu'elle recherchait si désespérément était arrivé au carnaval en compagnie de la petite Tulp – et que, couple ou pas, lui comme elle s'étaient glissés seuls dans de nombreux lits au cours de ces trois jours de spectacle et de travestissement. Peu de temps après avoir quitté les bras de Cyrena, l'homme avait été mêlé à une bagarre de rue au cours de laquelle une hétaïre sur le retour s'était fait défoncer le crâne sans espoir que son cerveau imbibé s'en remette un jour. Ghertrude et cet homme vivaient au 4 rue Kühler-Brunnen, d'où lui n'était jamais sorti en public. Cyrena soupçonnait sans en être sûre que Ghertrude tenait l'inconnu en son pouvoir, l'y retenait emprisonné tel un butin, un bien matériel qu'elle accaparait farouchement.

Cyrena se campa devant la double porte, plastronnant de ce qu'elle savait et triomphant déjà face à ce qu'elle allait découvrir. Elle inspira brièvement par ses narines fauves, s'avança d'un pas et martela le bois branlant.

Dans son cœur, elle avait la certitude que la porte s'ouvrirait sur son amour ; qu'elle le verrait, beau et radieux, ému par sa persévérance à le trouver. Elle se joua mentalement la scène où Ghertrude, révélant le secret bien gardé, cédait devant une visite et une passion aussi irrésistibles que légitimes. Elle ne s'attendait pas à tomber sur le dos voûté et les petits pas de Mutter, dont l'accueil peu amène indiqua qu'il restait imperméable à sa superbe.

« Votre maître est-il chez lui ? » demanda-t-elle, prise au dépourvu par le son de sa propre voix et par le désir qui transparaissait sous les convenances.

Mutter la contempla de ses yeux vitreux. Il ôta le mégot de cigare d'entre ses lèvres humides. « Je n'ai personne ici ! »

Elle vacilla légèrement. « Votre maîtresse, alors ?

— Sortie ! » Il entreprenait déjà de refermer les portes.

« Où est-il ? jeta-t-elle, la main sur le battant pour contenir la pression exercée de l'autre côté.

— Qui ça ? » Le valet semblait sincèrement ne pas comprendre.

« L'homme, dit-elle tout bas avec un sourire nerveux. Le mystérieux jeune homme qui vit ici. »

Un long silence s'étira, pendant lequel Mutter, les yeux dans ceux, fonctionnels et impatients, de Cyrena, tomba des nues.

« Le monstre est parti, dit-il. Pour de bon. Il n'est plus là. » Sur quoi il claqua la porte.

DEUXIÈME PARTIE

« Écoute-moi. Les mondes regorgent d'une infinité d'êtres. Ceux que nous voyons, ceux que nous ne verrons jamais : Les Nagas, serpents qui résident dans les profondeurs de la terre. Les Rakshasas, monstres de la forêt obscure qui se nourrissent de chair humaine. Les Gandharvas éthérés qui planent entre nous et le ciel. Les Apsovahs, Danavas, Yakshas, et puis la longue, rutilante chaîne des dieux qui vivent dans l'ombre de la mort comme tous les êtres. »

Le Mahabharata (1989)

« Il chassa l'homme et plaça au levant du jardin d'Eden les chérubins et la flamme de l'épée tournoyante, pour protéger la voie de l'arbre de vie. »

Genèse, 3,24

13

L'aube, comme au premier jour. Les nuages plombés sont des mains caparaçonnées qui retiennent un soleil faible et flasque. L'obscurité énorme, carrée, s'éternise dans les hautes branches. Pluie et rosée dégouttent vers le sol âcre. C'est l'heure où le souvenir de la nuit disparaît, et avec lui la gravité qui garde son châle plaqué sur toutes les composantes de la forêt. Les chasseurs aux yeux bridés sentent ce basculement, la gloire de la noirceur qui s'enfuit et qui finira privée de pureté. La porte vulgaire du jour ne fait pas de quartier. Sa clarté insistante racontera des mensonges sur tous les êtres, obligeant la subtilité à battre en retraite à l'intérieur des arbres et de l'autre côté du ciel.

Le jour fait sortir les humains ainsi que ceux qui leur ressemblent ou qui marchent à leur place. Les arbres respirent et acceptent à nouveau tout. Là où vivent les grandes forêts, des verts affectés lancinent des noirs raisonnables. L'homme et les autres bêtes plus faibles gagnent en confiance, osent croire que l'endroit leur appartient. L'espace de quelques heures, ils arpentent la lisière, ou l'abattent, en hurlant pour se caler sur la clarté. La pénombre ne tardera pas à les chasser et les faire taire, rendant la sylve à son véritable état. Dans le noir, sa sève s'élèvera encore. La pompe à soleil s'activera dans ses veines longtemps après que le flamboiement sera caché. C'est cette succion, de la racine à la feuille, qui trouve un écho dans la mémoire sténotique de l'humanité. Ce champ de force semblable au magnétisme ou à la pression influence toutes les structures similaires qu'il héberge. Son effet sur l'homme moderne pourrait s'expliquer ainsi. Les rumeurs persistantes de sous-espèces vivant confortablement à l'intérieur des cernes des arbres pourraient y avoir leur substance.

Dans leurs écrits, Hérodote et Jehan de Mandeville ont déjà évoqué l'impensable : anthropophages et hommes « dont la tête pousse vraiment en dessous des épaules ». Des êtres de cet ordre prospéreraient au sein d'un environnement qui prive l'évolution de souvenirs, d'espoirs et de buts, et où uniformité darwinienne et rapacité aveugle ne laminent pas toute distorsion.

Le Français et Séil Kor se tenaient sur le quai de gare. Il était peint en gris. L'avait toujours été. Ses strates de peau successives avaient cuit chaque été, dormi quand le soleil se couchait et gelé lors des hivers d'importation aberrants, pour se réveiller emplies de crainte pendant les périodes incertaines que beaucoup appelaient « printemps ».

Tuniques aux couleurs flottantes, les deux hommes étaient souffletés par un étrange entrelacs de vent de midi et de vapeur pulsante. Le battement de cœur de la motrice située en queue de convoi se réverbérait à travers l'ossature en bois de la gare anonyme. Après la loco venait le trio de voitures de voyageurs, suivis de trois simples fourgons de marchandises indiquant « ESCLAVES ». On avait repeint dessus au pochoir, mais le message perçait, rendant ces voitures-là d'autant plus louches. Loin devant, par-delà les limites de la gare, s'étiraient les wagons grumiers avides de recevoir leurs tonnes de bois saignant, et pour certains encore humides de leur précédent voyage. Ils pointaient vers la noirceur luxuriante de la Vorrh comme un dessin en perspective.

Quatre autres hommes occupaient le quai, mais c'était le groupe compact campé près des fourgons qui retenait l'attention : les principaux ouvriers, ceux qui avaient fait le trajet plusieurs fois. Ils n'avaient plus ni maison ni famille, ne connaissaient que besogne et sommeil. Ils se tenaient côte à côte dans une attitude de résistance, affrontant collectivement la prédation comme des bœufs musqués. Ici, ce n'était pas le vent glacial de l'Arctique ni les loups qui les menaçaient, mais un autre élément extérieur impossible à déterminer. Le Français n'arrivait pas à détacher les yeux de l'expression à la fois vide et agitée de ces hommes.

« Qui sont ces pauvres diables ? » demanda-t-il sans bouger.

Séil Kor, qui s'efforçait de ne pas les voir, mit du temps à répondre. Il parla entre ses dents, sans se tourner vers eux. « Les Limboia ; certains les appellent "Die Verlorenen" – les égarés.

— Mais que leur est-il arrivé ?

— Ils se sont rendus trop souvent dans la Vorrh. Une part d'eux-mêmes a été effacée, oubliée. Cela peut arriver quand on y va ou s'y enfonce trop.

— Ce danger nous guette-t-il, Séil Kor ? demanda le Français d'un ton inquiet.

— Non, effendi. Ce sont des hommes avides de travail, ou qui ont désobéi aux Saintes Écritures et offensé les anges en se cachant dans la forêt. Nous ne faisons qu'un aller-retour, toi et moi. Nous resterons près de la voie. »

Ils se retournèrent pour examiner de plus près les Limboia, qui cessèrent aussitôt tout mouvement et pivotèrent sur eux-mêmes, leur rendant la pareille pour, à l'unisson, déplier leurs index gauches en désignant leur cœur. Le Français fut à la fois émerveillé et gêné par cette réponse poignante à la question qu'il s'apprêtait à poser et qui s'était formée dans la vapeur de son propre cœur, entre sa bouche et son esprit, avant de s'évaporer tout aussi vite que la réaction physique en face avait été intense.

Les portes des fourgons à esclaves s'ouvrirent ; le ramassis d'hommes laissa pendre ses bras et piqua des yeux vers le sol, se détournant des regards ambiants pour s'avancer jusque dans le train. Il n'y avait pas de sièges, juste des rangées de châlits étroits. Ils s'y glissèrent et se mirent à plat ventre en bouclant de larges lanières de cuir autour d'eux. Le sifflet de la motrice dont la vapeur aiguë annonçait le départ, désintégra violemment la curiosité teintée de mélancolie du Français. Ils grimpèrent tous les deux dans leur compartiment, se préparant au long et lent voyage qui les mènerait hors de cette ville réticente. Le Français trifouilla dans le casier à bagages en bois situé au-dessus de sa tête, déplaçant ses affaires emballées pour les caler contre les contorsions de feuilles de chêne et de lierre qui ornaient l'étagère. Il était encore à sa tâche quand le train se mit à bouger. Séil Kor lui posa la main sur le bras pour le ramener jusqu'à son siège, où il pourrait se calmer et cesser ses monologues essoufflés.

Au bout d'une heure, le Français avait cessé de regarder par la fenêtre. On ne voyait que des arbres défilant dans une uniformité incessante, formant tunnel à l'intérieur d'une masse vivante. Le train était conçu pour la puissance et pour déplacer des poids énormes, pas pour la vitesse, si bien qu'ils avançaient à allure modérée dans un doux cliquetis. Le conducteur installé en queue de convoi les faisait progresser à reculons à l'intérieur de la forêt. La longue série de wagons grumiers cliquetants n'avait à sa tête ni garde ni vigie humaine, personne pour guetter les obstacles ou les problèmes, parce qu'il n'y en aurait aucun. Le chasse-pierres en V situé à la tête du train aurait écarté toute branche ou débris qui aurait pu obstruer la voie – sauf que rien ne viendrait l'encombrer. La vélocité monotone et obstinée ne changeait jamais.

« Combien de fois as-tu emprunté cette ligne ? demanda le Français à Séil Kor.

— Ce sera mon deuxième voyage complet. J'ai fait le premier pèlerinage quand j'étais enfant, avec mon père. J'avais 12 ans à l'époque. C'était la semaine d'avant ma confirmation.

— Ah. Je te prenais pour un habitué. » Une déception non dissimulée avait éteint sa voix.

« L'homme ne peut visiter le cœur de la Vorrh que trois fois dans sa vie. Plus, c'est interdit, je te l'ai dit.

— Mais tu parlais de l'interdiction de dépasser une certaine limite dans la forêt, pas un certain nombre de fois.

— Ça revient au même.

— Pourquoi ? En quoi le fait d'empiéter sur un lieu sacré peut-il s'apparenter au temps que l'on consacre à arriver ?

— Parce que la Vorrh est secrète de ses anneaux extérieurs à sa moelle. Le temps et l'espace sont une intrusion : tous les visiteurs seront sacrilèges.

— Alors, comment cette industrie forestière peut-elle survivre ? Son intervention est forcément pire que celle d'un seul homme. Elle vole obligatoirement plus à ce lieu sacré. » Le Français était de plus en plus perplexe.

« Ce que la ville prend est matière, répondit Séil Kor. Les hommes solitaires qui entrent dans la Vorrh recherchent plus que des arbres. Cette voie et le poumon oriental où l'on bûcheronne actuellement sont choses acquises. Ils sont un équilibre entre la Vorrh et le monde des hommes, entre ceux qui vivent ici et ceux qui habitent à la ville.

— Mais comment peut-il y avoir équilibre puisque la forêt et ses dieux n'ont pas besoin de cette ville pour exister ? »

Un pli vertical apparut sur le front de Séil Kor. Il n'aimait pas entendre « dieux » au pluriel. Il avait déjà expliqué tout cela. « Pour la forêt, Essenwald est une dépendance. Elle a été attirée ici quand la Vorrh était déjà ancienne. La proximité physique de tant de gens fournit à Dieu un indicateur direct sur l'humanité ; ses anges peuvent y apprendre. C'est une bibliothèque. »

Le Français rendit son plissement de front à Séil Kor. Il avait une autre question et il laissa son regard flotter jusqu'à la fenêtre pour la formuler, mais les arbres mouvants la déchiquetèrent, ainsi que le mouvement des Limboia.

Il se rencogna dans son siège, s'imaginant un géant silencieux qui marchait dans une clairière en caressant d'une main pensive sa longue barbe blanche. Des anges aux robes flottantes parcouraient des rues sous le zénith ou, debout dans un jardin public, contemplaient tête levée son hôtel où une femme se tenait sur le balcon. Il se secoua. Quelle image idiote ! Quelle naïveté de sa part !

En quête d'un brin de réconfort, il regarda à nouveau Séil Kor, mais lui aussi s'était détendu et absorbé dans le trajet ; il avait perdu son expression préoccupée et observait le mouvement du dehors. Ses yeux papillonnaient en rythme avec les arbres qui défilaient et un calme hypnotique emplissait son corps, irradiant son visage. Sa force et sa fermeté perceptibles illuminaient sa présence et le faisaient briller d'une perfection inatteignable. Le Français aurait pu passer des heures à le regarder. La moindre nuance de son attitude et de ses traits alimentait son ravissement. En telle compagnie, lui-même réussissait à oublier l'angoisse qui le déchirait et les visions venimeuses qui hantaient son cerveau.

Séil Kor se tourna vers le Blanc vêtu d'une arlequinade de tuniques colorées. Un changement se lisait dans les yeux de son ami et une expression anxieuse traversait ses traits. Le Français réagit d'un faible sourire irréfléchi.

Ils s'assoupirent avant le crépuscule au rythme du cliquetis régulier. Leur compartiment n'avait pas d'éclairage, les autres non plus. Avant la nuit, tout le monde sommeillait déjà et continuerait à dormir à poings fermés jusqu'à l'aube lointaine. On ne distinguait rien du train hormis quelques étincelles, et un rougeoiement autour de la fumée qui s'échappait de la cheminée. Les arbres ignoraient sa progression dans le noir. Les animaux étaient trop occupés pour la remarquer. Certaines des tribus noctambules de la lisière de la forêt s'arrêtèrent un instant pour écouter cette voix rythmée, régulière. La plupart gardaient leurs distances, la sachant partie intégrante des activités quotidiennes de la Vorrh. Jadis, aux premiers jours de son histoire, quelques-uns des innommables avaient tenté de la tuer, campés sur la voie ferrée avec des lances pour affronter la vitesse du monstre. Leur heure de gloire avait été brève et peu ragoutante. La légende avait infusé les générations successives, les tenant à distance.

Ainsi affranchi des attaques de plantes, de bêtes ou d'hominiens, le train faisait des navettes presque ponctuelles. Le seul embêtement affectait les techniciens et les chauffeurs qui se relayaient pour veiller sur les turbines au fil des kilomètres. Quelque chose réprouvait leur veille, une présence perceptible dans l'espace confiné. Elle les scrutait parmi les pelletées de charbon, attisant le feu, crachant des escarbilles. Elle faisait le gros dos contre l'huile et la vapeur brûlantes. Des voix ébranlaient les tuyaux et les mains courantes, des voix issues de la nuit accélérée et qu'on ne pouvait entendre dans le tonnerre de la loco. Certains affirmaient que c'étaient les anges qui s'inquiétaient de l'intrusion de la conscience dans la Vorrh. D'autres, qu'il s'agissait des fantômes des Limboia, qui recherchaient leurs enveloppes. Les préposés au moteur en disaient de moins en moins à mesure qu'ils la percevaient.

Ils ne se réveillèrent pas le lendemain. Cela n'arrivait jamais. Le deuxième jour était toujours plus nébuleux, peut-être parce que la forêt s'épaississait avec le voyage aller, son immense couvert bloquant le ciel avec des arbres de plus en plus hauts. Ou c'était peut-être cette rapidité murmurante qui ne changeait jamais de pouls ni de vélocité, ces rails rythmiques, chantants, qui projetaient les passagers dans le brouillard d'un coma hypnotique, comme le fait un métronome. À moins que dans ce lieu d'une grande étrangeté, les lois connues et fiables de la nature ne fussent tordues, éclatées. La nuit, ici, devait présenter d'autres saturations qu'ailleurs, car l'aube, qui avait commencé à se fragmenter sur chaque feuille, mit quarante heures à arriver.

Devant cette lueur nouvelle, ils cillèrent et se frottèrent les yeux en se levant pour s'étirer parmi les coups de sifflet de la motrice. Une odeur étrange planait dans le compartiment, de celles auxquelles on n'est pas confronté dans la vie courante. Le Français l'avait reconnue. Au cours de sa lointaine jeunesse, il s'était essayé à la spéléologie. Avec l'athlète qui lui servait de guide, il avait dû pénétrer en rampant dans une galerie peu profonde du réseau du Nidlenloch, en Suisse. Ils avaient mis une heure à parcourir le goulet d'étranglement de la grotte au milieu de miasmes identiques.

« Quelle est cette puanteur ? avait-il demandé à son sherpa de l'époque.

— Nous, *mein herr*. Les humains. »

Le jeune Français avait deviné cette vérité presque avant que les paroles ne quittent la bouche de l'homme. C'était l'odeur de quelque chose d'inné, d'inhérent. Et pourtant, celle d'ici était entièrement inédite : complexe, riche et palpitante. Ce devait être rien moins que le souffle de la Vorrh, se dit-il. Alors qu'il se tournait vers Séil Kor dans l'intention d'en savoir plus, son regard se posa sur le casier à bagages et il perdit le fil. Il grimpa sur le siège aussi rembourré qu'un chien de salon et leva les bras pour attirer sa valise à lui. Qui ne bougea pas. Les craintes éprouvées en montant à bord s'étaient avérées réelles : des tiges et des vrilles avaient poussé sur le bois, embranchements délicats qui s'étiraient du feuillage sculpté pour enserrer ses affaires, s'entremêlant autour du cuir avec une affection voluptueuse. La même chose se reproduisait tout du long des cases. Les quelques autres passagers du wagon, ayant noté sa réaction, comprirent qu'ils subissaient un sort identique. Ils se joignirent à lui, tirant et agitant leurs bagages pour les écarter des jeunes pousses lascives. Le Français aurait tranché dans cette végétation s'il avait pu trouver un outil adapté, mais Séil Kor intervint pour l'aider, repliant les tiges et détortillant les vrilles avant de soulever la valise pour la poser aux pieds de son ami.

Le train ralentit, puis se figea : les freins crissants raclaient sur les rails avec un glapissement qui fit se retourner plusieurs oreilles insolites dans l'horizon impénétrable des arbres. Il y avait un quai surélevé en planches pour les passagers et une rampe pour le wagon à esclaves. Les grumiers s'étiraient vers un panorama de pistes écorchées, creusées d'ornières et de sillons. La gare n'avait pas de nom, ce n'était pas nécessaire. Une petite construction en bois reposait derrière le quai. Ils se reprirent et marchèrent dans sa direction, les jambes encore raides de leur trajet, la tête étourdie de sommeil : une gueule de bois amplifiée par l'amnésie.

La construction était une salle d'attente déserte et vide. Elle ne contenait que des bancs et une carte délavée de la Vorrh punaisée à un mur. Ils contemplèrent le grand document tout simple, plissé et fragilisé par les éléments. Il montrait une ville et une forêt symétriques, aux proportions ridicules, inadaptées ; on voyait la droite de la voie ferrée ainsi que la salle d'attente, dont quelques traits repartaient pour se fondre dans le vide. Un contour bleu fané suggérait le tracé d'un fleuve ; il y avait une zone hachurée annonçant « Sylviculture » avec une vague ligne pointillée sinuant au milieu, qui soulignait le mot « Interdit ».

Cette carte aurait dû informer, faire autorité, mais son piètre rendu aboutissait à l'effet inverse. On aurait dit qu'un insecte égaré avait chu dans l'encrier du cartographe pour en ressortir en rampant et parcourir toute la surface du papier.

Séil Kor posa le doigt sur le plus épais des traits qui se perdaient dans le vide. « Nous allons passer par là. »

Son doigt s'était arrêté dans un petit cratère gris qui tenait presque du trou, où d'innombrables autres pèlerins avaient indiqué leur trajet avec le même geste. Les deux hommes sortirent humer l'air. Ils contemplèrent le ciel clair et uni avant de s'engager sur la piste. Derrière eux, trois des autres passagers de leur wagon, jusque-là discrets, scrutaient la carte. L'un avait le doigt sur le creux qu'avait identifié Séil Kor. Ce que voyant, le Français accéléra le pas vers la forêt patiente.

Au bout de trois heures, Séil Kor ralentit et se mit à humer l'air, puis à bouger les mains dans toutes les directions, comme pour tâter la texture de l'espace qui l'entourait. Il leva la dextre.

« Il faut se décider ici, annonça-t-il. Soit aller à droite, soit repartir en arrière. » Son corps s'étirait vers l'obscurité. Il avait déjà un pied sur le chemin.

Le Français dévisagea son ami radieux. « À droite, à mon avis. »

Ils empruntèrent l'étroit sentier, désireux de voir des merveilles supplémentaires. Le jour était imprévisible, mais leur fascination valait bien de pénétrer dans l'obscurité. Ils furent témoins des vents puissants de la Vorrh, longs et mélodieux courants de turbulences qui filaient par vagues entre le sol érodé et la vaste futaie au feuillage immobile. Ils avaient encore dans les poumons ses ouragans profonds et circonscrits d'air le plus pur jamais inhalé – aussi vif que la chaux, aussi doux qu'une neige fraîche. Ses particules précipitées charriaient jeunesse et pureté. Elles nettoyaient le regard, le stabilisaient. Quand elles avaient frappé le Français pour la première fois, il s'était étouffé : les corruptions des villes et son propre stock de venin saignaient de sa moelle résineuse. Des écailles avaient chu de son être cimenté et il avait éructé tout cela dans un râle. Aucun mot n'aurait pu rassembler l'expérience individuelle des deux hommes ; elle n'avait été que partage, en des instants qui existeraient à jamais.

Ils entrèrent dans une menue clairière qui semblait vierge, intacte. Faune comme flore, apparemment surpris de les voir, augmentèrent leur niveau de vigilance. Constatant la présence de ces étrangers, les animaux disparurent dans un froissement de feuillage. Séil Kor, en tête, atteignait le centre de la trouée et scrutait minutieusement le sol. Quand le Français examina le périmètre, il découvrit, éberlué, que des dizaines de chemins en partaient, envahis par la végétation, mais réguliers, comme rayonnant du milieu d'un cadran d'horloge. Celui situé à quatre heures était le plus large, à croire qu'une bête beaucoup plus grosse que les autres l'avait défriché. Sans doute toute une panoplie d'animaux arrivés de plusieurs directions étaient-ils venus boire ou se nourrir dans la clairière. Pourtant, on ne voyait pas trace d'eau ni d'aliments, rien qui puisse visiblement les attirer. Le Français se tourna vers son ami, qu'il découvrit campé au même endroit que tout à l'heure, un livre jaune à la main. *Là, voilà sa réponse.* Il s'avança vers l'homme dont la couleur de peau confinait au bleu étincelant dans la clarté mouchetée et dont l'expression trahissait une agitation teintée de grandeur.

« Où sommes-nous ? demanda-t-il.

— C'est ce fameux endroit, répondit tout bas Séil Kor. Je suis déjà venu. C'est là qu'il vivait.

— Qui donc ?

— Saint Antoine, dit-il dans un souffle à peine perceptible. Regarde par terre, regarde ! Il y a encore la cicatrice de son abri. »

Le Français examina l'endroit, qui semblait effectivement présenter un creux, ou une entaille. On aurait dit l'empreinte rectangulaire, légère et insignifiante, d'un petit habitat dessiné dans les plantes par décoloration. Il aurait pu la piétiner dans remarquer quoi que ce fût.

« C'est ici qu'il vivait, voilà des siècles. Sa masure était là.

— Comment le sais-tu ? demanda le Français, mal à l'aise.

— C'est l'endroit dont je t'ai parlé, où mon père m'a amené quand j'étais jeune. Il m'a raconté son histoire, montré les signes, juste avant que je sois confirmé dans la Vraie Foi. Nous avons prié ici ensemble, lui et moi, ce jour-là. » Séil Kor le regarda. « C'est pour cela que j'ai accepté de t'accompagner ici, pour que tu puisses toucher ce lieu sacré et que tu trouves la voie. Nous pouvons prier ensemble. Voilà pourquoi je t'ai amené. »

Le Français s'étonna de cette tirade. Il fut parcouru d'un frisson de colère – émotion dont il croyait s'être débarrassé et qui semblait fort dissonante dans cet endroit –, à l'égard de son ami. Cet instant était une erreur monumentale qui frémissait plus fort que les arbres et plus longtemps que le rail de métal qui les avait menés ici, au cœur de nulle part.

« Je suis venu voir la forêt », dit-il avec une veulerie contrôlée.

Séil Kor répliqua beaucoup trop vite. « Ce n'est pas le lieu pour cela, pas celui de la curiosité ! Pas plus qu'il n'est fait pour qu'on l'observe et qu'on l'oublie ensuite. Il est sacré. Ici, l'homme qui sait tout doit se livrer, sacrifier une partie de lui-même ou sa totalité. Tu ne peux pas entrer et ressortir selon ta fantaisie, ce n'est pas un parc ni un jardin de la ville. »

Il y eut un silence, pendant lequel chacun n'entendit qu'un tintement à ses oreilles. Un de ces instants à grincer des dents où l'on attend que le bruit et la douleur cessent de résonner. Les animaux qui avaient investi la clairière étaient partis depuis longtemps, le raz-de-marée de conflit qui enflait les avait fait fuir parmi les arbres.

Les prochaines paroles de Séil Kor furent beaucoup trop sonores, mais elles brisèrent la tension. « Je te l'ai dit, le nombre de voyages qu'on peut faire jusqu'ici est limité. Ce sera mon dernier et je te l'offre. Je n'ai jamais rencontré pire nécessiteux que toi. Je t'ai amené pour que tu te sauves, c'est ta seule chance. »

Sur quoi il tomba en génuflexion, ouvrit le livre et se mit à le lire à haute voix. C'était du papier vélin relié par des fils lâches. Il en lut plusieurs passages portant sur le jardin d'Eden après le bannissement. Le Français n'avait jamais entendu cette version alternative de la Genèse, riche en particularismes locaux et en références obscures. Sa patience allait diminuant. Il était déçu par les motivations de son ami. Elles gâchaient leur aventure, la transformaient en une manipulation grotesque, évangélisatrice, une ruse destinée à le convertir aux absurdités ânonnantes d'un christianisme vétérotestamentaire. Tournant les talons, il sortit de la clairière, laissant la voix monocorde réciter les noms des anges. Il attendrait à la gare, où il lui expliquerait sa résistance intrinsèque à de tels discours.

Il suivit le sentier en marmonnant tout bas, se répétant ce qu'il devrait enseigner à Séil Kor si leur amitié y survivait. Dans sa fureur, il se coinçait les chevilles dans les lianes basses et dans le feuillage abondant, trébuchait sur des cailloux et des galets qu'il avait piétinés sans les sentir lors de leur nonchalante marche aller. Son combat contre le chemin à la résistance croissante s'intensifia pendant qu'il grommelait devant les circonstances. Un monologue qui cessa quand le passage se ferma. Il resta campé là sans rien dire, les yeux écarquillés, contemplant le mur vierge de la végétation qui lui faisait face, tout au bout de ce qui était manifestement une voie sans issue. Un fin filet de panique courut, glacé, dans son sang. Il regarda autour de lui, dans le bruit de son souffle haché. Il avait du mal à distinguer le trajet qu'il venait d'emprunter, alors qu'il n'en avait pas dévié et qu'il se trouvait dans son prolongement. Il fallait reprendre la maîtrise des choses. Fermant les paupières, il s'efforça de garder son calme. Il posa la main sur son cœur, laissa son sang chasser la peur. Il rouvrit les yeux devant une jungle impénétrable.

Avec lenteur, il entreprit de rebrousser chemin par où il pensait être arrivé, s'attendant à tout instant à ce qu'une piste se dégage, devienne lisse et droite comme l'autre fois, qu'elle s'épanouisse sur la vision d'un Séil Kor psalmodiant et sur le moyen de rentrer. Ses pas le menèrent jusqu'au tronc d'un arbre vaste et sombre où le sentier se terminait comme ne le font jamais les sentiers. Il fit demi-tour, dos à l'écorce, pour scruter le fouillis de la forêt. Sa crainte s'élevait à présent comme le brouillard du sol de la forêt.

Au cours du fatras que furent les heures suivantes, qui lui firent l'effet de durer dix ans, il hurla et appela à s'en casser la voix. Il marcha dans toutes les directions à la recherche d'un chemin ou d'un signe, mais il n'y avait que des arbres, et le vent qui se levait. Son sage ami ou l'un des bûcherons le trouveraient sûrement, non ? Même des Limboia auraient été les bienvenus. Ayant cru entendre appeler, il se hâta dans cette direction, mais ce son reflua parmi les autres sans le laisser plus avancé.

Il était irrémédiablement perdu, sans presque de provisions, le sac principal étant resté auprès de Séil Kor. Il s'arrêta pour fourrager dans sa musette, s'attendant à trouver un espoir ou une solution entre les replis exigus. Au lieu de quoi il découvrit le derringer chargé qu'il y avait rangé, avec deux balles supplémentaires, cachées dans l'étui. Il ne pouvait en employer qu'une pour signaler sa position ; il aurait besoin des autres pour se protéger. Dieu sait quelles horreurs vivaient dans cet enchevêtrement. Il avait vu les tableaux, entendu les récits censés les relater.

Il dégaina le petit revolver, l'arma avec prudence et le brandit au-dessus de sa tête. Il fit feu vers le ciel – ou l'endroit où le ciel devait être –, de l'autre côté d'un monceau de feuilles. La détonation rompit la tranquillité des lieux et leur rendit le silence un instant. « Séil Kor ! » s'époumona-t-il avec son reliquat éraillé de voix. Ensuite, le calme afflua de nouveau, charriant l'écume minime d'un son : le sifflet du train dans le lointain. Il semblait à des kilomètres, et dilué, sans direction. Une fraction de seconde, le Français se dit que ce devait être en réaction à son signal, qu'ayant tous entendu le coup de feu émanant de ce bout de vert sinistre, et déterminé où était l'égaré, ils avaient lancé les recherches. Sur quoi le son s'éleva de nouveau, et il perçut du mouvement dans son écho : le convoi quittait la forêt, chargé de bois et de quelques passagers fourbus ; on l'avait abandonné, oublié, voire jamais vu du tout. Tous ceux qui l'appréciaient et connaissaient son existence se trouvaient ailleurs dans l'espace et le temps. Tous, sauf l'homme dont il s'était éloigné et qu'il ne retrouverait jamais. Ses jambes cédèrent sous son poids et il s'affala contre l'arbre vénérable, glissant jusque dans le nid dur et veiné de ses racines serpentines.

14

En repartant m'enfoncer parmi les coutumes humaines, j'ai véritablement abandonné le sanctuaire de notre maison.

Este est forte contre mon flanc. Quand je la porte pendue dans le dos, je perçois son contact et sa fluctuation au sein de l'arc qui se balance. Je sens ses doigts contre ma colonne vertébrale, sa paume entre mes omoplates. Elle murmure continuellement, repère mes ennemis qui se cachent parmi les arbres ou de l'autre côté du fleuve. Ensemble, nous avons aperçu le personnage qui piste un grand gaillard vêtu de noir aux allures d'ombre ambulante. Il garde ses distances, mais il lui est en quelque sorte relié. Este dit que c'est le plus dangereux, mais que nous serons en sécurité dans la Vorrh. Il n'osera pas y entrer.

Je commence à reconnaître ce pays où je n'ai jamais mis les pieds : de petits recoins, les tours que jouent le son ou la lumière ; des odeurs qui trouvent en moi une alcôve, une alvéole où se poser une seconde ou deux ; assez pour y laisser une empreinte, une trace, l'écho d'un souvenir absent et qui ne doit pas être.

Je suis resté près du fleuve et j'ai déniché un bateau pour m'emmener au milieu des arbres. Le passeur s'appelle Paulus. Il est d'un âge incertain, épuisé par ses voyages, ses cauchemars, son inventivité et l'abus d'alcool. Il me raconte les pièges qu'il a fabriqués, des mécanismes complexes qui tentent d'imiter les sons qu'il a entendus en dormant sur l'eau dans la Vorrh. C'est un compagnon facile parce qu'il ne me demande rien. J'ai juste à être sa caisse de résonance.

Il est le seul à naviguer sur ces eaux, à mener vers le centre son bateau, le *Léo*. Propulsé tour à tour à la voile, à la rame et à la vapeur, celui-ci l'éloigne de plus en plus des voix et des oreilles humaines. Nous avons là beaucoup en commun, Paulus et moi. La petite part d'objectivité qui demeure dans son cerveau en surchauffe le sait et l'apprécie. Je lui demande jusqu'où le fleuve nous mènera et si nous pouvons franchir la forêt de bout en bout. Il l'ignore, mais pense être allé au plus profond, et resté plus longtemps que quiconque peut prétendre l'avoir fait.

Il explique qu'il souffrait de narcolepsie depuis son plus jeune âge, mais que cela a cessé lorsqu'il est entré dans la Vorrh. Désormais, il y demeure, en voyageant sans cesse pour contrer sa maladie. L'eau est de connivence avec l'insomnie, d'après lui ; elle protège Paulus des voix des êtres qu'il entend, les empêche de le gommer et de le rendre translucide. Ce n'est pas rassurant, mais son investissement l'est. Il promet de m'accompagner jusqu'au bout des affluents, que les terres les avalent ou qu'elles escaladent des montagnes. Paulus explique qu'il y aura toujours de nouveaux sons et qu'ils sont devenus sa subsistance. Je crois que c'est vrai. Au cours des quatre jours de notre voyage, il n'a presque rien mangé, ne faisant que picorer le poisson que j'ai pêché puis cuisiné (il en vit en abondance ici). Paulus boit beaucoup. « Pour rêver, explique-t-il, pour me recroqueviller au fond du puits en tendant l'oreille. » Il s'alcoolise à ne plus pouvoir rien dire. Ses paupières couperosées clignent l'une après l'autre, percevant en alternance la nuit qui s'écoule. Pourtant, chaque matin, à mon réveil, il est déjà penché sur le moteur, à le dorloter pour qu'il démarre.

Je découvre que le « système de refroidissement », un embrouillamini de tuyaux en laiton et en cuivre situé au-dessus de la chaudière, est en réalité un alambic. L'entretien minutieux qu'il en fait paraît soudain plus logique, et je me demande si Paulus est aussi fiable en matière de mécanique que pour la production d'alcool. Avant d'arriver ici, il vivait dans le Plat Pays, cette dépression de l'Europe où l'Allemagne rencontre la Hollande et la Belgique. Il était *Kahnführer* sur la puissante Meuse, poussant assidument ses cargaisons à travers des contrées neutres et voisines, avant la Grande Guerre. Mais cela remonte à un demi-siècle. Il ne dit jamais pourquoi il est parti et devient vague lorsqu'on remet en cause les motifs de sa présence ici.

Paulus ne m'interroge qu'une fois sur l'arc et sur mes raisons de ne pas l'employer pour la chasse ou la pêche. J'explique qu'il n'est pas destiné à ces usages, qu'il est fragile et de conception précaire. Il accepte cet argument et nous revenons à ses instruments. Il me parle d'un piège mécanique qu'il a vu un jour ; pas de son invention, celui-là, rien à voir avec sa machine à distiller. Non, un appareil qui projetait de la lumière, coupée en morceaux pour coïncider avec les clignements de l'observateur, de sorte qu'on obtenait une impression de mouvement. Toujours le même, à l'infini. La même femme dans une cage d'escalier grimpant sans arrêt les trois mêmes marches ; un cheval qui galopait dans le vide ; un patriarche nu qui assénait un coup de hache. Il dit que plus on regarde, plus le temps des personnages devient réel et plus le vôtre file au point d'en être insignifiant, comme quand on fixe l'eau trop longtemps.

Je vois ce théâtre d'ombres jouer sur un mur. Il correspond à notre déplacement, nous qui dérivons, tendus, sur le courant monotone. Mon corps reconnaît les espaces qui séparent les pulsations notables de la vie, comme si on l'avait découpée en morceaux, eux-mêmes réassemblés en dents de scie – découpée sur une surface rugueuse, avec une lame émoussée, et recollée avec de la mauvaise colle.

Désincarné, je nous vois tous depuis les arbres : Paulus, moi, l'embarcation, comme si un oiseau cadrait notre parcours entre des branches, haut dans le treillis ligneux, près du ciel.

Paulus ne discute plus et se consacre surtout à surveiller le fleuve devant nous. Ses attentes sont contagieuses et nous regardons tous les deux l'horizon minuscule guillotiné par la végétation mouvante. Este me tient la main sur la fin du trajet, pendant que ce qui me constitue est expulsé et absorbé par la rencontre avec l'autre moi né ici.

De façon imprévue, le fleuve se raidit et forme un long canal ininterrompu sans courbe ni méandre. Comme ceux de la Meuse, affirme Paulus, qui ne s'est jamais rendu aussi loin dans la Vorrh. Le moteur pétaradant nous propulse à peine plus vite que le courant ; la surface de l'eau est limpide et très réfléchissante. Au cours de la soirée, cette forêt qui s'élève à l'envers vers les nuages nous hypnotise. Elle s'enfonce dans leur profondeur en une similitude absolue – une symétrie parfaite, en parfaite perspective. Pendant des heures, rien ne change ; le crépuscule se déplace plus lentement que nos yeux et nous sommes entraînés vers ces reflets étincelants, sans aucune impression d'exister. Nous sommes dissouts.

→

Tel est le prix de toute intrusion. L'intelligent comme le sot le paie avec joie ; d'autres se débattent et griffent avec une ardeur qui transforme les os de leurs mains en crocs jusqu'à ce que la lassitude ou l'humiliation les dissolve.

Le bateau avait viré au gris, les hommes resplendissaient sur le courant vespéral. L'Archer lui avait confié sa voix et tandis que son nom flottait parmi les branches, son arbre-cerveau tournait pour se mettre au diapason de celles du ciel inversé qui débordait des timides étoiles. Le marinier songeait à une nouvelle machine, une sorte de métier à tisser l'eau, à tresser la mer. Son imagination convoquait les anges. Alors même que l'idée produite était sans grande conséquence, ceux-ci s'éveillèrent devant la vibration des mécanismes de la pensée et la densité d'une telle ingérence.

Ils arrivèrent conscients et observèrent avec circonspection les égos qui s'éloignaient des intrus en flottant à contre-courant. Eux-mêmes restaient à bonne distance par crainte d'être pris dans l'ambre des auras humaines – une matière solaire et collante, pas faite pour cet endroit et qui réfléchissait la lumière à profusion.

L'Archer et Paulus étaient entrés dans des rapides peu profonds, dans un endroit bordé par des terres résolument verticales, écrasantes, qui formaient des lames de pierre brisées. Ils débarquèrent dans un mètre d'eau et traînèrent leur bateau jusqu'à une longue plage de galets où ils le laissèrent se vautrer parmi les roches étincelantes. L'Archer grimpa vers un sol plus ferme pour regarder autour de lui. Il était déjà passé par ici. La gravité des lieux évoquait un imbroglio extérieur à ses souvenirs. Il balaya les alentours des yeux, cherchant des indices, mais sans en trouver : cet endroit lui parlait par un truchement autre que visuel.

Paulus et lui restèrent un moment assis à discuter de leurs voyages respectifs, ceux d'avant et celui à venir – de quoi s'encourager à repartir. L'Archer se dirigeait vers l'intérieur des terres ; le marinier allait vers l'embouchure du fleuve. Il récupérerait son moi sur le chemin du retour. Il expliqua que le point où ils avaient atterri était à la fois l'origine des eaux et celle de la forêt et qu'il était difficile d'y progresser ; le relief accidenté n'était pas fait pour le pied humain, les pentes déclives regorgeaient d'escarpements et d'impasses imprévisibles. Selon des sources inconnues de l'histoire, l'origine du nom même de la Vorrh provenait de sa description.

Ils continuèrent à discuter quelques heures, laissant le train d'ondes de leurs expériences se disperser jusqu'à ce que le moment fût venu. Il se faufila à la faveur d'un silence, s'annonçant sur le plan physique par un étirement de jambes roides. Arc, carquois et autres affaires furent déchargés et posés en sécurité loin de l'eau. Les deux hommes imprimèrent un mouvement de balancier au bateau pour lui faire passer les hauts-fonds. Paulus grimpa dedans et poussa avec sa gaffe pendant que l'Archer regagnait la rive en pataugeant, puis regardait le *Leo* rejoindre le courant avec son capitaine qui agitait la main et diminuait jusqu'à en devenir invisible. Tandis qu'ils disparaissaient, un léger frisson refroidit l'air, un frémissement rythmique ambiant. L'Archer sourit par-devers lui, comprenant qu'il s'agissait d'un message d'adieu : un bref riff percussif joué sur le bord de la coque en bois du bateau qui ramenait son pilote vers un autre monde.

→

La mâchoire de Tsungali partait désormais de biais. Le sage qui avait effectué la réparation était un guérisseur du nom de Nebsuel qui vivait sur les îles interdites de l'estuaire du grand fleuve. Tsungali lui avait rendu visite sur le chemin de la Vorrh.

Nebsuel possédait une vaste connaissance du corps, de ses fluides et de ses feux. On pouvait s'acheter ses services, mais mieux valait qu'il les offre. Ce n'était pas quelqu'un d'aimable : il n'exerçait pas pour le bien-être de son prochain. Il pratiquait la chirurgie et employait la chimie des plantes pour sonder plus en profondeur le fonctionnement de l'animal humain. Sa véritable ambition était d'isoler la gomme qui unit la chair à l'esprit et l'esprit à l'âme. Ses instruments et procédés étaient simples. Il divisait et soustrayait, ajoutait et multipliait douleur et soulagement tout en fouillant à l'intérieur des structures et des sensations. Il n'était pas à prendre à la légère. Il risquait de vous tuer ou de vous chambouler en profondeur, Tsungali en était conscient. Mais s'il n'obtenait pas de l'aide rapidement, sa bouche pourrait ne jamais s'en remettre. Mourir de faim ou de septicémie semblait une fin bien pire que les ingérences de Nebsuel.

L'île aux parias avait été une léproserie. La famille de Nebsuel y avait vécu et pâti de ce mal implacable, mais pas lui. Une puissante résistance interne l'en avait prémuni tandis qu'il était témoin des souffrances alentour. Il avait vu de quelle façon les étrangers traitaient les siens et ses amis ; lors de ses expéditions de troc vers le monde extérieur, il avait constaté un dégoût manifeste à l'égard de ses proches.

À quoi il devait sa sagesse, on l'ignorait, mais les légendes étaient légion, et horribles pour certaines. À en croire l'une d'elles, il avait dépecé tous les morts de l'île pour déchiffrer l'histoire complexe de leurs mécanismes ; selon d'autres, il s'était exilé, y compris au-delà des mers, pour récolter le savoir de nombreuses tribus. On disait qu'il communiait avec des esprits tabous et des créatures innommables venues échanger leurs connaissances contre les âmes des hommes qu'il conservait dans des bocaux. Aucun de ces récits n'avait pu être corroboré et les fantasmagories n'avaient cessé de gagner en ambiguïté. Ses pouvoirs de guérison, en revanche, avaient fait leurs preuves. C'était la seule chose certaine à son égard, et ils valaient bien de risquer la contamination ou de souffrir le martyre.

Tsungali avait pris place dans un grand fauteuil en bois massif, bras plaqués contre le corps par la sangle qui le maintenait sur le siège. Il s'était laborieusement astreint à boire la décoction de feuilles que Nebsuel lui avait fournie et il avait à présent le visage engourdi. Ses dents cassées avaient été ôtées. Les fourmis avaient afflué en nombre pour les cueillir sur le sol de terre battue, constituant des amas destinés à pousser collectivement leur butin le long de tapis roulants formés par d'autres corps noirs frénétiques. Plusieurs broches en métal et en bois étiraient la mandibule du patient, ouvrant l'accès aux muscles scintillants anormalement exposés dans sa cavité buccale. Nebsuel travaillait de chaque côté, un doigt dans la plaie extérieure qu'il avait décousue, tandis que son autre main triturait et ajustait les outils à l'intérieur de la bouche. Le bras blessé, déjà traité, gisait sous la sangle. Une heure plus tard, Tsungali piquait une suée de convalescent et souriait douloureusement.

« Parle-moi de cet Archer », demanda Nebsuel trois jours plus tard, alors qu'ils se tenaient assis autour d'un feu brasillant. Tsungali répondit entre deux gargouillis baveux, donnant l'impression qu'on lui avait fourré une chaussette mouillée dans la bouche. Il expliqua sa quête et comment ses deux tentatives avaient échoué. Il évoqua le Blanc aux dons de Noir, sa ruse, ses immenses connaissances. Il ne dit rien de ses propres craintes, de ce qu'il avait aperçu lors des quelques minutes passées tout près de sa proie : la surprise de l'avoir identifié, ce visage familier depuis des années et que le temps n'avait pas changé, alors que lui, Tsungali, avait vieilli et son corps, ralenti. Il devait faire erreur, son esprit lui avait joué des tours – sans doute s'agissait-il du fils de cet homme, devenu sa copie conforme en grandissant. L'autre hypothèse, celle qui aurait expliqué de tels pouvoirs et cette place automatique dans les souvenirs de Tsungali, relevait de l'inconcevable.

« Je le tuerai dans la Vorrh, conclut-il.

— Sinon c'est lui qui te tuera, énonça Nebsuel sans inflexion particulière. Pourquoi crois-tu qu'il s'y dirige ?

— Son destin l'y porte. Quelque chose d'inachevé. Que les soldats blancs ne veulent pas voir arriver. » Tsungali tisonna les braises rutilantes avec un bâton, formant une citadelle neuve dans le foyer chancelant. « Il compte peut-être rencontrer les anges ou les démons qui y vivent.

— Ah ! répondit Nebsuel. Je ne sais rien des démons, mais les Ancêtres que tu appelles les anges, c'est autre chose. Leur présence est partout.

— Tu les as vus ?

— Sentis. Quand une âme vacille sous mes lames, ils sont tout près à observer. Certains sont attirés par les gestes extrêmes des hommes. Ils veulent voir plus loin, nous comprendre et peut-être faire partie de nous. N'as-tu jamais deviné qu'ils étaient là pendant tes actes de guerre, tes massacres ? »

N'ayant pas reçu de réponse, Nebsuel reprit.

« Il se peut que les Ancêtres qui sont dans la Vorrh soient différents, plus anciens. Des résidus, comme ce qui reste au fond d'un tuyau fermé ou d'un de mes tubes à essai : un contenu caché, trop visqueux pour escalader les bords. En tout cas, ça collerait bien avec les récits qui courent sur cette région. »

Il fit un geste en surplomb de sa tête, comme s'il caressait une coiffe invisible au-dessus de son crâne chauve et luisant. Tsungali en avait vu plus que ce qu'il disait, c'était sûr. Il existait un rapport dont il n'avait pas parlé. Pour prix de ce petit égoïsme, Nebsuel lui fournirait une pommade peu puissante et modique pour refermer ses plaies. Aurait-il fait part de tout ce qu'il savait et de toutes ses peurs qu'il serait reparti avec un onguent capable de guérir ses blessures en deux jours.

Le guerrier couturé de cicatrices paierait cher son incorrection et son inaptitude à altérer ou modifier son but – mais pas tout de suite, et pas à ce médecin-là. Nebsuel lui avait accolé une odeur pour le suivre à la trace, dont les effets dureraient près d'un an. Plusieurs animaux dressés pourraient porter des messages pour indiquer où il en était de son trajet. Cela servirait aussi à le détecter s'il n'en revenait pas – l'état de son corps, pour abîmé qu'il soit, ne perturberait pas l'efficacité du système.

Le lendemain, Tsungali faisait ses adieux avec force mercis. En échange de son traitement et de sa récupération, il avait donné cinquante épingles de sûreté, douze coquillages bleus récoltés par les tribus de la côte et cinq ampoules d'adrénaline volées dans les stocks de matériel médical de l'armée. Il avait également, à son insu, mis dans la balance une semaine de son existence et toute possibilité de venir à bout de sa mission.

Après le départ du patient, Nebsuel ouvrit une boîte dont il tira un court bout de tissu à l'odeur âcre, enroulé sur lui-même, conçu à une fin bien précise, et qu'il étira entre deux pinces en laiton ouvragées. Il y griffonna des arabesques musicales avec une plume délicatement taillée. Quand ce fut sec, il détacha le tissu puis le roula pour former un minuscule tube, qu'il inséra d'un mouvement tournant dans un cylindre ultra-léger en fer-blanc, à peine plus grand que l'ongle incurvé de son petit doigt. Il en bagua la patte du pigeon noir qu'il avait cueilli entre ses mains tout en chantonnant et en roucoulant à son adresse. Une fois dehors, il projeta l'oiseau en l'air vers le début de scintillement stellaire, en sifflant pour le faire aller plus vite.

→

Quand le pigeon noir arriva, sorti tout droit du soleil, pour gagner son perchoir et sa mangeoire habituels dans la tourelle en surplomb, Sidrus était assis à une table circulaire dans sa maison des alentours de la forêt. Le poids de l'oiseau avait actionné une clochette en argent. Sidrus, alerté, alla cueillir le message et dérouler le contenu du tube :

L'assassin continue son chemin dans la Vorrh pour tuer l'Archer. Il est marqué. Fais vite ou tu es perdu.

Sidrus déposa le bout de tissu dans un flacon en verre qu'il enferma dans une boîte en acier. Il lui était impossible de pénétrer dans la Vorrh, mais il devait empêcher l'Archer d'y mourir. Il faudrait mander quelqu'un d'autre pour éliminer à sa place le redoutable guerrier qui le pourchassait. Il n'y avait qu'un candidat imaginable : l'Orm.

L'Orm vivait et travaillait parmi les Limboia. C'était un être à l'aise dans leur vide : il se dissimulait dans leur absence au monde. En réalité, chacun ignorait de quoi il était fait. Lorsqu'on devait l'employer, on envoyait un message au centre de leur groupe. Quelque chose, allez savoir quoi, en sortait. Presque personne ne voulait élucider ce mystère. Il se racontait que l'Orm avait le cerveau noir et dur comme du granit, contrairement au magma flasque qui ballottait dans les têtes de linotte des esclaves bûcherons. Le processus et le prix exigé pour ce contact glaçaient jusqu'au cœur infecté de Sidrus, mais nécessité faisait loi. Il se rendit au bâtiment proche de la gare où l'on parquait les Limboia quand ils ne trimaient pas dans les entrailles de la forêt. C'était une construction isolée de tout, haute de deux étages et enclose par un grillage. Une ancienne prison, conçue pour détenir des esclaves d'un côté et des criminels de l'autre. La plupart des seconds étant simplement des travailleurs forcés évadés, les deux pans du sinistre édifice avaient fini par fusionner. Le passé pénible de la traite négrière demeurait beaucoup trop proche ; ses cicatrices étaient loin d'avoir guéri, même en ces temps plus civilisés. Si, dans d'autres parties du monde, l'abolition avait été décidée après un rehaussement des critères moraux, c'était l'évolution qui était à l'œuvre ici – et qui avait abouti, des voix s'élevaient pour le dire, à une dégradation bien supérieure. Le « bois d'ébène » avait été supplanté par la génération difforme qui s'était développée en son sein. La main-d'œuvre volée avait été remplacée par une autre, restée cachée jusque-là. L'exposition continuelle et forcée à la Vorrh avait engendré une classe d'êtres différents. À l'intérieur de l'armée d'esclaves originelle, il en avait grandi une seconde : le germe des Limboia.

La plupart étaient noirs et des alentours, certains, blancs, et quelques-uns provenaient d'Asie. Il était facile de les mettre au travail : ils se languissaient tous d'être dans la Vorrh et on n'avait aucun mal à exploiter leur addiction en les faisant travailler par rotations successives. Le train procédait à un échange continuel entre ceux que leur séjour à l'esclaverie avait rendus fous d'envie de retourner s'engloutir dans la Vorrh, et ceux trop abrutis de fatigue pour se rendre compte qu'ils la quittaient.

Le bâtiment et sa bonne tenue étaient placés sous la responsabilité de la Guilde forestière, une corporation constituée des plus grandes usines et des plus gros exportateurs qui trouvaient leur riche pitance dans l'abondance de la forêt. Les Limboia étaient beaucoup plus difficiles à contrôler et à pressurer que leurs prédécesseurs. Leur présence collective avait quelque chose de si terrible que la plupart des humains normaux ne supportaient pas leur compagnie. Les contremaîtres ne tenaient que quelques semaines. Au bout de quelques jours, même les âmes les plus rudes et les plus brutales se surprenaient à remettre en cause leur propre existence et ce qu'impliquait leur mortalité. Ceux qui auparavant auraient été capables de fouetter un homme jusqu'au sang sans éprouver la moindre colère ni le moindre remords se découvraient pris d'insomnies, de crises de sanglots. Un bouillonnement de questions sur l'éternité agitait leur esprit tors.

Les premiers temps, il avait semblé impossible d'organiser et de concentrer cette masse de main-d'œuvre gratuite. Puis l'enfant mort-né était arrivé, offrant un moyen de contrôle.

Il circulait plusieurs légendes éhontées et quelques mythes sordides, mais la vérité se révélait encore plus étrange. Sidrus la connaissait et savait comment l'exploiter. Tout avait commencé avec la survenue d'un certain William Maclish, ex-sergent du régiment écossais des Black Watch, un roux filiforme autrefois gros buveur et doté d'une personnalité musclée ainsi que d'un sacré tempérament. Il avait obtenu le poste de surveillant-chef de l'esclaverie et s'était installé dans la maison du gardien avec sa femme enceinte et leurs quelques biens. C'était un nouveau départ. Il changeait d'habitudes, de travail, de pays ; un optimisme vif et irrésistible encourageait son abstinence. Trois semaines plus tard, assailli par la dépression provoquée par les Limboia, il nourrissait des envies de suicide. Mais ses projets désespérés furent brusquement interrompus, et le cours de sa vie transformé à jamais, par la mort de son premier enfant.

15

William Maclish était resté au chevet de sa femme tandis que le médecin enveloppait bien serré le petit poupon sans vie pour le placer dans un sac de toile. Un bruit avait émané du dehors, un chant de plus en plus fort mêlé de bris de verre. Maclish avait d'abord pensé à une émeute. Incapable d'affronter la collision des deux pans de son existence en la présence déprimante du praticien, il s'était empressé de congédier ce dernier qui n'en avait qu'à moitié terminé.

Après son départ, Maclish avait tendu une oreille plus attentive. Cent dix-neuf âmes perdues – la population totale de l'ancienne prison – avaient fracassé les fenêtres de leurs dortoirs pour psalmodier dans la nuit. C'était un cri de deuil pur et discordant, à vous faire dresser les cheveux sur la tête. Maclish pencha la sienne sur le côté. Du *pibroch* traditionnel brodait la trame de cette plainte, une mélopée funèbre des Highlands qui lui mit les nerfs en pelote et le rabattit vers le vide d'une enfance oubliée. Campé sur le seuil de sa petite maison, Maclish contempla le bâtiment des Limboia, dont la moindre fenêtre s'était emplie de visages abrutis qui l'interpellaient.

Le lendemain, il quitta son domicile, sanglotant, pour se rendre à pas lents à l'esclaverie. Les Limboia chantaient toujours. Quand il déverrouilla la porte, ils s'immobilisèrent et se turent tout le temps qu'il marcha parmi eux. Chacun et chacune désignait du doigt son propre cœur. Maclish repartit pour rassurer sa femme sur le fait que tout allait bien, mais elle avait enfin trouvé le sommeil. Il se rendit d'instinct à l'endroit où le médecin avait laissé le poupon, qu'il récupéra et coinça sous son manteau. Il n'aurait su dire ce qui le poussait à agir ainsi ; il n'aurait pu donner aucune réponse sensée si on lui avait posé la question. Il exfiltra son larcin hors de la maison conjugale et l'apporta dans le silence glacial du bâtiment des Limboia. Sur la table qui trônait au centre de la salle de détente, il déposa sa relique, la déballant et installant le minuscule cadavre encore rigide de façon que chacun puisse le voir.

La réaction fut étonnante. Cela les galvanisa. Dans un unique mouvement, ils se mirent à faire la queue depuis le moindre recoin des trois niveaux de la prison, qui s'étageaient au-dessus de la fameuse salle et de la table qui concentrait leur attention. Le premier des Limboia apporta un éclat de miroir, qu'il tint près de sa tête. Dans le vide qui sépare la compréhension de la peur, une tension s'éleva ; quand ses jambes osseuses entrèrent en contact avec le bois, il détourna le regard en agrippant le miroir à deux mains. Son corps et sa tête se tordirent pour lui permettre de montrer le miroir sur le côté de son visage selon une position compliquée. Il fixa de dos, en plissant des paupières, le reflet périphérique du nourrisson mort-né. Il resta ainsi plusieurs bonnes minutes, puis transmit l'éclat de miroir à son successeur dans la file, qui l'imita fidèlement.

Quelques heures plus tard, ils avaient tous accompli ce même rituel, tous vu de biais le petit cadavre, tous présenté leurs respects. Maclish, épuisé, ne s'expliquait pas ce qui s'était passé : au fond de lui, il savait qu'ils avaient emprunté quelque chose, non pas à l'enfant mort, mais au monde dans lequel il n'entrerait jamais. Il savait aussi qu'il avait les Limboia dans sa poche, à présent. Il enveloppa le petit corps et le ramena chez lui, caché dans la doublure sombre et soyeuse de son manteau d'hiver, à côté de son cœur qui battait la chamade.

En ce jour étrange, une obéissance avait été acquise, ou donnée, ainsi qu'une protection contre l'influence inconsciente, mais pernicieuse des Limboia. Maclish était devenu le maître de la main-d'œuvre de la Vorrh. Il l'avait fait sans faire usage de la force ni de la violence, ce qui stupéfia la Guilde. Personne ne savait comment on avait abouti à ce résultat, mais tous les forestiers et affidés en firent leurs gorges chaudes et Maclish fut vu comme un homme de poids. Cela changea le moindre aspect de son existence et lui valut la considération dont il avait toujours désespérément rêvé.

Ayant été retenu de l'autre côté de la ville, le médecin de la compagnie mit plusieurs jours à revenir chercher le petit mort. Il se répandit en excuses pour son retard à accomplir la tâche prescrite.

« Je n'ai pas dit à ma femme que le bébé était encore là, docteur, prévint Maclish alors qu'ils traversaient la souillarde. Elle a cru que vous le preniez avec vous l'autre soir.

— Ah, je vois, répondit Hoffman. Ma foi, je ne peux que réitérer mon regret de vous avoir placé dans une telle situation. Je vais emporter le corps, cela vous épargnera des contrariétés à tous les deux. »

Maclish appuya sur la clenche métallique bruyante du cellier. De la pénombre régnant au fond de l'étroite pièce, il tira une vieille boîte à gâteaux circulaire. Il l'ouvrit maladroitement et tendit le contenu au médecin. Celui-ci avança la main après un soupçon d'hésitation pour en ôter le paquet de langes, qui tressauta aussitôt en réaction. Hoffman fronça les sourcils d'un air grave et se mit à manipuler la forme emmaillotée avec des gestes doctes. L'ayant sortie de la pièce pour la poser sur une table basse entourée d'ustensiles de cuisine, il déplia doucement le tissu pour l'examiner.

« Je m'excuse infiniment de faire tout cela en votre présence, précisa-t-il, mais quelque chose cloche. »

L'incident avait laissé Maclish de marbre, mais la réaction du médecin l'intriguait.

« Extraordinaire ! marmonna Hoffman, penché sur la table, en touchant le minuscule corps et en l'examinant de près.

— Quoi donc ?

— Le décès remonte à trois jours, mais il n'y a pas la moindre trace de décomposition. C'est tout à fait remarquable. » Le praticien se tourna vers le gardien avec une stupéfaction évidente, puis, se rappelant la nature de sa visite, remisa son enthousiasme sous le boisseau scientifique. « Je ne voudrais pas paraître insensible, mais m'autoriseriez-vous à procéder à quelques examens avant qu'on ne dispose du corps ?

— Hein ? répondit le père désarçonné. Vous comptez le découper en morceaux ?

— Non pas. L'observer, plutôt.

— Il n'est plus là, le pauvre petiot. Faites votre devoir. Mais que ça ne prenne pas trop de temps, surtout, il ne faut pas contrarier ma femme plus que nécessaire. »

Hoffman acquiesça et récupéra son butin. Une expression passionnée, de celles qu'on ne lui avait jamais vues, se peignit sur son visage tandis qu'il quittait les lieux, lui d'habitude d'un flegme lugubre.

Il s'écoula une autre semaine avant que le Dr Hoffman ne toque à nouveau à la porte de Maclish, qui l'accueillit sans aménité.

« Où est le corps ? demanda-t-il. Pourquoi l'avoir gardé si longtemps ?

— Je dois m'excuser du retard, mais le fait est qu'il s'agit d'un incident des plus remarquables… Je dirais même unique. »

Maclish considéra le visage rose et souriant engoncé dans son col en celluloïd, les mains roses également, trop souvent lavées, cerclées par leurs manchettes elles aussi en celluloïd. Blanc et rose, rose et blanc. Il circulait des rumeurs sur cet homme, des bruits qui laissaient entendre que l'on pouvait acheter ses services, ses compétences et son allégeance. Rose et blanc, blanc et rose.

« Entrez donc, bon sang ! » jeta-t-il d'un ton rogue qui traça un avertissement dans l'espace qui les séparait.

Hoffman se hâta de passer le seuil et de gagner la pénombre du couloir. « Pour vous dire la vérité, commença-t-il en se retournant afin de faire face à Maclish, le corps de votre pauvre enfant est resté intact de toute corruption. Il est identique aujourd'hui à ce qu'il était au jour de sa venue au monde.

— Ouais, ben il est mort, le drôle ! gronda Maclish.

— Ma foi, oui, bien sûr. Mais en parfait état ! De toutes mes années de métier, je n'ai jamais été témoin d'un tel phénomène. Dites-moi, s'est-il produit quelque chose d'inhabituel quand je me suis absenté, entre la naissance et le jour où je suis passé le récupérer ? »

La question déplut à Maclish, qui en posa une de son cru.

« Combien vous en avez vu ? »

Le médecin parut perplexe. « D'enfants mort-nés ? Ma foi, c'est variable. Dans les trente par an.

— Et on fait quoi normalement avec leur cadavre ?

— On l'enterre dans les trois jours. Je ne les conserve pas, d'ordinaire. Comme je le disais, il s'agit d'un cas très inhabituel. Je peux vous assurer que l'on met le plus grand soin à…

— Qui d'autre que vous voit les corps ? coupa Maclish.

— Euh… personne. » Hoffman fronça les sourcils.

Maclish le prit par la main et le mena dans un salon exigu, de ceux qui ne servent jamais : plein comme un œuf, sentant la cire et la dentelle moisie. Il fit asseoir le médecin perplexe et ferma discrètement la porte. La conversation qui allait suivre n'était pas de celles qu'on tient à la légère, surtout sous le plancher d'une alitée.

Ils épuisèrent un écheveau de significations et de sens, se rapprochant d'un sujet qu'aucun d'eux ne comprenait.

« Ça peut vous rapporter quelque chose ? demanda-t-il à Hoffman.

— Pas sur le plan financier. Mais sur celui de la connaissance, oui », affirma ce dernier avec plus d'enthousiasme qu'il n'en avait éprouvé depuis des années. Il commençait à croire en ses propres remèdes.

« Imaginez qu'il ne se défasse pas ? »

Le médecin cilla. « Se défasse ?

— Oui, qu'il ne pourrisse jamais. Dans ces cas-là, la mère tiendrait à le garder, non ? Histoire de l'avoir tout près d'elle, mais en secret ?

— Ce n'est pas vraiment ce que j'avais en tête, répondit Hoffman, mal à l'aise. Je me concentrerais plutôt sur la recherche médicale. Sur le fait de mettre au jour de nouvelles données à propos de la mort. Trouver la distinction entre les vivants et les trépassés !

— Ça aussi », concéda Maclish.

Deux jours plus tard, Hoffman cédait. Pendant un crépuscule violine qui faisait reluire toute chose, il arriva à la maison du contremaître porteur d'un autre petit paquet de langes.

Les deux hommes l'emmenèrent ensemble à l'esclaverie. Il régnait de l'autre côté de la porte une quiétude dépassant le simple silence. Dans l'écho de leurs talons, ils amenèrent leur butin jusqu'à la table et le rituel du miroir en biais recommença. Du temps qui s'écoula, on ne peut dire grand-chose. Les Limboia arrivèrent puis, le souffle devenu paisible et uni, repartirent à pas lents. Le médecin et le gardien s'étaient dissimulés sous une chape de calme et de tabac à l'autre bout du bâtiment.

« Vous en pensez quoi ? s'enquit Maclish quand ils rentrèrent chez lui.

— Je n'ai pas la moindre idée de ce que c'est, de ce que ça signifie pour eux, ni de pourquoi ils le font. » Hoffman eut un geste d'impuissance. « Comment de tels rituels peuvent affecter les tissus, ça me dépasse complètement. »

Cette incompréhension, toutefois, n'eut aucune incidence sur leurs effets, et le paquet de langes demeura rose et souple bien après la fin de l'existence douteuse du médecin. Un mois plus tard, les deux hommes réessayaient, avec exactement le même résultat. Dans l'intervalle, les Limboia avaient travaillé plus dur et obéi à tous les ordres que Maclish leur donnait. Hoffman et lui allaient poursuivre leur expérience toute une année avec de formidables retombées. Jusqu'à ce que le médecin commette son erreur la plus grave...

Ainsi que Maclish l'avait prévu, certains des parents éplorés avaient payé pour récupérer le corps préservé de leur prématuré, qu'ils allaient conserver dans des parties discrètes de la maison, le berçant et lui parlant jusqu'à ce qu'arrive le prochain bébé. Certain couple ne procréa plus jamais et jouit en secret toute sa vie de l'enfance fictionnelle de son petit cadavre.

C'est au cours des journées de la grande saison des pluies, où même les Limboia ne pouvaient plus travailler, qu'Hoffman apporta à la prison les langes fatidiques. Le déluge qui fouettait et martelait les étroites fenêtres et le toit d'ardoises avait interrompu les rotations, si bien que tous les Limboia se trouvaient à l'esclaverie cet après-midi-là. Leur masse silencieuse surpeuplait le vieux bâtiment. Le médecin et Maclish y pénétrèrent trempés, échappant aux flaques formées à l'extérieur. Leurs imperméables bruyants battirent au-dessus de leur tête tandis qu'ils se secouaient comme des chiens qui s'ébrouent.

Les deux hommes déposèrent leur butin sur la table, puis le dénudèrent. Ils s'étaient habitués au processus. La fiabilité du rituel et ses effets purifiants les y avait insensibilisés. Pourtant, le son qui jaillit soudain dans tout le haut bâtiment fut pareil à la gifle d'une unique vague qui vient frapper une grotte : un rapide hoquet de chacun des Limboia, tous ensemble, tous en même temps. Le contremaître et le médecin se figèrent. Leur nuque se hérissa de façon incontrôlable. Hoffman, blême, scruta l'espace qui séparait Maclish de la porte couverte de gouttelettes. Rien. Les Limboia commençaient à former leur file habituelle jusqu'à la table, le premier d'entre eux tenant le bout de miroir. Cette fois, le prodige différa. Il y eut les mêmes gestes, la même queue impassible, à la fois avide et tranquille – mais entièrement modifiés sur le fond, comme si la température avait basculé ou comme si une odeur ou une couleur avaient changé. Cette particularité, pour indéfinissable qu'elle fût, s'accroissait à chaque participant. La pluie rugissait au-dehors, son humidité s'infiltrait à travers tout le bâtiment.

Quand chacun des Limboia se fut présenté à la table puis eut regagné son lit, une nouvelle sensation se joignit au bruit de l'eau : une respiration, au départ à peine audible, puis enflant – en termes de rythme plus que de volume. Les deux hommes se dévisagèrent, pantois. Un souffle unique parcourait les Limboia en un unisson absolu. C'était tout à la fois parfaitement compréhensible et foncièrement contre nature.

Puis, bouche bée, ils virent du coin de l'œil bouger quelque chose. Sous leur regard effaré, le petit cadavre lové venait d'ouvrir les paupières.

Maclish avait blêmi. « Oh… vingt dieux ! » bredouilla-t-il. « Vingt dieux, non ! »

Quant au médecin, il avait plaqué la main sur ses lèvres. Les yeux minuscules se déplaçaient, tournant dans leurs orbites mortes pour le fixer bien droit. Le bruit de respiration se réverbérait aux quatre coins de la salle. Hoffman s'avança. Le regard du spectre se précisait en une question. Hoffman étendit une main tremblante. Le souffle collectif sifflant à ses oreilles, il se pencha plus près de l'abomination, jusqu'à toucher sa jambe du bout des doigts. Les minuscules paupières se refermèrent. Le bruit stoppa. Le silence s'était abattu si vite que les deux hommes en tiquèrent, mais l'élan sonore continuait dans leur corps et dans leur être.

Maclish brandit son pistolet en regardant autour de lui, mal à l'aise. Il scruta les volées de marches métalliques qui surplombaient les lieux. Pas un mouvement. Au-dehors, les éléments eux-mêmes commençaient à se calmer.

« Apportez ce truc », ordonna-t-il au médecin avec un brusque mouvement de tête vers la table. Hoffman enveloppa le corps d'une main hésitante et le souleva pour le placer dans sa grande sacoche. Laissant les esclaves à leur silence, les deux hommes progressèrent vers la sortie, ses flaques et son grand air. Le contremaître marchait à reculons, son arme braquée en guise d'avertissement vers le vide de la salle, comme un enfant qui sonderait l'infini à la lueur d'une torche.

De retour chez lui, Maclish resta debout, pantelant, tandis qu'Hoffman contemplait mollement sa sacoche déposée sur la table de la cuisine. L'Écossais avait envie de boire comme jamais, mais il n'y avait pas une goutte d'alcool dans la maison et cela faisait plus d'un an qu'il s'était juré de ne plus avaler un verre. Il ne l'avait promis à personne d'autre que lui-même. Cette contradiction et ce choix imposé alimentaient sa colère.

« Merde, qu'est-ce qui a cloché là-bas ? » cria-t-il à Hoffman, qui ouvrit les bras, bien en peine de répondre. Il agita son arme vers la sacoche. « Alors, ce truc-là, c'est mort, ou c'est vivant ?

— Mort ! jeta le médecin.

— Alors, pourquoi ses yeux ont bougé, merde !

— Ce doit... ce devait être un simple mouvement réflexe.

— Bordel, il m'a regardé !

— Oui, acquiesça péniblement Hoffman.

— Comment ça se fait ? C'était quoi le problème ? » Maclish désignait derechef l'objet avec son canon.

« Ce n'était pas un bébé mort-né, dit le médecin d'une voix lointaine, étranglée. C'était un fœtus avorté. »

Maclish le foudroya des yeux, puis rangea très soigneusement son revolver dans son étui en boutonnant le rabat.

« Vous n'êtes qu'une merde, dit-il d'une voix atone. Faites-le sortir d'ici. Débarrassez-vous-en. »

Il ouvrit la porte donnant sur l'arrière-cour si brutalement qu'elle ballotta, éclaboussant la tension qui régnait entre eux. Hoffman partit et Maclish referma le battant à la volée derrière lui, chassant sa silhouette d'un claquement.

Les regards amassés observaient leur séparation en silence à travers les carreaux cassés. La construction de l'Orm avait démarré, et chacun aurait l'occasion d'en comprendre les conséquences avant la fin de l'année.

→

L'insolite ne devrait jamais primer sur la curiosité scientifique, se dit Hoffman sur le chemin du retour. Il se le répéta ensuite comme un mantra pour tenter de noyer la perspective terrifiante, mais imparable, d'avoir à déballer l'avorton une fois arrivé chez lui. Il s'imaginait des mouvements à l'intérieur de la sacoche. Il songeait à cet être écarquillant les yeux là-dedans, regardant dans le noir pour essayer de le distinguer.

L'embryon n'était pas vivant, c'était une certitude. Il avait déjà été témoin de cadavres ouvrant les paupières ou exhalant des soupirs – sans compter le jour où un bras s'était levé pour déplacer un couvercle de cercueil mal fixé. Il avait même entendu parler d'une fois où le mort s'était mis en position assise sous son drap à la morgue, provoquant une telle épouvante chez le technicien d'autopsie que celui-ci avait renversé son bocal d'oignons au vinaigre sur son déjeuner et sur toute une semaine de prise de notes. Quand Hoffman avait manipulé les documents plusieurs mois après, la puanteur spécifique des pickles persistait.

Mais là, c'était autre chose. Ces petits yeux étaient doués de conscience. À moins qu'il se soit juste agi d'une illusion collective à vous glacer le sang et que Maclish et lui aient simplement fait une crise de nerfs sous l'effet du souffle des esclaves ?

L'insolite ne devrait jamais primer sur la curiosité scientifique.

Au fond du cabinet de consultation, il y avait une serre baignée de lumière, aux vitres opacifiées à la peinture blanche jusqu'à environ un mètre quatre-vingts de haut. Hoffman l'appelait son laboratoire. Il ne s'y menait jamais de vraies expériences, il bidouillait parmi ses spécimens et ses produits chimiques, ses tubes à essai et ses cornues, dans une apparence délicieuse de recherche savante. Cela lui conférait du prestige auprès des aînés incultes de ce trou prospère. L'élément le plus fonctionnel dans le laboratoire était son incinérateur, situé tout au fond de l'espace rectiligne. Nombre d'incertitudes et d'embarras s'y étaient évaporés, ainsi que le quota habituel de tissus malins et surnuméraires.

Ce soir-là, c'est un Hoffman hébété qui pénétra dans la serre pour ouvrir aussitôt l'arrivée de gaz de l'incinérateur et mettre en route son ronron incandescent. À l'issue de quelques mitraillages d'orages fugitifs, de pluies spasmodiques dégoulinant le long du toit vitré, des ombres de ruissellements contorsionnés dessinaient des zébrures en contrebas, sur la table en acier inoxydable où le poupon alla reposer, comme sur une île isolée vide de toute vie. Hoffman enfila des gants en caoutchouc bordeaux, puis il apporta une panoplie d'instruments chirurgicaux bardés de leur étui. Il aurait été plus facile de jeter ce petit spectre directement dans les flammes, mais le médecin était dévoré de curiosité ; en cet instant, dans la forteresse qu'était son laboratoire, son orgueil prenait le pas sur la peur.

Il détacha le linge qui enveloppait le cadavre immobile puis, non sans appréhension, retourna ce dernier sur le dos.

Il posa un stéthoscope sur la poitrine : rien. Déplaça l'extrémité miroitante jusqu'aux minuscules lèvres ; aucun souffle ne vint embuer l'acier. S'étant armé d'un scalpel, il entama une veine, mais aucun sang ne s'écoulait du cadavre noir et statique. Son soulagement augmenta, virant à la certitude. Il le souleva de sa main en coupe et traversa la serre pour ouvrir à la volée la porte de l'incinérateur. Au cours d'un instant d'hésitation où il se préparait à l'avancer vers les flammes, les yeux s'ouvrirent et le contemplèrent avec une indubitable lueur d'intelligence. Hoffman émit un râle et laissa tomber le monstre par terre pour détaler vers l'autre extrémité des lieux, en éloignant de son corps la main qui l'avait porté comme si elle était une entité distincte et contaminée.

Il attendit une heure parmi les odeurs de brûlé que déversait l'incinérateur, en regardant les ombres projetées par la pluie sinuer, s'accoupler et danser sur la table de métal luisante. Il finit par s'avancer, lentement, sur la pointe des pieds. On voyait encore des flammes intenses par la porte ouverte du foyer. Hoffman regarda prudemment le petit corps recroquevillé par terre ; il n'avait pas changé de position depuis sa chute. Le tissu qui l'avait enveloppé se trouvait toujours sur la table et Hoffman le ramassa au passage, puis le laissa tomber de façon à ce qu'il recouvre entièrement le fœtus. Il rafla ensuite le tout, en resserrant le textile pour que rien de la tête ne soit visible. Il avait la chair de poule. Il s'attendait à moitié à ce que ce corps efflanqué se mette à bouger, ou à ce que la pression d'un os se débatte contre sa poigne. Mais le petit mort resta flasque et passif, comme s'il attendait son sort.

→

Six semaines plus tard, au prétexte d'une consultation pour sa femme, Maclish contactait Hoffman en lui demandant de passer et de prétendre qu'il venait vérifier l'état de la mère éplorée pour juger de ses capacités à mener à bien leur projet d'enfant. Après un examen sommaire, le médecin rejoignit l'Écossais au jardin afin d'y fumer la pipe avec lui.

« Dans quel état sont-ils ? s'enquit-il.

— Agités et lents.

— Avez-vous constaté d'autres effets secondaires depuis la fois dernière ?

— Non, ils sont redevenus tout fringants. »

Cette tentative d'humour noir mit fit à la tension ambiante et le médecin sourit.

« J'ai l'impression qu'il leur en faut un autre », dit Maclish.

Hoffman se pétrifia, n'en croyant pas ses oreilles.

« Vous aimeriez recommencer ? Après ce qui s'est passé la dernière fois et tous les noms d'oiseau dont vous m'avez affublé ? »

Hoffman s'était empourpré.

« Je ne voulais pas vous insulter, c'est sorti tout seul, expliqua Maclish tout en jouant avec le fourneau de sa pipe. Ce truc horrible m'avait remué. J'étais sur les nerfs, l'ami. Je n'avais pas l'intention de tenir des propos déplacés. »

C'était sans doute ce qui se rapprochait le plus d'une excuse dans la bouche taciturne du contremaître. Les deux hommes se turent le temps de rallumer leurs pipes, puis ils déambulèrent en silence quelques instants.

« Si on s'en tient aux mômes morts de mort naturelle, tout se goupillera bien. » Maclish avait haussé les sourcils, quêtant une approbation auprès du médecin, qui hésita avant d'acquiescer, lentement.

C'est ainsi que le rituel reprit et que les Limboia furent satisfaits, qu'un lien se renforça entre le gardien et Hoffman, que leur secret demeura caché et opérant et que Mme Maclish tomba à nouveau enceinte.

Au printemps, un contingent de nouveaux égarés, pour certains plus jeunes que jamais, se joignit aux existants. L'un d'eux était un fugueur qui s'était réfugié deux ans dans la Vorrh, y subsistant tel un sauvage jusqu'à ce que son esprit soit effacé. Des Limboia qui bûcheronnaient tout près l'avaient trouvé. Il lui restait des reliefs de langage, mais il n'en usait jamais – jusqu'au jour où il parla de l'Orm à Maclish.

Cela survint après la première séance d'invocation vécue par le jeune Limboia. Alors que tous les autres étaient retournés à leurs dortoirs, cette nouvelle recrue s'était inscrustée sur l'escalier métallique tandis que Maclish et Hoffman, qui n'avaient pas remarqué sa présence enveloppaient le cadavre. Ils se préparaient à partir quand il se mit à cogner sur la barrière en fer. En se retournant, ils découvrirent qu'il les attendait. Surpris, Maclish s'avança vers lui, prêt à lui lancer un ordre, quand le jeune décérébré porta un doigt à son cœur, puis se mit à parler. D'une voix traînante, dénuée d'inflexions et de puissance.

« Depuis le fond, nous avons à dire. Dire sur celui qui vit en nous, qui n'est pas venu avec le *fleyber*, mais avec celui qui regarde derrière. » Maclish s'apprêtait à couper ce galimatias quand le mot « fleyber » lui évoqua un lointain souvenir. C'était de l'écossais ; il l'avait entendu prononcer par sa mère, mais pas moyen de se souvenir de ce que ça signifiait. Comment diable un autochtone pouvait-il le connaître ?

« Ramène-le pour qu'Orm continue. Ou nous arrêtons. Tous.

— Comment ça, vous arrêtez ? jeta Maclish. Vous croyez pouvoir arrêter le travail comme ça ?

— Nous arrêtons de vivre », annonça le hérault des Limboia.

« On va faire quoi ? » gémit le surveillant-chef, la tête dans les mains, coudes posés sur la table de la cuisine. Hoffman, assis devant lui, était resté muet. « Vous avez idée de ce que cet idiot a bien pu vouloir dire ? C'était une menace ?

— Oui, il me semble, répondit avec réticence le médecin. Quelque chose parmi eux exige que nous ramenions l'enfant avorté, et ce quelque chose s'appelle Orm.

— C'est ridicule. Ils ne peuvent rien exiger !

— Ils sont sérieux.

— De toute façon, on ne peut pas : vous l'avez incinéré. » Ulcéré, Maclish dévisagea Hoffman, qui ne soutint que brièvement son regard avant de baisser les yeux vers la table.

« Pas vraiment. »

La famille de Maclish était originaire de Glasgow, sa femme, d'Inverness. Il se pouvait qu'elle connaisse ce fameux terme, qu'elle en retrouve le sens en raclant sa mémoire.

Elle arrosait des pousses de légumes dans un coin du potager quand il arriva.

« Marie, dit-il, prenant mille précautions avec elle pour aborder le sujet. Ça te dit quelque chose, le mot "fleyber" ? Je me souviens avoir entendu ma mère l'employer, mais je n'arrive pas à me rappeler ce qu'il signifie. C'est du gaélique ? Tu le sais ? »

Marie était une brune costaude et soigneuse au visage large, aux cheveux épais rassemblés en chignon. « *Fleyber ?* », répéta-t-elle tout en s'empourprant des oreilles et du cou. Il acquiesça énergiquement sans remarquer le malaise qui s'était emparé d'elle, ni le pas en arrière qu'elle venait de faire jusque sur les jeunes plants. « Pourquoi me demander une chose pareille, William ? Que cherches-tu ? N'avons-nous pas traversé assez d'épreuves comme ça ? »

Cette réponse irrationnelle agaça aussitôt son époux. « Je n'ai fait que te m'enquérir du sens d'un mot ! » fulmina-t-il.

Elle prit une profonde inspiration, s'appuya sur sa binette et le fixa droit dans les yeux. « Il vient des Highlands. Le *fleyber*, c'est l'esprit de l'enfant mort à la naissance. On raconte que son âme erre sur la lande sous forme de lumière fantôme, de feu follet. »

Sa voix avait vacillé en le disant, mais son regard était resté vissé dans celui de son mari. « Est-ce ce que tu voulais savoir ? » ajouta-t-elle en cillant à profusion avant de retourner à ses plantes, ignorant celles que son pied venait d'écraser.

Hoffman avait conservé le cadavre dans une boîte en métal verni, sorte de substitut de cercueil ayant abrité à l'origine un petit microscope portable. Il en avait scruté le contenu à plusieurs reprises depuis le fameux jour de l'incinérateur. Les paupières étaient restées closes – hormis la veille, à son retour après la requête des Limboia. Là, les yeux l'avaient regardé depuis l'intérieur rigide.

Il se préparait à refermer le couvercle quand sa domestique avait annoncé l'arrivée de Mme Klausen, une patiente venue pour son rendez-vous. Hoffman avait totalement oublié cette malade imaginaire qui insistait pour se faire examiner une énième fois. Il se rendit dans son cabinet. La pauvre *frau* replète souriait comme un oiseau.

« Cher docteur, quel plaisir de vous revoir, même si je le dois à mon pauvre corps vieillissant ! »

Le médecin sourit et se prépara à charmer cette nuisance ambulante qu'il comptait bien renvoyer promptement dans ses foyers.

« Un petit cadeau pour vous », annonça-t-elle en lui tendant un sac au satin richement brodé contenant une boîte ouvragée. « Ce sont des bonbons Chanteuse arrivés tout droit de Stuttgart. »

Hoffman la remercia et commença la consultation, auscultant près d'une heure l'hypocondriaque et l'interrogeant sur ses besoins. Lorsqu'il en fut enfin débarrassé, il se précipita au laboratoire pour remballer le petit cadavre. En retard et pressé de repartir, il s'affaira, sa curiosité aux abois. Il allait pouvoir évaluer ses expériences grâce à la voix nouvelle qui s'exprimait au nom des Limboia. Il brûlait d'observer leur réaction – sans que la peur brouille ses perceptions, cette fois.

Dans la distraction due à la panique, il avait égaré la sacoche qui lui servait à porter le poupon, et il passa dix minutes à fureter sous les meubles, à regarder derrière les livres et à tourner en tous sens comme un chien désorienté. Il n'avait plus le temps. Ce soupe au lait de Maclish rongeait déjà son frein. Peut-être avait-il emporté la sacoche en partant au cabinet examiner cette sinistre bonne femme ? Il fonça à l'autre bout du couloir, balaya la pièce des yeux. Elle n'y était pas, mais il y avait le sac qui avait contenu ces bonbons répugnants. Hoffman se hâta de jeter la boite à la poubelle. Enveloppé, le corps tenait parfaitement dans son nouveau moyen de transport.

Maclish, à cran, piaffait devant la prison. Hoffman le salua mollement depuis la grille avant de se précipiter vers lui.

« Désolé d'être aussi en retard, j'ai eu une patiente. »

Maclish ne commenta pas, mais considéra d'un regard appuyé le sac de couleur criarde que le médecin tenait. « Vous n'avez que ça ? » demanda-t-il en ajoutant un juron devant cette incongruité. Hoffman acquiesça et ils entrèrent dans le bâtiment qui les guettait.

Le calme y régnait. Le héraut des Limboia patientait, debout près de la table. « Celui qui regarde en arrière », énonça-t-il en contemplant le sac brodé.

Maclish et Hoffman se contentèrent de déposer leur trophée sans commenter.

« Vous partez. Aujourd'hui nous devons être seuls.

— Hé, attendez une seconde… s'insurgea Maclish.

— Tout va bien, affirma le médecin avec une certitude qui paraissait crédible. Faisons donc les choses à leur manière, cette fois.

— Une heure ! aboya le surveillant. Juste une. Ensuite, on revient. » Ils quittèrent le bâtiment sans se retourner, dans l'écho métallique de la multitude qui descendait l'escalier derrière eux.

Au bout d'une heure très précisément, ils étaient de retour. Le hall était désert, silencieux. Par bonheur, l'abomination avait les yeux fermés.

« Tout va bien, constata Hoffman. Ils sont satisfaits. Emportons l'avorton et bouclons les lieux. »

Maclish eut beau approuver de la tête, il paraissait perplexe. « Où est le sac ? demanda-t-il en passant la pièce en revue.

— Oh non, encore ? s'exclama Hoffman en se penchant pour regarder sous la table.

— Ils ont embarqué le sac, c'est ça ? Ah, quels crétins ! » Maclish n'était pas homme à s'esclaffer souvent. Son rire, lorsqu'il jaillit, parut étrange, inhabituel, compact. Il étonna jusqu'aux couloirs concentrationnaires.

Il restait un lambeau de textile sur la table. Hoffman s'en servit pour recouvrir le visage de la petite forme tout en façonnant avec l'autre extrémité une sorte de courroie pour l'emporter. Que les Limboia chérissent un tissu aussi criard et efféminé était d'un comique impayable, et les deux hommes repartirent en proie à une légère hystérie. Le gardien continuait de ricaner sans pouvoir se retenir.

Hoffman avait vu juste. Les Limboia, satisfaits, s'en allèrent travailler dans la forêt avec encore plus d'ardeur qu'auparavant. Au milieu d'une situation des plus anormales, tout semblait rentrer dans l'ordre. Et c'est alors que l'on annonça la disparition de Mme Klausen.

Les rumeurs surgirent juste avant l'arrivée de la police. L'hypocondriaque avait rendu visite au médecin deux jours avant de s'évaporer. Elle avait quitté son domicile et laissé ses domestiques sans un sou ni une explication. Les officiers de la criminelle racontèrent tous les détails à Hoffman, qui s'étendit à son tour sur les kystes, migraines, douleurs utérines, suées nocturnes, varices, hémorroïdes, troubles allergiques, grosseurs aux seins, syncopes et autres symptômes qu'il avait été invité à examiner au fil des ans. Il leur montra ses dossiers et ses registres médicaux, puis la *Die Kripo* repartit, bredouille de toute nouvelle piste, mais satisfaite. Quand le médecin prit place dans son cabinet, une peur bleue lui tordait l'estomac. Cette crainte avait la forme d'un balluchon richement brodé.

« Il faut lui poser la question, plaida-t-il auprès de l'Écossais.

— Laquelle ?

— Ce qu'ils ont fait du sac. »

Maclish ne trouvait plus guère matière à rire de la confiscation effectuée par les Limboia. Ils firent descendre le héraut dans la salle centrale, où il resta planté, hébété, comme quelqu'un qui s'agrippe à l'épaisseur de l'air. Sa parole s'était détériorée depuis la dernière fois ; il ne rechignait pas à répondre, mais ses phrases étaient lentes et poussives.

« Vous donnez à Orm odeur par regard, regard dedans. Quand Orm porte odeur, il sort, il creuse, tout parti. »

Maclish et Hoffman se dévisagèrent misérablement, espérant avoir mal compris. Ils échangèrent quelques mots à voix basse, puis Hoffman s'enquit : « L'odeur était-elle celle d'une femme ?

— Odeur est empreinte, piste d'animal cherché.

— Où est-il allé ? s'écria Maclish.

— Vorrh.

— C'est impossible ! lança Hoffman sans pouvoir y croire. Mme Klausen n'irait jamais là-bas. À mon avis, elle n'a même jamais quitté Essenwald !

— Orm a creusé pour vous et lui qui cherche. Creusé jusqu'à rien, plus rien dedans, seulement écorce qui est partie dans Vorrh et plus rien », répondit le héraut en souriant. Il s'inclina devant les deux hommes désarçonnés. Ils commençaient à comprendre ce qu'ils avaient fait. Leurs regards se croisèrent, conscients et craintifs devant les conséquences de leur geste, cet être affamé qui risquait un jour de les dévorer.

Alors qu'ils quittaient le bâtiment, le héraut conserva sa posture penchée, sa tête inclinée obséquieusement et son sourire fixe sur un visage qui l'était tout autant.

16

Muybridge était aux anges. Gull avait changé d'avis. Trois mois après avoir essuyé son refus, il reçut une lettre.

cher m. muybridge,
je rédige ce billet à la hâte pour revenir sur mon affirmation antérieure erronée à propos de la photographie et de mes patientes très spéciales. Je pense maintenant que vous étiez dans le vrai lorsque vous évoquiez les réactions qu'elles auraient face à leur propre image. Lors de votre prochain séjour à Londres, si cela vous sied, mettons votre suggestion en pratique et procédons à un essai clinique.

w.w. gull

Muybridge se trouvait dans les faubourgs arborés de Londres, ayant été redirigé de l'hôpital via un second billet, tendu par un portier revêche, cette fois. Le chemin de fer sud, au départ du London Bridge, l'avait déposé à Forest Hill, où était située la clinique privée de Gull. En sortant de la gare, Eadweard avait pénétré parmi des arbres pour l'essentiel verts ; un cocher l'attendait sur le bas-côté de la route. Dix minutes et plusieurs dizaines de bifurcations luxuriantes plus tard, ils franchissaient de hautes grilles en métal. Un gardien mena Muybridge à l'intérieur – gardien ou maton, songea ce dernier devant l'homme aux allures de rhinocéros, à l'uniforme sombre surmonté d'un long tablier. Il arborait un képi qui accentuait son front bas et l'apparence cornue de son nez.

« Merci, Crane, dit Gull à son ombre alors qu'il repartait. Et bienvenue à vous, monsieur Muybridge… ajouta-t-il en tendant la main à son visiteur tout en regardant ailleurs, comme s'il s'apprêtait à accueillir un autre invité. Mais…. où est votre matériel ? » Il scruta les alentours de la porte ; le cocher secoua la tête.

« Je n'en ai pas apporté. J'ai supposé que notre rendez-vous préliminaire serait plus théorique que pratique. »

Gull paraissait perplexe. Un petit tic qui semblait en annoncer un plus vaste, une irritation promettant de virer à la colère, animait sa bouche. Il le ravala bien vite. « C'est tout à fait vrai ! lâcha-t-il en un mensonge aussi patent que sonore. Permettez-moi de vous montrer l'affaire, après quoi vous pourrez vous forger une opinion professionnelle. »

Le bon docteur prit Muybridge par le bras pour le propulser gentiment au long des couloirs dans le sillage de Crane. Le photographe se sentit aussitôt mal à l'aise : cela le répugnait et l'insupportait qu'on le touche. Il n'avait jamais compris pourquoi autant de gens, de roturiers, concevaient du plaisir à se palper, y compris en public. Son épouse avait exigé de lui qu'il se soumette à cette pénible obligation. Elle qui lambinait derrière son pas sautillant avait coutume de le prendre par le bras au fil de la marche, le tirant même en arrière s'il ne s'y pliait pas. Cela avait incommodé Eadweard. Et, en privé, elle avait demandé bien pire. Il n'avait jamais esquivé le devoir conjugal, y avait même pris plaisir sans excès, trouvant quelque amélioration dans les rigueurs de cet exercice physique, mais il avait beau s'astreindre à tout ce qu'on pouvait attendre d'un mari, elle en voulait toujours plus : étreintes, baisers, longues séances à rester en elle bien après en avoir terminé. Certaines des requêtes de cette traîtresse avaient carrément relevé du sordide, allant à l'opposé de toute notion moderne d'hygiène. Le pire, c'était quand elle était allée jusqu'à le lutiner devant les voisins ou les domestiques, ou lors des événements mondains auxquels elle le forçait à l'amener. Ç'avait été dérangeant, contre nature et fort chronophage.

Il se secoua pour chasser ces atroces souvenirs. Revenu au moment présent, il découvrit que Gull avait ôté sa main et lui signifiait d'attendre. Ils se tenaient à l'entrée d'un long couloir aux allures de salle d'hôpital. Les murs étaient d'un jaune lourd, épais, évoquant plus la couleur de la moelle que celle d'une fleur. Le garde à la tenue sombre de tout à l'heure formait contraste, campé près des portes. Gull fit un geste et l'homme actionna une serrure compliquée, faisant coulisser les tiges et entraînant les goupilles qui ouvraient l'accès à l'aile suivante. Tout cela paraissait hautement théâtral et l'endroit ressemblait plus à un de ces jardins zoologiques tant courus ces temps-ci qu'à un havre de paix et de salubrité.

Gull, qui avait deviné la teneur des pensées d'Eadweard, se lança dans une explication. « Certaines des femmes ici présentes sont très instables. Elles constituent un danger pour elles-mêmes ainsi que pour les autres. Leurs obsessions fluctuantes et leur acharnement échappent à tout contrôle et à toute discipline. Voilà pourquoi nous les confinons. Il y a de quoi. »

À la proximité de ces démentes, Muybridge sentit son émotion monter. Les deux hommes parcoururent le couloir pour s'arrêter devant une autre porte, à hauteur de laquelle Crane les attendait. Gull hocha la tête et l'assistant déverrouilla.

« Je vais commencer par vous montrer Abigaïl, dit Gull. C'est à elle que j'ai confié la photographie. Nous l'avons tirée de la rue, où elle s'adonnait à la prostitution occasionnelle. Cela fait près de huit mois qu'elle est ici.

— Mais vous disiez que son mal frappait les nanties, pas les pauvres, par conséquent pas les péripatéticiennes ?

— Tout à fait exact ! Mais pour comprendre une affection, nous devons trouver sa racine. La déclencher dès l'origine. Nous récupérons donc des cobayes afin de créer en elles le mal. Nous suivons un protocole similaire à celui mis au point lors de la recherche sur les vaccins, mais appliqué ici à l'esprit. Les patientes déjà atteintes ne nous servent qu'à étudier les symptômes, pas la cause, l'effet, ni le remède : on ne saurait bouturer une plante à partir d'une simple feuille.

— Donc, le sujet montré lors de votre conférence à l'hôpital n'était pas le même que celui-ci ? »

Gull le regarda comme un adulte qui tente poliment d'évaluer l'âge de l'enfant d'une connaissance. « En surface, non, mais fondamentalement, si. Quand j'ai pris sous mon aile celle que vous avez vue à cette occasion, elle était déjà rongée au dernier degré. Sa famille ne demandait qu'à s'en débarrasser. Ils l'auraient volontiers placée à l'asile et laissée mourir dans la crasse parmi toutes ces autres patientes qui font lourdement honte à leurs parents et leur fratrie. Cette femme est arrivée ici sous-alimentée, mais dans de bonnes dispositions. Je l'ai sauvée d'une existence passée à dépérir dans la rue. Elle participera aux expériences et elle sera remise en liberté par la suite, si elle se porte suffisamment bien. » Muybridge observait le médecin pendant qu'il parlait, tout en jetant de temps à autre un regard au garde pour mesurer sa réaction, mais tous deux demeuraient impassibles.

« À son arrivée, nous l'avons traitée comme une reine, la gavant de nourriture, la noyant sous les compliments et les tenues de prix. Elle s'est remplumée, adoucie et elle fut bientôt prête pour sa première expérience avec le Miroir aux alouettes.

— Le Miroir aux alouettes ?

— Oui. C'est un instrument auquel nous avons recours dans notre procédé d'hypnose et qui se rapproche assez du périphériscope employé lors de votre traitement. »

Cette comparaison n'eut pas l'heur de plaire à Muybridge.

« Quoi qu'il en soit, comme je le disais, le problème s'est posé quand nous avons donné le cliché à Abigaïl que vous voyez ici.

« Que représentait-il ?

— C'était son portrait, pris il y a trois semaines. J'ai suivi votre conseil, j'ai photographié tous mes cas particuliers. »

Cette information abasourdit Eadweard. Quand il avait proposé ses services, on l'avait résolument éconduit, mais il n'avait fallu que quelques mois à Gull pour lui voler son idée et enquêter à sa façon grâce à son art. Il tâcha de cacher son mépris tandis que le praticien poursuivait.

« Lorsque je lui ai confié le tirage sur papier, elle l'a contemplé sans réagir. J'ai dû lui expliquer que c'était sa personne. Là, elle s'en est repue. Littéralement. Elle a refusé de le rendre et l'a enfourné dans sa bouche sans que je puisse l'en empêcher. Le temps que Crane arrive pour la forcer à desserrer les mâchoires, il n'en restait plus rien. »

Il ouvrit la porte avant que ses paroles n'aient fait leur chemin. La femme se trouvait à l'autre bout de la chambre, debout dans un coin. Elle était squelettique et absente. Elle ne portait de vêtements qu'en haut du torse. Une tunique épaisse semblant trop large de plusieurs tailles enveloppait ses épaules. À partir du sternum, la partie inférieure de son buste était emmaillotée de bandages, qui se terminaient par décence sur un petit rabat suspendu.

Elle avait les jambes comme des allumettes, nues et grelottantes, et des pieds rentrés en dedans bleuis par le froid.

« Elle s'est encore déshabillée, dit Crane, révélant son intelligence en dessous de la moyenne.

— Oui, répondit calmement Gull. Couvrez-la. »

Une couverture arrachée au mince matelas se retrouva drapée autour de la taille de la femme. Le garde l'assit sur le lit tout aussi squelettique qu'elle.

« Ses blessures guérissent lentement. Quand le corps n'a que très peu de réserves dans lesquelles puiser, cela prend du temps.

— Que lui est-il arrivé ? » s'enquit Muybridge.

Gull se retourna en dirigeant son regard avec une force dévastatrice vers celui, sans défense, du photographe.

« Elle a tenté de récupérer le cliché. Elle s'est ouvert la peau avec les ongles pour l'atteindre. »

Eadweard se détourna du praticien pour considérer de nouveau la patiente : son regard lointain et creux ; ses bandages ; ses mains aux ongles parfois cassés, évoquant des oiseaux. Il se sentait tout à la fois mal à l'aise et mystérieusement excité, un sentiment annulant l'autre, le rendant impassible, ce qui le rapprocha d'elle un instant.

« Si nous ne l'avions pas surprise à temps, elle se serait vidée de son sang. Elle a déchiré sa paroi abdominale, perdu une partie de son petit intestin et entaillé ses trompes de Fallope, tout cela sans émettre un cri ni aucun autre bruit. » L'admiration de Gull était manifeste. « Imaginez la volonté qu'il faut !

— Disposait-elle d'une arme ? demanda Muybridge, redoutant déjà la réponse.

— Non, mon cher ami, c'est ce que je vous expliquais : elle a fait tout cela à mains nues.

— Est-ce physiquement possible ?

— Pas pour vous ni pour moi. Nous hésiterions. Notre bras perdrait de sa force, se contenterait de meurtrir, de racler. Mais la main humaine est un mécanisme efficace, d'une puissance énorme. Une série de points d'appui et de leviers actionnés par des muscles résistants, dynamiques. Ses ligaments et ses os sont élastiques et capables de soutenir des efforts colossaux. Nous employons à peine une fraction de sa force potentielle, nous développons plutôt sa souplesse, son agilité, son sens du toucher. Il s'agit d'un outil formidable, cela ne fait aucun doute. Savez-vous que c'est l'une des parties du corps humain les plus difficiles à détruire ? Rien que pour la briser en morceaux plus petits, il faut la concasser et la déchiqueter. »

Muybridge n'était pas sûr de vouloir être au courant de tout cela, mais il n'avait manifestement pas le choix : Gull continuait sur sa lancée.

« Il existe au Tibet une pratique funéraire très ancienne que l'on nomme "obsèques célestes". Les cadavres de moines sont portés jusqu'à une plate-forme surélevée où on les dissèque – les équarrit, en réalité – pour former des bouts moins gros, faciles à dévorer. Le prêtre briseur de corps quitte ensuite la plate-forme pour permettre à un vol de vautours de descendre jusqu'à la table et à la viande. Ces rapaces se repaissent du moindre fragment, puis s'en vont en emportant dans les nuages le saint homme. Au cours de cette opération, ce sont les mains qui demandent le plus de travail. Tout le reste est un jeu d'enfant en comparaison. Cela exige du temps, des outils aiguisés et beaucoup d'efforts de les démembrer afin que les oiseaux les dévorent. » Il reprit sa respiration. « Oui, mon cher, la main est une arme féroce, il n'y a pas de doute. »

Le silence les gagna tous les quatre sans qu'une once de communication passe entre eux. Chacun fixait une direction différente, des mondes différents, et attendait que les autres reprennent la parole.

Muybridge, les mains derrière le dos, écoutait discourir Gull.

« Je travaille à présent à établir un contact direct avec la volonté farouche dont font preuve ces patientes. Je tâche de débusquer leur obsession à s'affamer pour la dissocier de la détermination singulière qu'elle engendre. J'obtiens des résultats remarquables : dans le cadre d'un protocole rigoureux, il m'a été possible de localiser ce mécanisme au sein du cerveau afin de reproduire ses réactions exactes. »

Ils avaient regagné le couloir. Gull gardait enfin ses mains par-devers lui. Pouces coincés dans ses poches de pantalon, il déambulait devant les portes en métal bouclées. Sa posture assurée avait quelque chose d'implacable.

« Toutefois, ajouta le médecin, il existe un effet secondaire dénué de toute logique clinique. Une tendance à la violence semble se développer chez toutes les femmes que j'ai traitées ou qui m'ont servi de sujets d'expérience. À croire qu'il existe une corrélation fondamentale entre l'activation de la vision périphérique et le relâchement des codes moraux qui retiennent habituellement chacun d'entre nous. »

Muybridge s'apprêtait à poser une question quand il prit soudain conscience des implications de ce qu'il venait d'entendre.

« Cela s'accompagne d'une distorsion de la libido, continua Gull. Chez des patientes dociles par ailleurs, le périphériscope et le Miroir aux alouettes semblent en invoquer un aspect violent. Plus ces instruments sont employés régulièrement, plus ces effets augmentent. D'ailleurs, tant que vous êtes ici, j'ai d'autres outils hypno-optiques que j'aimerais beaucoup vous montrer. »

Il regardait les traits troublés et crispés d'Eadweard, qui avait adopté une contenance entre Dieu vengeur et enfant admonesté. Sa scrutation fut interrompue par une longue plainte douloureuse, un son si inhabituel qu'il stoppa tout autre bruit alentour. Le photographe, perturbé dans ses réflexions, identifia là un animal sauvage, exotique et meurtrier. En ayant déjà entendu de tels, il sut aussitôt que celui-ci n'était pas natif de nos contrées. Il avait connu l'appel de nombreuses bêtes féroces de cet ordre au cours de ses multiples voyages – peut-être ces couloirs verrouillés à double tour contenaient-ils en réalité un de ces fameux *zoos* ?

Cette fois, quand le chant s'éleva de nouveau, Eadweard perçut l'humanité qui le teintait. Il s'était astreint par le passé à écouter avec soin quantité de langues singulières, se fiant à ses instincts pour en décoder le sens. Celle-ci présentait les accents extrêmes entendus parmi les tribus montagnardes du Guatemala, les Eskimo des hautes plaines de l'Alaska, les nomades des ponts continentaux isolés du Groenland et du pôle Nord. Sa vibration n'avait rien de convenable.

« Ah, ceci va vous intéresser ! » Gull désignait la source de l'étrange bruit. Crane toqua à la porte métallique, qui s'ouvrit quelques instants plus tard sur un petit bonhomme chauve revêtu d'un tablier blanc et de gants rouges rigides en gutta-percha.

« Bonjour, sir William. Elle est agitée, ça recommence.

— Bonjour, Rice. Allons la voir, messieurs. »

L'ululement stoppa quand la femme vit Gull. Ses immenses yeux s'écarquillèrent. Elle se les recouvrit de ses mains scarifiées aux motifs compliqués. Elle avait la peau d'un noir luisant que des millénaires de procréation ininterrompue avaient poli jusqu'au bleu violacé. Contrairement aux autres, elle était mince, mais pas émaciée. Sa tête plus horizontale que verticale, à la beauté sculpturale, était comme un long losange de pierre gracieux reposant en équilibre sur le socle élancé et bien droit de son cou. Muybridge avait croisé bien des Noires en Amérique, avait été témoin de leur sort comme de leur force, mais celle-ci était d'une tout autre espèce.

« Permettez-moi de vous présenter Abungu. Entre ces murs, nous l'appelons Josephine. Voici M. Muybridge, Josephine. C'est l'homme qui a pris la photographie que tu aimes tant. »

Elle abaissa ses mains et regarda le visage abasourdi d'Eadweard.

« Montre-lui ce que tu en as fait ! »

Crane s'empara d'elle par sa robe, tentant de l'inciter à agir.

« Laissez-la, Crane. Elle va les montrer d'elle-même. »

Josephine traversa la pièce en lâchant dans son sillage une traînée liquide qui semblait provenir de ses cotillons. Tout le monde firt mine de n'avoir rien remarqué. Elle se rendit près d'une cassette du même blanc crème que les murs de la cellule. Une fois le couvercle ouvert, elle resta campée à côté. Le coffret débordait de feuilles de papier de dimensions identiques, proprement empilées, toutes irrégulières sur un côté, comme arrachées à des carnets. Les hommes franchirent la distance qui les en séparait.

« Montre-lui, Josephine », l'encouragea Gull. Elle plongea la main pour ôter la feuille du haut de la pile et la lever devant Muybridge.

« Prenez-la ! » enjoignit le médecin, sur à peu près le même ton que lorsqu'il s'adressait à sa patiente. Eadweard aurait sans doute dû protester devant autant de paternalisme, mais la curiosité l'emporta et il obtempéra. Il jeta un coup d'œil à ce qu'il tenait, puis regarda de plus près, surpris : c'était une reproduction parfaite de son cliché *Phases de l'éclipse du soleil.* En la contemplant, il constata qu'il ne s'agissait pas du tout d'un tirage photo, mais d'un dessin sur papier à l'encre noire recréant la photogravure qu'il avait laissée à Gull. Il ne manquait que les cinq lignes de texte expliquant sa provenance et indiquant les temps d'exposition. Chaque imitation comportait un A griffonné à la hâte dans un coin : la signature de la jeune femme, sans barre au milieu, ce qui le faisait ressembler à un V inversé.

Gull se frottait la joue en dissimulant un demi-sourire. Eadweard se détourna de lui pour scruter la splendeur épurée de cette femme dont les yeux immenses le transperçaient. Il considéra de nouveau la cassette et son trop-plein de feuilles.

« Allez-y, servez-vous, dit le praticien. Elle ne vous en voudra pas. »

Muybridge en ramassa une petite pile, qu'il examina. Toutes les images étaient exactement les mêmes. Josephine avait produit des centaines de copies de ses clichés, qu'elle avait toutes signées ainsi. Gull anticipa sa question et y répondit avant qu'elle s'exprime.

« Josephine est remarquable. Elle ne cesse de nous étonner. Un jour, je lui ai montré votre photographie. Elle n'a pas dû la regarder plus d'une minute. Quelques semaines plus tard, après une séance avec un de mes nouveaux instruments, on lui a offert du papier, des porte-plume, des crayons et de l'encre. Elle y a droit : c'est l'une de nos patientes passives, la seule qui ne présente pas les effets secondaires inquiétants dont je vous ai parlé tout à l'heure... Bref, elle s'assied et se met à tracer ces reproductions, qui sont toutes précisément identiques, de la première à la dernière. Si je lui confiais à nouveau du papier et de l'encre, elle en dessinerait aussitôt d'autres. »

Des dizaines de questions brûlaient les lèvres de Muybridge, mais aucune ne trouverait sa réponse auprès de Gull – ni, sans doute, de cette femme. Mollement, il choisit la plus simple.

« Sait-elle de quoi il s'agit ?

— Impossible de le dire, elle ne parle jamais.

— Pourtant, je l'ai entendue. Ces bruits étranges...

— Oui, elle produit des sons, mais jamais de mots. Il lui arrive de crier comme un animal ou de chanter comme un oiseau. On a l'impression qu'une véritable ménagerie vit dans sa cellule ! Jamais de paroles, cependant, malgré toute notre insistance ou nos incitations. »

L'assistant appelé Rice guida Josephine vers le lit d'où s'élevait doucement une vapeur lente. Trois écuelles d'eau, une serviette et une poire à lavement avaient été flanquées sous le matelas à la va-vite quand les deux hommes avaient fait irruption au milieu du traitement. Gull attrapa le bras réticent d'Eadweard pour le propulser jovialement hors de la pièce. Ils reprirent leur conversation dans le bureau du médecin, aux dimensions et au décorum étonnamment modestes.

« C'est à Josephine que je pensais pour vos études photographiques. Elle dispose d'une panoplie impressionnante d'expressions faciales susceptibles d'être invoquées à l'aide d'un miroir et d'une clochette. J'aimerais beaucoup en garder la trace avant qu'elle ne disparaisse à jamais.

— Où va-t-elle aller ? s'enquit Muybridge d'une voix blanche.

— Cela fait deux ans qu'elle se trouve ici et elle s'est montrée merveilleusement réactive au cours de mes expériences. Elle est capable de produire des démonstrations de volonté qui vous éberlueraient, et cela sans le moindre effet secondaire. Néanmoins, je pense qu'il est temps d'arrêter. Je me refuse à la pousser plus loin. Les spécialistes comme moi ont un instinct pour ce genre de choses. C'est un aspect de notre profession impossible à enseigner, qui ne vient qu'avec la pratique. J'ai le sentiment qu'en la poussant plus loin, elle risquerait sa santé. Cette force imparable virerait à l'aigre et s'exercerait contre elle, ou pire encore. Or elle est stable et en bonne forme pour l'instant, vous avez pu le constater par vous-même.

— Elle refuse de parler ?

— Oui. Cela ne changera pas, c'est profondément ancré en elle. Le phénomène remonte à son enfance. Ses parents ont été transportés jusqu'ici parmi les ultimes cargaisons de navires négriers. Elle est née plusieurs années après que l'abolition de l'esclavage a enfin été prononcée. Elle a dû endurer une pauvreté épouvantable, et sans doute de la dépravation. De quoi, en tout cas, lui faire renoncer à toute parole. Notez toutefois qu'elle comprend tout ce que nous disons. Une beauté de cet ordre, douée du « don » de silence, cela pourrait être considéré comme une bénédiction… Elle nous dispense de ce babillage féminin continuel avec lequel la plupart d'entre nous doivent composer... » Gull émit un rire sans joie. « Quoi qu'il en soit, ce que je désire, c'est que vous preniez une série de photographies d'elle au cours des années à venir.

— Mais j'ai beaucoup trop d'occupations pour consacrer autant de temps à une étude unique, sir William. Mon travail en Amérique et au-delà exige mon attention constante. Et je ne suis pas certain que des portraits à caractère médical cadreraient avec le reste de mon œuvre.

— C'est tout à fait exact. Et de fait, je ne me hasarderais pas à vous faire cette demande. Même si j'ignore tout de votre œuvre et de l'art en général. Vous êtes quelqu'un d'occupé, d'important, j'en suis bien conscient. Ces photographies ne seraient destinées qu'à moi et moi seul. Une commande spéciale. Mais que je vous explique... Je suis quelqu'un de riche, qui hormis cette petite folie n'a guère d'occasions de dépenser sa fortune. Je compte observer certaines de mes patientes tout ce qu'il reste de leur vie, ou de la mienne, pour évaluer les effets à long terme de mes traitements et les ajuster s'il le faut de temps à autre. Les lois changent et les cliniques privées telles que celle-ci tombent sous la férule de ces dogmes maternels bureaucratiques qui ravagent désormais nos principaux hôpitaux. »

Manifestement déterminé à parvenir à ses fins, Gull le fixait à nouveau de son regard éprouvant.

« Par conséquent, j'irai droit au but : j'ai l'intention de libérer Josephine ainsi que plusieurs autres. De les installer dans leurs propres logements, de pourvoir à leurs besoins afin de leur éviter la rue. Elles résideront non loin de London Bridge, pour me permettre d'avoir accès facilement à leurs appartements. Dans son cas à elle, je louerai une chambre supplémentaire que j'équiperai en matériel photographique selon les spécifications que vous fournirez. Cela signifie que chaque fois que vous passerez à Londres, vous serez en mesure de rendre visite à ma protégée pour établir son portrait. »

C'était tentant. Muybridge goûtait la discrétion du procédé : on faisait appel à ses capacités naturelles ainsi qu'à celles qu'il avait affûtées. Il trouvait cette femme étonnante – remarquable, même –, et des portraits d'elle seraient en effet très beaux. Mais ne le traitait-on pas en simple mercenaire ? Rien dans cette affaire ne lui permettrait d'accroître son prestige ni de promouvoir ses talents, et le bon docteur avait évidemment ses motivations propres dans ce projet. Même si chacun d'eux était préservé de toute malveillance et toute rumeur publique, Edward étant lui aussi quelqu'un de bien placé, d'honorable, il devait rester inattaquable et digne.

« Si je devais considérer cette offre des plus singulières, j'aurais également besoin d'un local fermant à clé pour protéger mes autres équipements et inventions optiques. Cela me permettrait de passer plus de temps à Londres et par conséquent avec Josephine.

— C'est tout à fait vrai ! » Gull était ravi de la facilité de cette transaction. « Vous disposerez d'un atelier, d'un laboratoire ou peu importe comment cela s'appelle dans votre branche. Je pourrai contribuer aux dépenses sur vos inventions. »

Muybridge, qui avait mordu à l'hameçon, s'échauffait. « Elles sont très coûteuses à fabriquer et à entretenir. Mon travail actuel se situe du reste en parallèle au vôtre. Certains de nos intérêts respectifs pourraient bien se recouper. »

Gull se leva, se méprenant sur la situation.

« Oui, excellent, bien entendu ! Passionnant ! À présent, indiquez-moi vos coordonnées pour les six mois à venir. »

Muybridge fut piqué au vif par l'indifférence évidente de Gull et par son doute implicite quant à la valeur de ses inventions. Chacun des deux hommes était entièrement motivé par son propre intérêt. Jusqu'à ce dérapage, leurs volants d'inertie avaient tourné à l'unisson, séparés mais solidaires. Eadweard se détachait des griffes du médecin.

« Avant d'accepter, sir William, je dois dire que j'ai quelques réserves sur la façon dont un projet comme celui-ci pourrait affecter mon statut social. Pour être franc, passer beaucoup de temps seul à seul avec une Négresse en piteux état risque de compromettre ma réputation. J'ai déjà connu des difficultés avec certaines femmes, ce qui me fait habituellement éviter leur compagnie... Rien de contre nature, bien sûr ! », se hâta-t-il d'ajouter.

L'incrédulité de Gull avait pris de l'ampleur – il commençait à penser que son invité était un nigaud absolu. Des milliers d'hommes tenaient leur maîtresse en réserve un peu partout dans la ville ; le quartier de Walworth n'avait été créé qu'aux fins de contenir ce trop-plein. Et voilà que ce photographe sans assise sociale – un technicien, un simple artisan – s'inquiétait pour sa petite réputation ! Toutefois, le médecin mit le holà à ces réflexions. Pour idiot que soit Muybridge, il avait besoin de lui. C'était le seul candidat susceptible d'effectuer cette tâche.

« Mon cher ami, il n'est pas question que vous compromettiez votre honneur. Je prendrai toutes les dispositions pour m'assurer que notre petite entente demeure absolument clandestine. Votre rôle dans cette étude scientifique sera tout à fait respectable. »

Cela parut faire redescendre Muybridge de ses grands chevaux, sur quoi Gull manœuvra en expert pour donner le coup de grâce.

« Ma situation nous protégera tous les deux. Depuis que Sa Majesté a eu la bonté de m'anoblir, je parviens plus aisément à mes fins. Je suis en contact permanent avec la reine et avec leurs altesses royales. Elles me considèrent non seulement comme leur humble médecin, mais comme un ami doublé d'un confident. En réalité... (il se pencha vers Muybridge, impliquant des sous-entendus confidentiels), elles m'ont plus d'une fois consulté sur le sujet délicat de la sélection des futurs lords. Sa Majesté s'intéresse beaucoup aux arts et aux sciences ; ce n'est qu'une question de temps avant qu'elle n'élève un compatriote à la réputation aussi intègre que la vôtre. Qui sait ? Peut-être nous rencontrerons-nous d'ici peu à la Chambre haute. » Cette approche impeccable apaisa complètement Muybridge. Les deux hommes échangèrent une poignée de main sur l'escalier extérieur et partirent chacun de leur côté en envisageant joyeusement l'avenir.

17

Quelque chose clochait dans le menu. Le Français l'avait senti dès le second plat. Il en était à présent au neuvième et cela empirait. La crème d'animelles avait une saveur piquante, amère, à l'astringence déconcertante. Les rognons étaient renflés et coriaces, et voilà que le foie gras présentait un arrière-goût de soufre. Il dînait en compagnie d'un de ses compagnons d'une nuit extraits du ruisseau. Cela même était un fait inédit : il s'arrangeait toujours pour les évincer avant son bain et son repas en solitaire. Le giton engloutissait les victuailles dans sa maigreur en les faisant descendre à coups de verres pleins à ras bord. Il postillonnait le vin préféré du Français tout en parlant et son rire éructait de grosses bouchées de gastronomie qui jaillissaient avec vulgarité tout autour de la nappe luisante. On aurait dit de l'herbe ruminée.

Le plat suivant avait l'odeur des cristaux qu'employaient les femmes de chambre pour nettoyer les sanitaires de la salle de bains. Le Français commença à s'étrangler. Cela le tira du sommeil et il s'éveilla sur un paillis humide de feuilles, parmi les racines superficielles de l'arbre qui concentrait son désespoir. La table illuminée et les douces bougies avaient disparu ; un début de crépuscule s'exhalait de la futaie. Submergé de crainte, il comprit dans un éclair que ce n'était pas un rêve.

Les larmes aux yeux, il se leva, essaya de se ressaisir et s'étouffa en avalant de l'air. Il s'éloigna au hasard pour fuir ce lieu emblématique où tout s'était déclaré, fuir aussi les horribles arbres qui avaient été témoins de sa prise de conscience quant à son châtiment ; il fallait mettre un terme à leur indifférence moqueuse.

L'arrière-goût de nourriture âcre persista tandis qu'il se faufilait dans le feuillage frais et humide. Ayant trouvé un arbre creux, un chêne mort depuis longtemps, il se glissa dans son étreinte rigide. Il se tortilla sur lui-même pour s'orienter vers l'extérieur en brisant des champignons secs avec ses épaules. Quand la nuit finit par arriver, il était paré contre toute attaque.

À mesure que la forêt s'assombrissait, les ombres s'allongeaient pour n'en former qu'une. Le monde à l'extérieur du chêne était plus qu'obscur : en perpétuelle mouvance. Des flous bleus se fondaient au noir dense du fond. Des êtres glissaient, bruissaient, rampaient, battaient des ailes dans la profondeur infinie. Il leva une main devant son visage pour vérifier : le vieil adage avait raison, il n'y voyait pas plus loin que le bout de son nez. Et pourtant, le liquide noir d'ébène qui emplissait ses orbites contenait toutes sortes de choses qui tourbillonnaient dans une proximité terrifiante. Une prière manqua trouver son chemin en lui. Elle avait germé parmi les craintes glaciales qui régnaient dans son cœur aux ventricules blancs comme le givre à venir, pour grimper vers l'extérieur et devenir pression, vent battant contre la voilure de chair de ses poumons. Elle s'était engouffrée comme une ombre dans le jeu de ses cordes vocales, jusqu'à sa bouche, sa langue et ses lèvres avant d'être garrottée par le fil fin, tendu de son cerveau. Aucune parole sincère ne franchirait jamais ces frontières sans subir de contrôle ; rien, pas même un arbre creux vidé de sa sève, n'avait le droit d'entendre une telle hypocrisie.

Vers ce qui pouvait être l'aube, il s'endormit. Au matin, aucun animal ne l'avait tourmenté et un vague sentiment d'espoir le gagna à nouveau. Peut-être réussirait-il à survivre ? Peut-être avait-il quelque compréhension profonde, inspirée, de la nature sauvage ? Beaucoup de grands explorateurs sous-estimaient leurs dons ; confronté à une adversité extrême, son esprit ingénieux parviendrait peut-être à transcender ces fléaux primitifs. Mis à l'épreuve ainsi, d'autres êtres de moindre envergure avaient su triompher avant lui.

Il commençait à ressentir un flux de confiance chaleureux quand il vit ses brodequins cousus main. Ces chaussures dédiées à l'aventure, censées confondre et conquérir les terres sauvages, avaient été fabriquées par une maison de Marseille. Les lanières qui les maintenaient avaient été rongées, dévorées. Il n'en restait plus que des bribes de chaque côté du rabat grignoté. Il se redressa brusquement pour constater le scandale, tout en essuyant la rosée du matin sur ses yeux et son visage. Elle était collante et piquante. En regardant ce qu'il avait ôté, il se rendit compte avec désespoir que ce n'était pas de la rosée, mais de la salive. Il baignait dedans. Il se leva en se cognant la tête et les genoux contre l'intérieur rugueux du chêne tors, provoquant une pluie de champignons desséchés qui s'émiettèrent sur lui. Il se dégagea de l'enclos vertical de l'arbre en tapotant ses vêtements mouillés et ses cheveux trempés dans une pathétique tentative d'effacer la saleté. Ses brodequins flottants, distendus, vrillaient autour de ses pieds agités, si bien qu'il les perdit en trébuchant sur le sol humide et épineux qui accrochait ses chaussettes et ses chevilles nues. Il glapit, sautilla, glissa, tombant face contre terre dans un ruisseau couvert de boue et de pierres dures, où le derringer tira un coup de feu assourdissant.

Il resta allongé sur place avec l'espoir d'être mort. Aucun lieu n'avait jamais été aussi épouvantable que celui-ci. Son appartement parisien lui paraissait un rêve jamais possédé. C'est là que, la détonation résonnant encore à ses oreilles, il entendit la voix de Séil Kor, au loin, mais distincte.

« Séil Kor ! beugla-t-il fiévreusement. Séil Kor ! » Il réitéra ses appels à de nombreuses reprises et finit par obtenir une réponse nette.

« Ne bouge pas, *effendi* ! Crie, c'est tout ! C'est moi qui viendrai vers toi ! »

Ce manège infructueux dura des heures. Par instants, la voix semblait plus lointaine, perdue dans les profondeurs et les zigzags des sentiers d'animaux infinis de la vaste et impénétrable forêt. Deux ou trois fois, le Français entendit quelque chose se mouvoir parmi les bouquets de troncs et les feuilles des fourrés, mais ce n'était pas son salut, sans doute plutôt la mort qui le traquait, la bouche encore pleine du goût récent de son corps.

« *Effendi* ! »

Séil Kor arrivait vers lui, écartant les feuilles avec une grâce décidée.

Il sortit le derringer rechargé de sa poche et effectua un tour complet sur lui-même. Puis il la vit. Loin dans les arbres, une créature grise et voûtée, qui le regardait. Il lui était impossible d'en distinguer la forme ; il pouvait même s'agir d'un être humain. Une brindille se brisa derrière lui et il pivota dans la direction opposée.

« *Effendi* ! »

Séil Kor s'approchait.

Il se précipita vers sa haute silhouette. Tout petit corps tremblant sous sa tunique colorée, il se jeta à son cou en fondant en larmes. Il se serra contre la protection que constituait le calme du Noir. Il était sauvé. Puis, en le regardant, il se souvint de ce qui l'avait observé et il se détacha de son ami avec un coup d'œil derrière lui pour voir si ça y était encore. L'être s'était déplacé un peu plus loin, dans l'ombre, mais le scrutait toujours. Le Français agrippa son compagnon d'une main et désigna de l'autre cette direction.

« Le vois-tu ? demanda-t-il.

— Oui, hélas.

— Qu'est-ce que c'est ? »

Il y eut un long silence pendant lequel Séil Kor agita sa main au-dessus de sa tête. L'être se mut jusqu'à un carré de clarté. C'était une sorte d'humain. Il avait la peau grise et plissée comme celle d'un primate qui aurait perdu sa fourrure. Il demeura immobile pendant qu'ils l'observaient.

« Qu'est-ce que c'est ? demanda-t-il derechef.

— Adam, hélas », répondit Séil Kor.

Le Français éructa un éclat de rire indicible et incontrôlable dont les postillons énervés firent tressaillir la créature. Elle se fondit dans le feuillage. « Adam ? » répéta-t-il, la bouche encore humide du bruit de son hilarité.

Le Noir n'émettait aucun son ; son regard harassé était lourd de remords.

« Séil Kor ? »

Toujours aucune réponse.

« Cette bête est à peine humaine. Comment pourrait-il s'agir d'Adam ? Il serait âgé de plusieurs milliers d'années, aujourd'hui.

— La Bible le dit mort. Elle affirme même que l'arbre planté sur sa tombe a grandi pour fournir le bois qui a donné la Sainte

Croix. » Séil Kor regarda les arbres et se mit à s'éloigner de l'endroit où ils avaient repéré l'être. « Nous devons partir. Nous sommes entrés trop profond. »

Le Français voulait le suivre, mais il dut s'arrêter pour récupérer ses godillots rongés, qu'il enfila et tenta de ne pas perdre en contractant les orteils.

« Je t'en prie, attends-moi ! »

Séil Kor s'arrêta de marcher, sans se retourner vers le dandy qui traînait des pieds. Tandis que ce dernier s'approchait, il reprit sa progression sans mot dire ni le moindre signe qu'ils cheminaient ensemble. Il avait adopté un pas lent pour permettre à son compagnon de suivre. Il semblait savoir où ils étaient et où il allait. Au bout de plusieurs bifurcations et maladresses, ils parvinrent à un sentier plus large. Cet espace agrandi évacua une part de la tension qui régnait entre eux, et les questions du Français jaillirent de façon incontrôlable.

« Je t'en prie, Séil Kor, implora-t-il, dis-m'en plus. Je t'assure que j'écouterai, cette fois. » L'air suppliant, il fixait son guide, qui le jaugea d'un regard égal avant de prendre la parole d'un ton lent.

« Il existe différentes bibles, qui racontent différentes histoires. Dans ces régions, c'est la vérité qui est écrite. Adam n'a jamais été tout à fait pardonné. Ses fils et ses filles ont quitté cet endroit pour occuper le monde. Lui, il a attendu Dieu, attendu sa miséricorde, et aussi que sa côte repousse. Mais une fois qu'il en a eu assez d'attendre, il est reparti à pied dans la forêt. Les anges qui protégeaient l'arbre l'ont laissé passer parce qu'il n'y avait rien d'autre qu'il puisse faire dans ce lieu sacré. Seulement, en son absence, Dieu l'a oublié, et il est resté. Chaque siècle, il perd une peau de son humanité, il recule parmi les animaux jusqu'à redevenir poussière. C'est cela que je te lisais quand tu es parti. »

La voix de Séil Kor véhiculait à présent une colère sincère, et pour la première fois le Français saisit que son affection à l'égard du jeune homme était payée de retour. Toutes ces billevesées sur l'Eden, ç'avait été sa façon à lui de se rapprocher de son *effendi*.

« Je ne comprenais pas, jusqu'ici, admit-il. Me pardonneras-tu ? Me raconteras-tu d'autres récits de ton merveilleux livre ? »

Séil Kor se retourna pour détailler son compagnon avec minutie. « Tu as beaucoup à apprendre, dit-il, gagné par un sourire, et je te l'enseignerai. Mais nous devons vite quitter cet endroit. »

Le Français saisit sa main tendue et ils avancèrent ensemble à travers le va-et-vient du feuillage.

Ils discutaient encore d'Adam quand il crut reconnaître dans ce chemin plus large celui qui mènerait à la gare – et, il fallait l'espérer, au train en attente. Il avait subi assez d'aléas comme cela. Malgré les récits imaginatifs de Séil Kor, malgré sa présence chaleureuse, il avait envie de regagner l'hôtel, son vin frais et son eau chaude. Ses chevilles et ses orteils lui faisaient mal à cause des efforts exigés pour conserver ses chaussures ; ses bleus, plaies et autres morsures d'insectes frottaient sans cesse contre sa tunique tachée dont le textile trahissait à présent un aspect irritant et rugueux. Il était couvert d'une salive sèche qui avait viré à l'aigre et au gluant dans la chaleur humide, et dont l'odeur persistante semblait s'insinuer dans chaque pore de son corps épuisé.

« Adam ne partira jamais, désormais. » Séil Kor livrait ses réflexions. « Les anges ont vieilli et se sont fatigués dans la forêt. Peut-être qu'ils ont oublié leur rôle. Ou que Dieu les a tous oubliés.

— Combien doit-on encore marcher ? demanda le Français en comprenant qu'il s'était trompé de chemin et qu'il n'y avait pas trace de voie ferrée.

— Deux heures. »

→

Après avoir actionné la culasse mobile luisante pour introduire l'une des munitions de 7,70, la main de Tsungali guida Uculipsa en un long et lent mouvement. Le museau du fusil perçait à travers les buissons, humant les voix à l'approche.

Il rentra son arme vorace ; ce n'était pas sa proie. Il ouvrit la culasse pour ôter la balle, qu'il plaça dans l'une des bourses à charmes qu'il portait accrochées à sa cartouchière. Il ne vit pas le mince fil s'échapper du rabat et partir sur le souffle chaud d'une bourrasque humide. Chaque oiseau qui se trouvait à proximité décolla dans un battement d'ailes d'une discordance saisissante. Le regard de

Tsungali se tordit, aiguisé, vers le ciel, et il observa avec suspicion ces essors qui emplissaient tous les espaces bleus dans le feuillage de la futaie.

→

Séil Kor et le Français s'arrêtèrent eux aussi dans leur marche pour scruter le frémissement qui agitait les arbres.

Le fil de filature flottait, triturant l'atmosphère, avide de se poser sur son hôte. Il possédait une longévité étonnante et était capable de demeurer des années en sommeil bien qu'activé, jusqu'à ce que la chaleur ou l'odeur d'un passant déclenche son besoin urgent de s'élancer en une fixation vampirique. Ce jour-là, il n'aurait que quelques minutes à attendre.

18

Ghertrude se sentait seule et déphasée. Depuis la fin du carnaval et le départ d'Ismaël, tout lui semblait fade, assombri. Privée de son plus gros secret, elle n'avait plus de ressort. La ville ne la mettait plus en émoi.

Elle avait passé le coin de la rue Kühler-Brunnen et approchait tête basse de l'hôtel particulier quand elle manqua entrer en collision avec une personne campée devant la porte d'accès. Une femme plus grande qu'elle, et plus âgée. Ses yeux inoubliables vous dévisageaient en absorbant la moindre particule visible, le moindre brin de signification. Elle l'attendait, manifestement.

« Mademoiselle Tulp ! » La visiteuse rayonnait, inexplicablement triomphante. « Permettez-moi de me présenter. Cyrena Lohr. » Elle amorça une poignée de main. « Il me semble que nos familles se fréquentent déjà. »

Ghertrude avait entendu parler de cette femme. Comme tout un chacun. Peut-être pas avant le miracle du carnaval, mais depuis, forcément. Il lui revint soudain qu'elles s'étaient rencontrées une fois alors qu'elle était enfant. Cette belle inconnue avait été confiée à sa garde pendant une des grandes réceptions mondaines des patriciens locaux. À moins que ce ne fût l'inverse ? En tout cas, Ghertrude était ramenée à un souvenir de musique et de vastes salles où elle se trouvait à part en compagnie d'une aveugle élégante. Elle se rappela avoir pu la scruter et l'examiner sans cérémonie, en réfléchissant pour la première fois de sa vie à ce que la cécité signifiait. Son regard d'alors avait sondé la noirceur de ces beaux yeux morts qui, plus que vifs, la dévisageaient à présent.

« Enchantée, mademoiselle Lohr.

— Alors, tutoyons-nous, si nous devons être amies. »

Désarçonnée par la rapidité de cette hypothèse, Ghertrude s'apprêtait à répondre quand elle constata que Cyrena contemplait la porte fermée à clé.

« Oh, désolée. Je vous… je t'en prie, entre », dit-elle en palpant ses poches pour trouver les clés.

À l'intérieur, elles prirent place à la table de la cuisine et évoquèrent leurs connaissances communes, leurs souvenirs et leurs expériences de femmes de l'élite. Le flottement initial des présentations commençait à s'estomper quand, soudain, avec un grand sourire, Cyrena contrevint carrément à toutes les règles.

« Pardonne-moi de te poser une question aussi taboue, chère petite, mais je dois absolument savoir qui t'a accompagnée aux premières frivolités du carnaval. »

Ghertrude papillonna, s'empourpra, tout en tâchant de rester calme et indifférente. Le regard avide s'en rendit compte et se fit plus pressant.

« Je ne te demande pas de te montrer indiscrète ni de rompre un secret, mais j'ai une dette que je tiens à rembourser envers le personnage en question.

— Es-tu sûre que nous parlons de la même personne ? » s'étonna Ghertrude. Elle avait beau se creuser les méninges, il lui était inconcevable que ce duo improbable ait pu se croiser.

« J'y compte bien. » Quand Cyrena lui décrivit le costume alors qu'elle ne l'avait pas vu – une description exacte –, le rougissement de Ghertrude vira à une pâleur anxieuse. Cyrena avait deviné quelle vérité présidait à sa réaction. Elle était coincée.

« Il s'appelle Ismaël, expliqua-t-elle à contrecœur. C'était mon ami. Il vivait à cette adresse.

— Vivait ? relança Cyrena. Où se trouve-t-il à présent ?

— Il est parti voilà plusieurs semaines. J'ignore où », mentit-elle.

Son aînée se leva brusquement, prise d'une agitation manifeste. Ghertrude s'approcha et posa la main sur son bras frissonnant.

« Pourquoi dois-tu le trouver ? »

Le regard ne flanchait pas. Il fixait le sien avec une étrangeté indescriptible. « Je lui dois la vue. »

L'effluve aigu, fétide, piquait le nez et giflait le cerveau. D'instinct, Ghertrude tenta de repousser la fiole de verre loin de ses narines, mais Cyrena l'y maintint jusqu'à ce que les sels aient agi. La jeune femme sonnée suffoqua. Une main sur son front et l'autre bras passé autour de son dos, Cyrena l'immobilisait fermement sur la chaise à haut dossier.

« Tout va bien, ma chère. Tu t'es juste évanouie. »

Les zébrures nauséeuses disparurent du champ de vision de Ghertrude, qui reprit soudain pied dans la réalité étourdissante de la révélation faite par Cyrena. « Tu dois la vue à Ismaël ? souffla-t-elle. Mais comment ? »

Cyrena se rassit à la table et entreprit d'expliquer les circonstances de cette nuit inouïe. Elle s'en acquitta avec franchise et peut-être trop de détails. Bien qu'elles fussent deux à rougir, cette fois, elle poursuivit son récit singulier et Ghertrude s'accoutuma lentement à l'étendue des expériences carnavalesques d'Ismaël. Tandis que Cyrena lui faisait part de leurs exquises interactions, la jeune femme commença à entrevoir la réalité terrible de ce qui s'était produit, l'unique caractéristique qui n'aurait pu faire l'objet d'un échange via leurs seuls gestes. Elle-même aurait voulu annuler son rôle là-dedans, mais il était trop tard : elle ne devait plus rien taire, à présent. Entre elles, le temps n'était déjà plus au mensonge ni aux semi-vérités.

« Est-ce qu'il... » Elle hésita, adressant un regard en coin à sa nouvelle amie. « Simplement, je me demandais... as-tu jamais vu son visage ? »

Ghertrude se chargea des sels. Cyrena ne s'était pas pâmée, mais la nouvelle l'avait renversée comme un direct au plexus.

« Tu veux dire qu'il est né avec un seul œil ? » Elle était bouche bée.

« Oui. Il est là, au centre de son visage. » Ghertrude désignait le haut de l'arête de son nez. « Ça prend du temps, mais on s'y habitue, ajouta-t-elle gentiment. Au bout d'un moment, on ne voit plus que la personne qu'il est.

— Mais je ne me doutais pas du tout ! Il n'y avait pas le moindre signe d'une telle difformité chez lui. Ce masque… ce masque… tout avait l'air *normal* ! » Cyrena cherchait ses mots au souvenir des événements de cette fameuse nuit. Elle s'efforçait de réprimer ses larmes.

« Il n'est pas comme nous, énonça Ghertrude en secouant la tête. Pas du tout. »

La journée s'écoula. Ghertrude était allée chercher une bouteille de porto et deux verres. Elles burent assises près d'une fenêtre, en regardant le soleil se coucher sur la Vorrh. Elle raconta à cette inconnue, vite transormée en amie, la majeure partie de son existence avec Ismaël au 4 de la rue Kühler-Brunnen, en omettant simplement le début. Elle avait beau brûler de révéler les anomalies constatées au sous-sol, de livrer cette vérité impossible, elle avait conscience que ses propos feraient l'effet de délires de dérangée. Qui irait jamais croire à une telle histoire, en l'absence de toute preuve ? Elle regarda Cyrena. Elle ? Cette femme forte et intelligente qui lui donnait l'impression d'être redevenue toute petite – quoique étrangement protégée ? Comprendrait-elle ?

« Je dois le trouver malgré tout, disait Cyrena. Quoi qu'il soit, où qu'il soit parti, il a entièrement changé ma vie. »

Ghertrude poussa un soupir et laissa choir les dernières miettes de déni sur le carrelage de la cuisine. « Il a expliqué qu'il allait dans la Vorrh », révéla-t-elle.

On aurait dit un pacte.

→

Plus tard, Cyrena alla s'asseoir dans sa pièce favorite, celle au balcon en fer forgé. Elle y avait passé des heures à ressentir la ville d'en haut. Les aromes et les sons formaient un paysage poignant où le contentement le disputait à la nostalgie. Un de ses moments préférés, c'était le soir, quand les bruits urbains diminuaient et laissaient la forêt lointaine déployer sa voix. Elle adorait sentir cette inversion, les flux de sons humains et animaux qui se croisaient dans l'empire croissant de la nuit.

Ses amis voyants – tous l'étaient – lui avaient toujours assuré qu'elle discernait merveilleusement le monde qui leur était commun. Au fil des années, ils avaient appris à ne pas baser leurs conversations sur des descriptions du visible. Cela n'avait jamais gêné Cyrena, même si elle devinait leur embarras lorsqu'ils faisaient référence sans le vouloir à une apparence ou qu'ils l'invitaient à regarder quelque chose.

Haut dans le ciel, les martinets cédaient la place aux chauves-souris venues à leur tour écumer les nuées de ses bancs d'insectes. Leurs minuscules cris aigus étaient comme autant d'étoiles uniques appelant, l'espace d'une fraction de seconde, depuis une constellation d'obscurité scintillante : jadis, ils étaient devenus le firmament que Ghertrude n'avait jamais vu. Ses premiers aperçus des martinets dans l'air lumineux l'avaient enchantée. Leurs voltes, leurs essors étaient plus rapides que tout ce qu'elle aurait jamais pu imaginer. Leurs acrobaties aériennes avaient aussitôt remplacé son image mentale de pépiements en têtes d'épingle résonnant depuis un horizon lointain. Au début, ce troc avait été largement avantageux, mais les allées et venues célestes s'étaient faites prévisibles au fil des semaines ; lamentablement, prosaïquement liées à l'alimentaire. D'autres détails visuels commençaient eux aussi à s'affadir, à devenir banals. Les teintes des meubles s'étaient mises à pâlir. Les textures du bois, autrefois son plus grand attrait, l'avaient d'abord vivifiée par leur richesse, mais elles semblaient désormais sursauter à l'improviste, quand elles ne brouillaient pas la profondeur de la pièce ; avec la vue, les objets paraissaient plus petits et, allez savoir comment, rétrécis.

Peut-être sa rencontre récente l'avait-elle déprimée. Si la jeune Tulp lui avait offert un peu de son amitié, c'était une compensation bien maigre pour une perte bien plus importante. Les attentes de Cyrena étaient monomaniaques : revoir l'inconnu avait été l'unique hypothèse qu'elle envisageait. Elle s'était représenté le moindre détail de leurs retrouvailles. Si tant est que le terme « représenté » convienne. En réalité, son imagination visuelle n'avait pas du tout été mise à contribution. Ses espoirs s'étaient concentrés sur le toucher et les bruits, la présence d'Ismaël étant plus ferme dans ces contours mémoriels que dans tout ce que Cyrena avait vu depuis le miracle. Les descriptions fournies par Ghertrude avaient accentué le phénomène. Comment concilier le portrait d'une laideur avec la franche beauté de cette fameuse nuit, qui avait tout balayé sur son passage ? Ses yeux neufs lui apportaient plus de motifs de déception qu'elle n'aurait jamais pu l'imaginer. Ils la déviaient vers un flot continu de détails non pertinents qu'elle devait pourtant traiter pour y réagir. La profondeur et la cohérence de son monde d'avant se délitaient, effacées par une éternelle marée basse de clarté et un éboulis infini d'images.

Et pourtant, quel sacrilège de raisonner ainsi ! Tout le monde délivrait des sermons passionnés sur « le roi des sens » et sur la merveille que constituait le fait d'être admise en sa cour. Comment osait-elle se montrer aussi ingrate ? Comment pouvait-elle regretter en secret la coupure obscure et tenace d'avec le monde qui avait toujours été sa réalité ? Et pourtant, voir soulevait en elle un sentiment de solitude jamais éprouvé jusque-là. L'indifférence d'autrui devenait patente, criante ; cette distance inflexible et complexe rabaissait tout ce que Cyrena avait jamais cru accomplir et comprendre. Son intimité rêveuse d'autrefois baignait à présent dans une clarté tapageuse et vulgaire qui ne cessait de commenter l'espace entre les choses.

Soudain, ses doutes débusquèrent dans ses motifs de se réjouir une omission évidente. Elle avait fait part du miracle à tout son entourage, mais elle avait oublié quelqu'un : le seul être à avoir vraiment compris son monde de non-voyante. Celui qui, sans qu'elle le comprenne sur le moment, avait transformé son enfance en lui demandant d'imaginer la vue. L'oncle Eugène. Comment avait-elle pu se montrer aussi sotte ? Elle éluda cette question, parce que la réponse était une ombre, une aigreur ; c'étaient ses doutes, son anxiété, qui avaient rappelé le vieux bonhomme à son souvenir, car ils le caractérisaient. Il comprendrait donc. Elle lui écrirait en tentant d'expliquer et de décrire ces moments de tristesse sortis de nulle part et il la conseillerait, lui expliquerait pourquoi elle ressentait la lumière comme une trahison.

Celle du soir se rapprochait, tiraillant Cyrena, grignotant sa maigre résolution, mais elle s'en dégagea et, dans son sillage maussade, s'assit pour composer solennellement sa lettre.

De nombreuses minutes s'étaient écoulées depuis son instant de lucidité. Tandis qu'elle rédigeait, une gerbe de fleurs coupées ondoyait dans le vase en verre posé à mi-distance du crépuscule du dehors. Les martinets filaient et voletaient. Leurs piaillements et leur vitesse étourdissante étaient comme un appel. Cyrena aurait voulu sortir les écouter sur le balcon, mais le vase et les fleurs lui bloquaient le passage. Leurs couleurs la maintenaient à distance et leurs exhalaisons devenaient violentes. Jusqu'à présent, la végétation n'avait pas signifié grand-chose dans sa vie. Elle n'avait jamais compris l'insistance horrible de sa pression ni son omniprésente existence.

Le bouquet était un cadeau. De la croissance et de la vitalité en veux-tu, en voilà. Juste l'un des nombreux régals visuels, apportés avec un zèle trop prodigue par les amis ou inconnus soucieux de fêter l'apparition de son sens, donc sa récente entrée avec leur monde. Cela partait d'un bon sentiment, mais elle n'avait rien demandé.

Le vase était couronné d'une crinière de forme renflée. Cyrena décida d'aller examiner pour de bon les entités têtues qu'il contenait. Sa bonne avait parlé de… pivoines ? Pas sûr, car ces plantes avaient la tige droite, assurée, hérissée de poils et de piquants, sans doute pour tenir à distance la bouche tendre des mammifères ou le bec agile des oiseaux. Les feuilles longues et pointues bougeaient au moindre souffle d'air venu du balcon et conféraient à l'obstacle une faible animation, leurre qui suffisait à piéger le regard et capter l'attention. Au bout de la tige se pavanait la fleur. Il y en avait deux variétés, une cramoisie, et une rose, dotées des mêmes contours suggestifs. On aurait dit des bols de soie froissée s'ouvrant avec une impétuosité ravie, pour révéler la complexité de leurs replis et de leurs couches touffues. Les pétales s'enroulaient, se fronçaient pour attirer le regard et le garder captif. Tout œil humain était aspiré vers une concentration cruciale, un entonnoir turgescent rituel semblable à la bouche située au centre du bec des pieuvres, et qui exige que chacun de leurs bras l'alimente. Ces pétales semblaient conçus pour le regard. Leur avidité avait trouvé sa contrepartie dans la gloutonnerie visuelle des hommes. Leurs orbes vifs et chiffonnés se déplaçaient, pour certains, à une vitesse imperceptible. D'autres fleurs remuaient plus nettement au passage du courant d'air, penchant dans ce qui donnait l'impression d'un geste d'accord tacite et taciturne. Leur vanité était stupéfiante. Cyrena avait pu constater leur propension à s'ouvrir lorsqu'elles exigeaient qu'on les voie : la charnière du bas de chaque pétale s'inclinait sous la pression, se tendait jusqu'à ce qu'il s'épuise, pour se détacher en dévoilant un ovaire enflé, fécondé. Telle était l'étendue de la finalité de ces fleurs : faire jaillir de la couleur en exposant leurs replis chantournés ; attirer l'admiration et des insectes excités afin de perpétuer la fertilisation de leur espèce.

Plus Cyrena contemplait ce bouquet extravagant, plus elle y voyait une imitation moqueuse de sa féminité, doublée d'une agression impudente contre son regard. Les têtes des pivoines dodelinaient, acquiesçant et souriant avec une mimique à mi-chemin entre fragilité et saturation obèse. Là, son indignation déborda. Elle aurait pu sonner la bonne pour lui demander d'ôter l'odieuse gerbe, mais ç'aurait été trop facile. L'idée que ces horribles herbes hurlantes si contraires à sa sensibilité puissent avoir le dernier mot la fit grincer des dents. Soudain, spontanément, en fermant les paupières sur ses yeux parfaits, elle s'avança pour soulever le vase ; il répandit de l'eau sur sa robe et partout par terre. Elle le coinça contre sa poitrine tel un enfant turbulent, traversa la pièce d'un pas décidé jusqu'à la porte ouverte du balcon, puis sortit dans l'air du soir tandis que les fleurs se tassaient de biais dans leur récipient, se raccrochant les unes aux autres en une botte moite et chaotique. Parvenue au bout du balcon, Cyrena rouvrit brièvement les yeux pour regarder au fond du jardin. C'était désert. Obturant à nouveau sa vision, elle leva le fardeau oscillant, qu'elle fit passer par-dessus la balustrade en fer forgé. Le poids immense exerçait une telle traction sur ses articulations que ses paupières pourtant fermement closes s'en soulevèrent presque. Là, elle lâcha le vase et un grand râle s'éleva au niveau du sol, venant à la rencontre du récipient, qui plongea longtemps et délicieusement avant de se fracasser sur le carrelage du patio dans un superbe Technicolor sonore. Cyrena demeura plantée là un long moment de volupté, souriant triomphalement, tel un somnambule ravi au bord du précipice.

Les rumeurs tendent à se répandre comme des ondes, par vagues concentriques s'éloignant de leur point d'origine. En milieu urbain, elles s'interrompent un instant au contact des fortifications extérieures, surtout quand la ville en question est circulaire. Acculées à cette barrière, elles subissent une remise en question. Les murailles interrogent leur provenance et leur validité, et si l'on-dit tient debout, il se retrouve filtré vers l'extérieur sous une forme altérée, fragmentaire.

Quand la rumeur du miracle du carnaval était parvenue jusqu'aux va-nu-pieds et aux infirmes qui se morfondaient à l'ombre des murailles, un grand relent d'optimisme s'était levé ; une fièvre les avait échauffés, créant un bouillonnement aux portes. C'est à ce moment-là qu'ils s'étaient mis à affluer devant chez Cyrena. Persuadés que sa proximité pourrait modifier leur état, que le reflet avait le pouvoir de réparer, ils traînaient près de l'enceinte du jardin dans l'espoir – quand ils avaient la vue –, d'apercevoir cette dame bénie des dieux. Mais ils n'avaient pas le courage de toquer à son huis imposant.

Cray et sa sœur s'étaient frayé un chemin en mendiant jusqu'au mur couvert de lierre. Ils arboraient les cannes coupées dans la forêt et peintes en blanc chaque année par leur père, contrairement à celles que Cyrena avait brûlées très récemment. Les yeux de Cray avaient été emportés quand il était enfant. Les mouches qui lui grouillaient dessus depuis qu'il était sorti de la matrice, tétant et raclant sa peau moite, avaient fini par enfouir leurs œufs dans ses pupilles lorsqu'il avait trois ans. Si le phénomène n'était pas rare au village où il était né, il suscitait la pitié des voyageurs sur la route menant à la ville et un léger revenu avait fait son apparition dans l'existence du père.

Les raisons exactes de la cécité de la sœur restaient un mystère. C'était survenu brusquement, en plein milieu de la nuit ; tout ce que la jeune fille se rappelait, c'était sa douleur et son impression d'être maintenue de force sur sa couche, empêtrée dans ses draps. Depuis, avec Cray, rapportant plus à deux au vieillard insatiable, ils parcouraient ce qu'ils pouvaient de la route. Le spectacle des deux adolescents tâtonnant main dans la main aux abords de la piste affairée faisait fondre le cœur des passants et délestait leurs porte-monnaie d'ordinaire réticents. Le père ignorait tout de leur présence devant chez Cyrena ce jour-là ; il les croyait occupés à stopper la circulation par-delà les murailles grâce au tragique de leur apparence, et non plantés au-délà des fortifs près de la porte au miracle.

Le bruit venu aux oreilles de Cray et de sa sœur impliquait une grande dame qui avait ouvert sa maison aux aveugles pendant le carnaval, au point que l'endroit en débordait et que le claquement de leurs cannes s'entendait depuis la rue comme celui des becs de cigognes sur les toits. Peut-être cette patricienne ferait-elle une exception en dehors des festivités pour deux enfants dans le besoin ?

Ils étaient arrivés devant l'immeuble pour trouver, rôdant sous son enceinte, d'autres gens privés d'un sens et comme eux à la recherche d'une intervention surnaturelle capable de transformer leur vie aliénée et crasseuse. Bardé du courage que confère la perte de tout espoir, Cray avait toqué doucement à la porte du jardin. Sa démarche avait été accueillie par un fracas de verre assourdissant, comme si une arme terrible et fulminante à base d'eau et de cristal venait d'exploser de l'autre côté du mur. Sa sœur l'avait pris par la main et, redoutant que cela se répète ou qu'on les accuse de la calamité qui s'était abattue si violemment, ils s'étaient éloignés en toute hâte de leur pas chancelant. La majeure partie de la foule s'était enfuie avec eux, ne laissant derrière elle que quelques individus observant cet exode avec surprise. C'était les sourds.

→

Ismaël avait soif. Il avait épuisé ses provisions d'eau la veille et suivait un chemin apparemment plus droit que les autres, mais en réalité identique. Il avait tant marché depuis qu'il avait tourné le dos à la ville et pris vers les profondeurs de la forêt ! Ayant résolu de ne jamais emprunter de sentier incurvé qui bifurque vers la droite ou vers la gauche, il ne recherchait que les rectilignes, conscient que même eux pouvaient se révéler trompeurs et le faire tourner en rond.

C'était une des vérités apprises avec les Proches lors de ses leçons sur la navigation et le sens de l'orientation. Ces connaissances qui, à l'époque où il les avait acquises, lui paraissaient difficiles et abstraites, planaient à présent au-dessus de lui comme un halo ou un fanal nocturne. « Les humains marchent toujours en rond », avait expliqué Seth, en ajoutant qu'ils n'étaient jamais d'équerre ; quelque chose les déséquilibrait fondamentalement, et ce depuis la naissance. Poser un pied devant l'autre en regardant droit devant ne suffisait pas à guérir de ce mauvais penchant.

Sauf qu'Ismaël avait désormais la certitude de n'être pas humain. Il était unique, ses relations avec les femmes l'avaient prouvé. Il se pouvait qu'une part de lui-même ait été glanée au sein de cette race, mais pas sa totalité. Il ne se laisserait pas ternir par ses peurs ni mutiler par ses imperfections. Il n'appréciait guère ses maux ni ses sottises qui ici, au milieu de la Vorrh, paraissaient mesquins et frivoles. Sa souffrance et sa honte n'avaient pas survécu à la cinquième heure passée au milieu des arbres. Il était livré à lui-même et le joug de ses émotions d'avant gisait, démantibulé, à l'orée de sa nouvelle vie.

Il avait sommeillé par bribes, de jour comme de nuit, la tête systématiquement orientée vers l'intérieur de la forêt. Il avait dormi plusieurs fois dans des cavités sablonneuses ou dans des nids de broussailles piétinées. Une fois, il avait tenté de s'installer dans un arbre, mais s'était rendu compte que cela attirait l'attention des êtres qui y logeaient.

Il avait entamé un dialogue avec la Vorrh et trouvait du plaisir à son étrangeté croissante. Il ne tarderait pas à devoir y chasser et y cueillir sa pitance. Il avait fini la miche de pain, l'eau et le vin emportés en coup de vent et son corps commençait à protester. Les crampes de la faim et de la soif lui confirmaient qu'il était un être de chair, ainsi que ses pieds douloureux. Ces désagréments se consumeraient peut-être à mesure qu'il s'enfoncerait dans la forêt et qu'il y évoluerait pour devenir quelqu'un d'autre. Si sa langue n'avait pas collé à son palais et sa gorge suffoqué à force de sable et de vide, il aurait volontiers égrené à haute voix les prénoms possibles pour une entité aussi originale.

Alors qu'il avançait d'un pas pesant, il remarqua une pierre qui bloquait l'étroit sentier devant lui. Quand il s'en approcha, les contours se précisèrent, passant de roche à terre cuite : une écuelle contenant de l'eau propre. Il s'émerveilla de ce miracle apparemment provoqué par sa déshydratation, et huma sa fraîcheur. Il en avala la moindre goutte avec délectation en quelques secondes. Sa soif étanchée, il regarda de plus près le plat mystérieux. L'extérieur était celui d'une cosse crue, rigidifiée avec de la boue et montrant la trace des doigts de son artisan. Les empreintes étaient minuscules. Des mains d'enfant, songea-t-il distraitement, le cerveau encore occupé à absorber le liquide et sa fonction. Il rangea l'écuelle dans le sac qu'il portait à l'épaule et reprit son périple parmi les arbres.

La faune de la forêt semblait moins farouche que celle qu'il avait croisée au sortir de la ville, à croire qu'elle n'était pas sujette à la peur instinctive qui saisit la plupart des espèces face au prédateur le plus assoiffé de sang sur Terre. À moins que cela ne soit dû à son aspect extérieur ? Et si seuls les deux-yeux étaient frappés d'opprobre par le genre animal ? Ismaël avait vu un serpent hausser la tête au bord du chemin, tâter avec sa langue mouvante les molécules du nouveau venu. À plusieurs reprises, de petites bêtes aux allures de daims l'avaient regardé passer tranquillement, sans sursauter le moins du monde. Il commençait à avoir l'impression d'être sous surveillance constante, observé par les arbres et leurs occupants. Cela le rassurait, il n'aurait su dire pourquoi. Il se sentait protégé à distance.

Plusieurs heures s'écoulèrent et il s'arrêta pour se reposer, tirant de son sac à dos l'ultime morceau de pain sec et rassis. Quel dommage de n'avoir rien de plus substantiel ! Il se rappelait les recettes préparées pour lui dans le sous-sol secret, il y avait si longtemps. À ce moment précis, le souvenir lui parut soudain très proche, comme si un fumet de patates cuites flottait brusquement dans l'air. C'est alors qu'il comprit : ce n'était pas un mirage, ça sentait effectivement la cuisine !

Décontenancé, il se redressa pour regarder autour de lui. À quelques pas dans son dos, sur l'herbe, se trouvait une autre poterie, pleine d'un plat chaud et fumant. Il s'esclaffa, étonné, puis la cueillit pour le placer sous son nez, savourant la riche odeur de pommes de terre bouillies dans une sauce épaisse agrémentée de sauge.

« Il y a quelqu'un ? » lança-t-il à la ronde. Aucune réponse ne vint.

Il tâta le contenu de l'écuelle et se lécha le doigt. En vingt minutes, il en avait dévoré la moindre miette. C'était excellent, très similaire aux recettes que les Proches lui avaient concoctées. Se pouvait-il qu'ils fussent là avec lui, dans la végétation dense ? Cette idée souleva en lui une lame de fond inattendue d'émotions, de celles qu'il se s'était jamais autorisé à ressentir depuis le jour de la désertion. Cette compréhension tardive de ce qu'avait représenté la perte des Proches le terrassa et il se mit à sangloter dans la clairière, son plat en terre tiède à la main et le goût de son innocence dans la bouche. Ravalant ces larmes imprévues, il recommença à appeler, avec espoir, cette fois :

« Qui est là ? »

Toujours aucune réponse, mais ayant perçu des mouvements nouveaux dans les broussailles, il pivota pour leur faire face.

« Je vous en prie, s'il y a quelqu'un… »

Rien hormis des bruits d'oiseaux. Pour la première fois, il songea à regagner la ville. Ç'avait été ridicule de croire qu'un Proche rescapé pouvait être dans les parages. D'ailleurs, si lui-même avait tenu à les trouver, il s'y serait mis plus tôt, dans la bâtisse où ils avaient vécu, pas dans cette nature complexe foisonnant de plantes et de miracles. D'énervement, il ramassa ses maigres possessions et s'enfonça plus profondément parmi les arbres en fixant les courbes du sentier qui s'enroulaient et s'arquaient au fil de son humeur changeante.

Une heure plus tard, il tombait sur une autre écuelle d'eau bien visible, posée proprement au milieu de son trajet. On devait vouloir qu'il atteigne indemne l'intérieur de la forêt. Se sentir protégé ainsi le revigora et le rassura sur l'importance de suivre sa voie, sur le sens de son cheminement. Il repensa aux Proches rôdant autour de lui. La lumière tamisée aurait camouflé leurs corps marron et luisants en les marbrant d'un voile ocellé.

Pour sa deuxième rencontre avec Ghertrude Tulp, Cyrena quitta son domicile à midi, bien décidée à mettre au point un plan de bataille afin de retrouver Ismaël avant qu'il ne soit irrémédiablement perdu. Au moment de traverser son jardin pour emprunter la sortie latérale, elle ralentit sous le balcon, leva les yeux un instant puis les abaissa vers le sol dur où le vase s'était brisé. Naturellement, il n'y en avait plus trace : sa gentillesse persistante envers ses domestiques les rendait diligents et discrets. Prise d'un bref frisson de satisfaction, elle émergea dans la ruelle qui courait en parallèle au mur du jardin. Son esprit s'adonnant aux plaisirs intimes de la rébellion, elle remarqua à peine les pauvres silhouettes campées près de la porte. Elle serait complètement passée à côté si l'un d'eux ne s'était adressé directement à elle.

« Pardonnez, madame. Pardonnez-nous d'être là comme ça. »

Elle cilla, s'arrêta et se découvrit incapable d'émettre un son. Ils étaient six, tous d'âge et de taille différents, debout côte à côte dans l'ombre de son mur. Le jeune homme le plus proche lui parla à nouveau. La juxtaposition entre sa politesse et son indéniable pauvreté avait quelque chose de suffocant. Et voilà : encore une de ces fois où la vue vous fournissait trop d'informations, empoisonnant la voix.

« Nous sommes venus vous trouver pour être guéris, madame. Il se dit que vous rendez la vue aux aveugles et l'ouïe aux sourds. Voilà pourquoi nous sommes là. »

Elle fixa les yeux laiteux de l'homme pour apaiser l'impact de ces paroles ; puis elle promena son regard autour d'elle pour évaluer ce que chacun d'entre eux avait de malade ou d'estropié.

« Je suis absolument désolée pour vous tous, croyez-le bien, bredouilla-t-elle, mais hélas, vous vous trompez. Je n'ai aucun pouvoir de soigner qui que ce soit. C'est moi que l'on a guérie, pas le contraire. »

Un silence de mort s'ensuivit, pendant lequel ceux qui en avaient la possibilité se dévisagèrent d'un air dubitatif. Sentant son malaise, le porte-parole insista. « Qui est-ce donc qui vous a guérie ? Cette personne est-elle là ? Derrière ? » Il avait appuyé sa main contre le mur, dont une pierre branlante se détacha. La commisération de Cyrena se transforma en contrariété à l'idée qu'ils se lancent à la poursuite de ce pauvre Ismaël.

« Il est parti il y a plusieurs semaines, répondit-elle avec une hésitation perceptible.

— Où ça ? répliqua un autre, cette fois sans la moindre trace de politesse.

— Je l'ignore. Il ne me l'a pas dit. Il s'en est allé sans prévenir. »

Afin de mieux entendre sa voix, ils s'avancèrent dans le vide qu'elle avait ménagé entre elle et eux.

« Pourquoi il est parti ? Qui c'est-y qui lui a demandé de faire ça ? Tu l'as viré ? En lui balançant quelque chose à la tronche ? »

La terreur s'insinua dans le regard de Cyrena. Jusqu'à présent, nul n'avait jamais pratiqué l'intimidation envers elle. Ses craintes étaient toujours restées intérieures et spéculatives, confinées au cloître de l'avenir qu'elle s'imaginait. Cette crise était très réelle, et Cyrena était en train d'en perdre le contrôle.

« J'ignore de quoi vous parlez et j'en ai plus qu'assez de cette conversation ! rétorqua-t-elle sans aménité. Et maintenant, je dois m'en aller. Je suis déjà en retard. Veuillez ne plus jamais vous attrouper devant ma porte ! »

Elle se retournait pour partir quand une silhouette s'avança pour lui bloquer le chemin. Un homme né sans yeux et sans nez ; des surfaces de peau lisse recouvraient les endroits où auraient dû se trouver narines et orbites. Il empestait le vomi et les sucs gastriques, et il riait à proximité étonnante du visage de Cyrena.

« Eh, dis, ma petite dame, c'est pas une façon de causer aux ceusses qu'ont fait une longue route pour te voir, hein ! Surtout qu't'es comme nous ! » Se jetant en avant, il s'empara de son bras avec une rudesse trop preste pour les réflexes émoussés de Cyrena. Elle se débattit, mais il serra plus fort, en s'esclaffant hystériquement. « Qu'est-ce qu'y a, mamz'elle, je te plais pas ? »

Indignée, elle projeta sa main droite en arrière pour mieux flanquer une gifle sur son absence de traits. Il beugla de rire. « Va falloir t'y prendre mieux que ça ! »

Ils se bagarrèrent au milieu d'un cercle serré, dans la poussière de la ruelle, au point de se mâcher et se brûler la peau : il tentait de la jeter au sol, les autres se rapprochaient pour voir ou entendre l'échauffourée, quand brusquement l'homme se redressa en se couvrant le visage avec les mains. Tout se figea : seule la poussière continuait de tourbillonner autour de leurs chevilles. Elle commença à s'abattre sur leurs pieds. Lorsqu'il laissa retomber ses bras contre ses flancs, un râle s'éleva dans la foule parmi ceux qui voyaient.

« Qu'est-ce qu'il y a ? bêla un des aveugles. Il s'est passé quoi ? »

Sa question fut accueillie par un silence. La scène qui se déroulait devant leurs yeux était impossible à croire. Un étalage de laideur et de noirceur façon Grand Guignol. Deux fentes étaient apparues sous le front de l'homme ; de petites incisions qui semblaient s'approfondir, comme quand on fait courir une lame sur de la pâte à gâteaux. Un liquide transparent s'écoulait, quelque chose d'innommé et d'inconnu. L'effarement s'abattit sur la foule.

Cyrena restait pétrifiée, regard fixé sur cette horreur. Ses pouces tâtaient ses mains, cherchant une bague ouvragée et des explications plausibles – tout ce qui aurait pu trancher si vite dans des chairs. L'homme se palpa le visage à de multiples reprises en enfonçant les doigts dans les fentes, qu'il fit béer largement tels des O biscornus. Cela lui conférait une expression ahurie, comme le dessin d'un enfant qui aurait crayonné les yeux à la hâte sous forme de deux pois irréguliers. « J'ai des yeux ! » s'écria-t-il devant l'assistance trop estomaquée pour le corriger. Il agita ses doigts mouillés en l'air, sans remarquer, semblait-il, que tout le monde s'écartait autour de lui. « J'en ai deux ! Deux yeux ! »

Ses clés encore miraculeusement dans l'autre main, Cyrena se tira de sa torpeur et fonça vers la porte. Nul n'essaya de l'en empêcher et les personnes les plus proches se recroquevillèrent pour échapper à sa vélocité. Elle fut de retour dans le jardin avant qu'ils aient repris leurs esprits, et elle verrouilla en un tournemain derrière elle tandis que les glapissements (« Deux yeux ! Deux yeux ! ») continuaient de s'élever dans la ruelle. Regagnant sa maison, elle claqua la porte dans l'espoir de faire obstacle au cliquetis des engrenages qui happaient son existence.

Elle tâcha de se calmer avec une bonne tisane d'herbes exotiques tout en réfléchissant à ce qui venait de se produire. Elle réexamina le plat de sa main. Rien qui soit susceptible d'infliger ces blessures – si blessures il y avait –, à peine une gifle, au mieux. Alors, comment pouvait-elle être à l'origine du phénomène ? Il n'y avait qu'une explication, vers laquelle son esprit progressait à reculons. Elle considéra le balcon avec méfiance, puis s'avança vers la porte-fenêtre. Elle n'en ouvrit qu'un battant, juste assez pour que le vent léger se fraie un chemin à l'intérieur en frôlant les fins cheveux de sa nuque. Au-delà du mur, une risée de voix discordantes produisait encore des bruits hachés, cris d'extase et exclamations ordurières que leur ferveur amplifiait. Cyrena appela sa domestique à ses côtés en feignant l'ignorance.

« Myra, à quoi doit-on cette agitation devant la porte ? » demanda-t-elle avec l'indifférence qui convenait.

— Je ne suis pas sûre, madame, dit la jeune fille, surprise. J'envoie Guixpax vérifier. » Elle partit et Cyrena, sur son siège rembourré proche de la fenêtre, sirota son thé en prenant l'air le plus dégagé possible, tout en tentant secrètement de capter un peu des paroles qui s'élevaient derrière le mur feutrant les sons. Le gardien qui faisait aussi office de jardinier était descendu et Myra revint porteuse de renseignements.

« C'est assez inhabituel, madame… entama-t-elle d'une voix nerveuse.

— Allons, ma fille, dites ! Je tiens à savoir !

— Eh bien, il y a un pauvre fou difforme devant chez vous, et la foule prétend qu'il fait des miracles !

— Des miracles ? demanda anxieusement Cyrena.

— Oui, madame ! Apparemment, quand il s'est approché d'un aveugle… »

La jeune femme hésitait, sa fougue retombait.

« Oui ? Que s'est-il passé ? » relança-t-elle.

Myra se mordit la lèvre. « La vue lui a été rendue, madame ! s'exclama-t-elle, les yeux vissés sur le tapis. C'est un miracle, exactement comme pour vous ! »

Cyrena infusa sciemment une tonalité glacée dans son regard. Cette domestique avait dépassé une limite impardonnable. Même la plus aimable des maîtresses ne pouvait accepter telle impertinence : après l'incident répugnant survenu au sortir du jardin, c'était la goutte d'eau qui faisait déborder le vase. La tête résonnant encore de cet échange atroce et de la puanteur des rustres, Cyrena tourna le dos durement à Myra et réfrigéra sa voix de dix degrés de plus. « Sortez », dit-elle.

Plus tard dans la soirée, en fuyant son propre regard, elle se brossa les cheveux devant la psyché de la chambre comme elle le faisait toujours depuis l'enfance. C'était sa mère qui lui avait appris à se débrouiller ainsi par elle-même dans la grisaille chaleureuse de son espace aveugle. Cyrena ferma les paupières bien serré en tentant d'exhumer un point positif dans tout ce qui s'était produit ce jour-là. Peut-être s'était-elle montrée trop vindicative envers sa domestique, trop rapide à réagir ? Mais enfin, c'était son miracle à elle, il n'appartenait pas à d'autres ! Il n'était pas destiné à être découpé, mendié, ni pris !

Une fois dans son lit, elle fut certaine d'entendre encore la foule d'estropiés murmurant dans la rue, la cherchant de leur regard aveugle comme des feux follets fusant dans la chaleur de la nuit.

Au petit déjeuner le lendemain, Cyrena apprit que son agresseur soudain doté de vue avait touché une paralytique, qui avait ensuite réussi à repartir en rampant sans souffrir. Cette rumeur confirma ses craintes : le don avait été transmis et se transformait à présent en une partie de chat surnaturelle, une capacité de guérison contagieuse. Cela la fit se sentir falote et accrut son impression d'isolement. Elle garda la chambre et ne donna plus d'ordres qu'à Guixpax.

Quelque temps plus tard, quand on l'informa que la jeune paralytique miraculée était devenue aveugle en lavant un lépreux, un sentiment proche du contentement traversa son âme ratatinée. La pureté et l'originalité de son propre prodige ne lui avaient pas été ôtées. Dans les mains viles de ceux qui s'étaient montrés cruels avec elle, cette bénédiction s'était infectée, virant au calamiteux.

19

Tsungali partait. Il avait chargé tout le nécessaire dans son canoé ; il ne se fiait pas aux ressources de la région et ne voulait pas avoir affaire à son peuple. Il se sentait guéri et fort. Pagayer l'avait ragaillardi. Le fleuve se tordait et se nouait autour du frêle esquif aussi tendu que lui-même était posé. En harmonie avec l'embarcation, il pouvait la diriger d'une impulsion de son chakra, en faisant pivoter les hanches le long de son centre de gravité. Un simple cuir fin séparait sa peau de la ligne de flottaison.

Quand le *Leo* apparut au-devant, Tsungali évalua rapidement la distance au cas où il devrait tirer. Les deux hommes s'observèrent paupières mi-closes au moment où leurs bateaux se croisèrent, soutenant chacun le regard de l'autre malgré la clarté éblouissante. Ils avaient deviné leurs identités mutuelles et l'éclat d'acier du soupçon brillait dans leurs yeux. Moins de quinze mètres les séparaient et ils progressaient vite.

Le Lee-Enfield de Tsungali, comme le fusil du marinier, demeura armé et plaqué contre la jambe de son maître, tournant avec lui pour sécuriser leur avancée vers l'amont. Ce n'est qu'une fois hors de vue que les deux hommes se retournèrent vers leurs destinations respectives. Tsungali avait la chair de poule, mais c'étaient les oiseaux qui l'inquiétaient le plus. Eux qui l'avaient observé en silence tout au long de son trajet s'étaient mis à siffler et à jacasser en gesticulant de toutes leurs parures avant son arrivée, pour ensuite se taire, recroquevillés et curieux, du silex dans le regard, en claquetant du bec. C'était affecté, pas naturel, et Tsungali devinait un présage ou un sort glaçant enfoui dans leurs intentions.

Au crépuscule, il parvint à l'endroit où le moi doit céder ; il le sentit se détacher dans le calme ambiant. Se refusant à voyager dans le noir en compagnie de cette sensation étourdissante, il tira le bateau sur la berge et dressa un camp de fortune. Plutôt que de manger et de dormir, il avait décidé de rester éveillé pour affronter les avidités rusées qui risquaient de vouloir le disséquer ou le débiter en tranches. Il noua des grigris au-dessus de ses oreilles et se boucha le nez avec des rubans ; s'enfonça une aiguille jaune dans la langue et, sous sa taille, suspendit des sceaux pour empêcher toute intrusion. En dernier lieu, après avoir balayé les alentours du regard et s'être adossé à un rocher solide, il se couvrit les yeux avec des amulettes qui bloquaient l'extérieur et lui permettaient d'apercevoir d'autres mondes. Avec Uculipsa d'un côté et de l'autre une lance gravée, il était paré pour n'importe quel attaquant qui oserait s'approcher.

→

Les Ancêtres continuaient d'observer, consternés par l'arrogance barbare de ce chasseur inconnu. C'était un imposteur. Sa déconnexion d'avec lui-même, un si bref moment, était un prix minime à payer pour entrer sur ces terres sacrées, et ils restèrent au loin, ne voulant aucun contact avec un tel intrus. S'ils avaient pu entretenir des espoirs, ç'aurait été que les bêtes le dévorent, ou que des hommes moindres émergent pour mâchonner ses os égoïstes et impies. Mais le matin le trouva en bonne forme, indemne, et quand la première moiteur du jour parvint à son visage, il détacha ses protections, poussa le canoé dans l'eau et prit vers l'amont.

Le crépuscule et la bénédiction de l'ombre revenaient, mais pas pour les Ancêtres, qui se faisaient trop vieux. Quand le soleil s'en allait, ils rampaient sur le sol de la forêt et se suspendaient aux arbres comme des aïs avec force grincements et craquements. Il n'y avait pas de grotte ni même de simple abri pour les accueillir. Ils n'avaient pas les plaisirs des hommes ni la capacité de fabriquer et de changer ce qui les entourait. Ils avaient tous oublié leur raison d'être et les détails de leur conception, et ignoraient comment ils en étaient venus à parcourir cette selve ancienne. Mais tous se languissaient de quelque chose, et ce quelque chose était en rapport avec les activités humaines.

Leurs squelettes légers, de miel et de corail tourné, avaient absorbé la densité de l'eau et du temps ; à présent plus lourds que de l'os, ils emplissaient de désespoir leurs corps lents. Là où se seraient autrefois trouvées plumes et lumière croissaient des lianes et une écorce rugueuse, calleuse. Certains avaient adopté des couverts de fourrure ou d'écailles pour préserver les forces de leur vie éternelle.

Leurs unions avec les femmes remontaient à plusieurs millénaires. Les réverbérations orgasmiques avaient blanchi leurs voix et effacé chez eux tout sens de l'orientation. Ceux qui s'étaient accouplés avaient été abandonnés en compagnie d'Adam et de ce que l'on avait appelé les Veilleurs. Leur résolution et leur application inutiles avaient cédé la place à la souffrance et la rumeur. Ils menaient une vie d'errance et de chapardages, dans une matérialité totale. Leur ambition était de devenir invisibles, de se dissoudre dans la brume et le vent, mais cela aussi faisait partie des pertes. La tâche qui leur était confiée consistant à protéger l'Arbre de la connaissance, ils étaient restés dans la forêt, dont ils avaient peu à peu constitué une partie oubliée.

Jadis, quelques-uns s'étaient faufilés au-dehors, effectuant de brèves quêtes en ville. D'autres, beaucoup moins nombreux, y étaient demeurés pour coucher avec les Rumeurs (c'est ainsi qu'ils nommaient tous ces humains et semi-humains d'après Adam), et se combiner avec eux pour tenter d'accéder à la sapience. On les choisissait à cette fin, les mandait dans les lieux regorgeant de Rumeurs où la terre et le temps se cultivaient en ligne droite sur des parcelles broyées.

En dehors de ces quelques élus, il était interdit d'empiéter sur les emplacements des Rumeurs et de leurs faux dieux ; l'espèce charriait une contagion et une incompréhension du savoir si violentes que le nom de Dieu lui-même en était souillé. Jusqu'au pillage de la chapelle des Pères du Désert, nul n'était au courant des voyages des Ancêtres vers Essenwald. On aurait dû les prendre en pitié, compatir, mais telle n'était pas la nature des hommes devenus Rumeurs, et on ne les pouvait blâmer de se conformer à leurs propres enseignements moraux.

Les Ancêtres s'étaient introduits dans la petite église pour regarder les tableaux. N'ayant aucune force ni aucun outil, ils avaient frotté obstinément un coin du mur, l'usant petit à petit chaque nuit, pour finalement réussir à se faufiler par le trou et ramper dans l'obscurité propre et close. Un tel enfermement dépassait leur entendement : ces lignes droites, ces murs solides, les effrayaient autant qu'ils les émerveillaient. Ils étaient comme des insectes égarés contre une vitre : tout y contredisait les lois et la forme de leur existence.

Ils étaient entrés dans cette unité ébahissante de l'extérieur comme de l'intérieur. En arrivant aux tableaux, ils s'étaient figés, gémissant devant la lithographie encadrée et l'icône noire épaisse, pris de grands frissons et de grands tremblements jusqu'au lendemain matin, où le jeune prêtre était tombé sur eux. Ils n'avaient accordé aucune attention à sa présence ni lui à la leur, jusqu'à ce qu'il arrive droit sur eux tout au fond de la nef. Saisi, il avait laissé choir son carton de rogatons de cierges avant de tomber à son tour dans un glapissement, sous l'effet du souffle d'air généré par leur départ.

« C'était une sorte de vent, mon père, frétilla-t-il. Une bourrasque qui vous secoue, comme quand on se fait bousculer dans la cohue au marché. Sauf qu'il n'y avait personne. »

On était une heure plus tard. Il réussissait presque à respirer normalement. Debout au soleil, il discutait d'une voix animée avec le vieux curé et l'un des protecteurs de la ville. Le vieillard le scrutait avec intensité tandis que son compagnon tirait d'un air entendu sur une pipe de bruyère incurvée. Alors qu'il était occupé à décrire son expérience extraordinaire de la matinée, les choses se firent soudain beaucoup, beaucoup plus étranges.

Quand les images apparurent devant ses yeux, le jeune prêtre tomba à la renverse en hurlant et en tentant inutilement de leur échapper.

« Oh Seigneur, Oh Jésus ! » Il battait des bras de peur. « Ce sont eux ! Ils sont revenus ! »

Ils mirent un bon moment à l'apaiser. Il regardait sans cesse autour de lui, agrippé au bras du vieux curé, exerçant une pression presque douloureuse.

« Ce sont eux, mon père, je les ai vus ! Ils étaient ici ! Ils accouraient vers moi. Des êtres horribles. Oh, Christ, protège-moi !

— Calme-toi, mon fils, calme-toi. Dieu est avec toi.

— Mais ce sont eux, mon père. Je le sais. J'ai ressenti la même chose ce matin. À croire que leur forme visuelle d'il y a une heure est revenue devant moi. Comment est-ce possible ? »

Le père Lutchen était très inquiet, mais s'évertuait à ne pas le montrer. « Ils sont partis, à présent. Ils ne reviendront pas », assura-t-il paroles résonnèrent comme un écho. « Explique-moi quelque chose, mon fils…

— Oui, mon père ?

— Avaient-ils peur ? »

Le jeune homme se redressa peu à peu en se tenant au bras de son aîné, jusqu'à ce que leurs visages se touchent presque. « Ils étaient terrifiés. »

Le curé envoya le jeune chez lui avec le protecteur et repartit dans la chapelle. Il entretenait peu de doutes sur ce qu'il allait trouver. Il se rendit à l'endroit où la visitation s'était produite, notant la gravure accrochée de biais sur le mur. Il regarda par terre et, ayant ôté ses souliers, progressa prudemment en décrivant des cercles silencieux et serrés, une petite danse solennelle dans ses chaussettes élimées. De temps à autre, il tressaillait ou levait brusquement le pied, comme percé par un dard invisible ; son expression chavirait, entre grimace et sourire, les alentours déserts semblant envoyer un message que lui seul saurait interpréter. Au bout du compte, ses cercles se rétrécissèrent et il se déplaça à l'intuition en piétinant jusqu'au fond de la salle, où il découvrit la fente dans le mur extérieur de la chapelle. Il avait trouvé leur point d'entrée.

Il repartit lentement vers la gravure, en brossant ses chaussettes de la main avant de se rechausser. L'image accrochée de guingois attira son regard et il se sentit forcé de la redresser avant de partir. Quand il étendit le bras pour le faire, le contact la fit sauter du mur jusque dans ses mains. Il tenta, après un sursaut, de la remettre à son clou, mais elle résista. Alors il lâcha le cadre, qui demeura en place, flottant toute seule à trois centimètres du mur.

Son instinct lui disait de battre en retraite, mais il avait vu bien plus étrange que cela. Pas question de se laisser impressionner. Il attrapa le cordon poussiéreux accroché au dos du cadre et l'attacha au clou avec un nœud. Le poids fit rebasculer l'objet du côté des lois naturelles de la gravité. Le prêtre considéra un instant l'image – la représentation d'un ange tirée de l'œuvre la plus célèbre de Gustave Doré. Puis il tourna les talons et repartit, plongé dans ses pensées.

→

Sidrus, contemplatif, fixait le père Lutchen.

« Des brindilles, dit le vieux prêtre au protecteur. Des brindilles et des feuilles. Tout un chemin comme cela, de la lésion dans le mur jusqu'à l'endroit où ils se sont arrêtés. Invisibles, ce qui signifie qu'ils sont à nouveau sortis de la Vorrh. »

Sidrus et sa tribu – tous prénommés Sidrus, du nom du centurion qui avait sauvé le Livre du Juste de l'extinction dans les ruines de Jérusalem – avaient été une branche scolastique de l'arbre foisonnant des Tubal-Caïn. À un moment de son histoire embrouillée, elle avait coengendré, avec les blasphèmes lilithiens et les testaments d'Énoch, l'ordre hiératique que Sidrus représentait maintenant avec ferveur. Son mandat lui avait été confié par les Tenants des Frontières de la Forêt, et ce poste d'un fanatisme responsable lui convenait tout à fait.

La relation entre les deux hommes n'était pas aisée : la majeure partie de ce qu'ils incarnaient et croyaient s'opposait. Et puis, il y avait le problème du visage de Sidrus : le vieux prêtre s'ingéniait depuis des années à ne pas y être directement confronté. Néanmoins, tous deux exerçaient unis leur activité de maintien de l'ordre et du caractère sacré de la forêt.

« *Invisibles* est forcément une contradiction, dit Sidrus en réaction à la remarque du vieillard. Je préfère parler d'eux comme étant *visuellement ailleurs*.

— L'ailleurs des Ancêtres… commenta le prêtre.

— Toujours le bon vieux problème de la ressemblance, commenta son interlocuteur d'une voix lasse. Ils ne maintiennent pas leur forme en dehors du temps de la Vorrh, qui est la substance même qui les lie ; à l'extérieur des lisières de la forêt, les retards de la comparaison les découpent, les divisent.

— En tout cas, personne ici ne doit être témoin de leur dislocation, et on ne peut pas les laisser emporter notre causalité jusque dans la Vorrh. » Il regarda, résigné, son pair. Il n'y avait rien de plus qu'ils puissent faire : la vie devait être préservée dans son état actuel et il fallait prendre des mesures à cette fin.

Ils se mirent en devoir de construire leur piège, d'une simplicité trompeuse. Un carré fut découpé dans le lambris, là où était suspendue la gravure de Doré. Sur ce pan de mur ils fixèrent une longue tige verticale mobile, qu'ils surmontèrent d'un petit réa, juste au-dessus de l'un des supports en U qui le maintenaient en place ; autour fut enroulée une solide ficelle, mais fine, qu'ils laissèrent courir jusque dans la cour de derrière. Sidrus avait fait fabriquer des copies réduites, grossières, de la gravure. Il en sema une piste menant à la forêt, à l'endroit d'où les Ancêtres s'en étaient échappés. L'humidité et la clarté effaceraient ces images en trois jours, mais d'ici-là, avec un peu de chance, l'un des Ancêtres aurait capté leur odeur, qui lui rappellerait la version plus vaste et plus expressive du dessin. Maintenant, il n'y avait plus qu'à attendre.

Ils passèrent quatre nuits assis en silence, le jeune prêtre tâchant de forcer ses paupières à rester ouvertes et de ne pas regarder le visage vide et difforme de l'hérétique qui le flanquait. Le vieux curé l'avait prévenu des exigences nocturnes, en assurant à son jeune disciple que cela mettrait sa force et sa foi à l'épreuve. Pris de frissons sous la lueur de la lune, celui-ci s'efforçait de ne pas dévisager l'anormalité campée à côté de lui, tout en se demandant si le père avait fait référence au piégeage des Ancêtres ou au vil protecteur.

La cinquième nuit d'attente, il repéra un mouvement entre les arbres et se précipita auprès de Sidrus puis du prêtre, qui se hâtèrent de rallier la cour et de s'emparer de la ficelle.

Quelques instants plus tard, un raclement se fit entendre autour de la fissure usée dans le mur : on entrait. Ils patientèrent dix minutes, sur quoi, très doucement, le protecteur tira sur la ficelle. Après un silence et une légère traction, le panneau auquel était accrochée la gravure pivota et se plaqua dans l'alignement extérieur de la façade. Un bruit affairé résonna aussitôt à l'intérieur de la chapelle en bois, évocateur d'animaux courant dans une forêt tempétueuse. Au bout d'un moment, cela se calma. Les trois hommes retinrent leur souffle : on entendait au-dehors un faible mouvement, et ils supposèrent, à raison, que les Ancêtres étaient tout proches. Le cadre de l'image oscillait légèrement, touché par une force invisible. Lutchen adressa un mouvement de la tête à Sidrus, qui tira derechef sur la ficelle. Le panneau se rabattit vers l'intérieur, la gravure se retrouvant à nouveau dans la chapelle. Les froissements étaient pris de frénésie, mais ne dénotaient ni taille ni poids. Ils s'éloignèrent des trois hommes : les êtres qui en étaient à l'origine regagnaient l'édifice. Le processus se répéta toute l'heure qui suivit. À un moment donné, alors que les visiteurs éthérés se trouvaient de nouveau à l'intérieur, l'acolyte fut pris de gloussements. Lutchen le fit taire avec sévérité.

« Ce n'est pas un jeu », le rabroua-t-il. La mine solennelle, le jeune se reconcentra sur sa tâche.

Au dernier pivotement, alors que l'image était dehors, Sidrus bondit pour la décrocher de son clou. Il courut en silence à l'autre bout de la cour pour poser le cadre en haut d'un bûcher de bois sec. Quand il rejoignit ses compagnons, ses vêtements empestaient le pétrole lampant.

Les Ancêtres émergèrent plus vite qu'ils ne l'avaient fait précédemment. Peut-être apprenaient-ils. C'était peu probable, vu la matière impénétrable de leurs esprits semblables à des éponges saturées, mais ils semblèrent effectivement mettre moins de temps à trouver le fameux pan. Le clou dégarni les fit convulser. Ils cliquetèrent en rond : ils le cherchaient. Les hommes en entendirent un repartir dans la chapelle. Lutchen avait conscience que d'ici une heure ou deux, Sidrus et lui seraient témoins d'une scène terrible. Il faudrait penser à prévenir le petit et l'empêcher d'assister à l'immolation, où les Ancêtres seraient détachés de l'existence visuelle : ce décalage temporel était un phénomène troublant, surtout appliqué à un geste comme le nettoyage d'aujourd'hui.

On s'esbaudissait dans le tas de bois.

« Ils l'ont trouvé », souffla Lutchen.

Le bruit s'amplifia : de plus en plus de branches glissaient, tombant sous leurs fardeaux clandestins.

« Ils grimpent. Allez-y ! Maintenant ! »

Sidrus tira une bouteille de l'obscurité, alluma le chiffon fourré dans le goulot. Il fonça vers le bûcher et projeta de toutes ses forces son engin incendiaire improvisé. Toute la cour fut illuminée par la flambée soudaine.

« Détourne les yeux ! Ne te retourne pas ! » ordonna Lutchen au jeune prêtre.

À l'intérieur des flammes qui s'agitaient, il y avait des mouvements plus faibles, des chutes, des battements au ralenti. Le bois s'effondrait sur l'épaisse fumée. La gravure tomba, contractée en une boule cassante.

Subjugués, ils regardèrent une clarté plus grande croître au cœur du feu : l'oxygène aspiré dans le vortex faisait virer au blanc son noyau hurlant. De nombreuses minutes s'écoulèrent, puis tout s'écroula en un haut monceau de charbon et de braises ardents. La fumée dégageait une senteur étrange et étouffante, entre l'ammoniaque et la douceur de la cannelle, du santal, de la bruyère et de l'orange, avec des accents amers rappelant du fruit de mer grillé.

« C'est terminé ? » demanda Lutchen.

Sidrus s'avança avec prudence. Le bûcher avait rapetissé de moitié. Il tressaillait et détonait bruyamment. Une lente volte-face émanait du centre. Sidrus se tourna vers Lutchen et secoua la tête. De la main droite, il fit le geste de chasser quelque chose et Lutchen se pencha vers le jeune prêtre toujours détourné des flammes pour murmurer à son oreille. Quand l'apprenti se leva, le curé lui indiqua de s'éloigner des brasillements brûlants et mouvants. Une vapeur bleuâtre semblait se condenser par-dessus la chaleur.

« Regardez l'animation, les halos ! signala Sidrus avec une excitation qui déformait encore plus son visage. Le gaz de leur vie qui s'échappe. »

Une heure plus tard, les deux hommes ramassaient les outils à long manche qu'ils avaient cachés à proximité. Ils sondèrent le charbon et le bois blanc consumé, cherchant tout ce qui aurait pu être vivant ou de grosse taille. Ils ne trouvèrent qu'un lambeau, à qui un linceul de cendres conférait l'apparence d'une présence ; un pan d'une hanche et le haut d'une cuisse, semblait-il ; l'articulation, à l'air libre, s'actionnait, pivotant dans le lignite émietté, son moignon pointant inutilement vers le ciel. Il y avait d'autres suggestions de formes plus petites, mais difficile de dire exactement de quoi il retournait, car la chaleur du brasier était encore très intense ; leurs yeux les piquaient, ce qui les forçait à se protéger le visage et à se détourner continuellement des ondoiements de la fournaise.

Tandis que les flammes perdaient peu à peu de leur force, ils se mirent à ratisser les braises en train de refroidir, brisant tout ce qui était plus gros qu'un poing et réduisant bois et Ancêtres en un tapis de cendres brasillantes.

Leur tâche accomplie, ils se séparèrent sans tarder, ne voulant pas se trouver ensemble quand le souvenir de l'incinération passerait dans leur tête. Regarder tout cela, assister aux tortillements, percevoir les cris, et les images projeté à l'intérieur de leurs paupières, serait un cauchemar imparable ; infliger un tel spectacle à d'autres, étrangers ou frères de la congrégation, n'aurait servi qu'à amplifier la terreur ; il provoquait une réaction nauséeuse qu'aucun humain ne devait être forcé de voir : ils avaient choisi de contenir ces horreurs en solitaire.

Près du vieillard crispé aux lèvres exsangues, le jeune prêtre revenu de son cercle d'exclusion était silencieux et gelé.

« Dites… lâcha-t-il avec une grande prudence. Mon père, n'est-ce pas un péché, ce que nous avons fait ? »

Cette question aida Lutchen, lui fournissant une substance à laquelle résister, du gravillon stable sur lequel se tenir : « Ces viles créatures ont apporté la folie et la peur dans notre monde. Elles n'ont jamais été censées partager le temps des hommes. Nous sommes ici la main du Seigneur, et la douleur ressentie en revivant cela s'inscrira sous forme de cicatrices que j'arborerai avec le sentiment modeste du devoir accompli jusqu'au jour du Jugement dernier. »

Après cela, le jeune prêtre demeura coi, ne bougeant que pour obtempérer aux ordres de Lutchen. Il ligota son aîné à une chaise dans la sacristie de l'église, étendant des soutanes et quelques vieux coussins de prière sur le plancher afin d'amortir les coups en cas de convulsions du vieillard. Quand tout fut en place, il partit, sur l'ordre strict de ne pas revenir avant minuit et de ne pas pénétrer dans la salle, quels que soient les bruits qui en émaneraient.

Sidrus ingurgita six verres d'absinthe et descendit au sous-sol de son habitation. Dans la noirceur d'encre de sa cave, il affronterait la vision telle qu'elle l'exigeait, arracherait de l'énergie à son horreur afin de l'employer à son avantage. Aucun geste, aucun crime ne parviendrait jamais à le décourager. S'alimenter à la cruauté et la terreur d'actes aussi valeureux était la voie et le devoir de son clan et une part de lui-même savourait le dégoût qui était sur le point d'éclater dans sa tête. Il agrippa l'anneau de fer scellé dans le mur, puis se prépara pour les visions. Il n'aurait pas longtemps à attendre.

→

Le soleil était violent et le tertre dénudé surmontait nettement la vaste masse de la forêt ; comme un ermitage dans une toile mystique, il brillait d'un faible or contrastant avec les verts et les noirs des arbres. Le ciel d'un bleu héroïque était constellé de nuages blancs moutonnants qui semblaient partir dans toutes les directions au fil du vent léger.

L'Archer s'était démené deux jours durant sur le terrain inégal avant de trouver la caverne – encore que *trouver* parût assez inapproprié. Il s'était senti attiré vers ce lieu par un magnétisme imparable dirigeant le moindre de ses pas ; cette faible force qui maintient toute étoile et toute cellule à sa place l'avait incliné vers la fente dans la roche.

Il se hissa au-dessus de la dernière crête pour étudier le paysage dans toutes les directions. La Vorrh semblait s'étendre à l'infini. Il essuya la sueur autour de ses yeux et s'introduisit dans l'ouverture de la grotte, dont la fraîcheur l'assaillit. La lumière qui s'infiltrait par les fissures de la haute voûte conférait aux lieux une atmosphère évoquant une église, suggérant un sanctuaire et le calme. L'impression d'être déjà venu le balaya : il connaissait cet endroit. C'est alors que l'arc bougea dans sa main. Au début, il crut à un coup de vent, mais l'instrument se mut à nouveau, tressaillant comme une baguette de sourcier qui a humé de l'eau.

Laissant tomber au sol tout le reste de son attirail, il tint fermement l'arc à deux mains. Une animation inexplicable le guidait par de minuscules à-coups s'exerçant sur toute sa longueur, des secousses qui s'unissaient pour exercer une traction. L'Archer s'enfonça ainsi dans la caverne. L'arc mena sa fébrilité grandissante jusqu'à un point situé au fond de la troisième salle. Une grosse pierre semblait y marquer l'endroit vers lequel pointait l'arc sourcier. L'Archer chassa de la main la poussière et les brindilles apportées par le vent et eut un haut-le-corps face au pictogramme grossièrement inscrit sur le devant de la roche : un demi-cercle planté en son milieu d'un dard élancé – un arc et une flèche.

Il libéra la pierre en la faisant rouler et se mit à creuser, raclant la terre compacte avec ses doigts et avec le coutelas qu'il portait à sa ceinture. Au bout de vingt minutes, ayant foui sur la hauteur d'un avant-bras, il atteignit quelque chose de solide. Il déblaya autour pour révéler une lourde caisse en bois. Il la dégagea non sans difficulté de la terre pierreuse et compacte, en s'arrêtant pour avaler de grandes goulées d'air avant de forcer le couvercle. Celui-ci se détacha, dévoilant un lourd colis emballé et un billet griffonné. Le texte était rédigé dans une graphie familière.

> *Nous sommes Peter Williams, toi et moi. Comme la mémoire me manque déjà, j'écris ces mots sous la dictée d'Este. Tu les découvriras après sa mort, quand elle sera devenue l'arc à ton bras. Tu repars vers où tu es venu, de l'autre côté de la Vorrh. Tu te trouves à mi-chemin. Nombreux sont ceux qui tenteront de t'arrêter ; certains chercheront à t'ôter la vie. Tu dois te montrer vigilant et sage. Este est la seule à voyager avec nous, la seule à qui te fier. Elle m'a mené hors des terres guerrières quand le sang y pleuvait. Nous avons vécu une année ici, dans cette grotte, avant d'en partir pour commencer une nouvelle vie. C'était le paradis, mais l'enfer guettait. Elle l'a vu et compris notre place dans tout cela. Ton retour devra compenser les morts qui suivront. Este t'adresse tout son amour depuis notre époque et son présent. Je te laisse un petit quelque chose du passé, un dragon qui arrêtera certains des monstres, ainsi qu'un souvenir du village qui te permettra de nous entendre de loin, nous et les autres.*
>
> *BONNE CHANCE*
> *Toi*

Il contempla longtemps la feuille, puis se mit à trembler. L'air avait adopté son agitation, semblait-il : toutes choses à part la lettre trépidaient tant, qu'elles se brouillaient. Dans sa stupeur, la torpeur le disputait à la rage, et ses yeux se fermèrent pour regarder ses contraires se griffer et se déchirer l'un l'autre. Son corps était pris de spasmes et ses muscles, tétanisés, comme pour défier les turbulences internes et externes qui le secouaient. Tout cela atteignait un point de rupture quand le bruit lui parvint : un craquement sec et succinct évoquant le son d'une cloche fendue. Cela se réverbéra une fois dans la grotte et le rasséréna. Un calme parfait avalait tout le temps fracturé. Dans l'immobilité laiteuse, l'Archer se tourna pour scruter la caisse éclatée qui n'était plus qu'un nid d'esquilles.

Il laissa tomber la lettre et s'avança jusqu'à l'origine du son, en s'accroupissant pour récupérer le contenu de la caisse. Il en tira un lourd paquet enveloppé de papier kraft huilé et quelque chose qui s'y accrochait tomba à ses pieds, comme un oiseau mort. Mettant le paquet de côté, il ramassa les deux moitiés de coque de coco jointes par une liane vrillée et par une branchette incurvée. L'une des demi-coques était fendue. Il leva la seconde à son oreille, la liane pendant à son poignet. Le bruit creux d'une mer lointaine et suprême vint emplir la caverne. Des voix murmuraient dans sa blancheur de coquillage.

Il reposa prudemment l'appareil pour soulever le paquet. En dépliant l'emballage, il perçut dans sa main le poids rassurant du pistolet Mars ; sans souvenir ni raison, il sentit la présence imposante de l'arme le ramener à un autre endroit, une autre époque.

Il passa la nuit dans la grotte, les nerfs à vif, mais bien au chaud. Il aurait aimé qu'une part de lui-même et de cette Este suinte de la pierre pour venir embrasser leurs incarnations actuelles. Il dormit l'arc dans une main et la lettre dans l'autre, le pistolet et la coque posés de chaque côté de la tête, en sachant que tout dans sa vie était mystère et que son unique destin semblait être de voyager à travers la Vorrh. Il y avait une réserve de souvenirs qui se tendaient en tressaillant vers cette lettre, mais cette réserve, plus petite qu'une synapse, ne contenait qu'un seul mot : *Undeswilliams*.

20

Muybridge était seul. L'appartement du premier étage avait été sordide. À présent, c'était un intérieur simple et immaculé. Les rues et ruelles alentour grouillaient de pauvres désœuvrés, de démunis et de représentants de toutes les tribus de la terre tâchant de survivre tant bien que mal sous les vestiges des anciens remparts de la ville. C'était parfait. Nul n'était connu et nul ne voulait l'être. Cette carapace de frénésie protégeait l'appartement propre et anonyme.

Les lieux avaient été divisés avec soin. La chambre et le salon étaient dévolus à Josephine. Une petite cuisine les reliait à la longue salle ouverte du fond. Une fenêtre immense saillait au milieu dans une cour murée. Elle faisait office de verrière et donnait une impression de légèreté, d'aéré, alors même que la pièce était pleine de machines et de caisses sombres. C'était le studio photo de Muybridge et son atelier ; sa chambre noire se trouvait au fond.

Il était déjà venu à trois reprises dans l'appartement, au départ pour rencontrer Gull et l'un de ses hommes, recevoir les clés et des instructions sur l'endroit, mais aussi, et surtout, un dossier sur Josephine, ainsi qu'un petit miroir et une clochette.

La visite suivante avait servi à superviser l'arrivée, le déballage et l'assemblage de son équipement. Gull avait tenu parole et tout financé : il n'avait pas tiqué devant l'assortiment de lentilles optiques onéreuses ni devant les mécanismes en laiton aux engrenages complexes qu'il avait fallu faire fabriquer artisanalement. Muybridge disposait à présent de tout le nécessaire ; il allait pouvoir sonder les secrets de l'ombre et de l'atmosphère qui, allez savoir pourquoi, s'en donnait à cœur joie dans ses clichés. Le nouveau zoopraxiscope serait une machine fort différente des modèles précédents.

Sa troisième visite s'était concentrée sur l'élément le plus délicat du projet : l'installation de Josephine. Elle était arrivée au milieu d'un déluge printanier avec une demoiselle de compagnie et l'un des serviteurs de Gull. L'absence du médecin avait irrité Muybridge. Un moment aussi crucial ne devait-il pas être supervisé par son instigateur, surtout dans un cas pareil ? Mais non. L'employé avait expliqué que la demoiselle de compagnie séjournerait environ une semaine, le temps que Josephine « finisse par se faire à l'endroit et par s'en débrouiller ». L'homme lui avait présenté l'importune, qui avait fait une petite révérence humble. Cela avait plu à Eadweard, avec toute la distance professionnelle nécessaire. Il n'avait absolument aucune intention de se rendre à l'appartement tant que deux femmes y vivaient, même si elles savaient rester à leur place.

Le domestique lui avait montré que le logement bien équipé assurait tout le confort moderne. « Vous serez comme des coqs en pâte », avait-il aimablement commenté. Muybridge lui avait adressé un regard glaçant, tout en se demandant sans rien dire si Gull recrutait tout son personnel parmi d'anciens forçats. L'impertinent lui avait énuméré les détails les plus importants des lieux, dont le plus intrigant : un petit compartiment dissimulé dans le mur, sur la droite de la porte de la cuisine. Y était suspendu un court nerf de bœuf en cuir dont le poids conséquent était assuré par un rembourrage en grenaille de plomb.

« Juste au cas où, monsieur. On en a tous.

— Se pourrait-il que je doive m'en servir ? s'était enquis un Muybridge inquiet qui commençait à avoir de sérieux doutes sur toute cette affaire.

— Aucun risque. Il y en a qui se posent là pour ce qui est de jouer des tours, mais pas Josie. Elle est comme le bon pain. »

Néanmoins, le photographe avait résolu de se montrer prudent. Il se munirait systématiquement de son Colt baby dragoon de poche. Comment savoir quand il en aurait besoin pour se protéger, que ce soit au studio ou au-dehors ?

Leur première séance débuta sous le signe d'un certain malaise. Il trouvait le silence de Josephine dérangeant et son regard le crispait.

Chaque fois qu'il arrivait, qu'il entrait sans bruit, il découvrait un appartement empli de chants d'oiseaux, à croire que des dizaines de volatiles voyants et actifs y gazouillaient avec ravissement. Cela s'interrompait dès qu'elle sentait sa présence.

Elle avait passé les trois dernières semaines seule chez elle et paraissait tout à la fois calme et heureuse. Elle lui prépara du thé, qu'il but en silence en la regardant à la dérobée lorsqu'elle n'en avait pas conscience. Sa beauté sauvage ne lassait pas de le subjuguer. Il avait parfois été témoin de telles flambées de perfection parmi les nombreux peuples primitifs auxquels il avait rendu visite et dont il avait partagé l'existence. À Mexico, il avait photographié une Aztèque à la sensualité magnifique ; il se rappelait deux femmes modocs dont la grâce frappante l'avait poursuivi bien après leur rencontre, aux visages épatés montrant une symétrie équilibrée marquée.

Mais Josephine avait quelque chose de plus. Une aura de force, de dignité, émanant de ses proportions idéales, rendait chacun de ses mouvements hypnotiques aux yeux d'Eadweard. Il ne tarda pas à comprendre qu'il s'agissait d'une attirance : la jeune femme réveillait sa masculinité du sommeil de plomb dans lequel elle avait été plongée et dont lui-même n'avait pas eu conscience jusque-là. La partie de sa vie qu'il avait considérée comme morte et racornie s'éveillait en présence de cette Vénus. Comparée à une telle vision, quelle dondon et quelle idiote avait donc été Flora ! Et ô combien mesquines se révélaient à présent ses vanités… Mais quoi qu'il en soit, il était plus sûr de s'ôter ces idées de la tête : elles ne pouvaient mener qu'à la souffrance et à l'égarement, ainsi que le cours de l'Histoire l'avait si adroitement prouvé. Mieux valait travailler, se fier à l'existence qu'il s'était créée et qui lui rapportait de coquettes sommes, sans exiger de lui aucun tribut en retour.

« Je pars *à côté* afin d'*installer l'appareil* pour vous *prendre en photo* », dit-il en traînant exagérément sur chaque syllabe, comme s'il s'adressait à une sourde ou à un étranger. « Cela prendra *une heure*, après quoi *je viendrai vous chercher*, est-ce que vous *comprenez ?* »

Elle acquiesça et laissa un petit sourire ourler ses lèvres. Eadweard en ressentit une déchirure dans ses poumons, comme s'il s'agissait d'un obturateur de précision captant un monde rapide et flou. Il quitta la pièce sur un nuage et referma derrière lui sur un lieu résonnant des pépiements, des gazouillis et des clics des chauves-souris invisibles demeurées à l'écart.

Après ces débuts nettement chaotiques, leur première séance avait été une réussite totale. Josephine était l'un des meilleurs modèles qu'il avait jamais eus : elle avait l'immobilité, la concentration distante, qui avait fait des Indiens des plaines des sujets parfaits, mais doublées d'une vitalité radieuse montrant à l'objectif quelle immense énergie elle stockait en elle. Elle restait assise là sans ruse d'expression ni artifice d'intention. L'appareil photo l'adorait, tout bonnement.

Il ne jugea pas convenable ni nécessaire d'avoir recours aux réactions post-hypnotiques ; la clochette et le miroir demeurèrent dans leur boîte. Quand il développa les négatifs avant de partir, il s'émerveilla de la netteté de ce visage blanc et de ces dents noires. Il expliqua qu'il serait de retour bientôt et la jeune femme hocha la tête. En réalité, nul n'aurait pu dire avec certitude quand il reviendrait ; son agenda était bourré de rendez-vous, de conférences, de démonstrations, de réunions, et ces séances au studio seraient des instants volés ; Josephine ne constituait qu'une pièce du puzzle aux multiples facettes qu'était l'identité d'Eadweard. Il goûtait autant le principe qui gouvernait cette organisation que le fait d'y participer, mais il y avait fort à parier que d'ici peu, il chercherait à dégager plus de temps pour en savourer véritablement le spectacle.

Si la seconde séance fut aussi réussie que la première, leur troisième fut remarquable. Il arriva à 15 heures, l'ayant casée entre un déjeuner important et une conférence tardive à la Royal Academy. Il se troubla légèrement de la trouver dans son studio, se préparant déjà. Il ignorait qu'on lui avait donné les clés de la pièce. Cet accès libre à ses possessions et ses instruments les plus chers le mit mal à l'aise. Néanmoins, elle désarma aussitôt sa contrariété en faisant la révérence avec le sourire et en désignant d'un air interrogateur le fauteuil de pose où elle serait sanglée.

« Oui, dit-il distraitement, accordez-moi juste un instant pour me concentrer et nous commencerons. »

Elle se détourna afin de permettre aux pensées d'Eadweard de parcourir librement les lieux. Elle portait un chemisier blanc sans fioritures, boutonné jusqu'au cou, et une longue jupe plissée dans des tons pastel, turquoise et vert. Elle avait les cheveux ramenés en arrière, ce qui mettait en valeur les contours dynamiques de son crâne, de son visage et de son cou.

Il prépara les plaques de négatifs et revint. Elle avait pris place dans le fauteuil, la boîte d'instruments encore inutilisés reposait déjà à côté d'elle. Avait-il fait cela lors de la séance précédente ? Les avait-il disposés ainsi dans sa hâte à partir, pour se remémorer de s'en servir, ou Josephine avait-elle pris la décision pour lui ? Il médita là-dessus tout en lui calant la tête et en serrant les fixations. La peau lisse ondulait sous la pression. Il cadra, fit sa mise au point, puis chargea sa pellicule.

« Josephine, le premier cliché sera une référence statique aux poses qui viendront ensuite. »

Elle cilla, manifestant qu'elle comprenait, et il prit la première photo en observant son apparence invariable avant de changer les plaques. Regagnant l'appareil, il s'interrompit un instant, la poire de déclenchement de l'obturateur dans la main droite et, dans l'autre, la clochette. Qu'il fit tinter deux fois.

Aussitôt, elle se tordit dans une position d'épuisement accablé, comme si elle s'était figée en plein milieu d'un cauchemar. Sa tête, de côté, tirait sur la sangle, et sa bouche béait. Sous ses paupières lourdes presque closes, elle avait les yeux révulsés. Son corps était affalé sur le fauteuil comme un tas de chiffons.

La rapidité de cette transformation éberlua Muybridge. La personne qu'il avait devant lui était si différente qu'on aurait du mal à la reconnaître. Disparues, sa dynamo interne et l'apparence de beauté et de saine douceur qu'il commençait à tant apprécier. Il se hâta de prendre la photo et de faire tinter à nouveau la clochette pour ramener la jeune femme à elle, mais à sa grande horreur, le bruit ne fit qu'amplifier cette posture. Le corps se contorsionna de façon pire encore, comme si on avait noué une grosse corde autour d'elle et tiré cruellement dessus avec un treuil pour serrer au-delà de la normale. Il y eut un craquement atroce et, l'espace d'un instant, Eadweard crut que l'un des os de son modèle s'était brisé en mille morceaux ; lorsqu'il comprit qu'il s'agissait du son de la fixation métallique de la tête, qui avait cédé derrière la nuque de la jeune femme, il n'en revint pas. Ne sachant que faire, il agit au mieux de ses possibilités : il rechargea l'appareil photo et déclencha. Josephine avait à présent la tête détachée, inclinée en arrière comme sous l'effet d'une force puissante. Il changea de nouveau les plaques, souleva la clochette. Il avait oublié toutes les instructions qu'il avait lues sur la marche à suivre ; il ne savait plus si un quatrième tintement la libérerait ou actionnerait plus gravement le treuil invisible. En lui, curiosité et sens de l'opportunité le disputaient à la commisération et au chevaleresque. Avec une fièvre indéfinissable qu'il ne voulait surtout pas nommer, il agita de nouveau la clochette. Josephine s'affala comme un poids mort par-dessus la ceinture en cuir qui ceignait le siège. Cela fit remonter le sein de la jeune femme, lui arrachant une grande exhalaison. Elle était totalement inerte. Muybridge s'avança vers elle, sa déception coagulée en souci. Quand il souleva Josephine pour la remettre à la verticale, il s'ébahit de sa fermeté. Elle semblait avoir changé de densité. Son ossature subtile et ses douces courbes étaient taillées dans le plomb et le granit. Lorsqu'elle ouvrit les yeux, il vit un espace de l'univers dont il n'avait jamais rêvé. Il reprit ses distances, reculant d'un pas tout en maintenant la jeune femme de l'un de ses longs bras frémissants.

« Josephine, ça va ? Vous m'entendez ? »

Par bonheur, elle referma les paupières et son corps sembla s'amollir en une masse moins inerte, pour sombrer dans un sommeil atone. Edward rejoignit l'appareil photo afin de rassembler ses affaires. Il avait décidé de ne pas la réveiller – ne pas la déranger paraissait plus sûr.

Il réunit les clichés et se dirigea vers la chambre noire. Il les développa dans un étourdissement immersif, totalement pris par les images. Il commençait à comprendre ce que Gull avait voulu retirer de ces séances. Demain, il emploierait le miroir.

Brusquement, il se rappela la conférence qu'il devait donner à l'Académie des arts visuels. Cela le secoua, et il se hâta de ranger les produits chimiques et de mettre à sécher les plaques en verre des négatifs, avant de repartir dans le studio pour aider Josephine à s'extirper du fauteuil. Elle avait disparu.

Il traversa rapidement et sans bruit la cuisine afin de gagner le logement. La porte de la chambre était entrouverte. Il la poussa doucement. Elle gisait en diagonale sur le petit lit, une couverture drapée autour de ses mollets coulant jusqu'au sol. Sa respiration dénotait un sommeil profond, et Edward s'avança en catimini. La ceinture du fauteuil avait arraché quelques boutons du chemisier. Ouvert sur le côté, il mettait à nu la riche courbe supérieure du sein droit. Elle avait perdu son peigne, qui reposait sur l'oreiller, dangereusement près de ses yeux. Eadweard le déplaça sur la table de nuit et ramassa le plaid, s'attardant un instant pour savourer la vision de ces épaules et de ce buste exposés aux regards.

Il récupéra ses affaires en silence. Quand il quitta le studio, la douce chaleur de sa galanterie autoproclamée égaya les rues extérieures crasseuses.

La séance au miroir fut moins inquiétante que celle à la clochette. Josephine demeura corporellement calme tout du long, bien que son visage fût parcouru de tout un dictionnaire de rictus. Il convulsait en d'incroyables contorsions avant de revenir chaque fois à sa beauté naturelle. C'était fascinant. Muybridge n'avait jamais rien vu de tel. Ses démonstrations et ses réunions quotidiennes commençaient à le raser, et il ressentait une envie mordante de passer plus de temps en compagnie de cette créature derrière son appareil photo. C'était entièrement différent des masses mal informées avec lesquelles il avait gaspillé tant de son précieux temps. À l'écart du monde, avec Josephine et ses inventions, il retrouvait la joie de vivre.

Le zoopraxiscope avait changé au point d'en être méconnaissable. Eadweard comprit vite que ses premières machines n'avaient été que des jouets maladroits destinés à distraire les foules. Certes, elles avaient démontré que l'on pouvait projeter vers un regard non averti le mouvement, les illusions mécaniques de chevaux qui sautent et de silhouettes qui courent, tableaux devenus vivants. Mais ses nouveaux appareils quêtaient une proie tout autre, de celles qui pénétraient directement dans le cerveau à travers des miroirs tournants et une clarté mesurée, obturée, pliée et tordue par l'intermédiaire d'un éventail de lentilles de verre. La vision périphérique était la digue qui encerclait l'image et qui titillait le nerf optique.

Eadweard s'était pris comme cobaye a de nombreuses reprises. Il avait senti les ombres s'infiltrer, puis pulser. Elles cherchaient à se faire absorber par une partie du cerveau et, en s'agitant ainsi, libéraient de l'étrange. Chaque fois qu'il inclinait l'angle du soleil, allumait une lampe ou changeait d'objectif, Muybridge s'en rapprochait un peu plus ; chaque fois qu'il plaçait sa tête dans la machine et actionnait les tiges en laiton, il sentait le mouvement tenter de s'amalgamer ; chaque fois qu'une lueur oblique léchait ses yeux, il sentait arriver les fantômes.

Après la première attaque, survenue alors qu'il était seul au fond de leur petit studio, il se montra plus prudent. Il avait été pris d'une convulsion en sortant de l'appareil, des spasmes dans les jambes. Il n'en conservait aucun souvenir, mais quand il s'éveilla, il se trouvait par terre, saignant du nez, la lèvre fendue et la chemise déchirée. Il devait présenter l'apparence de ce que tous ces bons à rien avaient décrite devant les tribunaux si longtemps auparavant : un homme désemparé, malade et divaguant. Il avait toujours eu la certitude que ce n'était pas le mal comitial qui avait dévasté son cerveau, mais une autre fonction sensible supérieure susceptible de produire un effet similaire. Et désormais, il l'avait prouvé, en trouvant le moyen de recréer cet effet à partir de la lumière.

Quel spectacle il devait donner lorsqu'il était parvenu à émerger du studio pour gagner la cuisine ! Josephine avait poussé un hurlement silencieux en le voyant. Sa longue barbe grisonnante et sa chemise blanche étaient maculées de sang, répandu partout par sa transpiration excessive. Il avait tenté de rassurer la jeune femme en disant qu'il allait bien, que c'était juste un petit accident. Il avait fait couler de l'eau dans l'évier pour se nettoyer et Josephine était repartie dans sa chambre en fermant à clé. Les serrures sur les portes étaient de bonnes choses, s'était dit Eadweard en se rinçant le torse. En dehors des immensités, il préférait vivre et travailler derrière, bâtir ses inventions et mener ses expériences à l'abri de leur sécurité infaillible.

Il s'était promis de se montrer plus prudent à l'avenir. Il tenait à ne plus inquiéter Josephine. Il ne pouvait prendre le risque que sa curiosité la pousse à tâter du fonctionnement des délicats instruments optiques. Consigner chaque variation de lumière, chaque position de la lentille et de l'obturateur ainsi que tous les effets qu'ils produisaient sur lui ensuite, demandait du temps et de la méthode. Son gros registre reposait à l'intérieur du bureau situé dans un coin de la pièce, et verrouillé par une solide serrure. Eadweard ne tarderait pas à rendre visite à Gull muni de ses découvertes, et il avait hâte de voir la tête que ferait le médecin devant des recherches aussi décisives.

Sauf que lui-même n'était pas encore prêt. L'Amérique et Stanford l'appelaient. Ces deux années passées en Angleterre avaient filé à toute allure et il lui fallait plus de temps, mais il devait rentrer dans son pays d'adoption aussi vite que possible. Muybridge méditait sur ces questions quand Josephine frappa à la porte. Il défit le verrou, l'invita à entrer. Elle s'avança jusqu'au fauteuil situé devant l'appareil photo, qu'elle toucha, puis elle regarda Eadweard. Qui consulta sa montre.

« Oui. J'ai effectivement un peu de temps pour une brève séance cet après-midi. »

La jeune femme semblait réellement prendre plaisir à ces exhibitions de son mal. Elle n'en ressentait que de la fatigue, même après la plus violente des contorsions, et se révélait toujours disposée à en subir plus. Il admirait cela chez elle. Il appréciait sa compagnie silencieuse. Elle ne montrait ni peur ni remords, ne se plaignait jamais, n'essayait même pas de trouver le moyen de le faire ; elle différait radicalement de cette imbécile égoïste et machiavélique qu'il avait épousée. Quelle tristesse de devoir partir si tôt sans savoir quand il reviendrait ! Il soupira et commença à se préparer, soulevant quelques objets de son établi pour les ranger dans les rayonnages. Il ôta sa version du périphériscope du fond de l'étagère afin de faire de la place pour une boîte de négatifs. Ayant senti Josephine sursauter derrière lui, il se retourna pour voir sa réaction.

« Qu'est-ce qui ne va pas, Josephine ? »

Elle désigna sa main du doigt.

« Comment ? C'est cela qui vous trouble ? » dit-il en lui présentant le casque mécanique de verre et de métal.

Elle écarquilla les yeux et produisit une mimique qu'elle n'avait pas encore montrée, à mi-chemin entre celles de la myopie et de l'avidité sexuelle, comme si elle voulait se rapprocher de l'objet ; il éprouva un certain malaise. Elle s'avança en tendant les mains. Il lui donna le casque, dont elle se coiffa en imitant le bruit de ses petits rouages. Sa paume droite plana au-dessus de sa chevelure, décrivant une série de cercles. Cela rappelait ce jeu destiné à démontrer le parallélisme entre les coordinations respectives des cerveaux gauche et droit, où l'enfant fait tourner un doigt devant son plexus solaire et un de l'autre main au-dessus de sa tête. Sauf qu'il ne s'agissait pas d'un jeu. Elle voulait qu'il actionne l'appareil pour elle.

Cette demande ne posait pas de problème majeur. Gull devait avoir employé le mécanisme lors de son traitement, dont les conséquences avaient dû être une source de plaisir pour elle. Il reprit le périphériscope, tendit les moteurs à remontoir. Il serra l'appareil sur le crâne de Josephine après avoir vérifié le calage des miroirs. Elle regagna le fauteuil avec un ravissement langoureux. Sur le fond noir de sa tête relevée, le métal et le verre luisaient dans la clarté répandue par la fenêtre. Elle était une princesse couronnée attendant sa cape mordorée sur quelque rivage lointain ; lui, son intrépide pourvoyeur révélateur de richesse intérieure.

Ils sourirent de conserve quand il actionna les minuscules leviers qui mettaient en branle la machine. L'effet fut instantané. Josephine se crispa et ondula, adoptant les contours fermes de la réceptivité, comme si sa tenue informe s'était ajustée magiquement à chaque ligne de son corps. Sa posture féline et furtive hurlait la sensualité. Ses paupières lourdes s'étaient refermées sur un regard de braise. Muybridge était pétrifié. Des contractions d'orgasme successives la balayaient. En lui, tout rempart, toute défense, toute mesure s'écroulèrent. Une érection dépassant ses souvenirs les plus fous se mit à hurler elle aussi dans la contrainte de son pantalon écossais en laine. Les exhalaisons de la jeune femme devinrent miaulements, puis rugissements. Le fauteuil se brisa, fendu en deux par l'énergie qui le traversait et pénétrait dans le plancher grinçant. Alors que dans la dignité embarrassée de ses épais sous-vêtements de travail, le photographe explosait d'un plaisir incroyable, Josephine se leva en haletant, poings serrés et tête rejetée en arrière.

Ils regagnèrent leurs quartiers sans qu'il décroche un mot. Il attendit qu'elle s'endorme, puis il s'échappa dans un monde extérieur qui, par bonheur, ne se doutait pas de son inconduite terrible – enfin, presque : il ne pouvait s'empêcher de voir des regards entendus parmi ceux que lui jetait la foule.

Les trois ou quatre séances suivantes avaient été d'une grande brièveté et d'un grand formalisme. Il avait passé la majeure partie du temps enfermé dans le studio à travailler sur un nouvel appareil qu'il n'avait pas encore baptisé. Il n'aurait su dire pourquoi, mais à ses yeux, *Zoopraxiscope* ne rendait pas justice à ce petit miracle d'échos visuels.

Josephine s'était comportée avec sa décence habituelle, comme si l'incident n'avait jamais existé ; il semblait ne pas avoir affecté leur amitié formelle et professionnelle. Toutefois, Eadweard avait noté non sans quelque inquiétude que sa version du périphériscope bougeait de son emplacement exact dans le studio. La jeune femme avait dû l'emporter dans sa chambre chaque fois qu'il sortait. L'appareil était toujours de retour lorsque Muybridge rentrait, mais ce dernier avait remarqué de légères différences dans sa disposition. Personne d'autre n'aurait repéré de telles variations : il faut un regard entraîné, scientifique, pour observer l'imperceptible. Au début, il avait pensé en faire le reproche à Josephine, mais cela aurait signifié qu'il avait connaissance de tout le reste et qu'il l'admettait, et il n'avait aucune envie de recommencer dans cette voie. Il aurait pu boucler l'instrument pour le lui soustraire, ou le démonter. Au bout du compte, il n'avait rien fait. Il était plus facile de négliger les appétits animaux de la jeune femme et de feindre d'ignorer ses emprunts journaliers. Parfois, il se félicitait à voix haute de lui en laisser l'usage : encore une démonstration de sa bienveillance généreuse. De toute manière, cet instrument ne revêtait plus une grande valeur à ses yeux. Il avait surpassé le petit jouet de Gull. Elle pouvait en disposer.

Néanmoins, il avait plus de mal à prendre du recul avec ce fameux après-midi ; l'image de la jeune femme revenait titiller sa conscience avec le même effet physique chaque fois qu'ils se voyaient. Au bout d'un moment, il cessa de vouloir réprimer ce souvenir et l'excitation afférente, choisissant plutôt de le classer parmi les réactions normales d'un homme fort viril et en très bonne santé pour ses 52 ans.

Il avait commencé à emballer ses affaires. Josephine savait qu'il s'en allait, mais qu'il lui rendrait visite à son retour. Elle avait semblé sincèrement déprimée en apprenant son départ, mais peut-être était-ce juste à la perspective d'être tenue à l'écart du périphériscope.

Il avait contacté Gull en lui expliquant les progrès accomplis et lui adressant les séries de photos précédentes ; la dernière serait récupérée le lendemain par l'un des employés. Mais Eadweard était entre deux eaux : il n'arrivait pas à se décider à emballer sa nouvelle invention, à interrompre les tests ; or, il n'avait absolument aucune intention de l'abandonner sur place. Il avait fait une nouvelle attaque en la testant et l'idée de recommencer suscitait son appréhension. Il se trouvait si près du but qu'arrêter aurait été folie, mais il ne pouvait continuer seul. Il lui fallait un cobaye. C'est alors qu'il entendit bouger à côté et que l'idée, radicale, lui vint. Gull allait être ravi.

Muybridge annula tous ses rendez-vous des deux jours suivants et fit livrer des provisions au studio afin de ne pas être obligé de sortir. Dans un coin, il installa le lit de camp qui servait autrefois à la bonne. Il ne lui restait plus qu'à convaincre Josephine de l'aider.

Il arriva très tôt le premier jour ; elle dormait encore quand il prépara le thé et les toasts dans la cuisine. Ayant entendu cette bouilloire particulièrement matinale, elle vint voir ce qui se passait. Elle avait les cheveux en bataille et portait une épaisse robe de chambre d'hôpital par-dessus sa chemise de nuit.

« Bonjour, Josephine, dit-il à l'ancienne fille d'esclaves qui bâillait devant lui. Je vous ai fait des toasts et je nous ai apporté une confiture excellente. »

Une telle hospitalité était inusitée et la gaieté qu'il y eut à préparer ce repas dépassa les attentes d'Eadweard. Josephine regardait ses efforts culinaires et le considérait, lui, avec un ravissement prudent.

« Ce sont les tout derniers jours avant mon départ. Il ne me reste qu'une tâche importante à achever, que je voulais vous montrer tout à l'heure, car je pense que cela pourrait vous plaire. À présent, venez vous asseoir. »

Il tira une chaise pour qu'elle s'y installe, puis prit place de l'autre côté de la table et se mit à beurrer les toasts. « Vous aimerez cette confiture. Elle nous arrive tout droit d'Oxford. Certaines personnes, parmi lesquelles votre serviteur, trouvent que c'est la seule chose valable à être jamais sortie de cette ville. »

La plaisanterie lui échappait et elle prit une gorgée de thé. Il poussa les tartines vers elle tandis qu'elle le scrutait sans expression. Sa barbe hirsute et couverte de miettes devait attirer le regard.

« J'ai un cadeau pour vous ! » s'exclama-t-il soudain en repartant d'un pas bondissant vers le studio grand ouvert. Elle scruta Eadweard, puis son assiette, et releva la tête vers lui. Elle n'était pas tout à fait réveillée et cette confiture et ces cadeaux la plongeaient comme escompté dans la perplexité. Il revint tout sourire, un bras derrière le dos.

« Je veux vous offrir cela. Je sais que vous l'appréciez. »

Il lui flanqua sous le nez un paquet qu'elle reçut en fronçant les sourcils. Deux jours auparavant, il avait ôté le périphériscope de son emplacement habituel pour l'emballer dans un kraft épais et ranger le tout dans un tiroir. C'était ce qu'elle tenait maintenant à deux mains et qu'elle faisait tourner, tâtant sa forme évidente. Ayant aussitôt compris de quoi il s'agissait, elle entreprit de tirer sur la ficelle.

« Ah, non, pas ici… Il vous appartient, désormais. Emportez-le dans votre chambre. Vous pourrez l'ouvrir là-bas. »

Elle était soupçonneuse, ravie et perplexe. Incapable d'exprimer les trois émotions à la fois, elle sourit jusqu'aux oreilles et mordit dans son toast.

« Après le petit déjeuner, je vous montrerai ma nouvelle machine. Elle ressemble un peu à celle-ci, mais en mieux », expliqua-t-il en dardant un doigt lascif vers le paquet.

Elle termina son repas et partit se vêtir tandis qu'il préparait son appareil toujours innommé. Il avait déplacé les différentes composantes de manière à ce que la jeune femme puisse reposer sur la table, la tête entre les mécanismes réfléchissants. Il avait porté le soleil jusqu'à la machine à l'aide de trois miroirs paraboliques. C'était moins désagréable olfactivement et moins fastidieux que des lampes à pétrole, et cette journée était la plus claire de toutes de ces dernières semaines.

Josephine était à la porte, observant sa démonstration joyeuse. « Vous voyez ? Cela fonctionne exactement comme l'autre. Ces petits miroirs pivotants récupèrent la lumière venue d'ici. Il y a des lentilles optiques partout, regardez ! » Il désignait chaque élément du doigt et faisait voleter les mains au-dessus du bois et du cuivre luisants. La clarté du soleil scintillait dans le verre. « Il y a deux obturateurs à disque et un diaphragme rotatif là-dedans. Tout est contrôlé par cette molette, ici, que je vais tourner quelques instants. Alors, qu'en pensez-vous ? Êtes-vous prête ? »

Elle hésita une seconde, puis hocha la tête et s'assit sur la table en balançant les jambes pour s'allonger à plat. Il lui cala la nuque puis lui plaça un simple bandeau de maintien sur le front.

« Excellent ! Commençons. Prête ? » Elle répondit par l'affirmative d'un cillement d'œil.

Il actionna le levier et la machine se mit en branle. Au troisième tour, il avait trouvé le rythme. Les lentilles s'étaient transmutées en sphères luisantes étirées, mastiquant, sphinctérant et fendant une lumière à présent inventée qui, à mesure que les obturateurs hachaient les influx d'ombre, de clarté et d'obscurité, vrillait latéralement les yeux noirs réactifs. Pour la première fois, l'appareil bourdonnait. L'attention d'Eadweard oscillait entre lui, le visage et le corps de Josephine demeurée immobile, et sa montre de gousset à couvercle calée à la verticale sur l'étagère toute proche. Au bout de trois minutes, Muybridge commença à ralentir, pour finir par stopper la machine. Il ôta la lanière qui servait de bandeau et aida Josephine à s'asseoir. Elle respirait normalement, son regard paraissait anodin : il n'y avait pas la moindre trace d'un quelconque effet. Edward lui donna de l'eau et lui demanda de faire le tour de la pièce, ce dont elle s'acquitta tout en buvant. Une certaine perplexité s'était emparée de lui : on aurait dû remarquer une réaction. Il consulta son registre, effectua quelques ajustements mineurs, puis jeta : « Peut-on réessayer, je vous prie ? »

Elle acquiesça, haussa les épaules et se positionna derechef entre les miroirs. Qu'il actionna de nouveau, les laissant cinq minutes, cette fois. Il transpirait. Son col et ses manchettes serrés le démangeaient. Il fit se redresser Josephine. Rien. Lui demanda de se rallonger en fermant les yeux, s'attendant au moins à ce que se manifeste un étourdissement. Elle sombra dans le sommeil. Il la secoua pour la réveiller, avec douceur, mais non sans énervement. « Une dernière tentative, je vous prie. Juste une. »

Il serra le bandeau, actionna le levier. Pour s'arrêter au bout de huit minutes. Cet appareil était un ratage. Il ne fonctionnait que sur lui. La jeune femme était totalement imperméable à son influence. Il n'avait aucun effet. Eadweard la congédia, ulcéré, et s'assit en contemplant sombrement ce fatras artisanal trompeur et ridicule.

Il resta là jusqu'à ce que tombe le soir ; puis il se reprit, rafla son paletot et son chapeau et sortit en claquant la porte derrière lui, réveillant Josephine au passage. Il passa des heures à arpenter les rues dissolues et lascives, tournant en rond, tentant d'épuiser sa colère et de comprendre ce qui avait raté. Il s'arrêta dans un pub, où son entrée soucieuse plongea un bon moment la salle dans le silence. S'étant frayé un chemin jusqu'au comptoir, il commanda un Nelson's Blood au barman surpris. Jamais des hommes aussi haut placés que lui ne s'abaissaient à se rendre dans de tels quartiers, et encore moins à ingurgiter des mixtures aussi puissantes que ce pseudo-sang d'amiral. Évidemment, ses compagnons de bar forcés ignoraient qu'il avait fréquenté des établissements bien plus rudes que le leur. Les brasseries miteuses de l'Arctique, les bouis-bouis décrépis du Guatemala, sans compter cette maison de jeux du Yukon décorée avec des stalactites de sang humain. Et pourtant, il n'avait jamais bu seul dans un pub en Angleterre. C'était malséant dans ce pays. Les barrières chroniques qu'étaient la position sociale et la fortune y interdisaient la fluidité qui lui était permise partout ailleurs.

Le second verre du mélange de porto et de rhum fit son effet, arrachant un peu de gaieté au sédiment de son spleen. Chacun dans les salles exiguës aux surfaces trop vernies avait une conscience aiguë de ce grand échalas à la barbe hirsute, au regard dément de prophète, qui s'était mis à parler tout seul et qui souriait en regardant le fond de son verre. Lui les ignorait tous.

Son esprit vagabondait jusqu'à d'autres temps, d'autres lieux, où il avait consommé moult verres de cette mixture en compagnie d'un homme dont la réputation désormais sulfureuse était parvenue jusqu'aux habitants de son minable bout de terre actuel. Les deux hommes se trouvaient alors à Cheyenne, dans le territoire du Dakota, où ils se distinguaient en levant leur verre à Shakespeare, à l'esthétique, à l'éthique scientifique et au savoir-vivre. Le saloon était plein de canailles armées. La plupart faisaient semblant de ne pas les voir et refusaient de se laisser influencer par leur comportement. Son compagnon de beuverie était John Henry Holliday, célèbre as de la gâchette et joueur professionnel qui avait fait la une des journaux de Londres un an plus tôt, ayant organisé une fusillade à la théâtralité magnifique en compagnie des frères Earp dans la bien nommée bourgade de Tombstone. Il y avait fort à parier que l'essentiel des morts et des blessés ait été dû à « Doc Holliday », comme on le surnommait, et Eadweard regrettait de ne pas avoir été sur place pour assister au combat, et peut-être photographier les héros par la suite.

Quand il flanqua la main dans la poche intérieure de son pardessus pour y chercher de quoi régler un autre verre, c'est le Colt chargé qu'il trouva. Il se fit la réflexion pâteuse que les choses reprenaient leur pli d'avant. Son envie de jouer de la gâchette lui revenait. C'est alors qu'avec toute la cohérence mentale du buveur amateur, ses pensées basculèrent vers Josephine. Josephine et sa réaction passive et inerte, comparée à celle, électrique, survenue avec l'appareil de Gull. Le magnétisme souple et sensuel de la jeune femme paraissait une bien meilleure piste que de canarder la clientèle de bons à rien du Roebuck.

Eadweard se redressa et se dirigea vers la porte. Nul ne croisa son regard et le pub exhala un soupir collectif lorsqu'il fut parti. Il se dégrisa sur le chemin du retour, où il se perdit à deux reprises et décida de ne plus jamais boire en public, surtout porteur d'un revolver chargé. Il s'arrêta au-dessus d'une bouche d'égout gargouillante pour y vider les balles ; elles tombèrent comme des comètes de laiton dans le firmament rapide en contrebas.

Arrivé à l'appartement, il tourna la clé très lentement et entra sans un mot, puis se glissa vers son lit de camp en s'efforçant de ne pas faire de bruit. Il ne voulait pas la réveiller. Pas question qu'elle le voie éméché après la défaite à laquelle elle avait assisté tout à l'heure.

Alors qu'il s'extirpait de sa veste et délaçait ses chaussures, un bruit lui donna la chair de poule. Quelque chose grattait quelque part. Pas une faible petite bestiole, pas un rat ni une souris à la recherche de bribes de nourriture, non, quelque chose qui avait de grosses griffes et qui raclait avec tout près. Il tâtonna sur les murs pour trouver les étagères. Ayant déniché le chandelier en étain tout simple et des allumettes, il alluma trois moignons de bougies pour scruter les lieux. Le grattement stoppa. Il avait retrouvé toute sa lucidité et un fil de glace lui parcourait l'échine. Il attendit. Les grattements reprirent. Du bois se fendait, s'arrachait. Eadweard orienta la lumière chiche en direction du bruit. Qui cessa de nouveau, mais il avait repéré une masse sur le sol de la cuisine. C'était le corps d'ébène de Josephine sur le parquet foncé. Elle était nue et gisait là immobile, contemplant le plafond écaillé avec des yeux qui ne cillaient pas. Muybridge rapprocha la lueur des bougies, bien décidé à chasser la bête invisible. Il s'agenouilla, en tâtant le bras de la jeune femme au passage. Sa peau semblait très froide, comme si elle avait passé des heures ainsi dévêtue hors de son lit ; il leva le chandelier au-dessus de sa tête pour passer la pièce en revue tout en maintenant la menace à distance ; de la cire brûlante alla éclabousser le visage de Josephine. Qui ne réagit pas.

« Josephine ? souffla Eadweard d'une voix pressante. Josephine ! »

Quand il lui tâta le cou, il ne sentit aucun pouls. Il se pencha pour poser une oreille poilue et impudente entre ses seins. Aucun battement de cœur. Elle était morte ! Dans le silence effondré de l'appartement et du monde, il se dégonfla lugubrement, comme un sac. C'est alors que les grattements reprirent. En dirigeant les bougies vers le bruit, il vit la main gauche de Josephine creuser frénétiquement dans les lames du plancher. Elle avait les ongles cassés, le bout des doigts ensanglanté, mais le vieux chêne avait cédé devant son insistance. Il considéra de nouveau le visage figé, mort, de la jeune femme. Sa tête était ailleurs, mais sa main bien vivante œuvrait indépendamment à ronger le bois. Puis, derechef, le silence s'abattit. Eadweard n'osait plus respirer. S'attendant à ce que la scarification infernale reprenne, il s'interrogea avec crainte sur la force vitale qui soutenait un tel élan.

Le corps, remarqua-t-il, sortait lentement de son coma. Il se réchauffait et se reliait au bras toujours actif. Les doigts continuaient à racler en un mouvement violent, comme s'ils étaient le réceptacle de toute volonté. Leur agitation furieuse n'avait duré que quelques minutes, mais les plus longues que Muybridge avait jamais endurées. Il fut ramené aux explications de Gull sur la puissance extrême du mécanisme de la main, ainsi qu'au souvenir de cette jeune folle étique qui s'était éventrée. Le médecin avait vu en Josephine sa patiente la mieux guérie. De façon incompréhensible, le contexte d'un tel succès glaça soudain l'épiderme d'Eadweard.

Ils étaient là dans la semi-pénombre de la cuisine, deux formes affalées prises au piège d'une nuit de crainte et de culpabilité, sous les auspices de la moralité douteuse de Gull. Sa machine avait-elle produit ce phénomène ? Que lui dire sur la patiente qu'il chérissait tant ?

Elle dormait normalement, à présent. Les courbes noires de son corps scintillaient sous leur fine couche de sueur. Eadweard décida de ne pas la bouger ni la réveiller, et préféra regagner sa chambre à quatre pattes, en poussant devant lui le chandelier, qu'il s'efforçait de maintenir loin de sa barbe frottant par terre. Il comptait rapporter un plaid pour en couvrir Josephine. Il lui passa soudain par la tête qu'il serait plus naturel que lui-même ne porte pas de vêtements. Sa posture animale actuelle s'accorderait alors à celle de la jeune femme. En tout cas, au pire, cela ferait une excellente série de photos, deux bêtes rampant dans un petit enclos. On pouvait immortaliser toutes sortes de personnes nues ainsi, en des fragments de mouvement. Un zoo d'humanité mesurée.

Il s'apprêtait à se redresser quand il entendit bouger dans son dos. En un instant, la jeune femme eut traversé la cuisine pour se planter au-dessus de lui. Elle dégageait une odeur entêtante, un musc magistral de rut mammifère. Ses yeux vissés dans les siens étincelaient. Elle s'attaqua soudain aux bougies, qu'elle envoya valdinguer d'un coup de pied à l'autre bout de la pièce. C'étaient maintenant ses yeux qui illuminaient l'espace contracté. Elle écrasa son visage contre celui d'Eadweard en l'attrapant par les cheveux et en le saisissant à la gorge avec une vigueur extrême. Cela arracha un râle au photographe, qui, impuissant, fut incapable de réagir. Elle avait acquis une force surhumaine et tous les instincts de Muybridge lui criaient qu'elle pouvait lui briser la nuque comme un fétu de paille pour peu que l'idée lui en prenne. Leurs nez étaient aplatis l'un contre l'autre, le regard luisant de Josephine contemplait le sien sans ciller. Lui-même ne voyait rien qu'une clarté indistincte. Il était terrifié et près de vomir. Il s'efforça de fermer les yeux, mais c'était encore pire. La peau fine de ses paupières se plissait sous l'intensité de la lumière, qui les transperçait sans coup férir.

Ils ne demeurèrent que quelques minutes collés dans cet appariement hideux, mais Eadweard eut l'impression d'étouffer, et qu'il s'écoulait des heures. Brusquement, elle se détacha de lui, et retomba sur le sol froid et nu pour sombrer dans le sommeil.

Il tâta ses globes oculaires, qui lui semblaient meurtris de l'intérieur. Il tremblait, laminé ; tout s'était passé très vite. Chaque incident n'avait pris que quelques minutes, mais avait brûlé d'énormes quantités d'énergie concentrée. Quelques minutes ? La crise de griffures avait duré moins longtemps que celle où Josephine le dévisageait à ras du nez… Bien sûr ! La séquence d'intervalles qu'elle avait passés dans sa machine : trois, cinq, huit minutes ! L'appareil avait fonctionné, mais avec retard ! Cet éclair de compréhension et de triomphe fut aussitôt balayé par la crainte de la prochaine attaque. Eadweard n'avait que quelques secondes pour s'échapper – ou pour se défendre –, avant que l'ancienne esclave ne s'éveille à nouveau pour frapper, pendant ce qui serait huit très longues minutes.

Il s'escrima à se lever, ses jambes glissant follement sous lui. Une fois debout, il trébucha contre l'évier en envoyant valdinguer un petit égouttoir à vaisselle qui s'écrasa par terre à côté de la dormeuse allongée à plat ventre. Tasses et assiettes se fracassèrent en tournoyant au moment où il saisissait la poignée de la porte donnant sur l'escalier de l'immeuble et sur sa fuite. Fermé à clé. Le trousseau se trouvait dans le manteau qu'il avait ôté, quelque part dans le studio, mais où ? Où l'avait-il laissé tomber lors de son retour éméché ? La lueur de la lune éclairait quelque peu la pièce, qu'Eadweard parcourut d'un pas incertain en cherchant fiévreusement. Il entendit Josephine, toute proche, remuer dans son sommeil, mais n'osa pas s'arrêter pour vérifier. Là ! Le manteau, à hauteur de la porte ! Il plongea une main dans chaque poche, raclant le fond des doigts pour trouver les clés. Ah, tiens, le revolver vide. Il retourna le vêtement, qui resta coincé autour de ses bras. Lorsqu'il tira sauvagement dessus, cela ne fit qu'amplifier le problème. Il ne trouvait aucune clé et il avait les mains coincées dans la doublure entortillée. C'est à ce moment que Josephine passa à l'action.

Il poussa un hurlement lorsqu'elle se jeta sur lui. Ses yeux s'étaient obscurcis au-delà du noir. On n'y distinguait aucune trace de blanc. Elle était une pure ombre, et un monceau de muscles. Il s'efforça de protéger sa gorge, mais cela ne l'intéressait pas du tout. Ce ne serait pas le point de mire de sa longue attaque. Elle tracta Eadweard vers elle par son pantalon et l'entraîna au sol en tirant sur la ceinture déchirée du vêtement, ce qui lacéra l'épaisse flanelle et la lingerie. Edward lui botta la cuisse, lui boxa faiblement la tempe avec la main qui n'était pas emberlificotée dans le manteau. Josephine lui abattit un poing sur le visage comme un piston. La tête du photographe bascula en arrière sous cette puissance écœurante, sang et étoiles volant dans toutes les directions. Josephine se jeta de nouveau sur sa cible. Il n'osa pas la frapper une seconde fois : un autre coup identique de cette force de la nature l'aurait envoyé *ad patres*. Il s'attendait à ce qu'elle lui ouvre l'abdomen, mais elle ne visait pas cela non plus. Elle s'empara de ses attributs racornis et jeta les derniers restants de ce qui les recouvrait à l'autre bout de la pièce. Enserrant la base de son vit du pouce et de l'index droits, elle lui saisit les parties de son autre main tout en enfonçant violemment un index dans les profondeurs de son anus. Si Eadweard se débattait à présent, c'était involontaire. Elle appuyait contre sa prostate, serrait de l'autre main. Tirée de son apathie réticente, la verge fut saisie d'une érection abasourdie et automatique. Edward avait compris quelle était la véritable cible de l'attaque. Il cessa de lutter et se laissa aller en arrière. Josephine se retourna sans lâcher prise. À califourchon sur lui, elle abaissa la puissance de son corps luisant sur le membre triomphal et stupéfait. Elle redressa brusquement les bras pour saisir Eadweard à la gorge, qu'elle serra tout en allant et venant violemment autour de lui. Il se sentit continuer de grandir en elle, s'étirer dans des proportions colossales. Le plaisir l'emportait sur l'indignation. Il céda. Juste avant qu'il n'entre en éruption pour la première fois, le tranchant de porcelaine d'une soucoupe brisée s'enfonça dans sa fesse. Josephine ne lâcha pas prise, caracolant au contraire jusqu'à le projeter au sol, le flétrissant de coupures et de contusions pendant ces huit longues minutes. Puis elle se leva et traversa la cuisine en dégouttant lentement, pour gagner sa chambre et refermer derrière elle sans rien dire. La clé tourna doucement dans la serrure. Eadweard tenta de se relever, rassemblant tout à la fois ses derniers restes de fierté et ses vêtements, afin de couvrir ses gonades qui n'en revenaient pas – de cette brusque interruption, cette fois. Il finit par se défaire du morceau de tissu accroché à son bras et par trouver la clé qui lui permettrait de s'enfuir. Ayant remis son pardessus à l'endroit, il l'enfila et se carapata en claudiquant, secoué de tremblements.

Déposer plainte contre elle était tout bonnement impossible : il serait la risée de tout le pays. Ce fut déjà assez difficile comme cela de tenter de s'en ouvrir auprès de Gull, qui le dévisagea comme s'il avait affaire à un retardé mental. Muybridge livra au médecin incrédule un compte rendu édulcoré du comportement violent, fou et animal de cette femme. Gull le calma d'un ton condescendant et fit soigner ses blessures par l'un des infirmiers. Six heures plus tard, le photographe une fois reposé et remis, Gull le manda à l'appartement en compagnie de deux des gaillards les plus robustes de l'hôpital. Il lui restait quarante-huit heures avant sa traversée ; il devait récupérer ses affaires et les transférer à Liverpool avant l'heure de l'embarquement. Il avait rechargé le Colt, auquel il s'agrippait fermement dans sa poche, lorsqu'ils pénétrèrent sur le lieu du crime, mais Josephine avait disparu en emportant tous les coûteux appareils ainsi que tous les objets de quelque valeur transportables à pied. Seule la dernière machine d'Eadweard avait survécu à la razzia ; elle se trouvait exactement dans la même position que lors de l'ultime séance avec la jeune femme. Il n'aurait pas le temps de la démonter avant de partir.

« Veuillez prendre grand soin de cet appareil quand vous le mettrez en caisse, je vous prie.

— Oui, bien sûr, monsieur. Mais sir William a dit que vous garderiez l'appartement pour votre prochaine visite. »

Était-il fou ? Croyait-il sérieusement qu'Eadweard prendrait un autre de ses monstres comme modèle ? Lui-même n'avait qu'une hâte : quitter à jamais ces lieux de souffrance et d'illusion. Il rassembla ce qu'il restait de ses affaires, en flanquant le registre dans la malle que les hommes emportaient. Après tout cela, la longue traversée maritime commençait soudain à lui apparaître comme une bénédiction. Il pourrait se reposer et se soigner au fil de la progression du paquebot, évacuer les souvenirs cauchemardesques des dernières vingt-quatre heures. Ils partirent. Eadweard verrouilla derrière eux. Il conserva les clés. À mesure qu'ils s'approchaient du fiacre à l'arrêt, les points cousus sur sa fesse et son dos le tiraient et le piquaient. Son appareil était opérationnel ; il ne lui restait plus qu'à trouver une fonction à son génie.

21

La vapeur au sifflement suraigu s'insinuait entre les arbres. Le train prêt au départ appelait ses passagers. Si ses souliers avaient été plus stables, le Français en aurait bondi de joie. Il se contenta d'écraser la main de son guide dans la sienne, avec une force étonnante pour quelqu'un d'aussi petit, puis ils s'avancèrent vers le bruit. Le Blanc en tête tirait à travers le feuillage et les hautes herbes la longue carcasse inclinée de son ami rigolard.

Juste avant d'être déséquilibré par le brusque arrêt marqué par Séil Kor, il vit l'immobilité s'installer et entendit tout s'arrêter à l'intérieur et hors de lui. La forêt se figea, du chant des oiseaux au bruissement de la végétation, frissons de l'existence perpétuelle de la vie. Le Français se remit debout tant bien que mal, prêt à demander des explications, quand il vit Séil Kor se vider. Électricité et humidité, pouls et pensée, tension et souvenir : tout s'était écoulé de lui, déversé sur le sol. Le Noir s'effondra à genoux, cassant plusieurs de ses doigts bien droits lors de leur collision verticale avec la terre ; ils s'étaient brisés comme des brindilles sèches sans même qu'il s'en aperçoive. Émergeant de sa surprise, Le Français se précipita pour étreindre son ami, qui s'affala dans ses bras. Il ne pesait rien. Il était devenu une coquille vide aux yeux follement écarquillés. Son regard qui allait et venait était son seul signe de vie.

« Au secours ! Au secours ! hurla-t-il en direction des trains. *Pour l'amour de Dieu, aidez-moi ! »* Ayant trouvé le derringer et sa dernière cartouche, il tira en l'air. *« Au secours, je vous en supplie ! »*

C'est là, juste au moment où s'élevait le bruit des gens accourant à leur aide, que quelque chose d'autre parvint à ses oreilles en lui glaçant le sang : un rire si rapproché qu'il crut un instant qu'il s'agissait de Séil Kor. Le son planait dans l'air autour de son ami agonisant.

« Ohé ! Vous ! beugla l'inconnu qui s'avançait. Quel est le problème ? Où êtes-vous ? »

Le Français récupéra l'usage de sa voix, enfouie dans un creux malsain et visqueux sous son estomac, puis il appela de nouveau à l'aide, très faiblement, cette fois.

Ils portèrent Séil Kor jusqu'à la gare en bois aux allures de cabane, l'étendirent sur l'un des bancs. Personne ne savait que faire. Il était glacé, roide, ne montrait pas le moindre signe de respiration, mais ses yeux s'agitaient fiévreusement, quêtant le visage de toutes les personnes présentes. Ils envoyèrent chercher le superviseur des travailleurs que le train transportait. Le Français tenait son ami par sa main abîmée, dont deux des doigts pointaient comiquement vers le plafond. Il songea à les redresser dans une tentative de changer la réalité de cet instant, de résoudre ce couac, de poser une attelle à la normalité en en réordonnant méticuleusement les détails. Quand Maclish arriva, cette scène le plongea dans la perplexité.

« Aidez mon ami, je vous en prie ! » supplia le Français.

Maclish s'approcha, appliqua une main sur le torse de Séil Kor et deux doigts sur sa gorge. Voyant les yeux qui basculaient en tous sens, il reconnut cet état et ne tarda pas à comprendre de quoi souffrait le pauvre diable qui gisait devant lui sur le ventre : l'Orm avait fait erreur sur la personne.

« Un ami à vous ? » demanda-t-il avec une anxiété incongrue, mais que dans son agitation le Français ne remarqua pas.

Tourmenté, ce dernier expliqua leur voyage et ce qui venait de se produire. Un sentiment de culpabilité poussa Maclish à répondre de façon impitoyable et distante. « Il ne peut pas rester ici. Nous devons le ramener en ville », jeta-t-il brusquement tout en sortant au-dehors pour hurler des ordres sur le quai. Deux des bûcherons levèrent la tête et trottèrent jusqu'à lui. Il désigna Séil Kor en aboyant de nouvelles instructions, dans une langue que personne d'autre sur place ne comprenait. Ils soulevèrent le corps inerte du banc et entreprirent de le porter en longeant le quai, dépassant le convoi de voyageurs et ses wagons en attente. Les deux Limboia ne montraient aucune hâte et le Français, furieux, se rendit compte qu'ils étaient hilares.

« Qu'est-ce qui les fait rire ? s'indigna-t-il auprès du contremaître.

« Ne vous formalisez pas, c'est leur manière d'être. Ils n'ont pas toute leur tête », expliqua l'homme en se tapotant la tempe avec l'index.

Ce doit être vrai, se dit aussitôt le Français, et ce qu'il vit ensuite confirma sa conviction : les deux nigauds transportaient son ami au-delà des voitures, dans la ligne de perspective que dessinaient les wagons plats hérissés de grumes empilées. « Où ces idiots l'emmènent-ils ? » couina-t-il en s'élançant à leur poursuite.

Maclish poussa un grommellement et sprinta lourdement derrière son pas bondissant.

« Arrêtez ! Arrêtez ! Ramenez-le ici ! » hurla le Français aux ouvriers à la mine réjouie qui trimballaient son ami comme une pièce de gibier. Ils l'ignorèrent et continuèrent d'avancer, s'écartant de plus en plus des voitures de passagers ainsi que des capacités de compréhension de l'explorateur. Maclish aboya un nouvel ordre et ils stoppèrent lentement, comme des rouages perdant peu à peu de la vitesse. Le Français tira Séil Kor par le bras, mais fut fermement coincé entre les grands Limboia aux visages luisants et inexpressifs, qui toisèrent ce gringalet sans le reconnaître, sans manifester aucun intérêt et sans se départir une seconde de leur sourire.

« Dites-leur de le ramener au compartiment, exigea le Français.

— Pas question de le mettre dans un wagon de voyageurs, répondit Maclish. Il fera le trajet avec les arbres. »

Pendant quelques instants, le compagnon de Séil Kor ne sut que dire. Il ahana et tressaillit, cherchant ses mots. Puis il tira à boulets rouges. Maclish s'empourpra, toujours plus indifférent sous cette tirade d'exigences et d'insultes, comme si l'intensité de la couleur qui le gagnait était proportionnelle à son inflexibilité.

« Il est mort, mon vieux, articula-t-il d'un ton catégorique, comme s'il s'adressait à un enfant. Il n'ira dans aucun des wagons ! »

Le Français en piétina tant de rage, que sa chaussure gauche finit par rendre l'âme et s'éjecter de son pied en effectuant une pirouette.

Les Limboia n'accordaient aucune attention à la dispute qui montait. Le corps flasque qui pendait entre eux ballait mollement, les yeux intensément concentrés sur ce soulier en déshérence.

« *Il n'est pas mort ! Vous devrez répondre de ce scandale devant qui de droit !* » brailla le Français dans le dos de Maclish, qui avait repris sa progression vers l'arrière du train.

Par-dessus son épaule, l'Écossais cria un ordre qui remit les Limboia en mode marche, un Français déprimé clopinant derrière eux. Ils s'arrêtèrent au dernier wagon plate-forme et déposèrent le corps sur le plancher en bois dur avant de l'assurer avec de lourdes chaînes métalliques. Un mur d'arbres immobilisés de la même façon reposait, abrupt, à côté de Séil Kor, laissant échapper partout leur sève. Maclish tira sur la chaîne pour vérifier qu'elle était bien fixée. Il s'adressa de nouveau aux Limboia, qui perdirent leur sourire et regagnèrent précipitamment leurs casiers. En repartant vers la tête du train, le contremaître croisa le Français, qui fut le premier à parler.

« Où dois-je aller ? »

Maclish se mordit la langue et détourna les yeux. « Mais, où ça vous chante. »

Le petit bonhomme balaya du regard la longueur du convoi, tentant de tirer une décision de son égarement. Le coup de sifflet le secoua, mais soudain il fut trop tard : le train s'ébranlait dans moult échos de métal, les roues en fer de la motrice grinçaient sur les rails humectés de sève, son énorme chargement avançait par à-coups. Le Français se précipita pour rejoindre le corps inerte de son compagnon. Il se jeta sur la plate-forme qui prenait son élan. Sa deuxième chaussure alla valdinguer et disparaître dans la végétation.

Tandis que le train accélérait, sa charge se déplaçait, saccadant les wagons grumiers avec une régularité qui vous remuait jusqu'à l'os. Séil Kor ne montrait aucun signe de vie : son corps tremblait avec les cahots, mais tout le reste était inerte. Le Français s'agrippait fermement, couvrant d'un bras son ami pour le protéger, s'accrochant de l'autre à la chaîne. Il avait fermé les yeux du grand Noir. L'intensité du regard de ce beau visage désormais inexpressif lui était devenue insupportable. Il avait dû s'y reprendre à trois fois, en recourant finalement à un expédient, étalant l'épaisse sève d'arbre sur les paupières du cadavre. Cela lui fendait le cœur de traiter aussi durement ces yeux autrefois si beaux, mais c'était nécessaire. Il était toujours convaincu que l'énergie qu'ils montraient était un signe de survie et que l'état actuel de Séil Kor pouvait relever d'une forme de coma ou de maladie du sommeil. Dès leur arrivée à Essenwald, il trouverait un médecin doté des connaissances suffisantes pour réveiller son ami adoré et le remettre gaillardement sur pied. Tandis qu'ils fonçaient dans la forêt enténébrée, glissant et tressautant de conserve, il se raccrocha à cet espoir immense autant qu'à sa chaîne.

Les yeux de Séil Kor s'ouvraient et bougeaient en saccades en regardant les arbres défiler. Le Français ne se rappelait plus son propre nom ni pour quelle raison il était collé à ce corps dur et froid. Il savait avoir aimé cet homme, tout en ignorant pourquoi. Cette situation terrifiante était exacerbée par le regard dément de l'inconnu. Il tâcha de détourner le sien, mais ce simple mouvement suffit à le faire déraper. Il glissa dans une flaque noire collante, visqueuse, écœurante qui était soit du sang, soit de la sève. Une pluie fine avait étalé et étiré ce liquide que l'obscurité décolorante ne permettait pas d'identifier. Le Français aurait voulu fermer ces yeux qui le captivaient, mais le train tanguait et il s'accrocha de toutes ses forces à la chaîne de crainte d'être éjecté de la plate-forme. Les cahots venaient de le propulser contre le flanc du gisant, qui reposait à plat ventre. Le wagon plat tressaillit plus violemment, accentua son balancement. Sa cargaison d'arbres abattus remuait et tirait dans ses fers. S'ils se détachaient, les deux hommes finiraient écrasés, ou balayés vers la nuit précipitée où ils se briseraient sur le ballast comme des brindilles.

Le Français s'agrippa à l'homme aux yeux écarquillés et fondit en larmes. Son cœur se balançait comme un pendule dans un long boîtier creux de désespoir, dont les soubresauts brusques agitaient de façon discordante poids et ressorts. Ses carillons tendus geignaient et cognaient tandis que les yeux tictaquants de l'autre homme éteignaient toute vie.

Il n'osait pas se laisser enjôler par la fatigue. Les arbres grognaient et luttaient, basculant à nouveau le poids de leurs énormes carcasses. Ils tenta de se concentrer sur les étoiles, mais la fumée de la motrice et les vibrations floutaient et brouillaient le firmament.

S'il ne parvenait pas à arrimer son esprit, il était fichu à coup sûr. Il songea à sa mère et à Charlotte. Il ne fallait pas laisser s'effacer leur souvenir. Il alla jusqu'à invoquer certains des visages et des corps de ses garçons des rues, mais perdit prise lorsqu'ils refusèrent de rester. Il avait cherché Dieu et songeait à opter pour Satan quand son génie intervint pour l'aider. Ses livres ! Ces œuvres de fiction uniques, ainsi que celles qu'il rédigerait ensuite ! Pendant toute cette période démente passée hors de leur patrie, cela même qui lui donnait sens avait failli tomber dans l'oubli ! Il n'aurait jamais dû se hasarder dans cette forêt lugubre à risquer sa vie en compagnie de sauvages ignorants. Tout ce qu'il lui fallait, c'était une pièce fermant à clé, de l'encre et des feuilles de papier blanc. C'était cela qui l'ancrait au monde.

Il savait d'instinct que la mémoire et l'imagination se partagent les mêmes quartiers fantômes du cerveau, qu'elles sont comme des empreintes de pas dans la neige, des impressions dans du sable mou. En temps normal, les souvenirs pesaient plus lourd, mais pas ici, où la forêt les balayait en lissant tous les contours, en leur ôtant leur signification vitale. Ici, il emploierait son génie à graver des fondations durables, qui chasseraient le vent des érosions insidieuses soufflant tout autour de lui. À force de rêver l'impossible, il retrouverait le chemin de la vie. Il se cramponna plus fort à l'homme et à la chaîne, sur le train qui filait vers l'aube en tonnant. Les chapitres s'effeuillaient au fil moite des kilomètres.

Un autre cauchemar le tira de son cauchemar. Le hurlement du sifflet et le soleil cuisaient pire que dans son sommeil. Il ne voyait pas du tout pourquoi le plancher frémissait, pourquoi lui-même s'accrochait à un cadavre aux odeurs de végétation, ni ce qui l'empêchait de s'éveiller. Le train ralentit. Les premiers signes de civilisation se mirent à apparaître. Clôtures et enclos près du ballast, tranchant dans l'orée de la forêt, qui semblait relâcher son emprise sur la terre. Ralenti, encore, et les huttes commencèrent à se regrouper et à pulluler autour de la voie, gagnant peu à peu en hauteur et en culture. Le train suraigu freinait, arrivée perçante dans la ville à l'approche. La tête du cadavre se retourna d'un côté, ses yeux de marbre noir contemplant le vide. tandis que le train se tassait dans la gare fumante, le Français détourna les siens avec un regret qu'il ne s'expliquait pas. Il ne remarqua pas que les globes noires, humides, bougeaient toujours, tressaillant encore activement afin de se raccrocher à la moindre étincelle de lumière ou de sens.

Des hommes étranges, vagues, arrivèrent le long du wagon. Ils entreprirent aussitôt de tracter et de bousculer les arbres enchaînés. Un roux en uniforme empesé longea le quai vers le Français. « Descendez ! » ordonna-t-il.

Ces mots eurent un effet magique. Il se laissa glisser en bas de la plate-forme, loin des troncs et du cadavre, pour atterrir sur le sol stable et dur de la gare. Le roux lui indiquait la sortie du doigt, la direction de la motrice, où s'affairaient des gens bien habillés aux tenues impeccables.

Ses jambes flageolaient, refusant d'oublier les agitations du voyage ; elles tenaient carrément à les prolonger et les mimaient sur le quai immobile. L'équilibre lui revint après la salle des pas perdus, mais ses hésitations lui firent décrire de petits cercles grumeleux. N'avait-il pas oublié quelque chose à bord de ce train ? Était-il censé rentrer seul ? N'y avait-il pas quelqu'un qu'il attendait ? Avait-il un sac, un bâton, ou… ?

Une heure plus tard, toujours aussi cotonneux et amnésique, il se trouvait sur la route menant au centre de la ville. Les habitants pressés jetaient des coups d'œil révulsés à cet homme écarlate, en haillons, à la tunique souillée de toutes sortes de crasses, et se tenaient au large de son pas chancelant.

Quand Charlotte le vit, elle prenait le thé sur leur balcon. Cela faisait des jours qu'elle scrutait négligemment la foule pour tenter de se distraire de ses angoisses, quand leur source apparut dans son champ de vision. Au départ, elle écarta la possibilité que ce fût lui, car l'homme qui zigzaguait en contrebas portait une sorte de costume de clown autochtone. Un mendiant burlesque à la tenue excentrique censée attirer l'attention sur la gravité de son mal psychologique. Puis elle reconnut quelque chose dans sa démarche trépignante. Elle se leva en s'emparant des jumelles posées sur la table voisine, qu'elle pressa à hauteur de son espoir. La brume et la poussière tentaient d'émousser la scène, mais on distinguait les traits du Français en dessous, son regard égaré qui parcourait la rue, cherchant un élément familier, quelque chose de concret. Charlotte dévala l'escalier et traversa le hall au pas de course en criant au concierge : « Faites venir de l'aide, c'est monsieur, il est blessé, faites venir de l'aide ! »

Quand elle parvint à sa hauteur, il atteignait les limites de ses capacités. Il la contempla une seconde de plus, puis tomba en syncope.

Trois jours plus tard, il s'éveillait, frais et décrassé, flottant dans la blancheur figée de draps qui sentaient bon. L'odeur de leur brillance amidonnée peignait l'intérieur de son crâne d'un lait glacé parfait. Sous les couvertures, une de ses mains se mit à chercher quelque chose d'oublié à son flanc.

« Vous êtes en sécurité maintenant, Raymond. » La voix était douce et assurée, radieuse et sereine. Elle semblait provenir de la pièce tout entière. « Le docteur vous a administré quelque chose. Vous devez vous reposer, à présent. D'ici peu, je vous apporterai du bouillon de bœuf. »

Ces paroles avaient beau ne rien vouloir dire, elles le lénifièrent et le replongèrent dans un lourd sommeil. Une énorme vache brune se tenait à côté du lit. Elle oscillait comiquement, en équilibre sur des rails de chemin de fer faits de gelée de viande, tandis que le médecin assis en dessous trayait ses pis et que des torrents de bouillon jaillissaient en sifflant dans son seau en métal émaillé blanc. Le médecin alimentait sa seringue à ce liquide fumant qui embuait le tube de verre, emplissant la pièce de sa moite vapeur bovine. Dans ce brouillard, la vache souriait le plus naturellement du monde avec une béatitude silencieuse.

Quand il se réveilla, la bête avait disparu et Charlotte était assise à son chevet. Il lui fallut plusieurs minutes pour se remémorer le prénom de la jeune femme. Elle apporta du bouillon en lui parlant à voix basse. Il hocha la tête et fronça les sourcils devant la version qu'elle donna de ces derniers jours.

Le médicament que le médecin lui avait injecté s'appelait le butobarbital. Il l'emploierait, ainsi que d'autres, au cours de ses treize improductives années à venir. Tandis que les effets de la drogue s'estompaient, une grande douleur creuse s'ouvrit à l'intérieur de lui. Il cessa d'acquiescer et les paroles de Charlotte perdirent toute signification. Cette voix était comme une chanson, une aria qui fit monter des larmes dans ses yeux papillonnants. Charlotte s'interrompit en constatant le désarroi croissant de son compagnon. Elle prit place à son côté pour serrer le corps frêle du Français dans ses bras. Quand il se redressa en position assise, elle se rendit compte que l'oreiller était taché de rose : sueur et sang. Les plaies et les éraflures du rescapé avaient été pansées et bandées sous son pyjama de soie.

« Tout va bien, dit-elle. Vous êtes en sécurité, maintenant. Vous êtes las et meurtri, mais n'êtes pas gravement blessé. Vous rappelez-vous ce qui vous est arrivé, à vous et votre ami ?

— Mon ami ? dit-il d'une voix qui le surprit lui-même. Lequel ? »

Charlotte expliqua qu'il était parti à la rencontre d'un homme devant l'amener dans la Vorrh. Ils avaient prévu de ne rester qu'une journée, mais son absence en avait duré quatre. Elle lui raconta la panique qui l'avait gagnée. Elle était prête à prendre les dispositions nécessaires quand elle l'avait vu dans la rue.

« Comment s'appelait-il ? demanda-t-il d'une petite voix.

— Je l'ignore, mon cher. Vous lui avez donné de nombreux sobriquets. J'ai cru entendre "Silka" ou quelque chose comme cela.

— Silka, répéta-t-il tout bas en secouant la tête. Dites-moi, à quoi ressemblait-il ?

— Désolée, mais je ne l'ai pas vu. Vous l'avez décrit comme quelqu'un de jeune, noir de peau.

— Vraiment ? »

Charlotte hocha la tête, mais il eut beau se creuser les méninges, le souvenir de ce Silka n'y était pas.

Entre cet oreiller taché et le précédent, celui qu'un rêve avait ensanglanté, il n'existait pas une trace des sept derniers jours. Rien ne s'accrochait à la vacuité de sa cervelle, pas même une pelure de mémoire. Ce qui le cuisait et le vidait se trouvait en dessous, dans son cœur : une vaste souffrance suppliante qui aspirait son être, un sentiment de perte dépassant toute autre impression, une tristesse irrépressible qui aurait dû être une joie.

« Je crois que je suis amoureux, Charlotte », dit-il, les joues dévalées par les larmes, en sanglotant et en reniflant dans les bras effrayés de la jeune femme. Tous deux restèrent ainsi jusqu'à ce que ses pleurs finissent par le bercer. Charlotte le borda dans le lit et baissa les stores pour contenir la clarté oblique de cette fin d'après-midi.

Elle parcourut la chambre sur la pointe des pieds, remballant leurs affaires dans les malles tout en s'efforçant de ne pas réfléchir à ce que le Français venait de dire. Le silence chaud de la semi-pénombre se mesurait au souffle rythmique du dormeur.

Trois jours plus tard, il se tenait dans le hall de l'hôtel, vêtu de l'un de ses costumes blancs immaculés. Charlotte avait réservé le paquebot qui les ramènerait chez eux. La monstrueuse caravane noire automobile débordant de valises attendait au-dehors en pétaradant. Le Français tremblotait au bras de la jeune femme en contemplant la clarté aveuglante de la rue. Il avait troqué ses lunettes eskimo en os contre d'autres beaucoup plus grandes, plus contemporaines, qui enveloppaient son visage pincé en lui donnant un aspect d'insecte.

« Paré au départ ? » Charlotte lui comprima affectueusement le bras.

Il déglutit, hocha la tête, et elle lui fit passer les portes en verre brûlant, descendre le porche vacillant. Juste avant de pénétrer dans la Roulotte, il releva les yeux vers les multitudes affairées et vers le petit ilot d'arbres plantés de l'autre côté de la chaussée. Il cherchait désespérément quelqu'un qu'il ne connaissait pas, mais susceptible de le remettre ; une dernière chance de réparer la blessure béante qui le dévorait. Il quêtait un signe de reconnaissance, un bras qui s'agite, un contact, un sourire. Personne ne se détachait de la foule. Personne ne le voyait dans la clarté et la poussière tourbillonnante. Il s'avança dans le véhicule encombrant, qui sortit de la ville, traversant le paysage aride en direction de la côte. Dans le rétroviseur extérieur côté passager, qui avait été réglé pour que le Français regarde dedans, la ligne noire de la Vorrh reculait jusqu'à finir par s'effacer dans la brume, les particules flottantes et les vibrations. Son regard ne se détacha pas de ce reflet tant qu'ils n'eurent pas atteint la mer.

→

Dès sa tâche terminée à la gare, Maclish s'était mis en quête du docteur.

« Il y a eu un très gros problème, avait-il indiqué, la mine grave et pressante. Nous devons trouver Sidrus au plus vite.

— Quel problème ? demanda Hoffman sur un ton obtus.

— L'Orm, bon sang, l'Orm ! Il n'a pas suivi le bon bonhomme ! Il s'est attaqué à un pauvre diable qui guidait un étranger dans la forêt. Pas du tout Tsungali, ni même un chasseur.

— Mais comment est-ce possible ? s'étonna le médecin, renonçant de mauvaise grâce aux restants d'une journée paisible. Il était marqué. Il portait le filament. »

Maclish avait fait un geste d'impuissance. « Ce n'est pas à moi qu'il faut poser la question. En tout cas, là, ça n'a pas marché. »

Sidrus ne décolérait pas. Il secoua la tête, mortifié. La surface lisse et molle de son visage tordait sa figure dérangeante, qui paraissait encore plus irréelle dans la lumière diffractée du laboratoire d'Hoffman.

« Il avait le ver sur lui et vous aviez la description de la proie. Comment cela a-t-il pu se produire ? » demanda-t-il d'un ton menaçant.

Le médecin regarda ses pieds et Maclish tâcha d'éviter de regarder ces traits que la colère déformait. Il avait été témoin de quantité de choses dans sa vie, avait travaillé avec toutes sortes d'engeances et de phénomènes de foire, mais ce gars-là lui donnait la chair de poule.

« Vous m'avez fait perdre mon temps et mon argent, gronda-t-il. Vous avez gâché la seule occasion qui m'était donnée d'empêcher cette bête humaine de tuer Williams dans la Vorrh !

— Ça a marché sur Cornelius et Vif-Argent. » À peine Maclish eût-il grommelé ces mots que Sidrus fondit sur lui, traversant la pièce pour le dominer de sa hauteur.

« Alors, qu'est-ce qui a merdé, cette fois ? » hurla-t-il à la tête du contremaître, que son haleine brûlante força à fermer les paupières. Personne n'avait jamais osé le traiter avec autant de morgue ; il était de notoriété publique qu'on risquait gros à le braquer contre soi. Pourtant, en cet instant, Maclish détourna les yeux. Au niveau le plus viscéral, son instinct le poussait à crisper les poings sur sa propre fureur, à la réprimer face à la puissance féroce de son adversaire.

« Nous rendrons l'argent », affirma Hoffman pour tenter de déminer le terrain. Sidrus lui jeta un regard cinglant, comme pour le faire taire à jamais : de l'alun pour la langue. Cet instant d'astringence s'éternisa. Sidrus sortit au pas de charge de la pièce blême, brisant la fragile tension ambiante.

La colère n'était pas l'instrument le plus utile de son arsenal. Il était toujours arrivé à ses fins sans s'énerver, et il réussissait d'ordinaire à mener ses actions jusqu'au bout sans l'adrénaline que d'autres devaient déployer pour parvenir ne serait-ce qu'à la moitié du même résultat. Tenant à dissiper sa fureur pour avoir les idées plus nettes, il parcourut les alentours à grandes enjambées, mais impossible de chasser ce qui l'obsédait : la conclusion atterrante de ce qui aurait dû être une opération sans bavure. Qu'avaient bien pu trafiquer ces deux imbéciles pour gâcher une solution aussi parfaite ? Voilà qu'il fallait mettre au point un nouvel artifice pour empêcher ce pauvre Anglais de se faire massacrer dans la Vorrh, puisqu'il comptait la traverser une seconde fois. Personne n'avait jamais accompli un tel exploit : l'immense forêt s'abritait en aspirant et en effaçant l'âme de tout homme – à part celui-là, semblait-il, puisqu'il la franchissait en toute impunité, au point même d'y trouver un bénéfice. Sidrus ignorait comment et pourquoi cette possibilité inédite s'était manifestée. L'enfant-sorcière des Vrais Humains devait avoir concocté une recette magique blasphématoire pour son protégé. En tout cas, ce qui était sûr, c'est que si Williams parvenait à retraverser, il aurait la chance unique de comprendre l'équilibre interne de la forêt, son avenir et peut-être son passé. Alors qu'aucun être depuis Adam n'avait réussi à modifier la finalité et le destin de la Vorrh, il se retrouvait traqué par un mercenaire barbare que ces idiots avaient laissé s'échapper.

Sidrus fut à nouveau confronté à l'impossibilité de sa tâche : il ne pouvait se rendre dans la Vorrh, mais personne d'autre que lui n'était en mesure d'empêcher la catastrophe. Il s'était donné moins de mal pour se débarrasser des Ancêtres que pour protéger à distance un tel électron libre. Si les jumeaux avaient été une proie facile, d'autres aventuriers devineraient la prime mise sur la tête de l'ex-déserteur qu'était Williams, ainsi que pour les meurtres qu'il avait commis, l'étincelle qui avait embrasé les guerres de Possession.

Le seul espoir était que Tsungali se perde au plus profond de la jungle ou que l'un des êtres vivant en son centre interrompe à jamais ses allées et venues, mais Sidrus ne misait guère là-dessus. Il articula une nouvelle prière : qu'une ombre plus noire vienne croiser le chemin du guerrier et que l'Anglais ait occasion d'achever sa propre évolution.

22

Ghertrude et Cyrena avaient eu vent de rumeurs quant aux travailleurs de la Vorrh. Le gagne-pain – et maintenant la richesse – de leurs parents, grands-parents, ainsi que de générations entières de leur arbre généalogique aux multiples embranchements, dépendaient de la vaste forêt. Les deux femmes n'ignoraient pas que si les Limboia étaient devenus des sous-hommes, ils devaient leur état au contact prolongé avec la mer végétale ; ni qu'un seul individu était en mesure de les contrôler et de les manipuler, ce qui lui avait valu récemment à son tour richesse et respectabilité. On disait que sa façon de communiquer avec eux avait permis d'en savoir plus sur la jungle et ses habitants – alors que, de mémoire de forestier, s'enquérir de tout cela était tabou depuis des lustres. Le père de Ghertrude consultait parfois l'un des médecins les plus éminents de la ville, lequel collaborait avec Maclish, le garde-chiourme émérite des Limboia. Pleines de l'espoir immense de retrouver Ismaël avant que toute chance de le sauver fût enfuie, Ghertrude et Cyrena se rendirent donc au domicile du praticien.

Elles firent le trajet dans le coupé mauve de Cyrena. Une pluie légère tombait ce matin-là et le chauffeur avait déployé la capote sur la noble automobile. Tout en regardant la ville défiler à belle allure – près de dix kilomètres à l'heure – les deux femmes discutaient avec animation du cyclope et de ses aventures possibles. Un grand nombre de gens s'affairait dans les rues, où de petits groupes occupés à quelque jeu tapageur criaient ou hurlaient parfois. La voiture parvint près d'un trottoir où quatre jeunes se bagarraient bruyamment.

Leur apparence attira l'attention de Ghertrude. Alors que le véhicule s'approchait, les deux jeunes gens se saisirent de la plus jeune fille avec une force hors de propos. Ces manières rustres et vulgaires contredisaient leur tenue qui suggérait le bon goût et l'éducation. Ils maintinrent la jeune femme par les bras, la bloquant, l'empêchant de se détourner. Le quatrième membre de leur groupe tournoyant, une jeune costaude, désigna du doigt sa compagne coincée en riant et en ôtant ses gants. Dans l'aperçu limité qu'on en avait depuis la voiture, il était criant que la terreur habitait la prisonnière ; le jeu des deux mâles était devenu sérieux sous le regard de l'autre femme, qui se préparait manifestement à agresser la première. Ghertrude tira Cyrena par le bras pour attirer son attention. Toutes deux se tordirent le cou assez vite pour voir l'attaquante saisir le visage de l'autre à pleines mains, comme le font les paysannes quand elles compriment les pastèques pour vérifier leur degré de maturité. Un hurlement horrible émana de la jeune femme, qui tomba à genoux tandis que les trois comparses s'enfuyaient joyeusement.

« Arrêtez la voiture, Rupert ! ordonna Cyrena. Allez voir ce qui s'est passé, et dites-nous en quoi nous pouvons aider cette pauvre petite. »

Le chauffeur quitta la Hudson Phaeton ronronnante en grommellant pour rejoindre l'attroupement formé autour de la victime à terre. Personne ne s'était approché d'elle ni n'avait proposé son aide. Rupert se plia en deux pour l'examiner, puis il se raidit et recula d'un pas. « Je n'y vois plus, je n'y vois plus ! » sanglotait la fille.

Il la contempla un instant avant de se détourner pour regagner la voiture, ses propres yeux fermement fixés sur le macadam.

« Eh bien, que s'est-il passé ? demanda Cyrena en se penchant par la vitre ouverte. Que pouvons-nous faire ? »

Rupert répondit tout bas sans les regarder. Sa main ouvrait déjà la portière côté conducteur. « Ce n'est rien, madame. Jeux de mains, jeux de vilains. Elle est juste un peu secouée, c'est tout.

— Secouée ? » répéta Cyrena derrière lui d'une voix dissonante. Sa question suivante fut stoppée par le chauffeur, qui se hâta de rentrer dans l'habitacle en refermant derrière lui, pour aussitôt desserrer le frein à main et s'éloigner du carnage. Cyrena scruta la rue par la vitre arrière, mais tout le monde, fille comme foule, avait disparu. Des passants coupaient déjà de leur trajectoire passagère le vide qui avait succédé au cercle des spectateurs. Rupert devait avoir raison, se dit-elle : tout cela n'était que le produit de son imagination enflammée.

« Continuez », ordonna-t-elle avec un geste impatient.

Le véhicule accéléra, mais quelque chose la tracassait. Cet incident avait gâché sa journée. Il la laissait affligée d'une migraine indéfinissable due à sa culpabilité. Ghertrude essaya d'alléger l'anxiété évidente de son amie en changeant de sujet et en lui montrant de l'autre côté du pare-brise les aspects les plus agréables de leur voyage. Cyrena hocha la tête, mais son inconscient restait sans cesse attentif aux petits groupes de gens qui se succédaient à toute vitesse à l'orée de sa vision.

Dix minutes plus tard, elles parvenaient au domicile du médecin. Le trajet avait énervé Cyrena : son chauffeur taciturne refusait toujours de croiser son regard. Quel dommage de ne pas avoir appris à conduire par elle-même !

On les introduisit aussitôt dans la maison spacieuse, les menant jusqu'au cabinet de consultation de Hoffman, qui les attendait. Il les accueillit avec une poignée de main chaleureuse et un sourire éclatant. Tous trois s'assirent autour d'un thé, se renvoyant des amabilités jusqu'à ce que Cyrena décide d'en venir au fait.

« Cher monsieur, il semble que vous soyez très ami avec le superviseur des Limboia.

— Oui, mademoiselle Lohr, c'est exact. Lui et moi avons travaillé ensemble à surveiller et à améliorer la santé de ces travailleurs.

— Appelez-moi donc par mon prénom. Tout le monde le fait, et ma famille connaît la vôtre depuis de nombreuses années », dit-elle tout en lissant son apparence pour permettre au vieillard d'apprécier sa beauté.

Il sourit. « Ma chère Cyrena, pourquoi m'interroger sur Maclish ?

— C'est un sujet délicat et qui importe beaucoup à mes yeux, répondit-elle avec un regard pour Ghertrude. Un de nos amis très chers s'est rendu dans la Vorrh et nous craignons pour sa santé et sa sécurité. »

Le médecin hocha la tête en affichant l'expression compassionnelle de circonstance dans son métier.

« On nous signale que le contremaître et vous devez être consultés pour toutes les affaires pratiques en rapport avec la forêt. Votre savoir et votre expérience sans pareille nous seraient précieux. »

Le vieux praticien reçut ce compliment avec satisfaction. Il opina de côté, manifestant sa gratitude et son adhésion à ces propos. « En quoi puis-je vous aider ?

— Nous voulons nous y rendre à notre tour pour le ramener. »

Les traits d'Hoffman basculèrent en mode paternalisme ferme. « C'est hélas tout à fait impossible. Cette jungle n'est pas faite pour les femmes, encore moins pour celles de votre rang et de votre sensibilité. »

À peine eut-il prononcé ces mots qu'il se rendit compte avoir exclu Ghertrude de sa description. Il se tourna à demi vers elle en agitant une main en coupe censée signifier qu'elle était concernée elle aussi. Ghertrude fronça les sourcils.

« Vous n'êtes pas sans savoir que je suis dotée d'une certaine fortune et que la famille de Mlle Tulp ici présente exerce une influence de premier plan au sein des diverses guildes, reprit Cyrena. Si je le précise, c'est pour insister sur le fait que nous sommes toutes deux déterminées et que nous avons les moyens matériels de nos ambitions. Notre position sociale nous a gratifiées d'aptitudes et d'une confiance en nous-mêmes qui dépassent largement celles de la femme lambda. »

L'éloquence et la force de Cyrena épataient Ghertrude, qui eut à nouveau la certitude de l'avoir rencontrée de nombreuses années auparavant. Le parfum de cette époque actionna une autre charnière, qui s'ouvrit sur le souvenir du médecin à son chevet un jour qu'elle avait de la fièvre. Il lui avait déplu dès qu'elle était entrée dans la pièce. À présent, elle savait pourquoi, et elle le scruta de plus près.

Hoffman fit rouler de petits mots muets dans sa bouche jusqu'à ce qu'ils finissent par tomber. « Je… je m'inquiétais simplement pour votre sécurité. Il existe dans la Vorrh des dangers réels et extrêmes que je vous souhaite, à vous et à mademoiselle, de ne jamais devoir affronter. Notamment une dissipation de la mémoire causée par l'exposition à l'atmosphère nocive de la jungle. J'ai effectué quelques expériences à ce sujet et je suis fermement convaincu qu'inhaler cet air endommage le cerveau au bout d'à peine quelques jours. Il serait fort peu avisé de soumettre des constitutions aussi sensibles que les vôtres à ces effets néfastes. » Son débit accélérait. Il espérait impressionner par sa sagesse. « Imaginez les séquelles d'un séjour prolongé, les conséquences dangereuses et irréversibles sur votre santé. Vous avez déjà subi un incident traumatique cette année, mademoiselle Lohr. Ce que vous laissez entendre est exclu.

— Docteur, nous apprécions le souci que vous prenez de nous, mais vous devez comprendre que vos descriptions ne font qu'accroître notre ténacité, affirma Cyrena, une ferme lueur de résistance dans le regard. Tout dans ce lieu maudit me fait craindre encore plus pour mon ami, car l'incident que j'ai vécu n'est rien comparé aux horreurs que vous venez de décrire. Je dois retrouver Ismaël et le ramener en lieu sûr. Je m'y emploierai avec ou sans votre assistance. »

Dans la pièce, l'humeur avait basculé. Hoffman s'agaçait de la confiance indémontable de Cyrena tandis qu'elle, de son côté, désapprouvait l'attitude dont il faisait preuve ; la saveur acide et paternaliste de la défaite l'horripilait. Au bout d'un long silence inexpressif, le médecin se racla la gorge et reprit la parole.

« Le problème, c'est…

— Le problème, c'est le problème. Mais très bien, poursuivit-elle, l'ayant senti céder du terrain. Si nous ne devons pas y aller en personne, peut-être pourrons-nous payer des tiers pour rechercher notre ami à notre place ? Les Limboia, peut-être ? »

Le médecin émit un ricanement, qu'il tenta de dissimuler sous une quinte de toux. « Ma chère, les Limboia sont incapables de se trouver eux-mêmes, alors songez donc, pour ce qui est d'un autre… Ils se comportent comme une masse distraite et indisciplinée, que l'on peut seulement employer en petites formations serrées pour effectuer des tâches simples. On ne saurait les laisser livrés à eux-mêmes dans la Vorrh, ils ne reviendraient jamais ! » Il glousssa devant une perspective aussi ridicule.

« *Quid* de l'Orm, dans ce cas ? » intervint Ghertrude.

Depuis le retour de ses souvenirs de jeunesse, son regard n'avait pas quitté une seconde le visage du praticien. Elle avait constaté son refus, noté son désintérêt envers la souffrance de Cyrena et envers tout ce qu'elles avaient évoqué. À présent, la morgue le quittait. Son visage tremblait comme s'il venait d'être frappé par la pelle glacée d'un fossoyeur. Disparues, l'arrogance et l'hypocrisie, la séduction onctueuse et la pompe condescendante. À la place, elles avaient devant elles un petit bonhomme fadasse n'ayant rien à dire, dont les traits plissés et flasques brillaient surtout par la crainte, l'hébétude et la colère.

« Le quoi ? demanda-t-il d'une voix à peine audible.

— L'Orm, répéta Ghertrude, dont le regard acéré n'avait rien raté des signes patents qui emplissaient la pièce.

— J'ignore de quoi vous parlez », affirma-t-il en un mensonge manifeste.

Cyrena, dont l'attention s'était momentanément laissé distraire par la sacoche posée sur la table devant elle, comprit soudain que la pelle allait frapper derechef. Elle se concentra sur la conversation.

« L'être qui vit avec les Limboia et dont vous savez faire usage. »

Hoffman restait sans voix. Comment cette gourde osait-elle se présenter chez lui en prétendant être au courant de l'existence de l'Orm ? Et si son père avait découvert le pot aux roses ?

« Je ne suis pas certain de ce que vous croyez savoir... » entama-t-il avec un petit rire forcé tout en se rencognant sur son siège.

« Ce que je sais n'importe nullement dans le cas présent. C'est ce que *vous* savez vous, qui nous sera utile, en l'occurrence. »

Ayant senti les nécessités de la conversation, Cyrena se joignit à elle pour prendre leur interlocuteur en tenaille. « Comme je l'ai déjà dit, docteur, c'est un problème délicat que j'entends faire résoudre, et ce quel qu'en soit le prix. » Elle guetta la façon dont Hoffman s'imprégnait de cette menace, puis elle poursuivit, l'oignant du miel de la tentation. « Je suis prête à mettre une forte somme dans la balance pour y parvenir, et si vous et cet "Orm" travaillez ensemble, cela signifie que nous retirerons tous un bénéfice à dénicher Ismaël. »

Le médecin avait basculé son poids sur le fauteuil, évitant la direction attentive de Ghertrude. « Je vais devoir en parler à Maclish, dit-il timidement. J'ignore si c'est possible, mais... je vais tenter de vous aider à trouver votre ami. »

Cyrena se réjouit aussitôt de ce triomphe subtil. Elles se rapprochaient d'Ismaël. Elle éprouvait un désir intense de prévoir et d'anticiper son retour.

« Excellent ! Néanmoins, il y a un autre détail d'une grande importance », continua-t-elle en souriant gracieusement à Hoffman. Elle adressa un bref coup d'œil à Ghertrude, puis pourfendit d'une feinte la confiance en lui du médecin, d'un avertissement qui ranima sa fébrilité. « Notre ami est atteint d'une grave difformité. »

Elle expliqua le problème très particulier d'Ismaël, en oubliant presque qu'elle-même ne l'avait jamais constaté *de visu*. Mais c'était préférable ainsi : cela donnait l'impression d'une attitude courageuse, héroïque. Ghertrude ne disait rien : elle ne se fiait pas du tout à ce sale type et envisageait non sans nervosité le fait de l'associer à de telles confidences.

« Tout cela doit demeurer entre vous et nous, comprenez-vous, dit Cyrena.

— Je ne doute pas que nous tous ici soyons capables de garder un secret », répondit le médecin avec un haussement de sourcils.

Ils convinrent qu'il irait parler à Maclish afin de le convaincre de lâcher l'Orm dans la forêt pour trouver leur ami errant. Une certaine somme d'argent serait payée à la commande, le reste changerait de mains quand on amènerait Ismaël aux deux femmes. Elles se levèrent d'assez bonne humeur, prêtes à partir, et échangèrent une poignée de main avec Hoffman sur le seuil, s'entendant pour reprendre langue au bout de quelques jours. « Je suis disponible pour vous assister dans votre autre problème, si tel est votre désir », lança tout bas le médecin en prolongeant son geste, tandis que Cyrena partait déjà en direction de la rue.

Avec un regard appuyé vers le ventre de Ghertrude, il lui tapota le dos de la main puis détacha ses doigts, plantant là sa silhouette figée pour refermer lentement la porte avec un sourire intérieur.

→

Ghertrude passait de moins en moins de temps au 4 rue Kühler-Brunnen. En l'absence d'Ismaël, elle s'y sentait seule et lasse. Elle avait cessé de compter sur la lettre que le maître invisible des lieux lui avait promise. On lui avait indiqué qu'on la recontacterait au bout d'un an, mais presque deux s'étaient écoulés sans communication d'aucune sorte. Elle n'aurait su dire si c'était pour la punir ou si on l'ignorait. Elle se sentait impuissante, en tout cas. Du coup, elle avait battu en retraite dans son ancien antre de la maison familiale. Ses parents, bien trop occupés par leurs activités à la ville, n'accordaient aucune attention à ses allées et venues et elle avait l'impression grandissante de n'être plus visible. La majeure partie du temps, elle semblait transparente même au regard de Mutter. Seule Cyrena paraissait goûter sa compagnie et ses réflexions.

Ce jour-là, cependant, par cette matinée pluvieuse, elle était de retour dans le vieil hôtel particulier, déambulant sans rien voir en attendant l'arrivée de son amie. Un message lui était parvenu : on avait retrouvé le cyclope, qu'on avait emmené à l'ancienne esclaverie.

« Quel endroit horrible où mettre ce pauvre Ismaël », lui lança Cyrena, venue la chercher en voiture. Mutter, encore moins poli que la fois précédente, avait ouvert les grilles et lui avait fait traverser la réception avec un grognement.

« Pourquoi gardes-tu ce triste sire ? demanda-t-elle alors qu'il s'éloignait.

— Il a son utilité, répondit Ghertrude, qui semblait distraite, concentrée sur autre chose. C'est lui qui m'a prévenue de l'existence de l'Orm.

— Comment peut-il être au courant ? » Cyrena était perplexe.

« Le *vulgum pecus* est plus terre à terre. Le peuple échange des histoires à ce propos. On y parle systématiquement du mal ou des fantômes comme s'il n'y avait pas à spéculer sur leur existence. Cela ne laisse pas de place à la philosophie. Ces gens opèrent dans les limites écrasantes du fait réel, si bien que certains détails et certaines légendes étranges y prennent de l'importance, comme les idées le font pour nous. Ceux qui les racontent, qui les véhiculent ou qui inventent des mythologies, n'ont jamais appartenu aux classes lettrées.

— Ah bon ? » s'étonna Cyrena, ne saisissant pas vraiment pourquoi tout cela comptait aux yeux de la jeune femme. Elle n'était pas sûre de comprendre. « Mais alors, dans le cas des Grecs… ? » demanda-t-elle, mobilisant un zeste de culture oubliée pour feindre l'intérêt.

« Pareil, exactement. Les Titans, au départ, n'étaient que de simples primitifs couverts de glaise qui encerclaient leurs cases en braillant des histoires sous des rhombes ronflants pour empêcher les femmes et les enfants de sortir.

— Ah, lâcha Cyrena.

— Et je vais te dire : Mutter se fie encore moins que moi à Hoffman. Je crois que ça a à voir avec son fils. »

Cyrena, qui frétillait déjà à l'idée de partir, avait perdu le fil. Le moment était venu où elle pourrait enfin remercier Ismaël et démarrer une relation avec lui. Devant les grilles, elle considéra de nouveau Mutter, qui surveillait la limousine ronronnante garée au-dehors et qui n'accorda aucune attention à l'intérêt qu'elle lui portait. La mine aimable et amène, Ghertrude se tourna vers le valet alors qu'elles s'apprêtaient à partir. « Aujourd'hui, nous ramenons Ismaël », expliqua-t-elle pour l'associer à la fête.

Elle se détourna afin d'entrer dans la voiture, ratant l'expression de Mutter, qui avait soudain viré au hideux. Cyrena songea qu'elle avait tort de se fier en quoi que ce soit à ce malotru et résolut de surveiller de plus près les agissements du bonhomme.

Dans le véhicule, elle trouva la distance de Ghertrude agaçante. Elle était venue pour jouir de ce moment avec elle, pas pour faire comme si de rien n'était. « Crois-tu qu'il ira bien ? Que sa mémoire sera touchée ? Il a passé longtemps dans cette jungle. Si ça se trouve, il ne se souviendra même pas de moi. Comment lui raconter, expliquer tout ce qui s'est passé ? »

Ghertrude éprouvait une affection sincère envers sa nouvelle amie et admirait grandement sa vive énergie, mais là, on aurait dit une voix flûtée d'adolescente fantasmant sur quelqu'un qu'elle n'avait jamais rencontré. Elle s'efforça de n'en rien dire, mais la perversité voyait midi à sa porte. « Il peut se montrer très difficile à vivre, tu sais. Il n'est pas comme nous, pas comme nous du tout. »

Cyrena se tut, attendant qu'elle en dise plus, mais Ghertrude s'arrêta là, sur ce qui avait l'air d'un avertissement. Elles parcoururent en silence les derniers kilomètres qui les séparaient de l'esclaverie.

« On a eu sacrément de mal à le ramener, cet animal. Vous êtes sûre de le connaître ? » Le charme de Maclish avait fondu depuis longtemps dans tous ses goulots de bouteilles vides, et les deux femmes tiquèrent devant son rude franc-parler. Le médecin s'interposa, littéralement et physiquement, et bloqua l'impertinence de son associé d'un sourire.

« Ce que William veut dire, c'est que votre ami n'avait pas envie de quitter la Vorrh. Il s'est grandement débattu et nous avons dû recourir à la force pour le ramener jusqu'ici.

— Vous ne l'avez pas blessé ? s'emporta Cyrena.

— Non, mademoiselle, il est en parfaite santé, pour autant que je puisse m'en rendre compte », assura Hoffman.

Sans comprendre tout à fait, Cyrena fut malgré tout rassérénée.

« Il a fichu la frousse à mes gars, intervint Maclish. Vous aviez prévenu qu'il était difforme, mais personne était préparé à un truc pareil ! » Il asséna sa main sur la porte métallique de la cellule. Un raclement en émana. « On espère que votre présence le calmera. Je suis sûr que ça ira mieux quand il vous verra et qu'il entendra votre voix. »

Cyrena triturait déjà la porte. Ghertrude restait en retrait, pleine d'incertitude.

« Il fait noir là-dedans, grommela Maclish.

— Oui, il préfère », dit le médecin, qui surveillait le regard de Ghertrude. Maclish tira le trousseau de sa ceinture, enfonça une clé dans la serrure et tourna. Il tenait une cravache dans l'autre main. La porte pesante grinça et dans le coin le plus éloigné de la geôle, un mouvement recroquevillé ondula sous la paille et les guenilles. Tout le monde entra. D'abord hésitante, Cyrena fit un pas en avant.

« Ismaël ? dit-elle à voix basse, et l'on perçut une attention émanant du fond. Ismaël, nous sommes venues te ramener chez toi. Ghertrude est ici avec moi. » La paille s'agita, un geste émergea d'en dessous et les visiteurs écarquillèrent les yeux pour distinguer la silhouette accroupie. Maclish changea la cravache de main.

« Ismaël, tu nous as manqué, tu seras en sécurité avec nous quand nous rentrerons », indiqua Ghertrude. La proximité graissait les rouages de sa voix.

« Oui, approuva Cyrena, nous pouvons partir tout de suite. Me reconnais-tu ? Je suis la Chouette. Celle avec qui tu as passé une nuit durant le carnaval. »

Maclish retroussa la lèvre et échangea un regard étonné avec le médecin. La silhouette émergea des ténèbres pour se rapprocher d'eux.

« Oui, c'est cela, viens vers nous », enjoignit Cyrena, rayonnante et tremblante, en fixant Ghertrude. « Il m'a reconnue ! »

Souriante, les larmes aux yeux, elle se tourna à nouveau vers la forme qui s'avançait dans le rai de lumière perçant par les fenêtres barricadées et qui divisait la pièce. Quand il leva la tête vers elles, les deux femmes se mirent à hurler.

Ghertrude serrait contre elle Cyrena, un bras autour de ses épaules sanglotantes. Elle foudroyait Hoffman du regard et ravalait ses propres larmes qui se distillaient lentement, passant de la surprise à la fureur. Maclish avait traîné tout le monde hors de la cellule pour les mener dans son petit bureau, où ils étaient à présent assis.

« Ça va pas la tête ? éructa-t-il. On vous trouve votre cyclope et vous lui hurlez dessus ?

— Cette chose n'est pas Ismaël », dit Ghertrude en grinçant des dents et en s'écartant de son amie déprimée pour se lever afin de répondre à l'agressivité du contremaître.

Le médecin se porta vers elle. « Pas Ismaël ? s'étonna-t-il.

— Mais vous disiez avoir couché avec ! » jeta Maclish en désignant du doigt Cyrena.

Elle leva les yeux en chassant ses larmes. « Avec *ça ?* » s'indigna-t-elle, d'une voix qui à mesure de chaque mot virait de l'incrédulité à la colère, si bien que l'intonation, sur le « ça », avait sonné comme un marteau de forgeron qui frappe une enclume gelée et qui en tire des étincelles. Elle fut debout à son tour : son regard était devenu terrifiant. Toute sa souffrance antérieure et sa déception immédiate se précipitaient en elle en une tornade de rage. Elle était prête à en découdre, et tout dans sa posture – ses yeux, ses dents, jusqu'à ses ongles – s'était tendu pour l'invective. Même Maclish recula d'un pas. Ghertrude n'avait jamais vu être humain se mettre dans un tel état, encore moins une amie proche.

Le médecin se recroquevillait. Maclish avait reconnu cette bête : il l'avait vue pendant la guerre. Elle était rare et mortelle et il lui vouait du respect.

« Désolé, mademoiselle », énonça-t-il d'un ton net et froid en abaissant les bras contre ses flancs. Elle ahana quelques instants, puis reprit des couleurs, retrouva son humanité. Ghertrude s'avança à son côté et la guida jusqu'à la porte.

Après leur départ, le médecin, secoué, s'assit dans l'un des fauteuils grinçants en essuyant la sueur sur son front avec un grand mouchoir. Maclish regagna la pièce. « Elle a dit qu'on pouvait garder l'argent, mais qu'on n'en aurait pas d'autre. »

Hoffman se contenta de hocher la tête, en ajoutant : « Que va-t-on faire ?

— De gueule d'amour ? s'esclaffa Maclish, fier du sobriquet qu'il avait trouvé. Le ramener ou le tuer. Personne en veut par ici. »

Hoffman ne voyait aucune raison de se réjouir.

Gueule d'amour, quatre pieds de haut, se tenait nu dans la paille du fond de la cellule. Il était d'une lividité maladive tirant sur le jaunâtre. Il avait de longs bras et de longues jambes maigriots, un torse ramassé, trapu. Sa tête en émergeait, de sorte que son front se fondait dans ses épaules, mettant sa minuscule bouche à l'endroit où auraient dû se trouver des tétons humains. Son œil unique situé à la hauteur de ses omoplates cillait comme un sphincter dans l'obscurité. Il n'avait pas les hommes en très grande estime ; leur seule valeur était nutritive. Il en avait mangé un deux ans plus tôt et leur chair sucrée était un mets de choix parmi son peuple. Mais ils étaient dangereux à chasser et de nombreux membres de sa tribu étaient morts en le faisant.

Il était le premier de son espèce à avoir été happé physiquement hors de la jungle, et il ne voyait pas comment ç'avait été possible. Invisibles dans la végétation dense, les siens avaient regardé les humains dévorer la forêt année après année ; rien n'y était jamais entré pour prendre l'un d'entre eux. Il craignait ce qu'il avait vu jusque-là et ne comprenait pas la grotte dans laquelle ils le gardaient. Il ne comprenait rien à ce que faisaient ces grands êtres laids. Ils avaient l'air d'employer toutes leurs émotions à la fois. Il détestait celui au poil roux : il était plus malin et plus rapide que le troupeau qu'il menait. Les hurleuses l'intriguaient : des femelles aux têtes affreuses, étirées. Il eut une érection en songeant à elles, ce qui l'étonna. Il aurait aimé en déshabiller une et jouer avec avant de la faire cuire pour la manger. Mais ce serait pour une prochaine fois. Pour l'instant, il devait s'évader, et rentrer dans la Vorrh.

→

Les deux femmes repartirent en silence. Cyrena déposa Ghertrude devant le 4 rue Kühler-Brunnen, et elles se dirent au revoir tandis qu'un Mutter radieux faisait entrer Ghertrude.

À l'arrière de la voiture mauve, l'humeur agitée de Cyrena oscillait entre ire et frustration après le choc qu'avait représenté cette abomination s'avançant dans la lumière et la regardant sans fléchir. La patricienne doutait de tous ses souvenirs, et les filaments de fibres souples qui la rendaient ordinairement invincible se déroulèrent et se dénouèrent une fraction de seconde. Et si cet être répugnant était effectivement la personne avec qui elle avait couché lors de la nuit du carnaval ? Et si c'étaient ses malaxages, ses succions, ses pénétrations qu'elle avait acceptés avec plaisir et gratitude ? Et si, pire encore, c'était cette chose qui l'avait guérie avant de filer ?

Une fois encore, la vue avait piétiné tout le reste, et Cyrena y avait perdu. Le doute entamait la circulation de son énergie et l'épuisait intérieurement, si bien qu'à présent, elle ne comprenait pas pourquoi elle s'était montrée aussi enthousiaste à l'idée de recroiser Ismaël. Pourquoi toute sa vie s'était-elle mise à tourner autour de cela ? Comment avait-elle pu en arriver à faire montre de son avidité et de son envie devant ces deux idiots ? Qu'en retirerait-elle vraiment ? Ghertrude l'avait prévenue, pourtant. Enfin, oui, bien sûr, mais trop tard, et sans trop de force.

Le temps de parvenir chez elle, elle était épuisée. Elle brûlait de s'envelopper dans l'obscurité des draps pour chasser tout souvenir visuel, et ne se remémorer que la profonde abondance de ses annales de toucher, d'ouïe, et d'odeur.

Mutter était aux petits soins pour Ghertrude. C'était déplacé et grotesque, transparent comme l'eau claire. Il était ravi qu'elle rentre seule et n'avait même pas demandé pourquoi.

L'agacement de la jeune femme ne tarda pas à virer à l'indifférence, car un mouvement venait de lui chatouiller l'abdomen. Quelque chose d'infime. Pas un coup de pied, il était beaucoup trop tôt pour cela, un déploiement, plutôt. Un éveil succédant à une longue période d'hibernation.

Elle planta là Mutter, qui papillonnait dans le hall comme une grosse mite privée de flamme. Elle alla se reposer, recroquevillée dans sa chambre, en priant pour que tout cela ne soit pas en train d'arriver.

23

Hoffman traversait la ville à pied. Il avait été appelé d'urgence auprès d'August Daren, l'un des hommes d'affaires les plus riches d'Essenwald, qui avait exigé sa présence. L'épouse de Daren avait été attaquée dans la rue par une meute de délinquants qui l'avaient arrachée à son équipage. Daren était furieux. Il réclamait que l'on applique à ces criminels la justice la plus expéditive, la plus rude et la plus douloureuse. Il s'était tant étalé sur les coupables qu'il avait omis de mentionner quelles étaient les blessures de sa femme. Hoffman n'avait donc aucun indice sur les instruments et des médicaments à apporter. Il avait fourré à la hâte une poignée de ceci et de cela dans sa sacoche la plus volumineuse. Son existence avait pris un tour très prospère, ç'aurait été une très mauvaise idée de se mettre à dos August Daren.

« La Touche », ou « ça sera toi le rat », balayait la ville telle une épidémie. On prétendait que cela avait débuté par un contact miraculeux : une imposition des mains purifiant les impurs et les monstres anatomiques. Puis cela avait tourné au dangereux, au pernicieux, à l'aberrant. D'abord motivé par le bien d'autrui, le procédé avait viré à la vengeance. Certains de ceux qui avaient été mis au ban à cause de leur handicap avaient été pris de perversité après leur guérison et le toucher magique avait été transmis sous forme de malédiction. Ils palpaient les bien portants et les contaminaient ; ces derniers transportaient alors l'infection sans savoir si leur contact ferait le bien ou le mal. Cela les coupait de leur famille et de leurs amis, les transformant à leur tour en parias. Une terrible peur du contact s'était répandue à travers toute la ville, enfermant les habitants en eux-mêmes, les obligeant à s'écarter rapidement de tout tiers et cloîtrant leurs mains dans leurs poches.

La Touche était devenue si aléatoire qu'elle avait atteint des proportions démentes, créant une épidémie où personnes atteintes comme guéries avaient essaimé inextricablement dans tout Essenwald. Elle avait créé le chaos parmi les libertins, dévasté des familles entières et rendu tout traitement virtuellement impossible. Elle avait modifié les conventions sociales à tous les niveaux et, dans une ville basée sur le commerce où les guildes et les classes se démarquaient fermement les unes des autres par leurs convenances et leurs réunions codifiées, tout s'était mis à partir à vau-l'eau avec la disparition des bonnes manières. La poignée de main n'était plus désormais une forme de salut acceptable ; d'autres, plus ésotériques, lui avaient succédé : faire la révérence, claquer des talons, connaissaient un regain, ainsi que l'apposition du poing droit sur le cœur, bras croisé contre la poitrine, en désuétude depuis l'Empire romain dans les contrées civilisées. Une rigidité toute teutonne avait de nouveau gagné cet avant-poste éloigné d'un autre empire mort depuis longtemps, qui s'était enorgueilli jusque-là de sa capacité à prendre de la distance avec la rigueur de son histoire ancestrale et s'était gobergé de sa mentalité « moderne ».

Les Noirs et les pauvres étaient ravagés par la Touche. Leurs rangs s'inversaient d'un jour sur l'autre, les malades devenant bien portants, les personnes saines tombant malades. Une folie immense avait prospéré sur cette confusion, et le raz-de-marée croissant de peur paranoïaque était beaucoup plus vaste que le nombre de gens réellement atteints.

Hoffman était désormais un expert absolu de la Touche, sur ses causes et ses traitements possibles. Il avait affirmé à ses patients, à la Guilde forestière et aux autres autorités de la cité, avoir mené des recherches systématiques dans son laboratoire privé ; il prétendait approcher rapidement d'un remède à cette épouvantable épidémie. En vérité, il avait mené quelques autopsies sommaires, administré à certains patients des doses prodigieuses de barbituriques et interrogé plusieurs prisonniers enchaînés que la police – avec laquelle il travaillait à présent main dans la main – lui apportait pour examen.

Sa découverte principale était que le phénomène connaissait un déclin. Il n'en avait touché mot à personne, redoublant au contraire d'efforts pour trouver la parade. Il avait même injecté à certains des « porteurs » un sérum concocté par ses soins avant de les faire libérer parmi la population dans l'espoir d'endiguer le torrent de la pernicieuse affection. Avec sa finesse habituelle, il comptait bien chevaucher cette pouliche inattendue jusqu'à la ligne d'arrivée d'une victoire glorieuse de la science sur le Mal. Il avait toujours eu de la chance avec les outsiders et celle-là était d'or.

Son statut dans la cité progressait de jour en jour, au point qu'il n'avait plus besoin de s'adonner aux quelques hérésies qui avaient jadis amélioré ses revenus. Du reste, moins on s'étendrait là-dessus, mieux ce serait. Elles le taraudaient, ainsi que ses petits arrangements avec Maclish. Des pratiques de cet ordre étaient des pièges béants sur le chemin de sa réussite. Ah, s'il avait pu magiquement les évacuer ou les combler d'une accrétion amnésiante ! La connaissance de l'Orm qu'avait exprimée la jeune Tulp l'avait tracassé : cela le rapprochait un peu trop de la chute. Le fiasco qui avait suivi, autour de la misérable bête humaine qu'ils avaient par erreur tirée de la Vorrh, avait empiré la situation. Quant à Cyrena Lohr, elle avait des relations partout. Un mot d'elle à qui de droit risquait de mettre à mal tous les accomplissements d'Hoffman. La seule chose qui retenait cette empêcheuse de tourner en rond de parler, c'était le secret autour de leur ami cyclope. La connaissance qu'avait Hoffman de son existence le protégeait.

Son association avec Maclish se révélait une source d'ennuis, ce qui rongeait sa confiance en lui. L'irascible Écossais était infréquentable, et imprévisible dans ses changements d'humeur. Sans compter que ce brigand le tenait toujours pour responsable en cas de pépin. Pépin, le mot était faible : ils avaient eu recours à l'Orm onze fois, parmi lesquelles deux séances avaient très mal tourné. Hoffman restait persuadé que l'attaque contre cette vieille rombière de Klausen avait été la première sortie de la créature, or elle avait mené la police droit chez lui. Tous ces tracas le minaient. Il marchait d'un pas décidé vers sa patiente non encore diagnostiquée. Il devait revoir ses priorités, et il prit la décision de se débarrasser de cet amas d'angoisses à la première occasion. Il était assez malin pour faire taire ces deux donzelles par la ruse et par la menace, mais le contremaître, c'était une autre histoire. Il faudrait en venir à bout différemment, de cette bête-là.

→

Maclish allait être à l'honneur. La guilde l'avait invité, ainsi que sa femme, à un dîner de gala destiné à célébrer la productivité accrue de la compagnie forestière. Ses ouvriers en avaient été le moteur principal et il était moins onéreux de le flatter ainsi que d'accorder une augmentation.

Cela faisait longtemps que Marie Maclish n'avait pas assisté à un événement aussi solennel et elle en ressentait de l'appréhension. La vie nouvelle qui grandissait dans son ventre commençait à se remarquer et elle s'agaça légèrement de l'aspect que cela lui conférait : elle n'avait pas tant l'air enceinte que rondouillarde. Ils s'habillaient dans la chambre : lui s'escrimait en jurant sur un bouton de col, elle tournait en se contemplant dans le miroir en pied de l'armoire.

« William, laquelle, d'après toi, la bleue ou la verte ?

— Je viens de te payer la bleue. Porte-la.

— Oui, mais laquelle convient le mieux pour ce soir ? Ma couleur, c'est plus le vert.

— Alors pourquoi on a acheté la bleue ? jeta-t-il, bougon, tandis que le bouton jaillissait de ses doigts pour aller disparaître sous le lit. Il jura et se mit à croupetons pour le récupérer, son pantalon noir lustré plissant la carpette. Sa femme fit comme si elle n'avait pas entendu.

« Mais il faut choisir entre les deux. De toute façon : je n'ai que ça.

— Dieu merci, ou on y passerait la soirée ! » lança-t-il de sous le lit, où sa voix bourdonna étrangement dans la résonnance du pot de chambre en porcelaine. Ayant trouvé le bouton, il émergea et se remit à tirer sur son col.

En temps normal, Marie Maclish n'était pas femme à s'adonner à de telles coquetteries ; le reste de son existence austère était placé sous le signe de la simplicité matérielle, mais elle s'était prise au jeu. Cette petite comédie du choix la ramenait aux Highlands, à la maison de sa grand-mère et aux séances où les fillettes se déguisent en femmes adultes.

Lui en avait terminé avec son col, mais sa cravate tordue semblait molle, loupée. Il admirait son œuvre quand elle s'esclaffa.

« Hein ? Quoi ?

— Oh, William, regarde l'allure que ça te donne.

— Quoi ? Quelle allure ? »

Elle reposa les robes sur le lit et s'approcha avec un sourire enjoué pour ajuster le nœud. Il se hérissa à son contact. Plus elle tirait sur le tissu, plus il se raidissait. à mesure que le sourire de sa femme mourait sur ses lèvres, toute chaleur le quitta.

« C'était parfait. Maintenant, ça n'a plus l'air de rien, s'insurgea-t-il en repoussant sa main. On n'a pas le temps, bon sang. On ne peut pas se permettre d'être en retard. »

Elle repartit à ses robes sans répondre. Elles lui parurent rétrécies, passables. Il regarda par-dessus son épaule.

« Où est la bleue ? demanda-t-il contre la corrosion du dépit qui emplissait la pièce. Je ne vois pas pourquoi tu te mets martel en tête. Ce n'est pas toi qu'ils vont passer à la moulinette ce soir », conclut-il en raflant son manteau et en ouvrant la porte.

Elle le regarda quitter la chambre. Au bout de quelques instants statiques, elle s'habilla, puis sortit attendre au côté de son époux l'arrivée de la voiture qui les emmènerait. Elle était belle et paisible, campée devant la maison, le vert de la robe soulignant sa chevelure et ses yeux, à deux pas de son mari trop absorbé et trop revêche pour s'en rendre compte.

Le médecin avait patienté dix bonnes minutes, le temps que les phares de l'auto disparaissent sur la route. Puis il s'était avancé vers la porte renforcée de l'esclaverie pour s'y introduire avec le trousseau de clé qu'il possédait à l'insu de tout le monde. Il posa sa sacoche sur la table centrale et souleva le corps emmailloté. Il s'apprêtait à sonner le rappel quand il entendit des pas dans l'escalier métallique. Il se retourna pour découvrir le héraut des Limboia qui descendait lentement avec un sourire vide.

« Pour Orm ? demanda ce dernier d'une voix atone, sans vie.

— Oui », répondit nerveusement le médecin. Il ne s'était jamais rendu sur place sans Maclish et l'endroit et ces êtres le déstabilisaient. Chaque fois qu'il se trouvait à proximité du héraut, il avait la chair de poule.

« Quoi faire ? » s'enquit le Limboia.

Le médecin expliqua les exigences spécifiques et comment ce devait être fait. « Vous n'aurez pas besoin d'odeur ni de pisteur cette fois », affirma-t-il avec force, et le héraut parut en convenir.

« Là, celui qui voit reste, reste jusqu'après. »

Le médecin réfléchit un instant, acquiesça, ramassa sa sacoche et partit. Le héraut ramassa tendrement le paquet de langes, qu'il porta à hauteur de son torse.

Ça, c'était réglé, songea Hoffman. À présent, au tour de la petite Tulp. Il devait s'entretenir avec cette effrontée pour faire taire sa méfiance. Elle n'était pas en position de discuter, surtout dans son état. Quand il prit rendez-vous, il s'étonna de l'adresse donnée. Il n'avait jamais mis les pieds au 4 rue Kühler-Brunnen, mais il en avait entendu parler ; il avait commercé avec à distance, par un intermédiaire. Pourquoi vivait-elle là-bas ? Cela n'appartenait tout de même pas à son père ou à un autre membre de sa lignée ?

Il avait évoqué les Tulp, et même la famille Lohr, en traitant Mme August Daren, qui s'était révélée atteinte par la Touche, légèrement paralysée du côté droit comme après une électrocution. C'était là qu'Hoffman avait eu l'idée de traiter les victimes avec des décharges de courant galvanique. Puisque ça avait fonctionné pour Mesmer, pourquoi pas sur ces patients ? Une combinaison d'électrochocs et de barbituriques leur ferait déverser le contenu de leur bourse dans son escarcelle comme autant de cornes d'abondance. Ah, tout cet équipement merveilleux qu'il pourrait se procurer pour ses expériences ! Générateurs de Van de Graaff, rouets à aiguille, étincelles et odeurs d'ozone, fils de cuivre, de verre, résistances en porcelaine luisantes pareilles à des perles géantes… son laboratoire serait magnifique. Il pourrait s'y mettre une fois débarrassé de ces problèmes déplaisants.

« Les Tulp sont des parvenus, des descendants directs de commerçants qui ont fait fortune, voyez, lui avait expliqué Daren. Des gens du plat pays, Leyde, à l'origine, ou peut-être Delft. Doués pour les affaires, et qui ambitionnent d'être bourgeois à part entière. À trois générations d'un titre de noblesse, si on les laisse faire. En revanche, côté Lohr, c'est tout autre chose : ils étaient ici avant même ma famille. Une riche dynastie, voyez. Comparable à des empereurs : une fortune sans limites. » Daren s'était rencogné au fond de son siège devant l'amplitude des possessions terrestres dont il parlait, persuadé qu'à leur échelle, les Tulp le considéraient avec une révérence similaire. « Un peu dégénérés tout de même, avait-il ajouté avec une infime nuance de venin. Il n'y a plus que cette fille bizarre pour gérer toute cette richesse et ce pouvoir ici, au pays. »

Hoffman absorbait la moindre de ses paroles, la moindre once de possibles.

« Saviez-vous qu'elle était née aveugle ? demanda Daren.

— J'ai eu à connaître son dossier, mais vous comprenez que je ne sois pas en mesure d'en discuter, avait menti le médecin.

— Ah, oui, bien sûr ! » s'était exclamé Daren sans en douter un seul instant. Son doigt était venu se poser sur ses lèvres.

Maclish avait relâché ses règles strictes de conduite en public et accepté du vin pour se récompenser. Après tant d'années de sobriété et de discipline, il avait levé son verre à divers compagnons de table, qui s'étaient levés à leur tour pour porter un toast à sa gloire en exprimant une gratitude extrême. Personne ne lui avait jamais parlé ainsi et il était sans défense. Il avait nagé dans ce raz-de-marée, exultant dès le troisième verre et étreignant férocement sa femme au bout du cinquième – du moins, il pensait que c'était Marie. Le brandy l'avait ramené à ses origines, où toutes sortes de vauriens et de mauvais plaisants attendaient de l'accueillir. Marie, qui avait été escortée jusqu'à un fauteuil à quatre salles de distance, y était assise en compagnie de son pire cauchemar : une meute d'épouses d'administrateurs. Elle n'avait rien en commun avec elles, rien à leur dire, et chacune le savait. Qui plus est, elle redoutait la pente descendante très raide sur laquelle se trouverait William dès qu'elle ne serait plus à son côté pour le guider. Ah, s'il avait pu perdre connaissance avant que ses crocs longtemps enfouis sous la peau ne ressortent ! Cette perspective mobilisa sa jugeote et elle agit sans s'accorder une seconde de réflexion : elle alla aborder les aînées du groupe.

« Oh, je suis vraiment navrée, mais hélas mon mari n'a pas pris son médicament, annonça-t-elle avec un accent écossais à couper au couteau qui surprit tout le monde, y compris elle-même. Je dois le lui porter. »

De mémoire collective, aucune épouse ne s'était jamais introduite dans la partie de la soirée réservée à ces messieurs, mais comme il semblait bien y avoir urgence, on appela une bonne, que l'on chargea d'emmener Marie jusqu'à l'antichambre du salon masculin. Marie fit la révérence en papillonnant d'une femme à l'autre pour les remercier, puis parvint enfin à sortir. Là, elle se mit en branle, courant dans les couloirs, la bonne étonnée sur les talons. À l'extérieur de la pièce enfumée, elle indiqua à la domestique ce qu'il convenait de faire et se retira. Son humble complice attendit son départ pour frapper aux lourdes portes. Au bout du compte, un convive aux yeux rougis ouvrit, apparemment surpris de la trouver sur le seuil.

« S'il vous plaît, monsieur, dit la bonne, Mme Maclish se sent mal ; elle doit absolument parler de son médicament avec son mari.

— Madame qui ? postillonna l'homme.

— Mme Maclish, la femme de votre invité d'honneur.

— Ah, oui, bien sûr. » Il disparut dans la pièce. Au bout d'une longue attente, pendant laquelle une fanfare de bruits de verre brisé et de meubles qu'on bouge annonça son arrivée, la tête trempée de Maclish surgit dans l'entrebâillement. Il n'y avait pas de crocs, juste un sourire idiot. Marie risqua un regard au coin du couloir pour s'assurer que la voie était libre. Puis, à son signal, les deux femmes l'entraînèrent et le traînèrent à l'autre extrémité du corridor. Par bonheur, il n'opposa aucune résistance et tous trois se dirigèrent d'un pas chancelant vers l'entrée et l'automobile prête à partir.

Curieusement, le portail de la cour était ouvert. En l'absence d'un domestique pour l'introduire, Hoffman gravit le perron de la bâtisse et appuya sur la sonnette. Presque aussitôt, Ghertrude se présenta devant lui, lui serrant la main et l'invitant à entrer. L'intérieur anonyme, dépourvu de tout signe de décoration personnalisée, était malgré tout bien tenu et de proportions agréables.

« Cet immeuble vous appartient-il, mademoiselle Tulp ?

— Non, mon cher, c'est à un ami », répondit-elle en souriant pudiquement.

Elle lui fit traverser un salon qui sentait quelque peu le renfermé et la moisissure. Il s'y campa en plein milieu avec un sourire gêné.

« Que diriez-vous d'un porto ? offrit-elle.

— Ce serait parfait ! » Tandis qu'elle se postait devant l'armoire à alcools, il coinça sa sacoche derrière un fauteuil. Il avait tout intérêt à la préserver de cette jeune impétueuse.

« Asseyez-vous, je vous en prie », dit-elle en revenant avec deux verres pleins à ras bord.

Il s'exécuta et prit le porto avec enthousiasme. « J'ai souvent longé cette bâtisse en me demandant qui y habitait, lança-t-il comme on pêche. Ce doit être une des plus anciennes demeures de la ville. » Il prit une gorgée à son verre et parcourut les lieux d'un regard admiratif.

« Effectivement, elle remonte à très loin, répondit-elle avec indifférence. Les caves sont encore plus anciennes. Il y a toujours le vieux puits.

— D'où le nom de la rue.

— Tout à fait. »

Un silence plana, pendant lequel elle tritura son fin collier de perles et il plongea les yeux dans son verre. Elle le resservit, se rassit.

« Que puis-je pour vous, monsieur Hoffman ? »

Son attitude directe plut au médecin. Il allait pouvoir régler la question assez vite pour rentrer souper.

« Tout d'abord, très chère, je tiens à m'excuser pour cette atroce expérience à l'esclaverie. Mes collègues ne sont pas des plus finauds, je le crains. » Il se tut un instant pour le fixer bien droit dans les yeux. « Et la description que vous aviez donnée de votre ami était un peu… vague, disons. »

Elle sirotait son verre, impassible. Hoffman vida le sien d'une unique goulée et le reposa bruyamment sur le plateau vitré de la petite desserte.

« En tout cas, tout est réglé, et nous pouvons nous remettre à chercher… Ismaël, c'est bien ça ?

— Merci, mon cher, mais ce ne sera pas nécessaire. Mlle Lohr et moi-même ne souhaitons plus nous assurer vos services. »

Hoffman se hérissa. Comment osait-elle lui parler comme à un marchand de soupe ? Il s'apprêtait à commenter quand elle poursuivit.

« Il n'est plus impératif de le retrouver. Il sortira certainement de la Vorrh le moment venu. » Comme le médecin restait interdit, elle décida d'employer ce silence pour enfoncer le clou. « Néanmoins, vous avez soulevé notre curiosité, je l'avoue ! Comment avez-vous bien pu réussir à tirer un tel monstre de son antre ?

— Nous nous sommes donné beaucoup de mal pour vous, en faisant même appel à des spécialistes, répondit-il, la nuque empourprée.

— L'Orm, vous voulez dire, très cher ? De quoi s'agit-il, exactement ? »

Tout cela prenait un tour funeste. En théorie, c'était lui qui devait diriger la conversation. « Ma foi, chère mademoiselle, pourquoi ne m'expliquez-vous pas ce qu'est l'Orm ? Vous semblez parfaitement au courant de tout ceci, lança-t-il avec hargne.

— Je sais que vous et ce contremaître exercez un pouvoir sur les Limboia et que vous vendez vos services à quiconque peut se les offrir. Cyrena vous a versé une très grosse somme pour obtenir de voir cette bête que vous avez rapportée.

— Dites donc, attendez une minute. Nous avons fait de notre mieux pour vous être utiles. C'est vous qui êtes venues nous chercher, pas l'inverse.

— Votre mieux ? » répéta-t-elle avec un sourire en coin sceptique.

Un autre silence plana, comme si on avait débité et ôté de la pièce un segment du bloc que formait l'air ambiant. Au bout d'un instant haletant, le médecin opta pour l'esquive. « Comment va Cyrena ? »

Une telle familiarité irrita encore plus Ghertrude.

« Mme Lohr se remet encore de l'humiliation que vous et cette brute lui avez fait subir. »

Hoffman avait atteint sa limite. « Je ne suis pas venu ici pour me faire insulter, jeune fille !

— Mais alors, pour quoi ? » rétorqua-t-elle du tac au tac. De nouveau pris au dépourvu, il chercha inutilement ses mots.

« Je... je comptais...

— Oui ? relança-t-elle avec insolence.

— Je suis venu vous encourager à garder le silence sur le marché que nous avions conclu. »

Ce fut au tour de Ghertrude d'être désarmée.

« Je voulais vous avertir que notre assistance vous avait été accordée en guise de faveur et par respect envers vous et vos familles, et qu'un oubli total vous serait hautement profitable. » Elle encaissa cette menace à peine déguisée et contra avec la sienne.

« Nos familles seraient très intéressées d'apprendre quelles faveurs vous consentez, ne croyez-vous pas ? »

Lui qui s'était empourpré jusqu'au cramoisi ou presque, une blancheur livide commençait à se répandre dans ses veines. Il fit un pas dans sa direction en haussant le ton. « Comment osez-vous me menacer ? À la moindre déclaration visant à nous impliquer dans cette affaire, moi ou mon associé, n'hésiterons pas à divulguer la vérité sur votre ami clandestin. Sur le fait qu'il vous baise, vous et cette catin de Lohr, et sur le reste ! Cette adresse et tout ce qui s'y trame !

— Excellent ! Allez-y ! Dites donc ce qui vous passe par la tête ; vous ignorez tout de cette maison et nos peccadilles ne sont rien en regard de vos crimes. »

C'était invraisemblable. Rien de tout cela n'aurait du se produire. Il n'avait jamais croisé femme plus impertinente et plus irrespectueuse. « Je vous préviens, vous risquez gros ! gronda-t-il férocement.

— Quoi donc ? » Elle éclata de rire, malmenant les dernières onces de retenue d'Hoffman.

« Votre vie ! éructa-t-il en la saisissant par le cou pour basculer douloureusement son visage en arrière vers le sien. Si vous ouvrez la bouche, je la fermerai définitivement. J'ordonnerai à l'Orm d'évider votre âme et de la déposer sur ma table de dissection, et j'arracherai ce bâtard de votre con au forceps. Je... »

Ses paroles se tarirent, car il se retrouvait à s'élever en l'air, puis à flotter hors du salon, libéré de la gravité. Son alliance s'était accrochée au collier de Ghertrude, qui cassa tandis qu'il s'envolait au loin. Les perles jaillirent dans toutes les directions. Tulp s'empoigna la gorge et rattrapa le restant du fil en contemplant, les yeux écarquillés, quelque chose dans le dos Hoffman. Lequel observait tout cela avec un curieux détachement : la silhouette frissonnante de la jeune fille qui diminuait, la pièce qui reculait, les minuscules orbes blancs qui rebondissaient autour de ses bottines. Hoffman n'avait pas la moindre idée de ce qui se passait et il réfléchissait encore à sa prochaine réplique quand la porte s'ouvrit derrière lui et qu'il fut catapulté au-dehors dans le froid de la nuit, puis sur le pavé noir luisant.

Hoffman redressa la tête pour découvrir Mutter campé au-dessus de lui. Il tenta de se lever, mais le vieil homme lui cassa le pli des jambes d'un coup de pied.

« D'accord, d'accord, s'écria-t-il en haussant et en agitant les mains. C'est bon, j'ai compris. Je me suis calmé, maintenant. Je ne lui ferai aucun mal. »

Le coup suivant le décontenança complètement. Il ne l'avait pas vu venir et il eut l'impression d'avoir foncé tête baissée dans un mur. Il lui revint que cela lui était arrivé, enfant. Le choc de ce solide contre la vitesse de sa volonté. Sauf qu'ici il ne courait pas.

Une clarté vint illuminer la cour : Ghertrude était sur le seuil et l'éclairage intérieur se déversait sur leurs silhouettes. Hoffman plissa les yeux. Mutter tenait un manuscrit à la main, un rouleau de papier serré – une sorte d'acte d'accusation, sûrement. Ce péquenaud paierait pour ce scandale. Peut-être même Hoffman le châtierait-il lui-même en le mutilant, comme il l'avait fait pour son fils.

Mutter se rapprocha de la porte en levant une main protectrice. Il fit signe à la jeune Tulp de rentrer dans le couloir, avant de rabattre le battant sur elle et d'étouffer la lumière. Puis il accourut pour asséner son deuxième coup. Le rouleau n'était pas du papier, mais un tuyau en plomb de cinquante centimètres de long. En anticipant son impact, le médecin comprit tout.

« Non ! Non ! » hurla-t-il.

Le troisième coup lui brisa le crâne. Il entendit céder l'os, à moins que ce fussent ses mâchoires qui claquaient l'une contre l'autre. Il tenta de se protéger la tête d'une main, mais Mutter le renvoya par terre d'un shoot avant de lui piétiner le bras, lui écrasant les doigts de son poids imposant et de sa botte cloutée, au point que son alliance s'aplatit. Le coup suivant atterrit en travers de son oreille, l'envoyant rouler sur les pavés en hurlant. Pour le faire taire, Mutter lui flanqua le lourd tuyau inerte sous la mâchoire, ce qui le retourna et lui fit se mordre la langue. Il était à croupetons, geignant comme un chien perdu, vomissant un bout de chair avec son sherry de tout à l'heure et les restes de son repas.

« Chfoussenpli cheuntsiéien ! » s'étouffa-t-il piteusement.

Il saignait et suffoquait sur le sol de la cour. Le prochain coup lui défonça l'occiput en détachant sa calotte crânienne, qui partit pendre sur le côté de sa tête, retenue par quelques longs cheveux humides. Son laboratoire rutilant et tous ses nouveaux instruments électriques en jaillirent, son triomphe et son génie dégouttant sur les pavés d'un noir de nuit, où de vives étincelles rebondissaient comme des perles blanches. Mutter frappa encore, et ses yeux allèrent racler sur les os brisés de son visage flasque.

Le domestique traîna le corps jusqu'aux écuries, où il le chargea dans la petite remorque. Il passa la cour au jet, balayant les brins de souvenirs et d'espoir vers l'égout.

Ghertrude était gelée, engourdie et indécise. Les fils de son collier cassé à la main, elle avait perçu les bruits à travers les portes en chêne. Mutter n'avait pas voulu qu'elle assiste à cette conversion d'un homme en détritus, mais elle avait entendu chaque étape du processus, et ce qu'elle-même avait fait subir au pantin marron dans la cave pâlissait d'insignifiance en comparaison. Elle posa la tête contre le battant et sentit le poids de l'avenir lui tasser les épaules ; elle allait mettre un long moment avant de trouver le sommeil.

Les sabots ferrés du réveil en étain crissaient dans son rêve dense et transpirant. Il crispa le poing, transformant d'un geste la stridence en silence, puis balança ses jambes pour sortir du lit. Il tentait de planifier sa journée en combattant une sensation à la fois curieuse et ordinaire, quand il comprit ce qui clochait : il était ivre. Ça faisait plus de deux ans qu'il n'avait pas connu cet état, et il maudit sa bêtise d'avoir replongé. Tout ça était si familier : la tête qui tourne, l'odeur écœurante, le mal au crâne ; ce sentiment d'échec total mâtiné d'un je-m'en-foutisme absolu chez un alter ego campé droit dans ses bottes et regardant par ses yeux.

Il jeta un coup d'œil à sa femme qui semblait avoir évité la sirène hurlante du réveil et souleva les draps pour scruter son ventre maintenant proéminent, qui accentuait la courbe ferme de ses hanches. Il voulait vraiment cet enfant. Il espérait un fils. Il aurait enfin quelque chose à transmettre, et pas juste le tempérament d'alcoolique et l'égoïsme légués par son père : il était le premier Maclish de l'Histoire à susciter le respect, à aligner des actes dignes de louanges.

C'est alors qu'il vit les ecchymoses sur le bras de Marie et que la bile lui remonta dans la gorge. Il se tranquillisa et tira brièvement le drap de façon à ne plus la voir du tout. Il se traîna, flottant, dans la salle de bains où il se lava à l'eau froide. Il comptait sur le choc pour balayer le poids gris, contondant, qu'il portait avec tant de mal. En allant prendre son rasoir, il fit tomber dans le lavabo sonore et glissant la tasse contenant les brosses à dents et les peignes, dont il contempla les entrecoisements divinatoires se découpant sur le blanc de la faïence. Qu'avait-il fait et dit la veille au soir ? Comment pouvait-il avoir erré ainsi ? Pourquoi Marie ne l'avait-elle pas empêché de boire ? Appuyé contre le mur froid, il urina apathiquement vers la cuvette des toilettes sans viser vraiment.

Aujourd'hui, il devait superviser l'échange des Limboia, les épuisés contre les impatients, le train chargé de leurs corps idiots. Ils effectueraient l'aller avec un passager supplémentaire et son cœur accéléra quand il songea qu'il allait voyager avec Gueule d'amour dans sa caisse, pour pouvoir le libérer et le rendre à sa forêt. Mais bon, au moins, ça ferait un endroit où dormir. Ça, c'était imparable. Maclish aurait voulu se recoucher ici, tout de suite, retrouver la chaleur de son épouse et le reliquat de parfum de la veille, mais il n'osa pas. Sans lui, il n'y aurait aucun roulement, aucun transport ferroviaire et ce machin horrible resterait encore une journée caché à l'esclaverie.

Ils avaient déplacé leur prisonnier dans les sous-sols du bâtiment quand l'intérêt que les Limboia manifestaient face à ses cris et ses aboiements avait atteint un niveau inquiétant. Peut-être à cause de son odeur âcre, si ça se trouve : même après l'avoir nettoyé au jet, elle continuait de pénétrer partout et Maclish commençait à se dire qu'il risquait de la ramener à la maison. Il la sentait sur lui.

Ça pouvait expliquer pourquoi sa femme se montrait à nouveau si distante à son égard.

Ses pensées revinrent vers Gueule d'amour. Il maigrissait à vue d'œil. Il avait changé de teint. Le vieil ivoire crémeux de sa peau avait viré à un gris cireux. Maclish ne comprenait pas comment c'était possible. On lui avait donné la même chose à manger qu'aux autres qui ne s'étaient jamais plaints. Les cantinières servaient systématiquement un mélange nourrissant de haricots secs, de fécule de maïs et de viande hachée. Maclish avait conclu un marché particulièrement profitable avec les abattoirs locaux, obtenant qu'on lui livre chaque semaine de la barbaque. Ses ouvriers avaient besoin de garder des forces et il avait correctement plaidé leur cause auprès de la Guilde forestière, qui déboursait désormais des sommes substantielles en ravitaillement. Bien sûr, du premier choix aurait été du gâchis puisqu'ils étaient incapables de faire la différence, si bien qu'il se débrouillait pour les alimenter convenablement tout en faisant un peu de bénéfices au passage, et tout le monde était content. Enfin, tout le monde sauf Gueule d'amour, qui avait jeté à plusieurs reprises les bols de pâtée fumante à la tête de ses matons. Le cuistot chinois qui dirigeait les opérations avait refusé de retourner à la cave après la troisième attaque de cet ingrat.

« Laissez-le crever de faim », avait dit Maclish à ses hommes après le troisième essai. Et il avait été tenté de le faire, avait failli renoncer à convaincre le monstre, sauf qu'on ignorait quel effet ça aurait sur les Limboia. Il ne pouvait se permettre de laisser la cadence de production ralentir pour cause de grogne. « Qu'ils soient contents, qu'ils aient envie d'y aller », tel était son credo – qui empêchait aussi qu'on mette le nez dans ses affaires. Voilà pourquoi l'horrible repartirait aujourd'hui, gueule de bois ou pas.

Au bout de la troisième tasse de café, il commençait à se sentir mieux. Dans la cuisine silencieuse, il boutonna son uniforme, chaussa ses bottes cirées, puis sortit par la porte de derrière pour gravir l'étroite colline montant vers l'esclaverie.

Il était un peu moins de 7 heures et Marie écouta le battant se refermer. Les pas de son mari écrasaient le gravier au-dehors. Elle ouvrit les yeux puis lâcha un petit soupir, soulagée d'être enfin affranchie de son sommeil feint et de cette présence suffocante.

Ils parvinrent à la gare, caisse et têtes creuses comprises, sans grand incident. Les chevaux s'étaient dérobés à plusieurs reprises quand Gueule d'amour s'était énervé, mais Maclish n'avait pas tardé à calmer ses fariboles en martelant la caisse avec le manche métallique de sa chicotte. La caisse une fois casée sur un wagon plat, non loin des voitures de passagers, ils avaient fait embarquer à bord du train les Limboia impatients. Maclish avait donné le signal du départ, puis la vapeur les avait entraînés vers l'attraction de la Vorrh.

Comme prévu, le trajet l'avait propulsé au pays des songes. Il avait sombré au bout de vingt minutes dans un sommeil rance et sans rêves, qui amplifiait sa gueule de bois plutôt qu'il ne la calmait. De grosses masses abstraites lui rentraient dedans, lui frottant les extrémités et lui mouillant le fondement. Le convoi semblait ramper à une allure de limace et la voix de Gueule d'amour enfermé dans sa caisse prenait de plus en plus d'ampleur dans la semi-conscience de Maclish.

Réveillé par un brusque arrêt, il secoua la tête, tenta de reprendre ses esprits et possession de ses affaires. La cravache étranglée par les lianes poussant hors du compartiment à bagages refusa de se détacher quand il exerça une traction dessus. C'était le genre de chose qui arrivait, mais là, pas moyen de s'en dépêtrer. Incapable de déloger le fouet, il décida d'aller emprunter un couteau.

Quand il passa la tête par la fenêtre, il découvrit à sa grande surprise une absence de quai. Le train n'était pas parvenu à destination, il s'était figé au milieu de la forêt. En suivant le convoi du regard, Maclish vit de la fumée et de la vapeur s'élever de la motrice ahanante. Il appela, comptant que l'un de ses gars vienne faire son rapport sur le retard, mais personne n'arriva. Son mal au crâne s'était accru et il se frotta la nuque avant d'ouvrir la porte de la voiture pour sauter sur le ballast.

Il longea le train jusqu'au wagon à esclaves. Vide. Ainsi que les trois suivants. Il déboutonna le rabat de son étui. Ses bottes écrasaient la caillasse à grand fracas. On n'entendait que le bruit de ses pas et le cœur soupirant du moteur. Même les oiseaux se taisaient. Quand il parvint au wagon grumier, il constata que la caisse de Gueule d'amour était ouverte. Il brandit son revolver et balaya prudemment les alentours du regard. Rien ne bougeait. Et les arbres donnaient l'impression d'avoir perdu tout mouvement. Leurs feuilles pendaient, étrangères à tout vent, toute poussée.

« Machiniste ! » beugla-t-il en direction de l'arrière du convoi. Dans cette immobilité et cette absence, crier un mot aussi terre à terre avait quelque chose de rassurant. « Machiniste ! » Il entendit glousser derrière la voiture passagers. Il pivota sur lui-même et grimpa sur l'un des wagons grumiers pour atteindre l'autre côté du ballast. Il y avait une petite coupe claire à l'orée de la forêt, comme rasée en ligne droite. Les Limboia s'y trouvaient tous alignés flanc contre flanc. On aurait dit un régiment en haillons paré à défiler, attendant l'inspection. Maclish cracha par terre et sauta à côté d'eux, l'arme alerte et brandie. Encore des rires efféminés dans leurs rangs. Avec des élancements dans le crâne et une nausée grandissante qu'il n'imputait qu'au mouvement antérieur du train, il s'approcha en essayant de retenir sa colère

« Bordel, qu'est-ce que vous foutez là dehors ? » beugla-t-il.

Les gloussements cessèrent et ils fermèrent les yeux en une lente mimique simultanée. Puis ce fut au tour du souffle : cette même respiration coordonnée qu'Hoffman et lui avaient entendue à l'esclaverie le tout premier soir.

« Arrêtez ! brailla-t-il. Arrêtez ça tout de suite ! »

Le souffle redoubla. Soudain, il ne sut plus que faire. Il était en infériorité numérique manifeste. Les Limboia ne bougeaient pas, seuls leurs torses se soulevaient à l'unisson. L'unique mouvement individuel provenait du centre de leur rangée. Le héraut. Il se tenait là, serrant contre sa poitrine quelque chose qu'il caressait avec lenteur et intensité. Maclish fonça droit vers lui, revolver braqué à hauteur de son visage.

« Dis-leur de remonter à bord du train », exigea-t-il, ayant cru voir là le moyen de reprendre le contrôle.

C'est alors qu'il se rendit compte de ce que le héraut tenait dans ses bras. Des lambeaux de tissu flottant s'en étaient détachés, et la chose à demi nue se balançait entre les mains qui la manipulaient, ses membres sans vie ballant avec les mouvements. Maclish aurait voulu appuyer sur la détente pour empêcher ce qui allait se produire, mais il comprit que tout était fini.

Les yeux de l'enfant mort, avorté, s'ouvrirent en contemplant les siens. La respiration collective stoppa et un autre élan bruissa parmi les Limboia. Quelque chose se faufilait entre leurs rangs, secouant sans hâte, mais avec une grande puissance, tout ce qui se trouvait sur son chemin. Cela le bouscula comme le mouvement d'un train, et il s'évanouit. En l'espace d'une seconde, tous les organes de son corps cessèrent de s'activer, comme s'ils ne l'avaient jamais fait. En présence de l'Orm, chaque cellule cédait. Sur la tête du mort qui s'affaissait par terre, seuls les globes oculaires déments s'agitaient.

Les Limboia désignèrent leur cœur du doigt puis se dispersèrent dans la profondeur de la forêt avec leur trophée. Une heure plus tard, la motrice rendrait son dernier soupir et son foyer s'étoufferait jusqu'à ce qu'il ne reste plus que cendre froide.

Les yeux fiévreux et mouvants de ce qui avait été Maclish, contemplaient Gueule d'amour, qui avait attendu tout ce temps campé derrière les Limboia. Il s'était affairé malgré sa faiblesse. Il avait gardé assez de volonté, d'énergie et d'adresse pour rassembler des petites branches et de courtes lianes afin de tresser un traîneau rudimentaire. Il le tira jusqu'au cadavre. Il emmenait Poils roux dans son antre pour lui présenter sa famille. Un de ses estomacs en gargouillait déjà.

24

Croire le mouvement des flèches passif ou fortuit aurait été sot. La vérité, c'est que chacune des hampes de bois, de plume, d'os et d'acier qu'avait fabriqué l'Archer constituait un prolongement de ses nerfs, de son souffle et de sa dextérité. Leur persistance était semblable à celle des fibres nerveuses situées à l'extérieur du cerveau, qui retiennent le souvenir sous forme d'un conflit entre certitude et incrédulité ; ou de celles qui, à l'intérieur de la colonne vertébrale ou du muscle, et parfois des mains, se remémorent des lieux et des mouvements passés. Ainsi qu'il en va pour les arbres, dont les postures évoquant une calligraphie délicate, se penchent pour saluer les vents, tels de souples sémaphores, tout autant qu'elles les déchiquètent. Ce qui composait les flèches était une chose ; c'était leur visée qui reliait tous ces éléments.

Dans le soleil du petit matin, Peter Williams leva l'arc luisant. Il l'avait nettoyé et lustré à l'aube et se tenait à présent devant la grotte, au sommet de l'affleurement rocheux. L'instrument lui semblait pareil à Este dans sa main : ardent, gracile, décidé. Il en cocha une des flèches sifflantes et banda la corde. La puissance sensuelle se verrouilla dans tout son corps. Il ferma les paupières et pivota, dirigeant son tir en effectuant un cercle complet. Il s'arrêta quand il ne sut plus quelle direction il visait. Il décocha, ouvrit les yeux. Le trait chantait à travers l'horizon dégagé, au-dessus de la futaie. Il s'incurva enfin pour tomber parmi les arbres. L'Archer considéra le paysage avec soin, ramassa son sac et descendit la déclivité vers l'endroit où la flèche l'attendrait.

Deux heures plus tard, il parvenait au sol de la forêt, savourant de nouveau sa senteur et son ombre. Il faisait face au nord-ouest et son intention était nette : tracer en ligne droite jusqu'à laisser la Vorrh derrière lui. Un périple qui le ferait passer directement à travers le centre du territoire interdit.

Tsungali avait trébuché sur l'écuelle. Il ne l'avait pas vue, alors qu'elle reposait clairement sur son chemin, au milieu du sentier. Comment était-ce possible ? En temps normal, le chasseur expérimenté qu'il était ne ratait pas le moindre détail. C'est alors qu'il comprit : poussée par les arbres à identifier ce ou ceux qui l'observaient, son attention s'était concentrée sur les mouvements et les sons alentour. Un processus inconscient dont il se rendait compte, à présent.

Il arma l'Enfield et se figea. Les débris du plat fragile craquaient sous ses brodequins. Il avait de la compagnie, ça ne faisait aucun doute. Il articula un sort, cracha vers les broussailles. Toutes sortes d'êtres habitaient ces parages, c'était connu. Il détestait cet endroit et ne se serait jamais essayé à y poursuivre une proie. Seulement, les circonstances n'étaient plus les mêmes et les esprits se frottaient à lui, ses blessures tressaillantes étaient là pour le lui rappeler. Il aurait dû réussir à tuer le Blanc plus tôt, l'empêcher de pénétrer dans cette zone hantée. Sauf qu'il ne s'agissait pas d'un Blanc ordinaire. C'était un fantôme, si ça se trouve, ou un de ces êtres qui volent le corps des morts pour s'en habiller, ou qui prennent leur visage. Il avait eu beau reconnaître Williams dès qu'il l'avait aperçu, il n'arrivait pas à croire ça possible : l'Anglais aurait dû mourir avec toute sa compagnie d'envahisseurs et de menteurs dès les premiers jours des guerres de Possession. Et même s'il en avait réchappé, il aurait dû être plus âgé. Mais non, il n'avait pas changé depuis le jour où ils étaient rentrés des pourparlers à la plage. Tsungali considéra un instant ses mains tordues, noueuses. Les années lancinaient ses phalanges.

Était-ce l'Archer qu'il sentait l'observer depuis l'abri des arbres ? Était-ce lui qui avait laissé ce plat sur son passage, pour l'effrayer ? Il énonça un autre sort, siffla et cracha. Fantôme ou pas, il y avait pire que l'Anglais.

Ayant continué sa lente progression, au bout de plusieurs heures, il vit une autre écuelle. Pleine d'une nourriture fumante et odorante. Il shoota sauvagement dedans pour l'écarter de son chemin et poursuivit sa route. Il arracherait la gorge de cet ennemi qui s'amusait avec sa faim et sa peur. Il avait bien songé aux Ancêtres, ou aux démons, mais ils ne préparaient jamais à manger et ils ne l'auraient pas fait non plus pour se moquer de lui. Non, c'était quelque chose d'autre, quelque chose qui avait des tendances humaines – ce qui, évidemment, relevait d'une autre forme d'atrocité. Il était de plus en plus à cran quand il entendit soudain un faible sifflement dans le ciel. Il le reconnut. Ça lui glaça le sang, puis ça descendit à travers les feuilles et les branches, directement au-dessus de lui. Laissant choir Uculipsa, il plaqua ses mains contre son crâne sans oser lever la tête. La flèche stoppa dans un cri et un tremblement en perçant le sentier six pas devant lui.

→

Ismaël était arrivé à un endroit où la masse allongée d'un énorme chêne écroulé dessinait un horizon dans ce monde de verticales. Cet arbre devait avoir un âge considérable. Un homme aurait aisément pu se cacher dans sa circonférence. Une senteur merveilleuse de sève et de tapis d'humus se dégageait de ce lieu. Le cyclope traversa l'étroit sentier sous le pont formé par le chêne, avant de s'arrêter pour le regarder de nouveau. Le tronc masquait les mouchetures du soleil. De nouvelles pousses s'élevaient sur son vieux corps défunt et un treillis de lianes continuait de prospérer sur son écorce.

Ismaël commençait à apprécier la profondeur de cet endroit, et à se dire qu'il avait sa place dans son intimité mystérieuse. Peut-être son origine était-elle ici ? Peut-être que ses semblables avaient vraiment vécu parmi la paix des arbres vénérables ? Il s'imagina une existence primitive dans des huttes simples, et une race douce et antique qui avait réussi à se cacher de ces barbares d'humains des siècles durant.

Les Proches lui avaient montré des images et des maquettes de tels endroits et il se rappelait plusieurs récits à leur sujet. Dans les caisses d'apprentissage, des rouleaux de papier dessiné avaient montré le séjour d'Adam au paradis, à côté de portraits d'étranges créatures semblables à l'homme et vivant en harmonie avec les lions et autres fauves. Seth et lui avaient fabriqué un abri miniature à base de boue, de brindilles et de cailloux. Ismaël en était fier, alors, et il avait pris l'habitude d'en scruter l'intérieur sommaire en s'imaginant ce que ça impliquerait d'y loger ; il se représentait mentalement le foyer, le filet de fumée qui s'élevait du toit jusque dans l'air immobile.

Il y était ramené, maintenant, et il s'attendait à trouver ce village unique au détour du chemin. Absorbé dans ses conjectures, il ne remarqua pas tout de suite qu'il n'était plus seul. Il mit plusieurs secondes à comprendre que l'on marchait à son côté, juste en dehors de sa vision périphérique. Il se retourna soudain pour faire face à son suiveur, la gorge serrée. L'autre stoppa et plongea au sol, mais Ismaël avait maintenant la certitude qu'on l'observait. Il se demanda si c'étaient les gens qui l'avaient abreuvé et nourri. Il lança un appel, tourné vers l'endroit où la silhouette avait disparu, s'attendant à ce qu'on lui réponde, cette fois. Rien ne vint. Puis un son s'éleva derrière lui, un autre sur le côté, puis une pléthore, dans toutes les directions. Quand les êtres se redressèrent, il tourna sur lui-même, horrifié, pour tous les regarder, scruter leurs visages incrustés dans leurs torses.

Il ravala sa crainte et sa répulsion devant cette proximité écœurante et soudaine. Leurs corps courtauds et costauds étaient jaune pâle, mouchetés de rose. Ils n'avaient pas de tête discernable. Leur bouche, leur mâchoire, leur nez et leurs oreilles dépassaient de leur sternum et un œil unique s'ouvrait dans leur torse plat, cillant avec l'intelligence d'un animal domestique. Des cils blonds ombrant des pensées unidimensionnelles oscillaient d'un air absent entre combat et fuite.

C'est alors qu'il y lut le plissement de la ruse et qu'il sut sa fin proche. C'étaient les êtres qu'il avait vus sur des images : des cyclopes horribles qui ne pouvaient rien avoir en commun avec lui. Il s'agissait d'une sous-espèce, pas d'une race cousine. Ils lui avaient donné à manger et l'avaient orienté, non pas pour l'aider, ni par commisération, mais pour le guider jusqu'à chez eux. Ils l'avaient engraissé, appâté et il avait suivi leur piste de nourriture jusqu'à se piéger lui-même au cœur du pays des anthropophages.

Ils s'avancèrent vers lui pour le regarder de plus près, puis se mirent à communiquer par une suite de bêlements suraigus, éraillés – des sons que leurs petites bouches pleines de dents semblaient lacérer au prix de beaucoup d'efforts : elles n'étaient pas de celles qui se destinent aux débats éloquents. Le trou et son contenu étaient purement conçus pour mordre, sucer, mastiquer et engloutir.

Ils étaient nus et Ismaël, qui s'était toujours beaucoup intéressé aux parties génitales, contempla, éberlué, leur diversité, y compris dans leurs proportions. Contrairement à d'autres taxons qu'il avait eu l'occasion d'examiner, il n'y en avait pas deux de semblables, en apparence : certaines paraissaient racornies, inversées, tandis que d'autres pendaient ou s'entortillaient avec un abandon prodigue. Cela lui remémora la leçon 93 : « Invertébrés des océans (certains mollusques marins) » et il se demanda si ces organes sexuels ne pouvaient pas être une espèce distincte, qui entretenait une relation symbiotique avec leur hôte. Comment s'en servait-on pour copuler ? Cela dépassait les frontières de son imagination.

Ces spéculations échevelées l'empêchèrent de s'enfuir ou de s'évanouir de peur, ce qui aurait aussitôt déclenché la mise à mort. Ils se rapprochèrent et il se figea. Ils le tâtèrent, lui immobilisèrent les jambes et regardèrent dans son œil. Leur proximité trahissait leur odeur violente, au diapason de leur manière de parler. Soudain, une douleur lancinante fit hurler Ismaël, tête basculée vers les arbres. On avait enfoncé une fine lamelle de bois de feuillu dans son tendon d'Achille droit. On s'assurait qu'il ne s'enfuirait pas. La blessure le fit chuter et les énergumènes le clouèrent au sol pendant qu'on lui plantait une seconde entrave. Il hurla, se débattit, mais ils étaient trop nombreux. Leur force, leur odeur, leurs bras, leurs jambes, leurs sexes le ballottaient, le ligotaient tandis que leurs congénères restants dévoilaient d'autres bâtons pointus.

Tout à coup, sans avertissement, il y eut une explosion puissante et le cannibale qui lui immobilisait la jambe se fendit en deux. Les pans de son torse volèrent dans des directions opposées en plantant là comiquement ses jambes chancelantes, qui se maintinrent debout une seconde ou deux. Les bras demeuraient reliés à chaque lambeau de chair crue. Il y bouillonnait un sang couleur boue et ils tentaient de se raccrocher au sol ou de s'éloigner en rampant. Un second anthropophage fut touché dans le dos ; le bruit gigantesque repoussa sa cage thoracique éclatée à travers son visage perplexe. Il ne tressaillit même pas.

Les êtres fuirent l'embuscade, disparaissant dans la broussaille avec une vélocité et une agilité consommées. Ismaël se roulait par terre de douleur, s'étirant pour voir à qui ou à quoi appartenait cette arme à feu – le nouveau venu lui réservait-il un sort pire ou meilleur que les horreurs dont il venait de réchapper ?

« Quel genre de chose es-tu ? aboya une voix invisible. Ne tourne pas la tête. Reste allongé au sol ou tu saigneras à mort. Et maintenant, réponds à ma question ou je t'explose comme j'ai explosé tes petits frères.

— Ce ne sont pas mes petits frères ! s'insurgea Ismaël, mâchoire serrée.

— Ah bon ? Alors tu es quoi ? » demanda la voix tonitruante.

Depuis l'abri d'un vieux chêne, un pistolet Mars était braqué vers lui.

« Je suis un homme à un œil. »

Ça paraissait une réponse raisonnable : cela correspondait effectivement à l'apparence de ce qui se tortillait par terre.

« Je peux t'aider, si je te fais confiance, dit la voix. Reste immobile et mets tes mains devant ton visage, que je les voie.

— Et vous, vous êtes quoi ? demanda un Ismaël grimaçant.

— Williams, finit par répondre la voix. Un homme à quatre yeux. »

Tsungali buvait au bol en argile quand il entendit les détonations. Il se serait cru seul à oser utiliser une arme à feu dans la forêt. Peut-être d'autres pisteurs partageaient-ils sa poursuite ? Le son était singulier, différent de celui de tous les fusils qu'il connaissait, mais il fournissait une orientation nette. Sa chasse en serait d'autant plus décidée.

Le liquide marron puant caillait encore sur son bras, là où le démon jaune s'était vidé de son sang quand la machette de Tsungali s'était enfoncée de biais le long de son omoplate pour trouver son cœur, son cerveau – ou, mettons, le centre de son énergie. La créature le pistait depuis des jours. Tsungali s'était autorisé à boire de l'eau et avait jeté la nourriture, lui préférant ses propres provisions séchées.

Ensuite, il s'était rabattu sur son poursuivant en décrivant un arc de cercle et l'avait tué par-derrière. C'était l'un de ceux dont son grand-père lui avait parlé, les démons chasseurs dévoreurs de chair humaine. Tous les doutes qu'il aurait pu avoir avaient été rapidement levés quand il avait vu ce que sa victime portait au-dessus de son chibre et de ses couilles renflés : une coupelle artisanale qui, à y regarder de plus près, s'était révélée être une calotte crânienne à laquelle tenaient encore une tignasse rousse et du cuir chevelu.

Tsungali rassembla quelques lianes pour les nouer autour des grands pieds pointus de son chasseur. Il comptait le hisser en haut d'un arbre afin qu'il s'y balance, montrant à sa troupe invisible que la peur venait d'entrer dans leur vie. Alors qu'il s'y employait, il surprit un petit mouvement sous l'aisselle du démon. Il étreignit le corps pour le stabiliser et regarda de plus près. Sous chacun des bras était dissimulée une petite sphère d'herbe délicatement tressée. Elle était reliée à la peau par des épines incurvées qui s'y accrochaient. Chaque sphère contenait un œil humain.

Il ôta ces petites cages de leur cachette pour les examiner, une dans chaque main. C'est alors qu'il comprit et qu'il les laissa choir de surprise. Il avait assisté à maintes merveilles et horreurs, les phénomènes surnaturels ne le prenaient que rarement au dépourvu, mais cet endroit engendrait des choses dont même un démon n'aurait pas osé rêver dans ses pires cauchemars.

Il se pencha pour fourrager dans les herbes basses, là où étaient tombées les sphères. Il les trouva et les réinspecta. Oui, voilà : plus marqué dans une, mais apparent dans les deux. Les iris bougeaient, se dilataient et se contractaient, ajustant leur vision : ils étaient encore en vie. C'était une magie qui dépassait ses capacités de compréhension.

Il avait la main humide. En l'examinant, il se rendit compte que l'un des yeux laissait échapper du liquide. Ayant rangé le globe intact dans la bourse la plus profonde de sa ceinture à charmes, il trancha dans la cage d'herbe autour de l'œil endommagé. Une épine s'était rabattue vers l'intérieur, le perçant sur une bonne longueur. Il suintait et commençait à se déformer. Tsungali trouva une pierre plate, qu'il frotta pour la nettoyer. Ayant saisi l'œil entre son pouce et son index gauches, il le posa dessus puis, muni de son couteau aiguisé comme un rasoir, le fendit méticuleusement en deux, ce qui envoya le reste du liquide tremper la roche. Il se pencha d'assez près pour distinguer les muscles minuscules qui s'activaient afin d'obtenir plus de netteté et l'iris qui tentait encore d'obturer la forte clarté. Leurs énergies infimes étaient indépendantes et leur volonté, autonome. Il sonda l'intérieur d'un regard avide ; il avait cru voir tressaillir un rudiment de nerf optique, mais impossible d'en jurer. Le liquide et le mouvement avaient attiré l'attention d'autres observateurs, mené jusqu'au rocher la curiosité vorace d'un flot de fourmis noires. Elles poursuivirent sans hésiter la dissection entamée par Tsungali. L'œil mordillé fut charrié, muscles toujours animés de contractions : elles le portaient au-dessus d'elles tel un gigantesque trophée, tracté en marche arrière le long de la chaîne luisante que composaient leurs corps frénétiques. Quelques minutes plus tard, il n'en restait plus rien – la tache elle-même avait été éliminée par la porosité de la pierre et la cuisson du soleil.

Tsungali posa une main protectrice sur la profonde bourse à charmes ; il avait beau en ignorer l'origine, il savait avoir en sa possession un butin des plus précieux.

→

« C'est de naissance », répondit Ismaël avec une grimace.

Ils étaient sur un gros rocher, en plein soleil. Williams l'y avait porté, l'éloignant de la clairière carnassière des anthropophages. Ils discutaient à coups de questions mutuelles le temps que l'Anglais soigne ses blessures.

« J'arrive de la ville.

— Qu'est-ce qui t'amenait ? demanda Williams sans relever la tête de sa tâche.

— Je voulais échapper au monde et voir si mes origines étaient dans la Vorrh.

— Comment ça ? Chez les mangeurs d'hommes ?

— Non, non, pas eux… ailleurs… je ne sais pas, dit Ismaël, qui du coin de l'œil venait de capter un mouvement.

— Depuis combien de temps es-tu ici ? » s'enquit Williams.

Ismaël remarqua l'arc en même temps qu'« elle » le remarqua. De petits ajustements musclés dans sa forme tendue l'avaient fait remuer contre la roche. À peine si le cyclope entendit la question que répétait son compagnon.

La réitération murmurée provint de sous son genou. « Je te demandais depuis combien de temps. » Sans doute le soleil avait-il réchauffé l'arc. À moins que la douleur et l'état de choc ne se soient combinés pour créer une illusion auditive.

« Réponds-moi ! », s'énerva Williams. « Depuis combien de temps es-tu ici ?

— Pardon ? Hein ? » bredouilla Ismaël.

Williams se déplaça vers l'autre flanc du jeune allongé à plat ventre.

« Je te demandais depuis combien de temps tu es dans la Vorrh.

— Je l'ignore. Six jours, peut-être. Ou plus. J'ai perdu le compte.

— C'est surtout la vie que tu as failli perdre. »

Le cyclope ne répondit rien. Il se replia en position assise.

La douleur diminuait et il commençait à se fier à cet inconnu et à sa besace de plantes médicinales.

« Et vous ? Depuis quand ? demanda-t-il.

— Ma foi, dur à dire. Une semaine, peut-être. Une année. Ou beaucoup plus. Je n'ai que peu de souvenirs de l'existence que je menais avant d'entrer dans cet endroit effrayant. Mais je suis déjà venu. Ça, j'en suis sûr. Ce qui m'attend n'est que le destin. »

Ismaël commençait à le voir autrement. « Il paraît que cette forêt se nourrit de mémoire, qu'elle dévore celle des hommes.

— Ah bon ? On dit ça ? » Williams tendit au cyclope une coupe d'alcoolat dilué.

« Ah oui ! » répondit Ismaël avec sérieux, n'ayant pas perçu l'ironie de la question.

L'arc se remit à trembler. Son tressaillement le déplaça et il glissa en travers du rocher, comme la grosse aiguille d'une horloge. Son raclement fit sursauter Ismaël, qui se retourna brusquement pour le regarder.

« Elle s'impatiente, expliqua son propriétaire. Elle veut continuer d'avancer.

— *Elle ?* demanda Ismaël d'un ton nerveux.

— C'est une longue histoire », répondit Williams en se rapprochant de l'objet.

Il reposait entre eux. Quand Ismaël examina sa forme étroite, il sentit quelque chose irradier de sa surface noire et bordeaux. Il tâta prudemment la matière du bout des doigts. C'était chaud et humide.

« Ne fais pas ça, prévint Williams, brusquement fâché. Il n'y a que moi qui la touche. »

La main d'Ismaël recula dans un sursaut. « Pardon !

— Il n'y a pas de mal. Mais tu dois comprendre que j'ai cet arc depuis longtemps. C'est la seule chose que je possède. »

Ismaël murmura quelques paroles bienveillantes. Distrait, il demanda si elle avait un nom.

« Autrefois, oui. Este, je crois. » Pendant que l'Archer prononçait ces mots, un profond changement avait affecté son visage. Il paraissait surpris de ce prénom qui avait surgi dans sa bouche, il semblait chercher quelque chose. Le prochain mot ou le procahin moment.

« Ça signifie quoi ? » l'interrogea Ismaël.

Williams changea de nouveau de mimique, contemplant curieusement Ismaël avec une attitude qui mit ce dernier mal à l'aise. Il décida de ne plus rien dire sur l'arc et baissa la tête pour échapper à ce regard dérangeant. Il examina ses paumes. Là où le bout de ses doigts avait suivi la surface de cet arc intimidant, la peau était humide et tachée.

« Je l'ignore », répondit Williams, en réponse à une question qu'Ismaël avait oublié avoir posée. « Aucune idée ! »

Le cyclope frotta discrètement sa main contre le rocher pulvérulent et se hâta de changer de sujet. « Je tenais à vous remercier de m'avoir sauvé de ces sauvages. »

L'homme distant ne montra aucune réaction.

« On raconte que toutes sortes d'êtres vivent dans ces arbres. À mon avis, ceux-là doivent être les pires. Sans vous, ils auraient certainement continué à me faire du mal.

— Ils t'auraient mangé, surtout ! » annonça Williams, brusquement ramené à la gêne ambiante. Ismaël le contempla. Il se sentait soudain très nauséeux et très fatigué. Il glissa légèrement. Un mouvement désarticulé, sonné.

« Ça, c'est la plante que je t'ai donnée, dit Williams. Elle te soignera et t'aidera à dormir. »

À la recherche d'un réconfort primitif, instinctif, Ismaël se plaqua une paume contre le visage. Il perçut l'odeur de l'arc sur ses doigts. Elle emporta très loin son esprit évanescent. Il se retourna pour regarder Williams, pour lui demander ce que ça signifiait, mais les mots se transformèrent en bouillie et en gaz. Dans la gravité qui s'accroissait sous lui, il perdit conscience. Son œil se ferma. Quelque part dans cette étroite fente reposait l'arc sombre dont il avait déjà oublié le nom.

→

Tsungali avait découvert les restes des démons massacrés. Il les retourna d'un coup de pied pour examiner les blessures. Il n'avait jamais vu chair et os démantibulés de la sorte. Cela l'impressionna. Ah, s'il avait pu posséder une arme capable de causer de tels ravages !

Il avait pisté les deux hommes des alentours de l'arbre tombé jusqu'à un affleurement de roche. Il se faisait tard, ce qui le plongeait dans un dilemme. Gravir la paroi dans la clarté déclinante pour assaillir les détenteurs de ce puissant engin depuis un point situé en contrebas lui répugnait. Mais d'un autre côté, il ignorait ce qui vivait encore dans les parages ; les démons pouvaient très bien être nocturnes.

Les possibilités n'étant pas nombreuses, il décida finalement de passer la nuit perché dans l'arbre tombé ; ça lui donnait le meilleur poste d'observation et les meilleures potentialités de défense comme d'attaque. Il escalada l'immense géant, qu'il parcourut sur toute sa longueur, cherchant sur le sol en contrebas des signes d'activité ou de dissimulation. Tout était silencieux. Les deux autres attendaient, là-haut. Quand il les rejoindrait le lendemain, il déciderait de leur sort : la vie ou la mort. L'arme dont ils disposaient l'incitait à privilégier cette dernière hypothèse – ce serait plus propre ainsi. Ensuite, il pourrait reprendre ses pérégrinations pour débusquer l'Archer. Lorsqu'il aurait recours à l'arme à feu inédite, il constaterait ses effets sur sa proie errante.

Il dénicha dans l'écorce une crevasse où dormir et plaça des charmes de surveillance le long du tronc avant de s'installer pour la nuit.

Les bêtes nocturnes commençaient à s'éveiller, grimpant et glissant parmi les arbres, bruissant dans le sous-bois. Il reconnaissait leurs sons, qu'il trouvait réconfortants : ça signifiait qu'aucun homme ni démon ne traînait dans les parages. Il cala son oreille sur silence ou envol et se laissa prendre par le sommeil.

Il rêva de son grand-père, de sa case sculptée. Il était enfant, avant l'arrivée des gens d'ailleurs. Dans cette maison, aucun d'eux ne mettrait jamais les pieds. Son aïeul et lui étaient assis. Le vieil homme chantonnait tout en tressant un étui destiné à sa lance sacrificielle. Ils restaient souvent ainsi parce que le monde extérieur, avec tous ses étrangers et ses dangers, ne pouvait percer le voile hermétique de magie tendu à l'entrée. Ceux qui épiaient leur espace ne parviendraient jamais à franchir cette barrière transparente. Son grand-père et lui ignoraient les curieux et continuaient leur journée habituelle ou regardaient à travers leurs traits comme s'ils étaient d'ombre, reflets perdus d'un conte lointain dénué de signification.

C'était un bon rêve, riche et sûr. Il avait dû durer toute la nuit : quand Tsungali s'éveilla au matin, il déferlait, encore tout chaud, dans les eaux de son cerveau.

Tandis que l'aube perçait à travers le feuillage, il trouva sous la rosée la trace des deux hommes et remonta la pente derrière eux. Ce n'est qu'à ce moment qu'il le perçut, qu'il en vit les signes dans leurs pas. La terre et les brindilles brisées sur leur passage ne laissaient aucun doute : l'un d'eux était sa cible. Tsungali était enfin certain de qui il suivait. Ce n'était ni un descendant, ni un souvenir, ni un fantôme d'une autre époque. C'était le même homme, ce même être physique qui lui avait mis le fusil entre les mains pour la première fois il y avait si longtemps, en se fiant à l'usage qu'il en ferait. Le seul des étrangers à comprendre au moins en partie les Vrais Humains. Celui qui était juste, dans sa parole comme pour verser le sang. Il était resté avec Irrinipeste tout ce temps. Voilà pourquoi il avait été si difficile à tuer. Enfin, ça expliquait comment il avait eu le dessus.

→

Le lendemain matin, ils décidèrent de se tutoyer et de faire le trajet ensemble. À part Mutter et quelques mots échangés lors du carnaval, ces conversations étaient les premières qu'Ismaël entretenait avec un véritable humain : il brûlait d'apprendre encore.

« Tu ne m'as pas trouvé repoussant ? Mon visage ne te révulse pas ?

— J'ai vu pire que ça, répondit Williams.

— Ta réaction m'étonne. On m'a dit un jour que tous ceux que je croiserais seraient dégoûtés de mon apparence.

— Et qui t'a raconté ça ? »

Ismaël se surprit à se remémorer des souvenirs qu'il ignorait posséder : Ghertrude et Mutter ; l'hôtel particulier et ses hauts murs. Quand ses explications se tarirent, il insista sur sa question jusqu'à ce que Williams cède et lui explique.

« Oui, en ville, tu serais une curiosité. Ça fait des millénaires que personne n'a vu de vrai cyclope vivant. Ton existence serait difficile. Tu serais forcé de te cacher. Mais ici, dans cette forêt, c'est très différent. Tu n'es qu'une étrangeté parmi une multitude d'autres. »

Ismaël clopinait derrière Williams en s'appuyant lourdement sur le bâton que le grand gaillard lui avait coupé. Il se sentit obligé de pousser le sujet plus loin.

« Mais tu aurais pu poursuivre ton chemin quand je subissais leur attaque. Et tu continues à m'aider, là. Comment ça se fait ?

— Oui, j'aurais pu t'abandonner. Mais ici tout fait sens. Et mon destin a l'air inscrit dans les secrets de la Vorrh. J'ignore pourquoi, mais je me dis que tu en fais partie. Sans compter que de toute façon, je ne laisserai jamais aucun être vivant à la merci de ces monstres cannibales.

— Eh, si c'était eux, ton destin ? demanda ardemment Ismaël.

— Alors le leur était de mourir et le mien de les y aider. Tu n'as fait que déclencher l'événement. »

Le cyclope se tut. Déclencher un événement impliquant quelqu'un d'autre dépassait largement son expérience, et cette idée le mettait quelque peu mal à l'aise.

Ils marchèrent trois heures sur une haute crête qui cédait la place à un plateau de forêt compacte.

« C'est là-bas le centre, indiqua Williams. Le cœur. » Il désigna du doigt le milieu de la densité végétale, détacha son arc de son épaule et balaya les alentours du regard. « Reste ici. Je ne serai pas long. »

Sans laisser à Ismaël le temps de protester, il s'éloigna et disparut, l'épaulement rocheux faisant office d'écran. Le cyclope s'assit, examina sa jambe pansée. Il entendit la flèche décocher, ressentit le vide étrange qu'elle creusait dans son sillage. Dix minutes plus tard, l'Archer revenait se camper au-dessus de lui. Une expression peinée et perdue lui avait à nouveau ravi son assurance. L'arc avait déteint en noir sur ses mains et il cherchait sur les traits d'Ismaël une réponse à laquelle aucun d'eux n'avait de question.

→

Tsungali allait systématiquement au bout de ce qu'il entreprenait, mais quelque chose le désertait, cette fois. Sa conviction s'était étiolée. Sa proie possédait force et identité, et elle n'était pas seule. Les deux hommes le précédaient. Tout ce à quoi il se fiait était derrière lui. Le rêve de la nuit écoulée l'avait entraîné vers un autre lieu, un endroit qui n'existait plus. Brusquement, il stoppa pour regarder ses mains autour d'Uculipsa. Avec ses inscriptions, ses entailles et depuis peu sa crosse fendue, le vieux fusil avait soudain l'air aussi rompu que lui. Les talismans qui s'étageaient sur sa propre anatomie semblaient lourds et lugubres. Son âge et l'étrangeté de cette région dépassaient toutes ses protections. De façon inédite, il comprenait l'inertie et cela l'arrêta net. Pourquoi faisait-il tout cela ? Pour qui ? Il s'assit, oubliant quelle était sa mission.

Un pas léger approchait derrière lui. Pour la première fois depuis qu'il était adulte, il ne le ressentit pas comme une peur. Il resta immobile, attendit.

« Petit ! lança la voix âgée. Petit, pourquoi es-tu perdu ici ? »

Il ne pouvait pas se retourner, mais peu importe, c'était inutile. Il scruta ses mains, le lustre bleu ridé de sa peau. Derrière lui, son grand-père reprenait : « Rentre chez nous. Cet endroit est plein de démons et de réprouvés. Tu n'y trouveras rien de bon. »

Devant lui s'élevaient des voix. Williams et son compagnon. Faciles à atteindre.

→

Leur silence avait viré à la noirceur et au malaise. Ismaël jeta un regard d'appréhension à son ami maussade. « Quelque chose ne va pas ? »

Williams avait les yeux dans le vague.

« C'était mal tiré, dit-il à voix basse. La flèche est partie en cloche. Elle est retombée tout près. »

Ismaël ne voyait pas comment réagir. D'instinct, quelque chose en lui préférait conserver ses distances avec le sujet de l'arc. Il tâcha de biaiser. « Alors, on entre dans le cœur de la forêt ?

— C'est par là. La direction de la flèche. »

Ismaël regarda tour à tour le sentier glissant et le visage de Williams, tentant de comprendre son humeur et la nature de son introspection.

« Elle se débat », énonça Williams, se parlant à lui-même et ignorant le cyclope qui boîtait à son côté. Le soleil regagnait de la force en cet endroit, se coalisant avec le souffle des arbres pour épaissir et détremper l'atmosphère. « C'est la première fois que ça arrive », continua l'Anglais. Se désintéressant du sentier sous ses pieds, il regardait l'arc posé à plat sur la paume de sa main.

Ismaël ne comprenait pas. Les sautes d'humeur du bonhomme l'inquiétaient. Le doute s'était insinué dans leur relation ; le repli intérieur de l'Anglais ébranlait la confiance qu'il lui avait accordée.

« Je pense qu'elle te veut. » Les frémissements de peur dans les tripes d'Ismaël virèrent au tremblement. « Elle saigne et elle s'étire vers ta main », constata Williams.

Il s'était arrêté net, le bras étiré devant lui. Este était animée de frissons.

Ismaël regarda en cillant cet objet tendu vers lui et devenu terrifiant. Williams avait fermé les yeux. L'arc se balançait légèrement, comme si sa courbe horizontale tentait d'imiter les paupières lasses de l'Anglais. Ismaël n'avait aucune intention de toucher cet instrument surnaturel. « Je n'en veux pas. C'est ton arc. Je refuse.

— Ce n'est pas toi qui décides, dit Williams, paupières toujours closes. Viens. Prends-la-moi des mains. »

→

La voix des hommes, tout comme leur souffle, ne vit pas toujours que dans cet univers. Elle peut parfois passer dans d'autres et en rapporter des dictons différents. C'était l'un des dons énormes qu'avait la petite Irrinipeste : sa parole avait traversé beaucoup de mondes, dont elle avait ramené une grande sagesse. La voix qui s'élevait derrière Tsungali pouvait être celle de son grand-père, mais aussi d'un fantôme ou d'un démon qui la lui aurait volée ; pour peu qu'on le croie et qu'on se retourne pour lui faire face, on était perdu.

« Viens, prends ma main », l'invita le vieillard.

En cet instant, Tsungali entendit ces mêmes paroles en écho au-dessus de lui, dans la bouche de sa proie. Il partit en arc de cercle vers le haut de la pente, en surplomb des deux hommes, sans regarder derrière lui. Peu importait désormais s'il faisait du bruit pendant son approche.

Quand il se faufila au bord du sentier, il les distingua sur son chemin, mal préparés et occcupés à un jeu de Blancs. Bizarre. Ils ne disaient rien. L'Archer, celui que Tsungali connaissait, présentait son arme loin de son corps, la flanquait sous le nez du plus petit.

Tout cela, Tsungali le vit en une fraction de seconde. En tout cas, ce rituel obscur les laissait à découvert et mal préparés. Il avait le champ libre. Il fixa sa baïonnette longue et engagea une munition dans la culasse, puis se hissa sur le sentier et se mit à charger tête baissée, comme un taureau, la lame fendant l'espace dans leur direction.

→

Dans la cécité qu'il s'imposait, Williams était si concentré qu'il n'entendit ni le bruissement rapide des feuilles ni la vélocité des brindilles se brisant dans le dos d'Ismaël. Mais ce dernier, si, et il pivota sur lui-même pour faire face aux corps jaunes, ramassés, des anthropophages passant à l'attaque qu'il imaginait. À son grand étonnement, il découvrit la charge floue d'un énorme guerrier noir brandissant un fusil à la gueule prolongée par un féroce couteau. Qui arrivait à toute vitesse.

Ismaël fit la seule chose qui puisse ramener Williams dans cet instant fatal : il rafla l'arc des mains de l'Anglais, avec une telle force que cela l'aiguillonna, lui ouvrit les yeux.

Quand Ismaël se tourna vers l'assaillant, son visage fut comme une gifle en travers de celui de Tsungali. Ce n'était pas un Blanc. Ni un humain, du tout. Cet œil unique au regard furieux heurta visuellement le vieux guerrier, qui trébucha, dérapant sur le sentier collant. Il glissa presque à quatre pattes, sans jamais perdre son élan ni sa prise sur Uculipsa. Il se rattrapa avant d'être à terre et chancela, redressant ses longues enjambées pour repartir à la charge.

Williams vit l'homme qui fonçait sur lui, le vit se déconcentrer puis riper. Sans lui laisser le temps de se reprendre ou de reprendre de la vitesse, Williams tira de sa sacoche le poids énorme et impatient du pistolet Mars.

Dans sa course, Tsungali vit cet être étrange lever l'arc au-dessus de sa tête. Il fut aussi témoin du geste rapide que déployait l'autre homme, et il sut que la voix qu'il avait entendue, plus bas, avait vraiment été celle de son grand-père, pas celle d'un démon ni d'un spectre. Les monstres ne murmuraient pas, là en dessous. Ils étaient ici, avec lui, et il accourait droit vers eux.

La pointe de la baïonnette se trouvait à deux mètres du torse d'Ismaël quand un grand fracas mit fin à tout élan. Sauf celui des oiseaux, qui s'essorèrent de la moindre branche, se hissant hors de la forêt pour gagner l'air lumineux, éblouissant, et s'éloigner de ce bruit terrible.

Ismaël avait laissé tomber l'arc, l'avait laissé jaillir de ses mains rapides en s'agrippant les oreilles : une flamme blanche brûlante venait de filer par-dessus son épaule. Il s'effondra à genoux en vagissant.

Williams le contourna sans que le pistolet ne dévie jamais. Il contempla l'endroit du sentier où gisait l'assaillant, soulevé de terre puis repoussé vers le point exact où il avait repris équilibre à peine quelques secondes plus tôt. Williams descendit lentement la distance étroite qui le séparait de Tsungali, qui se tortillait dans un écheveau de souffrance.

25

Sous la vigilance de Charlotte, il contemplait les flots depuis le pont arrière du grand bateau blanc argenté. Il était figé, taciturne ; chaque jour passé sur l'eau infinie accentuait sa dérive. La jeune femme tâchait d'être proche, mais une barrière s'était formée à mesure qu'il basculait à l'intérieur de lui-même. Elle ne s'était jamais sentie aussi seule, aussi impuissante, qu'en regardant la mer virer du bleu au vert, qu'en méditant sur sa profondeur insensible et énorme.

Le soir, sous un firmament intense, ils dînaient en silence. Ses tentatives de badinage ne rencontraient qu'indifférence ou que rebuffades. Elle avait beau se dire qu'elle n'y pouvait rien et que ce n'était pas dirigé contre elle, cela la blessait tout de même. Elle se raisonnait : sa douleur n'était rien comparée à celle de Raymond, dont le ressenti, des plus accablant, relevait d'un sentiment d'absence irrémédiable. Il passait les moindres heures de sa vie, de jour comme de nuit, à fouiller les recoins de sa mémoire vierge à la recherche d'un visage ou d'un instant qu'il puisse étreindre, inonder de son raz-de-marée d'émotions. Mais il n'y trouvait jamais qu'un rivage lointain, gris et vide, si bien que le temps de parvenir à Marseille, c'est à peine s'il remarqua la présence de Charlotte.

Il ne lui faisait plus part de sa souffrance. La jeune femme servait maintenant de réceptacle au plus gros de sa déception, et à une colère aveugle qui ne cessait d'augmenter. Leur retour vers Paris fut pénible et anesthésié. Il refusait de se laisser entraîner dans le bonheur qu'elle éprouvait à rentrer chez elle. Tous les efforts qu'elle faisait restaient vains. Volontairement ignorés. Il lui faisait payer son incapacité à résoudre ou à réduire sa détresse, exigeant les choses au lieu de les demander, surtout ses repas pointilleux et son ravitaillement croissant en barbituriques. Elle était forcée de noter ses expériences en la matière sur un registre, pour lui permettre de calculer différentes alchimies de l'oubli, pour qu'il trouve les limites de cette non-existence qui contraint l'intensité de la douleur.

Il ne tenait plus en place. Il était infichu de se poser ou d'écrire. Il errait dans l'appartement, scrutant la Ville lumière rapetissée à travers les rideaux. Il parlait de repartir en voyage, se servait du mouvement comme d'un succédané de pensée. Pour la première fois, elle songeait vraiment à casser leur contrat. Elle était tentée de renoncer à l'argent de la mère et de fuir sa présence lugubre. Mais elle restait, pour lui, sachant qu'il aurait une vie bien pire sans elle, avec ses domestiques indifférents. La mort avait toujours été une énigme lancinante pour elle, et elle en était venue à admettre que ce n'était pas le poids enchevêtré des responsabilités qui motivait ses attentions envers Raymond, c'était quelque chose de plus fort, d'étrangement inutile et de totalement essentiel, une sorte d'amour, un besoin constant de contenir, de protéger, dans une proximité sans faille. Ce sentiment-là n'était pas maternel, et la perversité des blessures qu'infligeait Raymond dans sa brutalité ne l'alimentait pas. Simplement, sa présence à elle s'était entremêlée à la sienne à lui, au-delà des circonstances ponctuelles et parfois même de la personnalité. Elle resterait jusqu'au bout et, pour ce faire, renoncerait à juger.

Il lui revint une conversation surprise un jour de son enfance, alors qu'elle s'abritait sous les gros pieds d'une pièce de mobilier foncée. Une relation israélite avait expliqué plusieurs légendes de son culte. Il avait évoqué beaucoup de choses singulières et difficiles, mais l'une était demeurée gravée dans le jeune esprit de Charlotte : la division entre le jour et la nuit, le fait que l'aube et le crépuscule avaient deux caractéristiques : l'aube de la colombe et le crépuscule du corbeau. Elle comprenait à présent que le reste du temps passé avec Raymond serait cela, un crépuscule perpétuel. Elle l'entretiendrait et travaillerait sur sa brillance. Ce serait le crépuscule de la colombe et le corbeau n'y aurait jamais droit de cité.

TROISIÈME PARTIE

« Imaginons un pays dont les habitants sont aveugles de naissance. Ils se trouvent dans l'incapacité de se déplacer sans choir dans les fossés. Pourtant, l'un deux, plus désireux de connaître la vérité, fera sans doute l'hypothèse que toute l'espèce humaine n'est pas pareillement condamnée à la chute : d'autres hommes peuvent posséder un principe permettant de se rectifier, à savoir corriger leur marche et ne pas choir. Pourtant, il est probable que ses congénères empiristes refuseront de s'accorder avec lui, car, passant en revue tous les sens dont ils disposent, ils n'en trouveront aucun qui leur fasse défaut. »

Nicolas d'Autrécourt, *Exigit ordo*

« Le grandiose des "constructions de papier" que furent la tour de Babel de Brueghel, les cénotaphes de Boullée, les prisons de Piranèse ou les centrales électriques futuristes de Sant'Elia a pris corps grâce à une simple amatrice, une petite dame de New Haven aux motivations fanatiques, qui a fait bâtir le palais de ses rêves avec une candeur toute nordiste. »

John Ashbery

« … et tandis que le .44 disputé
se retrouve dans sa main, y tournoie
avec cette torsion relativiste
des rayons de roue gyrant en marche arrière
sur un chariot bâché – puis brusquement
s'arrête, canon pleinement en ligne
avec celle qu'il trace
au voisinage de l'infini. »

Edward Dorn, *Gunslinger*

26

Eadweard se peignait la barbe campé devant la psyché. De retour en Amérique, il avait de nouveau maigri. Les rides qui ravinaient sa face lunaire, éteinte et émaciée, avaient l'air gris foncé sous ses mèches blanches. Il portait sa liquette la plus fine, achetée sur Jermyn Street chez le tailleur londonien le plus renommé, chemisier même du prince consort. Dans la surface piquée du miroir dont l'argent terni s'écaillait, il y eut un scintillement, l'ombre d'une passante. Eadweard ignora cet éclair d'un passé sans importance pour se scruter en détail. Lorsqu'il croisa son regard fuyant, il le maintint dans le flou, ne voulant pas le déchiffrer. Le verre translucide s'était déformé depuis l'époque de son épouse ; il avait perdu en épaisseur depuis qu'elle avait emporté sa rondeur. Poudre grasse et couleur parfumée ne se complaisaient plus dans ce cadre doré ; seul le gris vide des yeux d'Eadweard, plissés pour éviter toute inquisition, se reflétait en surface.

On sonna au-dehors : sa voiture était arrivée. Il enfila sa redingote, rafla sa canne et son haut-de-forme neuf et fonça vers la porte, son vieux squelette crissant protestant contre sa précipitation. Il partait à son rendez-vous avec la douairière. Il ne fallait pas être en retard.

Le fiacre brinqueballait. Il se tenait d'une main ferme, frétillant de nervosité et d'émoi. Il avait toujours voulu la connaître. Elle avait transmis sa demande par l'intermédiaire des Stanford, l'invitant à venir prendre le thé par cette belle journée de mars. Ses appas miniatures et sa gigantesque fortune le fascinaient depuis qu'il les avait croisés de l'autre côté d'une salle de bal alors qu'il en traversait les jardins, de nombreuses années auparavant. Sarah n'était pas une Vénus classique, de ces graciles sirènes de Long Island qui papillonnaient et tournoyaient dans la blancheur éclatante des réceptions de la haute société. Son attrait était intérieur. La grâce et le charisme irradiaient chacun de ses mouvements. Ce n'était pas un diamant poli, mais une robuste pépite d'énergie, de force et de dignité. Entre-temps, elle avait été submergée par l'argent et la peine. La mort par cachexie de sa fille unique et la disparition prématurée de son mari la laissaient dans une solitude éprouvante doublée d'un héritage immense grâce auquel elle s'était lancée dans une quête obstinée des voix d'outre-tombe.

Sarah était la seule légataire d'une fortune accumulée grâce à l'énorme succès de la Winchester, surnommée, à raison, « l'arme qui a conquis l'Ouest ». C'était une carabine à répétition de conception révolutionnaire, version évoluée du moins maniable fusil Henry. Un magasin tubulaire pouvant contenir jusqu'à douze projectiles, situé sous le canon, alimentait la culasse grâce à un levier de sous-garde faisant également office de pontet. Cela permettait de tirer rapidement, même à cheval. Cette vitesse, alliée à une grande puissance de feu, contribuait à sa supériorité sur toutes les armes qui l'avaient précédée.

Elle avait chassé les rares tribus restantes qui refusaient de se soumettre à l'invasion blanche. Avec ses frères de plus gros calibre, elle avait nettoyé les plaines de leurs bisons et autres bêtes sauvages mises à prix – il suffisait d'en rapporter la queue ou une corne. Au déclenchement de la guerre de Sécession, l'armée nordiste s'en était largement équipée et l'argent avait jailli jusque dans les coffres d'Oliver Winchester. Sa carabine capable d'aligner une balle à la seconde avait annihilé la moitié d'une génération de voisins et d'amis.

Les larmes de Sarah ne s'étaient jamais vraiment taries. Au bout des cinq premières années, elles s'étaient juste tournées vers l'intérieur. Elle sanglotait derrière ses paupières lorsqu'elles lui montaient aux yeux. Creusant sa chair sous la peau fine de ses joues, elles avaient atteint sa gorge, lui faisant ravaler les photos mouillées de la petite Annie dépérissant contre son sein. Cette enfant n'avait été que faim et que douleur. Entre son squelette et sa peau n'avaient poussé ni chair ni gras.

Près de quinze ans plus tard, elle avait ravalé à son tour cette douleur-là devant les poumons putréfiés de son jeune mari. Comme leur fille vagissante, il s'était étiolé dans ses bras. On disait qu'au début des années 1880, elle avait oscillé dangereusement au bord de la folie, mais qu'une forme de souplesse l'avait empêchée de basculer. Elle n'aurait su dire d'où cela lui venait ; certainement pas des monceaux d'argent qui s'étaient entassés derrière son chagrin, car ils ne l'intéressaient pas. Ils ne pouvaient rien acheter, si bien qu'ils s'empilaient, modèle florissant de l'angoisse qui enflait en elle. Pourquoi autant d'horreur était-elle venue étouffer autant de joie ? Il devait bien y avoir une raison. Lorsqu'elle l'eut enfin trouvée, c'était d'une évidence effrayante.

Son mari était apparu pour le lui expliquer. Il n'y n'avait pas de doute. Avec son sourire pâle et ses douces mains, c'était forcément lui qu'on lui décrivait, debout à côté d'elle, hors de portée de son regard néophyte. Il venait détailler leur évolution et soulager Sarah de son sentiment de culpabilité : rien de tout ça n'était sa faute.

La médium avait parlé pour lui en tenant un mouchoir devant sa bouche. Elle l'avait consolé, encouragé à s'exprimer plus clairement. Il avait expliqué par sa voix que les morts dus à son arme terrible revenaient, assoiffés de vengeance, remontant la piste financière jusqu'aux responsables – et donc, elle, par défaut : la seule encore en vie. Ces défunts avaient eu beau emporter William et Annie (lesquels avaient le bonheur d'être réunis dans le monde des esprits), leur colère n'était pas éteinte.

La salvation était possible. Elle prendrait une forme physique. Son mari lui avait dit de construire une demeure afin qu'elle et les morts y cohabitent. Une bâtisse assez grande pour héberger toutes les âmes perdues avant qu'elles ne se mettent à errer et ne viennent se manifester dans son existence. Sarah ne devrait jamais cesser d'œuvrer à cette ambition, prévint-il. Les lieux ne devraient jamais cesser de s'agrandir. Si leur expansion s'interrompait, elle-même mourrait et tous deux risquaient de ne jamais se revoir dans l'au-delà.

Sarah avait terminé la séance décidée et pleine d'espoir. Au bout de toutes ces années de souffrance, elle tenait enfin une activité valable pour canaliser son argent et son énergie. On venait de lui effectuer le premier versement d'une nouvelle vie, dont les pérégrinations détourneraient les lignes de train du milliardaire Lelan Stanford jusqu'au chantier de son nouveau domicile californien. Elle remercia la médium de l'avoir mise sur la bonne voie et se mit à employer une armée d'artisans travaillant jour et nuit pour bâtir un monstrueux labyrinthe en bois. « Llanda Villa » s'était multipliée autour d'elle, étirant dans toutes les directions ses couloirs aveugles et ses omniprésents numéros 13, raccordant leurs démons furieux et leurs spectres mortellement blessés à des culs-de-sac, des tourelles folles et des volées de marches qui ne montaient en fait nulle part – mais qui l'éloignaient toujours plus du noyau de son chagrin.

Muybridge avait entendu toute l'histoire, mais sa mémoire sélective était gravement affectée par le besoin dans lequel il se trouvait. Sarah Winchester était une femme d'influence, une beauté ; il admirait sa pureté. Elle ne s'était jamais remariée et se montrait férocement fidèle au souvenir de ses proches décédés. Elle le comprendrait, il n'y avait pas de doute. Elle devait avoir eu vent de l'incident avec Larkyns. Eadweard était sûr qu'elle admettrait ses justifications et qu'elle le tiendrait pour quelqu'un de chevaleresque – et pour un artiste important, espérait-il.

La voiture stoppa devant le jardin de la demeure foisonnante. Muybridge remonta l'allée, longeant la fontaine, grimpant le perron. Le porche à colonnades, véritable clairière mécanique d'artisanat, était frais et élégant. Les portes s'ouvrirent sur un taiseux qui le fit entrer.

Les lieux immaculés, flambant neufs, sentaient la sciure et la cire. Un fond subtil de vernis aiguisait leur odeur. Le plancher en marqueterie était parfait et infini. Eadweard, par moments incapable de résister au plaisir de se laisser distancer pour examiner de plus près chaque détail et chaque angle, eut l'impression de suivre son guide une éternité. Ils pénétrèrent dans un hall dont le mobilier dépassait en nombre celui de toutes les autres surfaces mises ensemble. Au centre trônait un piano, au milieu des meubles et de tableaux. Il s'agissait manifestement là les parties occupées de la maison. Les autres pièces étaient de pure forme, superflues, alors que celles-là vibraient de vie. Eadweard sentait la présence de Sarah dans celle d'à côté.

Le domestique silencieux le planta là, sans lui proposer de s'asseoir et repartit en fermant derrière lui. L'anxiété gagnait son chapeau et sa canne. Il n'avait qu'une envie : les poser, mais n'osait pas le faire par crainte de commettre un impair. Se tapotant la jambe de l'un et de l'autre, il promena son regard dans la pièce en rongeant son frein. On entendait des murmures. Soudain, la porte s'ouvrit et son hôtesse en émergea, l'accueillant d'une main tendue.

« Merci d'être venu, monsieur Muybridge ».

Il fut frappé par son apparence. La petite, mais grande dame qu'il avait aperçue jadis avait changé du tout au tout. Elle s'était épaissie, râblée, sans engraisser ni s'amollir, plutôt comme si la gravitation de la planète s'était modifiée autour d'elle. Son existence et le poids de sa demeure l'avaient comprimée. Ses traits étaient creusés, parcheminés et pourtant, mystérieusement, chaque ride se reliait à la rondeur de sa peau. Elle était une contradiction dans sa forme même, à croire qu'on avait peint les contours de son expression sur une surface inadéquate. Les couches de maquillage appliquées sur son teint autrefois sans défaut conféraient à son visage une étrange touche vernissée. Seules ses dents demeuraient parfaites, même si ses yeux avaient conservé une lueur déconcertante. Des coups de marteau résonnaient au loin, mais Eadweard s'efforça de passer outre. Il s'inclina légèrement et lui tendit la main.

« Merci, madame Winchester, dit-il en piquant un début de fard puéril. J'ai été ravi de recevoir votre billet. » Elle sourit gracieusement et le mena vers un salon moins vaste, où le thé était déjà servi sur une petite table de salle à manger. Ils y prirent place, évoquèrent civilement la météo et leurs connaissances communes. Au bout de vingt minutes de politesses obligatoires étouffantes, la conversation finit enfin par porter vers l'objet de l'invitation.

« Les Stanford m'ont présenté votre travail, monsieur Muybridge. Je suis fort impressionnée, je dois vous le dire.

— Merci, madame. Puis-je vous demander quels clichés vous avez vus jusqu'ici ?

— Oh, des paysages montagneux, un volcan et les primitifs dansant en cercle.

— Ah, se réjouit-il, la Danse des esprits. Je suis la seule personne à l'avoir jamais photographiée.

— La Danse des esprits ? » répéta-t-elle derrière lui. Cela avait attiré son attention comme espéré. « De quoi s'agit-il ?

— C'était la croyance qu'avaient de nombreuses tribus autochtones de pouvoir invoquer leurs défunts pour les aider à résister aux colons s'installant dans l'Ouest. Ils avaient imaginé un soulèvement, une alliance entre clans, à la fois ceux des morts et ceux des vivants, destinés à leur conserver ce qu'ils considéraient comme leurs terres sacrées. »

Sarah bascula légèrement en avant sur son fauteuil à dossier droit. « Quand exactement ces danses ont-elles été pratiquées ? »

Il lui donna la date de ses tirages et elle se tut, calculant mentalement les implications. Un silence haché vint emplir la pièce. Elle baissa les yeux vers le plancher, un doux frémissement à la commissure des lèvres, comme si quelque chose s'activait dans sa gorge. Il semblait plus sage de changer de paysage et de sujet.

« Mon autre travail expérimental progresse excellemment, reprit-il. J'ai capté le mouvement de nombreux animaux grâce à mes appareils, et même d'êtres humains ! » Sa tentative de raviver l'énergie de son hôtesse fut accueillie par un lourd silence.

Elle leva son regard malheureux pour scruter celui d'Eadweard, qui fut forcé de détourner les yeux.

« J'en invente de nouveaux, continua-t-il, gêné. Des appareils. Aux obturateurs plus rapides. Des déclencheurs qui saisissent une image à répétition. Un peu comme votre merveilleuse carabine, madame, que j'ai jadis utilisée en Arizona. Un superbe mécanisme. Je compte développer quelque chose de similaire pour mes machines, doté de la même précision et la même vitesse, et qui divise le temps… »

L'expression de la veuve le fit taire. Elle avait haussé une main vers sa nuque en cillant et en se raclant la gorge pour se préparer à employer sa voix.

« Pouvez-vous… » Elle s'interrompit à nouveau, ne sachant apparemment pas comment formuler sa demande. « Avez-vous déjà… photographié les morts ?

— Je ne suis pas sûr de comprendre, madame, répondit-il prudemment.

— On me dit que certains de vos collègues européens sont en mesure de capter des images des disparus qui ont rejoint le monde des esprits », affirma-t-elle d'un ton ferme, enfouissant un flot d'émotions sous sa mine sévère. « Je cherche à m'assurer les services d'un artiste de cet ordre. D'après les Stanford, vous êtes le meilleur photographe qui existe. Si quiconque doit être capable de saisir de telles images, c'est vous. »

Muybridge, consterné, se raidit tout de même pour se forcer à répondre.

« Je n'ai jamais pris de clichés de cet ordre », répliqua-t-il en tâchant de ne pas montrer sa propre vague de dégoût.

« Seriez-vous disposé à tenter de le faire ? » demanda-t-elle. L'espoir perçait son regard et les complexes de Muybridge. Il marqua un temps avant de réagir, sans enthousiasme. Sa fibre artistique avait déchanté.

« Pour vous, madame, je vais essayer. »

C'est le cœur gros que deux jours plus tard il apporta ses appareils, trépieds et autres équipements parmi les tunnels cirés de la bâtisse tentaculaire. Les séances avaient lieu dans une salle conçue à cette fin, pourvue d'une table ronde en son centre et, sur son pourtour, de petites fenêtres en hauteur donnant vers l'intérieur des pièces. Il n'y avait aucune lumière directe : la salle était située au cœur même de cette architecture chantournée, à bonne distance des murs extérieurs ou de l'odeur du dehors. Peu importait, du reste : les clichés seraient tous pris dans le noir.

Il avait vu les images « spirites » dont elle parlait. Toutes étaient des faux criants : double exposition, montages grotesques exécutés sans subtilité et sans aucun doigté. Sa haute opinion de Sarah Winchester avait plongé en cet instant. Comment quiconque pouvait-il se laisser berner par de telles manipulations ? Cela puait les pires excès de la fiction puérile pour riches, déguisée en vérité. Mais Eadweard avait besoin de son mécénat, de son cercle d'amis, sa fortune. En conservant cela à l'esprit, on pouvait pardonner les croyances et les tristes fantasmes d'une vieille femme affligée par le chagrin qui ne mettait jamais les pieds en dehors de chez elle. Lorsqu'elle comprendrait les qualités de son travail et la justesse de son objectivité scientifique, peut-être cette mission fantaisiste déboucherait sur des propositions professionnelles plus sérieuses ?

Il posta ses appareils à l'extrémité la plus éloignée de la salle et afficha un très grand sérieux, façon patriarche de l'Ancien Testament – sa meilleure pose.

Sarah amena trois autres personnes dans la pièce, sans doute tous de fervents spirites. La médium, ce jour-là, serait Mme Grezach, une femme imposante d'origine polonaise. Elle avait un charme incandescent, dissimulé sous un visage qui oscillait de manière incontrôlable entre 8 et 65 ans. Elle s'assit à la table, entourée des autres. Le doyen Thomas avait pris place près de Sarah, à la gauche de la médium. Sur sa droite était assise une grande femme aux traits chevalins dont Muybridge oublia aussitôt le nom.

On prononça une prière. Peu après, Mme Grezach se mit à se balancer et à gémir tout bas, ses yeux clos roulant dans leurs orbites. On distinguait nettement tout cela à la lueur de l'ampoule de faible intensité qui pendait au plafond. Contrairement à quantité de cercles plus étoffés en nombre, les quatre spirites ne se tenaient pas par la main. Ils posaient leurs paumes sur la table en étalant les doigts. Cela rappelait fortement une photo qu'Eadweard ne s'était jamais arrêté pour prendre. Mexico. Un alignement d'araignées de mer fraîchement capturées, mises à sécher au soleil cuisant. Leurs carapaces rose saumon inutiles et vaincues sur le sable. Il se secoua sans bouger un muscle, chassa de sa tête cette pensée et le sourire afférent. Mme Grezach poussa un nouveau grognement, de tonalité plus grave, plus masculine, cette fois. Elle affirma que son guide dans l'éther s'appelait Wang Chi, qu'il était à présent sur place pour les aider et mener les trépassés jusqu'à la table.

Muybridge prit son premier cliché avec une lentille à grande focale, en se demandant, sans le dire, pourquoi un majordome chinois serait allé fournir une telle aide. À l'extérieur, en ville, ses compatriotes ne valaient guère mieux que des esclaves. On les traitait comme des chiens et crachait sur leur culture millénaire. À cent kilomètres de là, il avait assisté à une « chasse au Jaune » : quatre des meilleurs pistoleros du cru avaient parié sur le nombre de Chinois qu'ils pouvaient abattre sans descendre de cheval. Leurs cibles étaient des ouvriers immigrés récemment congédiés après avoir construit une section de la nouvelle ligne de chemin de fer. Dans la panique, leurs victimes désemparées avaient fui en abandonnant leurs rares possessions pour courir plus vite. Soixante d'entre eux étaient tombés sous une grêlée de balles. Neuf avaient succombé ce jour-là. L'un des auteurs du massacre maniait une Winchester modèle 1873. Lequel des quatre avait remporté le pari, difficile à dire, mais ce Wang Chi devait faire montre d'une grande bienveillance ou d'une grande ignorance dans l'au-delà s'il amenait l'enfant perdue de Sarah jusqu'à la table.

Le timbre de la médium se contracta, virant à une voix de fausset et Muybridge prit sa seconde photo, dans une flambée de flash, cette fois. Chacun – esprits compris – avait été prévenu de cette intrusion visuelle potentielle, si bien que presque tout le monde avait fermé les paupières quand il avait lancé son « Maintenant ! » et mis le feu à la poudre.

Des taches de lumière dansaient dans leurs yeux, ajoutant à l'impression d'aura. L'odeur de nitrate et de magnésium piquait l'atmosphère confinée de la salle aux cloisons de bois. Entre râles étouffés et soupirs humides, une enfant exprimait son amour innocent pour sa mère.

Muybridge se préparait à prendre son troisième cliché quand la médium annonça qu'une seconde présence s'était jointe à eux. Alors qu'il pressait sa poire pour lancer une autre longue exposition, quelque chose se mut dans le coin de son champ visuel. Il pivota pour le voir, mais il n'y avait rien. Les spirites ne semblaient pas avoir remarqué sa distraction.

« Qui es-tu ? » demanda Mme Grezach en étirant longuement et mollement ses mots.

Elle leva la main à hauteur de sa figure, la passa plusieurs fois au-dessus de ses yeux.

« Il y a quelqu'un pour vous ! lança-t-elle avec un étonnement théâtral. Pour vous, monsieur Muggeridge, pour vous ! »

Il tiqua d'entendre ainsi prononcer son vrai nom, surtout devant l'héritière Winchester. Il s'apprêtait à corriger la médium quand elle reprit la parole.

« Une pauvre femme nous rend visite. Elle demande pourquoi vous avez fabriqué le piège qui lui a fait si mal. »

Sa voix changea de nouveau. Un accent vacillant des faubourgs de Londres émana de cette bouche dans laquelle s'étaient trouvés si récemment l'enfant et le majordome.

« Pourquoi l'ombre du soleil m'a démembrée comme ça ? gémissait-elle. Le visage qui m'a achevée était blanc, tout blanc, et il me regardait l'intérieur des flancs. L'intérieur. »

Les autres participants s'émouvaient de cette nouvelle orientation. Leurs cils tressaillaient de désir, de l'envie d'examiner ce qu'exprimaient les traits d'Eadweard. Ce dernier tritura ses plaques en feignant de ne pas entendre le ton des questions et des commentaires. Des billevesées que tout cela, mais l'angoisse qui sous-tendait cette comédie avait fait remonter son passé troublé en lui. Il s'attendait à demi à voir le fantôme de son imbécile d'ex-femme virevolter dans la pièce, racontant des histoires sur sa cruauté et son peu de virilité, prête à étaler ses secrets par la bouche de cette charlatane polonaise.

« Les lumières ont rampé en moi. J'ai dû trouver des ombres pour les chasser ! »

Il alluma un nouveau flash au magnésium pour évacuer ces paroles vulgaires. Une fumée blanche flamboya depuis son appareil et la voix se tut. La médium, prise d'un accès de forts grognements, posa une main d'ivrogne sur sa tête, détachant l'un des peignes en écaille qui retenaient son torrent bouclé et indiscipliné de cheveux auburn. Ces derniers se répandirent immodérément sur la table, recouvrant sa figure et ses bruits, conférant à cette forme humaine à présent affalée une apparence grotesque et simiesque. L'espace d'une seconde, Eadweard entendit un lointain vol d'oiseaux chanter dans sa bouche baveuse qui se tordait.

Sarah dit quelque chose au doyen, qui se leva et partit d'un pas traînant vers la porte. Quelques instants plus tard, l'ampoule éclairait vivement les lieux et les ombres reculaient vers d'autres parties de la maison. Les spirites se levèrent et s'affairèrent autour de Mme Grezach pour arranger sa posture, sa coiffure. Muybridge avait croisé le regard du doyen Thomas et communiquait *via* son expression, avec une économie absolue de moyens, son mépris envers cette femme frénétique et hystérique ainsi qu'envers toute cette comédie absurde aux accents grand-guignolesques. Il s'attendait à recevoir un signe de soutien et d'approbation, à ce que le regard du doyen reflète son coup d'œil subtil et plein de cynisme. Il n'en fut rien, au contraire : il lut dans ses yeux une croyance totale dans le procédé, une lueur de reproche quant à ce que lui-même venait de trahir et, pire encore, de la méfiance à son égard. Le doyen aida Sarah et la médium à quitter la pièce en opposant un dos raide au parvenu qui avait contaminé leur temple avec ses vies d'avant, son égarement actuel et son équipement importun.

Tout le monde une fois parti, c'est un Muybridge flottant, incapable de comprendre à quoi il avait vraiment assisté, qui demeura dans la salle. Rien ne faisait sens là-dedans et il avait l'impression de s'être fourvoyé. Il se sentait obtus. Dieu sait ce qu'il allait trouver sur le verre de son négatif. Sans doute juste des flous et des ombres confirmant son intuition.

Dans la grotte rouge qu'était son laboratoire privé, des liquides tièdes comme le sang lui boursouflèrent et lui attendrirent les mains. En scrutant les bacs, sur fond des noirs naissants, il vit se dessiner des taches de lumière. Il les déplaça vers le bac de fixateur, les agita d'avant en arrière pour leur conférer permanence.

Lorsqu'il alluma afin de visionner la première image, il découvrit le groupe penché vers la médium, dont la tête, brouillée, avait bougé pendant la période d'exposition. Ses bords indéfinis contrastaient avec la forme nette, détachée des autres personnes présentes, mais par tous ses autres aspects, c'était une photo parfaitement ordinaire.

La deuxième était fort différente. Le groupe avait été surpris par le flamboiement du flash comme des victimes dans une explosion. Tout le monde montrait de l'agitation : la femme âgée et celle aux allures de jument, réagissant à son « Maintenant ! », regardaient droit vers l'objectif. Elles avaient l'intérieur des yeux flou. Le blanc en trahissait une incandescence perturbée et leur expression, l'ahurissement. Le doyen Thomas était surpris tête tournée, nuque raide, vers Mme Grezach. La médium, là, se révélait nette, figée sur place. Elle était en train de parler, l'expression prise dans l'étau d'un sourire en coin. Eadweard frémit en se remémorant son galimatias sur l'enfant morte. Il remarqua soudain une différence sur ses traits, un changement de forme, comme si un visage plus petit opérait sa naissance dans le sien – sans violence, en enflant par vagues. Cette idée l'horrifia, mais l'effet surpris par le flash était indéniable.

Il promena ses yeux à contrecœur sur le troisième cliché. Encore une accumulation de flous. Il ne se rappelait aucun mouvement accidentel des sujets. Il avait dû agiter le trépied ou frôler l'objectif. Le groupe et la table étaient lissés, adoucis, comme dilués, se délitant sur les bords. Il déposa ce négatif sur le côté, gagné peu à peu par le soulagement. Oubliées, ses appréhensions du début.

C'est alors qu'il scruta la dernière photo. La lumière n'avait étonné personne, cette fois, mais quelque chose d'autre avait dérangé les amateurs de spectres. Sans doute la voix pitoyable de cette fille des rues de Londres, se souvint-il. Tous contemplaient la médium d'un air dégoûté. Le flash avait surpris la répugnance de leur posture et de leur expression. Mme Grezach regardait droit vers l'objectif, à travers lui, et sa mine était à glacer le sang : ce n'était plus l'animation et la théâtralité qui illuminaient ses traits ; les nuances de sa gestuelle avaient été balayées, remplacées par des imitations d'une époque différente. L'éclair de magnésie avait exhumé l'apparence d'une terreur pure, qui dirigeait à son tour vers Eadweard ses tendons frémissants et humides, sa faim impitoyable.

Épouvanté, il recula de la table aux bacs rectangulaires. Avait-il réellement pris une vraie photographie spirite ? Était-il parvenu au résultat que tant d'autres falsifiaient ? D'une main tremblante, il sortit les papiers du liquide puis les accrocha pour les faire sécher. Ils avaient déjà changé. Les transformations parlantes et uniques des traits de la médium s'atténuaient ; tout cela n'était plus que conjectures, à présent, question d'interprétation et plus de faits patents. Les portraits de Mme Grezach viraient à la normalité : le rendu flou d'une femme lambda. Qu'avait donc aperçu Eadweard à l'instant ? S'était-il imaginé des choses ?

Il rassembla les négatifs, qu'il posa sur une table de visionnage vitrée éclairée par en dessous. Les visages inversés avaient beau y sembler squelettiques et caprins, ils ne présentaient aucun signe évident de distorsion. Sa perplexité s'accrut. Visiblement, il s'était laissé influencer par son envie de parvenir aux images désirées par Sarah Winchester ; la perception de sa cliente avait dû embuer un bref instant son regard d'ordinaire acéré. Oui, c'est sans doute cela qui l'avait fait basculer vers cette réaction absurde. La perspective du lendemain devint menaçante dans son esprit troublé. La présentation des tirages l'inquiétait. Il n'avait rien à montrer et, le sachant, son angoisse l'avait forcé à voir des inconsistances dans les eaux chimiques, comme si les solutions qu'il cherchait reposaient au fond d'un verre ou au centre d'un miroir rotatif. Eadweard éteignit toutes les lumières, tourna le dos à la pièce enténébrée et alla se coucher avec le sentiment désespéré qu'on l'avait une fois de plus sous-estimé – et inexplicablement floué.

Il dormit mal, dans un rêve où il était continuellement éveillé. Les oreillers lui reprochaient son repos. Les draps collaient ou glissaient. Sa vessie fut la seule réalité à dominer et à diviser sa courte nuit.

Il se leva bien trop tôt et rafla les tirages secs sur leur corde à linge. Il les fourra dans une enveloppe, puis dans une sacoche en cuir. Il n'était même pas encore entièrement vêtu. Il déambula sans but, nu en dessous de la ceinture, et finit par débander. À 9 heures, bien qu'épuisé, il n'osa pas se remettre au lit. Le monde extérieur était à l'œuvre, il était temps de le rejoindre.

Il fit sa toilette puis s'habilla pour son rendez-vous avec Sarah Winchester en s'apprêtant, désabusé, devant son miroir : tant qu'à présenter son échec, autant le faire avec un brin de dignité. C'était elle qui avait eu l'idée de faire ces clichés, se répéta-t-il au cours de l'interminable voyage en fiacre. Il avait pourtant tenté de lui expliquer dès le début que le spiritisme n'était pas son sujet habituel. Le temps de parvenir à destination, il avait préparé tout un laïus sur la véritable nature de la photographie, son importance de premier plan en tant qu'outil scientifique et l'urgence qu'il y avait à l'employer. Il ne tenait pas à insulter cette vieille femme, à remettre en cause ses croyances puériles. Peut-être obtiendrait-il tout de même qu'elle finance un vrai projet digne des dons et des talents qu'il manifestait.

On l'introduisit dans les sinistres appartements cirés qui, avec tout ce bois neuf, suintaient la résine, mais refusaient de briller, puis dans un énième salon de réception où madame l'attendait. À la grande horreur d'Eadweard, elle n'était pas seule : Thomas se tenait debout à son côté. Sa gravité sombre et efflanquée absorbait le peu de clarté qui régnait dans la pièce. Le doyen considéra Muybridge avec une indifférence polie qui devait masquer son mépris total, supposa le photographe. Le regard de Sarah dévia du visage inquiet de son invité vers la sacoche qu'il tenait nerveusement entre ses mains.

« Merci d'avoir été si prompt, monsieur Muybridge, dit-elle, passant généreusement sur le fait qu'il était en avance de quarante minutes. J'espère que le trajet n'a pas été trop épuisant.

— C'est toujours un plaisir de vous rendre visite, madame, affirma-t-il. La distance ne compte pas.

— Comme vous pouvez le voir, le doyen Thomas s'est joint à nous. Il brûle autant que moi de voir le résultat obtenu. »

Cette fois, chacun regarda la sacoche. C'était le moment de se lancer dans le discours qu'il avait préparé.

« Certains considèrent la photographie comme un art, et d'autres comme une science... entama-t-il. À mon sens, son avenir se situe entre les deux. Avec les nouveaux appareils et les nouveaux procédés de développement, il deviendra possible de capturer la plupart des merveilles de la nature, afin de pouvoir les examiner à loisir tout le temps...

— Excellent, coupa-t-elle. C'est un bonheur de constater que nous sommes du même avis sur la question et que nous pouvons envisager d'unir le meilleur des deux mondes par l'intermédiaire de votre art. » Une joie enfantine l'avait fait s'empourprer et Eadweard se dégonfla devant autant d'aveuglement. « Bien, pouvons-nous voir les clichés ? »

Elle tendait la main vers lui. N'ayant plus le choix, à court d'arguments, il ouvrit la sacoche, en tira l'enveloppe. Thomas la lui prit et se hâta de la rapporter à la veuve. Elle en sortit les tirages, qu'elle posa sur son giron.

« Il n'est pas toujours possible... » grommela-t-il, mais ce qui se lisait sur les traits de Mme Winchester le coupa dans son élan.

Quand elle retourna le premier cliché pour observer le suivant, son expression s'exacerba.

Le doyen regardait par-dessus son épaule. Son attitude commençait à trahir la même intensité.

« Le troisième a été plus difficile en termes d'exposition », précisa Muybridge, mais c'était parler à des sourds.

Il ne savait que penser. Elle scrutait une image après l'autre, mais il n'avait pas la moindre idée de ce qu'elle y voyait. Son expression semblait passer de l'émerveillement à l'hébétude, sans donner du tout dans la déception à laquelle Eadweard s'attendait. Elle avait les larmes aux yeux et de petits soupirs palpitaient sous ses lèvres agitées. Par la colère ? Elle reposa les tirages sur ses genoux, leva la tête.

« Monsieur Muybridge, dit-elle d'une voix douce, je ne m'en doutais absolument pas. J'espérais bien que quelque chose serait possible, mais un tel résultat ! Au départ, je vous ai cru quelque peu réticent, légèrement étonné par ma demande. Mais diable, c'est magnifique ! » Elle caressa le papier, posa ses mains dessus en entremêlant ses doigts. « Cela dépasse mes espoirs les plus fous. Vous êtes manifestement doué d'un talent remarquable. »

Devant l'émotion qui la submergeait de nouveau, le doyen lui toucha la manche. Elle se leva et quitta la pièce en tournant le dos à Eadweard, les tirages écrasés contre sa poitrine. Celui-ci, qui s'était levé aussi, la regarda lui fausser compagnie, un peu vacillante mais solidement soutenue par un Thomas inquiet. À la porte, elle se retourna pour jeter un dernier coup d'œil à son bienfaiteur, un merci silencieux qui le laissa seul dans l'espace caverneux de son départ.

Il resta gauchement planté dans cette pièce étrange, au centre de la bâtisse labyrinthique et vide, dans un état de perplexité totale et balayé par un torrent de contradictions. Les paroles prononcées le transportaient, mais leur sens l'abattait. Il n'y avait rien à découvrir dans ces clichés, juste quelques benêts flous et sous-exposés assis à une table. Se pouvait-il qu'elle ait vu ce que lui-même avait cru distinguer ? Son ébranlement participait-il du même mirage ou apercevait-elle autre chose ?

Il referma sa sacoche vide et se mit en devoir de regagner le hall d'entrée. Il croisa le majordome, qui le guida jusqu'à la rue. La porte se rabattit fermement derrière lui. Le petit vent qui s'était levé secouait les bourgeons sur les arbres. En ce printemps précoce, l'énergie ancienne de la Californie revenait submerger les voies urbanisées depuis peu. Une odeur verte d'optimisme flottait dans l'air et Muybridge se tint sur le perron, percevant tout cela avec une netteté magnifique. Un autre automne gigotait dans son cœur.

27

Marie partait du principe que l'absence prolongée de son époux était la simple résultante d'une conduite de plus en plus erratique. Elle s'était dit un instant que c'étaient peut-être le regret et la honte quant au dîner de gala qui empêchaient Will de rentrer, mais cette théorie n'avait pas tenu : elle le connaissait trop bien.

Elle savourait sa solitude inattendue, le silence de cette maison libérée pour la première fois des postures et des hâbleries masculines, de ces bruits incessants que font les hommes pour se convaincre et convaincre les autres de la nécessité de leur présence ou du fait qu'ils s'activent.

Elle se posa sur une chaise pour réfléchir à l'avenir de leur enfant. Elle serait une bonne mère : elle le protégerait contre tous les excès paternels, amour maladroit comme crises d'autorité. Malgré ses appréhensions, elle pensait encore que Will ferait un bon père. Ne se montrait-il pas impatient de voir paraître le bébé ? Il avait tâché de la soutenir la fois d'avant, quand le précédent était mort-né. Il avait même demandé au médecin d'examiner ce pauvre petit pour comprendre ce qui s'était passé. Elle s'était convaincue que son mari changerait quand leur famille commencerait à s'agrandir. Leur couple était plus solide, à présent : ils économisaient ; cette maison et ce poste ne risquaient pas de leur filer entre les doigts ; M. Maclish était devenu quelqu'un d'important.

Dans la cuisine, elle alluma une lampe contre la nuit qui montait puis se mit à préparer le dîner. L'obscurité était notable. Un simple croissant de lune éclairait le chemin pour quiconque se serait rendu tardivement chez eux. Le regard de Marie ne cessait de se porter vers la fenêtre, où elle s'attendait d'une seconde à l'autre à voir apparaître Will descendant la colline, découpé en silhouette contre la masse claire de l'esclaverie et les reflets luisants de la clôture à mailles métalliques. Puis elle saisit soudain pourquoi cette noirceur inhabituelle était à ce point impénétrable : il n'émanait qu'obscurité de l'ancienne prison. Le bâtiment était couleur suie. Une appréhension glacée s'infiltra dans la chaleur du sang de la jeune femme. Elle ouvrit la porte de derrière, dont elle franchit nerveusement le seuil pour s'aventurer dans la nuit. Le calme qui planait sur la cour n'avait rien de naturel. Un silence solitaire de braises qui refroidissent. De retour dans la sécurité des murs, elle ferma à clé. Son frisson l'escorta jusqu'à ce que ses mouvements affairés secouent l'air et que la maison cesse de retenir son souffle.

Le lendemain matin, le cuisinier chinois trouva l'esclaverie vide. Le gardien de nuit avait disparu et une chaise était renversée par terre. En dehors de cela, la prison semblait inutilisée, comme si personne n'y avait jamais vécu. On découvrit le train froid plus tard dans la journée, mais une fouille exhaustive ne révéla aucune trace de Will ni des Limboia : ils s'étaient volatilisés parmi le bruissement des arbres.

La Guilde forestière lança aussitôt des recherches. Elle envoya l'un de ses représentants mettre au courant Mme Maclish. L'homme rapporterait par la suite que l'épouse du contremaître avait d'abord paru interloquée, puis moins tracassée, voire légèrement euphorique, quand il l'eut délicatement assurée qu'on ne la laisserait pas se débrouiller seule si quelque chose de fâcheux était arrivé à son mari. L'envoyé attribuerait cela au choc, expliquerait qu'elle devait être gravement perturbée par la nouvelle de la disparition de l'Écossais.

Les opérations infructueuses allaient durer une semaine ; on songea bien à étendre la zone de recherches, mais il était hors de question de s'enfoncer dans la forêt. En plus de la perte du meilleur chef d'équipe de la Guilde, il y avait le problème plus pressant de renouveler la main d'œuvre aussi vite que possible. Quantité de grosses entreprises et d'autres plus artisanales dépendaient entièrement de la fourniture constante de bois d'œuvre ; la panique ressentie par le négoce dépassait largement le souci qu'on avait d'un employé disparu avec sa tribu de mécréants décérébrés.

Mais quand Hoffman se volatilisa à son tour, les rumeurs se mirent à aller bon train. Bien que de notoriété publique, on ignorait ce que recouvraient exactement ses relations professionnelles avec Maclish. Sans compter que depuis des années, accusations et cancans s'étaient accumulés quant à la conduite de l'éminent médecin. Ils avaient été balayés sous le tapis ou étouffés financièrement – voire, pour les plus marquants, par la menace. En son absence, tous refaisaient surface.

Quand les officiers de la Garde civile se mirent à éplucher les affaires de Hoffman et à soulever les pierres et les kilims les plus lourds, un éboulis d'insinuations se détacha, ensevelissant sa réputation. Ils perquisitionnèrent son domicile et le laboratoire, y trouvèrent plus de faits avérés que de rumeurs et s'interrompirent à mi-chemin pour poser des scellés. Ils repartirent livides. On convoqua des légistes de villes étrangères pour poursuivre les investigations ; ce que l'on découvrit ne fit jamais l'objet d'une annonce officielle. La Guilde forestière absorba les méfaits qui la concernaient, même lorsqu'ils révélaient des fraudes médicales, des expérimentations illégales et des assassinats. Tout fut étouffé et contenu à coups de paquets de billets ou d'accidents de la route ; un effacement parfait, en une symétrie qui l'était tout autant.

Quand Cyrena apprit par la presse la disparition de Maclish et d'Hoffman, le carillon de la cathédrale réjouissait la ville de sa profondeur et de ses contrepoints.

S'efforçant de retenir son sourire, elle déambula dans la pièce en rythme avec les tintements. Tout cela devait être en rapport avec leur quête d'Ismaël. Elle se sentait tout à la fois responsable et transportée de joie. Cyrena ne se souciait pas de ces hommes, mais les conséquences que présageaient ces événements remarquables bouleversaient son équilibre, provoquant des palpitations dans son sternum et stimulant son imagination. La partie était lancée. Un énorme obstacle avait été éliminé. Avec la disparition des deux comparses, plus de gêne à avoir. Elle sonna Myra en lui demandant de convoquer le chauffeur et la voiture aussi vite que possible : elle partait voir Mlle Tulp.

Un quart d'heure plus tard, elle parcourait les rues dans le ronron du moteur. Quand la limousine passa sous les flèches jumelles, les cloches tintaient toujours. Cyrena se tordit le cou pour distinguer la passerelle argentée, puis elle éclata de rire. Le chauffeur lui jeta un coup d'œil dans le rétroviseur, la poussant à dompter son sourire inextinguible. Il était malséant de se montrer aussi ravie de l'infortune de ces deux fripouilles. Sauf qu'en vérité, ce n'était pas leur disparition qui la mettait dans un tel état de grâce, mais le fait de se retrouver. D'avoir accès à une part d'elle-même jusque-là ligotée par leurs actions et leur attitude. Jusqu'à ce qu'elle jaillisse des pages froissées du journal qu'elle venait de laisser choir, cette Cyrena-là s'était presque enterrée dans des oubliettes.

Le temps de parvenir rue Kühler-Brunnen, elle s'était reprise. Elle toqua fermement sur le portail et un bruit de pas traînant se fit entendre de l'autre côté. Elle frappa à nouveau. Même ce malheureux Mutter ne réussirait pas à doucher son enthousiasme actuel.

Il entrebâilla le battant sur quelques centimètres en la scrutant.

« Ouvrez, mon bon, allons ! Faites-moi entrer ! »

Mutter tira la lourde porte à lui et s'effaça à contrecœur.

« Ah, voilà qui est mieux », lança-t-elle, radieuse, au gros bonhomme qui semblait mâchonner un mot collant et noueux. « À présent, allez prévenir votre maîtresse de ma venue. »

Il fit un geste étrange et ses yeux parurent rouler dans leurs orbites, comme s'il tentait d'observer toute la cour avec sa vision périphérique. « Veuillez attendre à l'intérieur, madame », dit-il dans un flot de politesse inédit. Cyrena, interloquée par un changement d'attitude si remarquable, se laissa escorter dans la cour pavée, le long des écuries et jusque dans la maison. Après l'avoir installée dans le salon de réception, le majordome partit chercher Ghertrude. Cyrena était ravie de le voir répondre aussi bien à ses ordres fermes, mais polis : tout espoir n'était pas perdu avec lui.

Plusieurs minutes plus tard, la porte s'ouvrait sans bruit et Ghertrude s'engageait dans la pièce pastel. Elle avait changé. Cyrena commença par se dire qu'elle paraissait plus âgée que lors de leur dernière rencontre. Plus grande, en fait, mais c'était impossible. Et son teint aussi semblait autre que dans son souvenir. Le reste de son esprit avait beau les trouver un brin trop féroces, ses yeux neufs demeuraient affamés de détails.

« Ma chère, comment vas-tu ? » demanda-t-elle en écartant ses doutes pour saluer la jeune femme avec la chaleur et le plaisir extrêmes qu'elle éprouvait malgré tout.

« Très bien, merci, Cyrena. Et toi ? » répondit Ghertrude. Ces quelques banalités en révélaient beaucoup. Il était criant qu'elle allait très mal. La rapidité avec laquelle elle avait détourné les yeux était d'une politesse trop extrême. Cyrena commençait à se douter que sa présence n'était pas la bienvenue. Elle se hâta de traverser la pièce et étira doucement le bras pour prendre son amie par la main. Le tressaillement de Ghertrude fut perceptible. Involontaire et momentané, mais bien là. Cyrena ne lâcha rien, frissonnant devant la froideur de sa paume.

« Ma chère, mais tu es gelée ! »

Elle rapprocha aussitôt la chaleur de son autre main pour prendre en coupe celle de la jeune fille. Qui détourna les yeux à nouveau. L'inquiétude de Cyrena ne fit que croître : la détermination innée qui la caractérisait l'avait entièrement quittée. Il s'était passé quelque chose de grave.

« Qu'y a-t-il, Ghertrude ? » demanda-t-elle d'une voix compatissante et ferme.

Elle la sentit se contracter encore sous sa poigne. Cette fois, ce n'était plus un tressaillement, mais une infime reculade.

« Dis-le-moi, voyons. Tu sais que tu peux me faire confiance. »

Ghertrude arracha sa main et regarda Cyrena avec une expression inédite.

« Ne me traite pas comme une enfant ! »

Ces mots lui firent l'effet d'une gifle en pleine figure. Cyrena se figea, incapable de parler.

« On a de sérieux ennuis et tu agis comme si rien ne s'était passé ? Tu fais irruption ici comme si toutes ces horreurs n'étaient pas arrivées ? Toi, tu en ris peut-être, mais moi, je n'arrive même pas à sourire ! » La jeune femme ravalait ses larmes, ses poings serrés commençaient à se crisper. « J'ai perdu le sommeil. Je n'arrête pas de revoir ces hommes et ce monstre affreux. Ismaël est perdu et quant à nous, nous serons entraînées dans l'abîme par ce crime atroce ! »

Submergée par un flot immense d'émotions contenues, l'héritière Tulp fondit soudain en larmes. Elle était prise de frissons, de convulsions incontrôlables qui écrasaient son corps comme sa parole. Cyrena la guida jusqu'au canapé où elle céda devant le raz-de-marée, sanglotant dans ses bras jusqu'à n'avoir plus une goutte d'humidité à tirer de ses formes rebondies ; après quoi elle sombra dans un sommeil fourbu ponctué de petits reniflements.

La jeune femme demeurait très droite, soucieuse de ne pas tirer Ghertrude des profondeurs d'un repos aussi vital. Les événements épuisants de ces derniers jours l'avaient retournée. Dormir placidement la remettrait d'aplomb. Ses larmes les avaient trempées l'une comme l'autre ; le chemisier de Cyrena collait à sa poitrine, glacé, là où reposait la tête de son amie.

Clouée sur place comme elle l'était, elle parcourut la pièce des yeux en se laissant aller au souvenir de leurs aventures communes. Pourquoi Ghertrude avait-elle parlé de crimes ? Rien de ce qu'elles avaient fait ne pouvait être un délit. Si le marché passé avec ces deux individus louches était un secret, il n'avait rien eu d'illégal. Elle-même les avait payés pour leurs services, qui s'étaient révélés pires qu'inutiles. Cyrena bougea légèrement pour basculer son centre de gravité. La dormeuse laissa échapper un petit geignement. Elle lui caressa le front et se cala sur le canapé. Pour tâcher de soulager son inconfort croissant et pour se distraire des fourmis qu'elle sentait monter dans ses jambes, elle poursuivit son inspection détachée du salon.

Certaines fois, elle avait l'impression que ses yeux inquisiteurs étaient dotés d'une vie propre. Ils ne cessaient de papillonner, d'atterrir sur les objets pour appréhender leur forme et leur sens. Ils examinaient le jardin enchevêtré du tapis persan, imaginant toutes sortes de créatures-arabesques cachées dedans. Ils caressaient les pieds sculptés d'un fauteuil en acajou et glissaient sans accroc sur son assise satinée. Ils avaient perçu l'ombre ramassée dissimulée derrière, plané vers le laiton lumineux du pare-feu, quand ils revinrent à l'obscurité pour la scruter plus intensément.

Elle avait dû tressaillir en reconnaissant l'objet, parce que Ghertrude s'éveilla. Elle fit la grimace et se redressa, prenant conscience de sa position embarrassante. Encore dans le brouillard, elle essuya un filet de bave, dont elle remarqua la trace sur le chemisier de Cyrena. « Oh, postillonna-t-elle, je suis désolée ! Pardonne-moi… c'est affreux. »

Elle se leva d'un mouvement vif, mais chancela en arrière, cherchant son équilibre après sa posture malaisée et les rets collants des images informes du sommeil. Cyrena était déjà debout, bras grands ouverts, prête à la rattraper. Ghertrude se stabilisa et regarda son amie en prenant ses deux mains dans les siennes. Elle était à nouveau elle-même, en sûreté dans son ancien moi.

« Tu dois me trouver complètement idiote. Comment pourrai-je jamais me faire pardonner ? Je suis absolument désolée. Ça fait trois nuits que je ne dors pas, je suis à bout de nerfs. » Le chemisier froissé de Cyrena était aussi trempé qu'elle. « Vraiment, excuse-moi, je t'en prie. Ton amitié m'a été précieuse, mais je t'ai très mal traitée. Je vais te chercher un vêtement de rechange et de quoi faire du feu. Il règne un froid glacial dans cette pièce, on ne l'utilise presque jamais. » Elle tournait et virait, tergiversait tout en se dirigeant vers la porte. « Je reviens tout de suite. Mets-toi à l'aise, surtout. Une flambée nous réchauffera. »

Sur quoi elle partit. Cyrena attendit que le silence se fasse, puis elle se précipita de l'autre côté du salon pour fouiller la sacoche de médecin qui se devinait derrière le fauteuil.

Un moment plus tard, Ghertrude était de retour, apportant un peignoir ainsi qu'une fiasque de lait-de-poule. Mutter suivait avec du petit bois et des bûches. Cyrena avait regagné son siège, mais son teint avait changé : elle était livide et son sourire s'étirait sur des dents serrées. Trop occupés à servir à boire et à démarrer le feu, ils ne remarquèrent rien. Ghertrude présenta le peignoir à son amie pour qu'elle s'y emmitoufle, le tendant devant elle avec de petits moulinets des poignets, comme un matador soudain exalté. Cyrena enfila le vêtement et elles s'assirent, leur remontant à la main, face à la flambée promise. Mutter quitta la pièce sans un mot, mais en adressant à Ghertrude un regard lourd de sens qu'ils crurent passer inaperçu.

« Ma chère, pardonne mon comportement épouvantable. Je suis épuisée et démoralisée.

— J'aurais dû te prévenir que je passais. Je t'ai prise au dépourvu, dit Cyrena en buvant une gorgée.

— Non, non, passe quand tu veux. Alors, raconte-moi ce que tu as fait ces derniers jours. »

Cyrena n'était pas prête à changer de sujet, mais elle décida de continuer à soutenir un instant son amie.

« Oh, ceci, cela. J'essaie de me trouver de nouveaux buts dans l'existence. »

Ghertrude haussa un sourcil interrogateur en inclinant la tête de côté.

« As-tu appris, pour Hoffman ? demanda Cyrena.

— Ah oui ! Il a disparu, c'est ça ?

— Corps et biens, oui. »

Ghertrude changea aussitôt de sujet, bien que ce fût juste pour passer au complice malchanceux du médecin. « Et quid de l'autre ? Maclish ? Fou, non ?

— Ah, oui, lui aussi, apparemment ! »

Elles reposèrent simultanément leurs verres, comme pour marquer la fin d'un dialogue ardu.

« Je me sens obligée de m'excuser encore, lança Ghertrude.

— De ne pas m'avoir fait confiance, tu veux dire ? répondit Cyrena, parée pour revenir à l'attaque.

— Ah, hum, non, je parlais de...

— Je sais, interrompit son aînée. Et je sais aussi ce qui te préoccupe.

— Je suis juste patraque, c'est tout, bredouilla Ghertrude.

— Ne me mens pas ! Je mérite mieux, répliqua Cyrena d'un ton soudain suraigu. Nous sommes des amies sincères et tu peux compter sur moi. À présent, dis-moi la vérité ! »

Ghertrude resta muette.

« J'insiste. Je suis déjà au courant, tu sais.

— C'est... très difficile à formuler », énonça la jeune fille d'une voix douce.

Cyrena la contempla en silence, d'un regard sombre et comminatoire. Elle ne s'en laisserait pas conter.

« Très bien, soupira Ghertrude. J'attends un enfant. »

28

La main noire marquée par les ans qui traversait la clairière circulaire luisait dans la clarté scintillante du petit feu de camp, qui envoyait tourner ses tatouages de spirales et de roues solaires. Elle longea les deux hommes assis près de la flambée, lança des murmures parmi les ombres dansantes et caressa la joue de son petit-fils avant de disparaître hors du cercle de lumière pour se fondre dans la nuit.

Tsungali ouvrit les yeux. La lueur des flammes faisait tressauter les arbres. Le monde avait l'air instable, prêt à s'envoler. *Ce doit être l'au-delà*, se dit-il, se préparant à payer. C'est alors qu'il vit Uculipsa, gisant sur le sol frémissant à côté de sa bourse à charmes ; sa cartouchière, son kriss et ses autres affaires étaient à proximité. Quand il étendit le bras vers eux, rien ne se produisit. Juste une sensation de déchirure. Il regarda à l'endroit où aurait dû se trouver sa main. Il n'y avait rien : son membre était réduit à un moignon coupé en dessous du coude. Pris de nausée, il gronda bruyamment. L'un des hommes assis autour du feu se leva et s'avança dans sa direction ; il se baissa pour ramasser Uculipsa en la soulevant par sa bandoulière. Le fusil se sépara en deux morceaux. De l'endroit où était allongé Tsungali, on aurait dit un oiseau rompu ballotant au bout de la main de l'homme, qui s'approcha pour laisser tomber l'arme morte contre le flanc de l'estropié.

« Tu aurais dû y passer, dit Williams. Tu l'aurais mérité. »

Tsungali dévisagea ses traits tout en ombres et en éclairs orange. C'était bien lui.

« Ma balle a explosé ton bras pendant que tu chargeais. Elle a emporté ta main et cassé l'Enfield en deux. Je visais ton torse. Tu as eu beaucoup de chance. »

Il avait la même voix qu'avant. Comment était-ce possible ? Tsungali oscillait entre incrédulité et croyance. Son corps laminé était incapable de soutenir une telle révélation.

« Undeswilliams », souffla-t-il brumeusement avant de sombrer dans une fosse de tonnerre noir furieux.

Quand il s'éveilla, il n'était plus au même endroit. Ils l'avaient transporté à l'ombre et avaient changé son bandage. Williams buvait à une timbale, assis à son côté. Le monstre dormait. Williams parla sans se tourner vers Tsungali. « Tu me connais ? »

Le blessé tenta de répondre, mais la poussière lui bloquait la gorge. Devant son silence, Williams le regarda. Il versa de l'eau dans la timbale, qu'il présenta près des lèvres fendues de Tsungali. Ce dernier but, dissolvant les toiles d'araignées sur sa voix. « Pourquoi m'avoir épargné ? demanda-t-il d'une voix rauque.

— Je t'aurais bien explosé le crâne aussi, mais il m'en a empêché. » Il désignait le cyclope.

« Qu'est-ce que c'est ? demanda faiblement Tsungali.

— Ismaël ? Une chose de l'Ancien Monde qui n'a jamais vraiment existé. C'est quelqu'un d'unique. »

Il prit la timbale pour la remplir, y but, puis la tendit à nouveau devant Tsungali, en se tournant pour le dévisager.

« Au fait, à propos de ce que tu disais tout à l'heure… tu m'as appelé comment ?

— Undeswilliams. Nous nous sommes connus dans ma jeunesse. Le fusil t'appartenait. » Tsungali avait désigné la carcasse pitoyable d'Uculipsa. « Tu as été choisi pour survivre par Irrinipeste, fille sacrée des Ancêtres, et je pense qu'elle t'a changé à jamais. »

Ayant fini sa phrase, il se tassa légèrement. La peur et l'épuisement sapaient ses forces.

Williams s'était figé. Il paraissait perplexe.

« Si c'est vrai, pourquoi t'es-tu évertué à me tuer ?

— J'ignorais que c'était toi avant qu'il soit trop tard. Je travaillais pour tes anciens maîtres. Ils te croyaient mort depuis longtemps. Ensuite, il a couru le bruit que tu revenais par la côte. Ils voulaient que tu disparaisses, que tu ne réapparaisses pas. Un déserteur libre, ça risquait de raviver de vieilles braises. »

Williams n'arrivait pas à rattacher d'images à ces paroles, mais il les sut vraies au plus profond de lui.

« As-tu l'intention de continuer dans cette voie ? »

Tsungali secoua la tête avec lassitude.

Williams se leva pour rejoindre posément Ismaël, que leur conversation avait réveillé. Il avait presque recouvré son ouïe, reléguée dans un creux bourdonnant quand le pistolet avait fait feu près de son crâne.

« Je me demande quel est le plus gros monstre de nous trois, jeta Williams en récupérant son arc et son carquois. Je reviens d'ici une heure. Ne t'inquiète pas, il n'ira nulle part. »

Il sortit du camp. Un trio d'yeux fixa sa silhouette qui disparaissait.

De longues minutes indécises s'écoulèrent. Au bout du compte, Ismaël lança un salut au blessé.

« Je viens discuter avec toi. N'aie pas peur ! »

Le Noir lui adressa un faible geste pour signifier qu'il comprenait et qu'il voulait bien.

Le cyclope s'assit à son côté, pour éviter que sa figure ne choque et pour pouvoir surveiller les mouvements du prisonnier. Il ne le craignait nullement. C'était à lui, Ismaël, qu'il devait à la fois sa chute et la vie. Une sensation de pouvoir l'habitait tout entier, inhabituelle et florissante. Par une grâce dont il ignorait l'origine, mais qui n'en était pas moins évidente, cet homme était à lui : il avait flanché et glissé quand Ismaël avait regardé le sentier en brandissant Este. Une réaction s'était opérée entre l'arc et l'œil unique, sauvant à la fois le cyclope et Williams.

À présent, quelque chose lui disait d'épargner, ou plutôt de protéger son prisonnier ; il y avait un dessein là-dedans.

« Pourquoi me poursuis-tu ? demanda-t-il tout bas.

— Ce n'était pas toi ma cible. Je n'en voulais qu'à l'Archer.

— Mais tu m'aurais tué si je ne t'avais pas fait tomber ? »

Tsungali risqua un regard vers le profil de son interlocuteur, puis hocha faiblement la tête.

« Donc, tu sais effectivement que je t'ai stoppé ? »

Tsungali acquiesça derechef, puis se mit à trembler.

« Sais-tu aussi que j'ai épargné ta misérable vie ? »

Nouveau hochement de tête, avec des larmes qui se formaient et un gros fardeau qui s'appesantissait sur son cœur.

Le cyclope abaissa son visage pour regarder dans les yeux de son inférieur. Une passion immense s'élevait en lui, enflait hors de sa poitrine.

« Tu m'appartiens ! » s'écria-t-il. Son ton impérieux, étrange même à ses propres oreilles, naissait de la certitude et du mépris. Le chasseur se ratatina en l'entendant, déclenchant un autre instinct chez Ismaël, qui adoucit un brin sa voix. « Que feras-tu pour me revaloir ça ? » demanda-t-il.

Tsungali inclina la tête vers l'autre bout du campement, indiquant le tas de ses affaires confisquées. Il semblait avoir perdu aussi sa langue. Ismaël se leva, s'approcha du petit amoncellement. Il souleva chaque objet un par un jusqu'à ce que son prisonnier lui fasse signe qu'il tenait le bon : une grosse ceinture en cuir marron cousue de poches et d'étuis renflés. Le cyclope l'inspecta avec suspicion puis rejoignit l'homme allongé. Levant le baudrier en l'air un instant, il ausculta l'âme de l'estropié avant de le lui laisser tomber dessus. La boucle heurta le moignon et la blessure. Un spasme secoua Tsungali. Ismaël l'observa en silence en attendant que ses tortillements refluent. Une part grandissante de lui-même savourait cette douleur.

Au bout du compte, quand la pulsation dans son épaule eut regagné un rythme quasi supportable, Tsungali farfouilla de sa main unique dans les pochettes. Il en tira un petit objet impossible à voir, qu'il tint dans son poing à demi refermé. Ismaël avait beau guetter des signes, il savait qu'il n'agirait pas en traître. La main qui tremblait moins que tout à l'heure s'ouvrit lentement, paume vers le haut, en tenant en coupe la petite boule d'herbe. L'œil regarda au-dehors depuis l'intérieur de sa cage tressée, se concentrant attentivement sur son nouveau propriétaire.

Williams avait tiré la flèche à la verticale à travers les ombres vertes, vers le ciel lumineux. Il l'avait fait pour consulter Este sans demander de direction, du moins dans le domaine du tangible. Elle avait changé. Le souvenir qu'il gardait d'elle avait bougé. Ils ne formaient plus un corps unique, elle et lui. Il n'y avait eu aucune souffrance dans cette séparation. C'était comme s'ils avaient juste comblé le canal invisible par lequel ils partageaient tout jadis. Les veines pulsantes et les capillaires chantants qui avaient retenu chaque reflet, chaque nuance de leur univers, avaient disparu. Le flux qui circulait naguère entre eux et qui composait une seule âme à partir de leurs deux esprits et de leurs deux corps s'était interrompu quelque part dans la Vorrh. À présent, même le souvenir de leur transformation conjointe n'existait plus. Ils étaient deux : un homme et un arc.

Il ne pourrait jamais retourner à tout ce qu'il avait oublié : le chemin qui l'attendait devait être parcouru seul. Il regagna le campement, nonchalant et serein, humant le vent nouveau dans ses poumons contractés qui sanglotaient à demi.

« Il s'appelle Tsungali. Il sera mon serviteur à compter de maintenant », expliqua Ismaël à un Williams qui fronçait les sourcils, à la fois éberlué du tour pris par les événements en son absence, et concentré sur le changement de voie qu'il opérait de son côté.

« Je le connais. Tu peux l'avoir. »

Si Ismaël avait remarqué la distance que trahissait la voix de son ami, il ne le montra pas. « Il connaît un sorcier qui peut changer ma figure, continua-t-il. Il a accepté de me mener jusqu'à lui. »

Williams poussa un grognement indifférent et entreprit de rassembler son paquetage.

« Que fais-tu ?

— J'ai autre chose de prévu. Ta jambe va mieux et tu as un esclave pour s'occuper de toi, à présent. » Au mot *esclave*, tous trois avaient tiqué, y compris celui qui l'avait énoncé.

« Où vas-tu aller ? »

Williams marqua un instant de silence. Ses émotions traversaient mollement ses traits.

« Hors de cette forêt sauvage. »

Ils se turent et se tinrent cois, réfléchissant chacun à leur nouvelle position dans l'ordre des choses.

« Je partirai peut-être tout droit pour sortir de l'autre côté, finit par dire Williams, brisant le charme.

— Si tu vas plus loin, elle te volera ta mémoire, prévint Tsungali – sa première intervention spontanée.

— Quelle mémoire ? » Williams haussa les épaules. « Tu en sais plus que moi à mon propre sujet. » Il se détourna des questions et se pencha pour ramasser une couverture, qu'il laissa tomber près de la pile grandissante de ses affaires. Le restant de la journée s'écoula sans beaucoup de paroles. À mesure que le crépuscule s'annonçait, Williams rassemblait ce qu'il emporterait et le déplaçait en un autre endroit de la forêt. Ismaël le supposa prêt à partir à l'aube et organisa un repas simple, comme il avait vu faire à d'autres. Il alluma le feu de camp, mit de l'eau à bouillir, puis attendit. Tsungali et lui étaient affamés. Ils picorèrent. L'arc reposait contre un tronc tout proche. Son carquois pendait parmi les branches basses. Williams ne pouvait être bien loin. Mais le soir arrivé, leur réconfort fut remplacé par de l'angoisse, et leur appétit les quitta quand la vérité se fora une voie jusque dans leur estomac : Williams avait filé sans rien dire, laissant l'arc dans l'arbre pour s'enfoncer dans l'enveloppement de la nuit.

Les deux blessés se frayèrent un chemin hors de la Vorrh, jusqu'à l'île où habitait Nebsuel. Il était hors de question d'utiliser le bateau qu'avait dissimulé Tsungali : lui-même n'avait plus qu'un bras et le cyclope était à la fois trop nerveux et trop malingre pour se dépêtrer des rapides. De sorte qu'ils firent le chemin à pied, en retraversant le terrain de chasse des monstres.

Ismaël portait l'arc. Il n'avait pas quitté ses mains depuis qu'ils s'étaient rendu compte du départ de Williams ; il s'insinuait en lui jour et nuit, forant dans son avenir, traçant une ligne de sang autour de toutes les cartographies possibles de ses lendemains. Il n'osait pas s'en servir pour l'instant, craignant d'être emporté par sa puissance lorsque, une fois tendu, il attendrait de décocher. Comme un enfant, cette part vierge de lui-même reculait face aux implications d'un geste aussi absolu. Il tenait l'arc devant lui au fil de leur progression dans la Vorrh, qui comprenait le sens nouveau qui s'attachait à lui. Pas un être vivant ne se risqua à les approcher et ils ne rencontrèrent que silence étouffé tout du long. Les oiseaux restaient bec clos, les animaux se mordaient la langue, les insectes se figeaient, les anthropophages ne réagissaient pas à leur passage. Ce silence infectait leur périple, le rendant étrange et rageant pour Ismaël. Il avait beaucoup de questions à poser à son nouveau serviteur, mais rien de ce qu'il disait ne réussissait à déclencher de réponse.

Chez Tsungali, la douleur amplifiait les introspections. Ce n'a-qu'un-œil avait l'air de tout ignorer du monde. Comment lui-même aurait-il pu expliquer son passé avec Undeswilliams ? Son enfance, la façon dont lui et son grand-père avaient été enfermés derrière du verre dans un autre univers ? La tragédie qu'avaient été les guerres de Possession ? Il y avait trop à raconter et trop peu d'expériences en commun. Autant demeurer muet et concentré, suivre la piste et parvenir au guérisseur aussi vite que leurs plaies le leur permettaient.

Williams manquait à Ismaël : son humour, sa protection. Il dégageait une chaleur humaine que le tueur tatoué qui voyageait à présent à son côté ne posséderait jamais. Le vieux Noir refusait de répondre à toutes les questions, même les plus simples, pendant qu'ils s'enfonçaient dans la jungle. Ismaël commençait à se dire qu'il avait pris une mauvaise décision. Il aurait dû rester à proximité de son ami, ne pas le laisser partir si tristement. Il n'avait, finit-il par comprendre, que peu de raisons de se fier à son compagnon de fraîche date, dont la promesse de nouveau visage pouvait être un mensonge, un piège – peut-être qu'en le suivant il allait au-devant de sa mort, ou pire encore. Pourquoi avoir accepté aussi hâtivement la servitude de cet homme ? Tsungali le craignait, c'était patent, mais cela n'expliquait pas sa soumission totale quand lui-même tenait l'arc. Ce devait être en rapport avec quelque superstition primitive et Ismaël se demanda comment en jouer à son avantage. Peut-être, en le maniant, pourrait-il obtenir les réponses qu'il désirait tant ? Il changea l'arc de main, puis toucha le dos de Tsungali avec son extrémité.

« Parle-moi de ce guérisseur », ordonna-t-il.

L'effet fut indéniable et immédiat. Le vieil assassin tomba à genoux en tremblant. Il leva son bras valide en un geste de soumission. Ismaël tourna autour de lui en scrutant son visage de près.

« Oui, oui, je dirai tout, oui ! grinça rapidement Tsungali, le souffle court.

— Alors raconte. De quoi est-il capable ?

— De réparer ta figure pour qu'elle soit pareille à n'importe quelle autre. D'y incruster mon œil vivant, le fixer dedans pour qu'elle ait deux yeux, comme chez les autres gens. Il peut faire beaucoup de choses, fabriquer une nouvelle main… La dernière fois, c'est ma mâchoire qu'il a arrangée. J'avais pris une balle. Certains prétendent qu'il jongle avec la mort, alors réparer, ce n'est pas grand-chose pour lui. » Il avait ahané ces mots comme un chien qui court.

« Pourquoi le ferait-il pour moi ? insista Ismaël, suspicieux.

— À… cause de l'arc. Il se mettrait en quatre pour lui. Il fera tout ce qu'il dit », balbutia le chasseur.

Ismaël s'assit par terre en agrippant l'arc, qu'il fit tourner entre ses mains. Il interrogea Tsungali une bonne heure sur toutes sortes de choses. Ce dernier cracha un barrage de réponses tremblantes. Aucune n'était logique, mais Ismaël, qui s'était constitué un portrait de lui, avait désormais idée de ce qu'il savait et de comment l'utiliser. Lorsqu'il en eut entendu assez, il se leva en faisant signe d'avancer et le moulin à paroles mena la marche.

Les Ancêtres avaient assisté à la scène, à sa culmination et à sa fin. Ils s'étaient faufilés tout près, en restant cachés. Peu à peu, avec la lenteur que confère une grande sagesse, ils avaient distingué l'arc. Comme un résidu de sable formant une montagne grain après grain, son être s'était accumulé en eux jusqu'à remplir le paysage. Tandis que le Blanc le maniait, ils n'avaient pas perçu sa présence dans la forêt. À présent, dans les mains du cyclope, il proclamait bruyamment son existence sur de longues distances. Ils s'étaient détournés et déplacés à une vitesse douloureusement lente, s'éloignant autant qu'il était possible. Se dissimuler comme on le faisait habituellement ne suffirait pas. Se séparant, ils s'étaient chacun trouvé un endroit où creuser, en raclant la terre et les racines têtues. Comme ils connaissaient tous désormais la présence de l'arc, ils s'étaient construit des cachettes aux allures de tombes, dans lesquelles ils s'étaient glissés en ramenant sur eux des tas d'humus et de feuilles. Ils resteraient allongés sans bouger dans ces refuges, attendant le sommeil, espérant échapper à l'ambiguïté du rêve dont l'odeur était des plus attirantes pour les animaux supérieurs et pour d'autres entités plus difficiles.

En découvrant Tsungali sur le seuil de chez lui, Nebsuel cacha sa surprise. Elle était telle qu'il remarqua à peine le compagnon encapuchonné de son visiteur, aux traits à demi dissimulés dans l'ombre d'un foulard. Nebsuel les précéda dans son atelier plein comme un œuf, bibliothèque d'objets recuits, chaotiques et vivants, immense collection de fragments de flore, de faune et de roche venus des quatre coins du globe et ayant fini sous verre, empilés, rangés sur des étagères ou pendus au plafond. Le guérisseur fit signe aux deux hommes de s'asseoir en les invitant à raconter leur histoire.

Tsungali parla de sa quête et de son changement. Il évoqua Undeswilliams, sans en dire tout. Il mentionna des démons puis présenta Ismaël, qui entreprit de dévoiler son visage. « Nous sommes ici pour demander ton aide. Je suis encore blessé et mon maître a besoin qu'on le répare.

— Ton maître ?

— Oui.

— Qu'on le répare ? » insista Nebsuel, comme un voyageur qui s'essaie à prononcer une langue étrangère.

Il pivota sur lui-même pour scruter l'autre homme. Il fixa directement la face du cyclope et une curieuse lueur s'empara de son regard. Ismaël le considéra prudemment, ne sachant que penser de cette réaction inhabituelle. Son doute ne dura pas longtemps.

« Merveilleux ! ne put s'empêcher de croasser le guérisseur. Je n'aurais jamais cru en rencontrer un. Possèdes-tu la parole ? » Il s'attendait apparemment à une espèce crétine d'une sorte ou d'une autre.

« Oui, mais pas dans la langue boiteuse de ton pays natal.

— Par les orishas, il est doué de raison ! s'extasia Nebsuel en frappant dans ses mains avec un sourire lascif. Pardonne mon impolitesse, jeune maître. Je n'ai aucune intention de t'insulter. Tu es unique et cela m'ébranle. Permets-moi d'aller vous chercher à boire et à manger. Votre voyage a dû être éprouvant. » Il s'affaira rapidement, laissant une trace moite et affamée dans l'air autour de leur peau nue. Ismaël se hérissa. Il ne comprenait pas pourquoi, mais il n'aimait pas cet homme. Il avait l'allure et les manières d'un chacal, un chacal plus sage et plus complexe que toutes les personnes qu'il avait rencontrées à ce jour. Cela dit, si chacal il y avait, il était miséricordieux, et l'estomac d'Ismaël le pressait d'accorder sa confiance.

Ils mangèrent et burent, soulageant d'eau fraîche leurs gorges parcheminées. Leur hôte ouvrit une bouteille de vin venu de très loin : Damas, d'où, expliqua Nebsuel, était originaire sa famille. Ses ancêtres avaient voyagé plusieurs siècles auparavant pour puiser aux riches bancs d'esclaves, bâtissant des réseaux de communication qui couraient alors dans toutes les directions et vers toutes les terres.

Les objets exotiques contenus dans cette pièce, jusqu'au vin, circulaient encore via ces itinéraires tombant peu à peu en désuétude.

« Parle-moi de tes origines et de ton pays, demanda-t-il à Ismaël.

— J'ignore pour l'instant de quoi il retourne, expliqua le cyclope à regret.

— Ah, mais tu as donc l'intention de le découvrir ? »

Ismaël le scruta avec circonspection. « Oui », répondit-il, ne sachant trop ce qu'il pouvait révéler sans risque.

« Étant donné ta rareté, sois prudent. Les origines sont un mystère. Il existe des nœuds et des raisons, des bifurcations et des étrangers qu'il vaut parfois mieux ne pas croiser. Des pierres qu'il ne faudrait jamais soulever. Surtout pour quelqu'un comme toi. »

Cela sonnait comme un avertissement franc et sincère. Ismaël commençait à apprécier le chamane : peut-être était-il juste un loup, pas du tout un chacal ? Malgré tout, il évita de parler des Proches ou de Ghertrude : son instinct le poussait à les maintenir à bonne distance de l'incertitude que représentaient les hommes bizarres.

La conversation se poursuivit. Ils discutèrent de ce que serait la tâche de Nebsuel. Tsungali promit au guérisseur qu'il détenait un trophée d'une valeur inestimable. Il lui assura un troc superbe : ses talents contre le temps passé à manipuler cette pièce de choix. L'annonce de l'existence d'un tel trésor suscita quelques rires. Le vin aida à satiner le flux de la conversation.

Tsungali produisit l'œil avec moult précautions, en ôtant plusieurs brins d'herbe de sa surface glissante et en ménageant de la place sur la table afin de permettre qu'on l'observe en détail. Nebsuel approcha sa loupe, orienta le faisceau d'une lampe directionnelle vers le trésor.

« Tu m'apportes un second prodige, s'émerveilla-t-il. Quelle richesse, quelle richesse ! »

Il se tut, se pencha plus près pour considérer derechef l'impossible. Il avait devant lui une version nouvelle de ce qui avait le plus de valeur à ses yeux, une énième démonstration de l'insondabilité du monde, de ses ressources illimitées, infiniment mystérieuses et toujours changeantes. Si son adresse en matière d'anatomie et de chirurgie magique ne cessait de sidérer, ce spectacle le menait au paroxysme de la surprise : un globe oculaire humain, mobile et vivant bien après avoir été séparé de ses forces vives et de l'environnement protecteur du reste de son corps. De quoi se nourrissait-il ? Qu'est-ce qui lui permettait de s'activer aussi fiévreusement alors que le nerf optique qui l'animait avait été sectionné, détaché à jamais du cerveau ? C'était comme un seau qui irait se remplir sans cesse alors qu'il avait sans le savoir perdu sa source. Captivé, Nebsuel se tourna vers Tsungali.

« Tu sais que je n'ai que deux prix : les objets utiles et ceux qui fascinent. » Le vieux guerrier sourit largement, dévoilant ses dents du bonheur. « Tu m'apportes deux dons de cet ordre : je suis à ton service. Que puis-je pour toi ? »

Ils débattirent du bras du chasseur, dont le magicien tâta pensivement le moignon en cours de cicatrisation tandis que les calculs qu'il opérait mentalement bourdonnaient à travers la pièce. Pourtant, à la mention du visage d'Ismaël, son expression s'assombrit.

« Non, affirma-t-il d'un ton ferme. On ne doit pas toucher une telle exception. Pourquoi chercher à ressembler à tout un chacun ?

— Parce que je veux devenir qui je suis et vivre ma vie en homme, pas en monstre. Je tiens à ce qu'on m'oublie grâce à ce que je suis, pas qu'on me juge sur l'apparence qui m'a été échue. »

Nebsuel se tut le temps de digérer ces paroles. « Choisis-tu de fréquenter ceux qui te voient autrement qu'il faudrait ?

— Il en existe d'autres ?

— J'en connais quelques-uns. »

Ismaël se crispa devant cette suggestion. « Oui, je veux rentrer changé. » Nebsuel chuinta entre ses dents et se rapprocha de sa timbale de vin en secouant la tête. Ismaël et Tsungali restèrent assis avec lui en silence sans se regarder, les yeux plongés dans les siens.

Il s'était écoulé trop de temps quand Tsungali finit par lâcher : « Alors ? Tu acceptes ? Tu vas nous opérer ? »

Aucune réponse. Le guérisseur devenait hostile. Tsungali dévisagea Ismaël en hochant la tête. « Montre-lui », intima-t-il et le cyclope, ayant compris, approuva du front.

Il tira de sous ses pieds le long paquet épais, qu'il se mit en devoir de déballer. Au départ, Nebsuel s'en désintéressa. Il était parti du principe que la couverture roulée cachait une sorte de fin matelas. Mais à mesure que celle-ci se déployait, il sentit quelque chose se tendre dans son plexus solaire. Il savait de longue date ce que cela signifiait, sauf qu'il n'y avait plus le temps d'en prendre l'ampleur ni de se protéger : l'objet du cyclope se dévoilait. Nebsuel fut saisi d'une suée alors que le dernier repli tombait. Son cœur s'assécha et s'affola, lâchant de la poussière et des particules dans sa cage thoracique devenue collante. Il n'en croyait pas ses yeux. Le bordeaux foncé de la surface de l'arc paraissait onduler et ployer devant son regard fasciné. La main d'Ismaël était noire sous l'effort et cette excroissance. L'œil s'était mis à rouler de son perchoir protégé sur la table, gravitant vers l'arc et le sol. Chacun dans la pièce semblait tourner, se tordre, se tendre vers Este dans un accès de curiosité mâtinée d'attentes. Ismaël rabattit l'arc et le dissimula dans la couverture, étouffant crûment son influence sous le tissu. L'œil s'arrêta net au bord de la table. Il s'était égratigné au passage sur le tranchant métallique de la capsule de vin. L'inertie regagna la pièce. Nebsuel s'enfonça dans son fauteuil tandis que Tsungali affichait un grand sourire face à cette démonstration excellente. Une odeur curieuse planait. Quelque chose entre le rivage marin et le jardin exotique, un mélange consumé des deux : une note d'ammoniaque qui, de stimulante, virait à une bouffée de crainte, comme un souvenir absorbant piégé dans un rêve, et qui y guette.

« Je ferai tout, lâcha Nebsuel d'une voix issue d'un lieu lointain, éteint. Tout ce que vous voudrez. »

Quand le pigeon activa sa clochette d'arrivée, le bruit ténu se planta comme une pointe de cristal de neige dans la pièce en contrebas.

Sidrus n'attendait aucune communication. Il y avait très peu de nouvelles à espérer de l'embouchure de la rivière. Il continua à frotter la pommade collante sur sa face poreuse. La clochette tinta de nouveau. Il essuya le gras sur ses doigts, pour qu'ils ne glissent pas autour du petit rouleau accroché à la cheville sèche et rétive de l'oiseau.

C'était un message qui n'aurait jamais dû être envoyé, farci d'erreurs dès l'instant où Nebsuel l'avait rédigé au cours d'une pause dérobée, maquillée en tournée de vin. Il parlait de ses visiteurs avant même d'avoir compris ce qu'ils recherchaient vraiment. Le mini parchemin disait :

Tsungali ici avec un cyclope. Je pense qu'ils ont tué l'Archer et lui ont volé son âme.

Sidrus laissa tomber le billet crucial ; son importance l'évidait pour ménager de la place à son ire, qui s'était mise à bouillir et à déborder. La pommade aux allures de lard fondu dégoutta de sa figure tordue qui ne montrait pas la moindre trace de rougeur. Tandis que son coup de chaud se calmait, il sélectionna ses cannes et ses drogues, choisissant des armes avec le détachement d'un perfectionniste de la mort. Il lui faudrait trois jours pour parvenir à l'île lépreuse de Nebsuel et quatre autres à soutirer à cette engeance malfaisante la douleur de rigueur pour un tel blasphème.

« Je ne peux pas te fabriquer un visage naturel parfait, expliqua Nebsuel. Ton crâne ne comporte manifestement qu'une cavité orbitale. Je vais donc devoir ménager de l'espace pour le deuxième œil. Il sera cousu dans des replis de muscle et de peau construits à partir de zéro, mais il n'aura pas vraiment d'anfractuosité d'où opérer. Tu ne pourras pas l'orienter. Tu ne verras pas par son biais, mais il devrait survivre. Enfin, j'y compte bien, même si je ne peux pas le promettre… ce qui le maintient en vie dépasse mon entendement et les règles de l'anatomie normale.

» Je m'inquiète pour sa stabilité. S'il venait à périr, cela infecterait les tissus greffés tout autour. Mais pour l'instant, il demeure animé, et aussi clair que le tien. J'espère qu'il aura toujours cette apparence, alerte et active, pas comme les yeux factices en verre ou en ivoire, qui paraissent toujours morts et lointains. La bonne nouvelle, en ce qui te concerne, c'est que comme ton œil et ta cavité existants ne sont pas tout à fait au centre de ta figure, l'espace qui les séparera du nouveau semblera plus naturel, bien qu'un peu réduit. » Le chamane se tut pour reprendre son souffle, puis il poursuivit. « Ce que certains considèrent comme extrêmement séduisant. De nombreuses familles royales européennes ont pratiqué la consanguinité pour obtenir précisément cet effet. Si ça se trouve, elles te tiendront même pour un de leurs membres ! »

Ayant pirouetté sur des œufs très fragiles, il estima préférable de battre en retraite sur le terrain plus solide des détails de l'opération.

« En me basant sur le petit renflement que tu as déjà, je te construirai un nez de proportions normales, disposé entre les deux yeux. Ce sera la partie la plus facile de l'intervention. Sais-tu que les chirurgiens traitent désormais les combattants blessés de la Grande Guerre d'Europe avec les méthodes que j'emploie depuis des années ? On m'a dit qu'ils se servent de raclures de peau de malades et d'alcoolats de moisissures pour aider à la guérison. Mes charmes et mes plantes sont beaucoup moins rebutants, mais mettent plus longtemps à agir. Tu auras peut-être un peu l'apparence de ces combattants-là qui reviennent couverts de cicatrices. Un homme qui a fait la guerre et qui arbore avec fierté les blessures dues à son héroïsme. Ton visage aura l'air d'une version abîmée de celui de tous les autres êtres humains. Es-tu bien sûr de vouloir cela ? Ne préférerais-tu pas que je t'aide à trouver une alternative ? »

Le regard d'Ismaël passa de l'arc emballé, demeuré très près de lui, au médecin. Ce dernier avait suivi son mouvement et savait ce qu'il signifiait. La conversation s'arrêta là.

Nebsuel commença par s'occuper de Tsungali. Construire un appendice animé était hors de question, mais une main en bois avec une articulation sous forme de charnière sanglée au restant de son avant-bras relevait du faisable.

Le vieux mercenaire paraissait déçu. Il s'était laissé aller à en imaginer une en chair et en os, imprégnée de magie et pleinement fonctionnelle. Nebsuel expliqua que s'il avait conservé les fragments et s'il les avait apportés, on aurait pu improviser une sorte de crochet ou de griffe, mobile, mais sans grande force. Mais la version en ébène serait bien meilleure, assura-t-il. Tsungali pourrait en avoir une avec des ongles en ivoire et des scarifications puissantes ; il pourrait y cacher des armes et des charmes. Ou avoir des modèles de rechange inspirés d'autres créatures : patte de puma, défense de phacochère, serres d'aigle, dents de requin susceptibles de surprendre un attaquant ou une victime et qu'il pourrait sortir de sa manche.

Le vieux guerrier finit par se faire à cette idée, mais il expliqua en avoir terminé avec son époque mercenaire. Son destin était à présent de servir Ismaël, en n'employant la violence que pour protéger son maître. Il fut très clair à ce sujet et assura que pendant leur convalescence à tous les deux, à la moindre tentative de s'en prendre à leur personne, l'arc et lui se jetteraient dans une frénésie de vengeance, surtout s'il était mort. Nebsuel lui garantit qu'ils ne risquaient rien, sans se rendre compte que son message à Sidrus rendait cette promesse impossible à tenir.

Le patient dormit comme un bébé apaisé par le lait de sa mère. Son moignon enveloppé sous plusieurs couches de feuilles et d'onguents avait plus l'allure d'un poupon emmailloté que d'un bras en écharpe. Ce nouveau bras était de fabrication grossière, mais Tsungali admirait sa tonalité brute, rustique. Il se considérait déjà chanceux d'avoir autre chose comme greffe qu'un vieux pied de chaise, étant donné le peu de temps dont Nebsuel avait disposé pour creuser et pour façonner le bois.

Puis ce fut au tour d'Ismaël – sur les nerfs malgré les marcs engourdissants qu'on lui avait administrés.

« Jeune maître, c'est ta dernière occasion de changer d'avis, suggéra un Nebsuel aux contours de plus en plus flous. Quand j'aurai commencé, plus moyen de revenir en arrière. »

Ismaël jeta son ultime regard de cyclope ; les traits du guérisseur se dissolvaient déjà dans le brouillard. Sa vision basculait, rétrécissait au fil d'un long chemin. Le visage en face lui soufflait un galimatias incompréhensible.

« Vas-y ! Fais-le ! » ordonna-t-il, et il entendit ses paroles faire surface sous forme d'un roucoulement, pour se poser sur son œil fermé comme un gros oiseau indifférent.

29

« Le bébé est pour quand ? finit par demander Cyrena.

— Août, répondit Ghertrude, penaude. Du moins, c'est ce que j'ai calculé, mais… on dirait qu'il est pressé de grossir.

— Le carnaval ? s'enquit Cyrena.

— Oui, il a été conçu à ce moment-là.

— Avec Ismaël ?

— Je ne sais pas. Je ne peux pas l'assurer.

— Tu as coïté avec plus d'un partenaire ? »

Sans la moindre honte, elle répondit que oui. Il était trop tôt pour lui assigner un père. Le petit être informe tournait dans son être, tentant de parler en vers glougloutants à tout ce qui pouvait bien être ses parents.

« Tu peux en avoir le cœur net. Il existe des tests médicaux. *Via* Hoffman, peut-être ? »

Quand leurs yeux se croisèrent, Cyrena comprit que le détenteur de la grosse sacoche ne récupérerait pas son bien de sitôt. Un instant, la présence presque canine derrière le fauteuil parut se réveiller en entendant le nom semi-inarticulé de son maître. Cyrena le sentit. « Tu ferais bien de t'en débarrasser », conseilla-t-elle.

Ghertrude se raidit, croyant que son amie faisait de nouveau référence à l'enfant à naître, avant de constater qu'elle regardait ailleurs.

« Me débarrasser de quoi ? »

Cyrena désigna l'objet d'une main languide et Ghertrude suivit des yeux ce doigt qui s'agitait en montrant un coin d'ombre. Elle tiqua en voyant la sacoche, laissa paraître un petit frisson. C'était comme si, à l'insu de tous, la tête du bon docteur était restée sous ce siège depuis son élimination, observant le moindre de leurs gestes.

Elle raconta tout à Cyrena. La crise de rage qui s'était emparée de lui, la tentative d'étranglement, le collier de perles cassé et la vengeance de Mutter.

« Je protégerai Sigmund pour ce qu'il a fait afin de me sauver de ce vil animal, assura-t-elle entre ses dents avec détermination. C'est lui et moi contre le monde entier. »

Ce qu'impliquaient ses paroles était clair : soit Cyrena adhérait à ce pacte, soit elle prenait ses cliques et ses claques. Il n'y avait aucun compromis possible. Ghertrude soutiendrait Mutter envers et contre tous, y compris son amie.

« Votre secret ne risque rien avec moi », promit Cyrena, qui le pensait vraiment. En ces lieux, une vie future venait d'être troquée contre une mort ancienne ; elle-même avait déjà joué un rôle dans les deux. Elle tenait à rester partie prenante de la suite des événements et de l'avenir de Cyrena. Et puis, quoi qu'il en soit, la perspective de flouer un Mutter furieux était trop horrible. « Tu me vois ravie que ce misérable ne soit plus mêlé à nos existences, affirma-t-elle d'un ton décidé. J'ai l'impression qu'il n'a eu que ce qu'il méritait. »

Ghertrude acquiesça tout en se mordillant nerveusement le bout des ongles. Cyrena, prise d'une révélation soudaine, regarda son amie d'un air interrogateur.

« Mutter a fait quoi de… des restes ? »

Ghertrude se figea, se rendant compte qu'elle l'ignorait. Elle n'avait jamais évoqué cette soirée funeste avec le valet ; elle s'était contentée de le remercier et de promettre le silence, auquel elle venait du reste de déroger. « Aucune idée, avoua-t-elle. Ne lui dis pas que tu es au courant – ni que c'est moi qui t'en ai parlé ! »

Elle se tracassait de nouveau, or Cyrena recherchait sa confiance, pas sa crainte. Elle prit les mains de Ghertrude dans les siennes en considérant gravement son visage inquiet.

« Je ferai tout ce que tu veux. Je te suis à cent pour cent. Tu peux compter sur moi. Nous allons tourner la page de cette horrible affaire pour affronter l'avenir ensemble avec ton enfant. Je saurai me rendre utile sur tous les plans. »

Si bien qu'elles comblèrent le vide des semaines précédentes avec vigueur et camaraderie. Se remontant les manches, elles effacèrent toutes les images rémanentes, toutes les taches mémorielles liées à leurs interactions avec Hoffman et Maclish. Elles brûlèrent la sacoche du médecin, incinérant par là les jours où avaient régné monstres, humiliations et violence – au point, dans leur amitié grandissante et joyeuse, de presque en oublier Ismaël.

Mutter avait observé leurs rires quotidiens ainsi que le rangement et le déplacement répétés des meubles ; les achats de bouquets, les déjeuners et dîners intimes. Face à cette proximité, il comprit que Mme Lohr avait été mise au courant. Cette étrangère altière avait beau feindre intelligemment l'ignorance, elle connaissait son crime. Il entreprit de la scruter de plus près en se demandant comment se débarrasser d'elle le moment venu.

Néanmoins, rien n'échappait à la vision étincelante et hyperactive de Cyrena. Dans le regard veiné de rouge du vieux serviteur, elle avait vu s'ourdir des projets simples et violents. Si elle ne prenait pas les choses en main séance tenante, la situation ne tarderait pas à échapper à son contrôle – et pour toujours.

Ghertrude était sortie faire des courses quand Cyrena parvint aux grilles. Introduite et invitée à traverser la cour pavée, elle stoppa à l'endroit exact où Hoffman avait été supprimé.

« *Herr* Mutter, nous devons avoir une discussion, vous et moi », dit-elle en toisant l'homme ramassé sur lui-même et prêt à passer à l'attaque. « Il existe un grand secret, poursuivit-elle en ignorant les poings serrés, les jambes solidement campées. Je trouve que vous devez être mis dans la confidence. Si je vous en parle, c'est parce que je connais la loyauté dont vous faites preuve envers votre maîtresse. Nous aurons encore plus besoin de votre aide à l'avenir, et c'est l'autre raison qui me pousse à vous en informer, puisque Ghertrude n'ose toujours pas le faire. »

Mutter fronça les sourcils. Sa posture se détendit.

« Vous devez savoir que votre maîtresse attend un enfant. »

Il était au courant. Il s'en doutait depuis des jours. Il l'avait sentie rayonner. Avait perçu la chaleur cachée du lait. Lui, sa maison et sa vie en étaient pleines depuis des années. Il avait deviné, avant d'écarter cette possibilité, de la ravaler au rang de l'invraisemblable.

« Il n'y a que nous trois dans la confidence. Elle ne préviendra sa famille que plus tard. Comme cela va représenter un fardeau supplémentaire pour vous, il n'est que justice que vous soyez rémunéré pour tout ce que vous avez fait jusqu'ici et ferez à l'avenir. »

Sigmund n'avait pas la moindre idée de ce qu'elle voulait dire – *rémunéré* était un mot qui ne signifiait rien pour lui.

« Par conséquent, *Herr* Mutter, je vous prie d'accepter ceci, pour toute la peine que vous vous donnez. »

Cyrena lui tendit une petite pochette en tissu, qu'il attrapa d'une main précautionneuse et incertaine.

« Ouvrez-la donc. C'est pour vous et pour l'avenir de votre famille. »

Il en tira un papier, qu'il déplia gauchement et qu'il regarda sans avoir l'air de comprendre. Saisissant soudain qu'il ne savait pas lire, Cyrena eut honte de sa propre ignorance. Comment avait-elle pu être aussi bête ?

« C'est un document juridique assez compliqué, je le crains. Retenez surtout qu'il s'agit de votre logement. C'est un titre de propriété. Il vous appartient désormais, ainsi qu'à votre famille. »

Mutter contempla le papier d'un air absent tandis que ces paroles se mettaient à prendre corps en lui dans un mélange gênant de stupéfaction et de défiance. Il se demandait si c'était un bakchich ou une sorte de moyen de pression histoire de le forcer à quitter son poste. Mais non : son père avait toujours réglé son loyer aux Tulp d'année en année, et lui de même. Son cœur cynique commençait à comprendre qu'il s'agissait en réalité d'un cadeau. D'une récompense pour avoir sauvé Ghertrude de ce bonhomme grotesque. On lui faisait don de la liberté, pour ses enfants et pour leur descendance. Il contempla la visiteuse, passant en démultiplié du silence au mutisme ébahi. Elle lui souriait depuis la clarté des nuages. « Vous n'avez pas besoin de travailler aujourd'hui, Sigmund. Partez annoncer la bonne nouvelle à madame votre épouse. »

Elle désigna le portail d'une main papillonnante. Sigmund repartit lentement dans cette direction – en marche arrière, un peu comme un crabe. La gaieté le gagna tandis qu'il parvenait au mur d'enceinte et son rictus s'élargit à chaque pas qui le rapprochait de chez lui. Alors qu'il progressait d'un pas vif sur la place de la cathédrale, casquette plaquée contre le torse, il ne remarqua pas Ghertrude passant de l'autre côté.

Quand la jeune femme emprunta l'entrée latérale, elle trouva Cyrena campée dans la cour ; elle regarda son amie, l'air incrédule.

« Je viens de voir Mutter foncer dans la rue, une expression de démence sur le visage. »

Cyrena lui adressa un sourire radieux. « Il est peut-être heureux ?

— Je ne l'ai jamais vu dans un tel état. J'espère vraiment qu'il n'a rien.

— Oh, oui, oui, ne t'inquiète pas », assura Cyrena en ouvrant la porte d'entrée de l'immeuble avant de faire signe à son amie de la précéder.

Le temps d'arriver chez lui, Mutter était à bout de souffle. Il entra en trébuchant, ayant coincé sa botte rigide dans le cadre étroit de la porte, qui avait délogé au passage des traces infimes de feu Hoffman sur sa semelle. Le vacarme de sa presque chute poussa sa femme à s'interrompre dans ses corvées pour se précipiter dans le couloir.

« C'est quoi le problème, Sig ? »

Il rangea sa casquette, mais pas le papier et la pochette en toile qu'il empoignait fermement. « Bon sang, qu'est-ce qui se passe ? Tu fais des yeux de merlan frit. Et regarde comme tu es pâle ! Raconte ! »

Il était hors d'haleine, incapable de parler, mais entre deux râles, sa face écarlate donnait l'impression de vouloir exploser. Il déposa le document sur la table qui trônait au milieu de la petite salle à manger. Il aplatit amoureusement la feuille, caressant ses plis avec soin pour les soumettre.

« Thaddeus est là ? demanda-t-il fiévreusement à sa femme.

— Oui, mon chéri, mais qu'est-ce que…

— Thaddeus ! »

Le jeune homme se prépita dans la pièce, se pliant presque en deux pour passer la porte basse et se glisser sous la mansarde.

« Fils, lis-nous ceci, s'il te plaît. »

Ils se rassemblèrent autour du document, que Thaddeus parcourut rapidement avant de basculer en mode déclamatoire, histoire de voir à quoi il avait affaire. Il s'arrêta net pour regarder son père.

« Papa, tu sais ce que c'est ?

— Oui, oui, lis-le ! »

Thaddeus le débita lentement, avec soin, en énonçant précautionneusement les longs termes juridiques.

« Ah, Sig, c'est quoi ? Je n'aime pas ça. On a encore des problèmes à cause du loyer ? demanda l'épouse émotionnée qui roulait en boule son mince tablier.

— Oh, non, maman ! expliqua son fils. Ça dit que nous sommes propriétaires de la maison, maintenant. Elle nous appartient pour toujours. Plus personne dans cette famille ne paiera plus jamais de loyer. »

Les autres enfants, attirés par les bruits et les vibrations sans précédent qui émanaient de la pièce, se joignirent à eux autour de la table. Le regard de Mme Mutter ne cessait d'aller et venir entre la feuille de papier, son fils et Sigmund. Elle attendait que l'un des deux hommes se décide à parler.

« Mlle Tulp et Mme Lohr nous en font donation. C'est pour me remercier de ma fidélité envers elles et de ma discrétion au sujet du bébé.

— Quel bébé ? demanda tout bas sa femme, le visage soudain vide de tout espoir.

— Papa, c'est énorme ! Tu as dû rendre des services remarquables pour qu'on t'octroie un don aussi généreux !

— Quel bébé ? » répéta Mutter mère, front plissé par le soupçon.

La figure apaisée de son mari s'empourpra. Les compliments étaient une expérience inédite pour lui et il considéra timidement son rejeton.

« Ton grand-père et moi avons pris soin de cet immeuble pendant des années, bien avant l'arrivée de ces bonnes femmes. Travailler pour elles là-dedans, c'est une autre paire de manches.

— Quel bébé ? » brama l'épouse indignée.

Tout le monde la regarda, étonné, et Mutter expliqua : « Je ne sais pas qui est le père. Sûrement un rejeton du carnaval. »

Voyant la confusion aplanir l'expression accusatrice de sa femme, il comprit. « Tu as cru que c'était moi ? Moi, avec une de ces grandes dames ? »

Il se mit à glousser, d'un rire qui vira rapidement au rugissement hilare. Tout le monde se joignit à lui : les petits sans savoir pourquoi et son épouse parce qu'elle était rassérénée. En sus de son allégresse, Sigmund éprouvait une immense fierté : la patronne le croyait capable d'engendrer un autre mioche, de trousser ces jolies donzelles, de les faire jouir de sa masculinité. Son sourire s'élargit. Il ouvrit une bouteille. Il était de loin préférable de penser qu'on le payait pour aider une vie à venir au monde.

30

Quand la clochette en argent tinta, son reflet dégoulina de nouveau dans la partie inférieure du logement de Sidrus.

Mais cette fois, le pigeon ne capta aucune attention, et le message de Nebsuel signalant s'être trompé au sujet des deux étranges bonshommes resta lettre morte. Le guérisseur indiquait à Sidrus, s'il voulait trouver les réponses qu'il souhaitait, de venir en paix afin de discuter gentiment avec les visiteurs. Sautant de son perchoir jusque dans la cage, l'oiseau alla picorer dans sa mangeoire. La clochette tinta à nouveau, mais son bruit s'évapora dans le silence de la maison vide.

Il avait la bouche pleine d'argile et de feuilles sèches de houx. Un chant : dans un monde beige et vague, à l'extérieur de son sommeil, on chantait. Il avait conscience d'une pulsation et d'une démangeaison sourdes, quelque part entre lui et cette mélodie. Lorsqu'il tenta de parler, la sensation vira à des filaments de guirlandes scintillantes : une douleur irisée. Du lierre ? Non ! Des scarabées ! Courant sous sa peau ! Incrustés, rapides. Des décorations de verre. De Noël ? Un arbre dans une maison ?

Il se tâta le visage, s'attendant aux contours mous de la normalité, mais là où sa tête aurait dû se trouver, il n'y avait qu'un énorme ballon déformé de guenilles. Les choses avaient mal tourné, mais comment ? *Réfléchis, rappelle-toi.* Elle avait appelé « du gui », ce bouquet sous lequel on entonnait des ritournelles sans fin. Il se souvint. Il chantait. Sapin, gui et cire fumante dans la pièce. Où donc ? Le chant se tut.

« Tout va bien, maître. Tu vas bien et tu es en sécurité. »

La voix était proche. Elle ne signifiait rien. Quelque chose entra en contact avec ses lèvres. Quelque chose d'humide et de frais. Il téta furieusement. Le couteau ! Sa gorge s'éclaircit, son horreur se dispersa. Le couteau. Il éprouva sa pression, puis plus rien. Le couteau à découper pour le repas de fête. À couper. Le gui. Lui. Tranche de vie. Orbite mortelle.

« Tsungali », appela-t-il faiblement en portant de nouveau la main à sa tête bandée.

Une paluche se referma autour de ses doigts. Il perçut sa radiance. Ça sentait à nouveau le sapin. Sauf que c'était une odeur de désinfectant, pas celle de Noël. Tandis qu'il replongeait dans son sommeil indolore, Tsungali continua à chanter une mélopée venue du fond des âges, destinée à maintenir l'esprit bien serré dans le corps.

« Immobilise-le », ordonna Nebsuel.

Ismaël se retrouva redressé sur le lit, au creux du bon bras, solide comme un roc, de son ami.

« Je vais ôter les dernières couches de feuilles et le bandage. Ça risque de faire mal », prévint le chamane. Dans la pénombre fétide, Ismaël se prépara. Les drogues avaient tenu la douleur à distance, mais, n'étant que dissimulée, elle émergerait de plus belle à la première occasion. Il restait rompu, muet. Son corps se tendit, en quête d'expérience. L'absence de rêves avait épuisé son cerveau. À présent, il sentait tout cela se concentrer dans son visage fourmillant, que le démaillotage de Nebsuel chatouillait et réveillait.

Quand une clarté trouble, tachée, s'infiltra, il se hérissa : le tissu tirait sur des nerfs fendus et de la chair recousue. La masse finale se détacha d'un seul bloc, laissant la lumière crue jouer sur sa plaie ouverte. Le gros pansement sale dans les mains, Nebsuel étudia en silence son ouvrage. Lorsqu'il toucha les paupières nouvelles, Ismaël glapit – pas de douleur, non, mais sous l'effet d'une nausée rance qui le fit regimber.

« Tiens-toi bien tranquille », ordonna Nebsuel avec un mouvement de tête à l'adresse de Tsungali, qui serra plus fermement le patient dodelinant.

Au bout de dix minutes à sonder et scruter ses traits, le guérisseur sourit. « C'est bien, jeune maître. Bienvenue dans le monde banal des hommes normaux. »

Ismaël réclama un miroir, qu'on ne lui accorda pas. « Pas tout de suite. Tu dois attendre que ça désenfle. Ta première impression sera très importante, elle va se graver à jamais dans ton esprit. Tu dois patienter, afin d'en conserver une bonne image et non celle d'un semi-convalescent. »

Ça paraissait logique. Ismaël décida de consentir quelques jours de solitude supplémentaire à son œil fonctionnel.

« Je pars chercher des provisions, des nouvelles et du vin, claironna Nebsuel. Mes sens n'en peuvent plus et j'ai besoin de m'éloigner un instant de l'odeur de ta carne crue. Sortez me trouver d'ici un jour ou deux, et ne regarde pas cette figure, ne la touche pas non plus. Laisse le soleil et l'air la réparer. »

Ismaël songea à proférer des menaces, mais ça semblait hors de propos. Il se contenta d'un au revoir de la main, tout en faisant articuler « Sois prudent » à la partie basse et fonctionnelle de son visage.

Calé sur les oreillers, il s'autorisa à imaginer une nouvelle vie où il n'aurait rien d'étrange, et plus besoin de se cacher. Une existence pleine de leçons et de coïts, de carnavals et d'amis. De façon inattendue, la Chouette remonta dans son souvenir en un vol élégant, silencieux, sur des ailes aussi blanches et pures que les draps en soie du lit partagé tous les deux, aussi puissantes et douces que son corps avide et ses démonstrations de baisers. Il la reverrait. Elle ne le reconnaîtrait pas, mais lui, si. Il refusa la potion antalgique que Tsungali avait pour instruction de lui administrer. Il avait passé assez de temps dans le brouillard. Il voulait se concentrer sur ce qu'il savait, sur les gens qu'il connaissait et sur la personne qu'il était prêt à devenir.

Tsungali préparait à manger dans une petite alcôve, derrière une tenture suspendue. Ne s'étant pas encore complètement fait à sa nouvelle main et son nouvel avant-bras, il se tançait de temps à autre pour les erreurs qu'il commettait au-dessus du fourneau. La riche odeur des céréales au thym qui frémissaient dans l'eau se répandait dans la pièce. Ismaël avait trouvé un livre contenant des images de parcs, des estampes teintées à la main sur un papier épais et artisanal qui montrait lui aussi des fibres végétales en surface. Un tour du monde des jardins de légende. Il en regardait un situé en Tunisie, en orientant l'ouvrage de biais pour le scruter en profondeur, quand il entendit la porte s'ouvrir.

« Nebsuel ! cria-t-il. Je t'ai emprunté un de tes bouquins ! »

Son affirmation fut accueillie par un silence de mauvais augure, de ceux qui crispent soudain toute une maisonnée. Tsungali, qui l'avait senti lui aussi, écarta aussitôt la tenture.

« Que se passe-t-il ? demanda Ismaël. Il y a quelqu'un ? »

Tsungali tendit la main vers ses armes, puis il s'interrompit pour se redresser brusquement, comme au garde-à-vous. Ismaël faillit s'esclaffer, mais il n'avait pas compris l'expression grimaçante de son ami. Ils se dévisagèrent, cherchant chacun une forme de solution chez l'autre, puis Ismaël distingua le mouvement : au milieu du torse du vieux guerrier, un poisson argenté tressaillait. Il grandissait, s'allongeait, et Ismaël n'arrivait plus à en détacher son regard. Tsungali, le voyant, baissa les yeux vers l'endroit où la lame luisante émergeait de sa cage thoracique. Elle tourna et s'étira de nouveau, et il eut une quinte de toux terrible : son cœur venait d'être fendu en deux. Il s'effondra à genoux, puis face contre terre. Le poisson disparut.

Derrière lui, dans l'ombre, se tenait un homme à la tête flottante, informe. Aucune ossature ne semblait sous-tendre son visage. On aurait dit une chambre à air gonflée, lisse, immaculée, et absolument pas naturelle. Était-il l'œuvre de Nebsuel ? Ismaël aurait-il cette apparence-là d'ici quelques jours ?

Sidrus enjamba le corps de Tsungali en brandissant devant lui la longue lame aiguisée comme un rasoir. Sans dévier de sa cible : le cou d'Ismaël.

« Ne crie pas. Ouvre la bouche et je te tranche la gorge, jeta-t-il avec un accent étranger marqué. Réponds tout bas à mes questions. Où est Nebsuel ? Que lui as-tu fait ?

— Hein ? Nous n'avons rien fait. Il est sorti acheter à boire. » Ismaël avait parlé d'une voix chevrotante, mais son visage neuf conservait son attitude de défi. La lame s'approcha.

« Ne me mens pas, abomination. Pourquoi vous aurait-il fait confiance au point de vous laisser sa maison, à toi et à ce vieux corniaud ? »

L'homme donna un coup de pied dans le corps de Tsungali, dont les râles d'agonie résonnèrent si fort qu'ils obscurcirent ses dernières paroles. Le cœur d'Ismaël se crispa, pris d'une crainte mortelle devant cet homme qui tuait de sang-froid, mais il parvint à coasser une réponse.

« Il nous a opérés tous les deux. »

Quelle drôle d'idée, songea Sidrus. Pourquoi le chamane aurait-il pris la peine de les guérir après ce qu'ils avaient fait à l'Archer ? Et pourtant, ce gars-là avait le visage à vif, et ravaudé. Il retourna Tsungali du bout de sa chaussure. Une lanière retenait effectivement un bras de bois. Il l'entama de la pointe de son épée. L'objet tomba. Il plaqua le plat de sa lame contre le moignon, la ramena près de son nez. En humant l'odeur de sutures fraîches, il comprit que l'homme assis dans le lit ne mentait pas.

« Avez-vous blessé ou tué l'Archer ? demanda-t-il.

— Undeswilliams, vous voulez dire ?

— Oui, répondit Sidrus, déconcerté qu'on connaisse ce nom.

— Non. Nous l'avons laissé dans la Vorrh. Il est parti sans nous.

— Et l'arc ? » La lame de Sidrus tressaillait.

« Il... il m'en a fait cadeau. »

Sidrus était interloqué. Comment tout cela était-il possible ? Pourquoi Undeswilliams serait-il allé donner un objet aussi sacré à ce petit bonhomme au visage charcuté ?

« Je saurai la vérité ! affirma-t-il en dégainant une seconde lame cachée jusque-là, pour avancer vers le lit rétréci d'Ismaël. Ses minuscules yeux froids calculaient où trancher en premier.

À l'autre bout de la pièce, un claquement métallique s'éleva, pareil à celui d'une brindille de fer qui s'écrase sous un pas. Sidrus reconnut le bruit avant même d'entendre la voix.

« Balle expansive de douze grammes à quatre mètres, disait-elle. Pose tes lames où je peux les voir, mon vieil ami. »

Sidrus s'exécuta au ralenti, avec un reniflement de mépris à l'adresse d'Ismaël.

« Nebsuel ! Je croyais que cette engeance t'avait supprimé ! »

Il fit mine de se tourner vers la gueule du fusil qui le fixait depuis l'entrée.

« Très, très posément, l'ami. Je connais ta façon de faire et je ne suis pas seul.

— Mais c'est toi qui m'as appelé à la rescousse ! s'insurgea Sidrus.

— Exact, sauf que j'avais tort, tout comme tu as eu tort de trucider un homme sous mon toit. »

Une corde terminée par un nœud coulant ne tarda pas à descendre du plafond. « Mets tes mains dedans, ordonna Nebsuel.

— Ce n'est pas la peine. Tu peux me faire confiance. À long terme, ça te sera plus profitable.

— Mets-y tes mains.

— Ça va à l'encontre de tous mes instincts.

— Fais-le, bon sang ! La mort te guette, tu sais que je n'hésiterai pas. »

Sidrus flanqua ses poignets dans le nœud coulant. Une petite traction s'exerça au-dessus de lui pour resserrer la corde, puis une plus forte l'arracha du sol, le hissant jusqu'au plafond. Un ronchonnement sec emplissait la pièce de son énergie mécanique. Le bruit cessa, puis Nebsuel apostropha Sidrus.

« Tu pendouilles entre deux gros cylindres en bois. Si tu me contraries, tu seras laminé entre les deux et ta viande attendrie en moins d'une seconde. Compris ?

— Oui ! répondit une faible voix.

— Et maintenant, explique-moi de quels charmes et quelles armes exactement tu disposes. »

Sidrus entreprit de réciter l'inventaire de ce qu'il avait sur lui. La longueur de cette liste étonna Ismaël. L'énumération une fois terminée, Nebsuel émergea de la pénombre. Il tenait une colombe noire à la main. Il la projeta en l'air sur un clin d'œil à l'adresse d'Ismaël.

L'oiseau disparut en direction du ciel pendant qu'il actionnait un levier en bois caché dans le mur. Les cylindres tournèrent – lentement, cette fois –, et Sidrus se retrouva abaissé jusqu'au sol. Il était exsangue d'avoir été accroché par ses bras tordus, suspendu au bout d'un fil comme une marionnette. Il foudroya Nebsuel du regard, occupé à bourrer une boulette de feuilles dans la grosse gueule de son fusil à canon court, qu'il flanqua ensuite sous le nez du gardien de l'orée de la forêt.

« Mange ça.

— Va te faire foutre !

— Mange le somnifère ou c'est une balle expansive de douze grammes que tu te mangeras. » Il était sérieux. Sidrus engloutit la boulette collante dans sa large bouche. Nebsuel l'y aida en y enfournant son fusil, qui percuta ses dents.

« Personne ne souille ma maison ainsi. Personne n'assassine dans ma salle de soins. À présent, déglutis. »

Il flanqua un nouveau coup de son canon, dans la pomme d'Adam, cette fois. Sidrus hoqueta, puis avala sa bouchée avec un regard incendiaire. Le levier s'actionna et il tomba à terre. Nebsuel se porta à son côté muni d'un couteau aiguisé et incurvé. Avec une maestria démontrant qu'il aurait aisément pu faire de même pour sa gorge, il trancha dans la corde qui lui retenait les mains.

« Pose tes armes et tes charmes sur la table et pars. » Nebsuel se tenait près de la porte, pétoire prête.

« Je pourrais vous abattre tous les deux malgré tout.

— Peut-être, mais tu le regretterais beaucoup. Nous avons les renseignements qu'il te faut pour trouver ton Archer. Renseignements qui vont te coûter désormais un prix fou. Tu ne reviendras plus jamais chez moi. Si tu franchis ce seuil, tu mourras. Nous ne communiquerons plus que par oiseau à l'avenir. Compris ?

— Je veux tout savoir ! aboya Sidrus.

— Je doute que tu aies le temps.

— J'ai tout le temps qu'il faudra.

— Combien en as-tu mis à venir ici ?

— Hein ?

— Combien de temps ?

— Trois jours.

— C'est bien ce que je pensais. Je t'ai accordé quarante heures pour rentrer chez toi.

— Mais que bavasses-tu, vieux fou ? grinça Sidrus.

— Je te répète qu'à partir de maintenant, toi et moi ne communiquerons plus que par oiseau. J'ai envoyé une colombe noire à ton adresse voilà un quart d'heure. Elle transporte ma dernière dose de l'antidote contre le *Mithrassia Toxia* dont tu viens d'avaler la spore au bout de mon fusil il y a quelques minutes.

— Du *Mithrassia* ? Tu m'as fait prendre du *Mithrassia* ?!

— Oui. J'ai menti à propos du somnifère. C'est pourquoi tu n'as pas le temps de discuter de ce qu'on pourrait faire pour toi. »

Sidrus en resta coi un instant, puis il fonça vers la sortie.

« Prie pour qu'il n'y ait pas d'épervier dans le ciel entre nous ! » cria Nebsuel à la porte qui battait encore.

Le guérisseur entreprit de déplacer la triste dépouille couturée de cicatrices de Tsungali. Ismaël tenta de se lever du lit pour l'aider, mais il écopa d'une fin de non-recevoir et eut l'ordre de se reposer.

Nebsuel disparut au-dehors pour se débarrasser du corps, puis il regagna l'intérieur silencieux de son logis pour commencer à se préparer au rituel de purification, qui durerait cinq jours. Ismaël l'observa de longues minutes, puis finit par s'enquérir : « S'il te plaît, c'est quoi, le *Mithrassia* ? »

Le chamane grommela et s'assit avec lassitude au bord du lit en lui tapotant doucement la main. « Ce n'est pas la peine que tu le saches, jeune homme. Tu as déjà été entouré de trop d'ombre et de terreur. Je ne prendrai pas la responsabilité d'en ajouter. À présent, tu dois guérir. Il faut orienter ton corps et ton esprit vers la chaleur et la lumière. » Il fit mine de se lever, puis se retourna vers lui, visage fendu d'un sourire réticent. « Disons simplement que les symptômes du *Mithrassia* sont persistants et innommables. »

Tsungali passa les cinq jours de purification assis avec son grand-père. Il ignorait qui l'avait tué et pourquoi. Il savait juste que ce n'était pas le guérisseur. Pas comme ça. Nebsuel se serait rappelé son serment de faire justice pire dans la mort que dans la vie. Il espérait que le chamane ne le laverait pas de son exorcisme. Une part de lui-même devait demeurer viable s'il tenait à savourer sa vengeance. Et son spectre devait stationner encore un peu dans ce monde-ci, pour protéger Ismaël jusqu'à ce qu'il parvienne chez lui. Le devoir était la seule chose qui lui restait et Tsungali ne voulait pas que le guérisseur l'efface à coups de brosse. Il disparaîtrait le moment venu, son fantôme partirait – en revenant peut-être, parfois, mais ce temps-ci était compté et il devrait en profiter le plus possible.

Son grand-père avait été heureux de l'accueillir. Il aurait préféré le savoir debout et bien portant dans l'au-delà, mais cette fin, quoique prématurée, avait toujours été prévue, et il y avait eu de la satisfaction dans leurs retrouvailles.

Nebsuel était aussi juste que sage. Il se souvenait de la promesse faite par Tsungali. En son honneur, il lui épargna le récurage ultime. Il se contenta de chasser ses derniers vestiges éparpillés en balayant son spectre vers le monde extérieur pour qu'il y patiente avec la poussière et les feuilles sèches jusqu'à ce qu'Ismaël soit guéri.

Le jour du miroir arriva. Nebsuel montra à Ismaël comment se débarbouiller dans le liquide chaud, aux odeurs de résine, de la bassine posée devant lui. Il tamponna son nouveau visage avec soin et lui aplatit les cheveux, qui avaient bien poussé.

« Très bien, jeune maître, dit-il en allant prendre une glace ovale enveloppée d'un tissu rouge. Le moment est venu. Tu vas maintenant voir mon ouvrage et l'aspect que tu auras dans le monde. » Il la posa devant le jeune homme, dont les joues avaient pâli sous l'effet de l'appréhension. Avec un petit moulinet théâtral de la main, le chamane ôta le tissu pour révéler dans le cadre un personnage cillant.

Ismaël n'arrivait ni à bouger ni à parler. Il toucha le nez et l'œil incrusté, tâtant sa propre réalité. Nebsuel était sur des charbons ardents. Le silence s'appesantissait. Si le résultat n'était pas du goût d'Ismaël ou ne correspondait pas à ses exigences, il ne pourrait rien faire. L'expression de son patient était indéchiffrable ; il ne s'était pas encore habitué à mouvoir les muscles de son visage, que les atteintes nerveuses inévitables rendraient en partie impassible. Nebsuel guettait avec une crainte grandissante. L'ex-cyclope gardait toujours son affreux arc non loin de lui ; s'il lui prenait de s'en servir, son déplaisir pourrait se révéler atroce.

« Qu'en penses-tu ? risqua Nebsuel. J'ai mis à profit toutes mes connaissances. C'est le plus beau travail que je puisse accomplir, sois-en sûr. »

Ces paroles secouèrent Ismaël de sa torpeur. Il se leva et s'approcha très lentement du vieillard, lui prit la main et la porta à ses lèvres. C'était là un baiser d'un nouveau genre, que personne ne lui avait enseigné.

La convalescence fut rapide. Il se remettait de jour en jour. Il reprit des forces et apprit beaucoup de Nebsuel, pour qui la présence d'un élève aussi sagace et aussi passionné était inédite. Le guérisseur pouvait passer des jours à faire étalage de ses connaissances, à raconter des merveilles et des impossibilités, sans que l'attention du jeune homme ne faiblisse jamais.

À mesure qu'Ismaël s'exerçait, sa figure acquérait de la fluidité. On pouvait désormais y lire ses humeurs. La communication lui devint facile. L'arc vivait dans un coin de la maison, enveloppé, silencieux – en sécurité, mais inemployé.

On n'avait aucune nouvelle de Sidrus. Comme la colombe n'était pas rentrée, ils ne pouvaient savoir s'il s'était remis malgré sa fureur ou décomposé dans d'atroces souffrances. Au fil des semaines, les deux hommes furent de moins en moins sur leurs gardes ; Nebsuel avait ôté certains des charmes les plus virulents qu'il avait disposés un peu partout chez lui pour les protéger.

Une amitié inattendue se fit jour dans ce duo improbable. Un moment, ils jouèrent au père et au fils. Tsungali venait parfois se manifester la nuit en toquant – pas pour les effrayer, mais pour annoncer sa présence et marquer son inquiétude à voir le séjour d'Ismaël se prolonger autant. Ils l'ignorèrent un temps, continuant à travailler ensemble entre les murs vétustes. Mais épanouissement et satiété ne suffisent pas à retenir longtemps les jeunes gens, si bien qu'un matin, sans raison apparente, Ismaël claironna qu'il devait partir trouver sa place dans le monde. Il était temps.

« Parce que ici, ça ne te va pas, comme place ? grommela Nebsuel.

— Si, répondit son obligé, mais j'en connais une autre, à laquelle je dois m'affronter d'abord.

— Tu as sans doute raison », admit à contrecœur le vieil homme.

Ils consacrèrent les jours suivants aux préparatifs du départ. Comme pour tous ceux qui s'apprêtent à une séparation, la tension d'un ailleurs imaginé écrasait et tordait douloureusement le temps dans lequel ils évoluaient. Quand ils entendirent le fantôme impatient déambuler devant la porte à la veille du jour J, Nebsuel, saisi de mélancolie, prit le mors aux dents. « Dehors, menue nuisance ! Il sera à toi demain ! Laisse-nous une ultime soirée ensemble. »

Ces mots semblèrent entrer en résonnance avec le spectre de Tsungali. On l'entendit changer d'orientation et partir.

« Ça dort, des fois, les fantômes ? se surprit à demander Ismaël.

— Oui, mais pas du sommeil des hommes. Le leur est plus vide. Le nôtre est toujours plein : de la sieste au coma, il déborde. Ces êtres creux ont des rêves légers, dangereux. »

Il y eut un silence, comme si l'air écoutait. Puis Nebsuel continua. « Le sommeil léger est contagieux pour certains. Il peut durer des siècles. Et permettre à celui qui le vit de se transformer, entièrement ou en partie. Certains affirment que les créatures qui infestent la Vorrh l'utilisent consciemment dans ce but, qu'elles s'y enfouissent plus profond et qu'elles rajeunissent dans leur désir de redevenir rien. C'est seulement ainsi qu'elles peuvent espérer s'évader de la Vorrh et échapper à leurs obligations en son centre.

— Comment le sait-on, puisqu'elles gisent enfouies et oubliées ?

— Certaines se font déloger, mettre au jour par des animaux ou des êtres humains qui les remontent en surface. Ce sont les plus dangereuses, parce qu'elles ignorent désormais qui elles sont. Si elles pénètrent dans le monde des hommes, elles repoussent déformées et en adoptent l'apparence.

— Tu veux dire que certaines évoluent parmi nous ici même ? »

Ismaël semblait tout à la fois craintif et prêt à défendre son nouvel univers.

« C'est ce qu'on raconte. » Il y eut un silence, le temps que les deux amis soupèsent une telle impossibilité.

« Se reproduisent-elles avec des humains ? » demanda Ismaël.

Nebsuel éclata de rire. « C'est mieux et pire que ça. Certaines profitent de la contagion qui naît de leurs ébats avec un humain conscient de leur réalité, pour se fondre avec les êtres placés sous son influence.

— À quel profit ?

— Si un Ancêtre et un humain consentant entrent dans cet état et se bloquent au reste du monde, ils deviennent quelque chose d'autre, de très différent, d'informe, comme un souvenir, un génie tangible de l'endroit où ils se cachent. Ce génie peut s'imposer à l'imagination de qui vient à passer à proximité, soulevant de grandes sensations et de puissantes émotions chez le voyageur sans méfiance.

Il se raconte que cela a servi d'arme dans la défense de lieux saints. Jérusalem est censée être gardée ainsi, par du vague à l'âme. On affirme même que l'esprit de la forêt est constitué d'une telle force pure, que c'est elle qui compose le Noir aux mille visages. »

C'étaient là de grosses réflexions pour Ismaël et son cerveau déjà plein de la mélancolie du départ. Il ne posa plus aucune question et Nebsuel n'offrit plus aucune érudition. Ils contemplèrent le feu qui scintillait dans son âtre surélevé au milieu de la pièce. Ils burent leur vin à petites gorgées sans rien dire, le regard fixe.

Le lendemain matin, ils s'étreignirent sur le seuil. Nebsuel avait préparé un nécessaire bourré de potions et de charmes, qui reposait bizarrement entre eux dans l'embrasure. L'arc était déjà dehors – quelle légèreté et quel soulagement pour le chamane qu'il disparaisse. En faisant ses adieux, ce dernier proféra avertissements et conseils, tandis qu'Ismaël exprimait ses plus vifs remerciements. Ils promirent de se revoir, puis se laissèrent là.

31

Muybridge avait fini par sentir le poids des ans. Non qu'ils l'eussent privé d'une part de lui-même – il était fort, mince, agile, doté du physique d'un homme deux fois plus jeune –, mais le peu de temps qu'il lui restait commençait à l'agacer. Il devenait conscient de la quantité de travail à abattre et du délai limité dans lequel il serait en mesure de le faire.

Il était sous les feux de la rampe. Il ne s'écoulait presque pas de jour sans qu'il doive tenir une conférence ou produire des interviews, des articles. Les zoopraxiscopes n'avaient aucunement perdu en popularité et il s'était débrouillé pour remiser ses désillusions à leur propos. Ces appareils lui permettaient de gagner des sommes folles et c'était eux, beaucoup plus que son œuvre plus sérieuse, sempiternellement ignorée et sous-estimée, qui lui valaient sa réputation.

Après sa rencontre avec Edison, où tous deux avaient débattu la possibilité d'ajouter du son aux images mouvantes, il s'était mis à repenser à sa machine abandonnée à Londres. Edison était quelqu'un d'impatient, et d'un peu trop superficiel au goût de Muybridge. Ce n'était guère plus qu'un mécanicien à l'ego obstinément tendu vers la gloire et la fortune. Au fond, il ressemblait plus aux nouveaux businessmen du grand spectacle qu'à un de ces « fils de la science » chers à Francis Bacon. Il avait plus en commun avec Barnum et Bailey qu'avec les éminents savants de ce monde.

Cependant, leur rencontre avait servi à orienter Eadweard vers ce que signifiaient en profondeur ses propres connaissances – un sens fort éloigné de la production de jouets destinés au divertissement. De sorte qu'il était revenu sur cette énergie cachée qu'il avait eu l'opportunité d'observer dans certaines images photographiques. Quand l'occasion s'en présenterait, il retournerait à son appareil afin de saisir ce phénomène et d'expliquer son fonctionnement à un public plus sélect et plus digne de ses révélations.

Dans l'intervalle, certains des innombrables patients qu'il avait traités lui payaient leurs dividendes ; ses investissements étaient d'un bon rapport et les Stanford parrainaient toujours ses travaux. Il était un homme de bien et de biens. Il pouvait agir à sa guise.

À sa grande surprise, rien n'était jamais sorti des coffres de la Winchester. La haridelle ne lui avait pas donné un kopeck. Malgré la peine qu'il avait prise et le temps qu'il lui avait consacré, elle ne lui avait rien commandé. Il songeait parfois à elle, claustrée dans son mausolée lambrissé où elle ne laissait entrer personne, occupée à construire des monceaux de pièces vides pour les morts. Quand on pensait aux millions de dollars qui affluaient toujours grâce à ce vieux fusil, un *cent* pour chaque balle tirée, pour chaque nouveau clou destiné à sa forteresse ! Une vieille folle enfermée dans une caisse en bois. Comment s'appelait celle de l'histoire de Dickens, déjà ?

Il y avait très longtemps de cela, il avait offert un abonnement à son épouvantable épouse pour son anniversaire. Un abonnement à une revue *anglaise*. Il revoyait encore sa tête lugubre et maussade lorsqu'il lui avait donné le premier numéro. Il s'agissait d'un cadeau de choix. Le coût de l'exemplaire et les frais d'acheminement se posaient là, mais ça en valait la peine, trouvait-il. Cette chienne imbécile aurait pu s'instruire en la lisant si elle avait daigné le faire. Cela l'aurait éclairée, aurait inculqué un peu de culture dans son esprit étroit de Yankee des Grandes Plaines. Sauf que cet argent gagné à la sueur de son front, il aurait aussi bien pu le brûler, vu le manque d'enthousiasme dont elle avait fait preuve. C'était lui qui s'était mis à parcourir le magazine, au bout du compte. Il détestait lire de la fiction, mais pas autant que de voir ces paquets non ouverts en provenance de l'éditeur.

Quand il s'était plongé dans l'histoire de M. Dickens, il y avait reconnu de nombreux éléments coïncidant avec sa propre vie. Peut-être ce grand auteur avait-il rencontré la douairière au cours d'un de ses voyages aux États-Unis ? Rencontré et emprunté sa folie, de manière à l'enfermer pour toujours dans les mots qu'il écrivait ? Enfin, peu importe. Il n'avait plus besoin de l'argent de Sarah Winchester. Il se suffisait à lui-même. À supposer qu'il en trouve le temps, il rebâtirait cette machine mystérieuse et puissante afin de se graver à jamais grâce à elle une place dans l'Histoire.

C'est ce raisonnement qui le poussa à exhumer le registre tenu lors de la période détestable vécue à Londres. L'objet était encore imprégné de l'odeur de l'appartement de Gull et au moment de rabattre le clapet, Eadweard réentendit bourdonner le levier qui orientait la lumière. Les notes qu'il avait sous les yeux n'avaient rien perdu de leur logique. Elles demeuraient le produit d'un esprit équilibré et créatif. Il refermait le livre à l'envers en se jurant de ne plus permettre que l'on gâche une œuvre d'une telle valeur, quand il vit le dessin comme une ombre noire à l'arrière de la couverture : un crayonné de son éclipse solaire ! Cette obscène bonne femme l'avait tracé de mémoire, à partir de sa photographie, directement sur l'instrument de travail d'Eadweard. Quel toupet ! C'est alors qu'il découvrit le second dessin : une carte d'Afrique, aussitôt identifiable, mais déformée, griffonnée et renversée la corne en bas. Près du bord, il y avait la même signature, le « A » infirme d'Abungu. Il reconnaissait bien là sa patte perverse ! Un jour, il avait demandé à Gull si ce prénom voulait dire quelque chose. Le médecin lui avait répondu qu'il signifiait « originaire de la forêt ». Eadweard blêmit en le regardant, le sachant tracé et inscrit en secret pour lui.

Il commençait, pour la première fois de sa vie, à se lasser de ses longs allers-retours transatlantiques, mais malgré les critiques émises par une nouvelle génération de scientffiques sceptiques, il rentrait à Londres à la demande générale pour y être honoré. L'Angleterre lui devait ça. Il s'y rendait aussi pour affronter le cauchemar infini qu'était Whitechapel.

Chaque voyage semblait un peu plus long que le précédent. Les bijoux qu'étaient jadis le ciel nocturne et les vagues lumineuses lui paraissaient de moins en moins rutilants, de moins en moins attirants, et il passait de plus en plus de temps, claustrophobe, dans sa cabine, à prévoir et à ruminer ce qui pouvait le guetter.

Il avait coutume d'anticiper les persiflages de ceux qui s'en prenaient constamment à la validité de son travail. Il répétait ses réactions à leurs attaques gratuites. Il avait impitoyablement traqué ses critiques par l'intermédiaire de lettres à la presse. Le paquebot tanguait contre ses adversaires et tous ceux qui le désavouaient : les couards qui, cachés dans l'ombre, attendaient le moment de le rabaisser ; ceux qui objectaient à ses retouches, ses améliorations des clichés originaux légèrement flous ; tous ces gens dépourvus d'esprit artistique qui enviaient son talent de photographe et de peintre. Il les terrasserait les uns après les autres, les pourfendrait de l'aine au ventre pour tant d'impertinences. Le navire oscillait de plus belle, et il songeait à ceux qui l'avaient trahi ou laissé tomber. Ils étaient nombreux et, par certains côtés, plus pernicieux que ses ennemis déclarés.

Il s'était demandé pourquoi Gull avait cessé de lui écrire. Les quatre dernières lettres qu'Eadweard lui avait adressées étaient demeurées sans réponse. C'est alors qu'il avait eu vent de la rumeur de sa mort. Mais sans jamais en avoir la preuve.

À son arrivée, Muybridge s'installa au Great Eastern Hotel, seul établissement à des kilomètres à la ronde à proposer la magnificence qui était devenue sa règle. Il était aussi situé à quelques minutes à pied des taudis sordides parmi lesquels sa machine avait si parfaitement fonctionné. Une heure après avoir défait ses valises, muni de son pistolet, il gagna la ruche qu'était Whitechapel.

Rien n'avait véritablement changé, et il retrouva sans difficulté le chemin de l'immeuble qui l'obsédait toujours. Il leva la tête vers l'endroit où la porte se trouvait. De la neige s'y engouffrait depuis les rues frigorifiantes.

Pour une fois, il n'y avait pas foule dans cette partie de la ville. Le froid avait poussé tout un chacun à rentrer se terrer en silence pour la nuit.

Il grimpa l'escalier à l'air libre jusqu'au palier familier où le verglas rendait la pierre traîtresse. Du givre luisait sur les balustrades. Les degrés crissaient de concert avec ses longs os glacés. Il avait vieilli de sept ans depuis la dernière fois, de quoi permettre à la moindre des cellules de son corps de se renouveler. C'était un autre homme qui s'élevait parmi ces ombres, alors pourquoi se sentait-il le même qu'avant ?

La clé en laiton terne dans sa main lui paraissait inchangée, et pourtant sa hantise ne pouvait pas être là. Elle avait vendu les appareils photo pour se payer un retour en bateau vers ses origines. Elle était au soleil en Afrique, dans sa chaleur. Dans ce cas, pourquoi les entrailles de Muybridge s'étaient-elles creusées de crainte pendant qu'il grimpait ?

La porte s'ouvrit sans difficulté et il s'arrêta pour tendre l'oreille, guettant ces bruits que font les êtres humains même lorsqu'ils retiennent leur souffle, ces vibrations incontrôlables qui sont émises dans leur sommeil. Il n'y en avait aucune. Les lieux étaient déserts, d'un silence matelassé par la neige du dehors.

Il referma derrière lui, scruta l'intérieur du studio : sa machine s'y trouvait toujours, exactement au même endroit. Cependant, ses nerfs noués déstabilisaient ses capacités. Impossible de ne pas inspecter les autres pièces. Il les parcourut à la hâte et y découvrit un vide clinique : on avait débarrassé le moindre vestige des occupants précédents. Le cadre du lit en métal était mis à nu ; le lavabo aussi ; il ne restait que la pile de couverts du mémorable petit déjeuner, intacts.

Il regagna l'appareil en ôtant ses gants pour tâter du bout des doigts les mécanismes froids et lisses. La manivelle tournait aisément, sans contrainte ; le temps n'avait pas atrophié le produit de l'ingéniosité d'Eadweard. Les lentilles et les obturateurs papillonnaient, obéissants, quoiqu'un peu trop vite. Il se pencha plus près pour vérifier : toutes les surfaces polies étaient propres, dépourvues de poussière.

Alors qu'il caressait de nouveau les engrenages, il sentit de l'huile sur sa peau. Il scruta derechef. Il y avait des traces d'usure sur la courroie utilisée pour maintenir la tête. Quelqu'un s'était servi de sa machine – pas une fois, mais à de nombreuses reprises. De qui pouvait-il bien s'agir ? Et dans quel but l'avait-on fait ? Il se lança dans des conjectures. Hormis Gull et ses hommes, la seule autre personne à posséder une clé avait été cette diablesse. Il frissonna. Venait-elle encore, droguée aux effets de l'appareil ? Tendu, il parcourut à nouveau les lieux pour vérifier, la main sur le revolver fourré dans sa poche. Rien ne bougeait.

Il regagna la table, la contourna. En dessous du tapis taché, quelque chose faisait une bosse sous son pied. On aurait dit un long tuyau très fin. Il s'agenouilla et rabattit le tissu élimé. Un câble électrique noir isolé par une couche de goudron courait le long des lames du plancher, traversant ainsi toute la pièce. L'extrémité grimpait sous la table, dissimulée derrière l'un des pieds, jusqu'à la partie inférieure du plateau. Eadweard examina le branchement pour voir ce qui était caché dessous. Ce fut sa meilleure trouvaille. Deux lampes incandescentes, maintenues par des colliers solides. Il en détacha une pour l'observer. C'était signé Edison : une de ses ampoules artisanales, alimentées à l'électricité – nouvelles, uniques et terriblement onéreuses. Mais d'où sortait-elle ? Et qu'allait fournir à sa machine cette extravagance ?

Il se redressa et contempla l'appareil, fil et ampoule toujours dans les mains. Il imagina Λ dedans, sereine et apparemment insensible à ses effets, puis il tenta de chasser de son esprit les images de la transformation qu'elle subissait. Il regarda le câble, qui se divisait en deux pour se relier à chacune des deux ampoules. Des bagues métalliques, sur la douille, les maintenaient en place. Eadweard chercha des doigts sous le plateau et ne tarda pas à repérer les deux trous forés dedans. La surface était brûlée près des bords, le vernis s'écaillait à cause de la chaleur continuelle des lampes. Il remonta le fil jusqu'à un placard vide. Tout portait à croire que les batteries y avaient été stockées : quelqu'un avait employé son appareil en pleine nuit. C'était l'unique explication possible pour une installation aussi dispendieuse : s'en servir pour transformer quelqu'un pendant que tout le reste du monde dormait. Eadweard frissonna à cette idée. Sa machine vouée au jour et qui s'était déjà révélée sinistre en présence du soleil avait adopté en son absence une fonction menaçante, contre nature. Quel dommage de ne pouvoir s'en entretenir avec le puissant chirurgien. Ce n'était plus le moment.

En rentrant à son hôtel sous la lente averse de neige, il se dit qu'il valait peut-être mieux laisser dans cet état la pièce fermant à clé, sachant que le médecin mort avait été seul au courant de sa participation. Si quelqu'un avait employé sa machine à des fins déplacées, ce n'était pas son problème. Il était innocent de tous les effets qu'elle pouvait avoir produits. Oui, il était préférable de se pas s'en mêler.

Son instinct sûr, affûté par le froid, lui soufflait qu'il n'avait plus que quelques jours à passer dans cette ville de crime et d'intrigue. Il ferait profil bas, laisserait la neige feutrer les événements jusqu'à l'embarquement. Ensuite, une fois entre ses deux mondes, il pourrait décider s'il fallait continuer ou s'il devait jeter la clé en laiton dans l'eau bouillonnante, dépourvue d'étoiles.

Autour du Great Eastern, les becs de gaz luisaient et scintillaient au milieu des flocons. Il avait à peine le temps de se reposer et de prendre un bain avant de s'habiller pour sa conférence du soir. Il était une célébrité mondiale ; c'était lui que l'on immortalisait, à présent. Son énorme portfolio sur le mouvement humain avait connu un succès colossal et il avait enfin la certitude de ne pas s'être démené en vain. Sa place dans l'Histoire était assurée. On avait beau basculer dans un nouveau siècle, son travail surnagerait au-dessus de la vague d'étrave.

Il y avait foule à l'Institut. Au grondement de fond étouffé, il était clair que tous les confortables fauteuils étaient occupés. Lorsqu'il peigna sa barbe titanesque à la blancheur éblouissante sur la noirceur lustrée du drap fin, son costume de soirée neuf crissa. Il vérifia à nouveau son image dans le miroir. Un homme de bien. La ferme dignité de la science reposait sur ses épaules solides.

Il s'avança à grands pas sur scène au milieu des salves d'applaudissements. Il avait transféré sur verre certains de ses clichés préférés parmi les plus anciens, ainsi que sa plus récente série de décompositions du mouvement, éléphants et études de danseuses posant dans des postures classiques. Il avait hâte de les voir projetés en grand format. Il avait préparé des abat-jours de lanterne magique pour toutes ses études afin d'en faire profiter un public plus vaste ; cela mettrait également en avant l'intérêt d'acheter ses publications. On sentait l'assistance se pencher de plus en plus près. Son appréciation et son émerveillement étaient aussi perceptibles que peuvent l'être l'odeur de la mer ou la chaleur.

Il parcourut du regard les visages contemplant par centaines l'écran tendu derrière lui. Il pouvait surveiller leur concentration sans qu'on le remarque. Ils étaient tellement fascinés par ses images magnétiques que lui-même en était devenu invisible. Sa notoriété se lisait dans leur ravissement écarquillé, leur enthousiasme, dans leurs soupirs interloqués. Ils étaient tous ses ouailles, ses prisonniers illuminés.

C'est alors qu'il aperçut l'impossible, le scrutant assis dans le public et ignorant les animaux et les êtres humains qui évoluaient sur l'écran. Gull. Qu'il avait cru mort. Sa disparition était censée avoir coïncidé avec le dernier départ d'Angleterre d'Eadweard. C'était pourtant ce que tout le monde lui avait dit. Les personnes auxquelles il se fiait lui avaient-elles menti ? Même le bonhomme qu'il payait pour lire les journaux anglais ?! Eadweard n'avait plus le temps de parcourir le moindre entrefilet mondain que rapportait la presse. Son employé avait pour ordre d'écumer les quotidiens en quête d'articles à son propos ou des lettres qu'il avait adressées au courrier des lecteurs. Pourvu d'une liste de noms à repérer, il avait rapporté la mort de Gull près de deux ans plus tôt ! Même l'hôpital avait confirmé. Et pourtant, le praticien était là, grandeur nature. Son gros visage rectangulaire scintillait en surimpression sur la clarté du projecteur.

Dans des circonstances moins publiques, Muybridge aurait eu quelques mots avec le bon docteur. Des questions sur l'emploi qu'il avait fait de sa machine lui étaient venues aussitôt à l'esprit. Mais les diapositives d'animaux étaient terminées. C'était son tour. Il devait meubler un bref moment avec ses explications le temps que l'on charge la prochaine série d'images. Quand la poursuite se cala sur lui, il ne distingua plus l'assistance ni le médecin. L'espace d'un instant, perdu, il oublia ce qu'il avait à dire. La salle gigota, mal à l'aise. Des murmures s'élevèrent. Il toussota, gronda, puis ses bredouillements remirent en branle son volant d'inertie. Son discours redémarra, captivant à nouveau l'auditoire.

Cinq minutes plus tard, il recevait le signe de tête du projectionniste et mettait un terme à son exposé. La poursuite s'éteignit. Les diapositives scintillantes apparurent : ses *Athlètes* des séries de Palo Alto ; *Hommes et Femmes en mouvement*. Il se retourna vers Gull. Il avait disparu, mais là où il se trouvait assis plus tôt, deux taches demeuraient dans le noir. Muybridge s'escrima du regard. Elles avaient l'air d'yeux constitués de traînées de lumière. Cela l'ébranla et perturba sa prochaine tirade. Du bras, il fit signe au projectionniste de continuer, ne voulant plus que scruter l'assistance et comprendre quelque chose à ce qu'il voyait. *Femmes et Enfants ; Course et Saut à la corde ; La Danse antique (Miss Larrigan)*. Il s'avança d'un pas pour observer le fauteuil vide, avec une certitude accrue. Ça y était toujours. Des globes amorphes d'une intensité brillante lui rendaient son regard foudroyant. Pourquoi personne dans la salle ne les distinguait-il, alors qu'ils flottaient si près ? Gull lui jouait-il des tours avec ses programmations mentales, ou était-ce lui, Eadweard, qui se faisait des idées ? Avait-il basculé à nouveau dans la maladie ? Il détailla les visages proches, mais tous avaient les yeux vissés sur les silhouettes qui ferraillaient à l'écran et leur fond quadrillé, leurs muscles et leurs courbes confrontés à l'immobilité de cette grille. Une même charge d'étrangeté se reflétait systématiquement entre les corps et le minutage qui les enserrait.

Il perçut les pupilles, images rémanentes brûlées sur sa rétine, longtemps après qu'ils eurent disparu. Il se frotta les paupières, transformant les taches en flou sombre ; quand il rouvrit les yeux pour regarder l'écran lumineux, il y découvrit deux trous obscurs, brouillés ; des fosses évoquant les « avances immobiles » photographiées par Marey. Il les frotta de nouveau, s'énervant encore plus de cette outrecuidance.

Il crut voir quelque chose bouger au fond de la salle, une ombre qui s'aplatissait pour éviter qu'on la détecte. Était-ce possible ? S'agissait-il de Gull ? Il devait y avoir une réponse qui fasse sens. Eadweard n'accordait aucune foi aux fantômes. Le spectateur retardataire se remit douloureusement sur pied, son genou meurtri aggravant l'embarras de sa chute au milieu de l'allée, ce que dans son aveuglement mental Muybridge ne remarqua pas.

Miss Larigan dansait à l'écran, dans sa tenue censée ressembler à celles représentées sur les frises et les nobles temples de la Grèce antique. La nature diaphane du vêtement permettait d'apprécier l'élégance de sa gestuelle en rythme, et les contours sensuels de l'anatomie féminine. Projetée dans de telles dimensions, cela laissait également voir ses seins pointus et l'ombre de son mont de Vénus ; ce corps se mouvait colossalement, quittant l'espace accepté de la nudité pour l'arène hautement électrisée de l'érotisme. Muybridge ne s'était pas préparé à un effet de cet ordre ; son public en fut notablement désarçonné.

L'homme tombé au fond de la salle s'était relevé dos à l'écran, pas conscient le moins du monde de la vision charmante qui s'offrait à tous. Un ami tendit la main pour l'aider et il laissa échapper un rire bref pour montrer qu'il allait parfaitement bien. Par un caprice de l'acoustique, ce bruit porta et s'entendit partout. Muybridge pivota dans cette direction en toisant le coupable tel un Jéhovah courroucé.

« Qui ose ricaner ? Ce sont là des images artistiques et scientifiques. Je ne les ai pas apportées pour titiller les esprits lubriques, monsieur ! Si j'ai trimé pour qu'elles atteignent à une telle perfection, ce n'est pas pour que vous les avilissiez. J'ai traversé l'Atlantique afin de démontrer ma technique à un public cultivé, pas pour distraire les bons à rien insolents qui ont la morale d'un Turc ! »

Un silence stupéfait s'abattit. Il scruta de nouveau le siège vide.

« Suivante ! » beugla-t-il au projectionniste qui faisait le gros dos.

À la fin de sa conférence, il sortit de scène à grands pas tandis que l'assistance l'ovationnait démesurément en manière d'excuse. Muybridge quitta le théâtre au son des applaudissements. Voyant qu'il ne réapparaissait pas, les spectateurs partirent en silence comme des moutons muets et résignés après avoir laissé s'éteindre la claque.

Ce soir-là, Eadweard exhuma tous les avis d'obsèques afin de s'assurer que Gull était effectivement mort. À l'évidence, un plaisantin s'était livré à un canular élaboré, un sabotage, afin de faire d'Eadweard un objet de risée générale.

42

Essenwald avait changé. Ismaël l'avait senti dès le moment où il avait pénétré aux abords de la ville. Le sentiment de sécurité y avait viré à l'impatience ; l'énergie électrique de son industrie était empreinte de frénésie et de chaos. Tout cela planait dans l'air : le malaise était palpable.

Il parcourait les rues tête baissée pour dissimuler ses traits à la foule. Il n'avait pas encore l'habitude de se montrer à visage découvert. Sa figure attirait les regards, déclenchait la scrutation des inconnus – quoique plus sous l'effet d'une horreur innommable. Cette réaction-ci prenait sa source dans autre chose, dans une compulsion qu'il ne saisissait pas tout à fait, même s'il en reconnaissait au moins trois composantes : surprise, curiosité et commisération. Des rares personnes à l'avoir vu jusqu'ici, aucune ne s'était enfuie, traumatisée, ni n'avait poussé de cris étonnés. Elles avaient cherché à mieux comprendre ou s'étaient détournées. Sa transformation d'une importance merveilleuse alimentait une fièvre bouillonnante et pulsante en lui.

Au cours des quatre jours qu'il avait mis à atteindre les faubourgs, il avait dépensé presque tout l'argent et toute la nourriture fournis par Nebsuel au moment du départ. Il se lança dans des réflexions sur sa capacité à survivre dans un univers aussi dispendieux.

Si auparavant, il était protégé de telles réalités, les mécanismes de l'existence lui apparaissaient désormais. Il les trouvait déroutants et assez rudes. Son instinct lui dictait de se diriger vers la rue Kühler-Brunnen ; au moins y aurait-il là-bas un visage ami. On l'inviterait, le nourrirait – même ce vieux pisse-vinaigre de Mutter. Enfin paré d'un plan, il se mit à arpenter avec détermination et ivresse l'enchevêtrement urbain.

Une légère panique commençait à gangrener la vie essenwaldienne. Le pouls régulier du grand cœur bûcheronneur de la ville avait ralenti par à-coups à mesure que l'afflux de grumes se tassait et que la demande bloquait et bouffissait les artères avec ses besoins. Depuis la disparition des Limboia, il ne s'écoulait plus de la Vorrh qu'un filet d'arbres. La maigre main d'œuvre qui en exprimait le bois était chère et sa besogne, hâtive et sporadique. Personne ne voulait trimer chaque jour dans cette forêt dont aucun salaire ne pouvait dédommager des effets dévastateurs. Au départ, on avait formé les nouvelles équipes de travail à partir de volontaires issus des industries sylvicoles. Ce système n'ayant pas tardé à se gripper, on avait eu recours à des immigrés attirés sur place grâce à des rumeurs de grasse rémunération. Ces derniers avaient vite découvert le secret de la ville et adjoint leurs propres strates de mythe aux arbres méditatifs.

À présent, la main-d'œuvre se constituait d'un cocktail de malheureux, de malfaiteurs et de malades mentaux, pour la plupart recrutés de force. Nul ne savait quel effet on risquait de produire en ajoutant un mélange aussi volatil à l'esprit de la Vorrh. C'était une mesure désespérée, et les anciens de la Guilde forestière se réunissaient quotidiennement pour tenter de mettre au point la prochaine solution. L'ex-esclaverie servait d'auberge à l'équipe itinérante instable qui coupait et charriait désormais les arbres. Un lieu à éviter, indéniablement, et Marie Maclish, souscrivant à cette interprétation, avait accepté l'indemnité de la Guilde, puis pris ses cliques et ses claques pour élever son enfant en terrain plus sain.

→

Ismaël s'était égaré. Il avait longé le même jardin à quatre reprises en l'espace de deux heures, chaque fois depuis une direction différente. Il finit par stopper pour rechercher les flèches de la cathédrale qui sauraient le guider jusqu'à son chez-lui, mais on ne les distinguait pas depuis les artères élégantes qu'il parcourait. Il fallait monter plus haut. Ayant repéré une rue qui semblait vaguement grimper, il s'orienta vers elle.

Il marchait depuis dix minutes quand ça devint perceptible – pas visuellement, mais dans son sentiment de familiarité : il était déjà passé dans le secteur. Il regarda, perdu, la dizaine de vastes demeures qui bordaient la chaussée, leurs murs imposants, leurs tours grandioses et leurs longs toits penchés aux ardoises immaculées. Pourquoi serait-il jamais venu par ici ? Au moment même où il formulait cette question, il trouva la réponse : c'était la rue de la Chouette ! Il l'avait dénichée – ou l'inverse. N'ayant que peu de souvenirs visuels de l'extérieur de la bâtisse, il déambula dans un sens, puis dans l'autre, en s'attardant un peu plus chaque fois devant celle ceinte de grilles de métal ouvragé. Il n'avait rien à perdre. Il lissa ses cheveux noirs qui lui descendaient à présent jusqu'aux épaules, épousseta la longue redingote bleue donnée par Nebsuel, puis il s'approcha des grilles en s'arrêtant un instant avant d'actionner la cloche métallique. Ayant haussé son col autour de son visage, il se mit en devoir d'attendre.

Un petit bonhomme fade, inattentif, se porta vers les grilles et le dévisagea à travers. « Oui ?

— J'aimerais parler à la maîtresse des lieux.

— Que souhaite dire monsieur à Mme Lorh ?

— C'est d'ordre privé. Très privé. Mais elle me reconnaîtra. »

Le petit homme scruta de plus belle le personnage louche dissimulé sous cette tenue mal ajustée et ce col remonté.

« Qui dois-je annoncer ? »

Ismaël regarda le domestique, consterné. Il avait compris le problème une seconde trop tard. La Chouette ne connaissait pas son prénom. Sans compter que ne pas donner de patronyme paraîtrait curieux : la plupart des autres gens qu'il avait rencontrés en avaient au moins un.

Derrière les grilles, son interlocuteur s'énervait, de moins en moins enclin à croire que cet individu pouvait légitimement prétendre devoir avoir affaire à sa maîtresse.

« Dites-lui que c'est Ismaël, je vous prie, de la nuit du carnaval. »

À présent, le cerbère était sûr que cette engeance débraillée portant un havresac élimé et un long paquet n'avait vraiment rien à faire là. « Mme Lohr ne sera pas en mesure de vous aider, monsieur. Partez, maintenant ! Partez ! »

À nouveau, Ismaël tâcha de s'expliquer, mais ses paroles ne furent bonnes qu'à braquer le concierge.

« Partez ! Pas de mendiants par ici ! Nous avons eu assez de problèmes avec vos semblables ! »

Ismaël renonça, ramassa l'arc et s'éloigna d'un pas las.

« Quel est le problème, Guixpax ? demanda Cyrena depuis le balcon.

— Rien, madame, juste un énième mendiant.

— Il a osé sonner ? » s'étonna-t-elle.

La pauvreté suscitait décidément de plus en plus d'audace.

« Un bon à rien insolent qui prétendait vous connaître, madame.

— Vraiment ? On se demande jusqu'où ils iront ! » Elle se détournait et repartait du balcon quand quelque chose l'arrêta, hors de son champ de vision. Elle ferma les yeux et regagna la balustrade, craignant presque de poser la question qui lui brûlait les lèvres.

« Guixpax ! Ce mendiant a-t-il décliné son identité ?

— Comment ? Non, madame, il n'a donné qu'un prénom. Ismaël, il me semble. »

Il était presque au carrefour quand il entendit appeler. Quelqu'un s'approchait rapidement dans son dos. Il stoppa, sentant que se mettre à courir serait pris pour un signe de culpabilité, et il se voûta dans l'attente des noises. Il n'avait fait que sonner et poser une question, mais cela devait suffire à créer le scandale dans ce quartier. Les pas s'arrêtèrent derrière lui. Il se prépara au pire.

« Ismaël ? dit la plus douce des voix. Ismaël ? Est-ce vraiment toi ? »

Son cœur ne fit qu'un tour. C'était la Chouette, et elle l'avait reconnu ! Il se retourna lentement vers son espoir, visage à demi-caché par ses cheveux et son incertitude, hésitant soudain face à cette compagnie. Elle contempla sa présence. Son regard vif déchiffrait et absorbait le moindre détail des traits effarouchés qu'elle avait devant elle.

« Tu as deux yeux ! s'interloqua-t-elle. Ghertrude te disait cyclope !

— Vous connaissez Ghertrude ?

— C'est devenu ma meilleure amie. Je l'ai découverte quand je te cherchais.

— Moi ?

— Oui. J'ai tout de suite essayé de te retrouver. Il y a tant... » Soudain consciente de ce qui les entourait, elle frémit à l'idée que des oreilles invisibles soient témoins de la scène. « Il y a tant à raconter ! Retournons donc chez moi. Sans doute vaut-il mieux discuter là-bas. »

Elle prit le bras qu'il lui tendait et ils remontèrent lentement la rue, longeant les grilles derrière lesquelles guettait un Guixpax stupéfait.

À l'intérieur de la vaste demeure, ils restèrent assis comme des inconnus, dans des fauteuils en vis à vis. La main d'Ismaël se portait régulièrement vers son visage. Leurs cœurs avaient beau s'étirer l'un vers l'autre de façon palpable, ni lui ni elle ne savaient que faire ensuite. Leur passion et leur méconnaissance mutuelles s'étaient empoignées, formant une barrière de gêne.

« Pensez-vous que je pourrais me laver ? demanda poliment Ismaël. Mes pérégrinations ont été longues.

— Bien sûr ! J'aurais dû vous le proposer tout de suite ! » Cyrena sonna et Myra entra dans la pièce en observant subtilement le jeune blessé du coin de l'œil. Ignorant la question que trahissait son regard, sa maîtresse lui ordonna de préparer un bain puis d'apporter des serviettes, des sels parfumés et un peignoir. Guixpax, convoqué, repartit en ville avec la mission d'acheter une tenue convenable.

De nouveau seule, Cyrena écouta à la porte de la salle de bains, où Ismaël s'agitait dans l'eau avec ce qu'elle espérait être de la volupté.

Le vieux Guixpax, troublé et perplexe, revint avec une série de vêtements parmi les plus étranges qu'il ait été donné de voir à Cyrena. Elle en tritura le fatras sur la table vernie tandis que le concierge se tenait derrière elle, fier de ses achats uniques.

« Merci, Raymond. Très bon choix. Vous pouvez me laisser m'en charger, à présent. »

Il partit, radieux d'avoir bien fait, mais désarçonné par la situation que sa maîtresse semblait tant savourer. Cyrena attendit qu'il ait disparu, puis elle sélectionna plusieurs habits, qu'elle disposa devant la salle de bains.

« Ismaël, il y a des vêtements propres devant la porte.

— Merci, euh… »

Elle se rendit compte, non sans gêne, qu'elle ne lui avait pas encore dit son prénom. « Cyrena, répondit-elle. Je m'appelle Cyrena.

— Cyrena », répéta-t-il derrière elle, d'une voix qui se réverbéra dans l'autre pièce, pleine de vapeur d'eau et de parfum.

Le fantôme de Tsungali avait suivi son maître jusque dans le jardin, mais pas plus loin : il n'avait ni l'envie ni la volonté d'entrer dans cette grande maison complexe et perturbante.

Il guettait depuis la couleur dense du feuillage auquel il n'était pas habitué. C'était un lieu agréable, si bien qu'il traversait les plantes et les arbres en flânant. Son maître était en sécurité et en paix dans cet immeuble, avec une femme et des domestiques pour prendre soin de lui. Comme le scélérat qui avait menacé sa vie n'était pas dans les parages, Tsungali permit au temps de le diluer, de sorte que personne ne le vit, accroupi entre les buissons énergiques et les hauts murs d'enceinte.

Quand Ismaël parcourut le couloir dans les pantoufles chinoises en soie qu'elle lui avait déposées, il découvrit son hôtesse dans sa pièce préférée, occupée à boire du vin doré dans un long verre à pied. Il avait le pas si léger qu'elle ne l'avait pas entendu arriver. « Merci, Cyrena », dit-il tout bas.

Elle se leva pour le regarder, s'autorisant à s'attarder sur les détails de sa présence et savourant sa proximité. Il portait un pyjama en soie et le peignoir bleu qu'elle lui avait laissés. Il avait les cheveux humides. Elle scruta ses traits, la façon dont les cicatrices, autour de son œil, semblaient les relier les uns aux autres en un plissement perpétuel. Son nez quelque peu abîmé déviait légèrement entre deux replis et deux étirements. En dehors de cela, c'était la figure normale d'un jeune homme svelte qui donnait l'impression d'avoir eu une vie agitée, exposée aux éléments. Il s'apprêtait à lever la main à son visage, l'insécurité le gagnant sous cet examen, quand elle traversa la pièce pour le stopper et la prendre dans la sienne. Elle mena Ismaël jusqu'à la banquette proche de la fenêtre où ils restèrent assis un temps infini à se regarder dans les yeux, apaisés, tandis que le soir tombait autour d'eux.

« Je ne sais pas par où commencer », finit-elle par lâcher. Elle lui tendit son verre, alla en remplir un second et se retourna vers lui. « Beaucoup d'eau a coulé sous les ponts depuis le carnaval et quantité de choses ont changé pour vous comme pour moi… nous devrions peut-être reprendre là où nous nous étions arrêtés ? »

Il la contempla un instant puis sourit, une lueur presque aussi vive dans son nouvel œil que dans l'autre. Il tendit la main vers celle de Cyrena. Ils montèrent ensemble dans sa chambre.

À l'extérieur, les hirondelles se transformaient en noctuelles, pour compter le ciel avec l'ouie plutôt que la vue. Et à l'intérieur de la demeure de Cyrena Lohr, le contentement planait – pour tout le monde sauf pour l'arc, qui bouillait dans sa couverture.

Cyrena et Ismaël n'avaient pas mis les pieds en dehors de la maison pendant près d'une semaine. L'univers qui s'étendait au-delà des murs de la bâtisse s'était dissout dans son propre continuum de bruit et d'agitation. Ils ne se quittaient pas d'une seconde, parlant, se caressant et s'adonnant à leurs chatteries à toute heure du jour et de la nuit. Même la division entre obscurité et lumière ne signifiait rien pour eux. La richesse de leur territoire dépassait tout le reste.

Les domestiques apportaient à manger et à boire et se tenaient hors de leur chemin. Leur amour était si puissant entre ces murs qu'à l'entresol, aux cuisines, il avait vaporisé tous les cancans et toutes les spéculations. Le personnel de maison se contentait de sourire d'un air entendu, de hausser les épaules et de se remettre à sourire.

L'arc gisait, négligé, dans l'entrée. Ismaël ne le transportait plus de pièce en pièce. De temps à autre, en pleine nuit, elle tombait et rebondissait bruyamment contre d'obscurs objets en laissant des odeurs désagréables et des taches résistantes. Au bout du compte, Ismaël la remisa aussi loin de l'immeuble que les parois le permettaient, dans la petite véranda qui reliait le jardin à la cave. Les domestiques avaient été prévenus : elle ne devait être dérangée sous aucun prétexte. Un ordre assez inutile : le long paquet noir les rebutait tous.

Sous un buisson proche, le fantôme de Tsungali sommeillait paisiblement. Son grand-père l'avait rattrapé quelques jours après son arrivée. Il avait décidé d'attendre avec lui que cette histoire se conclue, pour pouvoir voyager en sa compagnie vers les mondes suspendus. Tsungali dormait pour conserver la force de ce qu'il restait de sa personne. Son grand-père veillait jalousement sur l'arc lorsqu'il s'assoupissait.

La lettre chassa le calme des lieux. Sa petite enveloppe acérée était comme une lame de porcelaine. Elle provenait de Ghertrude.

Très chère amie,

M'as-tu oubliée ? Je t'en prie, qu'ai-je fait pour mériter ton silence ? Ton soutien m'a tant soulagée par ces temps étranges et incompréhensibles que je n'ai pas les mots pour expliquer mon désespoir face à ton absence actuelle.

La solitude me pèse terriblement. Personne ne vient. Je ne vois que Mutter, à qui je ne peux parler – son sourire m'insupporte. Il est de trop en ce moment.

La maison n'a jamais été aussi vide. Je suis tourmentée par des cauchemars. Ce doit être des présages, à mon avis. L'esprit malin du médecin surgit chaque nuit pour voler la vie qui grandit en moi et je m'éveille terrorisée. Je t'en supplie, si je ne t'ai pas vexée à mon insu, rends-moi vite visite. Ta force et ton amitié me sont nécessaires pour franchir cette période pénible.

Ta fidèle
Ghertrude

Cyrena en fut mortifiée. Alors même qu'elle l'avait souvent évoquée avec chaleur et affection devant Ismaël, cela faisait des jours qu'elle ne s'était pas enquise des besoins de la jeune femme ; il fallait aller la voir tout de suite. Ayant appelé Ismaël, elle lui montra la lettre.

« Que signifie cette référence à un médecin ? » demanda-t-il.

Elle ferma les yeux sur la réponse qui s'étranglait dans sa gorge. Il y avait tant à expliquer – et à oublier.

« C'est l'un des hommes que nous avons payé pour te trouver. Quelqu'un d'ignoble, de corrompu, de dangereux.

— Où est-il à présent ?

— Il a disparu. Il s'est enfui on ne sait où avec l'autre crapule qui nous a abusées », mentit-elle.

Satisfait de cette réponse, Ismaël ne posa plus de questions. Il la laissa se précipiter vers son dressing-room, elle qui n'avait pas fait d'efforts de tenue depuis des jours.

« Je ne sais pas combien de temps je resterai, annonça-t-elle depuis le seuil de la pièce.

— Je t'accompagne. » Il avait mis ses chaussures et boutonnait sa chemise. « Je viens voir Ghertrude. »

La Phaeton couleur lilas fonçait à travers la ville et Cyrena agrippait la main d'Ismaël en gigotant d'avant en arrière sur la banquette comme si cela pouvait faire accélérer l'auto. Ismaël avait tenté de lancer la conversation, mais cela ne prenait pas, si bien qu'il se cala contre le dossier pour savourer la vitesse et le paysage urbain hors du déguisement d'un masque ou d'une écharpe. Entre son nouveau visage et l'élégance moelleuse de l'habitacle, il commençait à être aux anges.

Ils parvinrent quelques minutes plus tard rue Kühler-Brunnen, où Cyrena secoua les grilles et agita la cloche. En mettant pied à terre, Ismaël fut soudain submergé d'émotions ; il était transporté dans un endroit très différent, au milieu d'un déferlement de souvenirs.

Lorsqu'une Ghertrude défaite finit par arriver au portail, y découvrir son amie constitua un déclic : elle fondit aussitôt en larmes. Ouvrant à la volée, elle se jeta en sanglotant dans les bras de Cyrena, qui la serra fort contre elle. Cette dernière, quoique lourdement consciente de la présence de leur compagnon resté invisible, lui caressa doucement le dos d'une main apaisante, emportée par un sentiment maternel de responsabilité. « Je suis absolument navrée de t'avoir délaissée. Pardonne-moi, je t'en prie. Cela ne se reproduira pas. »

Ghertrude s'écarta légèrement de l'épaule humide de son amie. « Et moi, désolée de m'effondrer ainsi à nouveau ! Je me suis sentie isolée. Et j'avais très peur…

— Non, ma chère, c'est moi qui dois m'excuser. Nous avons été tellement absorbés par nos conversations que cela a occulté tout le reste.

— *Nous ?* » N'étaient-elles pas seules ? Ghertrude ne comprit qu'à ce moment-là. Son regard passa outre l'épaule de Cyrena et découvrit les traits de l'inconnu. Elle demeura figée trop longtemps pour être sûre de ce qu'elle voyait. Elle fronçait les sourcils en dévisageant l'homme défiguré qui lui retournait la pareille avec un air d'appréhension. Elle recula, examina l'expression de son amie, puis considéra de nouveau ce visiteur aux longs cheveux noirs et aux deux yeux indépendants.

« Ismaël ? »

Libéré de ses doutes, il sourit. « Oui, Ghertrude. Je reviens fort changé. »

Elle contourna Cyrena, qui accorda un temps respectueux à leurs retrouvailles. Elle posa une main sur le torse d'Ismaël, l'autre toujours dans celle de son amie. Il la couvrit tendrement de la sienne. Tous trois restèrent campés là sans rien dire, soudés en un tableau silencieux qui se délia lentement le long de la cour pour gagner l'hôtel particulier.

Au moment où ils parvenaient à la porte d'entrée, Mutter arrivait. Ils se retournèrent pour accuser sa présence et le jeune homme le salua du bras. Le domestique lui rendit un froncement de sourcils et hocha la tête en s'efforçant de sourire alors qu'il râlait en son for intérieur. Un étranger de plus dans la maison. Encore des agissements douteux et des relations imprévisibles. Une racine racornie de jalousie protectrice s'était mise à bouleverser ce qui le fondait. Qui était ce nouveau blanc-bec et que voulait-il à ses bonnes dames ? Pourquoi avaient-elles ramené quelqu'un, après tout ce qu'ils avaient subi, elles et lui ? Étaient-elles donc incapables de se satisfaire de ce qu'elles avaient ? Incapables d'admettre que c'était lui, Mutter, qui prenait soin d'elles au long cours, les préservant des intrus et autres parasites ? Depuis que sa femme lui avait avoué son angoisse, l'avait cru désirable aux yeux de ces deux donzelles, il ne parvenait plus du tout à les considérer du même œil qu'avant. Au cours des derniers mois, il en était venu à comprendre le point de vue de Mme Mutter, à se dire qu'elle avait peut-être eu raison sur toute la ligne : ce n'était que le fait du hasard si le rejeton du carnaval était d'un étranger et non de lui.

Leur conversation dura longtemps. Ils étaient assis tout près, mais l'espace qui les séparait s'accroissait et se pliait dans toutes les directions. Cyrena et Ismaël firent de leur mieux pour cacher leur familiarité. Ghertrude et Cyrena n'évoquèrent pas le bébé, dont Ismaël n'avait pas semblé remarquer la présence évidente. Il s'était accouplé avec chacune des feux femmes qui, maintenant qu'elles se retrouvaient ensemble, se montraient l'une comme l'autre, à des degrés variables, possessives et maternelles envers lui. Des tensions de surface crépitaient et bourdonnaient, accumulant de l'électricité statique entre leurs paroles et modelant une conversation accidentée, tout en creux et en bosses ; les stagnations méditatives se mêlaient gauchement aux souvenirs enjoués ; les abîmes où l'on se mordait la langue succédaient à des sommets de joviale camaraderie.

Cyrena n'avait qu'une envie : être plus proche de lui physiquement pour le toucher et être touchée à nouveau par lui. Elle aspirait à être chez elle en sa compagnie, mais son devoir était ici : elle avait promis sa présence.

Pendant ce temps, Ghertrude s'efforçait désespérément de ne pas contempler ce nouveau visage et de combattre sa réaction d'emportement face à un amour qui crevait les yeux. Elle ne voulait pas d'Ismaël – n'avait jamais voulu de lui, en vérité –, mais à ce stade la distance dont il faisait preuve se révélait trop difficile à supporter.

Ismaël percevait l'avidité des deux femmes, qui lui donnait l'impression de suffoquer. Ses sentiments envers Cyrena étaient très réels, mais, aspirant à respirer librement, il mena une tentative d'évasion.

« Mesdames, pourriez-vous m'excuser un moment ? Je n'ai pas mis les pieds dans cette maison depuis pas mal de temps, et j'y ai beaucoup de souvenirs... Ghertrude, cela te dérangerait-il que je me promène dans les parages, histoire de renouer avec mon passé ?

La jeune femme échangea un regard avec Cyrena. Elle fit signe que non et il prit congé, refermant les hautes portes élégantes sur une conversation qu'il n'avait aucune envie d'entendre.

Il gravit sans hésiter le grand escalier jusqu'à l'endroit où s'était trouvée sa chambre. Autre reflet de la mémoire qui déforme la réalité, les proportions étaient différentes. Tant de choses s'étaient passées si tôt dans sa vie, des déviations qui se révélaient soudain mal assorties, voire opposées.

Ce n'était pas fermé à clé. Rien n'avait changé. Il toucha le lit et ouvrit l'armoire. Son histoire y pendait : textures et odeurs à foison, et autant de souvenirs d'isolement. Il gagna la fenêtre, souligna pensivement du doigt la rainure où il avait ôté la peinture du volet pour regarder au-dehors.

« Que vas-tu lui annoncer ? demanda Cyrena.

— Je ne sais pas. Rien avant la naissance, en tout cas. Je ne veux pas lui créer d'inquiétudes inutiles. Il a déjà enduré tant d'épreuves… »

Cyrena fit signe qu'elle était d'accord. « Tu as absolument raison. Tant que nous n'en sommes pas certaines, il est préférable de ne rien dire.

— Ce pour quoi nous sommes devenues fort douées. »

Cyrena acquiesça à nouveau en silence.

Dans le grenier, il ouvrit le volet sur le vent et la cour en contrebas, puis se pencha pour mieux voir. Mutter s'affairait, entrant et sortant des écuries pour renouveler la paille. Ismaël regarda vers la cathédrale et observa les choucas qui décrivaient des cercles au-dessus de ses flèches.

Il lui en fallait plus. Il grimpa dans la tourelle, découvrit l'œil basculant de la *camera oscura*, guetta l'activité qui régnait au niveau rue, changea de focale pour voir à l'intérieur. La table arrondie regorgeait de ses souvenirs de Ghertrude, de son corps en partie nu encore blanchi par le bois et par la clarté compressée. Il lui revint que la perplexité de la jeune femme avait viré à l'irritation avant de se transformer en abandon et, au bout du compte, en contentement. Il se rappelait cette même transformation en lui, mais inversée.

« Tu veux dire que vous avez l'intention de vivre ensemble comme un couple marié ? » Ghertrude avait prononcé ces mots sur un ton désapprobateur et quelque peu horrifié.

Cyrena ne répondit pas.

« Tu es vraiment amoureuse de lui à ce point-là ? Vous vous connaissez à peine. Son passé ne te fait rien ? Je t'ai un peu parlé de ses origines troubles. Ça ne t'inquiète donc pas ? »

Les yeux de Cyrena changèrent de couleur et de forme, se préparant à protéger ce qui s'abritait derrière.

« Il y a beaucoup de choses que je ne t'ai pas dites, continua Ghertrude. Tu n'y croirais pas.

— Je ne veux aucun détail sur la façon dont il t'a fait l'amour, lâcha Cyrena.

— Non, pas ça. Ce qui s'est passé avant notre époque, quand il était enfermé en bas.

— Ah oui ! Les mystérieux professeurs qui vivaient à la cave, et dont tu l'as sauvé ! » Cyrena se retournait contre son amie avec l'incrédulité pour arme de guerre. « Après quoi ils se sont volatilisés. C'est bien ça que tu as raconté ?

— J'ai bouclé et condamné toutes les portes de la cave après l'en avoir extirpé…

— Tu veux dire qu'ils y sont peut-être encore ? s'esclaffa désagréablement et dédaigneusement Cyrena. Tu es sûre qu'ils n'ont pas plutôt disparu comme Hoffman ? »

Ghertrude eut un regard noir. Cyrena tirait trop sur la bride de leur amitié à son goût.

« Alors, quoi ? » insista Cyrena, qui avait pris le mors aux dents – elle n'était plus sur la défensive, à présent. « Mutter les a escamotés ? Combien d'autres gens as-tu éliminés pour l'avoir pour toi seule ? Suis-je la prochaine ? »

La vérité assagit aussitôt la colère qui flamboyait entre elles.

« Ce n'était pas aussi simple, dit Ghertrude. Ils n'étaient pas humains. C'étaient des machines, des machines semblables à des pantins. »

Il tendait les cordes, en les faisant vibrer doucement pour les accorder. Cette tâche lui fournissait un lieu où réfléchir et se rappeler.

La matérialité de cet équilibrage et de ces changements dissociait son esprit, lui permettant de se réaventurer au hasard de la Vorrh. Sa mémoire n'y avait pas pâti de son séjour. Aucun effet nocif. Était-il immunisé contre l'influence légendaire de la forêt ? Elle avait assurément perturbé Tsungali, et semblé rendre positivement fou Undeswilliams.

Cyrena restait bouche bée. Ghertrude lui avait tout raconté par le menu, sans fioritures ni trémolos. L'occasion ne s'était pas présentée auparavant pour la jeune femme, enfin libérée du poids de la propre incapacité à croire ce qu'elle avait vu. Une fois énoncées, les données brutes de cette impossibilité sonnaient ferme et clair. Ça valait mieux que de les touiller sans cesse dans les recoins de son incertitude, où elles la taraudaient, viraient à l'aigre et au doute – ne s'était-elle pas fait des illusions ?

Lorsqu'elle eut terminé, toutes deux restèrent coites – dans un silence que des sons s'infiltrant depuis les étages vinrent inopinément embellir. Des bouffées d'accords célestes s'étaient mises à planer et à déferler à travers la maison. Leur superbe étrangeté faisait paraître le récit de Ghertrude encore plus singulier. Les deux femmes demeurèrent assises, leur inquiétude sourde apaisée par ces échos poignants. Ismaël avait mis en branle de plus en plus d'éléments de la machine de Goedhart. Leur vibration imprégnait le dispositif, imprégnait la *camera oscura*, les meubles et les planchers, descendant jusqu'au fond du puits, où leurs harmoniques s'amplifiaient et tourbillonnaient, allumant de minuscules moteurs qui en allumaient d'autres, lesquels en allumaient ensuite à leur tour.

Sur le chemin du retour, Ismaël tenta d'interroger en douceur Cyrena sur Ghertrude ; il tenait à connaître les réactions de leur amie, savoir dans quel sens coulaient ses eaux denses. La voiture glissait uniformément à travers la ville obscure. Cyrena était trop absorbée dans ses pensées pour répondre. Une fatigue étrange la poussait à vouloir hiberner, vers un lieu différent de l'ardeur qu'Ismaël et elle avaient jusque-là générée. Un lieu à l'écart de la distance réfrigérante de Ghertrude et ses récents mensonges sur des monstres cachés. Dans ce monde-ci, cassant, motile et placé sous la houlette de la vue, Cyrena ne savait plus que croire ni à qui se fier. Elle aspirait au sommeil, à l'obscurité, à l'espoir qu'elle avait toujours gardé par le passé. Arguant l'épuisement, elle promit de relater leur conversation plus tard. Pelotonnée au creux de sa couverture de voyage, elle observa la ville brumeuse, la lueur des maisons, les lucioles oscillant en symbiose avec la musique à longues cordes qui résonnait encore dans son cœur.

Le lierre et certaines plantes parmi les plus petites et les plus acharnées s'étaient mis à s'enrouler à travers l'absence de substance de Tsungali. Cela leur procurait du plaisir, un chatouillis irrésistible qui les parcourait pratiquement jusqu'au bout des racines.

Le fantôme le plus âgé tapota son petit-fils qui sommeillait.

« Tu ne seras plus rien, à force de dormir. »

Il n'y eut aucune réaction. Il tapota de nouveau.

« Il est temps de te réveiller, d'épaissir. Elle est perturbée, elle bouge, elle secoue ses guenilles. Tu dois te reprendre. »

Tsungali ouvrit un œil, tout en saisissant dans l'autre ce que voulait dire l'ancien. Il avait senti la friction du malaise de l'arc. Il savait qu'elle brûlait d'être nue, qu'elle se tendait de tout son être vers un sens. Il s'étira inutilement, de ses muscles épargnés puisque absents. S'il l'avait pu, il l'aurait emmenée au pays, ramenée dans la Vorrh. Il lui fallait la forêt, sinon la colère et la folie allaient la consumer. Les doigts de Tsungali se plièrent involontairement et il regarda son bras. Quelque chose remuait dans son psychisme : celui qui n'aurait pas dû être là, le bras fantôme d'un fantôme, reposait contre son flanc, prêt à agir. Et normal, à présent, aussi normal que peut l'être un bras mort. Sauf que ce n'était pas possible : il s'était séparé de lui sous ses yeux. Oserait-il s'essayer à tenir l'arc ?

Son grand-père ne serait pas d'accord, Tsungali le savait pertinemment. Le vieillard appartenait à une génération où les morts avaient su rester à leur place pour hanter les vivants avec une vigueur sans faille. Tsungali se leva tranquillement et s'éloigna vers le perron de l'immeuble. Le souffle de sa détermination fit tourner la porte sur ses charnières murmurantes, et il s'agenouilla devant l'arc en lui parlant sur un ton doux et respectueux.

« Sœur vénérable, je suis de ton propre peuple. Un simple guerrier qui ne veut qu'obéir. J'ai entendu ton désir et je te demande ta bénédiction pour t'apporter de l'aide. J'ai l'intention de te soulever pour te porter dans ton voyage. »

Il n'y eut aucune réponse. L'arc demeura immobile. Alors que Tsungali étendait son bras deux fois fantôme, la couverture tomba, permettant à ses doigts se refermer sur l'étui souple, bordeaux. Elle ne se débattit pas, ne recula pas à son contact. Il sentit sa main pénétrer dans la substance apparente, l'arc l'agrippant autant que lui l'agrippait. Ils fusionnèrent sans hésitation et il fut submergé de chaleur.

Dans le carquois creux, blanc et imprégné d'histoire, il restait une flèche unique. Le bois du fût était rigide, tordu ; les empennes avaient perdu de leur panache et jauni, terni sur les bords. Tsungali l'ôta de son perchoir solitaire puis rejoignit son ancêtre d'éther.

Le grand-père se tourna lentement vers lui puis sauta en arrière. Une seconde ou deux, Tsungali le crut pétrifié sur place, mais ensuite sa bouche s'ouvrit et un rugissement orageux en émana sans bruit, secouant les feuilles comme des graines dans une cosse. Le vieux fantôme se mit à danser d'un pied sur l'autre en tapant dans ses mains et en rebondissant. Ce n'était pas la réaction à laquelle s'était attendu son petit-fils et pourtant, de façon indéfinissable, son bras n'en fut pas décontenancé. Tsungali se tint là, conscient de la sensation nouvelle qui se répandait le long de son épaule et rejoignait son autre bras, s'incurvant pour embrasser sa nuque et sa colonne vertébrale.

« C'est toi ! glapit le grand-père, submergé de joie. C'est toi ! Tu es l'ultime ! » Ses narines s'étaient épatées, il avait le souffle court, sifflant.

Les bras de Tsungali ne faisaient qu'un avec l'arc. Il se rendit dans le fond du jardin de Cyrena, là où le mur bloquait tout à la vue, et plaça la flèche gauchie contre la corde, à laquelle il opposa toute sa force. La gravité se dissipa dans cet effort, avalant le reste de son corps dans ce geste. La flèche s'éleva au-delà du mur en direction de la Vorrh.

Au cours de cette seconde, tout se tint immobile. Les plantes se tournèrent pour lui faire face. Le plus criant, c'étaient les tournesols indolents dont le lourd faîte jaune oscillait. Les roses croulant de parfum avaient soulevé leur tête somnolente pendant que de toutes petites anémones tendaient leur nuque fine. La tête aveugle des vers, forcés d'émerger de leurs artères de boue collantes, restait suffoquée, et les yeux pédonculés des escargots avaient pivoté jusque dans la scène. Les cristallins kaléidoscopiques d'un millier d'abeilles et de mouches s'étaient concentrés sur Tsungali tandis que leurs ailes se coinçaient et que leur moment s'étirait au maximum ; les oiseaux s'étaient figés en plein vol, leur attention bloquée sur ce qui se produisait en dessous. Tout, des domestiques dans la maison aux habitants de la ville, se tordait vers cette tension.

Puis la flèche fut lâchée et le souffle, retrouvé, avant même que la plupart d'entre eux ne remarquent son absence.

Son grand-père marchant dans chacun de ses pas, l'ultime Archer quitta les lieux, ayant renoncé à protéger le jeune homme. Les deux fantômes parcoururent ensemble le trajet de la flèche en suivant la turbulence rapide qu'elle laissait, chant bourdonnant qui vibrait dans l'air.

Un trait ininterrompu d'hirondelles tourbillonnantes le brassait au-dessus d'eux, formant une ombre parallèle fiévreuse, afin de mener la voie et de les mener, eux, à travers les rues éclatantes d'Essenwald, par-delà la masse de sa cathédrale et de son hôtel flanqué de balcons, par-delà la chapelle des Pères du désert, l'esclaverie et, passé les remparts de la ville ; par-delà souvenirs et sensations, jusqu'à la voie ferrée, afin d'atteindre le cœur de la Vorrh.

33

Les premières attaques de la maladie, ainsi que le retour des chevaux dans ses songes éveillés, avaient poussé Muybridge à renoncer à ses exigences envers sa patrie. Il comptait prendre sa retraite. Il avait demandé à vivre avec sa cousine dans leur bourgade d'origine de Kingston upon Thames. Il y passerait ses ultimes années, une sénescence tranquille, magnifique. L'Angleterre aurait à immortaliser son squelette et son triomphe.

La dernière chose à laquelle il se serait attendu fut la mission qui émana du gouvernement de Sa Majesté – on lui commandait de tuer un cheval.

Il était fièrement campé au centre d'une grande écurie. On aurait dit Dieu. Une crinière de cheveux blancs ébouriffés, une longue barbe effrayante, blanche elle aussi, et des sourcils poivre et sel broussailleux surmontant un regard perçant, implacable. Un visage tout à la fois sévère et sage qui voyait le monde sous un jour brutal aux contrastes calibrés. Il tenait à cette apparence biblique, austère, imposante. Il avait soixante-treize ans, il était un homme de bien. Il l'était resté toute sa vie, et à présent, patriarche célèbre, il n'était pas question qu'on lui désobéisse ou qu'on le remette en cause. Il avait la certitude d'Abraham.

Cinq employés et un cheval attendaient ses ordres dans le vent et la lumière glacée qui s'engouffraient par les hautes portes ouvertes à l'autre bout du bâtiment creux. Il leur parla à voix basse et ils acquiescèrent à ses instructions. Un homme mena le cheval au-dehors ;

les autres prirent position sur le sol délimité. Il avait été peint en noir, ainsi que les murs. Un noir immaculé et précis. Des lignes blanches étaient peintes à la craie dans cette obscurité contrôlée, grille qui cadrait l'espace, l'empesait et tenait à distance les odeurs de la ferme. Quand la lumière des génératrices surgit, elle récura la ruralité. Sa clarté grésillante resserra cet espace intérieur pour en faire une fiction.

Les hommes de Sa Majesté avaient fabriqué une réplique du studio précédent, où Muybridge pouvait photographier ce que bon lui semblait à l'insu de tous. On l'avait extirpé de sa retraite paisible pour ces clichés, avait reconstruit son attirail dans l'ancienne grange, suivi toutes les instructions et les exigences qu'il avait communiquées. Il avait été très ferme sur la robe du cheval.

« Il doit être blanc, d'un blanc absolu, leur avait-il ordonné. Et si possible doté d'une longue crinière. »

Certains de ces messieurs envoyés par le gouvernement avaient supputé, en catimini, qu'il s'agissait là d'un caprice narcissique, qu'il voulait un animal à son image. Mais ils se trompaient : le photographe avait à l'esprit un autre cheval, issu d'une écurie de folie et de rêves violents. Peu importe, ça le regardait. Il était prêt à produire un cliché que le monde n'avait jamais vu.

Muybridge prit dans sa main une poignée de câbles et hocha la tête en direction des deux hommes postés au fond de la grange. L'un d'eux flanqua deux doigts dans sa bouche tandis que son acolyte tirait d'une caisse en bois marquée Gabbett Fairfax un pistolet Mars rutilant. On aurait dit un marteau de forge.

Muybridge appela son collègue plus petit qui trépignait tout au fond, près des portes. Le signal était donné. L'homme qui se trouvait au-dehors fouetta durement le cheval pour le faire s'emballer. L'homme aux doigts dans la bouche siffla une série de notes véhémentes. Le cheval partit au galop entre eux deux vers la lumière aveuglante et désincarnée de l'espace incommensurable. L'autre homme braqua le pistolet. Le tonnerre des sabots racla le quadrillage de craie. Le cheval fumant entra dans la lumière. Les obturateurs de l'appareil photo tressautèrent avec une frénésie d'insectes, divisant le temps. Un poing de feu immense et inattendu jaillit du Gabbet-Fairfax et le bruit qui s'ensuivit noya tout. Le cheval s'effondra sur ses pattes qui couraient encore, projetant un nuage de poussière noire tourbillonnante. Son corps qui se débattait creusait dans le blanc des carrés et la blessure de sortie, à hauteur de son épine dorsale, éclaboussait les murs. Il se brisa la nuque dans la violence de son agonie – qui, comme tout le reste, parut instantanée. Les appareils photo s'interrompirent avec son ultime renâclement, puis un raz-de-marée de silence envahit la grange.

Chacun se tenait coi dans l'air qui s'apaisait. Au bout d'un moment, on éteignit l'éclairage électrique innovant. Dans la clarté glissante des portes qui s'ouvraient, la scène avait pris des allures d'opéra. Le siffleur et l'écuyer enfilèrent des salopettes, puis ils entreprirent de nettoyer autour du cadavre. Le tireur rangea le pistolet monstrueux dans sa boîte évoquant une icône, avant de déballer une cotte et des gants en caoutchouc bordeaux ainsi qu'une trousse d'instruments chirurgicaux vétérinaires. Une partie de la poussière noire flottait encore en l'air, parmi les rais de lumière qui noyaient la grange, donnant aux gestes des hommes affairés l'apparence d'une animation céleste. Muybridge paraissait se désintéresser totalement des activités en cours. Il s'occupait des appareils photo, dont il rassemblait les pensées précieuses pour aller les enfermer non loin, dans sa chapelle chimique plongée dans l'obscurité.

Il entra dans la pièce floue, rouge et sans clarté. La lampe écarlate n'illuminait rien, se contentant d'avaler toute trace normale de lumière blanche ou de perspective. Elle brouillait les proportions de la chambre noire, qui donnait l'impression d'une image rémanente.

De l'eau s'écoulait constamment, et Muybridge se déplaçait avec détermination dans l'air épais sentant l'urine. Il trempa ses mains et les plaques de verre dans des boîtes aveugles de liquide tiède. Ayant refermé hermétiquement ces derniers, il compta à voix haute dans le rouge caverneux de la lampe macabre tout en secouant les images pour qu'elles s'éveillent. Le processus achevé, il les libéra et les mit de côté, dégoulinant de tout leur verre, le temps de préparer la prochaine dose de produits. Lorsqu'elles furent égouttées, il les inséra avec ménagements dans le projecteur, les déployant sous forme de lumière et d'ombre sur l'écran horizontal inférieur. Il scruta de biais la mise au point, les yeux presque au contact du rendu, cherchant erreurs ou imperfections. Aucune. Encore un résultat impeccable.

On distinguait le moindre grain de poussière, le moindre jet de sang – étincelles d'un blanc vif sur le noir inversé du cuir du cheval. Muybridge se hâta de bloquer de la main l'afflux de clarté puis, avec une sensation proche de l'allégresse, il glissa dessous le papier photosensible avant de dévoiler de nouveau la lampe. Il cala un réveil très bruyant, ainsi que la température précieusement maintenue des sangs. Quand le réveil se mit à sonner, il reprit le papier pour le noyer dans son bain chimique, en le berçant d'avant en arrière jusqu'à ce qu'apparaisse progressivement sous ses doigts une ombre, une ombre plus obscure que tout dans cette chapelle quadrillée, une ombre devenue un espace autour du vide criant du cheval.

Muybridge déplaça d'un bac l'image de l'animal tombé. Elle flotta dans le bain de fixateurs, bientôt rejointe par ses semblables. Il se sécha les mains et extirpa sa longue barbe blanche de son col de chemise où il l'avait coincée pour éviter qu'elle trempe dans les produits, ce qui aurait pu gâcher le développement. Il recula d'un pas, adopta une rectitude satisfaite, puis il déverrouilla la porte sur l'intensité du monde.

Une heure plus tard, il disposait la série de tirages sur une longue table étroite dans son bureau temporaire jouxtant la grange. Quatre hommes s'avancèrent de conserve vers les clichés tandis qu'il s'écartait pour leur faire de la place autour de l'objet de sa fierté.

Le cheval au galop avait été délimité, aplati en ombre chinoise sur sa grille. Les chambres photographiques avaient effacé le bruit et la troisième dimension nauséeuse. À présent, on pouvait étudier l'image, débarrassée de la puanteur du présent. Une grande beauté se déplaçait sur l'épais papier. Ce cheval était devenu un classique féérique au cours de sa ruée. Une grande dignité esthétique marquaient son sursaut et son écroulement.

Les hommes ravis parcoururent les clichés. Leur univers se mesurait à sa précision mécanique et cette boucherie quadrillée avait démontré la valeur de leur dernière invention. Ils rassemblèrent ces preuves qui déboucheraient sur une fabrication, puis ils remercièrent Muybridge sur le seuil de son domaine en échangeant des poignées de mains enthousiastes avec lui.

Il referma derrière eux. L'espace d'un instant, dans l'étroit couloir qui séparait les deux pièces, il réfléchit à l'effet que ce pistolet monstrueux aurait pu avoir sur l'anatomie du méprisable major Larkyns. Son expression mortuaire de surprise et de douleur aurait été bien meilleure. Malgré toutes les années écoulées, Eadweard se prit à regretter que les choses ne soient pas passées ainsi. Il aurait aimé que sa jeune épouse traîtresse voie son amant coupé en deux.

Une seconde de spéculation délicieuse avant de retourner au sujet sérieux des négatifs. Ses clients de l'armée avaient leurs tirages, mais il avait conservé les plaques et il entretenait ses projets bien à lui pour ces images. Quand il avait décidé de poursuivre cette nouvelle qualité dans son travail, ce spectre fuyant qui imprégnait tout ce qu'il prenait en photo, il était au faîte de ses accomplissements. Cette quête l'avait conduit à de profondes conjectures et jusqu'à subir des sévices, et pourtant, impossible de renoncer. Il était un artiste, un photographe et un inventeur d'une importance prodigieuse – tout cela était désormais assuré contre toute attente. Les dernières expériences, il les mènerait pour lui-même, afin de répondre aux questions qui continuaient de le tarauder. Il se représenta un cheval qui ne touchait jamais le sol, ou qui chargeait dessous, un troisième qui hantait ses rêves comme un fantôme revêtu d'un drap. Cette recherche serait sa danse des esprits. Sa méthode pour étouffer l'angoisse, pour s'agiter dans les couloirs du présent, de ses quelques lendemains restants et de ce qui s'annonçait au-delà.

Les chevaux avaient guidé sa vie et entravé son parcours. Avoir ce négatif en verre revenait à arracher l'épine qui l'estropiait. La dernière machine qu'il créerait verrait *à travers* le monde. Les plaques du cheval passant de vie à trépas dans une boîte de terre, en se servant d'eau pour obturer son allure et développer le reflet d'une lumière lointaine qui, à son avis, avait des chances de se trouver en Afrique.

Muybridge mourut un an plus tard, mais seulement après avoir retourné et creusé la moitié du jardin de sa cousine. Quand quelqu'un rassembla enfin son courage pour lui demander à quoi il destinait les énormes trous ménagés dans le sol, il expliqua qu'il fabriquait une maquette à l'échelle des Grands Lacs d'Amérique du Nord.

Il n'y eut plus aucune question ni aucune réponse. Ses deux derniers noms furent mal orthographiés : *Eudweard Muybridge* inscrit sur le registre du crématorium, *Eadweard Maybridge* gravé sur la pierre qui marquait ses cendres.

34

Ils s'accouplèrent étrangement au soir de leur retour, après les retrouvailles entre Ismaël et Ghertrude. Ismaël fit l'amour pour s'affirmer, tandis que les efforts de Cyrena recherchaient un baume rassurant. Ni l'un ni l'autre n'atteignit à ce qu'il voulait. L'écho hybride qui les suivit jusque dans leur sommeil troubla plusieurs jours la maison. Leur unique chance fut que l'arc ait déjà filé, sinon elle se serait nourrie de l'atmosphère qu'ils avaient créée.

Ismaël n'avait pas remarqué sa disparition ni celle de Tsungali. Trouver sa place dans sa nouvelle vie l'absorbait tant qu'il avait temporairement oublié l'ancienne ; toutes ses pensées se concentraient sur Cyrena. Il avait hâte qu'elle découvre sa vérité, pas parce qu'il était difforme et exceptionnel, mais, au contraire, à cause de sa normalité et sa banalité croissantes. Il brûlait de se voir reflété dans la profondeur de l'amour qu'elle professait si fort. Il l'observait continuellement, quand il croyait qu'elle n'en avait pas conscience, pour vérifier si sa perfection de surface pâlissait ou se fissurait. Il voulait des preuves de ce qu'il existait en elle ; tout le reste avait été creux, jusqu'ici, et les tentatives de ceux qui avaient marqué son passage avaient toujours échoué : même l'assistance fournie par Nebsuel semblait perdue, à présent. Sa place dans le monde avait été glissante, dépourvue de fondations et de toute trace de dessein. Aussi vide qu'un puits sans fond.

Cyrena rendait visite à Ghertrude deux fois par semaine. Elle prenait soin de le faire seule ; c'était plus facile ainsi et cela lui permettait de se concentrer sur son amie sans crainte qu'on la distraie.

Elle trouvait un certain soulagement à s'éloigner de la maison, à échapper un moment à l'attention soutenue d'Isaac. Ce n'était pas sa faute, avait-elle compris : il tenait juste à être proche d'elle, mais cela faisait de nombreuses années qu'elle vivait en célibataire – et, la plupart du temps, dans un espace où aucun être humain ne pouvait pénétrer vraiment. Cette différence entre le présent et avant était comparable au gouffre qu'il y avait entre entendre les hirondelles et les voir. Lors des traversées de la ville pour aller rendre visite à Ghertrude, elle tentait de remonter le temps, et son imagination et sa sensibilité planaient gaiement en éclaireuses. Si, certaines fois, elles la prévenaient d'obstacles, elles la remorquaient en général avec impatience et joie.

Chez elle, Ismaël se tenait toujours à proximité ; elle ne parvenait jamais à étendre ses antennes au-delà de lui. Il étouffait ses perceptions avec son amour et son désir, qu'elle cherchait du coup à contourner, pour leur bien à tous les deux. Elle avait conscience qu'il l'épiait de temps à autre, à croire qu'il guettait des palpitations irrégulières et des incertitudes dans son cœur. Sans doute s'agissait-il de prévenance, mais cela lui faisait parfois l'effet d'une surveillance.

Ghertrude retrouvait des forces, cette énergie et cette assurance qui l'avaient toujours définie à compter du jour de sa naissance. Sauf qu'à présent, le phénomène était tout intérieur. Elle ne cherchait plus à espionner les autres ni à enquêter sur leur vie. Hoffman, chassé par la première visite de Cyrena et d'Ismaël, ne la harcelait plus en rêve. Les instincts de la jeune femme lui disaient qu'il fallait voir là l'œuvre de l'ex-cyclope et que ça n'était pas sans rapport avec les sons tirés du grenier. Cette musique étrange, dénuée de structure ou de forme, s'insérait dans votre inconscient, ouvrait des voies et des portes fermées jusque-là ; elle avait empli tout l'immeuble et ç'avait été la seule chose à pénétrer à la cave au cours des années écoulées depuis que Ghertrude s'y était aventurée.

À compter du moment où elle avait révélé à Cyrena l'incident avec les Proches, son propre souvenir des événements s'était modifié, comme cette parole lui avait fourni l'espace nécessaire pour se pencher sur la question et la considérer sous plusieurs angles. Les faits demeuraient identiques et se produisaient dans la même séquence, mais leur signification avait mystérieusement basculé. Les pantins protecteurs ne paraissaient plus étranges ni craintifs ; au contraire, leurs mouvements semblaient caractérisés par un calme et une prudence déterminés, plutôt que la froideur cruelle et mécanique qu'elle-même avait très automatiquement et très peureusement cru y voir.

Comment était-ce possible ? Qu'est-ce donc qui avait changé pour qu'elle leur accorde à ce point le bénéfice du doute ? Vu leur absence, saisit-elle, la seule variable, c'était elle-même. Songeant à l'enfant qui grandissait en elle, elle se demanda quels effets la grossesse pouvait avoir eus sur son attitude, mais cela n'aurait-il pas dû la rendre plus protectrice, plus hostile à ce qui risquait de se révéler menaçant et hors normes ? Non, peut-être fallait-il plutôt chercher du côté de la violence des derniers événements – de sa réalité personnelle et de l'égoïsme aveugle qui en avait été si souvent à l'origine. Elle avait tout de même été le témoin privilégié de scènes où Hoffman, Maclish, et même Mutter, s'étaient comportés à l'encontre de tous ses principes et de ce qu'elle chérissait. Le sang et la colère l'avaient dessillée. Les croyances cruelles et les tromperies malveillantes avaient cogné son cœur jusqu'à ce qu'il rétrécisse et s'enfonce plus profondément dans sa cage de chair. Au milieu d'un décor aussi effrayant, par opposition aux cauchemars de ce monde-ci, les pantins bruns s'étaient transformées en rêves d'un ailleurs.

Ses pensées l'avaient emmenée plus loin qu'elle n'aurait pu s'en douter. Tandis qu'elle soupesait son passé avec une chaleur et une tendresse peu coutumières, les serrures se ratatinèrent puis tombèrent à terre, et les portes condamnées par des planches ramollirent, s'entrebâillant en gondolant.

Trois jours plus tôt, Ghertrude avait sollicité l'aide de Cyrena pour effectuer le difficile voyage jusqu'à la demeure de ses parents afin de les prévenir de sa grossesse. La jeune femme appréhendait cette confrontation depuis longtemps, et le trajet dans la voiture ronronnante de son amie avait été animé de tremblements. Cyrena lui tenait la main, lui faisant sentir sa fermeté et son soutien total.

La mère de Ghertrude les avait accueillies, puis introduites dans la salle à manger – un drôle d'endroit, s'était dit sa fille, étant donné la myriade d'autres pièces plus adaptées de l'immeuble.

« Ton père ne tardera pas », avait annoncé Mme Tulp d'une voix inquiète et peu amène.

Savait-elle déjà ? Sa contrariété et sa colère étaient-elles dirigées contre Ghertrude ? Mutter avait-il vendu la mèche ? La jeune femme sentait une tension, un malaise, une fêlure chez sa mère. Elle semblait usée. Son optimisme naturel avait disparu, remplacé par de la distance et de la détresse.

« Maman, quelque chose ne va pas ? »

La réponse à sa question avait choisi cet instant pour franchir le seuil de la pièce. Son père était rabougri, voûté. Il avait les yeux rouges, sa tenue était débraillée. Où donc était passé le diacre respectable et qui était ce piètre succédané ? Ghertrude le scruta avec appréhension tandis qu'il leur faisait signe de prendre place dans les fauteuils.

« Asseyez-vous donc, je vous prie, dit-il d'une voix qui n'avait plus le peps ni l'intelligence qui l'avaient caractérisée jusque-là. Ma chère enfant, tu es manifestement choquée de me trouver à ce point changé. Il n'y a pas que toi. Je m'effraie moi-même, parfois. » Un faible sourire passa sur son visage et il regarda sa femme à la bouche exsangue à force d'être pincée.

« Pour tout te dire, tu me vois presque au bout du rouleau. Les affaires sont au point mort et nous n'avons plus d'économies.

— Plus d'économies ? Comment ça, papa ?

— August Daren, intervint Mme Tulp. Il a fermé sa banque et disparu en raflant tout l'argent.

— Il a dû prévoir l'effondrement de notre industrie, anticiper la destruction imminente de la Guilde forestière et l'écroulement de la ville. Il a filé tant qu'il le pouvait en emportant tous les dépôts.

— Mais à quoi est-ce dû, cet écroulement, papa ?

— Parce qu'il n'y a plus d'arbres, ma chérie. En l'absence d'ouvriers, les grumes ne sortent plus de la forêt, où elles stagnent et pourrissent désespérément par monceaux. Nous avons tout essayé ! Plus personne ne veut travailler dans la Vorrh. »

Ghertrude ne l'avait jamais vu si déprimé.

« La seule chose à faire est de partir en emportant ce qu'il nous reste, soupira son père.

— Partir où ?

— Vers le Sud.

— Mais où ?

— Je l'ignore ! »

Ils restèrent assis un long moment en silence, jusqu'à ce que Cyrena, qui se sentait comme un cheveu sur la soupe devant ces révélations familiales inattendues, n'arrive plus à se retenir de parler.

« Puis-je vous aider en quoi que ce soit ? »

Une lueur d'agacement traversa le regard du vieil homme, avant de s'éteindre quand il secoua la tête.

« Non, merci, ma chère. Vous êtes fort aimable. » Et là, comme si cela venait juste de lui revenir : « Ah si, tout de même. Gardez un œil sur cette petite. Soyez là pour elle chaque fois qu'il le faudra. »

Cyrena avait acquiescé gravement et Tulp s'était déridé un instant.

« Mais bref, parlons de toi, Gertie. Quelle est la nouvelle importante dont tu souhaitais nous faire part ? »

Les trois jours écoulés depuis sa visite auraient dû lui laisser le temps de s'accoutumer à l'autre séisme subi par sa famille, mais elle ne parvenait pas à effacer l'image de la colère paternelle devant son annonce. Le diacre avait quitté la pièce, désemparé et furieux, incapable de proférer un mot. Quant à Ghertrude, depuis sa révélation, elle n'avait trouvé le sommeil qu'une nuit, avec des rêves pleins d'exils et d'adieux. Ce n'était pas ce qu'elle comptait transmettre à son enfant.

Elle était assise seule dans l'hôtel particulier, se creusant les méninges pour s'imposer une attitude positive, quand elle entendit un bruit, un mouvement de l'autre côté de la porte de la cuisine.

« Sigmund ! » lança-t-elle, sachant que ce n'était pas lui.

Elle gagna le seuil, entrouvrit le battant et tendit l'oreille dans l'entrebâillement. Plus rien. Elle s'engagea dans le couloir, qu'elle parcourut du regard. Elle vit aussitôt ce qu'elle cherchait, mais ne s'autorisa pas tout de suite à en tenir compte. Toutefois, son second coup d'œil fut plus décidé – et là, impossible d'ignorer l'enveloppe blanche apparue là où, plus tôt dans la journée, il n'y avait rien. Elle avait compris de quoi il s'agissait et le contenu de cette lettre la terrifiait par avance.

g. e. tulp
La période écoulée depuis mon dernier courrier s'est prolongée beaucoup plus que je ne le laissais entendre ; il n'était pas nécessaire de vous contacter avant aujourd'hui. Vous avez dépassé mes espérances. Votre conduite et votre intelligence ont été excellentes en toutes choses, ce dont vous serez récompensée.
Tout d'abord, n'ayez crainte pour votre famille. Ils seront pourvus, de même que ceux qui vous ont assistée dans notre quête, y compris Herr Mutter. Personne ne découvrira quel sort a connu H, vous pouvez en être assurée.
Vous demeurerez dans cette maison pour y élever votre enfant en lieu sûr. De l'aide vous sera proposée, mais vous devrez considérer tous les facteurs très attentivement avant de prendre une décision. Votre bébé, quoiqu'en parfaite santé, sera quelque peu différent des autres. Cela constituera une bénédiction pour tous. Au cours des années qui viennent, de grands bouleversements s'opéreront autour de vous. La ville aura beau s'effondrer ou se relever, cette maison sera inébranlable – autant à l'avenir qu'elle l'a été par le passé.
Ismaël a maintenant sa propre existence. Il faudra le laisser tranquille pour qu'il la prenne à bras le corps.
Je vous recontacterai après la naissance.

Cyrena, assise au balcon, contemplait le panorama d'Essenwald et, au-delà des remparts, la lointaine Vorrh. Ismaël lui apporta un verre de vin et posa tendrement la main sur son épaule.

Il était dur de croire à autant de changements. Tout avait l'air pareil. Ismaël songeait à la *camera oscura*. Cyrena observait les hirondelles. Elle comme lui avait la peau chaude au contact, et rassurante. À eux deux, ils s'en sortiraient.

Ghertrude, écarlate, les paumes moites sous l'effet du bébé, traversa le hall vide et caverneux. Mutter était ailleurs. Il passait la majeure partie de son temps aux écuries ou à nettoyer la cour. Il fallait l'inviter dans la maison pour l'y attirer, désormais. Maintenant qu'elle s'était arrondie, il semblait plus farouche – mais aussi incapable de détacher son regard de la protubérance.

Ghertrude gagna la porte du sous-sol. Elle la déverrouilla avec la clé humide qu'elle triturait depuis deux heures. Les clous, qui avaient du jeu, tombèrent par terre dans un bruit de libération mou. Elle défit la chaîne et les cadenas puis s'introduisit dans les anciens communs ; la chaleur de l'indifférence pulsait encore dans leur cœur énigmatique. Ignorant leur invite à rester pour réfléchir, à laisser le temps filer, la jeune femme se dirigea vers le panneau.

Étant à présent de forme très différente, elle dut ajuster son nouvel équilibre en se faufilant dans la cage d'escalier, puis à travers l'orifice étroit, avant de parvenir enfin dans la pièce où le pantin s'était brisé sous ses pieds il y avait si longtemps. Le souvenir de son rêve des plus oubliés l'enveloppa. Elle se risqua, féline, à l'autre bout de la salle. Aucune trace de cette destruction qui la hantait : aucune tache ni toile d'araignée, aucun passé. En entrant dans la pièce suivante, elle fut quelque peu surprise d'y découvrir Luluwa, assise sur la caisse restée ouverte depuis la dernière fois ; la Proche était immobile et souple, la tête inclinée vers l'avant ; ses mains marron rigides reposaient sur ses cuisses. Ghertrude l'observa calmement, attendant une indication.

« Tu es celle qui a cassé Abel, énonça Luluwa de sa voix aiguë, psalmodiante.

— Oui », dit Ghertrude.

Luluwa leva sa main luisante. Ses yeux oscillaient entre ses cicatrices superficielles, cherchant la question que l'examen de Ghertrude n'avait pas encore formulée.

« J'entends l'enfant, dit Luluwa. Je perçois le clapotis de ses mouvements. Il tète ton intérieur et agite ses membres. »

Ghertrude comprit soudain pourquoi elle n'avait pas aussitôt reculé en découvrant Luluwa, pourquoi sa présence ne l'avait pas saisie. Deux yeux observateurs ornaient sa figure, entourés de balafres, comme si on avait aplati orbites et paupières avec un couteau brûlant. Ses traits avaient été altérés avec une technologie amateur qui s'était méprise sur la perfection du matériau originel, comme du nouveau : une tentative ratée, disgracieuse, de la rendre plus humaine.

« Nous serons tes serviteurs, maintenant, indiqua Luluwa. Moi et les Proches restants, nous enseignerons à l'enfant. »

Ghertude était à bout d'émotions ou du moins de tissus conjonctifs capable de les évaluer.

« Je n'avais pas l'intention de le tuer. »

Luluwa oscilla du chef : elle comprenait. « La vie n'est pas durable. Il n'y a aucun reproche. » Elle se leva, puis regarda de nouveau Ghertrude. « Tu ignorais que la tour de la caméra se trouve dans l'alignement du puits ? »

Pour souligner son propos, elle s'approcha de Ghertrude en posant une main sur son abdomen et l'autre au-dessus de sa tête, où aurait pu flotter un halo. Elle effectua une petite rotation. On sentait l'odeur bourdonnante de sa bakélite. Ghertrude se rendit compte qu'elles faisaient la même taille.

Luluwa avait grandi et se tenait là à la regarder les yeux dans les yeux.

35

La silhouette campée au carrefour crispa ses muscles et s'étira de toute sa hauteur. Nul ne passerait ce jour-là.

Personne n'avait jamais franchi la forêt sans en payer le prix. L'homme qui se tenait devant Sidrus y avait vécu. Il l'avait traversée une seconde fois apparemment sans effort. Sidrus avait travaillé d'arrache-pied, et beaucoup souffert, pour maintenir cet aubain en vie. Lui-même serait bientôt seul à posséder tous les éléments de la connaissance et tout leur pouvoir de connotation.

Diminué comme il l'était, il avait mis des semaines à caboter autour de l'orée de la Vorrh pour parvenir à ce point d'interception. Son obsession d'atteindre à l'Éveil culminait dans son corps, envoyant d'atroces spasmes d'adrénaline dans ses blessures en voie de guérison. Il tolérait cette sensation sans ciller : elle ne durerait guère. Quand il pénétrerait enfin dans ce saint territoire à la tête des Ancêtres, qu'il toucherait enfin son centre le plus sacré, tous les torts seraient réparés.

Sidrus n'était pas parvenu au flacon à temps. Le Mithrassia avait commencé à prospérer en lui avant même qu'il arrive aux faubourgs de la ville. Le vieux chamane malfaisant avait dû mentir sur le délai qu'il lui restait. Quand Sidrus posséderait la connaissance de la Vorrh et serait guéri comme il convenait, il reviendrait dépecer Nebsuel – en beaucoup plus de temps qu'il n'en avait mis à éventrer la colombe porteuse de l'antidote.

Le contenu de la fiole avait empêché cette horreur de l'achever, mais son corps était dévasté. Il n'avait plus de parties génitales.

Trois de ses orteils étaient tombés et il ne lui restait plus que deux doigts intacts ; la plupart de ses dents avaient été dévorées, son visage, putréfié. Un quart de son système surrénal avait été réduit à néant par le poison. Tout cela serait réparé quand il entrerait dans le Saint des Saints.

L'Archer stoppa, comme aiguillonné à sa vue. Sidrus, qui avait déjà été témoin de cette réaction, rectifia mentalement quelques détails.

« Viens donc, l'ami, marmonna-t-il, sa bouche tordue diffractant l'intensité de ses paroles. Je ne te veux aucun mal. Je suis Sidrus, Tenant des Frontières de la grande forêt. J'ai mandat sur ces terres. »

Williams s'approcha de son avidité insatiable.

« Je ne te serrerai pas la main. Ce n'est plus la coutume dans ces contrées et de toute manière tu trouverais la sensation déplaisante. Comme tu peux le voir, j'ai été la victime d'une maladie terrible. Elle n'est pas infectieuse et je n'ai pas honte de mes blessures. Je t'en prie, ne t'inquiète pas de mon apparence.

— Je ne m'inquiète pas, répondit Williams, presque sincère.

— Tu ne me connais pas, mais cela fait des années que je suis conscient de ton existence. Je t'ai protégé de beaucoup de dangers, de mercenaires engagés pour te tuer. »

Williams, atone, semblait se désintéresser de tout cela et ne montrait pas la moindre gratitude.

« Tu ne portes plus ton arc ?

— Mon arc ?

— L'arc vivant qui t'a guidé des années durant. »

Williams haussa les épaules. « J'ignore tout de ces choses. Il doit y avoir erreur sur la personne. »

Sidrus s'étonna de l'effronterie de ces mensonges. Sous les yeux de Williams, son visage dévoré adopta une expression spectrale//fait une coupe, car référence à un épisode pas présent dans la version finale du livre.// Williams prit cela pour un avertissement et serra son sac contre lui.

« Tu peux te fier à moi. Je me suis mis en quatre pour te protéger.

— C'est ce que vous dites. Mais pourquoi me protéger ? Et de qui ? »

Sidrus n'aimait jouer au chat et à la souris que lorsqu'il était le félin sans doute aucun. Cette arrogance grossière commençait à l'agacer, mais il fit comme si de rien n'était. La comédie de l'ignorance ne le distrairait pas de son objectif final.

« Tu as des ennemis et des adversaires qui ne voulaient pas que tu retraverses la forêt. Tes anciens compagnons d'armes t'ont collé une étiquette de déserteur et d'assassin, voire pire. Ils tenaient à te voir mort ou à te déporter, pour que tu ne parcoures plus les terres qui se soulèvent. Une prime a été mise sur ta tête. Toutes sortes d'engeances ont tenté de t'abattre pour prétendre à la somme. »

La maladie de cet homme avait entamé beaucoup plus que ses traits, comprit Williams. Le cerveau devait être atteint. « J'ignore de quoi vous parlez.

— Des Guerres de Possession.

— Les quoi ? »

Williams secoua la tête. Incrédulité et désintérêt creusaient des rides profondes autour de ses yeux.

« De la Vorrh.

— La quoi ?

— La Vorrh. La grande forêt.

— Quelle forêt ? »

Le visage de Sidrus ne souffrait plus la description. Fulminant, il désigna quelque chose derrière Williams, qui se retourna le temps de scruter le paysage. « Je n'en vois aucune.

— J'ai payé ton sauvetage avec ma chair, mon argent et mes années. Autant de douleur pour que tu te moques ?! »

Sidrus, au bord des larmes, enrageait.

Il tira deux cannes noires de l'épaisseur de son manteau.

« Sans vouloir vous vexer, répondit Williams, je ne comprends rien à ce que vous racontez. Il n'y a rien là-bas qui ressemble à une forêt. Je le sais, parce que ça fait des jours que je marche. Il n'y a qu'une vaste tourbière lugubre. »

Le Tenant des frontières, l'éternel maître de lui-même et des autres, explosait finalement. La vérité qu'il avait si longtemps cherchée, et tant approchée, lui échappait de plus en plus à chaque mot. L'Archer avait-il réellement tout oublié, était-il aveuglé par une illusion ? Était-ce là l'ultime effet de l'exposition à la Vorrh, sa plus grande ironie défensive ? Ou s'agissait-il d'un jeu vindicatif et nauséabond, d'un mensonge pervers destiné à l'empêcher, lui,

Sidrus, de connaître une vie de richesse et d'opulence dépassant l'imagination ?

« As-tu déjà traversé une forêt, ou vécu dedans ? » demanda-t-il, tâtant de toutes les ressources permettant de séparer la vérité du mensonge.

« J'ai un très vague souvenir d'arbres détruits. De souches éventrées, de racines passées à la hache. Un lieu de boue et de mort, illuminé par du tonnerre et des éclairs qui mettaient les hommes en pièces. Mais c'était il y a longtemps et très loin de là où nous nous tenons maintenant. »

Encore des mensonges.

« Étais-tu seul ? En dehors des êtres humains, quels autres êtres y habitaient ? »

Williams s'était tu, comme plongé dans ses pensées. Sa main se déplaçait lentement au coin de son sac de toile. « Il ne m'en revient que deux sortes : des anges et des mulets. » Le pistolet s'arma dans un cliquetis et il voulut le braquer tout en laissant le sac tomber par terre. Mais il ne pouvait rivaliser avec la vitesse que confère l'indignation. Avant qu'il ait eu l'occasion de décocher sa balle, Sidrus avait traversé l'espace qui les séparait d'un bond, tout en décrivant un arc de cercle en l'air avec la lame exercée d'une de ses cannes. Elle trancha dans le sac, sa bandoulière et les tendons du bras de Williams. Sidrus tournicota, flou, autour de l'Archer, dont le cri n'était pas parvenu à ses oreilles qu'il se tenait déjà derrière lui.

« J'en ai soupé de tes mensonges et de ton mépris ! »

Williams serra contre son torse son bras sanguinolent ; le reste du monde chuta sous lui.

Quand il reprit ses esprits, il faisait plus sombre. La noirceur apparemment constitutive de la pièe dans laquelle il était sentait le renfermer. Il s'étrangla de se réveiller ainsi, puis il tâcha de bouger. Pas moyen. Un dispositif inconnu l'immobilisait. On entendait souffler du vent tout près. Au son, on aurait pu se croire au-dehors, au milieu d'un paysage désolé. C'est alors qu'il distingua les baguettes de plomb pliées et leurs franges de lumière restantes : un vitrail, haut, mince et brisé, dont on avait dérobé longtemps auparavant les pièces de verre colorées. Il lui revint qu'une toute petite chapelle se dressait au carrefour derrière le personnage qui l'avait attaqué ; elle correspondait à ce qu'il percevait de l'espace où il se contorsionnait. On l'avait ligoté à l'autel tout simple.

La voix de Sidrus avait changé. Elle ne montrait pas trace de son émotion de tout à l'heure. La colère avait été distillée.

« Je ne tolèrerai plus aucune de tes pitreries. J'ai bien l'intention d'obtenir ma réponse aujourd'hui même. J'ai servi la Vorrh toute ma vie. Je me suis mis au service de ses besoins, à ses ordres. J'ai combattu ses espions et abattu ses prédateurs. Je sais que l'enfant sacrée qu'ils appellent Irrinipeste a ouvert ton âme aux secrets de la forêt et que tu transportes son essence au creux de ton cœur et de ta tête. J'en ai déjà une connaissance immense. Augmentée de la tienne, elle sera complète. »

Williams, étranglé par sa propre ignorance, s'étouffait en luttant contre ses liens de corde.

« Si tu refuses de me la donner, continua Sidrus, je la prendrai.

— Je n'ai rien à donner ! postillonna William de toutes ses forces.

— Alors je vais te dépecer et t'écorcher vif jusqu'à ce que tu ne soies plus que voix. Tu n'auras pas le choix. Tu parleras. »

Le vent cascadait par le vitrail cassé, faisant scintiller les derniers rayons du soleil. Il pliait les fragments ratatinés de verre translucide et les artères de plomb fatigué qui les maintenaient encore, en position précaire.

« Certains affirment qu'une partie de la mémoire réside à l'extérieur du cerveau, que des souvenirs saturent les muscles et courent le long de la colonne vertébrale. J'en suis persuadé, je vais donc les exhumer un par un ; les réveiller, les libérer, pour que ce que tu sais du cœur de la forêt puisse s'élever jusqu'à mes oreilles. »

Le tortionnaire décidé entoura d'un garrot la section supérieure de la cuisse de Williams. Un petit brasero rougeoyait tout près ; un fer de trempe luisait dans sa chaleur. Sidrus vit le regard terrifié de l'Anglais.

« Pas une goutte de ton précieux sang ne sera gaspillée. Quand j'en aurai terminé, il excèdera les organes qu'il a fidèlement servis. Il accélérera et nourrira ton cerveau d'un oxygène surgonflé. Sauf que ta douleur égalera son besoin de se vider de son énergie. Ensemble, ils hurleront la vérité que tu refuses d'offrir. »

La première entaille fit juste l'effet d'une pression, jusqu'à ce qu'il écorche le nerf et que, dans la tête de Williams, tout vire au blanc.

→

Il n'aurait su dire à combien de reprises il avait tourné de l'œil avant de revenir à lui. De nouvelles souffrances l'attendaient chaque fois qu'il retrouvait son souffle. La nuit arriva et le vent tomba. Il s'apprêtait à hurler encore quand il le sentit changer. Sa vélocité papillonnait, se calmait pour n'être plus que murmure.

« Maintenant », s'entendit-il dire. Mais maintenant, quoi ?

Il sentit quelque chose le chercher, bien au-delà de la chapelle, puis se précipiter à son côté. Était-ce ce que voulait Sidrus ? Un secret qui s'approcherait pour qu'on le lui donne, et qu'il le transmette ? Un secret dont la circulation était déclenchée par le sang ? Sidrus se porta vers lui.

« Parle, Undeswilliams. Ton heure est venue comme je te l'annonçais. »

Le sifflement extérieur était suraigu et vif, à quelques instants de là. Sidrus n'y prêtait pas attention. Il avança son visage repoussant près de la bouche de sa proie, mais les bruits qu'il entendit n'avaient aucun sens.

Williams vit la voix du coin de l'œil. Une fraction de seconde, elle l'éblouit, blanche, dans la fenêtre, et il la reconnut : la première flèche, celle qu'Este avait fabriquée pour lui ; il eut presque le temps de sourire avant qu'elle lui transperce la gorge, clouant ses mots à l'autel.

Sidrus recula d'un bond dans un déluge de sang. Son visage livide avait viré au rose.

« Non ! » beugla-t-il au mourant, en tirant désespérément sur la flèche blanche empalée dans son cou. Mais c'était inutile : Williams n'était plus, et le bois refusait de bouger. Sidrus se tassa, vaincu, découragé. Il s'essuya la figure d'une main grise et tremblante. Il resta assis là jusqu'à ce que la lueur terne de l'aube fasse vaciller la chapelle. La mince clarté se déplaça en travers de la salle, saturant momentanément un minuscule tableau qui représentait un prophète à la barbe touffue, debout sur un paysage noir plat à l'absence de relief criante. Ce prisme dénué de couleur illumina le visage du défunt pour révéler du contentement. Aucun homme mort dans autant de souffrances n'aurait dû avoir cette apparence. Sidrus se leva tant bien que mal en s'agrippant aux cordes qui ligotaient le corps. Il y avait quelque part sur ce visage, sous l'os, un sourire actif comme une pile qui alimentait une expression de paix absolue. De rage, Sidrus secoua le cadavre. La flèche retomba comme si elle avait juste été posée dessus.

Ce n'était plus supportable. Rassemblant ses affaires, il fourra rapidement ses fers et ses lames émoussés dans un sac. Comme le brasero n'avait pas tout à fait refroidi, il l'abandonna pour s'élancer impatiemment dans l'air humide sous le ciel bleuissant.

Il courut vers la forêt. Il mit une heure à atteindre son enceinte sanctifiée. Cela lui faisait déjà un effet différent de d'habitude. Moins troublant. Il se sentait à l'aise, pour une fois. Détenait-il le secret ? Ces mots, ces quelques mots étranges prononcés par Undeswilliams au moment de sa mort lui permettraient-ils enfin de dépasser l'orée, pour contacter directement les Ancêtres et communiquer avec eux de façon tangible ? À mesure que la pleine énergie du soleil s'élevait au-dessus de la Vorrh, la futaie se réchauffait et s'enflammait de beauté. Il était le bienvenu en ces lieux. Ça y était ! Ça avait commencé. Il avait le secret !

Laissant tomber son sac d'outils, il se dirigea droit vers le centre. Sa patience était à bout. Il devait trouver l'être ancien pour faire nettoyer les blessures qui étaient déjà son lot depuis trop longtemps. Il était midi : d'énormes rais de lumière dégoulinaient du couvert, frémissant de vie et de chants d'oiseaux. Dans l'espace entre les arbres, on voyait des hirondelles foncer dans le ciel. Quelque chose se mit à bruire dans les broussailles, suivi par un trille : les oiseaux virevoltèrent, s'alignèrent et fendirent le feuillage au-dessus de sa tête. Une grande courbe se forma dans les nuages, vint glisser jusqu'à l'humus. Elle approchait à toute vitesse et fut presque sur lui avant qu'il comprenne ce qui criaillait ainsi au sein de cette courbe. C'était une autre flèche, ancienne, blanche et tordue. Elle vrillait vers le sol avec une détermination énorme. Elle alla frapper sa cible : un être à la peau grise qui se dissimulait dans des buissons. Il tomba par terre devant le Tenant des frontières de la forêt avec une force qui se réverbéra dans ses os. Il poussa un cri et se débattit un instant, puis ne fit plus un bruit.

Des oiseaux s'élevaient en spirale, voltigeant à travers le feuillage frémissant, s'éloignant vers le calme. Il se pencha pour examiner la peau grise de la créature, incapable de décider s'il s'agissait d'un homme ou d'un animal ; ça semblait beaucoup trop ratatiné, comme si c'était mort depuis des lustres et non quelques secondes. Son intérêt fléchit avec le souvenir de son objectif ; il s'éloigna, sans remarquer les deux fantômes noirs qui, à son départ, s'approchaient.

Tsungali avait ignoré la présence mutilée dans la chapelle : Il n'y avait rien à tirer d'un être aussi perdu, aussi creux ; il était comme un sac blanc, mou et vide, ne tenant debout que parce qu'il n'avait pas la sagesse de tomber. Tsungali et son grand-père rejoignaient le deuxième mort. Le vieil homme ôta de la peau grise et desséchée la flèche qu'ils avaient décochée depuis le jardin de Cyrena. Il la donna à Tsungali sans jamais quitter le cadavre des yeux. Son autre main tournoya au-dessus de sa tête tremblante. Il savait ce qu'ils avaient tué, mais n'arrivait pas à croire que ça se soit aventuré aussi loin de la perfection. Il leva la main de l'être et lui écarta les doigts pour détacher la mousse et le lichen qui s'y accrochaient. Les ongles s'étaient transformés en griffes cornées. Il arracha des lianes de lierre qui poussaient sous la peau et sous ce qui aurait pu être des veines et des artères. L'enveloppe déformée se déroula comme un parchemin, révélant ce qui avait été une main humaine. La toute première. Le grand-père se détourna pour dire à Tsungali de tirer la même flèche hors de la forêt, en concentrant son attention sur les rais de lumière tourbillonnante.

→

Du moment où le trait avait quitté l'arc, suivi dans son trajet par la paire d'esprits diligents, la vision de Sidrus s'était mise à lui faire défaut. Le son d'Este s'était réverbéré derrière ses yeux ; ils frémissaient dans son crâne et ne voyaient plus clair. Il grelottait de frissons qui avaient été l'avatar du Mithrassia, mais là, c'était autre chose, tout à fait autre chose. À croire que son corps tout entier grouillait de milliers de fourmis courant sur et dans sa peau changeante, réécrivant sa structure et ce vers quoi il tendait. En arrivant à une mare boueuse et trouble, il y plongea sa tête livide afin de chasser les dernières traces de la mort de Williams. Le liquide était frais et purifiant sur sa détermination brûlante. La proximité des arbres étreignait sa nudité. Il émergea, puis sécha son visage ravagé avec sa chemise, en inspirant fortement dans le réconfort du tissu. Lorsqu'il ouvrit ses petits yeux en boutons de bottine, tout ce qui s'étirait devant lui, c'étaient des kilomètres de tourbières noires désertes, à l'infini.

Épilogue

> Ce livre était un cadeau
> Autant le jeter par le fond
> Vers l'océan où des poissons ingénieux sauront
> peut-être le lire.
> Peut-être.
>
> John Ashbery, *A Snowball in Hell*

Belgique, 1961

Les rues sont noires de voitures aux teintes vives ; elles semblent filer aussi vite que leurs klaxons. Le boulevard brûlé par le soleil est gorgé de couleurs primaires. Le poète américain consulte à nouveau son plan. Bruxelles paraît basée sur une trame irrationnelle. Finalement, il trouve l'impasse, rafle son cartable et s'aventure dans des jardins taillés à la perfection sphinctérienne. Les bâtiments sont de plus en plus anciens et de plus en plus décrépis à mesure qu'il avance. Il arrive à l'entrée de la maison de retraite publique où l'accueille l'odeur universelle de la vieillesse, atmosphère indélicate mêlant urine et cuisine aigre. Ici, en Europe, elle se teinte de parfum et d'ail. Il s'adresse au personnel dans un français remontant à l'école secondaire. La plupart des employés sont des campagnards, ou des étrangers à l'accent plus bizarre que le sien. Il se vante de bien posséder le français, qui leur fut enseigné, à lui et à ses camarades de classe, par un tuteur de Montréal.

Une Marocaine à l'uniforme bleu et blanc taché, élimé, le précède à travers la vieille bâtisse embaumant le magnolia et le désinfectant. Ils grimpent deux étages d'un escalier sans caractère. Nerveux, l'Américain ne cesse de remonter ses lunettes sur son nez. L'infirmière l'emmène dans une salle pleine de femmes assises.

« Madame Dufrêne, votre visiteur est arrivé. »

Toutes les vieilles dames tournent la tête. Le poète américain panique : il ignore tout de l'apparence de cette femme. Puis une main s'agite à hauteur d'un siège installé près de la fenêtre.

La vaste salle est victime d'un délabrement inhospitalier. Il la traverse avec soin, en évitant les taches humides et les objets tombés qui redessinent une moquette épuisée. La pensionnaire qu'il vient voir est plus fragile qu'il ne l'aurait imaginé, enveloppée à double tour dans un châle épais alors qu'à l'extérieur, le soleil inonde les rues.

« Bonjour, Madame Dufrêne ! commence-t-il. Permettez-moi de me présenter. »

Charlotte écoute avec un doux sourire les inexactitudes méticuleuses de son vocabulaire. Il feint d'engager une conversation polie, mais, vite fatigué de cette mascarade, se jette sur son unique centre intérêt. Pendant l'heure qui suit, il pose des questions sans fin sur le Français. La majeure partie de ce qu'il articule est inintelligible pour Charlotte. Elle se lasse du mal qu'elle a à le comprendre, doute de plus en plus de ce qu'il veut vraiment.

« Pourrions-nous évoquer un peu les derniers jours à Palerme ? »

Elle sent bien qu'il ne la voit pas, il ne la regarde pas dans les yeux. Il est si consterné par sa déliquescence qu'il ne peut supporter son regard éteint. S'enfouissant dans les questions, il poursuit sans relâche.

« Est-il vrai qu'il n'arrivait pas à dormir dans son lit, qu'il avait peur d'en tomber ? Est-ce pour cela qu'il était par terre près de votre porte quand ils l'ont trouvé ? »

Elle songe à la maestria de Raymond, mais elle sait que ce n'est pas ce que veut ce grand costaud d'Américain. Pour elle, Raymond n'était pas un génie de par ses écrits ou ses paroles, mais dans les moments où il devenait un être humain unique et passionné faisant ce qui lui était le plus cher. Elle pense à lui assis au piano, jouant, improvisant des voix... Il savait tout imiter, du grincement de tramway à l'animal exotique, de la diva d'opéra au vulgaire pousseur de goualante. Cela les faisait rire tous les deux, à l'époque où il le pouvait encore.

« Avez-vous des photos de la période où vous viviez ensemble ? »

Elle s'attendait à cette question. Elle tire de sous son châle une épaisse enveloppe kraft froissée dans laquelle elle fouille pour au bout d'un instant produire une photo cornée. Ils posent comme un couple marié : elle assise, lui debout derrière le fauteuil. Elle irradie la gentillesse – au point, même, de conférer de la beauté à son surprenant chapeau vert du Rhin//inverted swan en VO : allusion à Swan l'homosexuel – Proust était voisin et ami de Roussel depuis son enfance//. L'Américain est subjugué. C'est la meilleure image de son héros littéraire qu'il ait jamais vue. Elle montre un homme immaculé, aux proportions précises quoique définitives.

« C'est merveilleux, vraiment ! Merveilleux ! »

Elle s'amadoue, se détend. Il l'écoute. Elle entreprend de dérouler l'explication de ce qu'était véritablement leur relation. Le silence s'est fait dans la pièce, même les toussotements incessants ont stoppé. Ces dames tendent subtilement l'oreille pour capter les détails de la conversation.

Alors qu'il s'apprête à partir, il se souvient du cadeau qu'il a apporté et fouille dans son cartable. Il lui offre les chocolats en lui demandant s'il peut revenir. Elle est ravie et répond que rien ne pourrait lui être plus agréable.

Ils se revoient quatre fois ; la dernière, il lui rend visite dans sa chambre individuelle de l'élégante maison de retraite privée qui accueille sa fin de vie dans une dignité paisible.

Il a travaillé dur depuis cette première rencontre où il l'avait laissée dans sa décrépitude. C'est lui qui a organisé son déménagement et c'est le surréalisme qui a payé. À présent, elle brille dans son environnement réfléchissant. Elle lui a fait un grand sourire à son arrivée, puis lui a montré sa chambre, désignant ses affaires chéries qui ont passé les neuf années précédentes au garde-meubles. Elle veut tout lui raconter, mais il y a peu de détails qu'il tienne vraiment à connaître et elle a déjà beaucoup oublié. Il ne demeure que la joie et le dépit, incrustés au fil des ans ; le reste s'est détaché. Peu importe, ils passent des heures à discuter. Elle apprécie la compagnie de cet homme doux, informe, et elle prendra mal son ultime départ. Quand il a commencé à farfouiller dans sa mallette, elle a su qu'il n'était déjà plus là.

Comme un tour de magie décevant, les chocolats se sont transformés en livre. Qu'elle contemple tandis qu'il cale ses lunettes sur son nez.

« Je me suis dit que cela vous plairait. Ça vient juste de paraître. La dernière édition. »

Elle la lui prend. Ça a l'air bâclé, mou.

« Sa première publication en poche », exulte-t-il.

Elle le remercie, serre l'ouvrage contre elle. Ils se font leurs adieux et il s'éloigne en la saluant de la main dans le couloir en perspective. Elle sait qu'elle ne le reverra pas. Elle parcourt la moquette épaisse et s'allonge sur le lit, légèrement soutenue par les oreillers d'un blanc immaculé. Ses pensées sont douces, émoussées, réminiscentes.

La colombe l'a emporté sur le corbeau, du moins jusqu'aux tout derniers jours. Charlotte a lutté avec âpreté et dogmatisme pour sa victoire. La cruauté de Raymond lui était douloureuse, mais n'était rien comparée au charognard qui picorait constamment le cœur de son ami. Désormais, Charlotte remiserait tout cela, pour ne plus voir Raymond que sous le jour qui lui va bien : imitant des stars du music-hall ou jouant les dandys décadents invétérés façon Max Kinder ; assis de nouveau au piano, les doigts sautillant sur les touches, concluant ses vocalises sur un bourdonnement plaintif.

L'ouvrage est en anglais. Le titre fait plus énergique ainsi. *Impressions of Africa* – il aurait aimé. Elle l'imagine lisant le texte à haute voix avec l'accent britannique qu'il se plaisant tant à singer. Elle sourit, ferme les yeux, range le livre. Elle ne le lira jamais, c'est en anglais. Elle ne l'a jamais lu en français.

Composition et mise en pages
Nord Compo à Villeneuve-d'Ascq

Achevé d'imprimer en France par EPAC Technologies

N° d'édition: 4550414309819

Dépôt légal: septembre 2019